DUMONT

Tommy, Andy und Steve leben in gut situierten Verhältnissen. Sie sind verheiratet, haben Kinder, sind beliebte Mitglieder im Golfclub und trinken hier und da ein Bierchen miteinander: Wer würde sie nicht für fürsorgliche Familienväter halten? Niemand ahnt etwas von ihrem lukrativen Nebengeschäft; einem Geschäft, das einst von Männern betrieben wurde, die, ebenso wie die drei Freunde, als anständig galten. Alles könnte so reibungslos weiterlaufen wie bisher, denn ihre Ware ist begehrt. Doch als eine Frau aus ihrem Bekanntenkreis tot aufgefunden wird, stößt nicht nur die Polizei auf sie, sondern auch der Privatdetektiv Jackson Brodie. Sein jüngster, völlig harmloser Auftrag führt ihn direkt zu den drei Ehrenmännern – und bald ist Brodie mittendrin in einem Fall um verschwundene junge Frauen und eine Zeugin, die sich nichts sehnlicher wünscht, als endlich ihre schreckliche Vergangenheit hinter sich lassen zu können …

»Die meisterhafte Erzählerin Kate Atkinson hat wieder einen Krimi geschrieben. Mit jedem ihrer Krimis schreibt sie ein detailliertes, realitätsnahes, erdverbundenes Gesellschaftsporträt.«
FRANKFURTER RUNDSCHAU

Kate Atkinson wurde bereits für ihren ersten Roman ›Familienalbum‹ mit dem renommierten Costa Book of the Year Award ausgezeichnet. Mittlerweile stehen ihre Bücher regelmäßig auf den internationalen Bestsellerlisten. Für ›Das vergessene Kind‹, den vierten Band in der Reihe um den Privatermittler Jackson Brodie, erhielt sie den Deutschen Krimi Preis 2012 und für ihren Roman ›Die Unvollendete‹ den Costa Novel Award 2013. Kate Atkinson lebt in Edinburgh und gilt als eine der wichtigsten britischen Autorinnen der Gegenwart.

Kate Atkinson

WEITER HIMMEL

Roman

Aus dem Englischen
von Anette Grube

DUMONT

Vor der Erleuchtung hackte ich Holz
und holte Wasser.
Nach der Erleuchtung hackte ich Holz
und holte Wasser.
Zen-Weisheit

»Ich bin für die Wahrheit, gleichgültig
wer sie ausspricht.
Ich bin für Gerechtigkeit, gleichgültig
für wen oder gegen wen sie sich richtet.«
Malcolm X

Für Alison Barrow

Auf und davon

»Und jetzt?«, fragte er.

»Ein schneller Abgang«, sagte sie, trat sich die schicken Schuhe von den Füßen und ließ sie im Fußraum vor dem Beifahrersitz liegen. »Sie haben mich fast umgebracht«, sagte sie und lächelte ihn zerknirscht an, weil sie ein Vermögen gekostet hatten. Er wusste es – er hatte sie bezahlt. Sie hatte bereits den Brautschleier abgenommen und ihn zusammen mit dem Brautstrauß auf den Rücksitz geworfen, und nun begann sie die zahllosen Klemmen aus ihrem Haar zu ziehen. Die zarte Seide ihres Hochzeitskleides war bereits zerknittert wie Mottenflügel. Sie sah ihn an und sagte: »Wie du immer sagst – nichts wie weg.«

»Okay. Dann los, nichts wie auf die Autobahn«, sagte er und ließ den Motor an.

Er bemerkte, dass sie sich den Bauch hielt, in dem sie ein noch unsichtbares Baby ausbrütete. Ein weiterer Ast für den Familienstammbaum. Ein Zweig. Eine Knospe. Die Vergangenheit zählte nicht, wurde ihm klar. Nur die Gegenwart hatte Wert.

»Los geht's«, sagte er und trat aufs Gas.

Unterwegs machten sie einen Umweg zur Rosedale Chimney Bank, um die Beine auszustrecken und sich den Sonnenuntergang anzusehen, der den weiten Himmel mit einer prachtvollen Palette aus Rot-, Gelb-, Orange- und sogar Violetttönen flutete. Er verlangte nach Poesie, ein Gedanke, den er laut aussprach, und sie sagte: »Nein, ich glaube nicht. Es ist genug so, wie er ist.« Lebensweisheit sammeln, dachte er.

Es stand noch ein anderes Auto da, ein älteres Paar bewunderte die Aussicht. »Großartig, nicht wahr?«, sagte der Mann. Die Frau lächelte sie an und gratulierte dem »glücklichen Paar« zur Hochzeit, und Jackson sagte: »Es ist nicht so, wie es aussieht.«

Eine Woche zuvor

Anderson Price Associates

Katja überprüfte Nadjas Make-up. Nadja posierte für sie, als würde sie ein Selfie machen, sie saugte die Wangen ein, bis sie aussah wie eine Leiche, und formte einen extravaganten Schmollmund.

»Ja. Gut«, verkündete Katja schließlich. Sie war die jüngere der beiden Schwestern, aber bei weitem die Herrischere. *Sie könnten Zwillinge sein,* sagten die Leute immer. Sie waren zwei Jahre und viereinhalb Zentimeter auseinander. Katja war die Kleinere und Hübschere, doch beide waren zierlich und hatten das gleiche (nicht ganz natürliche) blonde Haar und die Augen ihrer Mutter – grüne Iris, umgeben von einem grauen Rand.

»Halt still«, sagte Nadja und wischte eine Wimper von Katjas Wange. Nadja hatte einen Abschluss als Hotelkauffrau und arbeitete im Radisson Blu, wo sie ein Kostüm mit Bleistiftrock, sechs Zentimeter hohe Absätze und die Haare in einem ordentlichen Knoten trug und sich um Leute kümmerte, die sich beschwerten. Die Leute beschwerten sich ständig. Wenn sie nach Hause in die schuhschachtelgroße Wohnung kam, schüttelte sie ihre Haare aus, zog Jeans und ein großes Sweatshirt an und lief barfuß, und niemand beschwerte sich, weil sie allein lebte, so wie es ihr gefiel.

Katja hatte einen Job in der Hauswirtschaft desselben Hotels. Ihr Englisch war nicht so gut wie das ihrer älteren Schwester. Sie hatte keinerlei Qualifikationen aufzuweisen außer einem Schulabschluss, und auch der war nur mittelmäßig, weil sie als Kind und als Jugendliche die meisten Jahre mit Eislaufwettbewerben zugebracht hatte, aber letztlich war sie nicht gut genug gewesen. Es war eine grausame, gemeine Welt, und sie vermisste sie jeden Tag. Die Eislaufbahn hatte sie hart gemacht, und sie hatte noch immer die Figur einer Eisschnellläuferin, geschmeidig und stark. Sie machte die Männer ein bisschen verrückt. Nadja hatte getanzt – Ballett –, doch sie hatte es aufgegeben, als ihre Mutter es sich nicht mehr leisten konnte, den Unterricht für sie beide zu bezahlen. Sie hatte ihr Talent leichten Herzens geopfert, so schien es zumindest Katja.

Katja war einundzwanzig, wohnte bei ihren Eltern und konnte es nicht erwarten, aus dem Nest zu fliegen, das ihr die Luft zum Atmen raubte, obwohl sie wusste, dass ein Job in London mit größter Sicherheit nicht anders wäre als ihr jetziger – Betten machen und Toiletten putzen und die seifigen Haare Fremder aus dem Abfluss ziehen. Aber wäre sie erst einmal dort, würde sich alles ändern, davon war sie überzeugt.

Der Mann hieß Mr Price. Mark Price. Er war Partner einer Personalvermittlungsfirma namens Anderson Price Associates – APA – und hatte Nadja bereits über Skype interviewt. Nadja berichtete Katja, dass er attraktiv war – gebräunt, mit einem vollen Schopf attraktiv ergrauender Haare (»wie George Clooney«), einem goldenen Siegelring und einer schweren Rolex am Handgelenk (»wie Roger Federer«). »Er soll bloß aufpassen, sonst heirate ich ihn noch«, sagte Katja zu ihrer Schwester, und sie lachten beide.

Nadja hatte Mark Price Scans ihrer Qualifikationen und Zeugnisse gemailt, und jetzt warteten sie in ihrer Wohnung darauf, dass er erneut via Skype aus London anrief, um »alle Einzelheiten zu bestätigen« und »kurz mit Katja zu plaudern«. Nadja hatte ihn gefragt, ob er auch für ihre Schwester Arbeit finden könnte, und er hatte »Warum nicht?« geantwortet. In britischen Hotels gab es jede Menge Arbeit. »Das Problem ist, dass hier niemand hart arbeiten will«, sagte Mark Price.

»Ich will hart arbeiten«, sagte Nadja.

Sie waren nicht dumm, sie wussten von Menschenhandel, von Leuten, die Mädchen davon überzeugten, dass sie gute Jobs bekommen würden, richtige Jobs, und dann endeten sie unter Drogen gesetzt in einem dreckigen Loch, wo sie mit einem Mann nach dem anderen Sex haben mussten, und sie konnten nicht zurück nach Hause, weil ihnen die Pässe weggenommen worden waren und sie sich erst wieder »verdienen« mussten. APA war nicht so. Sie hatten eine professionelle Website, alles ganz legal. Sie rekrutierten auf der ganzen Welt Personal für Hotels, Pflegeheime, Restaurants, Reinigungsfirmen, sie hatten sogar ein Büro in Brüssel und eins in Luxemburg. Sie waren anerkannt und hatten »Filialen« und wurden von allen möglichen Leuten empfohlen.

Nach dem zu urteilen, was auf Skype davon zu sehen war, wirkte ihr Londoner Büro sehr elegant. Es herrschte Betrieb – im Hintergrund war das ständige Gemurmel von Mitarbeitern zu hören, die miteinander sprachen, auf Tastaturen klopften, die klingelnden Telefone bedienten. Und Mark Price war ernst und geschäftsmäßig. Er sprach von »Humanressourcen« und »Unterstützung« und »Arbeitgeberverantwortung«. Er konnte bei der Beschaffung eines Visums, bei der Suche nach einer Unterkunft, nach Englischunterricht und Weiterbildung behilflich sein.

Er habe schon etwas im Sinn für Nadja, »eins der absoluten Tophotels«, aber sie könne sich nach ihrer Ankunft entscheiden. Es gebe jede Menge Möglichkeiten »für ein aufgewecktes Mädchen« wie sie. »Und meine Schwester«, erinnerte sie ihn.

»Und Ihre Schwester, ja, natürlich.« Er lachte.

Er würde sogar ihre Flüge bezahlen. Die meisten Agenturen erwarteten, dass man sie im Voraus für ihre Arbeitssuche bezahlte. Er würde ihnen elektronische Tickets schicken, sie sollten nach Newcastle fliegen. Katja hatte auf einer Landkarte nachgesehen. Es war meilenweit von London entfernt. »Drei Stunden mit dem Zug«, sagte Mark Price, es sei »einfach«. Und für ihn billiger – schließlich zahle er für ihre Flüge. Ein Mitarbeiter von Anderson Price Associates würde sie am Flughafen abholen und sie für die Nacht zu einem Airbnb in Newcastle bringen, da der Flug aus Danzig spät ankam. Am nächsten Morgen würde sie jemand zum Bahnhof begleiten und sie in den Zug setzen. Jemand anders würde sie in King's Cross treffen und sie für ein paar Nächte in einem Hotel unterbringen, bis sie sich eingelebt hätten. »Es ist eine gut geölte Maschine«, sagte er.

Nadja hätte sich vielleicht in ein anderes Radisson Blu versetzen lassen können, aber sie war ehrgeizig und wollte in einem Luxushotel arbeiten, von dem jeder gehört hatte – das Dorchester, das Lanesborough, das Mandarin Oriental. »Ach ja«, hatte Mark gesagt, »wir haben Verträge mit allen diesen Hotels.« Katja machte sich keine Gedanken, sie wollte nur nach London. Nadja war die Ernsthafte der beiden, Katja die Unbekümmerte. Wie es in dem Song heißt, Mädchen wollen einfach nur Spaß.

Und jetzt saßen sie vor Nadjas geöffnetem Laptop und warteten darauf, dass Mark Price anrief.

Mark Price war auf die Sekunde pünktlich. »Okay«, sagte Nadja zu Katja. »Es geht los. Bist du so weit?«

*

Die winzige Verzögerung bei der Übertragung erschwerte es ihr offenbar zu verstehen, was er sagte. Ihr Englisch war nicht so fließend, wie ihre Schwester behauptet hatte. Um es auszugleichen, lachte sie viel, warf das Haar zurück und neigte sich näher zum Bildschirm, als könnte sie ihn überzeugen, indem sie die Fläche mit ihrem Gesicht ausfüllte. Sie war hübsch. Sie waren beide hübsch, aber diese war hübscher.

»Okay, Katja«, sagte er. »Unsere Zeit ist um.« Er tippte auf seine Uhr, um es ihr klarzumachen, denn er konnte die Verständnislosigkeit in ihrem Lächeln sehen. »Ist Ihre Schwester noch da?« Nadjas Gesicht tauchte auf dem Bildschirm auf, an Katjas gedrückt, und beide grinsten ihn an. Sie sahen aus, als wären sie in einem Fotoautomaten.

»Nadja«, sagte er, »meine Sekretärin wird Ihnen gleich morgen früh die Tickets mailen, okay? Und wir werden uns bald persönlich sehen. Ich freue mich schon, Sie beide kennenzulernen. Ihnen noch einen guten Abend.«

Er klappte den Bildschirm zu, und die Mädchen waren weg. Dann stand er auf und streckte sich. An der Wand hinter ihm prangte das schicke »APA«-Logo von Anderson Price Associates. Er hatte einen Schreibtisch und einen Stuhl. An der Wand hing der Druck von etwas Modernem, aber Erstklassigem. Die Kamera des Laptops erfasste ihn teilweise – er hatte es gewissenhaft kontrolliert. Etwas entfernt stand eine Orchidee. Die

Orchidee sah echt aus, war aber künstlich. Das Büro war ebenfalls nicht echt. Anderson Price Associates war nicht echt, Mark Price war nicht echt. Nur seine Rolex war es.

Er war nicht in einem Büro in London, er war in einem stationären Wohnwagen auf einer Wiese an der Ostküste. In seinem »anderen Büro«, wie er es nannte. Es befand sich nur ungefähr achthundert Meter landeinwärts, und manchmal drohten die kreischenden Möwen die Illusion zu zerstören, dass er in London war.

Er schaltete die Aufnahme von *Office Ambience Sounds* und das Licht aus, sperrte den Caravan zu und stieg in seinen Land Rover Discovery. Zeit, nach Hause zu fahren. Er konnte den Talisker, mit dem seine Frau auf ihn wartete, fast schon schmecken.

Die Schlacht vor dem Rio de la Plata

Und da ist die Ark Royal, *die einen großen Abstand zum Feind hält …*

Es folgten ein paar leise Explosionen – *pop-pop-pop*. Das Geräusch blecherner Schüsse, die erfolglos mit den über den Köpfen kreisenden und kreischenden Möwen wetteiferten.

Oh, und die Achilles *wurde getroffen, doch Gott sei Dank konnte sie die* Ark Royal *kontaktieren, die ihr zu Hilfe eilt …*

»Eilt« war nicht das Wort, das Jackson für das mühsame Vorankommen der *Ark Royal* auf dem Teich im Park gewählt hätte.

Und da kommen die Bomber der RAF! Ausgezeichnete Schüsse, Jungs! Ein Hoch auf die RAF und ihr Geleit …

Die Zuschauer stießen ein lahmes Jubelgeschrei aus, als zwei sehr kleine Flugzeuge aus Holz an Drahtseilen über den Teich ruckelten.

»O Gott«, sagte Nathan. »Das ist erbärmlich.«

»Kein Gepöbel«, sagte Jackson automatisch. Es war wirklich erbärmlich *(die kleinste bemannte Marine der Welt!)*, aber das war doch bestimmt der Charme der Sache? Die Boote waren Nachbauten, das längste höchstens sechs Meter lang, die anderen wesentlich kürzer. In den Booten versteckt waren Angestellte des Parks und lenkten sie. Die Zuschauer saßen auf Holzbänken auf schiefen Betonstufen. Zuvor hatte auf der Bühne ein altmodischer Mann eine Stunde lang altmodische Musik auf einer Orgel gespielt, und jetzt kommentierte derselbe altmodische Mann die Schlacht. Auf altmodische Art und Weise. (»Hört das denn nie auf?«, fragte Nathan.)

Jackson war selbst einmal als Kind hier gewesen, nicht mit seiner Familie (als er noch eine Familie hatte) – sie unternahmen nie etwas gemeinsam, fuhren nie irgendwohin, nicht einmal für einen Tag. Das war die Arbeiterklasse gewesen, die zu hart arbeitete, um Zeit für Vergnügen zu haben, und zu arm, um dafür zu zahlen, wenn sie doch irgendwie die Zeit fand. (»Weißt du es noch nicht, Jackson?«, sagte Julia. »Der Klassenkrieg ist vorbei. Alle haben verloren.«) Er erinnerte sich nicht mehr an die Umstände – vielleicht war er mit den Pfadfindern hier gewesen oder mit der Jungen-Brigade oder sogar der Heilsarmee – der junge Jackson hatte sich an jede ihm zugängliche Organisation geklammert in der Hoffnung, etwas umsonst zu ergattern. Die Tatsache, dass er katholisch erzogen wurde, ließ er seinen Glaubensgrundsätzen nicht in die Quere kommen. Im Alter von zehn Jahren hatte er der örtlichen Heilsarmee im Austausch für eine Limonade und ein Stück Kuchen sogar gelobt, sein Leben lang keinen Alkohol anzurühren. (»Und hat es funktioniert?«, fragte Julia.) Es war eine Erleichterung, als er schließlich die richtige Armee entdeckte, wo alles umsonst war. Zu einem Preis.

»Die Schlacht vor dem Rio de la Plata«, sagte Jackson zu Nathan, »war die erste Seeschlacht des Zweiten Weltkriegs.« Eine seiner Aufgaben als Vater war es zu erziehen, vor allem in den Bereichen, auf die er spezialisiert war – Autos, Kriege, Frauen. (»Jackson, du weißt *nichts* über Frauen«, sagte Julia. »Genau«, sagte Jackson.) Nathan reagierte auf alle Informationen, die ihm vermittelt wurden, entweder indem er die Augen verdrehte oder sich taub stellte. Jackson hoffte, dass sein Sohn auf die eine oder andere Weise das beständige Bombardement mit Ratschlägen und Warnungen, das sein Verhalten erforderte, unbewusst absorbierte – »Geh nicht so nah am Rand der Klippen. Benutz Messer und Gabel und nicht die Hände. Steh im Bus auf.« Wann fuhr Nathan allerdings jemals mit dem Bus? Er wurde herumkutschiert wie ein Lord. Jacksons Sohn war dreizehn, und sein Ego war groß genug, um ganze Planeten unzerkaut zu schlucken.

»Was meinen sie damit – ›bemannt‹?«, sagte Nathan.

»In den Booten sitzen Männer und lenken sie.«

»Unmöglich«, höhnte er. »Das ist Blödsinn.«

»Es ist so. Du wirst schon sehen.«

Hier kommt auch noch die Exeter. *Und das feindliche U-Boot steckt jetzt in Schwierigkeiten …*

»Wart's ab«, sagte Jackson. »Eines Tages wirst du selbst Kinder haben, und du wirst mit ihnen die Sachen machen, die du jetzt doof findest – Museen, Herrensitze besuchen, Spaziergänge auf dem Land unternehmen –, und sie werden dich dann dafür hassen. Auf diese Weise funktioniert kosmische Gerechtigkeit, mein Sohn.«

»*Das* werde ich jedenfalls nicht machen«, sagte Nathan.

»Und das Geräusch, das du hören wirst, ist mein Gelächter.«

»Nein, werde ich nicht. Bis dahin bist du tot.«

»Danke. Danke, Nathan.« Jackson seufzte. War er im Alter seines Sohnes auch so herzlos gewesen? Er musste nun wirklich nicht an seine eigene Sterblichkeit erinnert werden, er sah sie in seinem Sohn vor sich, der jeden Tag älter wurde.

Positiv war, dass Nathan an diesem Nachmittag fast in ganzen Sätzen sprach und nicht nur affenartig grunzte. Er hockte zusammengesunken auf der Bank, die langen Beine ausgestreckt, die Arme auf eine Weise verschränkt, die man nur sarkastisch nennen konnte. Seine Füße (in Designer-Sneakers natürlich) waren riesig – bald wäre er größer als Jackson. In seinem Alter hatte Jackson zwei Outfits, und eins war seine Schuluniform. Abgesehen von seinen Turnschuhen aus Stoff (»Deinen was?«, fragte Nathan) hatte er nur ein Paar Schuhe besessen und wäre erstaunt gewesen über die Konzepte »Designer« und »Logo«.

Als Jackson dreizehn war, war seine Mutter bereits an Krebs gestorben, seine Schwester war ermordet worden und sein Bruder hatte sich umgebracht und seine Leiche netterweise so zurückgelassen – er hing von einem Kronleuchter –, dass Jackson sie fand, als er von der Schule nach Hause kam. Jackson hatte nie die Chance gehabt, egoistisch zu sein, die Beine auszustrecken, Forderungen zu stellen und die Arme sarkastisch zu verschränken. Und hätte er es doch getan, hätte ihm sein Vater eine Tracht Prügel verpasst. Nicht, dass Jackson seinen Sohn leiden sehen wollte – Gott bewahre –, aber ein bisschen weniger Narzissmus wäre nicht verkehrt.

Julia, Nathans Mutter, konnte es bezüglich der schmerzlichen Todesfälle mit Jackson aufnehmen – eine Schwester war ermordet worden, eine Schwester hatte sich umgebracht, eine war an Krebs gestorben. (»Oh, und vergiss Papas sexuellen Missbrauch nicht«, erinnerte sie ihn. »Der Stich geht an mich, glaube ich.«) Und jetzt war das ganze Elend ihrer beider Vergangenheit zusammengefasst in diesem einen Kind. Was, wenn es sich entgegen seines sorglosen Auftretens in Nathans DNA eingenistet und sein Blut infiziert hatte und jetzt Tragödien und Kummer in seinen Knochen wuchsen und sich vermehrten wie Krebs? (»Hast du auch nur versucht, ein Optimist zu sein?«, fragte Julia. »Einmal«, entgegnete Jackson. »Es passt nicht zu mir.«)

»Ich dachte, du hättest gesagt, dass du mir ein Eis holen willst.«

»Ich glaube, du wolltest sagen: ›Dad, kann ich das Eis haben, das du mir versprochen und anscheinend zeitweise vergessen hast? Bitte?«

»Ja, was auch immer.« Nach einer beeindruckend langen Pause fügte er widerwillig hinzu: »Bitte.« (»Ich stehe dem Präsidenten nach Belieben zur Verfügung«, sagte eine unerschütterliche Julia, wenn ihr Kind etwas verlangte.)

»Was möchtest du?«

»Magnum. Mit Erdnussbutter.«

»Ich glaube, du willst da etwas hoch hinaus.«

»Was auch immer. Ein Cornetto.«

»Immer noch hoch.«

Nathan kam stets mit zahllosen Anweisungen im Schlepptau, was Essen anbelangte. Julia war überraschend neurotisch hinsichtlich Süßigkeiten. »Versuch zu kontrollieren, was er isst«, sagte sie. »Er kann einen kleinen Schokoriegel haben, aber keine Bonbons, definitiv kein Haribo. Wenn er zu viel Zucker kriegt, ist er nach Mitternacht wie ein Gremlin. Und wenn du ein Stück Obst in ihn hineinkriegst, bist du eine bessere Frau als ich.« Noch ein, zwei Jahre und Julia würde sich Sorgen machen wegen Zigaretten, Alkohol und Drogen. Sie sollte die Zuckerjahre genießen, dachte Jackson.

»Während ich dein Eis hole«, sagte Jackson zu Nathan, »behalte unseren Freund Gary in der ersten Reihe im Auge, ja?« Nathan ließ nicht erkennen, ob er ihn gehört hatte, und Jackson wartete einen Augenblick und sagte dann: »Was habe ich gerade gesagt?«

»Du hast *gesagt*: ›Während ich weg bin, behalte unseren Freund Gary in der ersten Reihe im Auge, ja?‹«

»Richtig. Gut«, sagte Jackson etwas geläutert, nicht, dass er es sich anmerken lassen würde. »Da«, sagte er und reichte ihm sein iPhone, »mach ein Foto, wenn er etwas Interessantes tut.«

Als Jackson aufstand, folgte ihm der Hund, mühte sich hinter ihm die Stufen hinauf zum Café. Julias Hund, Dido, ein gelber Labrador, übergewichtig und alt. Als sie einander Jahre zuvor vorgestellt wurden (»Jackson, das ist Dido – Dido, das ist Jackson«) hatte er geglaubt, dass der Hund nach der Sängerin so hieß, doch es stellte sich heraus, dass er nach der Königin von Karthago benannt worden war. Das war Julia in aller Kürze.

Dido – der Hund, nicht die Königin von Karthago – kam ebenfalls mit einer langen Liste von Anweisungen. Man könnte denken, dass Jackson sich noch nie zuvor um ein Kind oder einen Hund gekümmert hatte. (»Aber es war nicht mein Kind oder mein Hund«, stellte Julia klar. »Ich denke, dass es *unser* Kind ist«, erwiderte Jackson.)

Nathan war drei Jahre alt, als Jackson sein Besitzrecht an ihm durchsetzen konnte. Julia hatte aus Gründen, die nur sie kannte, geleugnet, dass Jackson Nathans Vater war, sodass er die besten Jahre bereits versäumt hatte, als sie seine Vaterschaft einräumte. (»Ich wollte ihn für mich allein«, sagte sie.) Jetzt, da die schlimmsten Jahre bevorstanden, schien sie jedoch mehr als nur erpicht darauf zu sein, ihn zu teilen.

Julia würde fast für die gesamten Schulferien »bestialisch« beschäftigt sein, deswegen hatte Jackson Nathan zu sich in das Cottage geholt, das er derzeit an der Ostküste von Yorkshire gemietet hatte, ein paar Kilometer nördlich von Whitby. Mit einer guten WLAN-Verbindung konnte Jackson seine Firma – Brodie Investigations – überall betreiben. Das Internet war böse, aber man musste es lieben.

Julia spielte eine Pathologin (»*die* Pathologin«, korrigierte sie ihn) in der seit langem laufenden Gerichtsserie *Collier. Collier* wurde als »düsteres Drama aus dem Norden« beschrieben, obwohl es dieser Tage müder Mumpitz war, ausgedacht von zynischen Großstädtern, die die meiste Zeit auf Koks oder Schlimmerem waren.

Julia hatte ausnahmsweise einmal einen eigenen Handlungsbogen. »Es ist ein großer Strang«, erklärte sie Jackson. Er dachte, sie hätte »Fang« gesagt, und brauchte eine Weile, bis er das Rätsel gelöst hatte. Dennoch sah er jetzt immer, wenn sie von »meinem Strang« sprach, vor sich, wie sie eine zunehmend bizarre Parade von Fischen anführte. Sie wäre nicht die schlechteste Person an seiner Seite, wenn es zu einer Flut käme. Hinter ihrer schussligen theatralischen Fassade war sie widerstandsfähig und einfallsreich, und sie war gut im Umgang mit Tieren.

Ihr Vertrag lief aus, und sie fütterten sie nur tröpfchenweise mit dem Drehbuch, deshalb sei sie ziemlich sicher, sagte sie, dass sie am Ende ihres »Strangs« auf einen grässlichen Abgang zusteuerte. (»Tun wir das nicht alle?«, fragte Jackson.) Julia war zuversichtlich, es sei ein guter Lauf gewesen, sagte sie. Ihr Agent hatte ein Auge auf eine Restaurationskomödie, die im West Yorkshire Playhouse aufgeführt werden sollte. (»Richtige Schauspielerei«, sagte Julia. »Und wenn das nicht klappt, gibt es immer noch *Strictly*. Das wurde mir schon zweimal angeboten. Sie kratzen jetzt offenbar den Boden des Fasses aus.«) Sie hatte ein schönes kehliges Lachen, vor allem wenn sie sich über sich selbst lustig machte. Oder so tat. Es hatte einen gewissen Charme.

»Wie vermutet, gab es keine Magnums, keine Cornettos, sie hatten nur Bassani«, sagte Jackson, als er mit zwei wie Kerzenständer hochgehaltenen Waffeln zurückkehrte. Man sollte annehmen, dass Eltern ihren Kindern eigentlich verbieten würden, Eis von Bassani zu essen, nach allem, was passiert war. Carmodys Spielhallen gab es auch noch, ein lauter beliebter Treffpunkt am Meer. Eis und Spielhallen – die perfekte Verlockung für Kinder. Es mussten ungefähr zehn Jahre vergangen sein, seitdem die Zeitungen über den Fall berichtet hatten. (Je älter Jackson wurde, umso mehr entglitt ihm die Zeit.) Antonio Bassani und Michael Carmody, örtliche »Würdenträger« – einer von beiden saß im Gefängnis, und der andere hatte sich aufgehängt, aber Jackson erinnerte sich nie, was auf wen zutraf. Er wäre überrascht, wenn der, der im Gefängnis war, nicht bald entlassen würde, wenn er es nicht schon war. Bassani und Carmody mochten Kinder. Sie mochten Kinder zu sehr. Sie mochten es, Kinder an andere Männer weiterzugeben, die Kinder zu sehr mochten. Wie Geschenke, wie Pfänder bei einem Spiel.

Eine ewig hungrige Dido watschelte hoffnungsvoll hinter ihm her, und anstelle von Eis gab Jackson ihr einen knochenförmigen Hundeleckerbissen. Er nahm an, dass es ihr gleichgültig war, welche Form er hatte.

»Ich habe Vanille und Schokolade«, sagte er zu Nathan. »Welches willst du?« Eine rhetorische Frage. Welche noch nicht wahlberechtigte Person würde sich je für Vanille entscheiden?

»Schokolade. Danke.«

Danke – ein kleiner Triumph der guten Manieren, dachte Jackson. (»Am Ende wird schon was aus ihm werden«, sagte Julia. »Teenager zu sein ist schwer, ihre Hormone veranstalten ein Chaos, sie sind oft erschöpft. Das Wachsen verbraucht viel Energie.«) Aber was war mit Generationen von Teenagern, die mit vierzehn (nur wenig älter als Nathan!) die Schule verlassen und in Fabriken und Stahlwerken und Kohlezechen gearbeitet hatten? (Jacksons eigener Vater und dessen Vater vor ihm zum Beispiel.) Oder Jackson selbst, mit sechzehn zum Militär, eine Jugend, die von Autoritäten in Stücke gebrochen und später, als er schon ein Mann war, von ihnen wieder zusammengesetzt worden war. War diesen Teenagern, darunter ihm selbst, die Schwäche chaotischer Hormone erlaubt gewesen? Nein, das war sie nicht. Sie gingen neben erwachsenen Männern arbeiten und benahmen sich, sie brachten ihren Lohn am Ende der Woche zu ihren Müttern (oder Vätern) nach Hause, und – (»Ach, sei still, ja?«, sagte Julia müde. »Dieses Leben ist verschwunden und kommt nicht wieder.«)

»Wo ist Gary?«, fragte Jackson und ließ den Blick über die Bänke schweifen.

»Gary?«

»Der Gary, den du im Auge behalten solltest.«

Ohne von seinem Handy aufzublicken, nickte Nathan in Richtung der Drachenboote, wo sich Gary und Kirsty an der Kasse anstellten.

Und die Schlacht ist vorbei, der Union Jack wird gehisst. Ich bitte um einen Applaus für unsere gute alte Fahne!

Jackson klatschte gemeinsam mit den anderen Zuschauern. Er stieß Nathan leicht an und sagte: »Komm schon, klatsch für die gute alte Fahne.«

»Hurra«, sagte Nathan lakonisch. O Ironie, dein Name ist Nathan Land, dachte Jackson. Sein Sohn hatte den Nachnamen seiner Mutter, und das war Grund für Auseinandersetzungen zwischen Julia und Jackson. Um es milde auszudrücken. »Nathan Land« klang in Jacksons Ohren wie der Name eines Finanziers aus dem 18. Jahrhundert, des Stammvaters einer europäischen Bankerdynastie. »Nat Brodie« dagegen hörte sich nach einem kernigen Abenteurer an, der sich immer weiter gen Westen durchschlug auf der Suche nach Gold oder Rindern, Frauen mit lockerer Moral im Schlepptau. (»Seit wann hast du so viel Phantasie?«, fragte Julia. Wahrscheinlich seitdem ich dich kenne, dachte Jackson.)

»Können wir jetzt endlich gehen?«, fragte Nathan und gähnte ausführlich und ungeniert.

»Gleich, wenn ich damit fertig bin«, sagte Jackson und deutete auf sein Eis. Jacksons Ansicht nach ließ nichts einen erwachsenen Mann dümmer aussehen, als mit einem Eis in der Waffel herumzulaufen und daran zu lecken.

Die Kämpfer der Schlacht vor dem Rio de la Plata fuhren ihre Ehrenrunde. Die Männer in den Booten hatten die Abdeckungen – eine Art Kommandostand – abgenommen und winkten den Zuschauern zu.

»Siehst du?«, sagte Jackson zu Nathan. »Ich habe es dir gesagt.«

Nathan verdrehte die Augen. »Hast du. Können wir *jetzt* gehen?«

»Ja, also, lass uns mal nach unserem Gary sehen.«

Nathan stöhnte, als sollte er gleich einem Waterboarding unterzogen werden.

»Halt durch«, sagte Jackson gut gelaunt.

Jetzt, da die kleinste bemannte Marine der Welt zu ihren Ankerplätzen fuhr, machten die Drachenboote erneut die Leinen los – Tretboote in grellen Primärfarben mit langen Hälsen und großen Drachenköpfen, Comicversionen von Wikinger-Langbooten. Gary und Kirsty hatten bereits ein wildes Ross bestiegen, Gary trat heroisch in die Pedale und fuhr hinaus in die Mitte des Sees. Jackson machte ein paar Fotos. Als er auf seinem Handy nachschaute, stellte er angenehm überrascht fest, dass Nathan Serienbilder aufgenommen hatte – das moderne Äquivalent des Daumenkinos seiner Kindheit –, als Jackson das Eis gekauft hatte. Gary und Kirsty, die sich küssten, die Münder verzogen wie ein Paar Kugelfische. »Braver Junge«, sagte Jackson zu Nathan.

»Können wir *jetzt* gehen?«

»Ja, können wir.«

Jackson folgte Gary und Kirsty seit mehreren Wochen. Er hatte Garys Frau Penny genügend Fotos *in flagranti* geschickt, um sich mehrmals wegen Ehebruch von ihrem Mann scheiden zu lassen, aber wenn Jackson zu ihr sagte, »Ich glaube, Sie haben jetzt genug Beweise, Mrs Trotter«, entgegnete sie jedes Mal: »Bleiben Sie noch ein bisschen länger an ihnen dran, Mr Brodie.« Penny Trotter – es war ein unglücklicher Name, dachte Jackson. Pig's trotters – Schweinefüße. Ein billiges Essen vom Metzger. Seine Mutter hatte Schweinefüße gekocht, den Kopf auch. Von der Schnauze bis zum Schwanz und alles dazwischen, nichts wurde verschwendet. Sie war Irin, die Erinnerung an die Hungersnot war ihren Knochen eingeschrieben, ähnlich der Beinschnitzerei, die er im Museum in Whitby gesehen hatte. Und weil sie eine irische Mutter war, bekamen die Männer als Erstes zu essen – in der Reihenfolge ihres Alters. Als Nächstes war seine Schwester dran, und dann setzte sich schließlich ihre Mutter mit einem Teller hin und aß, was immer übrig war – oft nicht mehr als ein paar Kartoffeln mit einem Löffel Soße. Niamh war die Einzige, die dieses mütterliche Opfer bemerkte. (»Komm, Ma, nimm ein bisschen was von meinem Fleisch.«)

Manchmal erschien ihm seine Schwester im Tod lebendiger, als sie es im Leben gewesen war. Er tat sein Bestes, um die Erinnerung an sie wachzuhalten, da es sonst niemanden mehr gab, der die Flamme am Brennen hielt. Bald wäre sie für alle Ewigkeit gelöscht. So wie er, so wie sein Sohn, so – (»Um Himmels willen, Jackson, hör auf«, sagte Julia verärgert.)

Jackson begann sich zu fragen, ob Penny Trotter ein masochistisches Vergnügen an diesem Unternehmen fand, das (fast) an Voyeurismus grenzte. Oder plante sie ein Endspiel, von dem sie Jackson nichts erzählte? Vielleicht saß sie die Sache einfach aus, Penelope, die hoffte, dass Odysseus den Weg nach Hause finden würde. Nathan war während der Ferien an einem Projekt über die *Odyssee* für die Schule beteiligt. Er schien nichts gelernt zu haben, während Jackson viel gelernt hatte.

Nathan ging auf eine Privatschule (vor allem dank Julias Honorar für *Collier*), wogegen Jackson prinzipiell etwas hatte. Insgeheim war er jedoch erleichtert, weil Nathans staatliche Schule am Ort eine Schule für »Übriggebliebene« war. (»Ich kann mich nicht entscheiden, was du bist«, sagte Julia, »ein Heuchler oder nur ein gescheiterter Ideologe.« War sie immer schon so voreingenommen gewesen? Das war eigentlich der Job seiner Exfrau Josie. Seit wann war es Julias?)

Jackson langweilte sich mittlerweile mit Gary und Kirsty. Sie waren Gewohnheitstiere, gingen jeden Montag- und jeden Mittwochabend in Leeds miteinander aus, wo sie beide bei derselben Versicherungsgesellschaft arbeiteten. Das gleiche Muster: ein Drink, ein Essen und dann ein paar heimliche Stunden in Kirstys winziger moderner Wohnung, wo sie vermutlich das taten, was Jackson Gott sei Dank nicht mit ansehen musste. Danach fuhr Gary nach Hause zu Penny und dem charakterlosen Reihenhaus aus Backstein, das sie in Acomb besaßen, ein nichtssagender Vorort von York. Jackson dachte, dass es, wäre er ein verheirateter

Mann, der heimlich eine Affäre hatte – was er nie getan hatte, er schwor es bei Gott –, ein bisschen spontaner, ein bisschen weniger vorhersehbar zuginge. Ein bisschen mehr Spaß. Hoffentlich.

Nach Leeds war es eine lange Fahrt über die Moore, weswegen Jackson einen hilfsbereiten jungen Mann namens Sam Tilling für die Laufarbeit angeheuert hatte, der in Harrowgate lebte und zwischen Universität und Eintritt bei der Polizei Däumchen drehte. Sam erledigte frohgemut die langweiligeren Aufgaben – die Weinbars, die Cocktaillounges und die Curryrestaurants, wo Gary und Kirsty gezügelter Leidenschaft frönten. Gelegentlich machten sie einen Tagesausflug irgendwohin. Heute war Donnerstag, sie machten wegen des guten Wetters wohl blau. Jackson glaubte, ohne wirkliche Beweise dafür zu haben, dass Gary und Kirsty zu den Leuten gehörten, die ihre Arbeitgeber ohne Skrupel übers Ohr hauten.

Da Peasholm Park praktisch vor seiner Haustür lag, hatte er sich dafür entschieden, ihnen heute selbst zu folgen. Und er hatte etwas mit Nathan unternommen, auch wenn Nathans bevorzugte Standardposition im Haus war, wo er mit seiner Xbox *Grand Theft Auto* spielte oder online mit seinen Freunden chattete. (Was um alles in der Welt hatten sie einander zu *sagen*? Sie *taten* nie etwas.) Jackson hatte Nathan die hundertneunundneunzig Stufen zu den kargen Ruinen der Abtei von Whitby (nahezu buchstäblich) hinaufgezerrt in dem vergeblichen Versuch, ihm Geschichte nahezubringen. Ähnliches galt für das Museum, einen Ort, den Jackson wegen seiner skurrilen Mischung von Exponaten mochte – von fossilierten Krokodilen über Walfang-Memorabilien bis zur mumifizierten Hand eines Gehängten. Nichts davon interaktiv, keine Halt-die-ADHS-Kids-bei-Laune-koste-es-was-es-wolle-Dinge. Nur ein Sammelsurium aus der

Vergangenheit in original viktorianischen Schaukästen – Schmetterlinge auf Nadeln, ausgestopfte Vögel, Kriegsorden, offene Puppenhäuser. Der Krimskrams aus dem Leben von Menschen, der schließlich und endlich das war, was Bedeutung hatte, oder?

Jackson war überrascht, dass die grausige mumifizierte Hand Nathan nicht faszinierte. »Hand of Glory«, Ruhmeshand, wurde sie genannt und ging einher mit einem komplizierten und verwirrenden Volksmärchen über Galgen und Einbrecher. Das Museum war voll mit dem maritimen Erbe Whitbys, auch das von keinerlei Interesse für Nathan, und das Captain-Cook-Museum war natürlich auch ein Reinfall. Jackson bewunderte Cook. »Der erste Mann, der um die Welt gesegelt ist«, sagte er und versuchte, Nathans Interesse zu wecken. »Und?«, sagte er. (Und! Jackson hasste dieses verächtliche *Und?*) Vielleicht hatte sein Sohn recht. Vielleicht war die Vergangenheit nicht länger der Kontext für die Gegenwart. Vielleicht war nichts mehr davon wichtig. Würde die Welt so enden – nicht mit einem Knall, sondern mit einem *Und?*

Während Gary und Kirsty herumscharwenzelten, kümmerte sich Penny Trotter ums Geschäft – einen Geschenkeladen in Acomb namens »Schatztruhe«, dessen Inneres nach einer unseligen Mischung aus Patchouli-Räucherstäbchen und künstlicher Vanille roch. Das Angebot bestand überwiegend aus Karten und Geschenkpapier, Kalendern, Kerzen, Seifen, Kaffeebechern und einer Menge putziger Objekte, deren Zweck nicht sofort erkennbar war. Es war die Art Laden, der sich am Leben hielt, indem er von einer Festivität zur nächsten taumelte – Weihnachten, Valentinstag, Muttertag, Halloween und wieder Weihnachten, dazwischen die Geburtstage.

»Na ja, es hat keinen offensichtlichen *Zweck*«, hatte Penny Trotter gesagt, als sich Jackson nach der Raison d'Être eines ausgestopften Filzherzens erkundigt hatte, auf dessen roter Oberfläche das Wort *Love* aus Pailletten prangte. »Man hängt es einfach irgendwo auf.« Penny Trotter war romantisch veranlagt – das sei ihr Untergang, sagte sie. Sie war Christin, irgendwie »wiedergeboren«. (Reichte einmal nicht?) Sie trug ein Kreuz um den Hals und ein Band mit den aufgedruckten Buchstaben WWJT um das Handgelenk, das Jackson verwunderte. »Was würde Jesus tun?«, erklärte sie. »Es lässt mich innehalten und überlegen, bevor ich etwas tue, das ich vielleicht bereuen werde.« Jackson dachte, dass so ein Band auch ihm nützlich wäre. WWJT – Was würde Jackson tun?

Brodie Investigations war die letzte Inkarnation von Jacksons ehemaliger Detektei, auch wenn er sich bemüht hatte, das Wort »Privatdetektiv« zu vermeiden – es hatte zu viele glamouröse Konnotationen (oder schmierige, je nach Sichtweise). Klang zu sehr nach Chandler. Es steigerte die Erwartungen der Leute.

Jacksons Tage bestanden aus Maloche für Anwälte – Schulden nachverfolgen, Überwachung und so weiter. Dann waren da noch Diebstahl durch Angestellte, Vorstrafen- und Hintergrundchecks, ein bisschen Verletzung der Sorgfaltspflicht, doch als er das virtuelle Schild für Brodie Investigations aufhängte, hätte er auch eins von Penny Trotters ausgestopften Herzen nehmen können, weil der Großteil seiner Aufträge darin bestand, untreue Ehemänner zu verfolgen (Untreue, dein Name ist Gary) oder ahnungslose Möchtegern-Garys in klebrige Honigtöpfe (oder Fliegenfallen, wie Jackson sie nannte) zu locken, um den Verlobten oder Freund in Versuchung zu führen. Sogar Jackson, der nicht mehr der Jüngste war, hatte nicht geahnt, wie viele misstrauische Frauen es gab.

Zu diesem Zweck machte er seine männerfressenden Fallen mit einem Agent Provocateur scharf in Form einer besonders verführerischen, aber tödlichen Honigbiene – einer Russin namens Tatjana. Eigentlich eher eine Hornisse und keine Honigbiene. Jackson hatte Tatjana in einem anderen Leben kennengelernt, als sie eine Domina und er ungebunden und – kurzfristig, so aberwitzig es jetzt auch schien – Millionär gewesen war. Kein Sex, keine Beziehung, Gott bewahre, er würde lieber mit der oben erwähnten Hornisse ins Bett gehen als mit Tatjana. Sie war am Rand von Ermittlungen aufgetaucht, in die er verstrickt gewesen war. Und außerdem war er damals mit Julia zusammen (oder stand unter dem Eindruck, dass er es war) und hatte fleißig den Embryo gezeugt, der eines Tages die Beine ausstrecken und die Arme sarkastisch verschränken würde. Sie sei ein Kind des Zirkus, behauptete Tatjana, ihr Vater ein berühmter Clown. Clowns in Russland waren nicht lustig, behauptete sie. Hier auch nicht, dachte Jackson. Tatjana selbst war einst, so unwahrscheinlich es schien, eine Trapezkünstlerin gewesen. Trainierte sie noch immer?, fragte sich Jackson.

Seitdem er sie kennengelernt hatte, war die Welt dunkler geworden, soweit es Jackson betraf, wurde die Welt mit jedem Tag dunkler, aber Tatjana war weitgehend die Gleiche geblieben, wenn auch wie er in einer neuen Reinkarnation. Er hatte sie zufällig (vermutlich, aber wer wusste das schon?) in Leeds wieder getroffen, wo sie als Kellnerin in einer Cocktailbar arbeitete und in einem engen, schwarzen, paillettenbesetzten Kleid lasziv mit Gästen tanzte oder kurz mit ihnen auf den Parkplatz ging. »Legitim«, sagte sie später zu ihm, doch aus ihrem Mund klang das Wort nicht glaubwürdig.

Jackson hatte mit einem Anwalt namens Stephen Mellors, für den er sporadisch arbeitete, aus beruflichen Gründen etwas getrunken. Die Bar war die Art modischer Ort, an dem es so dunkel war, dass man kaum den Drink vor sich sehen konnte. Mellors, selbst von der modischen Sorte, metrosexuell und stolz darauf – etwas, das man Jackson nie würde vorwerfen können –, bestellte einen Manhattan, während Jackson sich mit einem Perrier zufriedengab. Leeds wirkte auf ihn nicht wie ein Ort, an dem man dem Leitungswasser trauen konnte. Nicht, dass er etwas gegen Alkohol hatte, ganz im Gegenteil, doch er hielt sich an sehr strikte, selbst auferlegte Trinken-Autofahren-Regeln. Man musste nur einmal eine Wagenladung Teenager mit zu viel Alkohol im Blut vom Asphalt gekratzt haben, um einzusehen, dass sich Autos und Alkohol nicht vertrugen.

Eine Kellnerin hatte ihre Bestellung entgegengenommen, und eine andere Kellnerin hatte sie an den Tisch gebracht. Sie hatte sich mit dem Tablett mit Getränken weit vorgeneigt, eine potenziell riskante Bewegung für eine Frau auf zwölf Zentimeter hohen Absätzen, die jedoch Mellors erlaubte, ihr Dekolleté zu begutachten, als sie seinen Manhattan auf den niedrigen Tisch stellte. Sie lieferte Jacksons Perrier auf die gleiche Weise ab, ließ das Wasser langsam in sein Glas fließen, als wäre es ein Akt der Verführung. »Danke«, sagte er und versuchte, sich wie ein Gentleman zu benehmen (ein lebenslanges Projekt) und nicht in ihren Ausschnitt zu schauen. Stattdessen blickte er ihr in die Augen und sah, dass sie ihn auf eine animalische Weise anlächelte, die ihm erstaunlich vertraut war, und sagte: »Hallo, Jackson Brodie, so wir treffen uns wieder«, als würde sie für die Rolle der Schurkin in einem Bond-Film vorsprechen. Als Jackson die Sprache wiedergefunden hatte, war sie auf ihren Killerheels davonstolziert (sie wurden nicht umsonst Stilettos genannt) und in den Schatten verschwunden.

»Wow«, sagte Stephen Mellors beifällig. »Sie haben Glück, Brodie. Oberschenkel wie ein Nussknacker. Ich wette, sie macht jede Menge Kniebeugen.«

»Trapez«, sagte Jackson. Er bemerkte eine heruntergefallene Paillette, die vor ihm auf dem Tisch funkelte wie eine Telefonkarte.

Sie verließen den Park, Nathan hüpfte wie ein Welpe, Dido humpelte mutig hinterher, als könnte sie ein künstliches Hüftgelenk gebrauchen (sie konnte offensichtlich). Am Tor des Parks befand sich eine große Anschlagtafel mit mehreren Plakaten, die für die diversen Vergnügungen der Sommersaison warben – Rettungsboot-Gedenktag, Tom Jones im Open-Air-Theater, Showaddywaddy im Wellness-Center. Zudem eine Art Achtziger-Revival-Show, eine Art Varieté, im Palace mit Barclay Jack als Hauptattraktion. Jackson erkannte das Grimassen schneidende Gesicht. *»Der ureigene zwerchfellerschütternde Spaßmacher des Nordens. Kinder nur in Begleitung der Eltern.«*

Jackson wusste etwas Zwielichtiges über Barclay Jack, aber er konnte das Wissen nicht dazu bringen, vom Meeresboden seines Gedächtnisses aufzusteigen – einem trostlosen Ort, an dem die rostigen Wrackteile und der Abfall seiner Gehirnzellen moderten. Irgendein Skandal, der mit Kindern oder Drogen zu tun hatte, einem Unfall in einem Schwimmbad. Angeblich hatte eine Razzia in seinem Haus stattgefunden, die jedoch nichts ergeben hatte, und anschließend viele Entschuldigungen und Zurückrudern seitens der Polizei und der Medien, doch seine Karriere war so gut wie ruiniert. Und da war noch etwas anderes, aber Jackson hatte seine Abrufkräfte erschöpft.

»Der Typ ist ein Wichser«, sagte Nathan.

»Nicht dieses Wort«, sagte Jackson. Gab es eine Altersgrenze, fragte er sich, ab der die eigenen Kinder ungestraft vulgäre Kraftausdrücke benutzen durften?

Auf dem Weg zum Parkplatz kamen sie an einem Bungalow vorbei, dessen Name stolz auf dem Tor prangte – Thisldo. Nathan brauchte eine Weile zum Dekodieren und schnaubte dann lachend. »So ein Scheiß«, sagte er.

»Stimmt«, pflichtete Jackson ihm bei. (»Scheiß« war erlaubt – ein zu nützliches Wort, um es völlig zu verbieten.) »Aber vielleicht ist es auch, ich weiß nicht … Zen« (*Zen* – hatte er das wirklich gesagt?), »wenn man weiß, dass man irgendwo angekommen ist, und es ist genug. Nicht sich weiter anstrengen, sondern annehmen.« Ein Konzept, mit dem Jackson tagtäglich kämpfte.

»Es ist trotzdem ein Scheiß.«

»Ja, gut.«

Auf dem Parkplatz trieben sich von Jackson so genannte »böse Jungs« herum – drei, nur ein paar Jahre älter als Nathan. Sie rauchten und tranken etwas aus Dosen, das definitiv auf Julias Tabuliste stehen würde. Und sie lungerten für Jacksons Geschmack viel zu nah neben seinem Auto herum. Obwohl er in seiner Vorstellung einen virileren Wagen fuhr, war das derzeitige Auto seiner Wahl ein tragisch langweiliger Mittelklasse-Toyota, der seinen elterlichen labradorhütenden Status öffentlich kundtat.

»Jungs?«, sagte er und war plötzlich wieder der Polizist. Sie kicherten über die Autorität in seiner Stimme. Jackson spürte, wie Nathan sich näher zu ihm stellte – trotz seines Maulheldentums war er immer noch ein Kind. Jackson Herz floss über angesichts dieser Verletzlichkeit. Sollte jemand seinem Sohn auch nur ein Haar krümmen oder ihn ärgern, müsste Jackson den Drang unterdrücken, ihm den Kopf abzureißen und irgendwo hinzustecken, wo nie die Sonne schien. Middlesbrough vielleicht.

Dido knurrte die Jungen instinktiv an. »Wirklich?«, sagte Jackson zu ihr. »Du und wessen Wolf?«

»Das ist mein Wagen«, sagte er zu den Jungen, »also verschwindet, Jungs, okay?« Es bräuchte mehr als einen großspurigen jugendlichen Blödmann, um Jackson Angst einzujagen. Einer von ihnen zertrat eine leere Dose und stieß mehrmals mit dem Hintern gegen den Wagen, sodass die Alarmanlage losging, und sie alle brachen in hyänenhaftes Gelächter aus. Jackson seufzte. Er konnte sie wohl kaum zusammenschlagen, sie waren – technisch gesehen – noch Kinder, und er zog es vor, gewalttätige Akte auf Personen zu beschränken, die alt genug waren, um für ihr Land zu kämpfen.

Die Jungen schlurften langsam davon, ohne ihn aus dem Blick zu lassen, ihre Körpersprache eine Beleidigung. Einer machte eine obszöne Geste mit beiden Händen, sodass er aussah, als versuchte er, einen unsichtbaren Gegenstand auf einem Finger zu balancieren. Jackson schaltete die Alarmanlage aus und entriegelte die Türen. Nathan stieg ein, während Jackson Dido auf den Rücksitz half. Sie wog eine Tonne.

Als sie von dem Parkplatz fuhren, überholten sie das immer noch herumschlurfende Trio. Einer imitierte einen Affen – uu-uu-uuu – und versuchte auf die Kühlerhaube des an ihnen vorbeikriechenden Toyotas zu steigen, als wäre er in einem Safaripark. Jackson trat hart auf die Bremse, und der Junge fiel herunter. Jackson fuhr davon, ohne nachzusehen, ob er zu Schaden gekommen war. »Wichser«, sagte er zu Nathan.

Albatros

Der Belvedere-Golfclub. Auf dem Grün befanden sich Thomas Holroyd, Andrew Bragg, Vincent Ives. Hinz und Kunz. Tatsächlich Besitzer eines Fuhrunternehmens, Eigentümer eines Reisebüros und Hotels und Gebietsmanager für Telekomausrüstung.

Vince war an der Reihe abzuschlagen. Er ging in Position und versuchte, sich zu konzentrieren. Er hörte, wie Andy Bragg in seinem Rücken ungeduldig seufzte.

»Vielleicht solltest du bei Minigolf bleiben, Vince«, sagte Andy.

Vinces Ansicht nach gab es sehr verschiedene Kategorien von Freunden. Golffreunde, Arbeitsfreunde, alte Schulfreunde, Schifffreunde (er hatte vor ein paar Jahren eine Mittelmeerkreuzfahrt mit Wendy gemacht, seiner baldigen Exfrau), aber *richtige* Freunde waren selten. Andy und Tommy gehörten in die Schublade für Golffreunde. Nicht was sie selbst betraf – sie waren richtige Freunde. Sie kannten sich seit Jahren und hatten eine so enge Beziehung, dass Vince das Gefühl hatte, von etwas ausgeschlossen zu sein, wann immer er mit ihnen zusammen war. Nicht, dass er den Finger darauf legen konnte, was genau es war. Manchmal fragte er sich, ob Tommy und Andy tatsächlich ein Geheimnis hatten oder ob sie ihn nur *glauben* machen wollten, dass sie eins hätten. Männer ließen das Schulhofgekicher nie hinter sich, sie wurden nur größer. Das war jedenfalls die Meinung seiner Frau. Baldigen Exfrau.

»Du setzt den Ball nicht durch Telepathie in Bewegung, Vince«, sagte Tommy Holroyd. »Du musst ihn mit dem Schläger treffen, verstehst du?«

Tommy war ein großer fitter Mann in den Vierzigern. Er hatte die gebrochene Nase eines Streithammels, die jedoch sein gutes Aussehen nicht beeinträchtigte, sondern es noch besser machte, was Frauen anbelangte. Er setzte ein bisschen Fett an, aber er gehörte noch immer zu der Sorte, die man eindeutig lieber in der eigenen Ecke hatte als in der des anderen. Er hatte »seine Jugend vergeudet«, hatte er Vince erzählt und gelacht, hatte die Schule früh verlassen, als Türsteher bei mehreren der ruppigeren Clubs im Norden gearbeitet und sich mit »den falschen Leuten« eingelassen. Vince hatte einmal ungewollt mitgehört, wie er von »Schutzarbeit« sprach – ein vager Begriff, der eine Vielfalt entweder von Sünden oder von Tugenden abzudecken schien. »Keine Sorge, die Tage sind vorbei«, sagte Tommy lächelnd, als er merkte, dass Vince ihn gehört hatte. Vince hatte kleinlaut die Hände gehoben, als würde er kapitulieren, und gesagt: »Kein Problem, Tommy.«

Tommy Holroyd war stolz darauf, ein »Selfmade-Mann« zu sein. Aber waren nicht alle selfmade, per definitionem? Vince glaubte allmählich, dass er nicht viel aus sich gemacht hatte.

Abgesehen von Rausschmeißer war Tommy Amateurboxer gewesen. Kämpfen schien in der Familie zu liegen – Tommys Vater war Berufsringer gewesen, ein weithin bekannter »Heel« und hatte einmal Jimmy Savile im Ring geschlagen in der Spa Royal Hall in Brid, womit sein Sohn im Namen des Vaters angab. »Mein Pops hat den Kinderschänder zu Brei geschlagen«, erzählte er Vince. »Hätte er gewusst, wie er wirklich war, hätte er ihn wahrscheinlich umgebracht.«

Vince, für den die Welt des Wrestling so obskur und exotisch war wie der Hof des Kaisers von China, musste das Wort »Heel« googeln. Der Böse, der Antagonist, jemand, der betrog und arrogant war. »Es war eine Rolle«, sagte Tommy, »aber mein Pops musste nicht viel schauspielern. Er war ein fieser Dreckskerl.« Tommy tat Vince leid. Sein eigener Vater war so harmlos gewesen wie eine Halbe Tetley's Mild, sein Lieblingsbier.

Tommy setzte laut eigenen Angaben seinen rasanten Aufstieg fort, vom Boxen zum Promoten, und als er im Ring genug Geld verdient hatte, machte er den Zweier-Führerschein und kaufte seinen ersten Lkw, und das war der Anfang seiner Flotte – Holroyd Haulage. Es mochte nicht die größte Flottille von Sattelschleppern im Norden sein, aber sie war erstaunlich erfolgreich, Tommys Lebensstil nach zu urteilen. Er war auffällig wohlhabend, hatte einen Swimmingpool und eine zweite Frau, Crystal, die gerüchteweise einst ein Glamourmodel gewesen war.

Tommy war nicht jemand, der auf der Straße an einem vorbeigehen würde, wenn man in Schwierigkeiten steckte, doch Vince fragte sich, ob man später nicht einen Preis dafür zahlen müsste. Aber Vince mochte Tommy, er war unbeschwert und hatte, was Vince nur als *Präsenz* beschreiben konnte, eine Art nördliche Prahlerei, um die ihn Vince oft beneidete, da er selbst an einem bemerkenswerten Mangel daran litt. Und Crystal war umwerfend. »Eine Barbie-Puppe«, lautete Wendys Urteil. Vince glaubte, dass Wendys Vorstellung von umwerfend darin bestand, ihn zu tasern, da ihre gutmütige Gleichgültigkeit ihm gegenüber sich in Abscheu verwandelt hatte. Und was hatte er getan, um dieses Gefühl hervorzurufen? Nichts!

Nicht lange bevor Vince Tommy kennenlernte, war Lesley – Tommys erste Frau – bei einem schrecklichen Unfall ums Leben gekommen. Sie war von einer Klippe gestürzt, als sie versuchte, das Haustier der Familie zu retten – Vince erinnerte sich, davon in der *Gazette* gelesen (»Frau eines prominenten Ostküsten-Geschäftsmannes auf tragische Weise zu Tode gekommen« und so weiter) und zu Wendy gesagt zu haben: »Du solltest aufpassen, wenn du mit Sparky zu den Klippen gehst.« Sparky war ihr Hund, damals noch ein Welpe. »Um wen machst du dir mehr Sorgen – um mich oder den Hund?«, fragte sie, und er erwiderte: »Also ... « Jetzt wusste er, dass es die falsche Antwort gewesen war.

Den lustigen Witwer, hatte Andy Tommy genannt, und er schien wirklich überraschend wenig gezeichnet von der Tragödie. »Les war schon eine Belastung«, sagte Andy und ließ den Zeigefinger an der Schläfe kreisen, als wollte er ein Loch in sein Gehirn bohren. »Looney Tunes.« Andy war nicht von der sentimentalen Sorte. Ganz im Gegenteil. Damals klemmte an der Bank in der Nähe von Lesley Holroyds Sturz von der Klippe noch ein vertrockneter Strauß Blumen. Es schien ein unangemessenes Zeichen des Gedenkens.

»Erde an Vince«, sagte Tommy. »Eine Möwe wird auf dir landen, wenn du dich nicht bald von diesem Tee entfernst.«

»Was hast du für ein Handicap auf dem Minigolfplatz, Vince?« Andy lachte, offenbar nicht willens, das Thema fallen zu lassen. »Die Windmühle ist knifflig, es ist sauschwer, durch die Segel durchzukommen. Und für die Rakete muss man schon ein echter Profi sein. Das ist ein Killer, der erwischt dich jederzeit.«

Andy war kein Prahler wie Tommy. »Ja, er ist ein ganz Stiller, unser Andrew.« Tommy kicherte, legte Andy den Arm um die

Schulter und zog ihn auf (sehr) männliche Weise an sich. »Die Stillen muss man im Auge behalten, Vince.«

»Verpiss dich«, sagte Andy gutmütig.

Ich bin ein Stiller, dachte Vince, und niemand muss mich im Auge behalten. Andy war ein kleiner, drahtiger Kerl. Wenn sie Tiere wären, wäre Tommy ein Bär – kein harmloser weicher Teddy, wie sie auf Ashleys Bett lagen, Vinces Tochter. Die Bären warteten geduldig auf die Rückkehr seiner abwesenden Tochter aus ihrem Brückenjahr. Tommy wäre ein Bär, vor dem man sich in Acht nehmen müsste, ein Eisbär oder ein Grizzly. Andy wäre ein Fuchs. Das war ein Spitzname, den Tommy mitunter für Andy benutzte: Foxy. Und Vince? Ein Hirsch, dachte er. Eingefangen vom Scheinwerferlicht eines Wagens, der ihn gleich ummähen würde. Wendy am Steuer, wahrscheinlich.

Hatte einer von beiden überhaupt schon einmal Minigolf *gespielt*?, fragte er sich. Er hatte – (überwiegend) angenehme – Stunden mit Ashley gespielt, als sie klein war, und ihr stoisch beigestanden, während sie mehrmals neben das Tee schlug oder stur immer wieder versuchte einzulochen, während sich hinter ihnen eine Schlange bildete. Und jedes Mal, wenn er den wartenden Leuten signalisierte weiterzuspielen, schrie sie: *»Daaaad.«* Ashley war ein dickköpfiges Kind gewesen. (Nicht, dass er sich geärgert hätte. Er liebte sie!)

Vince seufzte. Sollten Tommy und Andy ihren Spaß haben. Männliches Geplänkel – früher war es (mehr oder weniger) Spaß gewesen, diese Prahlerei und dieses Gepolter. Gockel des Nordens, alle miteinander. Es war in der DNA oder im Testosteron der Männer, aber Vince war dieser Tage zu deprimiert, um bei diesem (überwiegend) gutmütigen Gehänsel und gegenseitigen Überbieten mitzumachen.

Wenn Tommys Lebenskurve noch nach oben zeigte, dann befand sich Vinces eindeutig im Abschwung. Er näherte sich knirschend den Fünfzig und lebte seit drei Monaten in einem Einzimmerapartment hinter einem Fish-and-Chips-Laden, seitdem sich Wendy eines Morgens, als er sein Müsli aß – es war ein kurzlebiger Gesundheitstrip gewesen –, zu ihm gewandt und gesagt hatte: »Genug ist genug, findest du nicht, Vince?« Danach saß er mit offenem Mund vor seinem Beste-Beeren-und-Kirschen-Müsli von Tesco.

Ashley war gerade in ihr Brückenjahr aufgebrochen und mit ihrem Rucksack und ihrem Surfer-Freund in Südostasien unterwegs. Soweit Vince es verstand, bedeutete »Brückenjahr« die Flaute zwischen der teuren Privatschule, die er finanziert hatte, und der teuren Universität, die er noch finanzieren musste, eine Pause, in der er dennoch ihre Flüge und ihren monatlichen Unterhalt finanzierte. In seiner Jugend waren Vince die achtbaren nonkonformistischen Tugenden der Selbstdisziplin und der Selbstvervollkommnung beigebracht worden, wohingegen Ashley (ganz zu schweigen von ihrem Surfer-Freund) nur an das »Selbst« glaubte. (Nicht, dass er sich ärgerte. Er liebte sie!)

Kaum war Ashley flügge geworden – mit einem Emirates-Flug nach Hanoi –, verkündete Wendy Vince, dass ihre Ehe tot war. Ihre Leiche war noch nicht kalt, da betrieb sie schon Internet-Dating wie ein Karnickel auf Speed, und er musste sich an den meisten Abenden von Fish and Chips ernähren und fragte sich, wann und wo es schiefgelaufen war. (Offensichtlich drei Jahre zuvor auf Teneriffa.)

»Ich habe dir ein paar Kisten von Costcutter für deine Sachen besorgt«, sagte sie, während er sie verständnislos anstarrte. »Vergiss nicht, deine schmutzige Wäsche aus dem Korb in der

Waschküche zu nehmen. Ich wasche nicht mehr für dich, Vince. Einundzwanzig Jahre Sklavin. Das reicht.«

Das war also die Gegenleistung für seine Opfer. Man arbeitete alle Stunden, die Gott einem schenkte, fuhr Hunderte Kilometer in der Woche im Firmenwagen, hatte kaum Zeit für sich selbst, nur damit die eigene Tochter zahllose Selfies in Angkor Wat oder wo auch immer machen und die eigene Frau einem an den Kopf werfen konnte, dass sie sich im letzten Jahr heimlich mit einem Cafébesitzer getroffen hatte, der auch zur Crew der Seenotrettung gehörte, was der Liaison in ihren Augen den Genehmigungsstempel aufdrückte. (»Craig riskiert jedes Mal sein Leben, wenn er auf Zuruf raus muss. Und du, Vince?« Ja, auch er, auf seine Weise.) Es beschnitt einem die Seele, schnipp, schnipp, schnipp.

Wendy liebte es, zu schnipseln und zu scheren, zu schneiden und zu sensen. Im Sommer war sie fast jeden Abend mit dem Flymo unterwegs – im Lauf der Jahre hatte sie mehr Zeit mit dem Rasenmäher verbracht als mit Vince. Sie hätte statt Händen genauso gut Baumscheren haben können. Eins von Wendys sonderbaren Hobbys war es, einen Bonsai wachsen zu lassen (oder ihn vom Wachsen abzuhalten), ein grausamer Zeitvertreib, der ihn an die alten Chinesinnen erinnerte, die sich die Füße banden. Und das tat sie ihm jetzt an, sie schnipselte an seiner Seele herum, beschnitt ihn zu einer Zwergversion seiner selbst.

Er hatte sich für seine Frau und seine Tochter durchs Leben geschleppt, heldenhafter als sie es sich vorstellen konnten, und das war der Dank dafür. Es konnte kein Zufall sein, dass sich »schleppen« auf »neppen« reimte. Er war davon ausgegangen, dass es am Ende des Schleppens ein Ziel zu erreichen galt, doch wie sich herausstellte, war da nichts – nur mehr Dahinschleppen.

»Schon wieder Sie?«, sagte die fröhliche geschäftige Frau in der Fish-and-Chips-Bude jedes Mal, wenn er hereinkam. Er hätte wahrscheinlich durch sein rückwärtiges Fenster langen und den Fisch selbst aus der Fritteuse angeln können.

»Ja, ich schon wieder«, sagte Vince ausnahmslos immer, gut gelaunt, als wäre auch er überrascht. Es war wie der Film *Und täglich grüßt das Murmeltier*, außer dass er nichts lernte (denn, seien wir ehrlich, es gab nichts zu lernen) und sich nie etwas änderte.

Hatte er sich beschwert? Nein. Ja, »Kann mich nicht beschweren« war der Refrain seines Erwachsenenlebens gewesen. Ein Brite stoisch bis ins Mark. Darf nicht meckern. Wie jemand in einer altmodischen Sitcom. Das holte er jetzt nach, wenn auch nur sich selbst gegenüber, denn er fühlte sich noch immer gezwungen, der Welt ein fröhliches Gesicht zu zeigen, alles andere wäre schlechtes Benehmen. »Wenn du nichts Nettes sagen kannst«, hatte ihm seine Mutter beigebracht, »dann sag gar nichts.«

»Beides, bitte«, sagte er zu der Frau in der Fish-and-Chips-Bude. Gab es etwas Kläglicheres als einen kurz vor der Scheidung stehenden Mann mittleren Alters, der für sich allein zum Abendessen Fish and Chips bestellte?

»Wollen Sie noch frittierte Panade dazu?«, fragte die Frau.

»Wenn Sie welche haben, gern. Danke«, sagte er und verzog innerlich das Gesicht. Ja, er war nicht blind für die Ironie ihrer Frage, als die Frau die knusprigen Teigreste auf seinen Teller löffelte. Das war alles, was von seinem Leben noch übrig war. Panade.

»Mehr?«, fragte sie, den Löffel noch in der Hand, bereit, großzügig zu sein. Kleine Wunder unter Fremden. Er sollte sie nach ihrem Namen fragen, dachte Vince. Er sah sie öfter als sonst irgendjemanden.

»Nein, danke. Das reicht.«

»Thisldo« hatten sie ihr Haus genannt, eine witzige Idee, die ihm jetzt dumm erschien, aber sie waren einmal eine witzige Familie gewesen. Eine Einheit, die in Bestform funktionierte – grillen im Garten hinter dem Haus, Freunde kamen auf Drinks, Ausflüge nach Alton Towers, Urlaub im Ausland in Vier-Sterne-Hotels, ein oder zwei Kreuzfahrten. Ein traumhaftes Leben im Vergleich zu anderen Leuten. Der Traum eines gemäßigten Mannes mittleren Alters aus der Mittelklasse.

Jedes Wochenende luden sie bei Tesco den Kofferraum voll und knauserten nie bei Ashleys Tanzunterricht, Reitstunden, Geburtstagsfesten, Tennisstunden. (Schulreisen ins Skilager. Dafür brauchte man eine zweite Hypothek!) Und die ganze Zeit chauffierte er sie zu »Übernachtungspartys« und »Spieltreffen«. Sie war nicht billig. (Nicht, dass er sich ärgerte. Er liebte sie!)

Und Fahrstunden – Stunden, sogar Tage seines Lebens, die er nicht zurückbekommen würde und die er damit verbracht hatte, seiner Frau und seiner Tochter das Autofahren beizubringen. Er auf dem Beifahrersitz seines Wagens und hinter dem Steuer eine von ihnen, die beide weder links von rechts oder auch nur vorwärts von rückwärts unterscheiden konnten. Und dann saß Ashley plötzlich in einem Tuk-Tuk, und Wendy hatte einen neuen Honda mit einem UKIP-Sticker auf der Heckscheibe, in dem sie herumfuhr auf der Suche nach dem neuen Mr Right, da Vince plötzlich Mr Wrong geworden war. Craig, der Seenotretter, war offenbar fallen gelassen worden zugunsten der bunten Mischung bei Tinder. Laut seiner Frau hätte Vince Vorbild für eine eigene Reihe von Mr-Men-Kinderbüchern sein können – Mr Langweilig, Mr Übergewicht, Mr Müde. Und um dem Ganzen die Krone aufzusetzen, hatte Wendy wieder ihren Mädchennamen angenommen, als sollte seine Existenz komplett ausradiert werden.

»Thisldo«, schnaubte er. Es reichte überhaupt nicht, und sogar Sparky behandelte ihn wie einen Fremden. Sparky war eine unklare Sorte Lurcher, der sich für Wendy als Alphamännchen entschieden hatte, obwohl Vince ihn unmäßig mochte und derjenige war, der normalerweise mit ihm Gassi ging, seine Kacke entsorgte und ihm sein teures Futter gab – das im Rückblick von höherer Qualität schien als die Eintopfdosen der Eigenmarke aus dem Supermarkt, die er sich dieser Tage genötigt sah zu kaufen, wenn er nicht Fish and Chips aß. Wahrscheinlich sollte er sich besser Hundefutter kaufen statt des Eintopfs, es konnte nicht schlechter sein. Er vermisste den Hund mehr als Wendy. Ja, er war überrascht, als er feststellte, dass er Wendy eigentlich gar nicht vermisste, nur die häusliche Behaglichkeit, die sie ihm genommen hatte. Ein seiner häuslichen Behaglichkeit beraubter Mann war ein trauriger und einsamer Tropf.

Vince war noch bei der Armee, bei den Signals, als er Wendy auf der Hochzeit eines Kumpels unten im Süden kennenlernte. Er hatte die Sonnenbräune vom Balkan und die neuen Streifen eines gerade beförderten Sergeant, und sie hatte gekichert und gesagt: »Oh, ich mag Männer in Uniform.« Und zwei Jahre später heirateten sie, und er war Zivilist, arbeitete für eine Telekomfirma, zuerst als Ingenieur, verantwortlich für IT, bevor er vor zehn Jahren in die Anzug-und-Krawatte-Etage aufstieg, ins Management. Er dachte an Craig, den Seenotretter, und fragte sich, ob ihr von Anfang an nur die Uniform an Vince gefallen hatte und nicht der Mann darin.

»Meine Mutter hat mich davor gewarnt, dich zu heiraten«, sagte sie und lachte, als sie erschöpft und betrunken die Hochzeitskleider in einem Zimmer des Hotels ablegten, in dem sie gefeiert hatten – eine glanzlose Örtlichkeit am Rand von Wendys Heimatstadt Croydon. Als verführerisches Vorspiel zu ihrer ersten Nacht als verheiratetes Paar versprachen diese Worte nichts Gutes. Ihre Mutter – eine kleinliche pomadige Witwe – hatte angesichts von Wendys Wahl unverhältnismäßig viel gejammert und mit den Zähnen geknirscht. In der Kirche saß sie mit einem schrecklichen Hut auf dem Kopf in der ersten Reihe, doch mit ihrer Leichenbittermiene hätte sie auch bei einer Beerdigung sein können. In den folgenden Jahren hatte sie hart um den Titel der »kritischsten Schwiegermutter der Welt« gekämpft. »Ja, die Konkurrenz ist groß«, sagte Tommy, der allerdings zwei Ehen ohne eine Schwiegermutter in Sichtweite absolvierte. Es war eine große Erleichterung für Vince, als sie vor ein paar Jahren an einer schleichenden Krebserkrankung gestorben war, die sie in Wendys Augen zu einer Märtyrerin machte.

»Wenn ich nur auf meine arme Mutter gehört hätte«, sagte Wendy, als sie die Gegenstände spezifizierte, die er mitnehmen durfte. Wendy bekam aufgrund der Scheidungsvereinbarung so viel Geld, dass Vince kaum mehr die Gebühren des Golfclubs zahlen konnte.

»Das Beste, das ich rausschlagen konnte, Vince«, sagte Steve Mellors und schüttelte betrübt den Kopf. »Das Eherecht ist ein Minenfeld.« Steve wickelte Vinces Scheidung umsonst für ihn ab, ein Gefallen, für den Vince mehr als dankbar war. Steve war Anwalt für Handels- und Gesellschaftsrecht in Leeds und »dilettierte« für gewöhnlich nicht in Scheidung. Ich auch nicht, dachte Vince, ich auch nicht.

Vince und Steve Mellors hatten eine gemeinsame Geschichte – sie waren in dieselbe Schule gegangen, in Dewsbury, Heimat der kratzigen recycelten Wolle bekannt als Lumpenwolle. Lumpig passt, dachte Vince in Anbetracht dessen, wie sein Leben verlief. Nach der Schule hatten sich ihre Wege getrennt. Steve studierte Jura in Leeds, während Vince auf Wunsch seines Vaters direkt zur Armee ging, um »etwas Anständiges zu lernen«. Sein Vater besaß eine Klempnerei, er *war* die Klempnerei, er hatte nie auch nur einen Lehrling aufgenommen. Sein Vater war ein netter Mann, ein geduldiger Mann, der vor Vince oder seiner Mutter nie die Stimme hob, jeden Freitag Fußballtoto spielte und jeden Sonntag mit einer Schachtel Kuchen aus der Bäckerei neben seiner Werkstatt nach Hause kam. Zitronenkuchen und Biskuittörtchen. Er meckerte nie. Es war genetisch.

Sein Vater hatte Vince nicht ermutigt, wie er Klempner zu werden. »Du verbringst dein halbes Leben bis zu den Ellbogen in der Scheiße anderer Leute, Sohn.« Und Vince hatte bei der Armee tatsächlich etwas gelernt, dafür waren die Signals gut. Er war nur selten mitten in eine Konfliktzone geschickt worden. Ulster, die Golfregion, Bosnien – Vince hatte hinter der Front in einer Versorgungseinheit Dienst geleistet, an technischem Gerät herumgefummelt oder versucht, abgestürzte Software wiederzubeleben. Nur in seinem letzten Einsatz im Kosovo war er an der Front gewesen und beschossen worden. Es hatte ihm nicht gefallen. Auch die Nebenwirkungen des Kriegs hatten ihm nicht gefallen – Frauen, Kinder, sogar Hunde als »Kollateralschaden«. Nach dem Kosovo hatte er beschlossen, die Armee zu verlassen. Im Gegensatz zu vielen anderen hatte er es nie bereut.

Steve Mellors war immer der schlaue, beliebte Typ gewesen. Vince war damit zufrieden gewesen, sein Kumpel zu sein und ein bisschen von Steves selbstsicherer Aura auf sich abfärben zu lassen. Er war der Watson für Steves Holmes, der Tenzing für Hillary. In Vinces Tierlexikon wäre Steve damals ein junger Löwe gewesen.

Sie fuhren gemeinsam auf Fahrrädern von der Schule nach Hause, den Pfad neben dem Kanal entlang, alberten viel herum, bis Steve eines Tages gegen eine Bodenwelle stieß, kopfüber über den Lenker stürzte, mit dem Kopf auf dem harten Pfad landete und ins Wasser rutschte. Unterging. *»Einfach so«*, sagte Vince später, wenn er von dem Vorfall erzählte und dabei bestmöglich Tommy Cooper nachahmte. Er war der Klassenclown gewesen. Was man jetzt nur schwer glauben konnte.

Vince wartete darauf, dass Steve wieder auftauchte, zum Ufer schwamm – er war ein guter Schwimmer –, aber nichts passierte, nur ein paar Blasen stiegen auf, als wäre ein Fisch dort unten, nicht eine Person.

Vince sprang in den Kanal und zog seinen Freund heraus. Er legte ihn ans Ufer, und nach ein paar Sekunden sprudelte der halbe Kanal aus Steves Mund, und er setzte sich auf und sagte: »Fuck.« Auf der Stirn, da wo er auf der harten Erde aufgeschlagen war, hatte er eine Beule so groß wie ein Entenei, aber abgesehen davon war er in Ordnung.

Vince war es damals nicht als sonderliche Heldentat erschienen, er hatte im örtlichen Schwimmbad einen Rettungsschwimmerkurs absolviert, er würde also wohl kaum tatenlos dastehen und seinem Freund beim Ertrinken zusehen. Es schuf eine Verbundenheit zwischen ihnen (jemandem das Leben zu retten tat das, nahm er an), weil sie in Kontakt geblieben waren wie flüchtig auch immer – sporadisch eine Karte zu Weihnachten. Auf unterschiedliche Weise war ihnen der Wesenszug, loyal zu sein, gemein – nicht immer eine gute Sache, dachte Vince. Er war Wendy gegenüber loyal gewesen, er war Sparky gegenüber loyal gewesen. Waren sie im Gegenzug ihm gegenüber loyal gewesen? Nein. Und er zweifelte nicht daran, dass Ashley bei der Scheidung leider die Partei ihrer Mutter ergreifen würde. Sie hielten zusammen wie Pech und Schwefel.

Er hatte persönlich wieder Kontakt mit Steve aufgenommen bei einem Klassentreffen ein paar Jahre zuvor, ein höllisches Ereignis, das Wendys Überzeugung bestätigte, dass Männer nicht erwachsen wurden, sondern nur größer. Und kahlköpfiger. Und dicker. Aber nicht Steve, er sah aus wie ein Vollblutpferd, das sich jeden Morgen striegelte, nichts Lumpiges an Steve. »Bewahrst du dein Porträt auf dem Dachboden auf, Steve?«, hatte jemand beim Klassentreffen gefragt. Er lachte über den Kommentar (»Tennis und die Liebe einer tollen Frau«), aber Vince sah, dass er durchaus ein bisschen stolz auf das Kompliment war. Mädchen und Geld – das waren schon immer die beiden Ziele gewesen, auf die Steve es abgesehen hatte, vermutete Vince, und er schien in beiderlei Hinsicht ins Schwarze getroffen zu haben.

Dieser Tage hatte er sich in »Stephen« verwandelt, auch wenn es Vince schwer fiel, ihn so zu nennen. Es war Steve gewesen, der Vince »meinen guten Freunden« Tommy und Andy vorgestellt hatte. Sie waren ein komisches Trio – der Löwe, der Bär und der Fuchs, wie aus Aesops Fabeln. In Vinces Hierarchie von Freunden waren Tommy und Andy und Steve richtige Freunde.

Doch es gab auch eine Hackordnung, wie Vince rasch herausfand. Steve schaute auf Tommy herab, weil Steve gebildeter war. Tommy schaute auf Andy herab, weil Tommy eine umwerfende Frau hatte, und Andy schaute auf Vince herab, weil, nun ja, weil er eben Vince war. Nur Vince konnte auf niemanden herabschauen. Außer auf sich selbst.

»Andy und Tommy wohnen in deiner Gegend«, sagte Steve. »Du solltest sie kennenlernen. Sie könnten dir nützlich sein.« (Wofür?, hatte sich Vince gefragt.) Und es war auch Steve gewesen, der ihn im Belvedere Golfclub eingeführt hatte.

In Vinces komplexer Hierarchie der Freundschaft war Steve ein Schulfreund, kein richtiger Freund – zu viel Zeit war vergangen, zu viele Erfahrungen, die ihnen nicht gemeinsam waren. »Ein alter Schulkamerad«, hatte Steve gesagt und ihm (ziemlich fest) auf die Schulter geklopft, als er ihn Tommy und Andy vorstellte. Einen Augenblick lang fühlte sich Vince deswegen jung, und dann fühlte er sich alt. »Er hat mir das Leben gerettet«, sagte Steve zu Tommy und Andy, »und ich meine buchstäblich. Man könnte sagen, dass ich ihm alles verdanke.«

»Das ist lange her«, sagte Vince und starrte bescheiden auf seine Füße. Er glaubte nicht, dass sie jemals das Wort »Kamerad« benutzt hatten, als sie in Dewsbury waren. Er bezweifelte, dass irgendjemand in West Yorkshire es je getan hatte. Es war ein Wort, das besser zu den Sportplätzen von Eton passte als zur lumpigen Hauptstadt des Nordens.

Steve lebte jetzt in einem alten Bauernhof außerhalb von Malton mit einer attraktiven gebildeten Frau namens Sophie, einem strammen, Rugby spielenden jugendlichen Sohn namens Jamie und einer von Ponys besessenen, ziemlich missmutigen Tochter namens Ida. »Prinzessin Ida«, sagte Sophie und lachte, als wäre es ein Witz in der Familie. »Das ist eine Oper von Gilbert und Sullivan«, erklärte sie, als sie Wendys ausdruckslose Miene sah. (»Überhebliche Kuh«, sagte Wendy bei der Nachbesprechung später am Abend.)

Sie waren zum Essen eingeladen, er und Wendy, aber es war ein etwas unbehaglicher Abend gewesen, nur sie vier, und danach war Wendy mürrisch, weil Vince es im Leben nicht so weit gebracht hatte wie sein alter »Kamerad«.

»Reine Angeberei, wenn du mich fragst«, sagte Wendy. »Silberbesteck, Kristallgläser, Tischtuch aus Damast«, machte sie Inventur. »Ich dachte, es wäre ein schlichtes Abendessen am Küchentisch.« (Was war das?, fragte sich Vince. Etwas, wovon sie in einer Hochglanzbeilage gelesen hatte?) Auch er war ein bisschen überrascht gewesen von Steves Lebensstil, aber man konnte einem Mann wohl kaum vorhalten, dass er erfolgreich war.

Sie hatten vergessen, ein Geschenk mitzubringen, und kamen mit einer in letzter Minute unterwegs eilig in einer Tankstelle gekauften Flasche Wein und einem Blumenstrauß und einer Schachtel After Eight. (»Wie nett«, murmelte Sophie.)

Sie hatten eine kleine Tabby-Katze namens Sophie gehabt, als Kätzchen bekommen, bevor Ashley geboren wurde. Sie war vor ein paar Jahren gestorben, und Vince vermisste ihre anspruchslose Gesellschaft immer noch. Jedes Mal, wenn Steve seine Frau erwähnte, fiel ihm die Katze ein, obwohl sie nichts weiter als den Namen gemein hatte mit Steves eleganter Frau, abgesehen von einem Faible für gescheckte Farbkombinationen. Vor ihrer Heirat war Sophie eine hochrangige Steuerberaterin »bei Deloitte« gewesen, aber sie hatte die Arbeit aufgegeben, um sich der Familie zu widmen. »Es ist schließlich ein Ganztagsjob«, sagte sie.

»Wem sagst du das?«, erwiderte Wendy. Im Rückblick erkannte Vince, dass seine Frau von ihrer Mutter die Prädisposition zum Märtyrertum geerbt hatte.

Er hatte sich schwere Vorwürfe gemacht, weil sie keine bessere Flasche Wein mitgebracht hatten, war jedoch letztlich erleichtert, weil Steve ein großes Theater um den »Pommard 2011« machte, den er dekantierte, der aber wie jeder beliebige alte Rotwein aus dem Regal bei Tesco schmeckte, fand Vince.

»Und sie, *Sophie*«, sagte Wendy verächtlich (Wendy kannte keine Solidarität unter Schwestern), »sie hatte Dries Van Noten an, während ich mir nichts Besseres als Marks and Spencer's Autograph leisten kann.« Auch wenn Vince die Details des Satzes nicht verstand, begriff er doch seine Implikationen. Nicht Wendy konnte sich nichts Besseres leisten, sondern Vince konnte sich nichts Besseres für Wendy leisten.

Sie hatten zögernd eine Gegeneinladung ausgesprochen. Wendy kochte ein ausgefallenes Gericht mit Lamm und machte ein noch ausgefalleneres Dessert. Thisldo verfügte über ein kleines Esszimmer, das nur an Fest- und Feiertagen benutzt wurde, und der Tisch von Ercol war für gewöhnlich von Vinces Papieren bedeckt (jetzt nicht mehr!), die er wegräumen musste. Wendy hatte sich für sie untypische Gedanken über Blumen und »spitz zulaufende Tischkerzen« und Stoffservietten gemacht, alles Dinge, die Vince auf dem Weg zu einem »richtigen« Weinhändler besorgen musste.

Alles in allem lautete Vinces Urteil, dass es ein recht angenehmer Abend gewesen war. Sophie hatte Rosen »aus dem Garten« mitgebracht, und Steve hielt eine gut gekühlte Flasche »Dom« in der Hand, und sie schafften es, die Themen Politik und Religion zu vermeiden (aber wer sprach dieser Tage noch über Religion?), und als der Brexit kurz das hässliche Haupt hob, konnte Vince es schnell wieder niederdrücken.

Vince versuchte sich zu konzentrieren. *Sei der Ball.* Er holte aus und traf den Boden vor dem Ball.

»Nicht nachlassen, Vince!«, rief Andy Bragg ihm zu, als sie ihre Trolleys über das Grün zogen. »Das Achtzehnte ist in Sichtweite, der Letzte zahlt.«

Es war ein schöner Nachmittag. Vince bemühte sich, ihn zu genießen, trotz der über ihm hängenden Wolke der Verzweiflung. Von hier, hoch oben auf der Klippe, war die ganze Stadt zu sehen, die Burg, die weite North Bay. Ein tiefblauer Himmel, so weit das Auge reichte.

»Da freut man sich doch, am Leben zu sein«, sagte Tommy Holroyd, als er seinen Ball auflegte. Er war ein guter Golfspieler, drei Schläge unter Par im Augenblick. *Päng!*

»Guter Schlag«, sagte Vince großzügig.

All die schönen Dinge

Crystal rauchte rasch eine Zigarette im Wintergarten. In Candys Spielgruppe hatte wie jeden Monat ein Kuchenverkauf stattgefunden. Die Kuchenverkäufe trugen dazu dabei, die Ausflüge und die Miete des Kirchenraums zu bezahlen. Alle backten etwas außer Crystal, die bezweifelte, dass die anderen Mütter ihren »veganen Schokokuchen mit Zucchini« oder die »glutenfreien Cupcakes mit Rübchen« schätzen würden – sie war eine enthusiastische Konvertitin zum »sauberen Essen«. Um ihre vermeintliche Unzulänglichkeit wiedergutzumachen, kaufte sie tonnenweise die ekelhaften Angebote anderer Frauen und warf sie in die Tonne, kaum war sie wieder zu Hause, oder ließ Candy sie an die Enten verfüttern. Die Enten taten Crystal leid, sie sollten die Pflanzen im Teich fressen oder was immer Enten fraßen.

Heute hatte sie Haferkekse, einen Biskuitkuchen und ein Stück von etwas, das »fluffiger Blechkuchen« genannt wurde, nach Hause mitgebracht. Crystal hatte keine Ahnung, was Letzteres war. War »fluffig« überhaupt ein Wort? Sie müsste ihren Stiefsohn Harry fragen. Was immer es war, es sah verflixt schrecklich aus. Seit Candys Geburt strengte sich Crystal stark an, keine Kraftausdrücke zu benutzen. Online fand sich eine ganze Liste blöder Ersatzbegriffe. Unsinnig, dumm, dämlich, verrückt, übergeschnappt. Und das »g«-Wort – gaga. Ja, sie war auf dem beschissenen Mumsnet gewesen. Dem dämlichen Mumsnet. Da hatte sie es, wieder einmal – es war schwer, sich umzuerziehen. Man konnte das Mädchen aus Hull herausholen, aber man konnte Hull nicht aus der Frau herausholen.

Tommy war der Ansicht, dass Fluchen und Rauchen nicht »damenhaft« waren. Was Tommy über Damen wusste, passte allerdings auf eine Briefmarke. Wenn er eine Dame wollte, hätte er sie vielleicht bei einem Tanztee oder bei einem Treffen des Frauenclubs oder wo immer man sie fand kaufen und nicht in ein Nagelstudio in den notleidenden Seitenstraßen einer Kleinstadt am Meer gehen sollen.

Bevor sie Mrs Thomas Holroyd wurde, hatte sich Crystal nach oben gekrallt, Hand um Hand, bis sie die schwindelerregenden Höhen einer Nagelpflegerin erreichte. Sie hatte »Nail It!« für einen Besitzer geführt, den sie nie zu sehen bekam. Im Gegensatz zu dem, was in einem normalen Geschäft passierte, kam jede Woche ein großer ruppiger Kerl namens Jason und deponierte Geld, statt es einzusammeln. Er war nicht gerade gesprächig. Sie war nicht dumm, sie wusste, dass es eine Fassade war. Gab es irgendwo auf der Welt ein Nagel- oder ein Sonnenstudio, das keine war? Aber sie hatte den Mund gehalten und das Studio gut geführt, obwohl man sich natürlich fragen musste, warum das Finanzamt sich nicht wunderte, dass sie so viel Geld einnahm. Und das erwirtschaftete nur Crystal, keine ins Land geschmuggelten vietnamesischen Mädchen, versklavt, um zu feilen und zu lackieren, wie in anderen Studios. »Mehr Ärger, als sie wert sind«, sagte Jason, als würde er sich mit diesen Dingen auskennen.

Zur Arbeit hatte Crystal eine makellose weiße Uniform getragen – Tunika und Hose, nicht das Sexy-Krankenschwester-

Outfit, das man für Junggesellinnenabschiede kaufen konnte – und alles klinisch sauber gehalten. Sie war gut – Acryl, Gel, Schellack, Nagelkunst – und stolz, dass sie so viel Aufmerksamkeit auf ihren Job verwendete, wenn auch nur selten Kundinnen kamen. Es war der erste Job in ihrem Leben, bei dem sie nicht auf die eine oder andere Weise ihren Körper verkaufen musste. Die Heirat mit Tommy war selbstverständlich auch eine finanzielle Transaktion, aber in Crystals Denkweise konnte man einen Lapdance für einen fetten verschwitzten Gast in einem sogenannten »Gentleman-Club« aufführen oder einen Tommy Holroyd mit einem Küsschen auf die Wange begrüßen und sein Jackett aufhängen, bevor man ihm das Abendessen servierte. Alles gehörte zum selben Spektrum, soweit es Crystal betraf, doch sie wusste, welches Ende sie bevorzugte. Und um Tina Turner zu zitieren: Was hatte Liebe damit zu tun? Unsinnige Vorstellung.

Es war keine Schande, wegen des Geldes zu heiraten – Geld bedeutete Sicherheit. Frauen taten es seit Urzeiten. Man konnte es in den Natursendungen im Fernsehen sehen – bau mir das beste Nest, führ den beeindruckendsten Tanz für mich auf, bring mir Muscheln und glänzende Dinge. Und Tommy war mehr als glücklich mit dem Arrangement – sie kochte für ihn, sie hatte Sex mit ihm, sie war seine Haushälterin. Und im Gegenzug erwachte sie jeden Morgen und fühlte sich einen Schritt weiter entfernt von ihrem alten Selbst. Crystal war der Ansicht, dass man Geschichte am besten dort zurückließ, wo sie hingehörte.

Und sie hatte jede Menge Muscheln und glänzender Dinge in Form einer umfangreichen Garderobe, eines diamantenbesetzten Armbands mit dazu passendem Anhänger, einer goldenen Armbanduhr von Cartier (ein Geschenk von Tommy anlässlich ihres ersten Hochzeitstages mit der Gravur *Von Tommy in Liebe*), eines top ausgestatteten weißen Range Rover Evoque, einer schwarzen American-Express-Karte, eines Kindes, Candace – Candy –, das sie über alles liebte. Das war nicht die Reihenfolge, in der Crystal ihr Vermögen anordnete. Das Kind stand an erster Stelle. Für immer und ewig. Sie war bereit, jeden umzubringen, der auch nur ein Haar auf Candys Kopf berührte.

Sie hatte Tommy kennengelernt, als er eines stürmischen und nassen Nachmittags ins Studio kam, attraktiv zerzaust aufgrund von Windstärke acht, und sagte: »Können Sie mich schnell maniküren, Liebes?« Er sei unterwegs zu einer Besprechung, sagte er, könne dort jedoch nicht mit »ölverschmierten dreckigen« Händen auftauchen. Er habe in einer Parkbucht einen »Scheißreifen« wechseln müssen, offenbar auf dem Rückweg von Castleford.

Tommy war überraschend gesprächig, Crystal ebenfalls, wenn auch nur auf professionelle Weise (»Fahren Sie im Sommer in Urlaub?«), und eins führte zum anderen. Wie immer. Und jetzt stand sie hier und verscharrte eine verräterische Zigarettenkippe in einem Köstlichen Fensterblatt, einem hässlichen Ding, das nicht aufhörte zu wachsen – und fragte sich, ob die Waschmaschine mit seinen Hemden mit dem Schleudern fertig war.

Tommys erste Frau – Lesley – hatte geraucht, und er behauptete, dass ihn Zigarettenrauch an sie erinnerte. Er sagte nicht, ob er das gut oder schlecht fand, aber wahrscheinlich war es besser, in seiner Gegenwart den Geist der ersten Mrs Tommy Holroyd nicht mit einer Schachtel Marlboro Lights heraufzubeschwören. »Les war ein bisschen instabil«, sagte Tommy, was angesichts dessen, was ihr zugestoßen war, lustig hätte sein können, wäre es nicht so schrecklich gewesen. Es war ein Unfall (hoffte Crystal), aber man wusste im Leben nie, wann man vielleicht ausrutschen, den Halt verlieren und abstürzen würde. Crystal beschritt dieser Tage ihren Weg mit großer Achtsamkeit.

Crystal war um die neununddreißig Jahre alt, und es brauchte viel Aufwand, um in dieser Warteschleife zu bleiben. Sie war eine Konstruktion, erschaffen aus künstlichen Materialien – die Nägel aus Acryl, die Brüste aus Silikon, die Wimpern aus Polymer. Eine kontinuierlich erneuerte falsche Bräune und ein Haarteil, fixiert in ihrem gebleichten blonden Haar, komplettierten das Kunstprodukt, das Crystal war. Ein Haarteil war weniger aufwändig als Verlängerungen, und Tommy war alles recht. Das Haar war echt, Crystal hatte keine Ahnung, wem es einmal gehört hatte. Sie sorgte sich, dass es von einer Leiche stammte, doch ihr Friseur sagte: »Nee, es kommt aus einem Tempel in Indien. Die Frauen scheren sich die Köpfe für irgendwas Religiöses, und die Mönche verkaufen es.« Crystal fragte sich, ob sie das Haar segneten, bevor es eingepackt und verschickt wurde. Heiliges Haar. Die Vorstellung gefiel ihr. Es wäre schön, wenn ein bisschen Heiligkeit auf sie abfärben würde.

Crystal war sich nicht sicher, wer die »Glamourmodel«-Geschichte in Umlauf gebracht hatte, sie musste in den Geburtswehen der Balz etwas erwähnt haben. »Nur oben ohne«, sagte Tommy, wenn er den Leuten davon erzählte – er erzählte den Leuten gern davon, sie wünschte, er würde es nicht tun. Es stimmte, dass sie ein paar Fotos gemacht hatte, auch ein paar Filme, ganz früh, aber herzlich wenig davon war glamourös gewesen, ganz im Gegenteil. Und sie war nicht nur oben herum unbekleidet gewesen.

»Die Tussi«, hatte sie jemanden bei der Hochzeit sagen hören.

Es machte Crystal nichts aus, Tommy mochte sie so, und sie war schon viel Schlimmeres genannt worden. Und, seien wir ehrlich, »Tussi« war ein Schritt aufwärts nach allem, was vorausgegangen war. Nichtsdestoweniger musste man sich fragen, wann die ersten Risse zu sehen wären.

Positiv war, dass Tommy Candy liebte, und als extra Bonus hatte er eine fröhliche Wesensart, ganz zu schweigen davon, dass er angenehm fürs Auge war. Frauen fanden ihn attraktiv, allerdings war Crystal aufgrund ihrer persönlichen Geschichte ziemlich immun gegen den Charme von Männern, aber sie war geschickt im Heucheln, insofern war es kaum von Bedeutung. Und sie wohnten in einem phantastischen Haus – High Haven. Tommy kaufte es nach der Hochzeit und renovierte es von oben bis unten, alle seine Handwerker arbeiteten schwarz, die Innenausstattung war Crystal überlassen, sodass sie sich vorkam, als würde sie mit dem Puppenhaus spielen, das sie als Kind nie gehabt hatte. Sie hatten eine riesige Küche, einen Swimmingpool im Keller, und alle Schlafzimmer verfügten über ein eigenes Bad. Der Swimmingpool war nur für sie und die Kinder, weil Tommy nicht schwamm. Crystal fand ihn etwas zu protzig, da er auf römisch tat mit einem goldenen Mosaikdelfin in der Mitte des Beckens und ein paar falschen römischen Statuen, die Tommy im örtlichen Gartencenter erworben hatte.

Crystal liebte es zu schwimmen und fühlte sich, als würde alles von ihr abgewaschen, wenn sie sich durchs Wasser bewegte. Sie war einmal getauft worden – Ganzkörpertaufe – auf Drängen des Baptistenpfarrers, den sie gekannt hatte. »Wasch deine Sünden ab«, hatte er gesagt, und sie hatte gedacht: Und was ist mit deinen? Nein! An dieses Erlebnis musste sie sich nicht erinnern, vielen Dank.

Der Pool befand sich im Keller des Hauses, das Licht war künstlich, doch im Rest von High Haven waren überall große Fenster, alles war weiß gestrichen, es war, als würde man in einer Schachtel aus Licht leben. Sauber und weiß. Crystal glaubte an Sauberkeit – das war ihre Religion, nicht irgendein Hokuspokus-Gott. Und, danke, sie brauchte keinen Psychiater, um zu wissen, dass sie mit jedem Tropfen Domestos und jedem in Dettol getränkten Putzlappen ihre Vergangenheit desinfizierte.

Das Haus stand am Ende einer langen Einfahrt hoch oben auf einer Klippe, deswegen der Name. Im Winter war es dem Wetter ausgeliefert, aber es hatte einen großartigen Blick auf das Meer. Man tat möglichst nichts, um das Leben in einem Haus wie diesem zu gefährden.

Sie hatte nach der Spielgruppe am Morgen das Après bei Costa ausfallen lassen. Manchmal war es zu sehr wie harte Arbeit. Sie wusste, dass die Spielgruppen-Mütter sie als Kuriosität (Trophäe, Glamourmodel und so weiter) betrachteten wie einen Flamingo zwischen Hühnern. Sie waren alle bei Mumsnet. Das sagte alles. Sie nahm die Spielgruppe nur wegen Candy auf sich, ganz zu schweigen von Baby-Ballett und Gymini und dem Schwimmkurs bei Turtle Tots und dem Sing- und Bewegungskurs bei Jo Jingles – ein voller Stundenplan, der ihr kaum Zeit für ihre eigenen Kampfkunstkurse ließ. Der einzige Grund, warum sie sich ein paar Jahre zuvor für Wing Chun entschieden hatte, war, dass das örtliche Freizeitzentrum Kurse anbot und es dort eine Kita gab. Es klang wie etwas, das man in einem chinesischen Restaurant bestellte. Das war es nicht. Es ging um Balance und Kraft, darum, die eigene Stärke zu finden, sowohl die innere als auch die äußere. Crystal gefiel die Vorstellung. Sie war erstaunlich gut darin, ihre Stärke zu finden.

Crystal war wichtig, dass Candy Freunde hatte, sich anpasste und nicht zu jemandem heranwuchs, der aus dem Rahmen fiel. Zu einem Flamingo unter Hühnern. Sie versuchte, ihrer Tochter die Kindheit zu geben, die man ihr gestohlen hatte. Vor ein paar Wochen hatte Harry sie gefragt, wie es für sie gewesen sei, jung zu sein, und sie hatte geantwortet: »Ach, weißt du, Harry, immer nur Karussellfahrten und Eis.« Was als solches natürlich keine Lüge war. Harry war sechzehn, Tommys Sohn aus der unglückseligen ersten Ehe. Er war ein komischer Junge, jung für sein Alter, alt für sein Alter. Er war ein kleiner Spinner, aber Crystal mochte ihn. Er war ganz anders als sein Vater, was wahrscheinlich gut war.

Statt zu Costa war sie zu den Schaukeln gegangen. Candy konnte stundenlang auf einer Schaukel sitzen. Crystal verstand es, sie fühlte sich so, wenn sie eine Bahn nach der anderen in ihrem Pool schwamm. Rauf und runter, rauf und runter, nichts außer der Bewegung. Es war beruhigend. Wie Autofahren. Wenn sie gekonnt hätte, wäre sie den ganzen Tag gefahren, selbst Staus und Baustellen machten ihr nichts aus. Tommy hatte es ihr – überraschend geduldig – vor der Heirat beigebracht. Sie war sofort in ihrem Element gewesen. Wie wäre es, fragte sie sich, in Texas oder Arizona zu leben, wo man nur den leeren Horizont vor sich hatte, Kilometer nach sinnlosem Kilometer zurücklegte und langsam alles ausradierte, was hinter einem lag?

Als sie ins Auto stiegen, sagte sie zu Candy: »Schlaf dahinten nicht ein, Süße, sonst wird das nichts mit deinem Mittagsschlaf.« Doch ein kleines Kind davon abzuhalten, in einem warmen Wagen einzudösen, war nahezu unmöglich. Sie reichte Candy ihren tragbaren rosa DVD-Spieler, die dazugehörigen Kopfhörer und die *Eiskönigin*-DVD. Candy war heute passend als Elsa angezogen. Im Seitenspiegel sah Crystal, dass ein Wagen hinter ihnen fuhr. Ein silberfarbener BMW der 3er-Reihe. Crystal kannte sich mit Autos aus.

Sie war sich ziemlich sicher, dass es derselbe Wagen war, der ihr gestern aufgefallen war, als sie Harry in die Transylvania World gefahren hatte. Und der ihr gefolgt war, als sie den Parkplatz von Sainsbury's verließ. Und dann noch einmal, als sie später am Nachmittag zur Reinigung gefahren war. Zu oft, um Zufall zu sein, oder? Verfolgte sie jemand? Beobachtete sie? Oder war sie paranoid? Wurde sie vielleicht verrückt? Ihre Mutter hatte sich in den Wahnsinn getrunken und Crystal in den Klauen eines sogenannten »Jugendheims« gelassen. Wenn einem so etwas im Alter von zehn Jahren widerfuhr, überraschte einen nichts mehr.

Auf dem Rücksitz des Evoque war Candy in ihre eigene Welt versunken, nickte heftig zu ihrer DVD und schrie unmelodisch etwas, das eventuell »Willst du einen Schneemann bauen?« hätte sein können, doch da sie die Musik nicht hörte, war sich Crystal nicht sicher.

Sie versuchte im Rückspiegel das Nummernschild des BMW zu entziffern, blinzelte, weil sie ihre Sonnenbrille im Handschuhfach nicht fand. Sie war von Chanel mit geschliffenen Gläsern. Sie sah fürchterlich schlecht, setzte jedoch nur selten eine Brille auf, sie sah nicht gut damit aus (Bibliotheksschlampe), und ihr Optiker sagte, dass sie keine Kontaktlinsen tragen könne, weil sie »trockene Augen« habe. Musste an dem vielen Weinen in ihrer Jugend liegen. Der Brunnen war leer.

Sie konnte ein T und ein X und eine 6 erkennen, es war, als

würde sie beim Optiker einen Sehtest machen, nur spiegelverkehrt und in Bewegung. Der Wagen hatte abgedunkelte Fenster und wirkte unheimlich. Folgte er ihr? Warum? Hatte Tommy jemanden engagiert, der ihr nachspionieren sollte? Einen Privatdetektiv? Aber warum sollte er das tun? Sie hatte Tommy keinerlei Grund gegeben, misstrauisch zu werden, das würde sie nie tun. Er fragte sie nie, wo sie gewesen war oder was sie getan hatte, aber das hieß vermutlich nicht, dass er es nicht wissen wollte. Heinrich VIII. und Anne Boleyn kamen ihr in den Sinn. Die einzigen Bruchstücke Geschichte, die Crystal zu kennen schien, handelten von Frauen, die enthauptet wurden – Maria Stuart, Königin von Schottland, Marie Antoinette.

»Vergiss Lady Jane Grey nicht«, sagte Harry. »Die Neuntagekönigin wurde sie genannt.« Sie hätten in der Schule die Tudors durchgenommen, fügte er als Entschuldigung an. Er versuchte, nicht mit seinem Allgemeinwissen anzugeben, angesichts ihres allgemeinen Nichtwissens. Es machte ihr nichts aus, sie lernte viel von Harry. Seine Mutter Lesley hatte laut Tommy auch »ihren Kopf verloren«. »Nach dem Baby.« Es war eine Totgeburt gewesen, eine Schwester für Harry. Harry erinnerte sich nicht. Tommy liebte Candace – seine »Prinzessin«. Ihre Geburt habe Crystals Stellung als Königin von High Haven gesichert, sagte Harry. »Wie eine Figur in *Game of Thrones*«, fügte er hinzu. Es gehörte nicht zu den Serien, die sie gemeinsam gesehen hatten. Sie war Crystal zu realistisch gewesen.

Bevor sie mehr entziffern konnte, bog der BMW plötzlich links ab und war verschwunden.

Nicht Tommy, entschied sie. Einen Privatdetektiv zu engagieren war nicht sein Stil. Er würde sie direkt konfrontieren. *(What the fuck, Crystal?)* Etwas Gefährlicheres als ein argwöhnischer

Tommy? *Jemand* Gefährlicheres als Tommy? Davon gab es viele, aber sie gehörten alle der Vergangenheit an. Oder? Sie trat unvermittelt auf die Bremse, um einer Katze auszuweichen, die ungezwungen auf die Straße geschlendert war. Candy schrie leise, halb vor Vergnügen, halb aus Angst. Sie nahm den Kopfhörer ab, und Crystal hörte die blecherne Musik. »Mummy?«, sagte Candy, einen besorgten Blick in ihrem kleinen Gesicht.

»Entschuldige«, sagte Crystal, ihr Herz raste. »Entschuldige, Süße.«

Als sie zu Hause waren, gab sie Candy ihr Mittagessen – Vollkorntoast mit Mandelbutter und eine Banane – und brachte sie dann für den Mittagsschlaf ins Bett.

Sie klopfte an Harrys Schlafzimmertür, um sich zu erkundigen, ob er etwas wollte. Er war immer in ein Buch vertieft oder zeichnete kleine Karikaturen. »Er ist künstlerisch«, sagte sie zu Tommy, und er sagte: »Man nennt es noch so, oder?« Man konnte sich seine Kinder nicht aussuchen, man nahm, was man bekam, erwiderte sie. Tommy hatte keinen Sinn für Humor, aber Harry, der immer einen albernen Witz auf Lager hatte. (»Warum will der Käse nicht geschnitten werden?« »Ich weiß nicht«, sagte Crystal zuvorkommend, »warum will der Käse nicht geschnitten werden?« »Weil er auf eine Abreibung wartet.«) Fast alle seine Witze handelten von Käse, aus unerfindlichem Grund.

Nichts rührte sich, als sie an seine Tür klopfte. Er musste fort sein. Harry hatte immer was zu tun – wenn er nicht las oder zeichnete, arbeitete er in dieser Vampirwelt. Und dieses Jahr auch im Theater. Tommy gab ihm nicht viel Taschengeld, weil er meinte, dass er »lernen soll, auf eigenen Beinen zu stehen«, aber Crystal steckte ihm manchmal einen Zwanziger zu. Warum nicht? Er war ein guter Junge, und der arme Kerl hatte seine Mutter verloren, er musste einem einfach leidtun.

»Ich habe meine Mutter auch verloren«, erzählte sie Harry, fügte jedoch nicht hinzu, dass ihre Mutter, soweit sie wusste, noch am Leben war. Sie stellte sie sich nicht als Person vor, sondern als Haufen gingetränkter, urinfleckiger Lumpen in irgendeiner vergessenen Ecke. Und was ihren Vater betraf, tja, das war kein Weg, den sie beschreiten wollte. Es gab nicht einmal einen Weg.

»Hast du dich mit deiner Mum gut verstanden?«, hatte Harry sie neulich gefragt. Er stellte ständig Fragen. Sie musste ständig Antworten erfinden. »Natürlich«, sagte sie. »Wer tut das nicht?«

Dass Harry für den alten Bock Barclay Jack im Palace Theatre arbeitete, gefiel ihr gar nicht, aber sie konnte Harry wohl kaum ihre Vorbehalte erklären, ohne Dinge ans Licht zu zerren, die besser in der Düsternis der Vergangenheit verrotteten. Barclay war ein dreckiger alter Scheißkerl, aber er fuhr zumindest nicht auf Jungen ab. Hätte er es getan, hätte sie Harry nicht in seine Nähe gelassen. Trotzdem hätte er wirklich nicht mehr auf dieser Erde wandeln dürfen. Crystal war Barclay mehrmals begegnet – war ihm »vorgestellt« worden. Nichts war passiert, er war nicht interessiert gewesen, weil sie offenbar »zu alt« für ihn war. Sie musste damals vierzehn gewesen sein. Sie schauderte angesichts der Erinnerung. Bridlington natürlich. Gleichgültig, wie weit man reiste, die Straße führte immer wieder zurück nach Bridlington.

Kaum war Candy eingeschlafen, machte sich Crystal einen Pfefferminztee und begutachtete den gekauften Kuchen. Nach gründlicher Überlegung befreite sie den Biskuitkuchen von der

Frischhaltefolie und stellte ihn auf die Frühstückstheke. Dann starrte sie ihn lange Zeit an, klopfte mit den falschen Nägeln auf den polierten Granit, als würde sie ungeduldig darauf warten, dass der Kuchen etwas tat. In ihrer Brust fing ihr Herz an zu hämmern, und ihre Rippen fühlten sich an wie ein Korsett, das mit jeder Sekunde enger geschnürt wurde. Es war, als würde sie gleich einen Mord begehen. Der Kuchen reagierte nicht, und nach einer weiteren lautlosen Diskussion mit sich selbst schnitt sich Crystal ein kleines Stück ab. Sie aß es im Stehen, um sich dem Kuchen gegenüber weniger verpflichtet zu fühlen. Er schmeckte widerlich. Sie stellte ihn zurück in den Schrank.

»Legst du da ein bisschen zu, Liebling?«, hatte Tommy neulich abends gesagt und gelacht. Sie hatte sich die Zähne in ihrem Bad geputzt, als er die Arme von hinten um sie legte und eine Handvoll ihrer Taille unter dem schönen Nachthemd von La Perla packte. Als Kind hatte sie keine Nachtwäsche gehabt, sie hatte in Unterhemd und Unterhose in der kleinen Koje im Wohnwagen schlafen müssen.

Zulegen? Na und? (Ein paar Pfund vielleicht, aber das waren Muskeln vom Wing Chun.) Unverschämter Arsch. Trottel. Unverschämter Trottel. (Das klang irgendwie schlimmer.) »Mir macht es nichts aus«, sagte Tommy und fuhr mit den Händen über ihre Hüften. »Ich mag ein bisschen Fleisch an einer Frau. Da hat man was, woran man sich festhalten kann, damit man nicht herunterfällt. Heißt nicht umsonst Liebeshenkel.«

Crystal holte den Kuchen wieder aus dem Schrank und stellte ihn auf die Theke. Sie packte ihn aus, schnitt sich ein weiteres bescheidenes Stück ab. Diesmal setzte sie sich, um es zu essen. Schnitt sich noch ein Stück ab, weniger bescheiden. Aß es. Und dann stopfte sie sich noch eins und noch eins in den Mund.

Es war erstaunlich, wie schnell man einen ganzen Kuchen essen konnte, wenn man dazu entschlossen war.

Als sie mit dem Kuchen fertig war, starrte Crystal eine Weile auf den leeren Teller und ging dann in die Toilette im Keller und erbrach alles. Sie musste zweimal spülen, um alles zu entsorgen. Sie scheuerte die Toilettenschüssel mit Bleiche. Man hätte daraus essen können, so sauber war sie. Sie faltete die Handtücher neu und strich sie auf der Ablage glatt, rückte die Ersatztoilettenpapierrollen in dem Schränkchen unter dem Waschbecken zurecht und versprühte J'adore in dem kleinen Raum. Sie fühlte sich leichter, gesäubert. Sie kehrte in die Küche zurück und belud die Spülmaschine. Dann ging sie in den Wintergarten und zündete sich eine weitere Zigarette an. Du greifst wieder auf deine alten Tricks zurück, Christina, dachte sie. Wie war es dazu gekommen?, fragte sie sich.

In Seenot – Einsatz an der Küste

Colliers Basislager war ein paar Straßen entfernt. Sie hatten einen halben städtischen Parkplatz beschlagnahmt – zu einem hohen Preis, vermutete Jackson. Sie filmten die ganze Woche hier – Julias »Strang« erforderte, dass sie von einem tobenden Psychopathen entführt wurde, der aus einem Gefängnis entkommen und auf der Flucht war. Jackson hatte vergessen, warum der tobende Psychopath sie an die Küste gebracht hatte, er hatte nach einer Weile aufgehört, den Strang aufmerksam zu verfolgen.

Es war fünf Uhr, und Julia hatte gemeint, dass sie um diese Zeit wohl fertig wäre. Morgen hatte sie einen freien Tag, und Nathan würde die Nacht bei ihr im Crown Spa verbringen. Jackson freute sich auf einen friedvollen Abend – mit Nathan zu leben hieß, in ständigem Streit zu leben. Jackson war erst vor kurzem klar geworden, wie sehr er heutzutage die Einsamkeit schätzte. (»Manche würden es Eremitentum nennen«, sagte Julia. »Großes Wort«, entgegnete Jackson.) Und die Schulferien dauerten noch mehrere Wochen. Sein Sohn vermisste seine Freunde, er langweilte sich. Er *starb* vor Langeweile, behauptete er. Noch keine Autopsie habe dazu geführt, dass »Langeweile« auf einem Totenschein gestanden hätte, klärte Jackson ihn auf.

»Warst du schon mal bei einer Autopsie dabei?«, fragte Nathan, der bei dieser Vorstellung auflebte.

»Bei vielen«, sagte Jackson.

Wie viele Leichen hatte er gesehen? »So in deinem ganzen Leben?«

»Zu viele«, sagte Jackson. Und sie alle hätten sich sofort für Langeweile entschieden statt für den Seziertisch.

Als er auf der Suche nach einem Parkplatz über die Esplanade fuhr, spähte Jackson zu den Häusern hinauf, die die Straße säumten. Es war das Territorium von Savile – »Jim'll Fix It« hatte hier irgendwo eine Wohnung besessen. Am Geländer der Esplanade zum Strand war eine Plakette mit der Aufschrift *Savile's View* angebracht gewesen. Natürlich war sie vor langem schon entfernt worden. Begraben mit den Ehren eines katholischen Heiligen, verweste er jetzt in einem anonymen Grab, um Schändungen zu unterbinden. Der Lauf der Dinge, dachte Jackson, es war nur eine Schande, dass es so lange gedauert hatte. Eine Schande, dass so viele andere Kinderschänder noch frei herumliefen. Man mochte einen dingfest machen, aber dann füllten zehn andere das Vakuum, und niemand schien in der Lage, es zu verhindern.

Es war erstaunlich, wie viele Perverse man in ein geographisches Gebiet packen konnte. Jackson hatte nie die lange zurückliegende Rede einer Polizistin, die für den Schutz von Kindern zuständig war, vergessen. »Schauen Sie sich irgendeinen Strand am Meer im Sommer an«, hatte sie gesagt, »da haben einhundert Pädophile Spaß in ihrem natürlichen Jagdrevier.«

Es war tatsächlich eine großartige Aussicht, das Panorama der South Bay direkt vor ihnen. »Großartige Aussicht«, sagte Jackson zu Nathan, obwohl er wusste, dass man mindestens dreißig sein musste, um einen guten Ausblick zu schätzen. Und außerdem war Nathan damit beschäftigt, das Orakel seines iPhones zu befragen.

Jackson entdeckte einen Parkplatz, gerade als ein Eiswagen von Bassani auf bewundernswert herrschaftliche Weise auf der Esplanade auf sie zurollte. Er war rosa und spielte das Lied »Das Teddybären-Picknick«. Die Töne klangen, als würden sie absteigen, und die Musik – wenn man es denn so nennen konnte – wirkte eher traurig als fröhlich. Jackson erinnerte sich vage daran, das Lied seiner Tochter vorgesungen zu haben, als sie klein war. Nie zuvor hatte er die Melodie als traurig empfunden. *Wenn du heute in den Wald gehst, dann gehst du besser verkleidet.* Oder als bedrohlich. Irgendwie fand er das nervtötend.

Mit diesen rosa Eiswagen war etwas gewesen, oder? Damit hatten sie Kinder angelockt, unter anderem. Konnte man Kinder mit einem Eiswagenlied hypnotisieren?, fragte sich Jackson. Sie verzaubern wie der Rattenfänger von Hameln und sie zu einem schrecklichen Schicksal wegführen? (Hatte er das in einem Roman von Stephen King gelesen?) Wer leitete Bassani jetzt? Gehörte das Unternehmen noch der Familie, oder war es nur noch ein Name?

Wie hatten sich Bassani und Carmody kennengelernt? Bei einer Stadtratssitzung, einer feierlichen Wohltätigkeitsveranstaltung? Sie mussten hocherfreut gewesen sein, als sie feststellten, dass sie Appetit auf das gleiche Futter hatten. Die Geschichte war deprimierend vertraut, eine Geschichte von Mädchen – und Jungen –, die sie aus Jugendheimen, Pflegefamilien oder ihren eigenen dysfunktionalen Familien lockten. Als Stadträte und geachtete Wohltäter hatten Bassani und Carmody die perfekte Stellung, um an diesen Orten willkommen zu sein, sie wurden sogar *eingeladen*, um Gottes willen, wie Vampire. Und sie brachten Geschenke mit – Weihnachtsfeste, Ausflüge aufs Land und an die See, Ferien im Zelt oder Wohnwagen auf Campingplätzen – Carmody hatte Campingplätze überall entlang der Ostküste besessen. Die Kinder mussten keinen Eintritt für Spielhallen und Volksfeste bezahlen. Sie bekamen Eis, Bonbons, Zigaretten. Süßigkeiten. Sozial benachteiligte Kinder mochten Süßigkeiten.

Es hatte immer Gerüchte über einen dritten Mann gegeben. Nicht Savile, er hatte seine eigene Show, unabhängig von Bassani und Carmody. Die beiden waren jahrzehntelang unterwegs, ohne erwischt zu werden. Es gab eine Fernsehsendung, *The Good Old Days,* ein Tribut an die nicht mehr existenten Varietétheater. Die alten Sendungen wurden – aus unerfindlichem Grund, Gott weiß warum – von BBC4 wiederholt. (»Postironisch«, sagte Julia, ein Begriff, der Jackson unverständlich war.) Bassani und Carmody hatten ihre eigene Show aufgezogen. *The Bad Old Days.*

Diese Küste hatte einst Bassani und Carmody gehört. Es war komisch, dass so viele Männer von ihrem Sturz definiert wurden. Cäsar, Fred Goodwin, Trotzki, Harvey Weinstein, Hitler, Jimmy Savile. Kaum Frauen. Sie stürzten nicht. Sie standen auf.

»Kann ich ein Eis haben?«, fragte Nathan, die sofortige Pawlowsche Reaktion auf die Klänge.

»*Noch* ein Eis? Wie kommst du darauf?«

»Warum nicht?«

»Weil du gerade eins hattest natürlich.«

»Und?«

»*Und*«, sagte Jackson, »du nicht noch eins kriegst.« Es war nie genug. Das war auch der vorherrschende Zug von Nathans Freunden. Gleichgültig, wie viel sie bekamen, wie viel sie kauften, sie waren nie zufrieden. Sie waren geboren worden, um zu konsumieren, und eines Tages wäre nichts mehr übrig. Der Kapitalismus hätte sich selbst gefressen und damit seine Raison d'Être in einem Akt der Selbstzerstörung erfüllt, unterstützt von der Dopamin-Feedbackschleife – die Schlange, die ihren eigenen Schwanz verschlingt.

Doch sein Sohn hatte auch gute Seiten, rief sich Jackson ins Gedächtnis. Zum Beispiel behandelte er Dido gut. Hatte Mitgefühl wegen ihrer Leiden, war immer bereit, sie zu bürsten oder zu füttern. Er kannte sie, seit sie ein Welpe gewesen war. Nathan war selbst ein Welpe gewesen, süß und verspielt, aber jetzt hatte Dido ihn weit hinter sich gelassen. Es würde nicht mehr lange dauern und ihr Weg wäre zu Ende, und Jackson fürchtete sich davor, wie Nathan darauf reagieren würde. Julias Reaktion wäre natürlich noch schlimmer.

Jackson wurde abgelenkt vom Anblick eines Mädchens, das auf der anderen Straßenseite ging. Es trug Turnschuhe, Jeans und ein T-Shirt mit dem Kopf eines Kätzchens aus Pailletten darauf. Einen bunten Rucksack. Zwölf? Jackson sah nicht gern Mädchen, die allein unterwegs waren. Der Eiswagen hielt an, und das Mädchen schaute nach links und rechts (gut), bevor es die Straße überquerte, und Jackson dachte, dass es sich ein Eis holen würde, doch dann streckte es den vorbeifahrenden Wagen den Daumen entgegen (schlecht).

Sie trampte, um Gottes willen! Sie war noch ein Kind, was dachte sie sich dabei? Sie lief zum Eiswagen, der Rucksack schlug gegen ihre dünnen Schultern. Er war blau mit einem Einhorn darauf, zwischen kleinen Regenbogen. Kätzchen, Einhörner, Regenbogen – Mädchen waren kuriose Geschöpfe. Er konnte sich nicht vorstellen, dass Nathan einen Rucksack mit einem Einhorn darauf oder ein T-Shirt mit einem Kätzchenkopf tragen würde. Außer es wäre das Logo einer globalen Marke, in diesem Fall wären die Pailletten wahrscheinlich von einem Kind in einem Dritte-Welt-Sweatshop mit der Hand aufgenäht worden. (»Musst du immer die dunkle Seite von allem sehen?«, fragte Julia. »Jemand muss es tun«, sagte Jackson. »Ja, aber musst *du* es sein?« Offensichtlich ja. Er musste es sein.)

Das Mädchen blieb nicht beim Eiswagen stehen, sondern lief daran vorbei, und da sah Jackson den unauffälligen grauen Kombi, der vor dem Bassani-Eiswagen angehalten hatte, und noch bevor er *Tu das nicht!* denken konnte, saß sie auf dem Beifahrersitz, und der Wagen fuhr los.

»Schnell!«, sagte Jackson zu Nathan. »Fotografier den Wagen da.«

»Was?«

»Den *Wagen*, das Nummernschild.«

Zu spät. Jackson ließ den Motor an und legte den Rückwärtsgang ein, gerade als der Eiswagen langsam wieder anfuhr und – siehe da! – ein Müllwagen auftauchte, die Straße blockierte und nicht beabsichtigte, für irgendjemanden Platz zu machen, und Jackson den Weg abschnitt. Zwischen dem Eiswagen und dem Müllwagen hatte Jackson keine Chance, das Auto zu verfolgen.

»Scheiße«, sagte er. »Ich habe nicht einmal gesehen, was für ein Auto es war.« Er ließ nach.

»Ein Peugeot 308«, sagte Nathan, den Blick schon wieder auf dem Handy.

Obwohl er frustriert war, verspürte Jackson einen Anflug von Stolz. Das ist mein Junge, dachte er.

»Ich versteh gar nicht, warum du dich so aufregst«, sagte

Nathan. »Das war wahrscheinlich ihr Vater oder ihre Mutter, die sie abgeholt haben.«

»Sie ist *getrampt.*«

»Vielleicht hat sie sich einen Spaß mit ihnen erlaubt.«

»Einen Spaß?«

Nathan zeigte Jackson sein Handy. Er hatte doch ein Foto gemacht, aber es war zu verschwommen, um das Nummernschild erkennen zu können.

»Können wir jetzt *fahren*, Dad?«

Keine Spur von Julia im Basislager. »Sie ist noch am Set«, sagte jemand. Die Schauspieler und die Crew waren an Jackson gewöhnt. Der Typ, der Collier spielte, fragte ihn ständig, wie ein »echter« Polizist sich verhalten würde, und hielt sich dann nicht an seine Ratschläge. »Warum sollte er?«, sagte Julia. »Du bist seit Jahren nicht mehr bei der Polizei.« Ja, aber ich werde immer Polizist sein, dachte Jackson. Es war seine Standardeinstellung. Es war seiner *Seele* eingeschrieben, meine Güte.

Er war der zweite Schauspieler, der Collier spielte, der erste hatte einen Zusammenbruch erlitten, war gegangen und nie zurückgekommen. Das war vor fünf Jahren gewesen, aber Jackson nannte den neuen Mann immer noch den neuen Mann, weil er einen dieser Namen hatte – Sam, Max, Matt –, die er sich nicht merken konnte.

Der Catering-Bus gab Sandwiches aus, und Nathan verschlang etliche davon, ohne Bitte oder Danke zu sagen. Er hätte es mit Dido aufnehmen können. »Angenehm hier im Schweinestall, oder?«, sagte Jackson, und Nathan sah ihn finster an und sagte: »Was?«, als wäre er etwas Irritierendes. Er war es, Jackson wusste es. Eine Irritation und eine Peinlichkeit. (»Das gehört zu deiner

Arbeitsplatzbeschreibung als Vater«, sagte Julia. »Und außerdem bist du ein alter Mann.« »Danke.« »In *seinen* Augen, habe ich gemeint.«)

Jackson fand, dass er für sein Alter ziemlich gut aussah. Volles Haar, das er – genetisch – an Nathan weitergegeben hatte, er sollte also dankbar sein (als ob). Und mit seiner Belstaff-Roadmaster-Jacke und seiner Ray Ban gab er seiner Meinung nach eine attraktive Figur ab, manche würden sogar sagen eine coole. »Aber ja«, sagte Julia, als würde sie ein quengeliges Kind beruhigen.

Schließlich tauchte Julia auf, sie sah aus, als käme sie direkt von einem Schlachtfeld. Sie trug Arztkleidung, die ihr gut stand, nur dass sie dank der Maskenbildner blutverschmiert war und eine böse Schnittwunde im Gesicht hatte. »Wurde von einem Serienmörder angegriffen«, sagte sie fröhlich zu Jackson. Nathan wich bereits zurück, da sie sich ihm mit ausgebreiteten Armen näherte, um ihn zu umarmen. »Halt ihn fest für mich, ja?«, sagte sie zu Jackson. Er ergriff Partei und weigerte sich. Nathan duckte sich und wich zur Seite aus, doch Julia bekam ihn zu fassen und drückte ihm einen lauten schmatzenden Kuss auf, während er sich wand wie ein Fisch am Haken in dem Versuch, der mütterlichen Umarmung zu entkommen. »Mum, bitte, hör auf.« Er konnte sich befreien.

»Er liebt es, wirklich«, sagte Julia zu Jackson.

»Du siehst ekelig aus«, sagte Nathan zu ihr.

»Ich weiß. Brillant, nicht wahr?« Sie ging auf die Knie und umarmte Dido nahezu ebenso ausführlich wie ihren Sohn. Der Hund reagierte im Gegensatz zum Kind hocherfreut.

Sie sei spät dran, sagte Julia, sie würde ewig brauchen. »Du gehst besser mit Dad nach Hause.«

»Kein Problem«, sagte »Dad«.

Julia setzte ein übertrieben schmollendes und trauriges Clownsgesicht auf und sagte zu Nathan: »Und ich habe mich so darauf gefreut, Zeit mit meinem Baby zu verbringen. Komm morgen wieder, ja, Süßer?« Weniger schmollend, dafür effizienter, sagte sie zu Jackson: »Ich habe morgen frei. Kannst du ihn zum Hotel bringen?«

»Kein Problem. Komm«, sagte Jackson zu Nathan. »Wir essen Fish and Chips.«

Sie aßen aus Pappschachteln, während sie die Straße am Strand entlanggingen. Jackson vermisste die fettigen essigsauren Tüten aus Zeitungspapier seiner Kindheit. Er wurde zu einer wandelnden monologisierenden Geschichtslektion, zu einem Einmannvolkskundemuseum, nur dass sich niemand dafür interessierte, etwas von ihm zu erfahren. Jackson stopfte die leeren Schachteln in einen übervollen Abfalleimer. So viel zu dem hinderlichen Müllwagen.

Es waren noch immer viele Leute am Strand und machten das Beste aus dem milden frühabendlichen Wetter. In dem Teil von Yorkshire, in dem Jackson geboren und aufgewachsen war, hatte es von Anbeginn der Zeit an jeden Tag den ganzen Tag geregnet, und er war angenehm überrascht, wie buchstäblich hell und luftig die Ostküste sein konnte. Und es war ein schöner Sommer gewesen, die Sonne zeigte jeden Tag für mindestens ein paar Stunden das Gesicht, manchmal sogar mit dem Hut auf dem Kopf.

Es war halb Ebbe oder Flut, Jackson wusste es nicht. (War es so etwas wie das halbvolle oder halbleere Glas?) Er lernte noch, was es hieß, an der Küste zu leben. Wenn er lange genug blieb, würde er vielleicht Ebbe und Flut im Blut spüren und müsste nicht länger jedes Mal, wenn er am Strand joggte, den Gezeitenplan konsultieren.

»Komm«, sagte Jackson zu Nathan. »Wir gehen auf dem Sand.«

»*Gehen?*«

»Ja, gehen, es ist einfach. Wenn du willst, zeige ich dir, wie man's macht. Schau – diesen Fuß zuerst und dann kommt der andere.«

»Ha ha.«

»Komm schon. Wir fahren mit der Seilbahn zurück zum Auto. Das macht Spaß.«

»Nein, macht es nicht.«

»Stimmt, aber es wird dir gefallen.«

»Ach, halt mich zurück«, murmelte Nathan. Es war etwas, das auch Jackson in Augenblicken größten Zynismus sagte. Seltsam und durchaus schmeichelhaft, den Jungen wie den Mann sprechen zu hören.

»Jetzt komm schon«, forderte Jackson ihn auf, als sie am Strand waren.

»O-*kay.*«

»Wusstest du, dass ›okay‹ das bekannteste Wort auf der ganzen Welt ist?«

»Ja?« Nathan tat mit einem Achselzucken sein Desinteresse kund, aber stapfte neben ihm her. Männer wanderten mit mehr Enthusiasmus unter einer sengenden Sonne durch die Wüste.

»Na los, frag mich«, sagte Jackson, »ich weiß, dass du kaum an dich halten kannst – welches Wort ist das zweitbekannteste?«

»Dad?« Der zynische Teenager war verschwunden, und einen Augenblick lang war er wieder der Junge.

»Was?«

»Schau.« Nathan deutete auf die Bucht, wo im Wasser Aufregung herrschte. »Es gibt hier doch keine Haie, oder?«, fragte er zweifelnd.

»Jede Menge, aber sie sind nicht notwendigerweise im Meer«, sagte Jackson. Kein Haiangriff, aber das Trio böser Jungs von früher auf dem Parkplatz. Zwei von ihnen saßen in einem marode aussehenden Schlauchboot, eher ein Kinderspielzeug als ein seetaugliches Boot. Der dritte verursachte vermutlich das Chaos, indem er ungelegenerweise im Wasser ertrank. Jackson sah sich um nach einem Bademeister, entdeckte aber keinen. Sie hatten doch bestimmt keine festen Arbeitszeiten? Er seufzte. Pech, dass er gerade Dienst tat. Er zog seine Magnum-Stiefel aus und reichte Nathan seine Jacke – seine Belstaff würde er auf keinen Fall für einen dieser Trottel ruinieren. Er lief zum Wasser und platschte unelegant weiter, bis er sich in die Wellen werfen und schwimmen konnte. Ein Mann, der in Socken ins Meer lief, war nahezu so würdelos wie ein Mann, der an einem Eis in der Waffel leckte.

Der Junge (oder der Wichser im Wasser, wie er ihn vorzugsweise bei sich nannte) war untergegangen, als Jackson bei ihm ankam. Die anderen beiden Jungs brüllten wie nichtsnutzige Idioten, ihr prahlerisches Gepolter verschwunden, ersetzt von blinder Panik. Jackson holte tief Luft und zwang sich unter Wasser. Vom Strand aus hatte das Meer ruhig ausgesehen, doch hier, keine dreißig Meter vom Ufer entfernt, führte es ein brutales Regime. Das Meer machte keine Gefangenen, entweder man gewann oder man verlor.

Jackson, ein unbeholfener Meermann so es je einen gegeben hat, tauchte wieder auf und wieder ab. Er schaffte es, den Jungen an den Haaren zu packen, dann am Hosenboden seiner Jeans, bis er sie schließlich beide irgendwie, Gott weiß wie, an die Oberfläche brachte. Es war nicht die eleganteste Lebensrettung, aber sie wäre geglückt, wenn Jackson nicht versucht hätte, sich an dem noch nicht einmal nutzlosen Boot festzuhalten. Es erwies sich als viel zu wacklig für den Job, die anderen beiden Jungen kippten zur Seite und fielen schreiend ins Wasser. Mehr Ertrinken begann. Hatte *keiner* von ihnen schwimmen gelernt? Sie waren eine Platzverschwendung, alle drei, aber vermutlich nicht für ihre Mütter. (Oder vielleicht doch.) Platzverschwendung oder nicht, er wollte sie instinktiv retten.

Einer war nicht so schlimm, aber drei waren unmöglich. Jackson spürte, wie sich Erschöpfung breitmachte, und einen Moment lang dachte er: *War es das?* Doch glücklicherweise für sie alle warf das Rettungsboot am Ufer den Motor an und holte sie aus dem Wasser.

Zurück an Land versuchte jemand den ertrunkenen Jungen wiederzubeleben, während die Leute herumstanden und ihn stumm ermunterten. Die anderen beiden Jungen – ein Paar durchnässter Wasserratten – wichen vor Jackson zurück, als er sich ihnen näherte, sie waren schlecht ausgestattet, um mit Galanterie umzugehen, seiner oder der von jemand anderem.

Der ertrunkene Junge spuckte sich zurück ins Leben – ein Wunder, dachte Jackson, Platzverschwendung oder nicht –, wiedergeboren hier auf dem Sand. Ihm fiel Penny Trotter ein, die »wiedergeboren« war. Jackson selbst war einmal tot gewesen. Er war bei einem Zugunglück verletzt worden, und sein Herz hatte ausgesetzt. (»Kurz«, hatte der Arzt in der Notaufnahme gesagt – etwas herablassend Jacksons Ansicht nach.) Er war neben dem Gleis von jemandem – einem Mädchen – wiederbelebt worden und hatte lange Zeit danach die Euphorie des Geretteten empfunden. Das hatte sich mittlerweile natürlich gelegt, die Normalität des Alltags hatte schließlich wieder die Oberhand über die Transzendenz gewonnen.

Ein Sanitäter wickelte Jackson in eine Decke und wollte ihn ins Krankenhaus bringen, aber er lehnte ab. »Dad?« Nathan stand blass und besorgt neben ihm. Dido stellte sich neben Jackson, um wortlose stoische Unterstützung zu signalisieren, weswegen sie sich schwer an ihn lehnte. »Alles in Ordnung?«, fragte Nathan.

»Ja«, sagte Jackson. »Können wir jetzt gehen?«

Zucker und Spezereien

Der Geruch vom Frühstück seines Vaters – Würstchen, Schinken, Eier, Blutwurst, gebackene Bohnen, frittiertes Brot – zog noch immer bedrohlich durchs Haus (und es war ein großes Haus). »Es wird dich eines Tages umbringen, Tommy«, sagte Crystal fast jedes Mal, wenn sie es ihm vorsetzte. »Noch ist es nicht passiert«, erwiderte sein Vater gut gelaunt, als wäre das ein logisches Argument. (Harry stellte sich vor, dass seine Mutter sagte: »Also, ich bin noch nicht von der Klippe gefallen«, als sie vor den Gefahren gewarnt wurde.)

Sein Dad war heute Morgen sofort zum Port of Tyne gefahren, um die DFDS-Fähre aus Rotterdam abzupassen. »Weiße Ware«, sagte er. Er holte seine Lkws oft am Zoll ab, wenn sie vom Kontinent kamen. »Qualitätskontrolle«, sagte er. »Lebenswichtig, wenn man seine Kunden behalten will.« Sein Dad hatte früher mehrfach den Wunsch geäußert, Harry möge in die Firma eintreten – »Holroyd und Sohn«, sagte er –, doch in letzter Zeit hatte er es nicht mehr erwähnt, nicht wirklich seit Harry kundgetan hatte, dass er Theaterwissenschaft studieren wolle. (»Warum kein Ingenieursstudium oder so was?«)

Neulich hatte er gehört, wie er Crystal gefragt hatte, ob sie glaube, dass sein Sohn schwul sei. »Ich meine, er ist ein bisschen schwuchtelig, oder?« »Weiß nicht«, sagte Crystal. »Ist es wichtig?« Für seinen Dad anscheinend schon. Harry *glaubte* nicht, dass er schwul war – er mochte Mädchen (aber vielleicht nicht auf *diese* Weise) –, aber er fühlte sich noch nicht ausreichend geformt als Person, als Figur im Mittelpunkt seines eigenen Dramas, und deswegen war er auch noch nicht bereit, in irgendeiner Hinsicht definitiv etwas zu sein. Vielleicht konnte sein Vater Candace überreden, statt seiner ins Geschäft einzusteigen. Holroyd und Tochter. Seine Lkws rosa anstreichen, um sie zu begeistern.

Harry war allein im Haus. Crystal und Candace waren in der Spielgruppe, danach gingen sie entweder in den Park oder mit den anderen Müttern zum Kaffee zu Costa – was im Grunde die Spielgruppe an einem anderen, weniger geeigneten Ort war. In den Schulferien übernahm Harry manchmal den Gang zur Spielgruppe. Es war interessant, mit den Spielgruppenmüttern Kaffee zu trinken. Von den Müttern und den Tänzerinnen im Theater hatte er viel gelernt, das meiste davon anatomisch und verwirrend.

Nachmittags hatte er Dienst in der Transylvania World oder »der Welt«, wie sie ihre unterbezahlten Angestellten nannten – im Grunde Harry und seine Freunde. NUR NICHT ZAUDERN, LASS DICH SCHAUDERN! stand auf einem Plakat davor. Die Welt war eine der Attraktionen auf dem Pier, aber »attraktiv« war ein Wort, mit dem niemand sie beschrieben hätte. Harry hatte in den letzten beiden Jahren im Sommer dort gejobbt, das Geld kassiert und Tickets ausgegeben. Es war nicht anstrengend, dank mangelnder Besucher verbrachte er die meiste Zeit mit Lesen. Im September begann sein letztes Schuljahr, und er hatte eine lange Leseliste, die er derzeit abarbeitete. Er ging auf eine piekfeine Schule – so nannte es sein Vater. »Lernst du in dieser piekfeinen Schule irgendwas?« oder »Zahle ich diese piekfeine Schule, damit sie dir *ethisches* Verhalten beibringt? Ich kann dir ethisches Verhalten beibringen: Tritt nicht nach dem Mann, der am Boden liegt. Lass deine rechte Hand nicht wissen, was deine linke tut. Frauen und Kinder zuerst.« Was einen Moralkodex anging, war das eine bunte Mischung, und Harry war sich nicht sicher, ob Sokrates damit vollkommen einverstanden gewesen wäre oder ob sich sein Vater überhaupt daran hielt.

Obwohl es eine »piekfeine Schule« war, jobbten in den Sommerferien fast alle, die Harry kannte. Es gab so viele Ferienjobs, dass es kriminell gewesen wäre, keinen zu haben. Die coolen Kids – oder vielmehr die Kids, die sich für cool hielten – verbrachten ihre Zeit mit Bodyboarding oder versuchten, sich als Rettungsschwimmer zu qualifizieren, während die Nerds, Harry und seine Freunde, hinter Ticketschaltern saßen, Eis ausgaben, Pommes frittierten oder kellnerten.

Die »Welt« gehörte den Carmodys, den Spielhallenleuten, und war das Mieseste vom Miesen, was Attraktionen betraf – ein paar mottenzerfressene Figuren aus alten Wachsfigurenkabinetten und ein paar schlecht gestaltete Tableaus. Sie warb mit »lebenden Schauspielern«, doch davon gab es nur einen, und der war kein Schauspieler, sondern ein Nerdkollege, Archie, der auch in Harrys Geschichtskurs war und Peanuts bezahlt bekam dafür, dass er mit einer Dracula-Maske aus Gummi auf der Lauer lag und die (vereinzelten) zahlenden Besucher ansprang. *True Blood* war es nicht.

Die Stadt war bekannt für Vampire, hier war der echte Graf gelandet – in der Literatur jedenfalls, obwohl man glauben könnte, es wäre ein tatsächliches historisches Ereignis gewesen, so wie die Leute sich benahmen. Die Andenkenläden waren voller Totenschädel, Kreuze, Särge und Fledermäuse aus Gummi. Mehrmals im Jahr wurde die Stadt überschwemmt von Goths, Sklaven der lebenden Toten, und jetzt gab es noch eine Steampunk-Woche und eine Piratenwoche, und die ganze Stadt schien der Schauplatz einer Kostümparty zu sein. Die »Piraten« trugen alle schäbige schwere Wintermäntel und große Hüte mit Federn, Entermesser und Revolver. Harry fragte sich, ob die Messer geschliffen waren. »In Wirklichkeit«, sagte Harrys Freundin Emily sarkastisch, »sind sie alle Männer, die Kevin heißen und die ganze Woche Daten verarbeiten. Und am Wochenende leben sie ihre Phantasien aus.«

Harry nahm an, dass daran nichts auszusetzen war, aber warum jemand ein Pirat oder Draculas Braut sein wollte, entzog sich seiner Vorstellungskraft. (»Viele Frauen sind mit Vampiren verheiratet«, sagte Crystal.) Steampunk war etwas, mit dem Harry noch klarkommen musste. Erst letzte Woche war ein Mann mit ihm zusammengestoßen. Er trug eine Maske aus Metall über dem Gesicht, aus der Schläuche und Röhren hingen. »Entschuldige, Junge«, sagte er gut gelaunt. »Mit dem Ding sehe ich überhaupt nichts.« Harry wollte nicht jemand anders sein, er wollte nur er selbst sein. Das war schwer genug.

Harry hatte noch Zeit, bevor er losmusste. Er könnte im Pool schwimmen oder im Garten sitzen und lesen – es war ein schöner Tag, doch ihm war nicht danach, den Kopf in ein Buch zu stecken. So drückte Crystal sich aus – »Steckt dein Kopf schon wieder in einem Buch, Harry?« Es wäre lustig, wenn sein Kopf tatsächlich in einem Buch feststecken würde.

Zwischen dem Theater und der Welt musste er an den meisten Tagen aufwändige Fahrten unternehmen. High Haven war hoch oben auf den Klippen im Niemandsland zwischen Scarborough und Whitby gestrandet, und Harry pendelte den Sommer über zwischen beiden Orten hin und her. Wenn er viel Zeit hatte, fuhr er manchmal mit dem Rad, aber normalerweise nahm er den Bus. Er konnte den Tag nicht erwarten, an dem er die Führerscheinprüfung bestand und ein Auto hatte. Sein Vater hatte angefangen, ihm das Autofahren auf den Seitenstraßen beizubringen, und ließ ihn seine S-Klasse fahren. (»Was ist das Schlimmste, das du tun kannst? Ihn zu Schrott fahren?«) Tommy war überraschend (erstaunlich) geduldig, und die Fahrstunden erwiesen sich als eine Arena, in der sie, nun ja, wie Vater und Sohn miteinander auskamen. (»Mit dem Auto bist du gar nicht so mies, wie ich gedacht habe«, sagte Tommy. Höchstes Lob.) Es war angenehm, eine Aktivität gefunden zu haben, bei der sie sich nicht gegenseitig enttäuschten.

Diesen Sommer hatte ihn Crystal ein paarmal zur Arbeit gefahren, »weil ich sowieso fahre, Harry«, oder »weil mir nach Autofahren ist«. Crystal sagte, dass sie Autofahren als eins ihrer Hobbys angeben würde, sollte sie jemals ein Formular für »eine Stelle oder so« ausfüllen müssen. Überlegte sie, sich einen Job zu suchen? Harry fragte sich, wofür sie qualifiziert war. Sie fuhr gern Auto, und Harry ließ sich gern von ihr fahren. Normalerweise saß er mit Candace hinten im Evoque, und alle drei sangen »Let It Go«, so laut sie konnten. Harry hatte eine angenehme schlichte Stimme – er war im Schulchor –, aber Crystal war unmusikalisch, und Candace kreischte. Dennoch förderte es die Verbundenheit. In der Familie. Sein Blick fiel auf die Uhr, und er wusste, dass er zu viel Zeit vertrödelt hatte und vielleicht den Bus verpassen würde.

Den ganzen Nachmittag kamen kaum Besucher in die Transylvania World. Sie war tot, dachte Harry. Ha, ha. Außerdem schien die Sonne, und abgesehen von vereinzelten perversen Typen wollte niemand sich darin aufhalten, wenn das Wetter gut war. Regen war am besten fürs Geschäft, die Leute kamen, um im Trockenen zu sein, und der Eintritt kostete nur zwei Pfund, obwohl sich auch das oft als zu viel erwies, wenn sie das magere Angebot an Horror gesehen hatten. Der Ausgang war in einer anderen Straße, deswegen musste sich Harry normalerweise nicht mit den enttäuschten Besuchern herumschlagen. Bis sie herausgefunden hatten, wo sie waren und wie sie zum Eingang zurückkehren konnten, hatten sie allen Lebenswillen verloren, und zwei Pfund schienen die Mühe nicht zu lohnen, sich zu streiten.

Archie, der sogenannte »Live-Schauspieler«, war nicht gekommen. Wenn das passierte – und wie nicht anders zu erwarten, passierte es häufig –, führte Harry die Besucher zum Eingang (»Da drin ist es ziemlich dunkel.« So war es!), und dann rannte er den Flur entlang zu einer versteckten Tür, packte die Dracula-Maske, sprang heraus, wenn sie um die Ecke kamen, und erzeugte gurgelnde Laute im Hals *(Jaargh!)* wie ein Vampir, der Schleim abhustete. Die Leute waren nie beeindruckt und selten erschrocken. Angst war nichts Schlechtes, sagte sein Vater. »Hält dich auf Trab.«

Harrys Mutter – Lesley – war sechs Jahre zuvor gestorben, als Harry zehn war. Dann hatte sein Dad wieder geheiratet, Crystal, und ein Jahr später war Candace auf die Welt gekommen. Sie war jetzt drei Jahre alt und wurde von allen Candy genannt außer von Harry, der den Kosenamen für ein bisschen sexistisch hielt. Er war der Ansicht, dass Mädchen unkomplizierte Namen haben sollten wie Emily und Olivia und Amy, so hießen die Mädchen in der Schule, die seine Freundinnen waren. »Hermiones« nannte Miss Dangerfield sie, ziemlich herablassend, vor allem angesichts der Tatsache, dass sie in ihrem, wie sie es nannte, »Fanclub« waren. »Ein wenig wie Jean Brodie für meinen Geschmack«, sagte sie. (War Miss Dangerfield schon in ihrer Blütezeit?, fragte Harry sich, aber nicht sie.)

Miss Dangerfield war ihre Lehrerin für Schauspiel und englische Literatur. »Nenn mich Bella«, sagte sie zu Harry, als sie ihn nach den Proben nach Hause fuhr. (»Ich wohne in der gleichen Richtung.«) Am Ende des Schuljahrs hatten sie *Tod eines Handlungsreisenden* aufgeführt. Harry hatte eine kleine Rolle – Stanley, der Kellner im Restaurant –, allerdings hatte er auch für die Rollen von Biff und Happy (schlecht) vorgesprochen. Er war kein sehr guter Schauspieler. (»Mach dir keine Sorgen, Harry«, sagte Crystal, »du wirst es mit der Zeit lernen.«)

Sie spielten *Tod eines Handlungsreisenden* an drei Abenden. Harrys Dad schaffte es nicht, aber Crystal kam am ersten Abend. (»Ein deprimierendes Stück. Aber du warst sehr gut, Harry«, sagte Crystal. Er wusste, dass er es nicht war, aber es war nett von ihr, es zu behaupten.)

»Wie beginnt Hamlet seinen Monolog über Käse?«, fragte er Miss Dangerfield, als sie ihn am letzten Abend nach Hause fuhr. »To Brie or not to Brie.« Sie lachte, und als sie vor seinem Haus anhielt, legte sie ihm die Hand auf das Knie und sagte: »Du hast keine Ahnung, was für ein besonderer Junge du bist, Harry. Denk dran – du hast deine ganze Zukunft noch vor dir, verschwende sie nicht.« Und dann hatte sie sich zu ihm geneigt und ihn auf den Mund geküsst, und er hatte ihre Zunge an seiner gespürt wie eine süße Nacktschnecke, die nach Pfefferminz schmeckte.

»War das deine geschätzte Miss Dangerfield?« Crystal runzelte die Stirn, als er ins Haus kam, ihm war noch immer schwindlig von dem Kuss. »Ich kann dich in den Sicherheitskameras sehen.« Harry wurde rot. Crystal tätschelte ihm mitfühlend die Schulter. »Du weißt, dass sie im nächsten Schuljahr an eine andere Schule versetzt wird, oder?« Harry wusste nicht, ob er angesichts dieser Nachricht enttäuscht oder erleichtert sein sollte.

Mädchen mit Namen wie Bunny oder Bella waren verwirrend. Und ein Name wie Candy konnte zu allen möglichen unseligen Dingen führen. (Gegessen zu werden, hauptsächlich.) Natürlich konnte man aufwachsen und eine Dragqueen werden. Bunny Hopps, der einen Auftritt als Drag im Palace hatte, kannte jemanden namens Candy Floss, aber Harry nahm an, dass es nicht sein (oder ihr) richtiger Name war.

Alles in Candaces Zimmer (ja, in ihrem Leben) war rosa und thematisch auf Elfen und Prinzessinnen ausgerichtet. Sie schlief in einem aufwändigen Bett, das Aschenputtels Kutsche sein sollte, und hatte einen ganzen Schrank voll mit Disney-Kostümen, die sie abwechselnd trug – Belle und Elsa, Ariel, Schneewittchen, Glöckchen, Moana, Aschenputtel – ein endloses, eigentlich austauschbares Inventar an Pailletten und Kunstseide. Letztes Jahr waren sie im Disneyland Paris gewesen und hatten im Laden praktisch die Stange leergekauft.

»Besser als auszusehen wie JonBenét«, sagte Bunny. Wenn jemand etwas von Kostümen verstand, dann natürlich Bunny. Er – sie – Harry musste in Gegenwart Bunnys auf die Pronomen achten – war Harrys Vertrauter. Es war seltsam, aber er war es, zu dem Harry ging, wenn er Rat brauchte oder etwas beichten wollte. Es war, als hätte er wieder eine Mutter. Die eine Perücke und High Heels Größe 46 trug und »sein Fahrgestell wegpackte« (etwas, das ein maskulines Pronomen erforderte, sogar in Bunnys Lexikon).

Harry las Candace oft eine Gutenachtgeschichte vor, und er hatte dafür seine alten Bücher aus einem der Außengebäude geholt, in dem seine Kindheit (schlecht verpackt) in Kisten lagerte und schimmelte. Sein Vater hatte zwei Außengebäude in Garagen umgewandelt und wollte auch ein drittes konvertieren, wofür ihm jedoch die Genehmigung verweigert wurde, weil Fledermäuse darin lebten (oder »Scheißfledermäuse«, wie er sie nannte), und die Fledermäuse waren geschützt. (»Warum? Warum stehen die Scheißfledermäuse unter Schutz, verdammte Scheiße?«) Harry sah ihnen an Sommerabenden gern zu, wenn sie herumflitzten und Insekten fingen. Sie waren winzig und wirkten verletzlich, und Harry sorgte sich, dass sein Vater ihnen heimlich schaden wollte.

Harry hatte eine sehr schöne illustrierte Ausgabe der Gebrüder Grimm (mit der Widmung *Von Mummy in Liebe*) in einer der Kisten in der Fledermaushöhle gefunden, und er benutzte sie, um Candace in die böseren Märchen einzuführen – Geschichten, in denen Menschen verflucht oder ausgesetzt wurden oder ihnen die Zehen abgehackt und die Augen ausgepickt wurden. Märchen, die ohne Zucker und Spezereien auskamen. Nicht weil er Candace Angst machen wollte – ihr war nicht leicht Angst zu machen –, sondern weil er meinte, dass jemand der rosa Marshmallow-Welt, von der sie verschlungen wurde, etwas entgegensetzen sollte, und da es sonst niemand tat, musste er es tun. Und sie waren seine Einführung in die Literatur gewesen, und er dachte, dass es schön wäre, wenn sie auch zu einem Bücherwurm würde.

Er hatte mit der gefährlichen Miss Dangerfield ein Gespräch über Märchen geführt, und sie hatte gesagt, dass sie ein »Lehrbuch« für Mädchen seien, mit dem sie in einer Welt »männlicher Raubtiere« überleben könnten. (»Oder Wölfen, wie wir sie auch nennen könnten.«) Ein Handbuch, was zu tun ist, sagte sie, wenn ein Mädchen allein in einem dunklen Wald ist. Harry vermutete, dass der dunkle Wald eine Metapher war. Heutzutage gab es nicht mehr viele dunkle Wälder, dennoch wollte er, dass Candace mit dem Wissen aufwuchs, wie Wölfe zu vermeiden waren.

Gleichgültig, wie sehr er sich bemühte, sie heraufzubeschwören, seine eigene Mutter war nur noch ein verschwommener Fleck in seinem Gedächtnis, und es wurde immer schwieriger, sie neu zu erschaffen. Gelegentlich brach etwas durch dieses Miasma, ein plötzlich scharfes Fragment – eine Erinnerung, wie er neben ihr im Auto saß oder sie ihm ein Eis reichte –, doch der »Kontext«, wie Miss Dangerfield es genannt hätte, fehlte völlig. Seine Mutter hatte nie in High Haven gelebt, deswegen hatte er hier kein Gefühl für sie. Sie hatte geraucht, das wusste er noch. Er erinnerte sich auch an ein heiseres Lachen, dunkles Haar. Und wie sie einmal durch die Küche getanzt war, kein Walzer, sondern eher wie die arme dem Untergang geweihte Karen in *Die roten Schuhe*. (Eine zu schreckliche Geschichte, um sie Candace zu erzählen, hatte Harry entschieden.)

Emily schien eine stärkere Verbindung zu seiner Mutter zu haben als Harry und sagte immer Dinge wie: »Erinnerst du dich noch an den Kuchen in Form eines Feuerwehrwagens, den deine Mutter zu deinem Geburtstag gemacht hat?« Oder: »Das war toll, als deine Mutter mit uns an Weihnachten mit dem Dampfzug gefahren ist, oder?« Und so weiter. Er wusste es nicht mehr, es war, als wären die meisten seiner Erinnerungen mit dem Tod seiner Mutter ausgelöscht worden. Wie ein Buch ohne Erzählung, nur ein paar Wörter hier und da auf den Seiten. »Manchmal ist es am besten zu vergessen, Harry«, sagte Crystal.

Mitunter fragte sich Harry, ob sie wegen des Rauchens an Krebs gestorben wäre, statt von einer Klippe zu stürzen, wie es tatsächlich passiert war.

Niemand hatte sie fallen sehen, sie hatte den Hund ausgeführt. Tipsy – einen süßen kleinen Yorkshireterrier, an den sich Harry deutlicher erinnerte als an seine Mutter. Ein vorausschauender Name angesichts dessen, was dem Hund zugestoßen war. (»Vorausschauend« war ein weiteres von Miss Dangerfields Worten.) Tipsy wurde auf einem Felsvorsprung unterhalb der Klippe gefunden, und es wurde angenommen, dass der Hund hinuntergefallen war und seine Mutter ihn hatte retten wollen, dabei ausgerutscht und gestürzt war.

Tipsy wurde lebend gefunden, aber die Leiche seiner Mutter musste von der Küstenwache aus dem Meer geholt werden. Harry hatte neulich auf der Suche nach seiner Geburtsurkunde – um sein Alter für die Busfahrkarte für unter Achtzehnjährige nachzuweisen – den Totenschein seiner Mutter gefunden, und darauf stand als Todesursache »Ertrinken«. Das war eine Überraschung, weil er immer gedacht hatte, es wäre Ebbe gewesen und ihr Schädel an den Felsen zerschmettert, was zwar furchtbar gewesen wäre, aber irgendwie besser, weil bestimmt schneller. Manchmal fragte er sich, ob Tipsy sie gesehen hatte, als sie vorbeistürzte, ob sie einen überraschten Blick gewechselt hatten.

Sein Vater gab den Hund einem seiner Fahrer. »Kann ihn nicht ansehen, Harry, ohne an Les zu denken.« Zwei Jahre später war er mit Crystal verheiratet. Harry wünschte, er hätte Tipsy nicht weggegeben.

Seine Mutter war ersetzt worden, der Hund nicht. Es gab nur einen Rottweiler namens Brutus, den sein Vater als Wachhund für den Holroyd-Fuhrpark gekauft hatte, und anfänglich durften sie nicht in seine Nähe. Sein Vater machte sich Sorgen wegen Candy, er schien weniger besorgt, dass Crystal oder Harry von dem Hund zerfleischt würden. Doch Brutus erwies sich nicht als der Rohling, auf den sein Dad gehofft hatte, er war ein großer Softie und schien besonders Harry zu mögen, doch Crystal blieb misstrauisch. Sie habe nie ein Haustier gehabt, als sie aufwuchs, sagte sie. »Nicht mal einen Hamster?«, fragte Harry, dem sie leidtat. »Nicht mal einen Hamster«, bestätigte sie. »Aber es gab viele Ratten.«

Crystal war keine böse Stiefmutter. Sie nörgelte nicht (»Leben und leben lassen«) und interessierte sich auf freundliche Weise für sein Leben. (»Wie geht's, Harry? Alles in Ordnung?«) Sie ging nicht in Unterwäsche durchs Haus oder so. Gott bewahre! Sie machte auch keine Witze über das Fehlen von Bartstoppeln und die Existenz von Pickeln in seinem Gesicht. Tatsächlich hatte sie diskret eine teure antibakterielle Waschlotion in sein Bad gestellt. Seine Wäsche wusch er dieser Tage allerdings selbst, es wäre peinlich gewesen, wenn Crystal seine Unterwäsche und Socken gewaschen hätte. »Macht nichts, Harry«, sagte sie. »Ich habe schon viel Schlimmeres bewältigt.«

Sie behandelte ihn nicht als Kind, eher als Erwachsenen, der zufällig im selben Haus wohnte wie sie. Es gab Zeiten, da wäre

Harry wirklich lieber als Kind behandelt worden, aber das sagte er nicht. (Er war »jung für sein Alter« laut seinem Vater.) Sie seien »Freunde«, sagte Crystal, und es fühlte sich freundschaftlich an, wenn sie sich gemeinsam aufs Sofa fallen ließen, nachdem Candace im Bett war, und ihre Lieblingsprogramme sahen – *America's Next Top Model, Countryfile, SAS: Who Dares Wins.* Sie hätten einen eklektischen Geschmack, sagte Harry zu ihr. (»Elektrisch?«, wunderte sich Crystal. »So was in der Art«, sagte Harry.)

Die Nachrichten schauten sie nur selten. (»Schalt aus, Harry, es gibt nur schlechte Neuigkeiten.«) Sie sahen Natursendungen, ohten und ahten, wann immer etwas Süßes und Felliges auftauchte, und wechselten den Kanal, sobald sich etwas Trauriges oder Mörderisches anbahnte. Unnötig zu erwähnen, dass Harrys Vater nicht mit auf dem Sofa saß. (»Was schaut ihr da für eine Scheiße?«) Er arbeitete viel, und wenn nicht, saß er in seinem »Zimmer« vor seinem 80-Zoll-Fernseher und Sky Sports. Er hob dort auch Gewichte, ächzte und schwitzte, während er Hanteln über seinen Kopf stemmte oder auf den großen Everlast-Boxsack einschlug, der von der Decke hing. Manchmal fühlte es sich an, als wären Harry und Crystal Verschwörer, aber Harry wusste nie, wogegen sie sich verbündeten. Seinen Vater vermutlich. Sein Dad halte sich für einen »meisterlichen Mann«, sagte Crystal.

»Wie Mr Rochester«, sagte Harry, und Crystal erwiderte: »Ich glaube nicht, dass ich ihn kenne. Ist er Lehrer in deiner Schule?«

Crystal tat übermäßig viel für Candace, und Harry fragte sich bisweilen, wie ihre eigene Kindheit gewesen war. Es gab keine Beweise dafür – keine Fotos, keine Verwandten, keine Großeltern für Candace –, es war, als wäre Crystal fertig auf die Welt gekommen wie Botticellis Venus. Ein unglücklicher Gedanke – Harry unternahm alles, um sich Crystal nicht nackt vorzustellen. Oder auch irgendeine andere Frau. Er besaß einen großen Kunstbildband, den er sich letztes Jahr zu Weihnachten gewünscht hatte. Die Akte darin waren seine größte Annäherung an Porno. Nackte Frauen anzusehen war ihm sogar peinlich, wenn er allein war. (»Der Junge ist nicht normal«, hörte er seinen Vater zu Crystal sagen. Vielleicht war er es wirklich nicht. »Was ist schon normal?«, sagte Crystal.) Er hatte Crystal nach ihrer Kindheit gefragt, und sie hatte gelacht und etwas über Rummelplätze und Eis gesagt, aber es hatte nicht erfreulich geklungen.

Crystal kochte das Essen, das sein Vater mochte – jeden Morgen machte sie »das volle englische Frühstück«, am Sonntag einen Braten (»und alle Beilagen«) und zwischendurch Steaks und Burger, obwohl sein Vater viel Zeit in der Arbeit oder »unterwegs« war und sich von irgendwo Essen mitnahm. Oder er kam spät nach Hause und holte sich eine Pizza oder ein Fertiggericht aus der Gefriertruhe (eine Meneghini, die so viel kostete wie Harrys erstes Auto, wenn es so weit wäre).

Crystal und Candace aßen nichts von »diesem Fraß«, wie Crystal ihn nannte. Mit Candaces Geburt war sie »konvertiert« zu gesundem Essen. »Sauberes Essen«, sagte sie. »Mir gefallen diese Wörter.« Sie war ständig im Internet, Blogs und Vlogs und Rezepte. Salate und Obst und Gemüse. Cashewmilch, Tofu. Quinoa, Chia, Gojibeeren – Essen, das klang, als sollte es von Stämmen am Amazonas gegessen werden, nicht von einem sechzehnjährigen Jungen in Yorkshire. Letzte Woche hatte Crystal einen »Schokoladenkuchen« aus schwarzen Bohnen und Avocados gemacht, und gestern hatte sie Harry eine

»Meringue« angeboten und gesagt: »Ich wette, du kannst nicht sagen, aus was die gemacht ist.« Nein, das konnte er nicht. Vielleicht aus etwas, das vor hundert Jahren am Grund eines Brunnens gestorben war. »Aus dem Wasser in einer Dose Kichererbsen!«, sagte Crystal triumphierend. »Es heißt Aquafaba.« Das klang in Harrys Ohren wie etwas, das die Römer gebaut hatten.

Harry konnte jedoch im Allgemeinen selbst entscheiden, was er essen wollte. Crystal drängte ihm ständig Brokkoli und Süßkartoffeln auf. »Du wächst noch, Harry. Du bist, was du isst.« Und das hieß, dass er überwiegend eine American-Hot-Pizza war. Sauberes Essen hielt Crystal jedoch nicht vom Rauchen ab, wie Harry bemerkte (»Nur hier und da mal eine, Harry. Verrat mich nicht«), doch sie rauchte nie vor Candace oder im Haus, nur im Wintergarten, in den sie so gut wie nie gingen. Und er hatte nie gesehen, dass sie viel trank, nicht wie sein Vater.

Wenn es brennen würde, würde Crystal als Erstes – abgesehen von Candace natürlich – ihren Vitamix-Mixer und ihren Kuvings-Entsafter retten, die Laren und Penaten von High Haven, soweit es sie betraf. (»Wie wäre es mit einem Glas Grünkohl-Sellerie-Saft, Harry?«) Wer würde ihn retten?, fragte sich Harry. Sein Dad, hoffte er. Oder vielleicht Brutus. »Sei nicht albern«, sagte Crystal. »Ich würde dich retten.«

Crystal liebte Hausarbeit, und obwohl Harrys Dad insistierte, weigerte sie sich, eine Putzfrau einzustellen, weil sie nicht so »gründlich« wäre wie sie selbst. »Ich habe eine Mieze geheiratet«, beschwerte sich Tommy, »und bin bei einer Mrs Mopp gelandet.« »Mieze« und »Mrs Mopp« waren Wörter, die Tommy offenbar von seinem eigenen Vater gelernt hatte und die sowohl Crystal als auch Harry vollkommen schleierhaft waren.

High Haven war edwardianisch, aber das sah man nur von

außen, weil Crystal alle originalen Einbauten und festen Bestandteile hatte entfernen lassen und es jetzt aussah wie das weiße und glänzende Innere eines Raumschiffs. (»Ich weiß«, sagte Crystal und betrachtete liebevoll die Kücheninsel, »darauf könnte man operieren.«)

High Haven war als Ferienhaus für einen lange toten Wollbaron aus Bradford und seine Familie gebaut worden, und Harry stellte sich gern vor, wie es einst ausgesehen haben musste – Farne in Messingtöpfen, Lampenschirme aus Uranglas, Arts-and-Crafts-Friese. Das Rascheln von Seidenröcken und das Klirren von Teetassen statt der eingebauten Kaffeemaschine von Miele, die klang wie eine Dampflokomotive, wenn sie Koffein in seinen Vater pumpte. (»Warum nicht einen Tropf anlegen?«, sagte Crystal zu Tommy.)

Harry hatte ein Gefühl dafür, wie Dinge in der Vergangenheit ausgesehen hatten. Er hatte dabei geholfen, das Bühnenbild für die Schulproduktion von *Ernst sein ist alles oder Bunbury* zu entwerfen. (»Das war eine avantgardistische Herangehensweise an das Stück«, hörte er den Direktor zu Miss Dangerfield sagen.) Miss Dangerfield sagte zu Harry, sie vermute, dass Theaterdesign seine Zukunft sei und nicht die Schauspielerei.

Crystal war laut seinem Dad ein »Ordnungsfreak«. »Ja, eine Zwangsstörung«, sagte sie triumphierend, als hätte sie sich schwer darum bemüht. Alles wurde zusammengefaltet und sortiert und präzise angeordnet. Dosen, Ziergegenstände, Kleider, alles »so und nicht anders«. Einmal war sie in Harrys Zimmer gekommen, um ihn etwas zu fragen (im Gegensatz zu seinem Dad klopfte sie immer), und hatte angefangen, die Bücher in seinem Regal (nicht ganz richtig) alphabetisch zu ordnen, und er brachte es nicht übers Herz, sie darauf hinzuweisen, dass er sie bereits thematisch arrangiert hatte. (»Ich lese nicht, Harry. Schule und ich waren nicht füreinander geschaffen. *Marie Claire* ist meine Grenze.«)

Als er eines Tages Ofenpommes aus der Meneghini nehmen wollte, war Harry aufgefallen, dass die Steine in der Mauer aus gefrorenem Essen in einem komplexen System nach Kategorien angeordnet waren, das einem Bibliothekar die Schamesröte ins Gesicht getrieben hätte. Als Olivia und Amy an einem Nachmittag bei ihm zu Hause waren und Olivia auf der Suche nach Saft den Kühlschrank öffnete, hatte sie geschrien, wirklich geschrien, als sie hineinsah. Harry musste zugeben, dass er einen gewissen Stolz empfand, der Stiefsohn einer Frau zu sein, deren Reihen von etikettierter Tupperware und Gläsern ein sechzehnjähriges Mädchen so sehr beeindruckten. Warte, bis du das Bad siehst, dachte er.

Seine Freundin Amy kam, um die Welt von ihm zu übernehmen, da Harry für die Abendvorstellung rechtzeitig im Palace sein musste.

»Es ist jemand drin«, sagte er und deutete auf den Eingang zu dem dunklen Tunnel. »Mum, Dad, ein Kind.« Das »Kind« war ungefähr zehn Jahre alt, ein plumper mürrischer Junge, der an einer Zuckerstange genagt hatte wie ein Dinosaurier an einem Knochen. »Er wird doch keine Angst haben, oder?«, hatte seine ängstliche Mutter gefragt.

»Unwahrscheinlich«, hatte Harry erwidert.

»Archie ist nicht da«, sagte er zu Amy. »Du wirst die Maske anziehen müssen.«

»Auf keinen Fall«, sagte Amy. »Das ist ekelhaft unhygienisch. Sie müssen ohne Vampir auskommen.«

Amy hatte eine Essstörung, und Harry hatte online viel darüber gelesen, deswegen wusste er, was er nicht zu ihr sagen sollte – wie zum Beispiel: »Iss auf, du brauchst Fleisch auf den Knochen« oder »Um Himmels willen iss zumindest das, was auf deinem Teller ist«, Dinge, die Amys Mutter die ganze Zeit zu ihr sagte. Harry andererseits sagte Dinge wie: »Ich werde diesen Apfel nicht ganz aufessen können, möchtest du die Hälfte?« Ein halber Apfel jagte Amy nicht so viel Angst ein wie ein großer Teller Pasta.

»Sie sind schon lange drin – länger als üblich jedenfalls.«

»Vielleicht sind sie zu Tode erschrocken. Das möchte ich erleben. Du wirst zu spät kommen, Harry.«

»Ach, übrigens«, sagte Harry beiläufig, als er zur Tür ging, »da ist ein Sandwich mit Hummus und Salat, das ich nicht geschafft habe. Crystal hat es gemacht, es ist gut. Wenn du es nicht willst, wirf es einfach weg.«

»Danke, Harry.«

Die Kray-Zwillinge

Reggie hatte Kaffee in einer Thermosflasche mitgebracht. Der Kaffee im Revier war dünn, mehr braunes Wasser als Kaffee. Ronnie trank ihren schwarz, aber Reggie hatte ein kleines Glas mit Sojamilch dabei. Sie lebte seit langer Zeit vegan, fast zehn Jahre, bevor Prominente es zur Mode erhoben hatten. Die Leute wollten sie immer nach dem Grund für ihre Ernährung ausfragen, und sie fand, dass die beste Antwort ein vages »Ach, weißt du – Allergien« war, weil heutzutage jeder auf irgendetwas allergisch reagierte. Was sie wirklich gern gesagt hätte, war: »Weil ich keine toten Tiere in meinen Körper aufnehmen will« oder »Weil Kuhmilch für kleine Kälber ist« oder »Weil ich nicht zum Tod des Planeten beitragen will«, aber aus unerfindlichem Grund mochten es die Leute nicht, wenn man das sagte. Allerdings war es harte Arbeit, eine Veganerin zu sein, und Reggie war keine Köchin. Wahrscheinlich wäre sie mittlerweile verhungert, hätte es nicht die verlässliche Mahlzeit aus Bohnen auf Toast gegeben. Reggie war sechsundzwanzig, doch sie glaubte nicht, dass sie jemals im richtigen Alter gewesen war.

»Danke«, sagte Ronnie, als Reggie ihr Kaffee einschenkte. Sie hatten ihre eigenen Becher. Am Morgen hatten sie schon »zu Hause« Kaffee getrunken, so nannten sie es bereits, obwohl sie erst zwei Nächte in dem kleinen baufälligen Airbnb-Häuschen in Robin Hood's Bay verbracht hatten, das für eine Woche gemietet war – so lange sollte dieser Teil der Ermittlungen dauern.

Sie drängten sich nebeneinander an einen Schreibtisch, der ihnen in einem spärlich eingerichteten Büro im obersten Stock des Reviers zugewiesen worden war. Auf dem Schreibtisch stand ein Computer, und das war es auch schon abgesehen von einem Haufen Kisten, die gestern aus dem Nirgendwo aufgetaucht waren und die Unterlagen der ursprünglichen Ermittlungen zu Bassani und Carmody enthielten. Es war ein chaotisches Durcheinander von Quittungen und Rechnungen und mysteriösen Notizen. Ihr DI Rod Gilmerton hatte die örtlichen Polizisten gebeten, die Papiere für sie zusammenzusuchen. »Papiere« wäre eines Tages ein hinfälliges Wort. Das hoffte Reggie jedenfalls. Ein weiterer Grund, den Revierkaffee zu meiden, war, dass Gilmerton sie angewiesen hatte, unter sich zu bleiben. »Vorsicht ist der bessere Teil von was immer«, sagte er.

»Tapferkeit«, ergänzte Reggie. »Allerdings hat Shakespeare tatsächlich gesagt: ›Der bessere Teil von Tapferkeit ist Vorsicht.‹ Die Leute zitieren ihn immer falsch.«

»Du brauchst ein Leben, Reggie«, sagte Gilmerton.

»Im Gegensatz zur landläufigen Meinung habe ich eins«, entgegnete Reggie.

Bei ihrer Ankunft war nicht geflaggt worden. Sie waren Eindringlinge aus einer anderen Abteilung, und sie waren nicht gerade willkommen in diesen Breiten. Der Fall, den sie bearbeiten sollten, lag jetzt über zehn Jahre zurück. Er war seit geraumer Zeit geschlossen – die Schuldigen bestraft, die Unschuldigen entschädigt, der Fleck weggewaschen, obwohl immer eine Spur zurückblieb, wie jeder Tatortermittler bestätigen kann. Dennoch taten alle so, als wäre er erledigt, und nicht nur erledigt, sondern in einer verschlossenen Kiste hoch oben in einem Regal, und die daran Beteiligten versuchten, ihn zu vergessen und weiterzuziehen, und jetzt waren da Ronnie und Reggie, brachen die Schlösser auf und öffneten die Kisten.

Es war noch früh, und es war relativ ruhig, nur unten im Gebäude wurde ein kleines Häufchen Betrunkener vom Vorabend vom diensthabenden Polizisten abgewickelt, damit sie wieder in die Gesellschaft entlassen und zu den Betrunkenen des heutigen Abends werden konnten. Reggie und Ronnie verbrachten ein paar sinnlose Minuten damit, ihre Notizen vom Vortag zu studieren. Sie hatten am gestrigen Nachmittag einen Profi vom Belvedere Golfclub befragt, dessen Gedächtnisspeicher von Außerirdischen hätte gelöscht sein können. Die Außerirdischen schienen in Sachen Amnesie in der Gegend ziemlich fleißig gewesen zu sein.

Ronnie war normalerweise in Bradford stationiert und Reggie in Leeds, und obwohl sie erst seit ein paar Wochen in Reggies Revier in Leeds zusammenarbeiteten, hatten sie bereits festgestellt, wie harmonisch ihr Verhältnis war. Reggie konnte sich vorstellen, dass sie auch außerhalb der Arbeit Freundinnen wären, hatte diesen Gedanken jedoch für sich behalten, weil sie nicht zu begierig erscheinen wollte.

Sie waren als Teil einer kleinen Spezialeinheit geholt worden, die den Namen Operation Villette trug. Eigentlich *waren* sie Operation Villette. Gilmerton war auch an mehreren anderen Ermittlungen beteiligt. Er war freundlich, und anfänglich hatte Reggie seine Art gefallen, die Dinge leicht zu nehmen, aber nach einer Weile wirkte er eher wie ein Leichtgewicht.

Reggie und Ronnie waren rekrutiert worden, um potenzielle Zeugen und Kontaktpersonen zu befragen. Vor kurzem waren neue Beschuldigungen laut geworden, und die Gewährsfrau lebte in ihrem Zuständigkeitsbereich. Ihr Job war es, mit Leuten zu sprechen, die ihrerseits von anderen Leuten erwähnt worden waren, ein bisschen wie Stille Post. Es war ein immer größer werdendes Puzzle mit vielen fehlenden Teilen, da es bis in die Siebzigerjahre zurückreichte und viele der erwähnten Personen tot waren. Leider. Die neuen Beschuldigungen richteten sich gegen Personen aus dem Establishment – hohe Tiere, »Großkopferte« in Reggies Patois –, und trotzdem wurde nur auf Sparflamme ermittelt. Vielleicht aus gutem Grund. Oder vielleicht auch nicht.

Gilmerton stand kurz vor der Pensionierung, freute sich darauf und ließ sie ziemlich alleingestellt »mit der Sache zurechtkommen«. Er erwarte keine großen Ergebnisse, sagte er (»Wir suchen nur nach den Tüpfelchen auf den Is«), was Ronnies und Reggies Entschlossenheit, das Puzzle zu lösen, nur bestärkte.

»Wir finden alle Teile«, sagte Reggie. »Sie werden irgendwo unter einem Teppich oder hinter einem Sofa liegen. Wir machen es fertig.«

»Vielleicht wurden sie absichtlich unter den Teppich gekehrt«, sagte Ronnie.

Ronnie war fast ebenso organisiert wie Reggie, und das wollte was heißen. Sie waren beide gerade befördert worden, auf der Überholspur »ganz nach oben«, sagte Ronnie. Zwei Jahre in Uniform und dann eine Einarbeitungszeit bei der Kriminalpolizei. Sie waren Feuer und Flamme. Reggie hatte vor, sich für eine Stelle bei der National Crime Agency zu bewerben, um gegen das organisierte Verbrechen zu kämpfen. Ronnie wollte zur Metropolitan Police nach London.

Reggie war Schottin, sehnte sich jedoch nicht wie andere

Exilanten nach ihrer Heimat. Sie hatte einige ihrer schlimmsten Jahre in Edinburgh verbracht, woher sie kam. Außerdem waren alle aus ihrer Familie jetzt tot, sie konnte also zu niemandem zurück. Mit achtzehn war sie nach Süden geflogen und in Derby gelandet, wo sie Jura und Kriminologie studierte. Bevor sie dorthin ging, hätte sie Derby nicht auf der Landkarte gefunden. Es war ihr eigentlich gleichgültig gewesen, wohin sie ging, solange es nicht war, woher sie kam.

Ronnie hatte einen Master in Forensik von der Universität von Kent. Sie hieß Veronika, geschrieben Weronika. Ihre Eltern waren aus Polen, und ihre Mutter nannte sie Vera, was sie hasste. Sie war die zweite Generation. Ihre Eltern sprachen viel davon, zurückzugehen, doch Ronnie war nicht daran interessiert. Noch etwas, das sie mit Reggie gemein hatte.

Sie waren gleich groß – klein. (»Zierlich«, verbesserte Ronnie.) Reggies Haar war zu einem Bob bis zu den Ohren geschnitten, und Ronnie trug ihres in einem Knoten, ordentlich gehalten von einem Haargummi. Die älteren Polizistinnen waren kleidungsmäßig insgesamt ein Fiasko – Jeans oder schlecht sitzende Röcke, verwaschene Blusen und altmodische Jacken an Körpern, die von zu vielen Imbissessen und Chips aus der Form geraten waren. Reggie und Ronnie waren geschniegelt und gebügelt. Heute trug Ronnie eine weiße Bluse und eine marineblaue Hose. Trotz des warmen Wetters trug Reggie ein schwarzes Kostüm aus »Sommerwolle« (so etwas gab es nicht, hatte sie festgestellt – Wolle war Wolle).

Als sie jünger war, hatte Reggie gehofft, dass sie eines Tages ein Leben führen würde, in dem sie ein schwarzes Kostüm tragen könnte. Ihre einstige Mentorin und Arbeitgeberin Joanna Hunter, Allgemeinärztin, war jeden Tag in einem schwarzen

Anzug zur Arbeit gegangen. Reggie war das Kindermädchen von Dr. Hunter gewesen, sie hatten immer noch regelmäßig Kontakt, obwohl Dr. Hunter mit ihrem Sohn Gabriel nach Neuseeland gezogen war, um »neu anzufangen«. (Man konnte es ihr nicht verübeln, wenn man bedachte, was ihr passiert war.) »Warum kommst du nicht, Reggie? Komm uns besuchen. Du könntest dir vielleicht sogar eine Stelle hier suchen.« Neuseeland schien Reggie schrecklich weit weg. »Nicht, wenn du hier bist«, schrieb Dr. Hunter. »Dann ist es überhaupt nicht weit weg. Dann ist es, wo du bist. Du bist hier.« Nicht so sehr Mentorin als Guru.

Reggie machte Taekwondo, Ronnie boxte. Man musste sich fit halten, wenn man klein war und eine Frau und bei der Polizei. Ein dreifacher Fluch. Reggie war bei der Kriminalpolizei und beim Taekwondo auf der Überholspur, sie hatte bereits den dritten Dan. Reggie hatte einen Tagtraum. Die dunkle Nacht, die finstere Seitenstraße, der unerwartete Angriff – und die Überraschung des Angreifers, wenn er auf dem Boden lag. *Hiejah!* Nicht, dass das jemand in ihrem Kurs rief. Und nicht, dass sie gewalttätig war, aber wenn man sein ganzes Leben lang als »das kleine Mädel« oder »die arme kleine Reggie Chase« bezeichnet worden war, war einem gelegentlich diese grimmige Phantasie gestattet.

Reggie war ein Stipendium für Cambridge angeboten worden, aber sie hatte es nicht angenommen. Sie wusste, dass sie versackt wäre zwischen all den Privilegierten und Anspruchsberechtigten, und auch wenn sie sie akzeptiert hätten, hätten sie doch keinen Tag ihren bedauerlichen Hintergrund ausblenden können. Ihr Vater war vor Reggies Geburt durch »freundliches Feuer« (nicht sehr freundlich Reggies Ansicht nach) umgekommen in einem vergeblichen Krieg, den jetzt alle schon wieder vergessen hatten. Und ihre Mutter war in einem Schwimmbad ertrunken, als Reggie fünfzehn war, und hatte sie mit einem Bruder zurückgelassen, den sie an Drogen verlor.

Derby war eine Offenbarung gewesen: Menschen in ihrem Alter, die sie mochten (sie hatte Freunde!), und eine Beziehung (Sex! Nicht peinlich!) mit einem lustigen höflichen Jungen, der Informatik studierte und jetzt als Antihacker für dasselbe böse multinationale Unternehmen arbeitete, das er als Doktorand gehackt hatte, denn das passierte natürlich jedem guten Hacker – Zwangsarbeit für den Teufel unter Androhung einer langen Gefängnisstrafe oder Auslieferung. Er hieß Sai und sah auf indische Weise gut aus, und sie waren nicht mehr zusammen, weil eine Ehe für ihn arrangiert und er vom FBI abgeworben worden war und in Quantico arbeiten würde, all das zusammengenommen empfand Reggie als ein übertrieben dramatisches Ende ihrer Beziehung.

Ihr Herz war nicht gebrochen, nur gesprungen, aber gesprungen war schlimm genug. Doch sie hatte ihren Beruf und ein schwarzes Kostüm zum Trost. »Das ist das Wichtigste«, sagte Ronnie. Ronnie selbst befand sich »zwischen Freundinnen«. Reggie ertappte sich oft dabei, dass sie sich wünschte, auch lesbisch zu sein, es könnte das Leben einfacher machen, doch Ronnie lachte sich kaputt und sagte: »Und wie das?«

Reggie hatte an der Uni mit Taekwondo angefangen. Es gab Clubs für alles, was man gern lernen wollte. Dr. Hunter war an der Universität in der Laufmannschaft gewesen – und bei den Schützen –, und Reggie wusste, wie nützlich diese beiden Dinge sein konnten, weil Dr. Hunter es bewiesen hatte.

Dr. Hunter war die netteste, freundlichste, sympathischste Person, die sie je kennengelernt hatte, und Dr. Hunter hatte eigenhändig (buchstäblich) zwei Männer umgebracht, und nur Reggie und eine weitere Person wussten davon. Was wieder einmal bewies: »Gerechtigkeit hat nichts mit dem Recht zu tun.« Das hatte Dr. Hunter einmal gesagt, und Reggie verstand, was sie meinte, wie es auch diese andere Person verstehen würde, die von Dr. Hunters kurzer Karriere als Meuchelmörderin wusste.

Reggie und Ronnie tranken ihren Kaffee aus, beide wurden im selben Augenblick fertig. Sie hinterließen Gilmerton eine Nachricht mit den Plänen für diesen Tag, ebenso der Aufsicht im Haus. Pro forma, wirklich, da Reggie den Eindruck hatte, dass niemanden interessierte, was sie taten.

»Also gut«, sagte Reggie. »Dann mal los.«

Sie hatten ihre Dienstausweise in der Hand, als Ronnie auf die Klingel von Seashell drückte. Eine Frau öffnete, und Ronnie sagte: »Guten Morgen, ich bin DC Ronnie Dibicki, und das ist DC Reggie Chase.« Reggie lächelte die Frau an und hielt ihren Dienstausweis in die Höhe, damit die Frau ihn ansehen konnte, aber sie blickte kaum darauf. »Wir sind auf der Suche nach einem Mr Andrew Bragg«, sagte Ronnie.

»Andy? Was wollen Sie von ihm?«

»Sind Sie Mrs Bragg?«, fragte Reggie.

»Vielleicht«, sagte die Frau. Also entweder du bist es oder du bist es nicht, dachte Reggie. Du bist nicht Schrödingers Katze.

»Und ist Mr Bragg da?«, fragte Ronnie. »Wir müssen nur kurz mit ihm sprechen«, beruhigte sie. »Ein paar offene Fragen in einem alten Fall klären. Papierkram.« Ronnie zog fragend eine Augenbraue in die Höhe. Sie war sehr gut darin. Reggie hatte es versucht, aber sie sah dabei aus wie ein schlechter (wirklich schlechter) Abklatsch von Roger Moore. Oder Groucho Marx.

Andy Braggs Frau fügte sich der Augenbraue. »Ich gehe nachsehen, ob er da ist«, sagte sie. »Sie kommen besser rein«, fügte sie widerwillig hinzu und ließ sie im Aufenthaltsraum des Hotels stehen, bevor sie in den Eingeweiden des Hauses verschwand.

Flugblätter mit Touristeninformationen lagen fächerförmig auf einem Tisch. Bootsfahrten, Reiten, Restaurants und Nummern von Taxiunternehmen. Reggie setzte sich auf ein Sofa und nahm einen Gezeitenplan von einem Beistelltisch. Die Kissen auf dem Sofa und die Vorhänge am Fenster waren aus einem mit Muscheln bedruckten Stoff. Schaute man sich um, sah man sie überall. Es war seltsam beunruhigend. Reggie studierte die obskuren Informationen im Gezeitenplan. »Ebbe heute um drei Uhr«, sagte sie. Weder Ronnie noch Reggie hatten jemals am Meer gelebt. Es war ihnen ein Rätsel. Rein und raus, raus und rein, dem Mond hörig.

Ein Hund von der Größe eines Ponys wanderte in den Raum, betrachtete sie stumm und schlenderte wieder hinaus.

»Das war ein großer Hund«, sagte Ronnie.

»Das war es«, sagte Reggie. »Fast so groß wie du.«

»Oder du.«

Reggie blickte auf ihre Uhr. »Glaubst du, dass Mrs Bragg vergessen hat, Mr Bragg zu suchen?«

Ein Mann betrat den Aufenthaltsraum und sah sie überrascht an.

»Mr Bragg?«, sagte Reggie und sprang auf die Beine.

»Nein«, sagte er. »Haben Sie ihn irgendwo gesehen? Aus der Dusche kommt kein heißes Wasser.«

Das neunzehnte Loch

»Ihre Runde, glaube ich, mein Herr«, sagte Andy.

»Schon wieder?«, sagte Vince. Wie konnte das sein?, fragte er sich. Hatte er nicht gerade eine Runde bestellt? Seine Rechnung an der Bar musste mittlerweile durch die Decke gehen – Tommy und Andy tranken doppelte Malzwhiskys. Vince hatte sich auf Bier beschränkt, dennoch fühlte er sich schummrig.

»Du bist heute ein bisschen neben der Kappe, Vince«, sagte Tommy. »Was ist los mit dir?«

»Habe das Mittagessen ausgelassen«, sagte Vince. »Zu viel zu tun, um zu essen.« Nur die halbe Wahrheit. Das mit dem Mittagessen stimmte, das »zu viel zu tun« nicht, weil er obendrein – und das hatte er noch niemandem gestanden – letzte Woche auch noch seinen Job verloren hatte. Er hatte die Talsohle der Kurve erreicht. Den Tiefpunkt. Ein Unglück nach dem anderen. Es fühlte sich biblisch an, als würde er von einem rachsüchtigen alttestamentarischen Gott geprüft. Die Leiden des Hiob, dachte er. Er war als West-Yorkshire-Baptist aufgewachsen, und die Bibelstunden in der Sonntagsschule hatten Wurzeln geschlagen.

Dachte man darüber nach, wirkte es wie ein komischer Zufall – dass das englische Wort für Hiob »Job« und »Job« ein und dasselbe Wort waren. Nicht sehr komisch, wenn man keinen Job mehr hatte. Redundant.

»Tut mir leid, Vince«, hatte sein Chef Neil Mosser gesagt. »Aber Sie wissen ja … » Er zuckte die Achseln. »Die Übernahme und alles.« Vince hielt Achselzucken für eine unangemessene Reaktion, wenn ein Mann seinen Lebensunterhalt verlor. »Einschnitte mussten passieren, sobald sie angefangen haben zu konsolidieren«, sagte Mosser. (Hinter seinem Rücken nannten ihn alle »Wichser«. Und es stimmte. Er war einer.)

Aber alle *mochten* Vince, ihre Mienen hellten sich auf, wenn er kam, sie freuten sich immer, ihn zu sehen – *Kann ich Ihnen eine Tasse Kaffee bringen, Vince? Wie geht's Ihrer Tochter, Vince? Ashley heißt sie, oder?* Nicht wie Wendy, die ihn im letzten Jahr kaum angesehen hatte, wenn er durch die Tür kam. Eine besonders nette Frau arbeitete im Büro in York, Heather hieß sie. Sie war ein bisschen rundlich und schien immer Lila zu tragen, nicht dass diese beiden Dinge gegen sie sprachen. Sie umarmte ihn immer und sagte: »Schaut mal, wer da ist, wenn das nicht Vince ist!«, als würde niemand ihn erwarten.

»Ich habe zwanzig Jahre für die Firma gearbeitet«, sagte Vince zu Mosser. Zählte das überhaupt nicht? »Und heißt es eigentlich nicht als Erster rein, als Letzter raus? Nicht als Erster rein, als Erster raus?«

Ein weiteres Achselzucken des Wichsers. »Sie wollen frisches Fleisch, Sie verstehen. Jung und hungrig, Typen, die bereit sind, für die Firma zu bluten.«

»Ich habe geblutet! Ich habe kein Blut mehr! Ich bin wie das Opfer eines Vampirs, der sich an mir satt getrunken hat.«

»Machen Sie es nicht noch schwerer, als es sowieso schon ist, Vince.« (Warum nicht?) »Sie bekommen eine gute Abfindung.«

Von wegen gut, dachte Vince. Er könnte nicht einmal ein Jahr davon leben. Das Universum lachte auf seine Kosten. Ein arbeitsloser geschiedener Mann an die fünfzig – gab es eine niedrigere Lebensform auf dem Planeten? Vor einem Jahr war er ein voll funktionierendes menschliches Wesen gewesen – Ehemann, Vater, Angestellter –, jetzt war er in jeder Beziehung überflüssig. Ein Krümel am Boden einer Fritteuse.

»Mach schon, Vince!«, dröhnte ihm Tommy Holroyds Stimme in den Ohren und unterbrach seinen Gedankengang. »Wir haben Durst.«

»Habt ihr schon gehört?«, fragte Tommy beiläufig, als sie an einem Tisch neben dem Fenster saßen, von dem aus man einen großartigen Blick auf den Golfplatz hatte. (Tommy bekam immer den besten Tisch, die Mitarbeiterinnen mochten ihn.) »Jemand hat gesagt, dass Carmody früher entlassen wird. Er kommt unter bestimmten Auflagen raus.«

»Himmel«, sagte Vince. »Wie hat er das denn gedreht?«

»Familiäre Gründe. Seine Frau liegt im Sterben. Angeblich.« Tommy und Andy wechselten einen Blick, den Vince nur schwer interpretieren konnte. Bassani und Carmody waren beide Mitglieder des Belvedere gewesen. Sie wurden im Club jetzt nie mehr erwähnt, doch ihre Geister lauerten irgendwo in den Schatten. Sie hatten etwas Schmutziges hinterlassen, ein Fragezeichen über allem, das sie berührt hatten. Und natürlich gab es seit jeher Gerüchte über einen dritten Mann. War es jemand, der noch da war?, fragte sich Vince und ließ den Blick durch das Clubhaus schweifen, in dem jetzt Alkohol getrunken wurde und sich die Selbstgefälligen müßig unterhielten. Vince hatte nie das Gefühl gehabt, hierher zu gehören, und jetzt, nach seinem Absturz, erst recht nicht mehr.

Bassani und Carmody waren schrecklicher Dinge angeklagt

worden, Dinge, von denen Vince schlecht wurde, wenn er darüber nachdachte, die meisten hatten mit minderjährigen Kindern zu tun. Es hatte alle möglichen Beschuldigungen gegeben – »Partys«, die veranstaltet worden waren, Kinder, die »beschafft« worden waren, Reisen ins Ausland an einen »speziellen« Ort, der ihnen gehörte. Ein schwarzes Buch, in dem die Namen von Richtern und Bankern und Polizisten standen. Von bedeutenden Personen. Ganz zu schweigen von Korruption: Sie hatten beide jahrelang in der Stadtverwaltung gesessen. Das meiste war nicht bewiesen worden, nur (nur!) Sittlichkeitsvergehen mit minderjährigen Mädchen, Kinderprostitution und Besitz von Kinderpornographie. Es reichte, um sie ins Gefängnis zu stecken oder zumindest Carmody, denn Bassani hatte sich während der Untersuchungshaft erhängt. Carmody war in allen Anklagepunkten schuldig gesprochen und ins Gefängnis von Wakefield verfrachtet worden, wobei er stets seine Unschuld beteuerte. Keiner von beiden sprach über den Inhalt des kleinen schwarzen Buches, falls es überhaupt existierte.

»Ich habe gehört«, sagte Tommy, »dass Carmody krank ist.«

»Von wem weißt du das?«, fragte Andy.

»Von einem kleinen Vögelchen. Oder einem ziemlich großen Vogel – dem pensionierten Polizeichef, der hier öfter was trinkt.«

»Der große Kerl mit dem schwulen Bart?«

»Ja, der. Er sagt, Carmody hat nicht mehr lang. In ein paar Monaten käme er auf Bewährung frei, aber er will früher raus. Angeblich will er einen Deal machen.«

»Einen Deal?«, sagte Andy scharf. »Was für einen Deal?«

»Weiß nicht«, sagte Tommy. »Namen nennen vielleicht.«

»Wen?«, fragte Vince, der nicht aus dem Gespräch ausgeschlossen werden wollte. »Den dritten Mann?«

Tommy und Andy schauten ihn beide an, als würden sie ihn an diesem Abend zum ersten Mal sehen. Es dauerte eine Sekunde, bis Tommy lachte und sagte: »Der dritte Mann? Das ist ein Film, stimmt's, Vince?«

Tommy und Andy tauschten wieder einen Blick aus, einen Blick, der Vince vollkommen ausschloss. Richtige Freunde.

Holding Out for a Hero
[Bonnie Tyler]

Kaum war er zu Hause, zog Jackson die nassen Kleider aus und warf sie in die Waschmaschine, dann duschte er heiß und lange. Es mochte Sommer sein, aber ein Bad in der Nordsee reichte für eine Unterkühlung aus.

Es war ein gutes Gefühl, wieder sicher an Land zu sein. Das Meer war wirklich nicht sein Element. Jackson würde sich jederzeit für die Erde und gegen das Wasser entscheiden. Gut auch, in einem schönen warmen Cottage zu sein. Holzscheite gelagert, Geißblatt neben der Tür. Das Cottage befand sich auf einem Anwesen, das Jahrhunderte in die Zeit zurückreichte, als die Normannen das Land in Besitz genommen hatten. Alles war sehr gepflegt. Das gefiel Jackson. Er hätte nicht vorausgesagt, dass er hier enden würde. Allerdings war es nicht notwendigerweise schon die Endstation.

Das Cottage stand dreihundert Meter vom Meer entfernt, am Ende eines kleinen Tals, einem Einschnitt in die Landschaft, sodass es vor dem schlimmsten Wind geschützt war. Auf der einen Seite schaute man auf einen Wald, auf der anderen auf einen schützenden Hügel. Ein Bach floss durch das Tal. Manchmal standen Kühe auf dem Hügel. Das Verschwinden und Wiederauftauchen der Kühe war ein Geheimnis, das Jackson häufiger beschäftigte, als es vielleicht einen jüngeren Mann beschäftigt hätte.

Er wohnte seit dem Frühjahr hier, und es gefiel ihm gut genug, um darüber nachzudenken, länger zu bleiben. Wenn es schneite, wurden sie abgeschnitten, erzählte ihm ein Nachbar beim Einzug, es konnten Tage vergehen, ohne dass man jemanden sah. Eine erfreuliche Vorstellung. (»Eremitentum«, sagte Julia. »Beweisführung abgeschlossen.«)

»Alles okay?«, fragte Nathan und blickte kurz zu ihm, als er ins Wohnzimmer kam und sich das Haar mit einem Handtuch trocknete. Diese Zurschaustellung von Sorge war ermutigend – sie hatten doch keinen Soziopathen großgezogen.

»Ja. Danke«, erwiderte er.

Nathan fläzte auf dem Sofa und chattete, so wie es aussah, während im Fernseher eine Art Gameshow lief – kompliziert und schwachsinnig zugleich. (»Wie du«, hörte er Julia sagen.) Als Tiere verkleidete Leute – Hühner, Hasen, Eichhörnchen, alle mit übergroßen Köpfen – rannten herum, während andere Leute sie anfeuerten.

»Unterdessen in Aleppo«, murmelte Jackson.

»Was?«

»Nichts.« Jackson seufzte.

»Das war cool«, sagte Nathan nach einer Weile.

»Was?«

»Was du heute getan hast.«

»Nur ein weiterer Tag im Büro«, sagte Jackson, obwohl sein Herz vor Stolz anschwoll. Der Sohn ehrte den Vater.

Julia hatte vergessen eine Meinung zu Chips zu äußern, deswegen aßen sie gemeinsam und gesellig eine große Tüte Chips mit Chili und Sauerrahm und sahen zu, wie sich riesige Eichhörnchen und Hasen gegenseitig jagten. Es war ein guter Tag, dachte Jackson, wenn man jemandem das Leben gerettet hatte. Noch besser, wenn man dabei selbst nicht ums Leben gekommen war.

Sommersaison

Barclay Jack saß in seiner Garderobe und spachtelte sich Rimmel-Make-up aufs Gesicht. Er hielt inne und schaute finster in den Spiegel. Sah man ihm sein Alter an? (Achtundfünfzig.) Ja, man tat es, jede Minute und mehr. Barclay (richtiger Name Brian Smith) spürte, wie seine Stimmung sank. Er hatte ein mulmiges Gefühl im Magen. Lampenfieber? Oder das zwielichtige Curry?

Jemand klopfte an die Garderobentür. Sie wurde vorsichtig geöffnet, und Harry steckte den Kopf herein. Barclay war für diese Saison ein »Assistent« zugewiesen worden, ein Freiwilliger, ein Schüler, der »auf die Bühne« wollte. Na, das ist nicht der richtige Weg, mein Lieber, dachte Barclay. Harry. Harry Holroyd. Es war der Name für jemanden in einem Stummfilm. Oder einen Entfesselungskünstler.

»In zehn Minuten, Mr Jack.«

»Verpiss dich.«

»Ja, Mr Jack.«

Harry schloss die Tür und blieb im Flur stehen. Nächstes Jahr würde er sich für die Fächer Film und Theaterwissenschaft an der University of Sunderland bewerben, und er glaubte, dass sich das Palace als eine Art Berufserfahrung gut in den Bewerbungsunterlagen machen würde. Es war definitiv eine *Erfah-*

rung – Harry wurde erst klar, was für ein behütetes ahnungsloses Leben er geführt hatte, als er hier zu arbeiten anfing. »Palace« war ein unzutreffender Name. Wenn es etwas nicht war, dann ein Palast.

Bunny Hopps scharwenzelte in dem schmalen Flur auf ihn zu, schwankte auf seinen riesigen, roten, glitzernden High Heels. Honeybun Hopps – aber alle nannten ihn Bunny – war groß, weit über eins achtzig, und gebaut wie ein Rugbystürmer. »Nicht verwandt mit Lady Bunny«, sagte er rätselhafterweise. »Ich bin Bunny, seitdem ich ein Hosenmatz war.« Sein richtiger Name war Clive, doch sein Nachname war tatsächlich Hopps. Er wurde als »Frauenimitator« angekündigt – eine Beschreibung, die ihn offenbar wütend machte. »Ich bin kein verdammter Danny La Rue«, sagte er zu Harry. Harry hatte keine Ahnung, wer das war, aber er hatte ihn – sie – in einer alten Fernsehserie mit dem Titel *The Good Old Days* gefunden. »Es war ein bisschen … *schräg*«, stattete Harry Bunny Bericht. »Ach, Mäuschen«, sagte Bunny (er war ein Geordie), »warte, bis du Fanny Cradock siehst.« Die Aufführung im Palace war ein Achtziger-Revival-Ding – eine Varieté-Show, die auf ihre eigene schräge Weise an *The Good Old Days* erinnerte.

»Ich bin eine Dragqueen, verdammte Scheiße«, sagte Bunny. »Warum kündigen sie mich nicht so an?« Aus Neugier hatte Harry *RuPaul's Drag Race* angeschaut und festgestellt, dass Bunny trotz seiner Beteuerungen eine ziemlich altmodische Variante in der sich ständig wandelnden Welt des Drag war, eher Lily Savage als RuPaul. Selbstverständlich stürmte sein Vater, der sich für nichts interessierte, was Harry sah, in diesem Augenblick in sein Zimmer. »Himmelherrgott«, sagte er. »Kannst du nicht wie alle anderen Pornos schauen?«

Bunny kramte nach Zigaretten in dem Korsett, in das er gestopft war. Im Theater war Rauchen streng verboten – es war laut Management ein »Pulverfass«, das darauf wartete, angezündet zu werden. In den wenigen vorhandenen Rauchmeldern waren längst keine Batterien mehr, und hinter der Bühne herrschte ein einzigartiger Mangel an Sprinklern, sodass die Darsteller jederzeit heimlich rauchen konnten. Die Tänzerinnen waren die Schlimmsten, rauchten wie Kamine in ihrer Garderobe in einem Gesundheits- und Sicherheitsalbtraum aus Haarspray und Polyester.

Bunny hielt Harry seine Zigarettenschachtel hin und sagte: »Mach schon, Mäuschen, es wird dich nicht umbringen.«

»Nein, ist schon okay, Bunny, danke«, sagte Harry. Diese oder vergleichbare Worte wechselten sie jeden Abend, und Harry hatte immer eine Schachtel Streichhölzer in der Tasche, damit er Bunnys Zigaretten anzünden konnte. Er (sie, *sie,* korrigierte er sich) konnte die Zigaretten in ihrem Kostüm unterbringen, aber für Streichhölzer war kein Platz mehr. »Es ist zu eng«, murrte Bunny. »Wenn ich versuchen würde, noch mehr hineinzuzwängen, wäre die Reibung zu gefährlich. Es könnte zu einer spontanen Entzündung kommen.«

Harry wusste, dass so gut wie alles, was Bunny sagte, anzüglich war, aber er war sich nicht immer sicher, was mit den Zweideutigkeiten beabsichtigt war. Bunny hatte etwas sonderbar Shakespearehaftes. In der Schule hatten sie etwas über Geschlechtertausch durchgenommen – »Vergleiche und kontrastiere die Männer- und Frauenrollen in *Was ihr wollt* und *Der Kaufmann von Venedig.*«

Harry hatte Bunnys Auftritt studiert, wie er in der Tat Shakespeare studiert hätte. Der hatte eine interessante Verlaufskurve (eins von Miss Dangerfields Lieblingswörtern). Bunny war die letzte Nummer vor der Pause, und sie basierte auf dem Konzept, dass er – sie – eine Operndiva war, ein kreischender Sopran, der nie dazu kam, seine große Arie zu singen. (Es war unterhaltsamer, als es klang.) Während der ersten Hälfte von Bunnys Auftritt war das Publikum unruhig, pfiff und plauderte – viele waren nur wegen Barclay Jack gekommen, nicht für einen kräftigen Mann in High Heels.

»Aber du ziehst sie immer auf deine Seite«, sagte Harry zu Bunny.

»Danke, dass du mir meinen Auftritt erklärst, Mäuschen«, sagte Bunny.

»Entschuldige«, sagte Harry, fuhr aber dennoch fort. »Aber mir gefällt, wie du das machst – du bist wirklich komisch und irgendwie … verwegen.« Harry hätte gern gelernt, verwegen zu sein. »Und dann, wenn du zu deinem großen Ende kommst –« (»Oh, Betty«, sagte Bunny rätselhafterweise) »jubeln sie dir zu, als wärst du ein Held. Es ist brillant.«

Harry mochte die transformative Natur dessen, was Bunny tat. Er fragte sich, ob er zu einer anderen Person würde, wenn er seinen Namen änderte. Was für einen Namen würde er sich geben, wenn er die Identität einer Dragqueen annähme? (Eine unwahrscheinliche Vorstellung, er würde es sich nie trauen.) »Hedda Gobbler?«, fragte er Bunny. »Lynn Crusta?«

»Ein wenig obskur, Mäuschen.«

Bunny kannte eine Dragqueen, die sich Auntie Hista-Mean nannte, und eine andere, die sich Miss Phallen nannte, beides waren definitiv keine richtigen Namen. Und Anna Rexia, was schlicht und einfach falsch war. Harry fragte sich, ob Amie das Hummus-Sandwich gegessen hatte, das er ihr dagelassen hatte.

Crystal hieß Crystal Waters, bevor sein Dad sie heiratete. Der Name klang unecht. Sie gestand Harry, dass es ihr »Künstlername« war. Hatte sie auf der Bühne gestanden?, fragte Harry wissbegierig. »Also, weißt du … », sagte sie vage. Sein Dad hatte gesagt, dass sie einst ein Glamourmodel gewesen war, »nur oben ohne«, als wäre das ein Erfolg, wenn auch mehr seinerseits als ihrerseits.

Nicht Erfolg, sondern Erniedrigung laut Emily. Emily konnte krasse Ansichten haben, insbesondere zum Thema Crystal. »Eine Ersatzfrau«, nannte sie sie. Harry kannte Emily seit der Grundschule, insofern war es etwas spät, um sich gegen sie durchzusetzen. »Ich meine, deine Stiefmutter ist nicht gerade eine feministische Ikone, oder, Harry?« »Nein, aber sie ist ein netter Mensch«, verteidigte sie Harry schwach. Und man musste den Aufwand bewundern, den sie für ihr Aussehen trieb – fast so viel wie Bunny. (»Da würde Donatella vor Neid erblassen«, sagte Bunny, als Harry ihm ein Foto zeigte. Eigentlich zeigte er ihm ein Bild von Candace, doch Bunny interessierte sich mehr für Crystal, die zufälligerweise auch darauf war.) Harry erkannte »Ersatz« als eins von Miss Dangerfields Wörtern. Emily wäre sehr verärgert, wenn sie erführe, dass Miss Dangerfield im Herbst nicht in die Schule zurückkehren würde. Emily war erschreckend intelligent. Sie las *Ulysses* und *Finnegans Wake* »zum Spaß« in den Sommerferien. Sie wäre entsetzt über die Show im Palace.

Crystal war intelligenter, als Emily glaubte, intelligenter, als sie selbst glaubte. Zum Beispiel spielte sie, wenn auch widerwillig, ein fieses Schach, obwohl sie ständig behauptete, dass sie strohdumm sei. Und man musste ziemlich schlau sein, um das ganze wissenschaftliche Zeugs über »sauberes Essen« zu verdauen (sozusagen). Manchmal klang sie, als hätte sie einen Abschluss in fortgeschrittener Ernährung. »Weißt du, Harry, die Sache mit dem B12 ist … » Und so weiter. Harry dachte, dass sie »mit ihrer Intelligenz hinter dem Busch hält« – das hatte Miss Dangerfield beim letzten Elternabend zu seinen Eltern über Harry gesagt.

»Miss Dangerfields Busch«, sagte sein Vater grinsend, als er nach Hause kam. »Das wäre ein göttlicher Anblick.« Sein Vater war manchmal schrecklich vulgär. Er schien zu glauben, es würde einen Mann aus Harry machen.

»Und willst du das werden, Mäuschen?«, fragte Bunny. »Ein Mann? Weil, glaub mir, das ist nicht alles, was man sein könnte.«

»Wie wäre es mit Pollie Esther?«, schlug Harry Bunny vor (er hatte gerade einen Lauf). »Oder Antie Rhinum? Phillie Ster! Das ist gut. Das würde zu dir passen, Bunny, als Geordie.«

(»Du scheinst sehr auf dieses Drag-Ding abzufahren, Harry«, sagte Emily. »Du solltest dich vor kultureller Aneignung hüten.« Das war definitiv etwas, das sie von Miss Dangerfield hatte.)

Aus Barclay Jacks Garderobe drang das Geräusch von etwas, das auf den Boden krachte, gefolgt vom wütenden Brüllen des Mannes selbst.

Bunny deutete mit der Zigarette auf die Garderobentür und sagte: »Hat dir der Mistkerl wieder Ärger gemacht?«

Harry zuckte die Achseln. »Ist schon okay.«

»Er ist wütend, weil er nicht mehr ins Fernsehen darf«, sagte Bunny. »Und er ist eine fette Fotze.«

Sollte Harrys Vater Bunny diese Ausdrücke gebrauchen hören, würde er ihn wahrscheinlich niederschlagen. Sein Dad benutzte selbst schreckliche Sprache, genauso schlimme Wörter, wie Bunny sie über die aufgespritzten Lippen brachte, aber das schien nicht zu zählen. Für andere Leute, insbesondere Harry, hatte er Standards. »Es geht um deine Erziehung«, sagte er. »Tu, was ich sage, nicht, was ich selber tue.« Harry hoffte, dass sein Vater Bunny nie begegnen würde. Er konnte sich die beiden nicht im selben Raum vorstellen.

Harry klopfte wieder an Barclay Jacks Tür und rief: »Noch zwei Minuten, Mr Jack!«

»Wenn er dir Ärger macht«, sagte Bunny, als sie die mit Kraftausdrücken gespickte Antwort von Barclay Jack hörten, »erwähn einfach Bridlington.«

»Bridlington?«, sagte Harry. »Was war in Bridlington?«

»Vergiss es, Mäuschen. Du kennst doch den Spruch – was in Brid passiert, bleibt in Brid. Das heißt, wenn man Glück hat.«

*

Die Scheinwerfer erloschen für ein singendes Paar – einen Mann und seine Frau –, das Großbritannien einst beim Eurovision Song Contest vertreten hatte (erfolglos, unnötig zu erwähnen). Himmel, dachte Barclay, es war wie ein Schritt zurück in der Zeit. Es *war* ein Schritt zurück in der Zeit – sie wurden als »Heidenspaß aus der Vergangenheit« alias der Bodensatz aus dem Fernsehen der Siebziger- und Achtzigerjahre angekündigt. Das waren gute Jahrzehnte für Barclay gewesen, aber es war vorbei. Heute warfen Tänzerinnen die Beine in die Luft, und es trat ein Bauchredner auf, dessen »Puppe« ein Huhn (Clucky) war und der sich früher in den deprimierenden Korridoren des Kinderfernsehens herumgetrieben hatte. Eine Glitterband, die – buchstäblich – nur einen einzigen Hit gehabt hatte und kraft dessen während der letzten vierzig Jahre durch die

Revival-Shows getingelt war. Ein Zauberer, der regelmäßig als Gast in irgendeiner Fernsehsendung auftrat – in einer Magazinsendung? Cilla Black? Ester Rantzen? Barclay erinnerte sich nicht. Der Zauberer auch nicht. Alle glaubten, dass er tot war. (»Ich auch«, sagte der Zauberer.)

Und natürlich der verdammte Bunny Hopps, der mit dem Po herumwackelte wie eine drittklassige Pantomimin. Es war zum Kotzen. Das Theater versuchte, eine Familien-Show daraus zu machen, aber es war von den Behörden gezwungen worden, vor der Pause eine Warnung auszusprechen, dass Eltern mit Kindern im Publikum nach eigenem Ermessen entscheiden sollten, ob ihr Nachwuchs für die zweite Hälfte bleiben sollte, dass Barclay Jack »etwas risqué« sei. Das Management hatte ihn gebeten, seinen Auftritt in den Nachmittagsvorstellungen »abzumildern«. Unverschämte Scheißarschlöcher. Es war ihm egal, er wusste, dass sie nicht zurückkommen würden. Die gesamte Show, die ganze Saison war als etwas aus dem Mittelalter abgeschrieben. So wie auch Barclay.

Er war aufgestiegen. Er war abgestiegen. Er war ständig im Fernsehen gewesen, er hatte einen »Publikumspreis« gewonnen. Er hatte jede Woche Hunderte Fanbriefe bekommen, *Saturday Night at the London Palladium* moderiert, Prinz Charles getroffen. Zweimal. Für eine Weile hatte er eine eigene Gameshow bei ITV. In den frühen Tagen ein kurzlebiges Quiz bei Channel 5. Die Kandidaten waren nicht die hellsten, selbst die einfachsten Fragen zum Allgemeinwissen waren jenseits ihres Horizonts. (Frage: Wie lautet Hitlers Vorname? Antwort: Heil?)

Und jetzt schaut mich an, dachte Barclay. Er war Abschaum. (»Also, Barclay«, sagte Trevor, sein Manager, »Crack und minderjährige Mädchen, der Weg zur Erlösung wird lang sein.«

»Gerüchte, Trevor«, sagte Barclay. »Nichts wurde bewiesen.« Und es waren die Siebziger, um Himmels willen. Damals taten das alle.)

Die Lichter gingen wieder an. Er spürte die Aufregung wie einen heißen Dampf, der aufstieg und das Auditorium erfüllte. Heute Abend ging es laut zu, so wie es sich anhörte, waren ein paar Gruppen von Junggesellinnenabschiedspartys da. Das war es, er war noch immer beliebt – sehr beliebt, diesem Publikum nach zu urteilen. Warum begriffen die Fernsehproduzenten das nicht?

Er ging auf die Bühne und nahm sich einen Augenblick, um es zu genießen, sein Magen beruhigte sich. Er blickte zu einer Frau in der ersten Reihe und zog mehrmals lüstern eine Augenbraue hoch, und sie sah aus, als würde sie sich gleich in die Hose machen. »Was haben Frauen und Wolken gemeinsam?«, rief er den letzten Reihen im Rang zu. Sie lachten bereits, noch vor der Pointe.

»Ganz einfach!«, schrie er. »Wenn sie sich verziehen, wird's ein schöner Tag!« Er wurde geliebt.

Es ist Zeit, Gentlemen

»Also«, sagte Andy, »ich glaube, es ist Zeit, zum alten Mühlstein um den Hals nach Hause zu gehen.« Tommy kicherte mitfühlend. Die Architektur von Andys Frau Rhoda war eine ganz andere als Crystals, deren Blaupause von einer Göttin stammte. »Man sollte meinen«, hatte Andy einmal zu Vince außerhalb von Tommys Hörweite gesagt, »dass man überall im Web Nacktfotos von Crystal finden sollte, wenn sie ein Glamourmodel gewesen ist, aber ich habe nicht eins gefunden. Ich glaube, unser Tommy hat uns angelogen.«

»Du hast *nachgeschaut*?«, fragte Vince entsetzt.

»Selbstverständlich. Sag bloß, du nicht?«

Er hatte nicht. Er würde nicht. Es war respektlos. Er würde Crystal nie wieder ansehen können, ohne sie sich nackt vorzustellen.

»Aber genau darum geht es doch, Vince«, sagte Andy.

Die Stammgäste der Bar im Belvedere-Clubhaus machten sich auf den späten Heimweg. Aus Respekt vor dem Gesetz hatte Tommy Holroyd ein Taxi gerufen.

Andy riskierte wie gewöhnlich, angehalten zu werden. Das Belvedere war das zweite Zuhause von ein paar Polizisten, die wahrscheinlich ein Auge zudrücken würden angesichts seiner

Verfehlung. Er bot Vince an, ihn zu der Bruchbude zu fahren, in die ihn Wendy gezwungen hatte, aber Vince lehnte ab.

Wenn er sterben müsste – und um ehrlich zu sein, es würde ihm nicht viel ausmachen –, dann wollte Vince nicht mit dem Gesicht im Airbag von Andy Braggs Volvo enden. Es gab bessere Orte dafür – tief im lila umrandeten Ausschnitt von Heather in York zum Beispiel. Er konnte sich vorstellen, seinen Kopf zwischen ihre großen ballonartigen Brüste zu stecken. *Schaut nur, wer da ist, wenn das nicht Vince ist!* Und dann würde er –

Andy Bragg hupte, als er an ihm vorbeifuhr. Er bremste und öffnete das Fenster auf der Beifahrerseite. »Bist du sicher, dass ich dich nicht mitnehmen soll, Vince?«

»Nah, ist schon gut, Andy. Danke. Ich brauche ein bisschen frische Luft. Es ist ein schöner Abend. Vielleicht schaue ich beim Haus vorbei und gehe mit dem Hund raus. Habe Sparky schon eine Weile nicht mehr gesehen.«

»Wie Sie wünschen, mein Herr.« Andy rauschte in die Nacht davon. Er lebte in seinem Hotel – dem Seashell – an der Küste in vierzig Minuten Entfernung, aber Vince wusste, dass er versuchen würde, es in dreißig zu schaffen.

Das Seashell. Sie hatten Sea View vor ein paar Jahren gekauft, den Namen geändert und es als Boutique-Hotel neueröffnet. (»Luxusboutique«, insistierte Rhoda.) Es war ein altmodisches, sehr müdes Hotel gewesen, als sie es kauften. Rot und blau gemusterter Teppich, nikotinfleckige Lincrusta-Tapeten, Wandlampen mit gefransten Lampenschirmen und Glühbirnen in Kerzenform. Sie rissen alles heraus, jedes der sieben Zimmer bekam ein eigenes Bad, strichen die Wände in gedämpften Grau-, Blau- und Grüntönen, schliffen die Holzböden und lackierten sie weiß. »Im Stil von Cape Cod«, sagte Rhoda, obwohl keiner von beiden jemals in Cape Cod gewesen war. In Anspielung auf etwas eher Britisches benannten sie die Zimmer nach Regionen des Schiffswetterberichts – Lundy, Malin, Cromarty und so weiter. Nicht die schrägeren wie Deutsche Bucht oder Dogger, das vage pornografisch klang.

Es war Rhodas Baby. Andy »hob die schweren Gewichte«, wie sie es nannte – er fuhr zum Cash-and-Carry-Markt, erledigte die endlosen Wartungsarbeiten, ganz zu schweigen von den schwierigen Gästen, die er beschwichtigte. Er war gut im Beschwichtigen – Mr Freundlichkeit nannte ihn Rhoda manchmal, es hörte sich nicht immer wie ein Kompliment an. Konfliktlösung war nicht Rhodas Stärke. Es war wahrscheinlicher, dass sie einen Streit vom Zaun brach, als einen zu schlichten.

Andys Reisebüro – das eponyme Andy's Travel – war vor einiger Zeit pleitegegangen, und jetzt leitete er sein reinkarniertes Unternehmen von zu Hause aus, auf den Firmendokumenten stand Rhodas Name unter dem anonymen Namen Exotic Travel.

Im Reisegeschäft war er länger, als er sich erinnern mochte. Nach einer Lehre bei Thomas Cook machte er sich selbstständig mit einem Schreibtisch im Reisebüro von jemand anderem – damals war er in Bridlington –, bis er genügend Geld für einen eigenen Laden weiter nördlich an der Küste zusammengekratzt hatte. In jenen Tagen waren es überwiegend Pauschalreisen – zwei Wochen auf Lanzarote, an der Algarve oder der Costa Brava mit den Reiseschecks in der einen Hand und einer Flasche Sonnencreme in der anderen.

Damals war das Leben einfach. Die Leute brauchten Reisebüros. Jetzt waren sie dem Untergang geweiht, umgebracht vom

Internet. Es war schon lange ein Kampf jeder gegen jeden gewesen, und man konnte nur überleben, wenn man sich weiterentwickelte. Und Andy hatte sich weiterentwickelt und sich auf die Nischenprodukte des Geschäfts konzentriert – als »einen maßgeschneiderten Service, der Ihren individuellen Geschmack bedient«, so hatte er seinen Ansatz beschrieben. Sextourismus im Grunde. Reisen für Kerle nach Thailand, Bali, Sri Lanka, wo sie Mädchen in Bars, Jungen am Strand aufgabeln und sogar eine Frau zum Heiraten finden konnten, wenn sie das wollten. Jetzt war auch das den Weg allen Fleisches gegangen. Die Kerle organisierten alles selbst, und Exotic Travel existierte nur noch dem Namen nach. Andys Firma war in den Untergrund abgetaucht. Heutzutage ging es vor allem um den Import und weniger um den Export. Rhoda interessierte sich nicht für Andys Geschäfte, was nur gut war, recht bedacht.

Es war eine heikle Sache. Man fing damit an, Club-Med-Pakete an Achtzehnjährige zu verkaufen, die ein bisschen Spaß und Sonne haben wollten, und man endete aufgespießt auf einer Mistgabel und gebraten wie ein Pfannkuchen. Betriebssünden. Andy wusste, was ihn erwartete. Er war streng katholisch erzogen worden, seine Mutter war extrem gläubig. Es wären mehr als ein paar Ave Marias nötig, um reinen Tisch zu machen.

Das Seashell befand sich in einem sogenannten Dorf, das überwiegend aus Feriendomizilen zum Mieten bestand, die entweder die Straße säumten oder sich im Fall der kostspieligeren im Tal versteckten. Hier herrschte nicht die billige Karnevalsatmosphäre wie weiter südlich an der Küste, keine Spielhallen oder Fish-and-Chips-Buden oder Vergnügungsparks. Die Luft stank nicht nach heißem Fett und Zucker. Hierher kamen Leute mit Hunden – Rentner mittleren Alters, Tagesausflügler (leider) und junge Paare mit kleinen Kindern, die altmodische Ferien mit Sandeimerchen und Schaufelchen machen wollten. »Urlaub in heimatlichen Gefilden« (er hasste den Ausdruck). Niemand davon war die ideale Klientel für das Seashell. Sie hatten jedoch eine Restaurantlizenz und boten »leichtes Essen« an, was half, aber er nahm an, dass ihnen Airbnb schließlich den Garaus machen würde. Es wäre nicht schlimm, Geld war kein Problem, er schwamm in Bargeld, es war nur bedauerlich, dass er keine Möglichkeit hatte, es Rhoda zu erklären.

Rhoda hatte aus den Muscheln ein Markenzeichen gemacht. Große Meeresschnecken in den Bädern, Jakobsmuschelschalen als Seifenschalen, Windspiele aus Strandschnecken und Pantoffelschnecken. Andy konnte eine Strandschnecke nicht von einer Miesmuschel unterscheiden. Die Sets im Speisezimmer waren teure Dinger mit klassisch gemalten Muscheln darauf. Sie hätten in Pompeji nicht fehl am Platz gewirkt. In der Mitte jeden Tisches lag eine große Muschel. Rhoda hatte persönlich Muscheln auf den Fuß jeder Ikea-Lampe geklebt. Andy war der Ansicht, dass sie die Sache zu weit getrieben hatte, aber sie war besessen davon. Im TK Maxx in Gateshead hatte sie Duschvorhänge mit Muscheln darauf gesehen und dachte jetzt an spezialgefertigte Handtücher, auf die das Logo des Hotels gestickt war – eine Muschel über zwei ineinander verschlungenen S. Andy sorgte sich wegen der Nazi-Konnotation. Rhoda, die selbst etwas von einem Sturmsoldaten hatte, hielt ihn für überempfindlich – ein höchst seltener Vorwurf.

Andy hatte Rhoda zehn Jahre zuvor kennengelernt, als sie in sein Reisebüro kam, um für sich allein eine Reise nach Fuerteventura zu buchen. Sie war auf der Durchreise – sie war Vertreterin bei einem Pharmaunternehmen und in vieler Hinsicht eine beeindruckende Frau, nicht zuletzt aufgrund ihrer Größe. Sie trug einen schlecht sitzenden engen grauen Hosenanzug (ihm fiel unwillkürlich das Wort »Schenkel« ein) und war in einen atemraubenden Nebel gehüllt, der aus gleichen Teilen Elnett-Haarspray und Dior Poison bestand. Nachdem Andy für sie gebucht und sie angezahlt hatte, sagte er: »Eine so umwerfende Frau wie Sie sollte nicht allein sein.« Rhoda hatte verächtlich über ihn gelacht, so wie es die Mädchen in der Schule getan hatten. Dann nahm sie ihren schweren schwarzen Musterkoffer und stieg in ihren Firmenwagen. Dennoch musste seine Anmache eine gewisse Wirkung ausgeübt haben, denn ein Jahr später machten sie in einem Hotel auf Kreta Flitterwochen, für das er einen hohen Rabatt herausgeschlagen hatte.

Rhoda hatte damals in Luton (»ein Höllenloch«) gelebt, stammte aber ursprünglich aus Filey und war erleichtert, an die Ostküste zurückkehren zu können. Die magnetische Anziehung des Nordens. »Wie ein laichender Lachs«, sagte Rhoda. »Nur dass ich nicht laichen werde. Gott bewahre.« Für beide war es die zweite Ehe, und Rhoda wollte keine Kinder. »Ich glaube, der Zug ist sowieso schon abgefahren«, sagte sie ohne Anzeichen von Bedauern. Andy fragte sich manchmal, wie es wäre, Vater zu sein – die eigene DNA in einem Kind erblühen zu sehen. Aber andererseits, dachte er, war die Welt ohne einen weiteren Andy Bragg vielleicht besser dran.

Statt eines Kindes hatten sie einen Hund, einen Neufundländer namens Lottie, die so groß wie ein Pony war und auf ihrer Website vorgestellt wurde, als wäre sie eine Attraktion des Seashell, doch Gästen gegenüber war sie stoisch gleichgültig. Andy und Rhoda projizierten eine Menge Gefühle auf sie, obwohl sich ihr Ausdruck – eine entschlossene Ausdruckslosigkeit – nie veränderte. Andy bedauerte, dass sie nicht Poker spielte. Sie neigte dazu, den Weg zu blockieren wie ein großes teilnahmsloses Möbelstück. In mancher Hinsicht erinnerte Lottie Andy an seine Frau.

Rhoda wusste, was sie wollte, das war einer ihrer besten Charakterzüge. Selbstverständlich auch einer ihrer schlimmsten. Sie war entschlossen, das Seashell zu einem Erfolg zu machen, auch wenn sie die Laufkundschaft unter Drogen setzen und sie durch die Tür ins Haus zerren musste. Wie ein Tiger seine Beute, dachte Andy.

Die Haustür war verschlossen, als Andy nach Hause kam – die Gäste hatten eigene Schlüssel. Er brauchte mehrere Minuten, um seinen Schlüssel zu finden, und ein paar betrunkene Versuche, um ihn ins Schloss zu stecken. Keinesfalls würde er klingeln und Rhoda aus dem Bett holen – sie war ein Albtraum, wenn sie aus dem Schlaf gerissen wurde. Sie sei eine Lerche, keine Eule, sagte sie. Die Unterschiede zwischen Rhoda und einer Lerche waren zu groß, um darüber nachzudenken.

Schließlich schaffte er es ins Haus, aber nicht ohne über die Große Teufelskralle zu stolpern, die als Türstopper für die innere Fliegengittertür fungierte.

Er ging an der offenen Tür zum Speisezimmer vorbei, in dem ordentlich für das morgige Frühstück gedeckt war. Kleine individuelle Gläschen mit Ketchup und Marmelade, die teuer und verschwenderisch waren, aber offenbar »Luxus« definierten. Hochsaison und nur drei der sieben Zimmer waren belegt. Es war erstaunlich, was eine negative Bewertung bei TripAdvisor anrichten konnte.

Er musste um Lottie herumnavigieren, die auf dem Treppenabsatz tief schlief, bevor er auf Zehenspitzen auf den Dachboden schlich, der als Büro für Exotic Travel diente. Er blieb auf der Schwelle stehen und horchte, ob sich Rhoda im Zimmer darunter rührte. Er schaltete seinen Computer ein. Loggte sich ein. Der Bildschirm war die einzige Lichtquelle im Zimmer, und er starrte ihn lange an, bevor er die Adresse einer Website eingab. Es war keine Website, die man mit Google fand.

*

Crystal rauchte hastig eine Zigarette auf der Türschwelle, als sie hörte, wie ein Auto auf die Einfahrt fuhr. Sie blinzelte in die Dunkelheit und hatte plötzlich ein bisschen Angst. War es der silberfarbene BMW?

Die mit Bewegungssensoren ausgestatteten Lichter entlang der Einfahrt wurden aktiviert, und sie sah, dass sich nur ein Taxi aus dem Ort näherte – Tommy, der vom Belvedere zurückkam. »Mist«, murmelte sie und trat die Zigarette mit dem Fuß aus.

Ein kurzer Stoß aus ihrem Mundspray, und sie nahm auf der Schwelle eine Haltung wie auf einem Laufsteg ein, und als Tommy bei ihr war, sagte sie: »Hallo, Babe. Hattest du einen guten Tag?«

»Ja, großartiger Tag«, sagte Tommy Holroyd. »Ich habe einen Albatros geschlagen.«

Crystal runzelte die Stirn. Sie konnte sich kein Szenario vorstellen, in dem das einen großartigen Tag bedeutete, insbesondere nicht für einen Albatros, aber sie sagte: »Oh, gut gemacht. Ich wusste gar nicht, dass es sie hier gibt.«

*

Thisldo. »Das eheliche Heim«, wie es in Steve Mellors Juristendeutsch hieß. Der Taubenteil in seinem Gehirn führte Vinces Füße automatisch dorthin. Vielleicht könnte er mit Wendy sprechen, sie bitten, bei der Scheidung einen Gang zurückzuschalten, damit er nicht alles verlor, insbesondere nicht seine Würde.

Die Lichter brannten, was ihn irritierte, weil er immer noch die Stromrechnung bezahlte. Wendy könnte ein bisschen Gnade zeigen, wenn auch nur, indem sie ein Licht ausschaltete. Sie hatte schließlich einen Job, nur Teilzeit, doch sie könnte leicht auf Vollzeit erhöhen und mehr Geld verdienen, statt ihm seins zu nehmen. (Und die Hälfte seiner Rente! War das etwa fair?) Wendy arbeitete im Büro eines örtlichen College, obwohl man glauben könnte, sie würde den ganzen Tag mit bloßen Händen Kohle hauen, so dramatisch warf sie sich aufs Sofa, wenn sie von der Arbeit kam. (»Ich bin erledigt, Vince, bring mir doch ein Glas Prosecco, ja?«)

Vince spähte durch ein Fenster, das zur Straße ging, konnte jedoch durch den fingerbreiten Spalt zwischen den Vorhängen nichts sehen. Es schien unwahrscheinlich, dass Wendy mit einem neuen Mann im Haus war, sie würde bestimmt beim matten Licht einer Lampe oder einer nachsichtigen Kerze herumknutschen und nicht im grellen Schein des fünfarmigen Kronleuchters von BHS. British Home Stores mochte pleitegegangen sein, aber ihre Lampen leuchteten tapfer weiter. Es war Samstagabend, deswegen nahm er an, dass Wendy die Stadt unsicher machte.

Für einen Augenblick legte er die Stirn an das kalte Glas des Fensters. Im Haus schien es totenstill. Kein Fernsehgeplapper, kein verrücktes Bellen von Sparky.

»Vince!«

Vince sprang vom Fenster weg, aber es war nur ein Nachbar – Benny. Exnachbar.

»Alles in Ordnung, Kumpel?«

»Schaue nur nach dem alten Eigenheim.«

»Wir vermissen dich.«

»Ja, ich vermisse mich auch«, sagte Vince.

»Wie geht es dir?«, fragte Benny und blickte besorgt drein wie ein Arzt bei einem unheilbar erkrankten Patienten.

»Ach, weißt du«, sagte Vince und versuchte sich an Bonhomie, »kann nicht klagen.« Er hatte den Appetit auf eine Konfrontation mit Wendy verloren und sagte: »Ich muss jetzt los. Bis bald, Benny.«

»Ja, Vince, bis bald.«

Vince kroch zwischen die muffigen Laken. Ja, es gab etwas, das noch erbärmlicher war als ein kurz vor der Scheidung stehender Mann mittleren Alters, der sich Fish and Chips zum Abendessen holte – es war ein kurz vor der Scheidung stehender Mann mittleren Alters, der einen Sack schmutziger Wäsche durch die Straßen in einen Waschsalon schleppte. Der Firmenwagen war mit dem Job verschwunden, der Hund mit der Ehe und die Waschmaschine mit dem Haus. Was würde ihm als Nächstes genommen?, fragte er sich.

Er lag wach, starrte an die Decke. Die Pubs hatten gerade geschlossen, und es war viel zu laut, um zu schlafen. Der Lärm von Carmodys Spielhalle auf der anderen Straßenseite war nervenaufreibend. Sie gehörte noch immer der Familie Carmody. Jedes Mal, wenn Vince daran vorbeiging, konnte er Carmodys hoch aufgeschossene Tochter hinter dem Wechselschalter sitzen und sich zu Tode langweilen sehen. Früher war es Carmodys »Reich« genannt worden, weil er mehr als eine Spielhalle in mehr als einer Stadt besaß. Vier Spielhallen waren noch kein Reich, dachte Vince. Und wo war Carmody jetzt? Er saß irgendwo in einer Gefängniszelle, ein abgesetzter Herrscher. »Betrachte meine Werke, Allmächtiger, und verzweifle!«, dachte Vince. Er hatte das Gedicht von Shelley in der Schule gelernt. Er hatte ein ausgezeichnetes Gedächtnis, mehr Fluch als Geschenk. Wollte Carmody wirklich Namen nennen? Mehr Herrscher absetzen? Oder nur ihre Lakaien?

Er war hundemüde, doch er rechnete damit, dass er wie fast jede Nacht, seitdem er hier eingezogen war, nur in einen gequälten unruhigen Schlaf fallen würde. Wie üblich würde er, kaum hatte er seine Sorgen vergessen und war eingeschlafen, grob geweckt von den Möwen, die auf den Dachschindeln über seinem Kopf ihren allmorgendlichen Stepptanz aufführten.

Vince seufzte. Widerwillig kam er zu dem Schluss, dass es allen gleichgültig wäre, wenn er morgen nicht mehr aufwachte. Vince war nicht sicher, ob es ihm nicht auch gleichgültig wäre. Wenn er von der Klippe stürzte wie Lesley Holroyd, bezweifelte er, dass auch nur ein verwelkter Blumenstrauß die Stelle markieren würde. Eine Träne lief ihm über die Wange. Ich bin sehr traurig, dachte er. Ein sehr trauriger Mann. Vielleicht war es an der Zeit, das Ende einzuläuten.

Zugabe

»Wie schwängert man eine Nonne?«

Harry kannte die Pointe von diesem Witz nicht, weil er, wenn er ihn durch den Backstage-Lautsprecher hörte, sein Hinweis war, dass er noch fünf Minuten Zeit hatte, um sich zu vergewissern, dass alles für Barcley Jacks Abgang von der Bühne links bereit war. Kein Bär, der ihn verfolgte. Barclay Jack war der Bär. Kaum hatte er die Bühne verlassen, brauchte er sofort eine Zigarette und einen Gin – drei Eiswürfel, ein Spritzer Tonic. (»Und ich meine einen Spritzer, Junge. Der Tonic winkt dem Gin aus der Ferne zu – *capiche*?«) Harry musste zudem ein sauberes Handtuch für Barclay Jack bereithalten, damit er sich den Schweiß vom Gesicht (und seiner kahlen Rübe) wischen konnte, sowie die Wischtücher zum Entfernen des Make-ups. Danach aß Barclay immer einen Burger. Harry war bereits hinausgelaufen und hatte einen gekauft, und jetzt wärmte er ihn in der kleinen Mikrowelle auf, die die Tänzerinnen in ihrer Garderobe stehen hatten, wo sie halbnackt herumliefen, ohne dass es ihnen peinlich war. (»Zieh mir den Reißverschluss zu, Harry, bitte.«) Für sie war er wie ein kleines Hündchen, amüsant und süß, aber vollkommen geschlechtslos. Manchmal träumte er nachts von ihnen, aber nicht auf eine gute Weise.

Sie standen bereits auf der Seitenbühne für das Finale. Alle beschwerten sich über das Finale der Vorstellung, besonders die Tänzerinnen, weil es kein richtiges Finale war und sie während der zweiten Hälfte dableiben mussten, um sich nach einem Can-Can von zehn Sekunden zu verbeugen. Barclay Jack bestand darauf, weil er am Ende nicht allein auf die Bühne gehen wollte, als hätte er keine Freunde. »Aber du hast keine Freunde, Barclay«, sagte Bunny zu ihm.

Harry stellte sich zu den Mädchen (tatsächlich waren es Frauen) auf die Seitenbühne, wo sie sich wie ein Schwarm großer unruhiger Vögel drängten, ihn mit ihren muskulösen, in Netzstrümpfen steckenden Beinen anstießen – es waren nicht nur die Federn in ihrem Kopfschmuck oder ihren Schweifen oder ihre ewig langen Wimpern (fast so lang wie Bunnys), die ihn an Strauße erinnerten. Sie rochen unangenehm, weil ihre Kostüme nur einmal in der Woche gereinigt wurden. Ihr Haarlack und Make-up hatten Industriestärke und verströmten einen eigenartigen chemischen Geruch wie Ozon.

»Weil ein Mann doch tatsächlich nach einem Golfball suchen wird!«, brüllte Barclay Jack. Von diesem Witz hatte Harry nie den Anfang gehört, nicht dass er es wollte. Ein Mädchen schnaubte höhnisch, obwohl sie die Zeile schon Dutzende Male gehört hatte – Barclays Auftritt war jeden Abend gleich, keine Veränderung, keine Variation. Und er hasste Zwischenrufer, weil er nicht schlagfertig war. Es war komisch, dachte Harry, aber für einen Komiker schien er kaum Sinn für Humor zu haben. Harry mochte Witze. Er hatte jede Menge auf Lager. (»Na los, bring mich zum Lachen«, sagte Barclay. »Mit was für einem Käse würdest du ein Pferd verkleiden?« »Ich habe keine Ahnung.« »Mascarpone. Verstanden? Mask a Pony.« »Herrgott, Junge, mach das bloß nicht zum Beruf.«)

Nur noch der Witz mit dem Eisbergsalat, und es wäre vorbei. Selbst von hier waren die Schweißperlen auf Barclay Jacks Gesicht zu sehen. Er sah schrecklich ungesund aus. Auf der Seitenbühne gegenüber zwinkerte ihm Bunny in voller Paillettenmontur zu und machte eine unflätige Geste in Richtung Barclay Jack. Bunny war die zweite Hauptattraktion und beendete die erste Hälfte der Show. Heute hatte er Standing Ovations bekommen – sein Auftritt endete mit einem solchen Crescendo, dass das Publikum nicht anders konnte, als von den Sitzen aufzuspringen. Barclay schäumte jedes Mal, wenn Bunny eine gute Show lieferte.

»Ein Mann, dem ein Stück Eisbergsalat aus dem Arsch hängt, kommt zum Doktor!«, schrie Barclay. »Und der Doktor sagt: ›Das muss ich mir anschauen, lassen Sie die Hose runter und beugen Sie sich vor. Hm‹, sagt er, ›ich verstehe, was Sie meinen. Da haben Sie wirklich ein Problem.‹ Und der Mann sagt: ›Und das ist nur die Spitze des Eisbergs, Doktor.‹« Das Publikum brüllte zustimmend.

»Das war's, Leute. Meine Damen und Herren, Sie waren ein verdammt gutes Publikum, wir sehen uns hoffentlich bald wieder.« Barclay Jack verließ zu lautstarkem Applaus die Bühne, drehte sich um die eigene Achse, ging zurück und verbeugte sich. Die Lichter erloschen, bevor er die Bühne ein zweites Mal verlassen und den Applaus ausschlachten konnte. Harry wusste, dass der Licht- und Tontechniker dafür was zu hören kriegen würde.

Harry sah zu, wie Barclays publikumsgefälliges Grinsen sich in eine Grimasse verwandelte. »Hol meinen Drink«, knurrte er Harry an. »Und zwar ruckzuck.«

»Ja, Mr Jack.«

WWMMT

Jackson war mit seinem Handy beschäftigt. Er hatte eine Messenger-App geöffnet, aber niemand hatte ihm eine Nachricht geschickt. Im Wohnzimmer des Häuschens standen zwei Sofas, Jackson besetzte eins, das andere eine schnarchende Königin von Karthago. Der Fernseher lief noch, ein Sender, der auf die schlaflosen Älteren abzielte und alte Krimis zeigte, vermutlich weil sie billig zu haben waren. Auf einen uralten *Inspektor Barnaby* folgte eine frühe Folge von *Collier.* Jackson hatte ein aufmerksames Auge auf den Bildschirm, um einen eventuellen Auftritt von Julia nicht zu versäumen. Einen kurzen. Sie stand in der Leichenhalle und hielt etwas in der Hand, das ein menschliches Herz sein sollte. (»Ein gesunder Mann«, sagte sie. »Keine Anzeichen für Herzprobleme.«) Darin war irgendwo eine Metapher versteckt, aber er war sich nicht sicher, was für eine. Hielt sie sein Herz in der Hand? (Und war er ein gesunder Mann?)

Seitdem er hier wohnte und sie aufgrund des endlosen Abholens und Hinbringens von Nathan regelmäßig sah, hatten sie eine angenehme Routine entwickelt. »Als ob man ein Paar alte Hausschuhe anzieht«, sagte sie. »Danke«, erwiderte Jackson. »Das habe ich immer von einer Frau hören wollen.« Sie hatten sich einmal geküsst – nein, zweimal –, aber weiter war es nicht gegangen, und das eine Mal war an Weihnachten gewesen und zählte nicht wirklich.

Er hatte Nathan schließlich überredet, ins Bett zu gehen – es war jeden Abend der gleiche mühsame Kampf. »Warum? Ich bin nicht müde«, endlos wiederholt in der Hoffnung, Jackson in die Gleichgültigkeit zu treiben. Er war hinaufgegangen, um gute Nacht zu sagen, unterdrückte den Instinkt, seinen Sohn in den Arm zu nehmen. Er sollte zupackender sein, wie Julia. *(Halt ihn fest für mich, ja?)* Wahrscheinlich war er noch wach und snapchattete im Licht des silbernen Monds. Heute Nacht war er mehr golden als silbern, dick und rund beherrschte er den dunklen Nachthimmel über dem Wald. Jackson hatte die Vorhänge nicht zugezogen und sah ihn im Fenster höher steigen. Er hörte eine Eule. Bevor er hierher gezogen war, hatte er geglaubt, dass Eulen leise Märchenlaute machten – *twit-ta-huh* –, aber diese klang wie ein alter Mann mit einem schlimmen Raucherhusten.

Das Handy klingelte. Jackson seufzte. Es gab nur eine Person, die ihn zu so später Stunde noch anrief.

»Bist du im Bett? Soll ich dir Geschichte erzählen? Gute-Nacht-Geschichte?«, schnurrte Tatjana. Jackson wünschte, dass sie nicht immer wie eine Telefonsexarbeiterin klingen würde. Und, nein, er hatte nie bei einer Telefonsexnummer angerufen – aber sich immer vorgestellt, dass sie nicht von den Tatjanas dieser Welt bemannt (oder befraut) wären, sondern von genervten, aber praktischen Frauen, Müttern, die mit ihren unsichtbaren Kunden schmutzige Worte wechselten, während sie die Fußballsachen ihres Sohnes sortierten oder Spaghettisoße zum Abendessen kochten. Ältere Frauen, die ihre Rente aufbesserten, ein Auge auf einer stummgeschalteten *Countdown*-Folge, während sie vorgaben, in Ekstase zu sein.

»Nein, ich bin nicht im Bett«, sagte er. Selbst wenn er es gewesen wäre, hätte er es geleugnet. Im Bett hätte er sich mit Tatjana am Telefon verletzlich und seltsam kastriert gefühlt. »Erzähl mir doch einfach, was passiert ist«, sagte er. »Alles in Ordnung?«

»Alles super-duper.«

»Wo bist du?«

»In Taxi. Gerade raus aus Malmaison. Robbie ist sehr ungezogener Junge.« Manchmal – oft – hatte Jackson den Eindruck, dass Tatjana sehr wohl in der Lage war, Zeitformen und Artikel und all den anderen kleinen grammatikalischen Krimskrams korrekt zu benutzen, und einfach nur lieber wie eine Russin in einer Komödie klang. »Ich treffe ihn in Hotelbar und sage, ›Willst du Dame Drink kaufen?‹, und dann nach Drink sage ich, ich habe Zimmer hier, will er raufkommen? Er sagt *da*. Ich sage: ›Hast du Freundin?‹«

»Und er sagt?«

»*Njet*. Sagt, er ist frei und gebunden.«

»Ungebunden«, korrigierte er. »Hast du das alles aufgenommen?«

»*Da*. Keine Sorge.«

Sollte er sich Sorgen machen? Sein Job war es, Frauen zu beschützen (ja, so war es), und nicht, sie dafür zu bezahlen, dass sie sich in potenziell gefährliche Situationen brachten. Was, wenn sie in Schwierigkeiten geriet? Sie war natürlich nicht irgendeine Frau, sie stammte aus Sibirien und konnte den Kopf eines Mannes wahrscheinlich wie eine Walnuss zwischen ihren Nussknackeroberschenkeln zerdrücken.

Tatjana arbeitete schwarz, und Jackson hätte nichts lieber getan, als sie offiziell anzustellen und zu versichern, aber sie war Russin, und das hieß Bargeld. Es gab kein Klischee, dem sie nicht gerecht wurde. Manchmal glaubte er, er würde eines Tages herausfinden, dass sie überhaupt nicht aus Sibirien kam, sondern in einem Ort wie Scunthorpe oder Skegness geboren war und an der Theke einer Bäckerei gearbeitet hatte, bis sie beschloss, sich neu zu erfinden.

»Arme Freundin – wieheißtsie?«

»Jenna«, sagte Jackson. »Du weißt sehr gut, wie sie heißt.«

»Jetzt keine Hochzeitsglocken.« Tatjana hatte keinerlei Mitgefühl. Sie wäre eine perfekte Mörderin. Ja, er wäre nicht überrascht, wenn es ihr Nebenberuf wäre.

»Wo ist er jetzt?«, fragte Jackson. »Robbie.«

»In Hotelzimmer wartet auf mich. Ha. Kann lange warten. Ich fahre nach Hause.«

Jackson hatte keine Ahnung, wo Tatjana wohnte. »Zuhause« klang viel zu anheimelnd für sie. Es fiel leichter, sie sich in einer Waldhöhle oder auf einem Ast vorzustellen, sogar im Schlaf ein Auge offen, bereit, sich auf ein ahnungsloses Opfer zu stürzen, doch nein, sie war immer für Überraschungen gut. »Mache mir heißen Kakao und schaue alte *Marple*«, sagte sie.

Nachdem das Gespräch zu Ende war, fiel Jackson plötzlich das Mädchen auf der Esplanade ein. Er dachte an den Rucksack mit den Regenbögen und dem Einhorn und wie schnell sie in den Peugeot gestiegen und verschwunden war. Er hatte Schuldgefühle. Er hatte noch Kontakte zur Polizei. Morgen würde er recherchieren, ob Mädchen vermisst wurden, vielleicht nachfragen, ob jemand etwas mit dem verschwommenen Nummernschild anfangen konnte. Er fühlte sich schlecht, weil er sie vergessen hatte, aber es war ein langer Tag gewesen.

Barclay Jack nagte noch immer an ihm, kämpfte darum, sich von dem Anker zu befreien, der ihn im vernachlässigten Meeresgrund von Jacksons Gedächtnis festhielt. Oh, ja. Er war für Britain First aufgetreten. Das passte.

Im Fernsehen schnitt Miss Marple in ihrem Garten in St Mary Mead verblühte Rosen ab. Was hätte sie wegen des Mädchens getan?, fragte er sich. Er wurde von einem leisen *Ding* seines Handys von diesem Gedankengang abgelenkt. Er hatte eine Nachricht.

EWAN: Hi. Wie geht's? Alles gut?
CHLOE: Ja, gut. Was gibt's?
EWAN: Nicht viel. Bist du 14?
CHLOE: 13.
EWAN: Siehst älter aus.
CHLOE: Lols, schade.
EWAN: Übrigens schick mehr Fotos. Ohne Kleider, ja?
CHLOE: Weiß nicht –

»Dad?«

Scheiße. Jackson verabschiedete sich hastig.

CHLOE: Muss los. Eltern da.
EWAN: Bis später.

Nathan grinste und sagte: »Ich hab dich beim Porno-Schauen erwischt, stimmt's?«

»Ha, ha. Arbeit, privat.« Es stimmte, es war Arbeit. Eine andere Version des Honigtopfs. Jackson gab sich als ein Mädchen im Teenageralter namens Chloe aus, und das war genauso schwierig, wie er es sich vorgestellt hatte, als er den Job annahm. »Warum bist du nicht im Bett?«

»Konnte nicht schlafen. Irgendwas macht Krach draußen.«
»Eine Eule.«
»Ich habe geglaubt, ich hätte jemanden schreien hören.«
»Einen Fuchs. Dort draußen ist der Dschungel, Junge.«

Darcy Slee

In einer dunklen Straße blieb der unauffällige graue Kombi unter einer Straßenlampe stehen, die praktischerweise kaputt war. Der Motor wurde abgeschaltet, und der Fahrer, der fast so anonym aussah wie der Peugeot, stieg aus und schloss die Tür mit einem leisen Klacken. Die Beifahrertür wurde geöffnet, und das Mädchen stieg aus. Der Fahrer wartete auf dem Gehsteig darauf, dass sie ihren Rucksack aus dem Fußraum hob. Die Farben der kleinen Regenbögen waren im Dunkeln grau, und das Einhorn war nahezu unsichtbar. Sie schloss die Tür und hörte das leise Zirpen, als der Mann die Türen verriegelte. Er ging ihr voraus, drehte sich um, lächelte und sagte: »Hier entlang, komm mit.« Er näherte sich dem Haus, den Türschlüssel in der Hand. Darcy zögerte einen Augenblick. Etwas riet ihr, davonzulaufen, aber sie war erst dreizehn und hatte noch nicht gelernt, sich auf ihre Instinkte zu verlassen, deswegen schlang sie ihren Rucksack über die Schulter und folgte dem Mann ins Haus.

Strandgut sammeln

Jackson machte mit Dido den üblichen Morgenspaziergang. Nathan hatte er schlafend im Bett liegen lassen. Er war doch bestimmt alt genug, um allein im Haus zu bleiben? Es war nicht gegen das Gesetz, und Jackson konnte garantieren, dass er bei seiner Rückkehr immer noch fest schlafen würde. Als Jackson dreizehn war – er konnte Julia nahezu seufzen hören über was für einen Gedanken auch immer er gerade hatte fassen wollen, deswegen gab er klein bei und ließ ihn zu dem anderen Strandgut hinabsinken, das auf dem Meeresboden seines Gedächtnisses lag. Er würde gleich wieder nach Hause gehen, Nathan aus dem Bett werfen, ihm Frühstück machen und ihn und den Hund dann zu Julia fahren. Vierundzwanzig Stunden Freiheit, dachte er.

Er warf einen Ball für Dido, ein schwacher Wurf, der weit genug war, um sie daran zu erinnern, dass sie immer noch ein Hund war, aber nicht so weit, dass ihre rostigen Hüften sich festfraßen. Sie trottete schwerfällig los, kam mit dem Ball zurück und ließ ihn vor seine Füße fallen. Er war voller Speichel und Sand, und Jackson machte sich eine mentale Notiz, eins dieser Ballwerferdinger zu kaufen.

Der Strand war um diese Uhrzeit ziemlich leer, nur Jackson und andere frühmorgendliche Spaziergänger mit Hunden. Sie begrüßten sich mit einem gemurmelten »Morgen« oder »Schöner Morgen heute« (so war es). Die Hunde waren begeisterter und schnüffelten wie Kenner an den Hinterteilen der jeweils anderen herum. Gott sei Dank mussten die Besitzer das nicht auch tun, dachte Jackson.

Von hier aus konnte er Whitby sehen, drei Kilometer weiter südlich am Strand, das Skelett der Abtei oben auf der Klippe. Die Flut zog sich definitiv zurück, entschied er. Der Strand war sauber und funkelte in der Morgensonne. Jeder Morgen war ein Versprechen, dachte Jackson und tadelte sich, weil er klang wie eine Glückwunschkarte. Nein, nicht wie eine Karte – er hatte es auf irgendetwas in Penny Trotters Laden geschrieben gesehen, der Schatztruhe – auf einem gemalten Holzschild. Sie hatte jede Menge Holzschilder – *Vorsicht – freilaufende Kinder* und *Zähl die Erinnerungen, nicht die Kalorien* (ein Motto, nach dem sie lebte, ihrer Taille nach zu urteilen), nicht zu vergessen das allgegenwärtige *Ruhe bewahren und weitermachen*, ein banaler Ratschlag, der Jacksons Zorn besonders herausforderte.

Ein Stück weiter vorn hatte die Flut etwas angeschwemmt. Dido tauchte ihre Pfoten so geziert ins Wasser wie eine Witwe, die ein Paddel in die Hand nahm, und schnüffelte daran, was immer es war. Es sah aus wie eine Tasche. Jackson rief Dido zurück, weil er herrenlose Taschen nicht mochte, auch wenn sie aussahen, als hätten sie die Nacht im Meer verbracht. Sein Herz sank, als er sich ihr näherte. Obwohl sie durchnässt und vom Wasser dunkel war, waren die kleinen Regenbogen noch zu erkennen. Und ein Einhorn.

»Scheiße«, sagte er zu Dido. Sie bedachte ihn mit einem mitfühlenden, aber verständnislosen Blick.

»Ich war Polizist.«

»Ja, ja, das sagen alle«, sagte der diensthabende Beamte.

»Wirklich?« Stimmte es?, fragte sich Jackson. Und wer waren »sie«? Männer, die in ein Polizeirevier kamen und behaupteten, dass etwas Schlimmes passiert sei, was er während der letzten zehn Minuten vergeblich getan hatte.

»Ich war es wirklich«, widersprach er. »Bei der Polizei von Cambridgeshire. Und jetzt bin ich ein privater Ermittler. Ich habe eine Lizenz«, fügte er hinzu. Es klang lahm, sogar in seinen eigenen Ohren.

Er hatte den Einhorn-und-Regenbogen-Rucksack mit nach Hause genommen und ihn durchsucht, während Nathan sich Crunchy-Nut-Cornflakes in den Mund schaufelte wie ein Heizer Kohlen in die Heizkessel der *Titanic*. Sie standen auf der Verbotsliste, aber wo war das Müsli, wenn man es brauchte? »Erzähl es nicht deiner Mutter«, sagte Jackson zu ihm.

»Was ist das? Sieht ekelhaft aus.«

»Es ist nicht ekelhaft, nur nass.« Der Rucksack war mittlerweile etwas getrocknet, da er während der letzten Stunde an der Stange des Aga gehangen hatte. Ja, Jackson lebte mit einem Aga. Er mochte ihn. Es war ein wesentlich männlicherer Herd, als man ihn bislang hatte glauben lassen.

»Erkennst du ihn nicht?«, fragte Jackson.

»Nee.«

»Das Mädchen gestern – auf der Esplanade, die getrampt ist?«

Nathan zuckte die Achseln. »Ungefähr. Du hast *geglaubt*, dass sie getrampt ist.«

»Ja, die. Sie hatte genau so einen. Es wäre ein zu großer Zufall, wenn es nicht ihrer wäre.« Jackson glaubte nicht an Zufälle. ›Ein Zufall ist lediglich eine Erklärung, die noch auf sich warten lässt‹ – das war eins seiner Mantras. Ein anderes war ›Wenn man genügend Zufälle hat, summieren sie sich zu einer Wahrscheinlichkeit‹, das er aus einer alten Folge von *Law and Order* hatte. »Warum war er im Meer?«, rätselte er.

»Weiß nich«, sagte Nathan.

Eine Unterhaltung mit Dido wäre weniger einseitig, dachte Jackson. »Nein, ich auch nicht«, sagte er. »Aber ich habe kein gutes Gefühl.«

Das erste Mal hatte Jackson das Einhorn in Scarborough gesehen, dreißig Kilometer weiter südlich. Hatte ihn die Strömung so weit getragen? Oder war er hier in der Nähe verloren gegangen – oder weggeworfen worden? Winde und Gezeiten und Strömungen – das waren die Motoren, die die Welt antrieben, nicht wahr? Und doch verstand er sie überhaupt nicht.

Das Mädchen mit dem Einhornrucksack. Es klang wie der Titel einer dieser skandinavischen Krimis, die er nicht las. Jackson mochte sie nicht besonders – zu noir und gewunden oder zu schwermütig. Er mochte frohgemut unrealistische Krimis, allerdings las er so gut wie nichts mehr, gleichgültig welches Genre. Das Leben war zu kurz, und Netflix war zu gut.

Der Einhornrucksack enthielt keine Hinweise. Keine Geldbörse, nicht einmal eine Haarbürste oder ein nasses Busticket. »Ich bringe ihn später zur Polizei«, sagte er zu Nathan. Wo er wohnte, gab es kein Polizeirevier. Nur das Tal, den Wald, einen Laden, eine Reihe Cottages für Arbeiter und Feriengäste. Manchmal die Kühe. Ein Hotel – das Seashell. Er hatte mit Julia und Nathan im Garten dort einmal mittelmäßig zu Mittag gegessen. Fischauflauf, Dattelkuchen mit Karamellsoße, so was in der Art. Alles wurde auf unterschiedlichen Keramiktellern serviert. »Aus der Gefriertruhe in die Mikrowelle«, sagte Julia abschätzig, obwohl das ziemlich genau ihre eigenen Kochkünste beschrieb.

»Okay«, sagte Nathan achselzuckend, der sich weder für das Woher noch das Wohin des Einhornrucksacks interessierte. Sein eigener Rucksack war riesig mit einem übergroßen Nike-Logo darauf. Selbst seine Handyhülle war mit Logos tapeziert. Teenager waren lebende Reklametafeln, bedeckt mit kostenloser Werbung für das kommerzielle Böse. Wo war sie hin, die Individualität?, fragte sich Jackson. (»Ach, genug mit der *Hymne für eine verlorene Jugend*«, sagte Julia.)

»Komm, iss auf«, sagte er. »Wir müssen los.«

»Gleich.«

»Jetzt.«

»*Gleich.* Ich muss das noch machen.« Er postete ein Foto der Cornflakes auf Instagram. Nein, er fotografierte sich selbst, die Cornflakes waren nur zufällig auf dem Foto. Teenager fotografierten das Essen nicht, das vor ihnen stand, das wäre nicht cool gewesen – so etwas taten die überaus uncoolen Garys und Kirstys dieser Welt, sie knipsten jedes Gericht, das ihnen vor die Nase kam. Lamm Kandhari in der bengalischen Brasserie im Merrion Way. Hähnchen Pad Thai im Chaopraya. Kirsty und ihr Lieblingscocktail – Limetten-Daiquiri – im Harvey Nichols. Der Daiquiri war fotogener als Kirsty. Jackson hatte vor ein paar Jahren Urlaub in Südafrika gemacht (eine lange Geschichte), und die Barkeeper verstanden nicht, wie die Frau, mit der er dort war (eine noch längere Geschichte), den Drink ihrer Wahl aussprach – einen Daiquiri oder mit ihrem dicken Akzent einen »Dackeriiie«. Sie war, ohne Reue zu zeigen, von der falschen Seite der Pennines, und die Reise war von Anfang an vermaledeit gewesen. Ihr beträchtlicher Durst wurde schließlich gestillt, als sie dank Jackson gelernt hatte, ihren Wunsch zu kommunizieren, indem sie ihn »Deikiiriie« aussprach.

Jackson selbst hätte nie etwas so Frivoles getrunken. Malzwhiskey, eine Halbe Black Sheep, gelegentlich einen Ricard oder einen Pernod.

Kirsty veröffentlichte alles, was sie aß oder trank, auf ihrem privaten Instagram-Account in dem Irrglauben, dass Penny Trotter es nie sehen würde. »Fat Rascals bei Betty's in Harlow Carr – lecker!« (»Fette Bastarde«, nannte Julia sie.) »Nichts bleibt privat«, sagte Sam Tilling, Jacksons Gehilfe – denn abgesehen davon, dass er die langweiligeren Überwachungsarbeiten übernahm, war der junge Detektiv auch ein junger Zauberer – nicht im Potter-Sinn (obwohl er, was sein Liebesleben betraf, bedauerlicherweise etwas potterisch war), aber er wusste mehr über Datenverarbeitung, als Jackson je wissen wollte.

»So wird er sich umbringen«, sagte Penny Trotter, als Jackson zum letzten Mal in der Schatztruhe gewesen war, und schaute rasch die Fotos mit ihm durch. Auf einem Bild war Garys Hand mit dem Ehering zu sehen, die nach einem Blätterteigstückchen mit Vanillecreme griff. Er war Diabetiker. Typ 2, vermutete Jackson – die menschliche Rasse würde in einem Meer aus Zucker und viszeralem Fett enden –, aber nein, sagte seine treue Frau, Typ 1. »Das ganze Programm, tägliche Insulinspritzen«, an die sie ihn erinnern musste. »Er gehört zu der Sorte Männer, die bemuttert werden müssen«, sagte Penny. Wusste Kirsty das?, fragte sich Jackson. Würde sie ihn mit Fat Rascals traktieren, wenn sie es wüsste? Bemutterte sie ihn? Es schien unwahrscheinlich.

»Komm jetzt«, sagte Jackson zu Nathan.

»Gleich.«

»Als wäre es wichtig, dich selbst zu fotografieren«, sagte Jackson sarkastisch.

»Ja. Das ist es.« (»Du kannst ihm nicht deine eigenen Werte aufzwingen«, sagte Julia. Ich kann es aber verdammt noch mal versuchen, dachte Jackson. Es war seine Aufgabe, einen Mann aus dem Jungen zu machen.)

Jackson nahm an, dass er dankbar sein sollte, weil er seinen Sohn nicht jeden Morgen in die Schule zwingen musste. Dankbar auch, dass Nathan nicht zu Fremden ins Auto stieg und in die Nacht davonfuhr. Jackson hatte einen GPS-Standorttracker im Handy seines Sohnes installiert, aber er hätte auch einen Chip in seinem Genick implantieren lassen, wenn er es gekonnt hätte. Er hatte es recherchiert, doch es war nicht so einfach, denn er hätte auch einen Empfänger und eine große Batterie implantieren lassen müssen. Er ging davon aus, dass Nathan nicht sehr erfreut darüber gewesen wäre.

Er sammelte seine Truppen, Nathan auf dem Beifahrersitz, Dido auf dem Rücksitz. Er hätte sich besser gefühlt, wenn Dido einen Sicherheitsgurt gehabt hätte. Sie saß immer aufrecht da wie ein wachsamer Rücksitzfahrer, der Ausschau nach Gefahr hielt, aber sie würde wie ein Felsbrocken durch die Windschutzscheibe katapultiert, wenn er hart bremsen müsste. Er warf den leeren Rucksack in den Kofferraum.

Als er den Motor anließ, sagte er »Musik?« zu Nathan, doch noch bevor er das Wort »Playlist« aussprechen konnte, schrie Nathan seinen Widerspruch heraus. »Dad, bitte, nicht den elenden Mist, den du hörst.« Sie schlossen einen Kompromiss und hörten Radio 2 – ein ziemlich großer Kompromiss seitens Nathan.

Nachdem sie im Crown Spa Hotel in der Esplanade angekommen waren, googelte Jackson den Standort des nächsten Polizeireviers, während er in der Lobby auf Julia wartete.

»Meine zwei Lieblingsmenschen!«, rief sie, als sie auftauchte. Jackson freute sich, bis ihm klar wurde, dass sie Nathan und Dido meinte. »Hunde sind keine Menschen«, sagte er.

»Natürlich sind sie das«, sagte sie. »Hast du Pläne für deinen freien Tag?«

»Einhörner jagen.«

»Super«, sagte sie, und er wusste, dass sie nicht zuhörte. Jackson fiel in letzter Zeit auf, dass ihm immer mehr Leute nicht zuhörten.

»Aber bestimmt können Sie mir sagen, ob in den letzten vierundzwanzig Stunden Mädchen vermisst gemeldet wurden?«, sagte er zu dem diensthabenden Polizisten.

»Nein, Sir«, erwiderte er. Er sah Jackson nicht einmal an, sondern beschäftigte sich demonstrativ mit den Papieren auf seinem Schreibtisch.

»›Nein, es wurden keine Mädchen vermisst gemeldet‹ oder ›Nein, Sie würden es mir auch nicht sagen, wenn es der Fall wäre‹?«

»Genau.«

»Was – keine vermissten Mädchen?«

»Keine vermissten Mädchen.« Der Mann seufzte. »Werden Sie gehen und etwas anderes ›ermitteln‹?«

»Keine Überwachungskameras auf der Esplanade, die vielleicht ein Mädchen aufgenommen haben, das in ein Auto steigt?«

»Nein.«

»Keine Aufnahmen oder keine Kameras?« Kameras waren

überall. Man konnte sich in Großbritannien nicht bewegen, ohne gefilmt zu werden. Jackson liebte es.

»Weder noch.«

»Sie werden den Besitzer des Autos mit diesem Kennzeichen nicht ermitteln?«

»Nein, Sir, aber ich denke daran, Sie wegen Vergeudung von Polizeizeit festzunehmen.«

»Nein, das tun Sie nicht«, sagte Jackson. »Zu viel Papierkram.«

Unter Unmutsbekundungen nahm der Polizist jedoch den Rucksack und erklärte, dass er ihn unter Fundsachen eintragen würde.

»Niemand wird ihn holen«, sagte Jackson.

»Dann lassen Sie eben Ihren Namen und Ihre Adresse hier, Sir, und wenn niemand ihn holt, gehört er in sechs Monaten Ihnen.«

Jackson hatte den Rucksack zu Hause fotografiert, bevor er aufgebrochen war – dieser Tage fotografierte er alles, man wusste nie, wann man Beweise brauchte. Dennoch gab er den Rucksack nur ungern aus der Hand, er war die einzig greifbare Verbindung zu dem nicht greifbaren Mädchen, und jetzt verschwand er irgendwo in einem dunklen Lagerraum.

Er holte seinen Toyota und fuhr an der Küste zurück. Zurück zur Ranch, um ein paar Telefonate zu machen, dachte er, ein paar Gefallen einzufordern. Befreit von Nathans musikalischen Vorurteilen, spielte er Lori McKenna. Er glaubte, Lori wäre jemand, der seinen melancholischen Zug verstehen würde. *Wreck you,* sang sie. Das taten die Leute die ganze Zeit, jemanden ruinieren, oder? Auf die eine oder andere Weise.

Er seufzte. Der Tag war noch ziemlich jung, aber er fühlte sich an, als enthielte er schon weniger Versprechen. Für diesen Sachverhalt hing in Penny Trotters Laden kein Schild.

Dame mit Schoßhund

Zu ihrer Überraschung meldete sich die Zentrale und fragte, ob sie noch auf der A165 wären.

»Ja«, sagte Ronnie. »Wir haben gerade die Burniston Road verlassen.«

»Dreht um und fahrt nach Westen, okay? Ein Mord wurde gemeldet. Alle anderen sind irgendwo in der Stadt beschäftigt – Motorradfahrer oder randalierende Jugendliche, ist nicht klar. Ihr seid am nächsten dran.«

Ronnie und Reggie sahen sich an, ihre Gesichtszüge verrutschten, die Augen traten aus den Höhlen. Manchmal war es, als wären sie telepathisch. Ronnie tippte rasch die Adresse in ihr Navi.

»›Schwerverbrechen‹ ist euch auf den Fersen, könnt ihr die Stellung halten, bis sie da sind?« Sie sollten nur den Tatort sichern. Es war schließlich nicht ihr Hinterhof.

»Kein Problem, wir sind unterwegs.«

Sie grinsten sich an und schalteten Sirene und Blaulicht ein. Reggie schob ihre Sonnenbrille höher die Nase hinauf, schaute sich nach dem Verkehr um und trat aufs Gas. Sie war eine vorsichtige Fahrerin. Untertreibung. »Herrgott«, sagte sie, »wir haben einen Mord.«

Wären sie ehrlich, was sie fast immer waren, hätten Ronnie und Reggie zugegeben, dass sie ein bisschen nervös waren. Sie hatten schon in vielen Todesfällen ermittelt – durch Drogen, Alkohol, Brände, Ertrinken, Selbstmorde –, aber nicht in vielen richtigen Mordfällen.

Der Notruf war von einem Leo Parker abgesetzt worden, einem Baumchirurgen, der »einen Baum entfernen« sollte (für Reggie klang es wie ein Mafia-Auftrag). Stattdessen hatte er eine Leiche gefunden – eine auf dem Rasen liegende Frau. Gefällt, dachte Reggie.

»Mehr wissen wir nicht«, hatte die Zentrale gesagt. »Krankenwagen stecken in dem großen Chaos in der Stadt fest, doch der Anrufer bleibt dabei, die Frau ist tot.«

In der Einfahrt des Bungalows stand ein Transporter mit dem Schriftzug »Freundliche Forstwirtschaft« auf der Seite, und davor stand eine riesige Maschine, von der Reggie vermutete, dass es sich um einen Häcksler handelte. Er sah aus, als könnte man einen Baum als Ganzes hineinschieben. Oder eine Leiche.

Ein Mann saß auf dem Beifahrersitz des Transporters, rauchte und war ein bisschen grün um die Nase (Reggie liebte diesen Ausdruck). »Mr Parker?«, sagte Reggie, doch er deutete auf einen zweiten Mann, weniger grün um die Nase, der neben dem Tor zum Garten stand. Der Mann hatte einen Dutt im Pseudowikingerstil, trug einen Werkzeuggürtel und ein Gurtgeschirr. »Ist er nicht verliebt in sich?«, murmelte Ronnie. Er blickte zweifelnd drein, als sie sich näherten und ihre Ausweise hochhielten. Mitglieder der Öffentlichkeit und sogar Kriminelle (bisweilen – ziemlich oft sogar – waren die beiden identisch) sagten ihnen oft, dass sie »sehr klein« und »sehr jung« oder beides seien.

Und Ronnie antwortete dann: »Ich weiß, haben wir nicht Glück?« Und Reggie dachte: *Hie-jah!*

»Mr Parker? Ich bin DC Reggie Chase, und das ist DC Ronnie Dibicki.«

»Ich dachte, ich stehe hier mal besser Wache, wissen Sie«, sagte Dutt-Mann. »Sichere den Tatort.«

War er es gewesen, der die Polizei benachrichtigt hatte?

Ja.

Und wusste er, ob jemand im Haus war?

Er wusste es nicht.

Ronnie ging zur Haustür, klingelte und klopfte laut. Alle Lichter brannten, aber niemand war zu Hause.

Und wen sollte Mr Parker hier treffen?

»Die Dame des Hauses. Ich kenne sie nicht, habe nur am Telefon mit ihr gesprochen. Eine Ms Easton.«

»Wie Sheena?«, sagte Reggie und notierte den Namen. »Wissen Sie ihren Vornamen?«

Nein. Er wusste nur, dass sie ihn beauftragt hatte, einen Baum zu fällen, erklärte Dutt-Mann. »Einen Ahorn«, fügte er hinzu, als wäre es wichtig. Er zog eine zerdrückte selbstgedrehte Zigarette hinter dem Ohr hervor und zündete sie an. »Da drin«, sagte er und deutete mit der Zigarette auf den Garten. Durch das offene Tor konnte Reggie den reglosen Körper einer Frau auf dem Rasen liegen sehen.

»Sind Sie hineingegangen, Mr Parker?«, fragte Reggie.

»Ja, natürlich. Ich dachte, sie wäre verletzt oder krank.«

Ronnie kam zurück. »Keine Reaktion im Haus«, sagte sie.

»Ms Easton«, sagte Reggie zu Ronnie. »So heißt offenbar die Dame, die hier wohnt. Erzählen Sie weiter, Mr Parker.«

»Na ja, dann bin ich sofort wieder raus. Ich wollte nichts verunreinigen. Sie wissen schon, für die Spurensicherung.« Dank des Fernsehens waren heutzutage alle Experten. *Collier* und Konsorten hatten sich für viel zu verantworten, dachte Reggie. Aber er hatte sich richtig verhalten.

»Gut«, sagte sie. »Sie bleiben hier, Mr Parker.« Sie zogen Handschuhe und blaue Plastiktüten über die Schuhe an und sahen sich gründlich um, bevor sie den Garten betraten. Wenn jemand ermordet worden war, musste es einen Mörder geben, und wenn es einen Mörder gab, konnte er noch immer im Garten lauern, auch wenn es kein Garten war, der zum Lauern aufforderte. Keine Bäume abgesehen von dem einen, der zwischen den ordentlichen, belanglosen Rabatten am Rand auffiel wie der sprichwörtliche bunte Hund. Der ungeliebte Ahorn, vermutete Reggie. Es gab eine große gepflasterte Terrasse, die dem Planeten die Arbeit erschwerte.

Warum war Mr Parker so sicher, dass es Mord und kein Unfall war?

»Das werden Sie sehen«, sagte Dutt-Mann.

Sie trug ein nahezu durchsichtiges Nachthemd oder Negligé, die Art Gewand, das man trug, um Sex darin zu haben, nicht um tief und fest zu schlafen. Sowohl Ronnie als auch Reggie trugen praktische Nachtwäsche für ihre einsamen Nächte. Ronnie Wandersocken und einen Schlafanzug, Reggie einen Trainingsanzug. Bereit loszurennen. Dr. Hunter hatte ihr das beigebracht.

Neben dem Haus gab es eine Garage, der sie sich vorsichtig näherten. Gerade Platz genug für einen kleinen Honda und einen Flymo-Rasenmäher. Kein Killer hatte sich darin versteckt. Sie wandten ihre Aufmerksamkeit der Frau zu.

Sie lag auf der Seite und sah aus, als wäre sie auf dem Gras einfach eingeschlafen, weil sie nicht mehr die Energie aufgebracht hatte, ins Bett zu gehen. Aber nur, bis sie näher kamen und sahen, dass ihr der Schädel eingeschlagen worden war. Das Blut war ins Gras gesickert, wo es eine hässliche Schlammfarbe angenommen hatte, die man in keinem Malkasten fand.

Und ein Hund. Nicht tot, Gott sei Dank, dachte Reggie, er lag da wie eine Sphinx, als würde er die Leiche bewachen. »Fido«, sagte sie.

»Was?«, fragte Ronnie.

»Der italienische Greyfriars Bobby. Treu bis in den Tod. Hunde bleiben an der Seite ihres Besitzers, auch wenn sie gestorben sind.« Fido, Hachiko, Ruswarp, Old Shep, Squeak, Spot. Es gab eine Liste bei Wikipedia. Reggie las sie manchmal, wenn sie sich ausweinen und nicht ihren eigenen Brunnen an Kummer anzapfen wollte.

Sadie, so hatte Dr. Hunters Schäferhund geheißen. Er war schon lange tot, aber wenn Dr. Hunter gestorben wäre, wäre Sadie in jedem Fall bei ihr geblieben. Dr. Hunter sagte, dass ihr von ein paar Ausnahmen abgesehen (Reggie gehörte Gott sei Dank dazu) Hunde lieber waren als Menschen. Und es sei eine große Tragödie, dass Hunde nicht so lang lebten wie Menschen. Dr. Hunter hatte als Kind einen Hund gehabt. Scout. »So ein guter Hund«, sagte sie. Scout war vor langer Zeit an einem heißen Sommertag mit Dr. Hunters Mutter, Schwester und kleinem Bruder ermordet worden. Reggie konnte sich diese Szene so lebhaft vorstellen, dass sie manchmal glaubte, an jenem Tag dabei gewesen zu sein.

»Reggie?«

»Ja, entschuldige. Guter Junge«, sagte sie zu dem Hund. Der Hund sah sie etwas verschämt an, als wüsste er, dass er dieses wohlwollende Adjektiv nicht verdiente. Da fiel Reggie auf, dass seine Schnauze blutverkrustet war. Er hatte an der Dame des Hauses geleckt. Vielleicht würde der Hund es doch nicht auf die Wikipedia-Liste schaffen.

Weder Ronnie noch Reggie zuckten bei dem Anblick zusammen. Sie waren überraschend hart im Nehmen, was diese Dinge betraf. Nicht grün um die Nase. Obwohl die Frau extrem tot war, ging Ronnie in die Knie und fühlte an ihrem Hals nach einem Puls. »Um absolut sicher zu sein. Falls jemand fragt. Irgendeine Spur von einer Waffe?«, fragte sie Reggie.

Reggie ließ den Blick durch den Garten schweifen und ging dann zu einer der ordentlichen, belanglosen Rabatten. Ronnie folgte ihr und sagte »Wow«, als sie den blutverschmierten Golfschläger zwischen den wenig reizvollen Pflanzen sah. Ein Knochenfragment und ein bisschen graues hackfleischartiges Gehirn klebten noch daran.

Und dann, bevor sie die Chance hatten »rauchender Colt« zu sagen, stürmte die Kavallerie heran. Uniformierte, Sanitäter, Ermittler von Schwerverbrechen, ein Pathologe, Spurensicherung, die ganze Bagage. Es waren Leute dabei, die Reggie wiedererkannte – zwei Uniformierte und eine DI namens Marriot, der sie schon zuvor begegnet waren und die behauptete, sie sei für Schwerverbrechen zuständig. »Oh, Gott«, hörten sie sie sagen, als sie sich ihnen wie ein Panzer näherte, »die Kray-Zwillinge.«

»Oje, der dicke Kontrolleur«, flüsterte Reggie Ronnie zu.

Die DI war eine Frau, die gern gewichtig tat, und hatte ein ziemliches Gewicht zu bieten. Ronnie und Reggie hätten beide in sie hineingepasst, und wahrscheinlich wäre noch Platz für Ronnies kleine Schwester Dominika gewesen.

»Ihr habt euch hier hoffentlich nicht wie in *Heißer Verdacht* aufgeführt«, sagte DI Marriot. »Und ihr könnt jetzt Leine ziehen, die Erwachsenen sind da.«

Sie waren beide etwas ernüchtert. Einer Mordermittlung so nahe gewesen zu sein. Und doch so weit weg. DI Marriot wollte einen schriftlichen Bericht über alles, was sie vor ihrer Ankunft getan hatten. Sie fuhren los, hielten auf der Esplanade an und schrieben ihn auf Ronnies iPad.

»Jimmy Savile hatte hier eine Wohnung«, sagte Reggie.

»Die Hölle muss dieser Tage ziemlich voll sein«, sagte Ronnie.

»Es ist immer noch Platz für einen mehr.«

Sie hatten den Tatort verlassen müssen, bevor die Leiche identifiziert wurde, und das war frustrierend. »Es muss Dutt-Manns Dame des Hauses gewesen sein – Ms Easton –, oder?« spekulierte Reggie.

»Ich denke, wir werden es erfahren«, sagte Ronnie.

Als sie der DI den Golfschläger zeigten, hatte sie ihn nachdenklich betrachtet, bevor sie, ohne jemanden anzusprechen, sagte: »Was ist das? Ein Putter?«

»›Wir kamen um zehn Uhr zweiundzwanzig vor dem Grundstück an‹«, las Ronnie von ihrem iPad ab, »›wo ein Mr Leo Parker auf uns wartete.‹ Wie hieß der andere? Der im Transporter. Ich habe seinen Namen nicht aufgeschrieben.«

Reggie konsultierte ihren Notizblock. »Owen. Owen Watts.«

Als sie angekommen waren, hatte sich Ronnie über den Namen des Bungalows gewundert, der auf einem Schild am Tor stand. Sie zog fragend eine Augenbraue in die Höhe.

»Sag's einfach laut«, sagte Reggie.

»Thisldo. Dasreicht«, sprach Ronnie langsam. Erleuchtung dämmerte. »Ah. Das ist ziemlicher Käse, oder?«

»Ja. Das ist es«, pflichtete Reggie ihr bei. Ihr Magen knurrte laut wie ein rumpelnder Güterzug.

»Nach dem Nächsten auf der Liste können wir Mittag essen«, sagte Ronnie.

Reggie schaute wieder auf ihren Block. »Ich habe eine kleine Liste«, sagte sie.

»Hä?«

»Gilbert und Sullivan, der Mikado. Egal. Als Nächster steht da ein Mr Vincent Ives, lebt in Friargate.«

»Fryer mit Ypsilon-E wie Yeti?«

»Friar mit I-A wie Esel.«

Der Gipfel

»Mr Ives? Mr Vincent Ives? Ich bin DC Ronnie Dibicki, und das ist meine Kollegin DC Reggie Chase. Dürfen wir reinkommen?«

Vince ließ sie rein, bot ihnen Tee an. »Oder Kaffee, aber leider nur Instant«, entschuldigte er sich. Wendy hatte das Sorgerecht für den Kaffeevollautomaten von Krups behalten.

»Das ist sehr freundlich«, sagte die mit dem schottischen Akzent, »aber nein, danke.«

Hatte er etwas getan, das den Besuch der Polizei verdiente? Aus dem Stegreif fiel ihm nichts ein, aber es würde ihn nicht wundern. Das allgemeine Unwohlsein, das er in letzter Zeit verspürte, verursachte ihm ständig vage Schuldgefühle. Er blickte sich um, versuchte die Wohnung mit den Augen der Polizistinnen zu sehen. Es war ein schäbiger, hässlicher Ort, was sich in der Höhe der Miete nicht widerspiegelte.

»Entschuldigen Sie«, sagte er. »Es ist nicht aufgeräumt.«

»Können wir uns setzen?«, fragte die, die keine Schottin war.

»Entschuldigung. Natürlich.« Er nahm ein paar Papiere vom Sofa, wischte Krümel weg und deutete darauf wie Walter Raleigh, der einen Mantel über eine Pfütze legte. Er kam sich dumm vor, aber sie schienen es nicht zu merken. Sie setzten sich, überkreuzten ordentlich die Knöchel, Notizbücher in der Hand. Sie sahen aus wie eifrige Sechstklässlerinnen, die an einem Projekt in der Schule teilnahmen.

»Habe ich etwas getan?«, fragte er.

»O nein. Alles in Ordnung, kein Grund zur Sorge«, sagte die, die keine Schottin war. Vince hatte ihre Namen bereits vergessen. »Sie stehen nicht unter Verdacht. Wir ermitteln in einem alten Fall und führen nur ein paar Routinebefragungen durch. Wir haben mehrere Personen im Blick und möchten Ihnen ein paar Fragen stellen, ist das okay? Wir versuchen, uns ein Bild zu machen, ein paar Hintergrunddetails aufzufüllen. Ein bisschen wie bei einem Puzzle. Jemand hat Ihren Namen erwähnt –«

»Wer? Wer hat meinen Namen erwähnt?«

»Tut mir leid, Sir. Das dürfen wir Ihnen nicht sagen. Alles in Ordnung? Können Sie ein paar Fragen beantworten?«

»Ja«, sagte Vince vorsichtig.

»Als Erstes möchte ich Sie fragen, ob Sie schon einmal von Antonio oder Tony Bassani gehört haben?«, sagte die Schottin.

»Ja. Das haben doch alle, oder?« War es das, worüber Tommy und Andy gesprochen hatten? Dass Carmody »Namen nannte«? Aber doch bestimmt nicht *meinen* Namen, dachte Vince.

»Haben Sie Mr Bassani jemals getroffen?«

»Er war Mitglied meines Golfclubs, aber das war lange, bevor ich eingetreten bin.«

»Welcher Golfclub ist das?«

»Der Belvedere.«

Die Schottin notierte alles, was er sagte. Irgendwie fühlte er sich deswegen noch schuldiger. *Alles, was Sie sagen, kann gegen Sie verwendet werden,* dachte er. Sie arbeitete sich durch eine Checkliste, schrieb seine Antworten ordentlich neben die Fragen. Die andere, die keine Schottin war, machte zur Ergänzung ebenfalls Notizen. Er stellte sich vor, dass ihre Notizen eher beschreibender Natur waren (»Er hat argwöhnisch ›ja‹ gesagt« oder »Er hat gesagt, er wisse es nicht, aber er wirkte verdächtig«). Vince kam sich vor, als müsste er eine mündliche Prüfung ablegen.

»Und haben Sie schon einmal den Namen Michael – Mick – Carmody gehört?«

»Ja. Noch einmal, das haben alle.«

»Alle?«

»Na ja … »

»Und haben Sie Mr Carmody jemals persönlich getroffen?«

»Nein.«

»Auch nicht im Belvedere Golfclub?«

»Nein. Er ist im Gefängnis.«

»Ja, das ist er. Wie steht es mit Andrew Bragg? Haben Sie von ihm gehört?«

»Andy?« Wie konnte Andy im selben Atemzug mit Carmody und Bassani erwähnt werden? »Ich spiele Golf mit ihm. Im Belvedere.«

»Im Belvedere Golfclub?«

»Ja.«

»Ist er ein Freund von Ihnen?«, hakte die Schottin nach.

»Also, kein *richtiger* Freund.«

»Was für eine Art Freund dann?«, fragte die Nicht-Schottin verwundert.

»Ein Golffreund.«

»Sie sehen ihn also nicht außerhalb des Belvedere?«

»Doch«, gab er zu.

»Also *nicht* nur ein Golffreund. Wie sieht es mit Thomas – Tommy – Holroyd aus? Haben Sie von ihm gehört?«

Vince spürte, wie sein Mund trocken und seine Stimme piepsig wurden. Bassani und Carmody waren ein Missbrauchsfall. Warum fragten sie nach Tommy und Andy? Das war lächerlich, sie waren doch nicht *so*. Ach, du lieber Gott, dachte er, meinen sie mich? Er würde nie so etwas tun. Vince spürte einen eisigen Wasserfall Angst in sich. Er hatte nie jemanden missbraucht! Wer behauptete so etwas? Wendy wahrscheinlich, nur um sich an ihm zu rächen, weil er sie geheiratet hatte. »Ich habe nichts getan«, sagte er.

»Nicht Sie, Mr Ives«, beruhigte die Schottin Vince, der aufgeregt aufgesprungen war. Er wäre im Zimmer auf und ab gegangen, wenn es groß genug dafür gewesen wäre. »Setzen Sie sich, Mr Ives«, drängte sie ihn. »Thomas Holroyd?«

»Ja. Im Belvedere. Tommy ist Mitglied. Wir spielen zusammen.«

»Im Belvedere Golfclub?«

»Ja.«

»Mit Mr Bragg?«

»Ja.«

»Einem *Golf*freund?«

»Ja.«

»Und waren Sie jemals in Mr Holroyds Haus?«, fragte die Schottin und konsultierte ihre Notizen. »In Haven?« Wenn sie eine Frage stellte, neigte sie den Kopf zur Seite wie ein Vögelchen. Wie ein Spatz.

»High Haven«, korrigierte er. »Ein paarmal.«

»Und können Sie mir sagen, ob auch andere Personen anwesend waren, wenn Sie in Mr Holroyds Haus – High Haven – waren?«

»Für gewöhnlich.«

»War Mr Bragg da?«

»Für gewöhnlich.«

»Mr Bassani?«

»Nein.«

»Mr Carmody?«

»Nein, ich habe es Ihnen schon gesagt. Ich habe ihn nie getroffen. Das war vor meiner Zeit.«

Vince wurde allmählich schlecht. Wie lange würde dieser Katechismus noch weitergehen? Was wollten sie aus ihm herausholen?

»Fast fertig, Mr Ives«, sagte die Schottin, als könnte sie seine Gedanken lesen. Sie lächelte mitfühlend. Wie eine Zahnarzthelferin bei einer Wurzelbehandlung.

»Und wenn Sie in Mr Holroyds Haus waren«, fuhr die ohne schottischen Akzent fort, »können Sie uns sagen, wer noch anwesend war. Regelmäßig?«

»Also, Tommys Frau – Crystal. Sein Sohn, Harry. Andy – Andy Bragg – und seine Frau Rhoda. Viele kommen zu ihm – Drinks an Weihnachten, mal gab es eine Party am 5. November, eine an Tommys Geburtstag. Eine Poolparty.«

»Eine Poolparty. Billard?«

»Nein, Swimmingpool. Sie haben einen im Haus, beheizt, im Keller. Tommy hat ihn einbauen lassen, als sie das Haus gekauft haben. Es war eine Party zu Crystals Geburtstag.« Tommy hatte sich draußen um den Grill gekümmert, war nicht geschwommen. »Er hat nie schwimmen gelernt«, sagte Crystal. »Ich glaube, er hat ein bisschen Angst vor dem Wasser. Das ist seine – wie heißt es? – Achillesferse. Das kommt von den Griechen«, sagte sie. »Ein Mythos, Harry hat mir davon erzählt.« Sie stand da in einem Bikini und sprach mit ihm, deswegen war es ihm schwergefallen, sich auf griechische Mythen zu konzentrieren. Sie sah selbst wie einer aus, eine statuenhafte blonde Göttin, die vom Olymp herabgestiegen war und sich in ihrem großartigen Bruststil im Wasser bewegte.

Die Erinnerung an ihren Bikini ließ ihn erröten, das Wort »Bruststil« ließ ihn ebenfalls erröten, und er hatte Angst, dass die beiden Polizistinnen es bemerkten. Beide legten unisono die Vogelköpfe zur Seite und betrachteten ihn neugierig. »Grillen im Garten«, sagte er. »Steaks, Burger. Huhn. Koteletts«, fügte er hinzu. Es kostete ihn Mühe, nicht eine ganze Metzgertheke aufzulisten. Die schottische Polizistin schrieb alles auf wie eine Einkaufsliste.

»Noch jemand? Den Sie in seinem Haus gesehen haben? High Haven?«

»Viele Leute. Ellerman – der Lebensmittelhändler, Pete Robinson – ihm gehört das große Hotel am Wasser. Alle möglichen Leute. Ein Mann, der Stadtrat ist – Brook, glaube ich. Jemand, der Sozialarbeit macht. Oh, und Steve Mellors. Stephen Mellors. Er ist Anwalt, macht für mich die Scheidung, spielt manchmal im Belvedere mit uns.«

»Dem Belvedere Golfclub?«

»Ja.«

»Und er ist Ihr –?«

»Anwalt. Er ist mein Anwalt. Und ein Freund.«

»Ein Freund?«, sagte die Nicht-Schottin.

»Wir sind zusammen in die Schule gegangen.«

»Ein *richtiger* Freund also?«

»Ein Schulfreund«, murmelte er. Er kam sich wie ein totaler Idiot vor.

»Sie kennen sich also schon lange?«

»Ja.«

»Sonst noch jemand? Bei den Partys? Noch jemand aus dem Justizwesen?«

»Ein Polizist. Ein Superintendent, glaube ich, hat er gesagt.«

»Ein Superintendent?«, sagten sie gleichzeitig.

»Ja, ich glaube, er war Schotte. Wie Sie«, fügte er an die schottische Polizistin gewandt hinzu, als wüsste sie nicht, was er mit Schotte meinte.

Die Detectives setzten sich gerader auf und sahen sich an. Starrten sich an, als würden sie telepathisch kommunizieren.

»Erinnern Sie sich an seinen Namen?«, fragte die Nicht-Schottin freundlich.

»Nein, tut mir leid. Ich kann mich nicht einmal an Ihre erinnern, und Sie haben sie mir erst vor fünf Minuten gesagt.« Allerdings fühlte es sich wie Stunden an.

»DC Reggie Chase und DC Ronnie Dibicki«, sagte die Nicht-Schottin.

»Richtig. Entschuldigung.« (Hatte sie Ronnie Biskuit gesagt? Bestimmt nicht. Es klang wie ein Londoner Gangster aus den Sechzigerjahren.)

Die Schottin – Reggie Chase – runzelte die Stirn und schaute auf ihren Notizblock. Die andere, das Biskuit, sagte: »Mr Ives, haben Sie jemals den Begriff ›magischer Zirkel‹ gehört?«

»Ja, das sind Zauberer.«

»Zauberer?«

»Wie eine Zauberergewerkschaft. Keine Gewerkschaft – eine Organisation. Man muss nachweisen, dass man Tricks kann, um aufgenommen zu werden.«

Beide sahen ihn an. »Tricks?«, sagte das Biskuit kühl und zog eine überraschend bedrohliche Augenbraue in die Höhe.

Bevor er etwas sagen konnte, klingelte es an der Tür. Alle drei schauten zur Tür, als würde etwas Unheilvolles auf der anderen Seite warten. Vince war unsicher, als bräuchte er ihre Erlaubnis zum Öffnen. Wieder klingelte es, und sie sahen ihn fragend an. »Ich mach auf, oder?«, sagte er hastig.

Die Tür öffnete sich direkt in die Wohnung ohne den Luxus einer Diele. Zwei uniformierte Polizisten – Frauen – standen da. Sie nahmen ihre Mützen ab und zeigten ihm ihre Ausweise, ihre Mienen ernst.

»Mr Ives? Mr Vincent Ives? Dürfen wir reinkommen?«

O Gott, dachte Vince. Was jetzt?

Schatztruhe

Andy kannte den Flughafen von Newcastle wie seine Westentasche. Er verbrachte viel Zeit hier, hing normalerweise in einem der Cafés herum. Sein Reisebüro hatte früher Leute außer Landes geschafft, heutzutage holte er sie rein.

Der Flug, auf den er wartete, war verspätet, er trank seinen dritten Espresso und wurde nervös. Er wusste, an welchem Tisch er sitzen musste, um einen guten Blick auf die Anzeigetafel mit den Ankunftszeiten zu haben. Um diese Stunde waren viele Flüge aus Amsterdam in der Luft ebenso von Charles de Gaulle, Heathrow, Berlin, Danzig, Teneriffa, Sofia. Ein Flug aus Málaga rollte an. Der, auf den er wartete, leuchtete als »gelandet« auf. Er trank seinen Kaffee aus und schlenderte in die Ankunftshalle.

Er hatte keine Eile – sie mussten erst durch die Passkontrolle, und das dauerte immer ewig, obwohl sie Touristenvisas hatten und eine Adresse in Quayside angeben konnten. Dann mussten sie ihr Gepäck holen, und sie hatten immer riesige Koffer dabei. Doch er wollte sie nicht versäumen und stellte sich hinter dem Geländer auf, sein iPad mit ihren Namen bereit. Nett und professionell – kein kaum lesbares Gekritzel auf einem Zettel.

Nach einer halben Stunde glaubte er, dass sie womöglich den Flug verpasst oder es nicht durch die Passkontrolle geschafft hatten, aber dann öffneten sich die Türen und zwei Mädchen – sie sahen aus wie Schwestern – standen da und schauten sich unsicher um. Jeans und Sneakers, Markenware, mit großer Sicherheit Fälschungen. Pferdeschwänze, dickes Make-up. Sie hätten Zwillinge sein können. Selbstverständlich riesige Koffer. Sie bemerkten das iPad, und er sah die Erleichterung in ihren Gesichtern.

Sie kamen erwartungsvoll auf ihn zu, und eine sagte: »Mr Mark?«

»Nein, Liebes, ich heiße Andy. Mr Price hat mich geschickt – das heißt Mr Mark.« Er streckte ihr die Hand hin, und sie schüttelte sie. »Jasmin?«, tippte er lächelnd. Seien wir ehrlich, sie sahen alle gleich aus. Er hatte richtig geraten. Um die Nachnamen hatte er sich nicht bemüht, er würde nicht lernen, wie man Tagalog aussprach. (Hieß ihre Sprache wirklich so? Es klang wie der Titel einer Kindersendung im Fernsehen.) »Dann bist du also Maria«, sagte er zu der anderen. Sie grinste ihn breit an. Sie hatte einen erstaunlich festen Händedruck für jemanden, der so klein war.

»Guter Flug?« Sie nickten. *Ja.* Unsicher. Auf den Bewerbungsunterlagen hatten beide angegeben, »gut Englisch« zu sprechen. Sie hatten wahrscheinlich gelogen. Die meisten Mädchen logen.

»Kommt, Mädchen«, sagte er voller falscher Fröhlichkeit. »Nichts wie raus hier. Habt ihr Hunger?« Er tat so, als würde er sich Essen in den Mund löffeln. Sie lachten und nickten. Er fasste nach den Koffergriffen und begann, sie hinter sich herzuziehen. Herrgott, was war da drin – Leichen? Sie folgten ihm, befreit von ihrem Gepäck, ihre Pferdeschwänze hüpften auf und ab, als sie sich in Bewegung setzten.

»Da sind wir, Mädchen«, sagte Andy und öffnete die Tür zur Wohnung. Es war eine Einzimmerwohnung in Quayside, die sie vor ein paar Jahren gekauft hatten und für dies und das benutzten. Sie befand sich im siebten Stock, war sauber und modern und hatte einen großartigen Ausblick, wenn einem der Anblick von Newcastle gefiel. Maria und Jasmin schienen beeindruckt, was der Sinn der Sache war. Andy sah es als »Honig um den Mund schmieren« – sie gefügig halten. Er hätte sie direkt ins Silver Birches gebracht, aber weder Jason noch Wassili – Tommys Handlanger – waren verfügbar, um sie zu verarbeiten, und der Ort war im »Lockdown«, sagte Tommy.

»Nur eine Nacht«, sagte er, als die Mädchen sich umsahen. Das war ein Lied, oder? Aus etwas, das er mit Rhoda in London gesehen hatte. Sie waren ein Wochenende dort gewesen und hatten alle Touristenattraktionen abgehakt, das London Eye, eine Stadtrundfahrt im offenen Bus, eine Show im West End – ein Musical. Rhoda kannte London besser als Andy, und er war sich ein bisschen provinziell vorgekommen, wie er mit seiner Oyster Card herumfummelte und den Blick stets auf Google Maps gerichtet hielt. Aber insgesamt war es ein gutes Wochenende gewesen, und es hatte Andy daran erinnert, dass er die meiste Zeit gern mit Rhoda verheiratet war, doch ob Rhoda es auch so empfand, war nicht gewiss.

Sie hatten das Seashell Wendy Ives anvertraut. Es war Nebensaison, und nur ein Zimmer war gebucht. Sie hätten sich das Geld, das sie ihr zahlten, sparen und Lottie die wenige Arbeit erledigen lassen können. Das war, bevor sie sich von Vince getrennt hatte, aber Wendy hatte bereits die Affäre mit dem Seenotretter. Rhoda vermutete, dass Wendy auf das Hotel aufpassen wollte, damit sie sich dort mit ihrem neuen Mann treffen konnte, während ihr alter Mann zu Hause war, den Hund Gassi führte und dumm aus der Wäsche guckte, weil er keine Ahnung hatte. Jetzt wusste er es. Wendy nahm ihn aus wie eine Weihnachtsgans.

Wendy hatte Andy einmal angebaggert, als sie betrunken war – nun ja, sie waren beide betrunken, aber er hätte sich nicht getraut, selbst wenn er gewollt hätte, was er nicht tat. Rhoda war mehr als genug Frau für ihn. Buchstäblich. Ein Viertel von Rhoda wäre ausreichend für jeden Mann gewesen. Außerdem würde sie ihn umbringen, sollte sie jemals herausfinden, dass er ihr untreu gewesen wäre. Zuerst würde sie ihn wahrscheinlich foltern. Das war die geringste seiner Sorgen. Er enthielt ihr ein viel größeres Geheimnis vor, ein Geheimnis, das jeden Tag größer und unförmiger wurde.

»Mr Andy?«

»Ja, Jasmin, Liebes?« Er konnte sie jetzt unterscheiden. Er hatte sich selbst überrascht, weil er ihre Namen gelernt hatte – womit er normalerweise Schwierigkeiten hatte.

»Bleiben wir heute Nacht hier?«

»Ja, Liebes. Nur eine Nacht.« (*Dreamgirls* – so hatte die Show geheißen.) »Morgen fahren wir als Erstes ins Silver Birches. Sie machen das Zimmer für euch fertig.«

Er war erschöpft. Er war mit ihnen zu Primark zum Einkaufen gegangen, nicht dass sie neue Kleidung brauchten, die Koffer waren gestopft voll, aber er hatte sie zu den Paillettenfähnchen gesteuert, die sie anzogen wie Elstern. Sie hatten endlose Selfies gemacht. Versucht, ihn mit aufs Bild zu bringen. Auf keinen Fall, er lachte und entfernte sich ein paar Schritte. Er würde auf keiner Facebook-Seite auftauchen, aber es war gut, dass sie Fotos posteten, dann konnten zu Hause alle sehen, dass sie am Leben und gesund und gut in Großbritannien angekommen waren und Spaß hatten. Sie hatten nicht in einer Bar gearbeitet, sondern in einer Textilfabrik in Manila, und sie waren gekommen, um sich als Altenpflegerinnen zu verdingen. In britischen Pflegeheimen wimmelte es von Filipinos, weil die Briten sich um nichts kümmern konnten, am allerwenigsten um ihre eigene Familie.

Sie hatten bei Sainsbury's eingekauft, und er hatte den Mädchen geholfen, das Abendessen auszuwählen. Fertiggerichte – in der Quayside-Wohnung stand eine Mikrowelle. Sie aßen allen möglichen Mist dort, woher sie kamen – Hühnerfüße und gebratene Insekten und Gott weiß was. Im Supermarkt wurden sie ganz aufgeregt. Sie waren leicht zu begeistern, alle beide.

Sein Handy klingelte. Stephen Mellors. Alias Mark Price. »Steve?«

»Alles gut mit Bumbum und Bambi?«

»Mr Price«, sagte er lautlos an die Mädchen gewandt und deutete auf das Handy. Sie lächelten und nickten. »Jasmin und Maria?«, sagte er zu Steve. »Ja. Gut. Ich habe sie für die Nacht untergebracht.« Die Mädchen hatten den Fernseher eingeschaltet und sahen *Null gewinnt.* Sie schienen hypnotisiert, obwohl sie bestimmt keinen Deut von dem verstanden, worum es ging. »Wir hatten einen super Tag, nicht wahr, Mädels?«, sagte Andy laut, zeigte ihnen den erhobenen Daumen und grinste sie breit an. Sie kicherten und streckten übertrieben die Daumen in die Luft. Es war kriminell einfach, sie reinzulegen. Sie waren unschuldig wie Kinder oder Kaninchenjunge, dachte er. Kleine Lämmer. Er sah sich zufällig im Spiegel an der Wand und spürte einen Stich. Schuldgefühle? Es war eine neue Emotion für ihn. Manchmal fragte er sich, wo seine Menschlichkeit abgeblieben war. Ach ja, er erinnerte sich – er hatte nie eine besessen.

»Wir reden später«, sagte er und legte auf. Nahezu sofort leuchtete das Handy wieder auf und er sah das Anruferbild – ein Foto von Lottie. Natürlich rief ihn nicht Lottie an, er benutzte das Foto für Rhoda. Er nahm den Anruf in dem schmalen Flur entgegen.

»Hallo, Liebes«, sagte er und versuchte, nicht müde zu klingen. Es war sinnlos, bei Rhoda auf Mitgefühl zu hoffen. Sie hatte die Energie eines japanischen Schnellzugs.

»Brauchst du noch lange, Andrew? Für was immer es ist, was du tust.«

Warum sprach Rhoda ihn neuerdings mit Andrew an und nicht mit Andy? Er assoziierte »Andrew« mit seiner Mutter, bis vor kurzem war sie die einzige Person gewesen, die ihn so nannte, und auch nur, wenn sie sich über ihn ärgerte (was oft der Fall war). Jetzt hatte er immer das Gefühl, dass sich Rhoda über irgendetwas an ihm ärgerte. (Tat sie das?)

»Höre ich da Alexander Armstrongs Stimme? Siehst du etwa *Null gewinnt*?«, fragte sie argwöhnisch. »Wo bist du, Andrew?«

In einer sinnlosen Leere, dachte er. »Auf dem Weg nach Hause«, sagte er fröhlich. »Soll ich unterwegs was kaufen? Wie wäre es mit Indisch? Oder Chinesisch?«

Papierkram

»Ich meine, wie groß ist die Wahrscheinlichkeit?«, sagte Reggie zu Ronnie, nachdem sie Vincents Wohnung in Friargate verlassen hatten. »Dass der Mann, den wir für die Operation Villette befragen, derselbe Mann ist, der mit unserer Leiche verheiratet war. Als sie noch keine Leiche war.«

»Ich weiß – was für ein Zufall«, pflichtete Ronnie ihr bei. »Merkwürdig. Sehr merkwürdig.« Vincent Ives war kein Verdächtiger, zumindest nicht bei Reggie und Ronnie. Er war ein kleines Häkchen auf ihrer Checkliste, ein tristes Teilchen im Puzzle – ein einfarbiges Stück Himmel oder Gras –, erwähnt von einem Barmann im Belvedere, und doch war er jetzt der Mann einer ermordeten Frau. Es stellte seine Unschuld im Allgemeinen infrage.

Die zwei Uniformierten, die bei Vincent Ives geklingelt hatten, waren verwirrt gewesen von Ronnies und Reggies Anwesenheit. Zuerst hielten sie sie für Freundinnen von Ives, und dann schienen sie zu glauben, dass sie Sozialarbeiterinnen waren, und erst als sie ihre Ausweise hervorholten und Reggie sagte: »DC Reggie Chase und DC Ronnie Dibicki«, klickte es bei den Uniformierten. »Haben Sie ihn schon informiert?«, fragte eine.

»Informiert wovon?«, fragte Ronnie.

»Seiner Frau«, sagte die andere.

»Was ist mit seiner Frau?«

»Ja, was ist mit meiner Frau?«, sagte Ives.

»Ms Easton«, sagte eine Polizistin leise zu ihm. »Wendy Easton oder Ives – ist das der Name Ihrer Frau, Mr Ives?«

»Demnächst meine Exfrau«, murmelte er.

»Möchten Sie sich setzen, Sir?«, sagte eine der Uniformierten zu Vincent Ives. »Ich fürchte, wir haben schlechte Nachrichten über Ms Easton.«

Ermordet! Ronnie und Reggie starrten sich an, kommunizierten lautlos, Augen auf Stielen. Denn wer hatte höchstwahrscheinlich die Dame auf dem Rasen ermordet, wenn nicht der baldige Exmann? Der Mann, der direkt vor ihnen auf dem Sofa saß! Reggie dachte an den Golfschläger, der in der Rabatte lag. »Belvedere«, flüsterte sie Ronnie zu. »Ich weiß«, antwortete Ronnie ebenso leise.

Die Uniformierten hatten Vince Ives mitgenommen, weil er seine Frau identifizieren musste. Und einfach so glitt ihnen der Mord an Wendy Easton erneut durch die Finger.

Was wirklich seltsam war, darin waren sie sich anschließend einig, war, dass Vincent Ives, als er erfuhr, dass seine Frau ermordet worden war, als Erstes sagte: »Ist der Hund okay?«

Sie fuhren zurück zum Seashell.

»Mal sehen, ob wir unseren Mr Bragg jetzt antreffen«, sagte Ronnie.

Die Sonne begann zu sinken, zog Streifen über den Himmel. »›Sieh: Wie Christi Blut einströmt ins Firmament‹«, sagte Reggie.

»Hä?«, sagte Ronnie.

»Noch einmal hallo, Mrs Bragg. Ist Mr Bragg jetzt zu Hause?«

»Nein.«

»Erwarten Sie ihn bald?«

»Nein.«

»Ich lasse Ihnen meine Karte da. Würden Sie ihn bitten, uns anzurufen?«

»›Sie suchen ihn hier, sie suchen ihn da‹«, sagte Reggie, als sie wieder im Auto saßen. Sie aßen gemeinsam eine Tüte Studentenfutter. »Scarlet Pimpernel«, fügte sie hinzu. »Er war dafür bekannt, nicht auffindbar zu sein. Wie unser Mr Bragg.«

»Vielleicht sollten wir als Gäste einchecken«, sagte Ronnie. »Dann würden wir ihn vielleicht zu fassen kriegen.«

Sie aßen die Nüsse und Rosinen auf. Ronnie faltete die Tüte und steckte sie in die kleine Plastiktüte für den Abfall. Sogar ihr Abfall war ordentlich.

»Wir sollten vermutlich nach Hause fahren.« Ronnie seufzte. »Uns an die Kisten machen.«

»Ja.« Reggie gefiel, dass sie mittlerweile ohne nachzudenken »Zuhause« sagten.

Die Kisten mit den Dokumenten standen auf dem Rücksitz – ja, sie nahmen fast das ganze Innere des Wagens ein, abgesehen von den Freiflächen, die Reggie und Ronnie für sich reserviert hatten. Die Kisten, ungebetene Mitfahrer, fühlten sich langsam beklemmend an. Reggie und Ronnie hatten ihre Hausaufgaben gemacht, sie kannten den Fall Bassani und Carmody in- und auswendig, von vorn bis hinten und von unten bis oben, und es schien unwahrscheinlich, dass sie in den Kisten etwas finden würden, das nicht schon durchgeharkt worden war, und das meiste war sowieso digitalisiert.

»Man sollte nie«, sagte Ronnie, »vom Teufel sprechen.«

»Was?«

»Da drüben, auf der Bank. Das ist niemand anders als unser alter Freund Mr Ives.«

»Weit weg von zu Hause. Was meinst du, dass er hier macht?«, fragte Reggie.

»Komisch, oder? Vielleicht will er auch zu Andy Bragg. Selbstverständlich sind sie keine *richtigen* Freunde.« Ronnie lachte.

»Vielleicht ist er gekommen, um ihm zu sagen, dass wir nach ihm gefragt haben. Oder ihm vom Mord an seiner Frau zu erzählen. Ich frage mich, ob er als Verdächtiger gilt.«

»Schau«, sagte Ronnie. »Er setzt sich in Bewegung.«

Sie beobachteten, wie Vincent Ives auf den Parkplatz hinter der Hafenmauer ging, und reckten die Hälse, um zu sehen, wohin er unterwegs war. Er trottete die Stufen hinauf, die vom Parkplatz zum Weg entlang der Klippen führten.

»Abendspaziergang«, sagte Ronnie. »Vielleicht will er ein bisschen Ruhe und um die baldige-Ex-Mrs-Ives trauern.«

»Nicht mehr baldige«, sagte Reggie. »Jetzt völlig ex.«

Sie beschlossen, noch eine Weile dazubleiben für den Fall, dass Andy Bragg nach Hause kam oder Vincent Ives wieder auftauchte und etwas Interessantes tat. Sie stiegen aus und gingen zur Hafenmauer, um den verbliebenen Sonnenuntergang und die Weite der Nordsee zu genießen. Die Flut war auf dem Höchststand, wogte und drängte gegen die Mauer und die Promenade an. »Man fragt sich, wie es hier im Winter ist«, sagte Ronnie.

»Ziemlich dramatisch, vermute ich«, sagte Reggie. Sie dachte, dass sie verrückt würde, wenn sie an so einem Ort leben müsste.

Ihr Blick fiel auf einen Jogger, der über den Parkplatz lief. Ein Mann mittleren Alters, Kopfhörer auf dem Kopf. Sie gab einen kleinen überraschten Laut von sich.

»Was?«, sagte Ronnie.

»Der Mann«, sagte Reggie.

»Der auf die Klippe hinaufläuft?«

»Ja. Der. Ich kenne ihn.«

»Wirklich ein Tag voller Zufälle.«

»Kennst du den Spruch?«

»Nein, welchen Spruch?«

»Ein Zufall ist lediglich eine Erklärung, die noch auf sich warten lässt.« Das zumindest, dachte Reggie, behauptete der Mann, der die Klippe hinauflief.

»Hast du das gesehen?«, fragte Ronnie.

Sie durchwühlten die Schlacke in den bodenlosen Beweiskisten, eine Aufgabe, die ein wenig attraktiver war dank der übergroßen Pizza und der Flasche Rioja, die sie aus dem Coop in Whitby mitgenommen hatten. Es war nicht kalt genug, um ein Feuer zu machen, doch Reggie hatte es trotzdem getan, und es prasselte heftig in dem kleinen Kamin. Es schien angebracht in einem kleinen Cottage am Meer. Sie hatte nie zuvor ein Feuer gemacht und musste es googeln, war jedoch ziemlich stolz auf das Ergebnis.

»Was gesehen?«, fragte sie.

Ronnie hielt ein zerknittertes dünnes Stück Papier in der Hand. »Es ist eine Akte von einem Prozess von 1998. Sieht aus wie eine Eigentumsübertragung von einer Wohnung in Filey. Irgendwas über ›überliegendes Eigentum‹ – was ist das?«

»Ich glaube, das heißt, dass dir der Grund unter deinem Eigentum nicht wirklich gehört. Bei einer Wohnung über einem Durchgang oder irgendeinem Hohlraum.«

»Woher weißt du das?«

»Ich bin ein Archiv für nutzloses Wissen«, sagte Reggie. »Vor hundert Jahren wäre ich in einem Varieté aufgetreten. Wie Mr Memory in *Die 39 Stufen.*«

»Die was?«

»*Die 39 Stufen*. Ein Film von Hitchcock. Er ist berühmt.« Reggie fragte sich mitunter, ob Ronnie jemals ein Buch aufgeschlagen, einen Film oder ein Theaterstück gesehen hatte. Sie war eine komplette Banausin. Reggie lastete es ihr nicht an, sondern bewunderte es eher. Als jemand, der alles gelesen und gesehen hatte von der *Ilias* bis zu *Blockade in London*, hatte sie nicht den Eindruck, dass ihr irgendetwas davon viel genützt hatte. Es hatte definitiv nicht dazu beigetragen, Sai zu behalten.

»Jedenfalls«, sagte Ronnie, »steht hier, dass der Käufer nicht von dem ›überliegenden Eigentum‹ informiert wurde, und der Anwalt des Käufers verklagt den Anwalt des Verkäufers. Wegen Falschdarstellung oder so. Der Käufer war Antonio Bassani, aber das ist nicht das Interessante. Der Anwalt, der ihn vor Gericht vertreten hat, war Stephen Mellors. Sagt dir der Name was?«

»Vincent Ives' Anwalt«, sagte Reggie. Sie griff nach ihrem Notizblock, blätterte darin und las laut vor: *»Er ist Anwalt, macht für mich die Scheidung, spielt manchmal im Belvedere mit uns.«*

»Und ein *Schul*freund«, sagte Ronnie. »Sie kennen sich seit langem.«

»Da ist noch mehr altes Zeug«, sagte Reggie und reichte ihr eine dünne Aktenmappe, die Pappe weich und aufgeraut vom Alter. »Nur dies und das von Bassanis Immobilien, aus den Siebzigerjahren vor allem. Campingplätze für Wohnwagen. Ein Altenheim. Wohnungen in Redcar, Saltburn, Scarborough. Er gehört vermutlich zu den Vermietern, die für Rachmans schlechten Ruf verantwortlich sind.«

»Wer?«

»Egal. Die Finanzsachverständigen müssen das Zeug damals für den Prozess durchgesehen haben, meinst du nicht?«

»Weiß nicht. Müssen wir noch eine Flasche aufmachen?«

Unter dem Dach waren zwei kleine Schlafzimmer, in jedem stand ein schmales Bett, die Art, in die eine unverheiratete Tante verbannt wurde. Oder eine Nonne.

»Beginenhof«, sagte Reggie.

»Hä?«

»Wie ein Konvent für Frauen, eine religiöse Gemeinschaft aus dem Mittelalter. In Brügge gibt es einen. Er ist wunderschön. Ich meine, er ist keiner mehr. Es wäre schön, wenn er es noch wäre.« Reggie war mit Sai mit der Fähre nach Brügge gefahren, die über Nacht durch die Nordsee nach Zeebrugge schipperte. Sie war die ganze Zeit seekrank gewesen, und er hatte ihr das Haar zurückgehalten, während sie in die rostfreie Stahlschüssel der Toilette in der winzigen Dusche ihrer Kabine kotzte. »Nichts geht über die Liebe eines Freundes«, hatte er gesagt und gelacht. Nachdem er sie verlassen hatte, um das Mädchen zu heiraten, das seine Eltern für ihn ausgesucht hatten, ging Reggie zum Friseur und bat, ihr das Haar kurz zu schneiden, ein Ritual, das Frauen seit Urzeiten vollziehen oder zumindest seit der erste Mann der ersten Frau den Laufpass gegeben hat. Adam und Eva vielleicht. Wer wusste schon, wie es mit ihrer Beziehung weitergegangen war, nachdem Adam Gott gepetzt hatte, dass Eva mit dem Baum der Erkenntnis flirtete?

»Ich meine – wer will eine Frau, die alles *weiß*?«, sagte Reggie verärgert zu Ronnie.

»Weiß nicht. Eine andere Frau?«

Kipppunkt

Ermordet? Vince hatte erwartet, dass sie ihn in ein Leichenschauhaus oder sogar zum Tatort (oder zu »meinem Haus«, wie er es noch immer bei sich nannte) bringen und ihm eine Leiche zeigen würden, aber nein, sie brachten ihn auf ein Polizeirevier und zeigten ihm ein Polaroid. Man hätte meinen können, dass es einen von der Verpflichtung, ihre Leiche zu identifizieren, befreien würde, wenn man sich von seiner Frau scheiden ließ, aber offenbar war es nicht so.

Auf dem Foto konnte man nicht wirklich erkennen, was mit Wendy nicht stimmte. Man hätte nicht unbedingt darauf geschlossen, dass sie schlief, aber auf einem Multiple-Choice-Fragebogen hätte man auch nicht notwendigerweise »tot« angekreuzt. Sie sagten, dass sie eine Kopfverletzung hatte, doch sie hatten sie so hingelegt, dass der Horror nicht zu sehen war. Sie erklärten ihm nicht, wie sie zu dieser »Kopfverletzung« gekommen war. Was sie jedoch erklärten, war, dass sie im Garten hinter dem Haus gefunden und vermutlich spätnachts oder in den frühen Morgenstunden getötet worden war. Sie mussten ihn auffordern, sie zu identifizieren, weil er einfach nur auf das Foto starrte. *War* das Wendy? Ihm fiel auf, dass sie keine besonderen Kennzeichen hatte. Das hatte er nie zuvor bemerkt.

»Mr Ives?«

»Ja«, sagte er schließlich. »Das ist sie. Das ist Wendy.« War sie es? Er hatte noch immer Zweifel. Es sah aus wie sie, aber die ganze Sache schien so unwahrscheinlich. Ermordet. Von wem?

»Wissen Sie, wer es war?«, fragte er die Polizistin, die gesagt hatte, sie würde die Ermittlungen leiten. »DI Marriot«, hatte sie sich vorgestellt. Sie fragte nach »Ihrer Tochter«, doch Ashley war mitten in irgendeinem Dschungel ohne Funksignal. »Ich will helfen, die Orang-Utans zu schützen«, hatte sie gesagt, bevor sie von der Bildfläche verschwand. Man könnte meinen, dass es jede Menge Dinge näher an zu Hause gab, die sie hätte schützen können. Ihre Mutter zum Beispiel. (Nicht, dass er sich geärgert hätte. Er liebte sie!)

»Wir werden Kontakt zum britischen Konsul in Sarawak aufnehmen.«

»Danke. Sie wird am Boden zerstört sein«, sagte Vince. »Sie standen sich sehr nah.«

»Und Sie nicht?«

»Wendy ließ sich von mir scheiden. Also nein, ich glaube, das heißt, dass wir uns nicht sehr nahe standen, oder?«

Die uniformierten Wachtmeisterinnen (nannte man sie noch so?) hatten ihn auf das Polizeirevier gebracht, wo sie ihm eine Menge Fragen stellten. Er war bereits heute Morgen befragt worden, zweimal an einem Tag schien unfair. Den ganzen Tag war er umgeben von Frauen mit merkwürdigen Namen, die ihn mit Fragen bombardierten, allerdings dachte er mittlerweile nahezu voller Zuneigung an die beiden vogelartigen Kriminalpolizistinnen und ihre Faszination für das Belvedere. Im Rückblick wirkten ihre Fragen fast harmlos, zumindest hatten sie ihn nicht des Mordes verdächtigt. Nur des Golfens offenbar.

Auch DI Marriot interessierte sich für Golf, sie fragte ihn

immer wieder nach seinen Golfschlägern. Sie würden im Belvedere aufbewahrt, erklärte er ihr. Sie hatten einen (kostspieligen) Aufbewahrungsraum für Mitglieder, was nur gut war, denn in seiner Wohnung hatte er keinen Platz dafür. Keinen Platz für irgendetwas, kaum Platz für sich selbst. Gewiss nicht für Vince und vier Polizistinnen, gleichgültig, wie schlank sie waren. Er hatte das Gefühl gehabt zu ersticken. *Ich fürchte, wir haben schlechte Nachrichten über Ms Easton.*

»Angegriffen«, sagten sie zuerst, als wollten sie sich langsam zu dem wirklich schlimmen Wort vorarbeiten. Ermordet. Als er gestern Abend dort war, war es still im Haus gewesen. War sie da bereits tot? Wenn er ums Haus gegangen wäre und sich im Garten umgesehen hätte, hätte er sie da gefunden? Im Garten war sie offenbar heute Morgen entdeckt worden. Er dachte an die vielen Internet-Bekanntschaften, die Wendy gemacht hatte. War es ein Fremder gewesen, den sie aufgegabelt und ins eheliche Bett mitgenommen hatte? War sie gerade ermordet worden, als er durch die Vorhänge ins Wohnzimmer gespäht hatte? Hätte er es verhindern können? Aber hätte Sparky sich nicht die Lunge aus dem Leib gebellt? Er war ein guter Wachhund, es wäre merkwürdig gewesen, wenn er auf einen Fremden nicht reagiert hätte.

»Mr Ives, Sir?«

»Ja, Entschuldigung.«

Es dauerte eine Weile, bis es Vince dämmerte, dass er ein Verdächtiger sein könnte. Als es ihm dämmerte, war es eine so erstaunliche Vorstellung, dass er mitten in der Antwort über eine Frage stolperte (»Und gibt es jemanden, Mr Ives, der bestätigen kann, wo Sie gestern Abend waren? Oder in den frühen Morgenstunden?«) und anfing, Unsinn zu plappern. »Im Bett, ich habe geschlafen, ich war gerade erst eingeschlafen, weil der Lärm von den Spielhallen so laut war. Nein, nein, niemand kann mein Alibi bestätigen.« O Gott – *ich schlafe allein*. Es klang so erbärmlich.

»Alibi?«, sagte die Polizistin bedächtig. »Niemand spricht von einem Alibi, Mr Ives. Nur Sie.«

Er verspürte einen Schauder der Angst, als ob er Wendy vielleicht tatsächlich umgebracht und es völlig vergessen hätte, als ob ihn sein normalerweise gutes Gedächtnis angesichts des Traumas im Stich ließ.

»Der Belvedere«, sagte er. »Ich war im Clubhaus und habe mit Freunden was getrunken. Tommy Holroyd und Andy Bragg.«

Er erwähnte DI Marriot gegenüber nicht, dass er dort gewesen war, beim Haus. Das war dumm von ihm, wurde ihm jetzt klar. Er war schließlich gesehen worden, er hatte mit Benny von nebenan gesprochen, wahrscheinlich waren überall Überwachungskameras, die er nicht bemerkt hatte. Als er seinen Fehler korrigieren wollte, war DI Marriot bedauerlicherweise schon dabei, ihn um seine DNA zu bitten, »um ihn auszuschließen«. Auch um seine Fingerabdrücke. »Wenn Sie schon da sind«, sagte sie, als wäre es so bequemer für ihn.

Es war ein Scherz von ihm und Wendy gewesen. Sie saßen gemeinsam auf dem Sofa und sahen fern, und sie sagte: »Wenn du schon stehst, kannst du mir auch eine Tasse Tee machen.« Sie ließ es irgendwie klingen, als würde sie ihm einen Gefallen tun. Er reagierte wie einer von Pawlows Hunden, sprang auf und setzte Wasser auf, bevor ihm klar wurde, dass er ebenso wenig gestanden hatte wie Wendy. Er hörte sie lachen (liebevoll, hatte er damals gedacht), als er pflichtbewusst Teebeutel aus der

Blechdose zum Andenken an das goldene Thronjubiläum der Queen nahm, die sie sich hatte schicken lassen. Sie war eine eingefleischte Monarchistin. Sie hatte einen Bonsai. Sie ging zweimal in der Woche zu einem Callanetics-Kurs und mochte Fernsehsendungen über Frauen, die nach Rache dürsteten. Und jetzt war sie tot. Sie würde nie wieder auf dem Sofa sitzen.

Sie hatten gemeinsam viel Zeit auf diesem Sofa verbracht, viel ferngesehen, viele mitgebrachte Gerichte gegessen, viel Tee getrunken, ganz zu schweigen von Wein. Der Hund lag ausgestreckt zwischen ihnen wie eine Armstütze. Ja, es war eine eintönige und prosaische Existenz, aber sie hatte etwas. Besser, als zu verhungern oder erschossen oder von einem Tsunami fortgeschwemmt zu werden. Besser, als ein Mordverdächtiger zu sein. Definitiv besser, als tot zu sein.

Später, nachdem er von ebendiesem Sofa vertrieben worden war, sagte Wendy, dass ihr gemeinsames Leben zu Hause zu einem »lebenden Tod« geworden sei, und Vince dachte, dass das ein bisschen weit ging. Jetzt wäre sie wahrscheinlich mit einem lebenden Tod statt einem toten Tod glücklich und zufrieden. Vince vermisste das Sofa. Er hatte sich sicher und behaglich darauf gefühlt. Es war sein Rettungsboot gewesen, und jetzt ging er unter.

»Sie erinnern sich nicht, bei Ms Eastons Haus gewesen zu sein – Thisldo –, gestern Abend gegen elf Uhr?«, hakte die spanische Inquisitorin gnadenlos nach. »Sie wurden von der Überwachungskamera eines Nachbarn aufgenommen.«

»Es ist auch mein Haus, nicht nur Wendys«, korrigierte er sie matt. »Ich zahle immer noch das Darlehen. Und ich wohne nicht freiwillig nicht mehr dort.« War das eine doppelte Verneinung?, fragte er sich.

»Oder«, sagte sie und ignorierte seine Bemerkung, »erinnern Sie sich daran, mit einem Mann gesprochen zu haben, der im Haus nebenan wohnt, einem Mr« – sie schaute in ihre Notizen – »einem Mr Benjamin Lincoln?«

»Benny. Ja. Es war mir entfallen. Tut mir leid.«

»Es war Ihnen entfallen?«

Vince rechnete halb damit, dass ihn DI Marriot auf der Stelle verhaften würde, doch ihm wurde mitgeteilt, dass er gehen könne. »Wir hätten gern, dass Sie morgen noch einmal kommen, wenn es Ihnen nichts ausmacht, Mr Ives.«

»Wie wurde sie umgebracht?«, fragte er. »Ich weiß, dass sie eine Kopfverletzung hatte, aber wie? Was haben sie als Waffe benützt?«

»Einen Golfschläger, Mr Ives. Einen Golfschläger.«

Was sollte er jetzt tun?, fragte er sich. Vielleicht einen Spaziergang machen, seine Gedanken klären. Er bekam den Hund nicht, er wurde »auf DNA getestet«. Glaubten sie, dass *Sparky* Wendy umgebracht hatte? Nein, sagte die Polizistin und sah ihn betrübt an, als täte er ihr leid, weil er so ein Dummkopf war. »Für den Fall, dass der Hund den Mörder angegriffen hat.«

Er ging nicht zu Fuß, er nahm den Bus. Zufälligerweise stand er unentschlossen neben einer Haltestelle, als ein Bus vorfuhr, und in einem untypischen Akt der Spontaneität stieg er einfach ein. Es war das erste Mal seit zwanzig Jahren, dass er in einem Bus saß. Wer fuhr jetzt seinen Geschäftswagen?, fragte er sich. Als es seiner gewesen war, hatte er keinen Gedanken daran verschwendet, jetzt dachte er voller Zuneigung daran, fast so, wie er an Sparky dachte.

Auf dem Bus stand vorne Middlesbrough, aber es hätte genauso gut Der erste Kreis der Hölle angezeigt werden können. Und war es überhaupt wichtig? Er musste einfach nur weg, alles hinter sich lassen. Wenn er nur sich selbst hinter sich lassen könnte. Vince nahm an, dass die Polizei ihn für schuldig halten würde, wenn er verschwände, aber es war ihm gleichgültig. Vielleicht würden sie so etwas wie in amerikanischen Polizeiserien herausgeben. Eine Fahndungsmeldung. Unterwegs zur Grenze, dachte er, wie ein Mann in einem Buch oder Film, aber das war er nicht, er war ein Mann in seinem eigenen Leben, und dieses Leben ging gerade in die Binsen. Und es gab hier keine Grenze, außer man zählte die unsichtbare administrative Grenze zwischen North Yorkshire und Teesside dazu. Vince kam nicht einmal so weit. Er stieg in Whitby aus für den Fall, dass er einschlafen und in der Vorhölle enden würde oder in Middlesbrough, was ungefähr das Gleiche war, und ging dann am Strand entlang, bis ihn die Flut verjagte und er ein paar vom Seetang glitschige Stufen auf den Gehweg hinaufstieg.

Er kam an einem kleinen Hotel mit Meerblick vorbei, und stellte überrascht fest, dass es das Seashell war – Andy Braggs Hotel. Er war nur zweimal hier gewesen und immer mit dem Auto. Alles wirkte anders, wenn man zu Fuß unterwegs war. (Und langsamer.) Er überlegte, ob er hineingehen und seine Sorgen ertränken, seine Probleme einem offenen Ohr anvertrauen sollte *(Du kannst dir nicht vorstellen, was mir heute passiert ist, Andy)*, aber er wusste, dass Andy kein sehr offenes Ohr hatte, und seine Frau Rhoda erst recht nicht. In Zeiten wie diesen brauchte man einen (richtigen) Freund, aber ihm fiel keiner ein. Er hatte bei Tommy zu Hause angerufen in der Hoffnung, dass Crystal vielleicht da war, aber nur der Anrufbeantworter oder vielmehr Harry, Tommys Sohn, hatte zu ihm gesprochen, dessen Stimme verkündete: »Sie haben die Nummer der Familie Holroyd gewählt.« Er hatte es auch auf Tommys Handy versucht, aber es klingelte nur, nicht einmal die Mailbox meldete sich. Es gab niemanden, mit dem er reden konnte. Nicht einmal mit dem Hund.

Er ging am Seashell vorbei und fand eine Bank an der Hafenmauer in der Nähe des Parkplatzes. Von der Bank aus sah man das Meer, und Vince starrte es an, bis sein Kopf so leer war wie die Mauer.

Nach einer Weile raffte er sich auf und schaute sich um. Vom Parkplatz führten Stufen zur Klippe hinauf. Dort oben konnte man kilometerweit gehen, der Weg gehörte zum Cleveland Way. Sie waren mit Ashley hier gewesen, als sie klein war. Hatten im eiskalten Wind ein Picknick gemacht, auf einer Bank mitten im Dorf Kettlewell. Dort gab es nichts, nicht einmal ein Café, und sie hatten sich mies gefühlt, aber die Zeit hatte es in eine nahezu angenehme Erinnerung verwandelt. Es würde keine angenehmen Erinnerungen mehr geben, nicht wahr? Wäre es nicht insgesamt einfacher, wenn er Lesley Holroyd über die Klippe folgte?

Vince schauderte. Die Sonne versank langsam im Meer. Er musste sich bewegen. Er seufzte, stand steif von der Bank auf und stieg die Stufen zur Klippe hinauf. Ein Mann, der nirgendwohin unterwegs war. Ein schleppender Schritt nach dem anderen.

Curtain Call

Jackson lief. Er war ohne den Einhornrucksack und ziemlich niedergeschlagen in sein Cottage zurückgekehrt. Zeit, die kleinen grauen Zellen neu zu gruppieren. Er lüpfte einen unsichtbaren Hut vor Poirot. Jackson zog den Belgier Miss Marple vor. Er war geradliniger, während Miss Marple ständig abschweifte.

Über die Kopfhörer hörte er Miranda Lambert. Sie war seine absolute Lieblingssängerin. Sie war blond und hatte Kurven und sang über Alkohol und Sex und Herzschmerz und Nostalgie, und er vermutete, dass er im richtigen Leben ein bisschen Angst vor ihr haben würde. Aber sie war seine absolute Lieblingssängerin. Er joggte im Wald in der Nähe des Cottages. Dort war es schattig, feucht, roch nach Pilzen, nach Herbst. Ein Vorgeschmack auf den Wechsel der Jahreszeit, der drohend um die Ecke lauerte. Der Winter kam. Immer. Nichts konnte ihn aufhalten.

Man gelangte auf zwei Wegen in den Wald. Auf dem Hauptweg, der von der Straße neben einem Parkplatz und einem Café abging, und auf einem kleineren Weg nahe seinem Cottage – ein so gut versteckter Pfad, dass er nahezu ein Geheimnis war und Jackson ihn mehr oder weniger als seinen Privatweg betrachtete. An beiden Wegen standen offizielle Schilder mit der Aufforderung, den Wald zu respektieren, den Öffnungszeiten, der Mahnung, Hunde an der Leine zu führen und so weiter. Man durfte nicht an jedem Tag in den Wald, die Besitzer veranstalteten Jagden, und wenn keine Jagden anstanden, züchteten sie die Tiere, die sie später schossen. Die Fasane wanderten zahm durch Jacksons Vorgarten, ahnten nichts von ihrem Schicksal. Die Männchen hatten ein prächtiges Gefieder, doch Jackson waren die bescheideneren gesprenkelten Weibchen lieber.

Er lief oft dieser Tage, obwohl seine Knie protestierten.

»Ihr Knie sind zu alt zum Laufen«, hatte seine Hausärztin unumwunden gesagt. Sie war jung. Hatte hübsche Knie. Hübsche junge Knie. Sie würde es noch erfahren.

Er lief im Wald, er lief am Strand. Er lief oben auf den Klippen. Wenn er sich nach Norden wandte, konnte er bis Kettlewell, Runswick Bay, Hinderwell, Staithes laufen. Wahrscheinlich könnte er bis Saltburn joggen, aber er hatte es noch nicht probiert. Er hätte den Weg auf der Klippe verlassen und nach Middlesbrough laufen können, aber das würde er definitiv nicht tun. Nicht nur seine Knie hätten dagegen protestiert.

In der anderen Richtung lief er von der Whitby Abbey zur Robin Hood's Bay. Er mochte Robin Hood's Bay. Dort war viel geschmuggelt worden. Der Schmuggel der Vergangenheit war romantisch – Fässer mit Rum, Kisten mit Tee, Seidenballen, von den Dorfbewohnern von der Küste in geheimen Tunneln ins Landesinnere transportiert. Er meinte sich zu erinnern, ein Buch darüber gelesen zu haben, als er jung war (oder wahrscheinlicher einen Comic, er kannte den jungen Jackson). Schmuggelware hatte heute ihren Charme verloren. Gefälschte Waren, Heroin, gefährdete Tiere, gefährdete Menschen.

Die Ankunft eines Teenagers und eines alten Hundes kamen dem Laufen in die Quere. Nathan sah keinen Sinn im Gehen und erst recht nicht im Laufen (»Es hat keinen Sinn«, sagte Jackson), und obwohl Dido einen lahmen Versuch gemacht hätte, ihn zu begleiten, konnte die Königin von Karthago jetzt nur noch im Traum wirklich laufen.

Natürlich hatte Laufen einen Sinn. Manchmal lief man, um seinen Gedanken davonzurennen, und manchmal, um sie einzuholen und festzuhalten. Und manchmal lief man, um überhaupt nicht zu denken. Jackson hatte es mit Meditation versucht (ehrlich, hatte er), aber er konnte nicht einfach dasitzen und nichts denken. Konnte das überhaupt jemand? Er stellte sich den Buddha im Schneidersitz unter seinem Baum vor, über ihm eine Sprechblase mit »Nicht vergessen, Hundefutter kaufen, den Reifendruck kontrollieren, Steuerberater anrufen«. Aber Laufen – Laufen war Meditation.

Im Moment allerdings war sein Kopf voll, nicht leer – mit Gedanken an das Mädchen mit dem Rucksack. Er hatte seine Polizeikontakte durchkämmt – weniger, als er gedacht hatte, die meisten waren in Pension und in manchen Fällen tot – und niemanden gefunden. Er war schon zu lange nicht mehr im richtigen Ermittlungsgeschäft. Untreue Freunde und Ehemänner waren keine Kriminellen, sondern nur gut funktionierende Schwachköpfe.

Und was Bildverbesserungssoftware anbelangte, wusste er gar nicht, wo er anfangen sollte, deswegen hatte er Sam Tilling, seinem eifrigen jungen Lehrling, das Foto mit dem Nummernschild des Peugeot geschickt. Er war überzeugt, dass Sam wüsste, was damit zu tun war. Wenn er das Nummernschild entziffern konnte, würde er über die DVLA den Besitzer eruieren – manchmal war die Privatdetektivlizenz nützlich für etwas, wenn auch nicht für viel. Nicht zum ersten Mal bereute Jackson, aus dem Polizeidienst ausgeschieden zu sein, wo ihm alle Ressourcen zur Verfügung gestanden hatten. Warum hatte er gekündigt? Er konnte sich wirklich nicht erinnern. Aufgrund einer Laune wahrscheinlich.

Wenn er nicht so früh aufgehört hätte, würde er jetzt leben wie Gott in Frankreich. In den Ruhestand versetzt mit einer guten Pension, Ersparnissen, jeder Menge Freizeit. Er könnte neue Dinge lernen – Hobbys, etwas, wozu er nie Zeit gehabt hatte. Bäume bestimmen zum Beispiel. Im Augenblick war er davon umgeben, aber es wäre ihm unmöglich gewesen, auch nur eine Art zu identifizieren. Eichen kannte er, weil die Blätter unverwechselbar waren und weil sie eine so bedeutende Rolle in der britischen Geschichte spielten – der Schiffsbau, die große Flotte von Heinrich V. Heart of Oak, der offizielle Marsch der königlichen Marine. Der zukünftige König Karl II., der sich in einer Eiche versteckte. Als er jünger war, hatte sich Jackson auf die Seite der Anhänger des Parlaments geschlagen, heute hatte er eine gewisse Sympathie für die Monarchisten. Vermutlich lag es am Alter.

Der Rest der Bäume im Wald war einfach nur »Bäume«, er konnte eine Birke nicht von einer Buche unterscheiden. Sie sollten eine Shazam-App für Bäume und Pflanzen entwickeln. (Wahrscheinlich gab es sie schon.) Marktlücke, dachte Jackson. Eine ziemliche Marktnische allerdings, überwiegend für Mitglieder des National Trust. Mittelklasse, mittleres Einkommen – das zerbrechliche und überlastete Rückgrat Englands. Die Sorte Leute, die Labradors besaßen und auf BBC 4 *The Archers* hörten und Reality-TV nicht ausstehen konnten. Ich, dachte Jackson. Auch wenn der Labrador geliehen war und er nicht wirklich *The Archers* (»Als ob«, würde Nathan sagen) hörte, nur Julias endlose Inhaltsangaben der Sendungen. Jackson war die erste Person in seiner Familie, die sich in die Mittelklasse hochgekämpft hatte, und sollte jemand sein Recht, sich dort aufzuhalten, infrage stellen, konnte er ihm seinen Mitgliedsausweis vom National Trust unter die Nase halten. Vielleicht hatte Julia recht, und der Klassenkrieg war vorbei, aber nicht alle hatten verloren.

Er war bislang keinem einzigen Menschen begegnet. Es war kein beliebter Teil des Waldes. Wahrscheinlich konnte man hier sterben und würde wochenlang nicht gefunden. Oder überhaupt nie. Dasselbe galt für einen Baum. Wenn ein Baum im Wald umstürzte und niemand in der Nähe war, der es hörte, machte er dann ein Geräusch? Obwohl es wie ein Zen-Koan klang (ja, er kannte das Wort »Koan«), war es tatsächlich eine wissenschaftliche Frage, hatte etwas mit Vibrationen und Luftdruck und der Physiologie des Ohrs zu tun. Wenn ein Mann im Wald stürzte –?

Er segelte davon, stolperte über eine Baumwurzel, die versteckt im Hinterhalt gelegen hatte und Rache für seine Ignoranz übte. Eine weitere Strafe für seine Knie. Wenigstens war niemand da, der seinen Fall auf den Hintern gesehen hatte, obwohl er, wenn er genau horchte, das Klatschen einer Hand hören konnte.

Er rappelte sich auf, wischte sich ab und lief weiter, aus dem Wald hinaus, an seinem Cottage vorbei, am Ufer des Flusses entlang, am Seashell vorbei und hinauf auf die Klippe.

Er hörte jetzt Maren Morris. Sie sang, dass ihr Auto ihre Kirche war. So etwas hörte man nicht oft von einer Frau. Wäre sie nicht jung genug gewesen, um seine Tochter zu sein (ganz zu schweigen davon, ihn lauthals auszulachen), hätte Jackson versucht, sie zu heiraten. *Halleluja.*

Die Überreste eines schönen Sonnenuntergangs fleckten noch immer den Himmel. Er lief an einem alten Gleis entlang. Es war verlegt worden für das Alaun, das diesem Teil der Küste Wohlstand gebracht hatte. Das Gleis war nie in Betrieb genommen worden, informierte ihn sein kleiner Reiseführer, weil es zu nah an der bröckelnden Klippe lag. Als er hergezogen war, hatte Jackson keine Ahnung, was Alaun war. Es wurde aus Alaunschiefer gewonnen und zur Fixierung beim Färben benutzt, und man brauchte Unmengen von Urin, um es zu verarbeiten. Der Urin wurde in Fässern transportiert. Lustiges Gewerbe. Auf der Klippe konnte man noch immer die nach dem Ende des Abbaus zurückgelassenen Schieferhaufen sehen. Das alte Gleis gehörte jetzt zum Cleveland Way, und tagsüber begegnete Jackson hier zünftigen Typen mit Rucksack und Wanderstöcken, aber gegen Abend war er immer allein hier oben. Ein-, zweimal war ihm Wild über den Weg gelaufen, doch jetzt stand ganz oben ein Mann.

Der Mann stand am Rand der Klippe und starrte aufs Meer hinaus, als würde er auf ein Schiff warten, und dieses Schiff brachte nicht nur sein Vermögen, sondern auch die Antwort auf die Frage nach dem Sinn des Lebens. Oder er überlegte, ob er fliegen sollte, und wartete wie ein Vogel auf Aufwind. Er stand sehr nah am Rand. Sehr, sehr nah angesichts des Bröckelns. Jackson nahm die Kopfhörer raus, lief über verrutschende Schieferplatten an den Rand der Klippe. Als er sich dem Mann näherte, wurde er langsamer. »Schöner Abend«, sagte der laufende Mann zu dem stehenden Mann. Der stehende Mann schaute sich erstaunt um.

Wollte er springen?, fragte sich Jackson. »Sie sollten vorsichtig sein«, sagte er geheuchelt beiläufig. »Die Klippe bröckelt.«

Der Mann ignorierte seinen Rat und trat noch einen Schritt näher an den Rand, und der Schiefer zerbröselte in einem kleinen Steinschauer. Ja, dachte Jackson, der hegt einen Todeswunsch. »Sie sollten vielleicht ein Stück vom Rand zurücktreten«, drängte er ihn. Einem potenziellen Springer musste man sich nähern wie einem nervösen Hund. Man durfte sie nicht beunruhigen, sie sollten einen einschätzen können, bevor man sich auf sie stürzte. Und am allerwichtigsten, sie durften einen nicht mit sich in den Abgrund reißen.

»Wollen Sie darüber sprechen?«, fragte Jackson.

»Nicht wirklich«, sagte der Mann. Er machte einen weiteren Schritt in Richtung Flug. Und dann noch einen. Jackson verweigerte seinen eigenen Regeln den Gehorsam und stürzte sich auf den Mann, packte ihn in einer unbeholfenen ungestümen Umarmung, sodass der stehende Mann und der laufende Mann eins wurden, als sie gemeinsam über den Rand kippten. Falling Man.

Lampenfieber

»Und das ist nur die Spitze des Eisbergs, Doktor!«

»Den Drink, bitte, Harry, sei so gut«, sagte Barclay Jack affektiert höflich, als er von der Bühne kam. Er war gut gelaunt, voll der Milch menschlicher Freundlichkeit. Trevor, sein Manager, war am Vorabend da gewesen, um die Show zu sehen, ohne es ihm vorher zu sagen (»Wollte dich nicht aus dem Konzept bringen«), und er hatte jemanden vom Fernsehen mitgebracht, von irgendeinem Provinzsender mit einer Handvoll Zuschauer, aber nichtsdestoweniger Fernsehen, und dem Mann »gefiel, was er sah«, laut Trevor.

Das Handy in Barclay Jacks Tasche vibrierte, als Harry ihm das Glas mit Gin gab.

»Oh, Barclay«, sagte Bunny Hopps. »Ist das dein Handy, oder freust du dich nur, mich zu sehen?«

»Verpiss dich, Witwe Twanky.« Seine gute Laune wurde abrupt beendet, die Milch menschlicher Freundlichkeit wurde sauer, als er die Nachricht auf dem Display las. Er starrte sie einen Augenblick verständnislos an, bevor er begriff, was sie bedeutete. Das Blut rauschte ihm in die Stiefel. Seine Beine begannen zu zittern und brachen dann zusammen wie Säulen bei einem Erdbeben. Er ging zu Boden. Buchstäblich.

»Harry, schnell«, hörte er Bunny sagen. »Hol den Sanitäter,

bevor er aus dem Theater ist. Dieser dumme Saftsack hat einen Herzinfarkt.«

Und dann wurde alles dunkel.

Jeder will der Wolf sein

EWAN: Was hast du morgen Nachmittag vor?
CHLOE: Nichts. Treffen?
EWAN: Wann?
CHLOE: 4?
EWAN: Ja? Toll? Wo?
CHLOE: Spa?
EWAN: Gut. Pavillon?
CHLOE: Ok
EWAN: Bis dann! Alles Liebe!

Es war, als würde er eine Fremdsprache lernen. Es *war* eine Fremdsprache. Chloe – die echte Chloe – war in ihrem Zimmer eingeschlossen und saß dort für den Rest ihres Lebens fest, nachdem ihre Mutter entdeckt hatte, dass sie online gegroomt wurde. »Ewan« mochte angeblich – höchst unwahrscheinlich – Welpen und Hello Kitty und eine aufpolierte koreanische Boyband, die sich Jackson mit fasziniertem Horror auf YouTube angesehen hatte. »Rockst du jetzt mit den Kindern, Dad?«, sagte Nathan sarkastisch, als er ihn dabei sah. Jackson vermutete, dass Ewan in Wirklichkeit ein erbärmlicher Mittvierziger war, der in der Unterhose vor seinem Computer saß. (»Weißt du«, sagte Julia, »dass eine große Zahl der Pädophilen ziemlich jung ist?« Woher wusste sie das? »Wir haben bei *Collier* eine Episode darüber gemacht. Hast du sie nicht gesehen?« »Die muss ich verpasst haben«, sagte er. Tatsächlich jedoch wusste er es und wünschte, er wüsste es nicht. Die Vorstellung, dass Jungen, nicht viel älter als Nathan, Mädchen im Internet nachstellten, war zu verstörend.)

Chloes Mutter, eine furchterregende Frau namens Ricky Kemp, hatte sich dafür entschieden, nicht konventionell zu reagieren und die Polizei zu informieren, vor allem weil ihr Partner, Chloes Vater, ein zertifiziertes Mitglied der kriminellen Bruderschaft an der Ostküste war. »Ich kenne ein paar wirklich üble Typen«, sagte sie. Jackson bezweifelte es nicht.

Ricky übergab Jackson Chloes Laptop und Handy, und jetzt gab er sich als Chloe aus in dem Versuch, Ewan zu ködern. Umgekehrtes Grooming in der merkwürdigen Welt dunkler Gerechtigkeit.

»Und wenn Sie ihn am Wickel haben, übergeben Sie ihn mir einfach«, wies Ricky ihn an. Jackson hatte nichts dagegen, jemandem eine Falle zu stellen – der Großteil seiner Aufträge bestand daraus –, ebenso wenig hatte er etwas dagegen, einen weiteren Perversen von der Straße zu holen, aber er war sich überhaupt nicht sicher, was das Übergeben betraf. Er gehörte keiner Bürgerwehr an, wirklich nicht, auch wenn seine Vorstellung von Richtig und Falsch nicht immer den akzeptierten juristischen Standards entsprach. Was eine freundliche Umschreibung dafür war, dass er das Gesetz gebrochen hatte. Öfter als einmal. Aus den richtigen Gründen.

Ewan mochte ein trauriger Verlierer sein, aber wollte Jackson dafür verantwortlich sein, dass er zu Brei geschlagen wurde – oder Schlimmeres wahrscheinlich – von Chloes Vater und seinen Unterweltfreunden? Wenn er es schaffte, sich mit Ewan zu treffen, plante Jackson, den Zorn der örtlichen Mafia zu riskieren, eine Jedermann-Festnahme zu machen, die Polizei zu rufen und ihn der kalten toten Hand des Gesetzes zu übergeben.

Die Sache wäre hoffentlich heute Nachmittag nach ihrem »Rendezvous« um vier Uhr erledigt.

Er machte Kaffee auf dem Aga mit seiner treuergebenen alten Freundin Bialetti und setzte sich auf die Bank neben der Haustür in die Morgensonne. Dido trottete hinter ihm ins Freie und legte sich vor seinen Füßen ins Gras. Jackson kraulte sie hinter dem linken Ohr, ihre Lieblingsstelle, und ihr Fell zitterte entlang ihres Rückgrats. (»Zitterst du, wenn ich kratze hinter deinem Ohr?«, fragte Tatjana. Sie hatte Dido kennengelernt. Sie mochte Hunde, behauptete sie. Als sie »kleines Kind« war, hatte sie an einer Hundenummer mitgewirkt. »Wir zusammen anschaffen«, sagte sie. »Arbeiten«, sagte er. »Egal.«)

Jackson fragte sich, wie es Vince ging. Er brauchte eine Weile, bis er sich an seinen Nachnamen erinnerte, indem er methodisch das Alphabet durchging, bis er bei »I« anlangte. Ives. St Ives, dachte er. Jackson war noch nie in Cornwall gewesen, es gab große Flecken auf der Karte von Großbritannien, die er noch nicht erkundet hatte. (Leicestershire – ein Rätsel. Dito Suffolk. Und viele andere Orte, um ehrlich zu sein.) Vielleicht sollte er sich ins Auto setzen und losfahren. Eine große Tour durch das Königreich. Vielleicht würde er St Mary Mead finden, wenn er nur entschlossen genug suchte.

Vince Ives war wahrscheinlich kein Heiliger, aber Jackson hielt ihn auch nicht für einen Sünder. Aber wer wusste das schon?

Man stürzte nicht jeden Tag von einer Klippe. Glücklicherweise befand sich ein praktischer lebensrettender Felsvorsprung darunter, und sie waren nicht weit gefallen, obwohl beide laut genug geschrien hatten, um eine Lawine loszutreten, bevor sie Zentimeter vor der Kante zum Liegen kamen.

Was für eine Scheiße, hatte Jackson gedacht, als er auf dem Rücken lag und in den dunkler werdenden Himmel starrte. Sein Herz raste, als wäre er gerade gesprintet, und seinen »alten« Knien hatte er keine Freude bereitet, als sie auf dem harten Felsen aufschlugen. Er kämpfte sich in eine sitzende Position und sagte zu dem stehenden Mann, der jetzt ein liegender Mann war: »Das war knapp, und ich werde Ihre akrobatischen Übungen kein zweites Mal aufhalten. Okay?« Der Mann war so anständig und blickte beschämt drein.

Jackson hielt es für eine gute Idee, einen Mann mit einem Todeswunsch von der Klippe wegzuschaffen. »Kommen Sie«, sagte er, stand vorsichtig auf und streckte ihm die Hand hin, um ihm aufzuhelfen – misstrauisch, falls er einen weiteren Moment der Verrücktheit erleiden und entscheiden würde, ihn mit in den Abgrund zu reißen.

Vince hieß er. »Vince Ives«, sagte er und hielt ihm die Hand zum Schütteln hin, als wären sie bei einer Party oder Konferenz, statt auf todesverachtende Weise schwankend am Rand einer Klippe zu stehen. Es tue ihm leid, sagte er. »Ein Moment der Verrücktheit. Ich habe einen Kipppunkt erreicht.«

»Wie wäre es mit einem Drink?«, fragte Jackson, nachdem sie von der Klippe heruntergegangen waren und sich wieder auf zivilisiertem Gelände befanden, wenn man es so nennen mochte. »Sieht aus, als ob da drüben noch offen ist«, sagte er und deutete auf das Seashell. Vince war nicht begeistert, er schien im Gegenteil höchst abgeneigt und sagte leise schaudernd: »Das Seashell? Nein, danke.« Jackson nahm ihn wie einen streunenden Hund mit in sein Cottage. Er zündete ein Feuer an und bot ihm einen Whisky an, den er ablehnte. Wie es schien, hatte Vince den ganzen Tag nichts gegessen, deswegen machte Jackson ihm Tee und Toast.

Es war ein guter Tag, wenn man jemandem das Leben gerettet hatte, dachte Jackson, als er den Wasserkessel auf den Aga stellte. Noch besser, wenn man dabei selbst nicht ums Leben gekommen war. Er hoffte inständig, dass er diesen Gedanken nicht regelmäßig jeden Tag denken müsste, denn früher oder später müsste er auf einer oder beiden Seiten der Gleichung scheitern.

Schließlich riss Vince sich zusammen, und es stellte sich heraus, dass sie etwas gemein hatten. Sie stammten beide aus der gleichen Gegend und waren beide bei der Armee gewesen. »Uns wen'ge, uns beglücktes Häuflein Brüder«, sagte Vince und sah alles andere als glücklich aus. Auf Jackson wirkte er nicht gerade wie ein Soldat.

»Royal Signals«, erklärte Vince. »In einem anderen Leben.«

»Ja«, sagte Jackson. »Ich war früher Polizist.«

Es war die altbekannte Geschichte. Midlife-Crisis, Gefühl der Sinnlosigkeit, Depression und so weiter. Er sei ein Versager, vermeldete Vince. »An dem Punkt waren wir alle«, sagte Jackson, obwohl er sich in Wahrheit nie mehr als einen Blick über den Rand in den Abgrund erlaubt hatte. Jackson hatte nie den Sinn existenzieller Angst verstanden. Wenn einem etwas nicht passte, änderte man es, und wenn man es nicht ändern konnte, dann stand man es klaglos durch und machte weiter, Schritt für Schritt. (»Erinnere mich daran, keine Therapie bei dir zu machen«, sagte Julia.)

»Ich bin durch mein Leben getrottet«, fuhr Vince fort. »Und

habe nie etwas Interessantes oder Bedeutendes getan. Mein Leben war sehr *klein*. Ich war nie der Anführer eines Rudels.«

»Ich glaube nicht, dass das Alphamännchen alles ist, was es angeblich sein soll«, sagte Jackson. »Es ist nichts Falsches, in Reih und Glied zu bleiben. *Und wer nur steht und wartet, dienet auch.*«

Vince seufzte bedrückt. »Es ist nicht nur das. Ich habe alles verloren – meine Arbeit, meine Frau, mein Zuhause, meinen Hund. Und meine Tochter habe ich auch ziemlich verloren«, fügte er hinzu.

Es war eine lange Liste, doch sie war Jackson nicht neu. »Meine erste Frau hat sich von mir scheiden lassen«, sagte er solidarisch.

»Sie haben wieder geheiratet?«

»Ja«, sagte Jackson und bereute es sofort, Tessa, oder wie immer ihr richtiger Name war, erwähnt zu haben. Eine Wölfin. Ein gewisser männlicher Stolz hielt ihn davon ab, einem Fremden gegenüber zuzugeben, dass seine zweite Frau eine intrigante, hinterhältige Betrügerin gewesen war, die ihm mit chirurgischer Präzision sein Geld abgenommen hatte, bevor sie in die Nacht verschwunden war. Stattdessen sagte er: »Nein, die zweite Ehe hat auch nicht funktioniert.«

»Das Leben scheint einfach gegen mich zu sein«, sagte Vince. »Als wäre ich verflucht.«

»Manchmal ist man die Windschutzscheibe, Vince«, sagte Jackson, »und manchmal das Insekt.« Das zumindest sang Mary Chapin Carpenter.

»Vermutlich«, sagte Vince, nickte bedächtig und kaute das letzte Stück Toast. Ein gutes Zeichen, dachte Jackson. Leute, die essen, bringen sich normalerweise nicht um.

»Und es hat keinen Sinn, sich an Dinge zu klammern, wenn sie vorbei sind«, fuhr Jackson fort (Julia hatte recht, psychologische Beratung war nicht seine Stärke.) »Wie heißt es doch?« (Zumindest bei Kenny Rogers) »›Man muss wissen, wann man aussteigen muss.‹« Das war besser, dachte er, er musste nur die Texte von Countrysongs zitieren, sie enthielten bessere Ratschläge als alles, was ihm einfiel. Hank allerdings war zu meiden – *I'm so lonesome I could cry. I'll never get out of this world alive. I don't care if tomorrow never comes.* Der arme alte Hank, keine gute geistige Nahrung für jemanden, der gerade versucht hatte, von einer Klippe zu springen. Hatte Vince von dem lebensrettenden Felsvorsprung gewusst?, fragte sich Jackson. War er sich im Gegensatz zu ihm der Tatsache bewusst gewesen, dass es ein weniger meuchlerisches Szenario war, als es schien? Ein Hilferuf und nicht ein ausgewachsener Selbstmordversuch? Jackson hoffte es.

»Wendy – meine Frau – hat mir alles abgenommen und mich behandelt, als wäre ich nichts. Ein Niemand.«

»Sie hat das Schwert am Griff gepackt, Sie an der Klinge.« (Danke, Ashley Monroe.)

»Und sie haben mich entlassen. Nach über zwanzig Jahren. Ich habe hart und lange gearbeitet, mich ins Zeug gelegt, jedes nur erdenkliche Klischee – und habe nie geklagt.«

»Sie werden einen anderen Job finden, Vince.« Würde er?, fragte sich Jackson. Der Mann war an die fünfzig, niemand wollte einen, wenn man bereits ein halbes Jahrhundert auf dem Feld gestanden hatte. (Jackson hatte angefangen, im Fernsehen Kricket zu schauen. Er behielt es für sich, es fühlte sich an wie ein geheimes Laster.)

»Und sie haben mir den Geschäftswagen weggenommen«, sagte Vince.

»Ach ja, das ist tragisch«, sagte Jackson. Es gab keine Countrysongs, die diese Katastrophe besangen. Ohne eine Kirche konnte ein Mann keinen Gott verehren.

Erst als Jackson Vince Ives anbot, ihn nach Hause zu fahren (darauf bestand, für den Fall, dass er noch einmal auf eine Klippe steigen wollte), und Vince den Sicherheitsgurt anlegte, sagte er: »Meine Frau ist heute gestorben.«

»*Heute?* Die, die sich von Ihnen scheiden lässt?«

»Ja, die.«

»Himmel, das tut mir leid, Vince.« Das war vielleicht endlich der wirkliche Grund, warum der Mann hatte springen wollen. Krebs, dachte Jackson, oder ein Unfall – aber nein, offenbar nicht.

»Ermordet.«

»*Ermordet?*«, wiederholte Jackson und spürte, wie seine kleinen grauen Zellen Habachtstellung einnahmen. Er war schließlich Polizist gewesen.

»Ja. Ermordet. Es klingt lächerlich, es auch nur auszusprechen.«

»Und *Sie* waren es nicht?« (Nur zur Kontrolle.)

»Nein.«

»Wie? Wissen Sie das?«

»Erschlagen mit einem Golfschläger, sagt die Polizei.«

»Himmel, das klingt brutal«, sagte Jackson. Ganz zu schweigen von persönlich. Aber er hatte schon Schlimmeres gesehen. *(Wie viele Leichen hast du gesehen? So in deinem ganzen Leben?)*

»Ich spiele Golf«, sagte Vince. »Dafür hat sich die Polizei sehr interessiert.«

Kricket war eine Sache, doch Golf war ein ganz anderes Rätsel, was Jackson betraf. Er war bereit, die Zukunft des Universums darauf zu wetten, dass er nie Golf spielen würde. Er war noch nie auf einem Golfplatz gewesen, abgesehen von einem Mal, als er bei der Polizei von Cambridge gewesen und eine Leiche im Rough des Gog-Magog-Golfplatzes gefunden worden war. (Gab es irgendwo einen Golfplatz mit einem skurrileren Namen?, fragte er sich.)

»Viele Leute spielen Golf«, sagte Jackson zu Vince. »Deswegen sind sie noch keine Mörder. Normalerweise jedenfalls nicht.« Vince Ives spielte Golf, seine Frau war mit einem Golfschläger ermordet worden, Vince Ives hatte sie getötet. Hatte das nicht einen Namen – logischer Fehlschluss? (Hatte er das erfunden? Seine kleinen grauen Zellen dachten scharf nach, und es fiel ihnen – keine Überraschung – nichts ein.)

»Und wo sind Ihre Golfschläger, Vince?«

»Können wir einfach fahren? Ich beantworte schon den ganzen Tag Fragen.«

»Okay.«

»Herrgott, gerade ist es mir eingefallen«, sagte Vince. »Ich habe einen Putter, als Ersatz. Er steht in der Garage. Damit habe ich auf dem Rasen geübt. Wendy hat es gehasst. Ein Wunder, dass sie kein Schild aufgestellt hat: Rasen betreten verboten.« Er seufzte. »Meine Fingerabdrücke sind drauf.«

»Das sind sie.«

Es war spät, als sie losfuhren. Jackson war in letzter Zeit so oft die A171 entlanggefahren, dass er allmählich das Gefühl hatte, jeden Zentimeter des Asphalts zu kennen. Es schien die Mühe nicht zu lohnen, wieder nach Hause zu fahren, da er morgen früh zurückkommen, Nathan abholen und die Last elterlicher Pflichten erneut auf sich nehmen müsste. Er überlegte, ob er im Crown Spa übernachten sollte – er konnte in Julias Zimmer auf dem Boden schlafen. Vielleicht ließ sie ihn sogar in ihrem Bett schlafen. War das eine gute oder eine schlechte Idee? Ebbe oder Flut? Er wusste es nicht.

Er bot an, Vince vor seiner Wohnung abzusetzen, aber irgendwo in der Ödnis der Seitenstraßen sagte er: »Nein, lassen Sie mich hier raus. Das reicht.« Er lachte grimmig, und Jackson fragte sich, wo hier der Witz versteckt war.

Vor dem Crown rief Jackson Julia an, doch ihre verschlafene Reaktion war nicht gerade ermutigend (»Verpiss dich, Jackson.«), und er wollte gerade müde die Rückfahrt antreten, als sein Handy aufleuchtete. Er dachte, sie hätte es sich anders überlegt, aber sie teilte ihm nur mit, dass Nathan die Nacht bei einem Schulfreund verbrachte, dessen Familie auf einem Campingplatz in der Nähe war, aber würde er Dido mitnehmen?

»Ich komme rauf«, sagte er, aber Julia erwiderte: »Nein, ich komme runter.« Er wunderte sich darüber. War jemand bei ihr? Oder sorgte sie sich, dass sie aufgrund seiner Nähe zu ihrem Bett von Lust überwältigt und ihm um den Hals fallen würde? Eher nicht.

Sie kam barfuß in die verlassene Lobby, zerzaust in einem Schlafanzug, der so alt war, dass er ihn aus der Zeit, als sie zusammen gewesen waren, wiedererkannte. Sie war nicht in der Stimmung, verführt zu werden. »Da«, sagte sie und reichte ihm die Leine, an deren anderem Ende sich der Hund befand. Dann ergriff sie die Flucht, sagte verschlafen »Nacht« und ging die Treppe hinauf. (»Wann du das letzte Mal mit Frau geschlafen?«, hatte Tatjana ihn ein paar Abende zuvor gefragt. »Mit richtiger Frau?« Er berief sich auf sein Recht, die Aussage zu verweigern.)

»Den Schwanz eingezogen, was?«, sagte er im Rückspiegel zu Dido, aber sie schlief schon.

Jetzt hatte er also den Hund, aber nicht den Jungen, und er war überrascht, wie enttäuscht er wegen der Abwesenheit des Letzteren war.

Er trank seinen Kaffee, checkte sein Handy und sah, dass Sam Tilling ihm das Nummernschild des Peugeot geschickt hatte. Hübsch und lesbar, und Jackson schickte eine E-Mail an die DVLA mit der Bitte um die Angaben des Besitzers. Er rechnete nicht mit einer schnellen Antwort. Dann rief er Sam an und dankte ihm. »Wie geht es Gary und Kirsty?«, fragte er.

»Wie immer, wie immer«, entgegnete Sam. »Hähnchen-Burritos in der All Bar One in der Greek Street gestern.«

»Fotos?«

»Ja. Habe sie Mrs Trotter geschickt. Ich soll Sie von ihr grüßen.«

»Mach weiter gute Arbeit. Es ist eine Süßigkeit für dich drin, wenn du fertig bist.«

»Ha, ha.«

Penny Trotter hatte ein riesiges Dossier an Beweisen für Garys Ehebruch angehäuft. War es das, was Jesus wollte, dass sie tat? Es schien unwahrscheinlich, aber es war nicht an ihm, ihre Gründe zu eruieren. Hintergangene Ehefrauen folgten eigenen Gesetzen. Und sie zahlten die Rechnungen und hielten die Wölfe fern. (»Hast du jemals in Betracht gezogen, dass du der Wolf bist?«, fragte Julia. »Ja, der einsame Wolf«, sagte er. »Ich weiß, dass dir diese Vorstellung gefällt, aber ein einsamer Wolf hat nichts Heroisches, Jackson. Ein einsamer Wolf ist einfach nur einsam.«)

Weitere Fotos tauchten auf seinem Handy auf. Er und Sam Tilling hatten einen eigenen Ordner für Gary und Kirsty angelegt. Sie fielen an öffentlichen Orten übereinander her. »Knutschen«, hätte Julia es genannt. (»Ich liebe dieses Wort«, sagte sie.) Offenbar war Julia nicht mehr gewillt, mit ihm zu knutschen, weder öffentlich noch privat. Vielleicht wollte sie, dass er sich verpflichtete. Vielleicht sollte er sie bitten, ihn zu heiraten. (Hatte er das *wirklich* gerade gedacht?)

Er trank den Kaffee aus. Er hatte noch eine Menge Zeit bis zu seinem Rendezvous mit Ewan und fragte sich, was er damit anfangen sollte – laufen? Er blickte zweifelnd zu Dido, die zu seinen Füßen in der Sonne leise schnarchte. Ein langsamer Spaziergang war wahrscheinlich alles, was sie gemeinsam schaffen würden.

Sein Handy klingelte. Er fragte sich, ob es Julia war, die sich für ihre Flapsigkeit vom Vorabend entschuldigen wollte. Nein. Es war eine Mandantin. Eine neue.

Mädchen, Mädchen, Mädchen

»Hast du die Nachricht schon gehört?«, fragte Rhoda, als Andy am nächsten Morgen in die Küche des Seashell kam. Sie machte Frühstück, jonglierte mit Pfannen und Kochlöffeln auf eine Weise, die erstaunlich bedrohlich wirkte. Morgens war sie gnadenlos effizient. Eigentlich war sie es den ganzen Tag über. Er nahm an, dass sie sich geärgert hatte, weil er gestern Abend nicht sofort aus Newcastle nach Hause gekommen war. Er hatte stattdessen einen Umweg über den Belvedere gemacht, wo er allein getrunken hatte. Manchmal ist es besser zu trinken als zu denken. Oft sogar. Rhoda hatte fest geschlafen und lauter geschnarcht als Lottie, als er endlich durch die Tür getaumelt war.

»Nachricht?«, sagte Andy und griff nach dem Rettungsring in Form der Kaffeekanne. Er atmete den Geruch von bratendem Speck ein, als wäre es Sauerstoff. Sein Gehirn war noch benebelt vom Schlaf, ganz zu schweigen von einem langsam heranreifenden Kater. »Welche Nachricht?« Nachrichten waren Andys Ansicht nach selten gut. Nachrichten hatten unvermeidlich Konsequenzen.

Er versuchte, heimlich Speck aus der Pfanne zu nehmen und sich damit ein Sandwich zu belegen, aber Rhoda schlug seine Hand weg. Sie bombardierte ihn bereits mit einer Liste von Anweisungen. »Kannst du die Würstchen im Auge behalten? Ich muss Eier im Glas machen. Und mach Toast, ja? Das Paar in Fastnet will das volle englische Frühstück – Spiegeleier für ihn, Rührei für sie. Der Mann in Lundy will auch das volle Englische, aber seine Frau will nur pochierte Eier. Und die vegetarischen Lesben in Rockwell behaupten jetzt, vegan zu sein. In der Gefriertruhe sind vegane Würstchen – hol vier raus. Und mach eine Dose Bohnen auf.«

»Was für Nachrichten?«, hakte Andy nach und widerstand Rhodas Attacke.

»Wegen Wendy«, sagte sie und schlug Eier in eine Pfanne mit brutzelndem Fett.

»Wendy. Wendy Ives? Oder Easton oder wie immer sie sich jetzt nennt. Was hat sie jetzt wieder getan?«

»Sie ist nur dem Club der toten Ehefrauen beigetreten.«

»Dem was?«

»Ermordet«, sagte Rhoda und machte Schrot aus dem Wort.

»Ermordet?« Andys vom Alkohol benebeltes Gehirn wanderte um das Wort und versuchte, es zu verstehen. »Ermordet?« Es zu wiederholen half nicht viel.

»Ja, ermordet. Umgebracht.« Rhoda konsultierte einen Augenblick lang ihren geistigen Thesaurus. »Abgeschlachtet«, holte sie heraus und schnitt in die Blutwurst. »Niedergemetzelt«, fügte sie zufrieden hinzu. »Steh nicht rum, hol die Würstchen.«

»*Wie* wurde sie ermordet?«, fragte Andy. Der Speck roch nicht mehr so appetitlich. *(Niedergemetzelt?)* »Wann? Und von wem, um Himmels willen? Ich verstehe nicht.« Er erinnerte sich verschwommen, im Autoradio auf der Heimfahrt gestern Abend etwas in den Lokalnachrichten gehört zu haben. *Eine Frau ist ermordet worden …* Aber kein Name, nicht *Wendy* – Vinces Frau, um Gottes willen! Er holte die Würstchen aus der Gefriertruhe und las die Zutaten auf der Verpackung. »Da steht, dass Eiweiß drin ist«, sagte er.

»Tut mir leid, was anderes habe ich nicht. Die Lesben werden's nicht merken.« Rhoda hatte viele homosexuelle Freunde, beider Denominationen, aber das hielt sie nicht davon ab, hinter ihrem Rücken abwertende Ausdrücke zu verwenden. Sie trug die Männer dieser Überzeugung am Arm wie teure Designerhandtaschen – von denen sie mehrere kriminell kostspielige Exemplare besaß, die ihr Andy an Weihnachten und zu Geburtstagen geschenkt hatte. Auch ein paar Armbanduhren. Es war eine Möglichkeit (eine ziemlich unbedeutende im großen Ganzen), das Geld auszugeben, das er anhäufte. Die Bargeldmenge, die er glaubte, sicher zu Hause aufbewahren zu können, war begrenzt. Er versteckte es auf dem Dachboden. Die Geldmenge, die er durch sein Geschäft laufen oder in einem Nagelstudio abladen konnte, war ebenfalls begrenzt. Er betrachtete die Handtaschen und Armbanduhren nicht als Geldwäsche, sondern als Geldanlage, und wenn es hart auf hart kam, hatten sie einen Wiederverkaufswert. Er erzählte Rhoda, dass die Rolex-Uhren und Chanel-Taschen Fälschungen seien, obwohl sie echt waren. Dieser Tage lebte er in einer verkehrten Welt.

Letztes Jahr hatte er ihr zum Geburtstag eine Patek Philippe geschenkt, der wahre Jakob, gekauft bei einem Juwelier in Leeds. Der Verkäufer blickte argwöhnisch auf sein Bargeld, doch er erklärte, er hätte es bei einer Systemwette gewonnen. »Ein Yankee in Redcar«, sah er sich genötigt näher auszuführen. Die Uhr kostete ein kleines Vermögen. In Middlesbrough hätte er für das Geld einen ganzen Straßenzug kaufen können. Wahrscheinlich sogar ganz Middlesbrough, hätte er gewollt. Zu Rhoda sagte er, dass es eine Fälschung sei, die ihm ein Kunde aus Hongkong mitgebracht habe. Rhoda hatte sie nur einmal getragen und gesagt, es sei zu offensichtlich, dass sie nicht echt sei. (»Und um Gottes willen hör auf, mir Uhren zu schenken, Andy. Ich habe nur ein Handgelenk, und du bist es, der Probleme mit der Pünktlichkeit hat, nicht ich.« Sie hatte zwei Handgelenke, dachte er, wies sie jedoch nicht darauf hin.)

»Ach, und übrigens«, sagte Rhoda. »Ich habe ganz vergessen, es dir zu sagen, weil du gestern Abend so *spät* gekommen bist …« Sie hielt inne, um es sacken zu lassen.

»Ja, ja. Tut mir leid und so weiter. Was? Was hast du vergessen, mir zu sagen?«

»Die Polizei hat gestern nach dir gefragt.«

»Die Polizei?«, wiederholte er argwöhnisch.

»Ja, die Polizei. Zwei Kriminalpolizistinnen. Mädchen. Sahen aus, als ob sie in die Grundschule gehen. Sie sind morgens gekommen und dann noch einmal am Abend.«

»Ich frage mich, weswegen«, murmelte Andy und griff erneut zur Kaffeekanne. Er bemerkte, dass seine Hand leicht zitterte, als er sich eingoss. Ob Rhoda es sah?

»Vielleicht glauben sie, dass du Wendy ermordet hast«, sagte sie.

»Was? Ich habe Wendy nicht umgebracht«, protestierte er.

»Bist du sicher?«

»*Sicher?* Selbstverständlich bin ich *sicher*. Ich habe sie seit Wochen nicht gesehen.«

»Du Blödmann.« Rhoda lachte schnaubend. »Ich habe nur einen Witz gemacht. Glaubst du wirklich, dass sie *dich* verdächtigen? Sie haben was von Papieren gesagt. Hast du deine Strafzettel mal wieder nicht bezahlt?«

»Ja, wahrscheinlich ist es das.«

»Oder vielleicht wollten sie dich nach Vince befragen – du weißt schon, ob du ihn gesehen hast. Du hast doch mit ihm getrunken, oder? Vorgestern Abend? Du kannst ihm ein Alibi geben.«

»Du glaubst, dass sie *Vince* verdächtigen?«

»Normalerweise ist es der Mann, oder?«, sagte Rhoda.

»Ist das so?«

»Die Würstchen verbrennen übrigens.«

»Aber *Vince*? Ganz bestimmt nicht.« Er nahm die Würstchen vom Grill und verbrannte sich dabei die Finger. »Dazu ist er nicht fähig. Dazu hätte er nicht die Nerven.«

»Ach, ich weiß nicht«, sagte Rhoda. »Mir ist Vince immer wie ein stilles Wasser vorgekommen.«

»Wirklich?«

»Es muss ziemlich hässlich gewesen sein – ihr ist der Kopf mit einem Golfschläger eingeschlagen worden. Sie wurde im Garten gefunden, hatte so gut wie nichts an. Da fragt man sich, was sie vorhatte.«

»*Woher* weißt du das alles?«, fragte Andy.

»Trish Parker«, sagte Rhoda. »Sie ist die Mutter eines der Männer, die sie gefunden haben. Sie ist in meinem Buchclub.«

»Deinem *Buch*club?« Andy wusste nicht, was erstaunlicher war – dass Wendy Ives ermordet worden war oder dass Rhoda in einem Buchclub war.

»Die erste Regel eines Buchclubs«, sagte Rhoda, »es gibt keinen Buchclub. Lässt du jetzt auch noch den Toast verbrennen?«

»So, das ist das volle englische Frühstück für Sie, mein Herr, oder das volle Yorkshire, wie wir es hier gern nennen«, sagte Andy und stellte den Teller mit dem Versprechen eines Herzinfarkts vor den Mann in Lundy. »Und für Sie, meine Dame, zwei perfekt pochierte Eier. Freilaufend, biologisch, von einem Bauernhof an der Straße.« (Oder Morrisons Supermarkt, wie wir ihn hier nennen, dachte er.) Was wollte die Polizei? Ihm drehte sich vor Angst der Magen um, und der Geruch der Eier machte es nicht besser. Der nonchalante Auftritt zum Frühstück gelang ihm nicht so leicht wie sonst.

War die Polizei auch bei Tommy gewesen? Sobald er Zeit hatte, schoss er in den Flur und rief ihn an, doch er wurde sofort an die Mailbox weitergeleitet. Bevor er sich eine Nachricht überlegen konnte, hörte er einen Schrei aus dem Frühstückszimmer, gefolgt von Rhodas schrillem *Hallo*, als sie ihn aufspürte.

»Andrew! Um Himmels willen, du hast einer der Lesben Blutwurst serviert!«

Andy brauchte fast drei Stunden nach Newcastle. Auf der A19 hatte ein Lastwagen seine Ladung verloren, und die Polizei dirigierte den Verkehr um das Massaker aus Haushaltsgeräten herum. Er verspürte ein bisschen Mitleid mit den großen Kisten, die auf dem Asphalt lagen wie gefallene Soldaten. Eine Kiste war aufgeplatzt und gab den Blick frei auf eine Waschmaschine, die verloren, verbeult und angeschlagen dalag. Sie erinnerte ihn an Wendy Ives, ihr Kopf *eingeschlagen mit einem Golfschläger.*

Was für ein Schläger?, überlegte er müßig, als er an dem Chaos aus Kisten vorbeikroch. Wofür würde er sich bei dieser Art Job entscheiden? Für einen hölzernen Schläger vielleicht, aber man wollte Wendys Kopf ja nicht über eine große Distanz treiben, oder? Ein kurzer Eisenschläger wäre am besten, ein 8er oder 9er? Er entschied sich für einen Putter. Würde einen Schädel zerschmettern wie ein Ei. Sein Gedankengang wurde unterbrochen, als er sah, dass der Lkw, der die Ladung verloren hatte, von Holroyd Haulage war. Tommy würde dem Fahrer die Hölle heiß machen.

Andy versuchte es noch einmal bei Tommy, aber er meldete sich immer noch nicht.

Er fühlte sich, als hätte er schon eine lange Schicht gearbeitet, als er Jasmin und Maria aus der Wohnung in Quayside und in seinen Wagen drängte. Ihre Sachen schienen sich in der Nacht vermehrt zu haben, und er brauchte ewig, bis er ihr Zeug im Kofferraum verstaut hatte. Sein Handy klingelte, aber er kannte die Nummer nicht und ließ die Mailbox übernehmen.

Kaum waren sie losgefahren, musste er an einer Tankstelle anhalten und ihnen Burger kaufen. Er selbst aß auch einen, denn sein Magen heulte vor Hunger, da ihm grausamerweise das Sandwich mit gebratenem Speck verweigert worden war, doch nach dem Burger war ihm noch mulmiger. Er nutzte die Gelegenheit und hörte seine Mailbox ab. Eine Detective Inspector Marriot wollte kurz mit ihm sprechen. Ob er sie zurückrufen könne? Nein, konnte er nicht. Hatte Rhoda nicht gesagt, dass die Polizistinnen Constables gewesen waren? Und jetzt rief eine Kriminalpolizistin an? Er begann sich gehetzt zu fühlen. Er versuchte es noch einmal bei Tommy, aber er ging noch immer nicht ans Telefon – an keins von beiden. Er hatte ein schlechtes Gefühl, und das lag nicht nur am Burger. Warum griff der lange Arm des Gesetzes nach ihm?

Sie kamen am Angel of the North vorbei, und er wies Jasmin und Maria darauf hin. »Das ist der Engel des Nordens, Mädchen«, sagte er, als wäre er ein Reiseführer. Sie ohten und ahten, als würden sie verstehen.

War er männlich oder weiblich?, fragte er sich. Engel waren geschlechtslos, oder? Andy wollte glauben, dass der Engel schützend über ihm stand, aber tatsächlich, vermutete er, hielt er über ihn Gericht. Hätte er nicht am Steuer gesessen, hätte er den Kopf aufs Lenkrad gelegt und über die Sinnlosigkeit von allem geweint. »Wir sind bald da«, sagte er und grinste sie im Rückspiegel aufmunternd an.

Er musste an einer Raststätte vor Durham erneut halten, weil die Mädchen auf die Toilette mussten. Während er wartete, kaufte er Schokoriegel und Fanta, das ihr Lieblingsgetränk zu sein schien. Sie brauchten ewig auf der Damentoilette, und einen paranoiden Augenblick lang dachte er, sie wären auf und davon, doch schließlich kehrten sie zurück, kicherten und plapperten in ihrer unverständlichen Sprache.

»Darf ich Ihnen kalte Getränke anbieten, meine Damen?«, sagte er mit ironischer Galanterie, nachdem sie wieder im Auto saßen. Weiteres Gekicher.

Sie erinnerten ihn an ein Thai-Mädchen, das er ein paar Jahre, bevor er Rhoda heiratete, in Bangkok gekannt hatte. Sie lachte über alles, was er sagte, bewunderte alles, was er tat. Er kam sich wie der amüsanteste, interessanteste Mann vor, der je gelebt hatte. Es war natürlich alles geheuchelt, aber war das nicht gleichgültig?

Er hatte daran gedacht, sie nach England zu holen, sie zu heiraten, Kinder zu bekommen – das ganze Drum und Dran. Es hatte nicht geklappt. »Hab's mir anders überlegt«, sagte er damals zu Tommy, aber die Wahrheit war, dass es sich das Mädchen anders überlegt hatte. Sie hatte einen dieser komischen Thai-Spitznamen – Chompoo. Oder so ähnlich. Tommy nannte sie immer Shampoo. Tommy war damals mit dabei gewesen, sie kümmerten sich um das »Retreat«, wie sie es nannten, obwohl es keinen Namen hatte, es war nur eine Hausnummer am Rand von Pattaya. Chompoo war jetzt angeblich eine buddhistische Nonne.

Tommy hatte sich ein paar Monate, bevor Andy mit hineingezogen wurde, mit Bassani und Carmody eingelassen. Er hatte Schutzarbeit für sie geleistet – er boxte damals noch im Ring und hatte zwei praktische Fäuste, wenn sie in Schwierigkeiten steckten. Ein Schläger, ein Aufpasser. Heutzutage überließ er die Drecksarbeit anderen. Er hatte zwei »Stellvertreter«, wie er sie nannte – zwei soziopathische Gangster namens Jason und Wassili. Andy nahm an, dass Wassili Russe war, aber er hatte sich nie genug dafür interessiert, um nachzufragen. Sie taten alles, was von ihnen verlangt wurde. Es war beunruhigend.

Das sogenannte Retreat in Thailand war ein Ort, an den Tony Bassani und Mick Carmody und ihre gleichgesinnten Freunde sich zurückzogen, um »zu entspannen«. Eine Menge dieser Freunde und Bekannten nahmen hohe Positionen ein, sehr hohe sogar – mindestens ein Richter war dabei, ein Oberrichter, eine Handvoll örtlicher Stadträte, hochrangige Polizisten, Anwälte, ein, zwei Parlamentsabgeordnete. Im Retreat konnten sie sich von einer gefügigen, willfährigen Bevölkerung verwöhnen lassen. Vielleicht waren »gefügig« und »willfährig« nicht die richtigen Wörter. Missbraucht und ausgebeutet vielleicht. Minderjährige Kids vor allem – es gab sie dort wie Sand am Meer. Andy hatte sich letztlich damit gerechtfertigt, dass ihnen niemand eine Pistole an den Kopf hielt. Bis auf das eine Mal, aber das vergaß man besser. Das hatte den Anfang vom Ende für Tommy und Andy signalisiert. »Zeit für einen schnellen Abgang, meinst du nicht auch?«, hatte Tommy gesagt.

Andy hatte nie einen von ihnen kennengelernt, nicht einmal

Bassani und Carmody. Klar, er hatte sie im Belvedere gesehen – auf dem Grün, im Clubhaus mit ihren Ehefrauen an einem Samstagabend –, aber sie wurden einander nicht vorgestellt, Diskretion lautete die Devise.

Bassanis und Carmodys Anwalt hatte sich an Andy gewandt. Er war ein ehrgeiziges Greenhorn, der gerade erst seine Referendarprüfung gemacht hatte. Bassani und Carmody hatten vor kurzem von einer alten, etablierten Kanzlei abgeheuert und sich vermutlich für den neuen Anwalt entschieden, weil er versessen auf Geld war und ihm moralische Skrupel fremd waren. Er hatte sie in einer Eigentumsübertragungssache vertreten, und sie hatten »meine Art gemocht«, sagte er.

Seine Mandanten, sagte er zu Andy, brauchten einen Reiseveranstalter, und er würde als ihr Mittelsmann fungieren. »In Ordnung«, sagte Andy. Er hielt den Anwalt für einen kleinen Schwachkopf. (Andy hatte ihm gut zehn Jahre an Alter und Zynismus voraus.) Der Kerl tat so, als wäre er bei der Mafia und Al Capone wäre sein Mandant. Das war in den späten Neunzigerjahren, und wenn überhaupt erinnerte er Andy an Tony Blair. Ein aalglatter, plump vertraulicher Teflontyp. Seine Mandanten wollten ein Ferienresort eröffnen, einen Rückzugsort vom stressigen Leben in England. Sie und ihre Freunde bräuchten jemanden, der die Reisen arrangierte. Er würde den Papierkram (»das Rechtliche«) erledigen und war auf der Suche nach jemandem, der dort die Laufereien übernahm.

»So was wie ein Immobilienmakler?«, fragte Andy.

»So ungefähr«, sagte der Anwalt.

»Also«, sagte Andy, »wo soll denn dieses Ferienresort sein, das Ihre Mandanten erwerben wollen? In Benidorm? Teneriffa? Wie wäre es mit Agia Napa – das wird immer beliebter.«

»Wir dachten an Thailand.«

»Sehr exotisch.«

»Nun, die Herren haben einen exotischen Geschmack. Wir hätten gern, dass Sie hinfliegen und sich umsehen.«

»Ich?«, sagte Andy.

»Ja, Sie«, sagte Steve Mellors.

Die Immobilie sollte nicht auf ihren Namen laufen, informierte ihn Steve Mellors, Bassani und Carmody hatten dafür eine Firma – SanKat. In Andys Ohren klang es nach einer Hygienefirma, die die Handtuchrollen in Herren austauschte oder den Inhalt der »Hygieneartikelbehälter« in Damen leerte. Erst Jahre später erfuhr er, dass es ein Amalgam aus den Namen ihrer ältesten Töchter war – Santina und Kathleen. Man fragte sich.

Andy wusste natürlich, wer Bassani und Carmody waren. Alle wussten es. Sie hatten Einfluss entlang der gesamten Ostküste, hatten überall ihre Finger drin. Sie saßen im Stadtrat, waren bekannt für ihre Wohltätigkeit, Carmody war für eine Legislaturperiode sogar Bürgermeister gewesen und mit den Amtsinsignien herumstolziert. Sie waren Männer, die Siegelringe an den dicken Fingern trugen und mehr als nur ein schmeichelhaft maßgeschneidertes Dinnerjacket im Schrank hängen hatten. Männer, um die herumscharwenzelt wurde, weil sie Gefallen erweisen konnten – Bau- und Planungsgenehmigungen, Ausschank- und Taxilizenzen –, all das fiel in ihren Zuständigkeitsbereich und hatte einen Preis. Der Preis war manchmal Schweigen.

Andy hatte nicht viel über die andere Sache gewusst, die früheren Geschichten, die die Grundlage ihres Prozesses bildeten. Die »Partys«, die Kinder. Er wusste jetzt, dass es noch viel mehr gab, das nicht herausgekommen war, eine Menge Leute in ihrem Kreis, die nicht identifiziert worden waren. Jahrelanges Unrecht, das bis in die Siebziger- und Achtzigerjahre zurückreichte. Alle diese Freunde und Bekannten in hohen Positionen hatten jahrelang Minderjährige untereinander ausgetauscht. Sie waren unantastbar. Waren es die Männer, die namentlich zu nennen Carmody jetzt angeblich bereit war? Die meisten waren tot – vielleicht wollte er deshalb reden.

Bassani und Carmody wurden erst Jahre, nachdem das Retreat abgestoßen worden war, verhaftet, und da hatten sich Andy und Tommy schon von ihnen gelöst, und die Verbindung zwischen ihnen wurde nie aufgedeckt. Selbstverständlich war auch Steve längst nicht mehr ihr Anwalt. Vor Gericht wurden sie von zwei North-Square-Wichsern verteidigt, und von dem jungen Anwalt, der ihre Angelegenheiten erledigt hatte, war nichts mehr zu sehen. Sie hielten den Mund, nannten keine Namen, und Andy fragte sich, ob sie Angst vor Vergeltung hatten – an ihnen selbst oder ihren Familien. Sie hatten im Lauf der Zeit hässliche Geschäfte mit mächtigen Männern gemacht, Männer, die problemlos dafür sorgen konnten, dass sie aus Versehen unter der Dusche erstochen wurden.

Während des Prozesses hatten zahllose Gerüchte die Runde gemacht. Ein »kleines schwarzes Buch« war eins davon, aber niemand legte es je vor, und niemand fand die Namen dieser Männer heraus, die jahrzehntelang mit Kindern gehandelt und sich in ihren Häusern zu »besonderen Partys« getroffen hatten. Doch Andy kannte ihre Namen, weil er ihre Reisen organisiert hatte, wenn sie nach Bangkok geflogen waren. Er hatte ihre Pässe gesehen. Er hatte Kopien. Und er hatte alle Unterlagen aufgehoben. Man wusste nie, wann man eine Versicherung brauchte. Das kleine schwarze Buch. Nicht klein, nicht schwarz, kein Buch, sondern eine Datei auf einem USB-Stick, mit Andys Überfülle an Bargeld auf dem Dachboden des Seashell versteckt.

Nachdem sie sich von Bassani und Carmody getrennt hatten, fingen die drei – Steve, Tommy und Andy (die drei Musketiere, nannte Steve sie, ein dummer Name) – mit den Mädchen an.

Anderson Price Associates war Steves Idee. Eine Jobvermittlungsagentur, die legitim aussah, »vollkommen koscher«. Nur Mädchen, weil es immer einen Bedarf an Mädchen gab, immer gegeben hatte und immer geben würde. Keine Restposten. Sie brachten sie einzeln, höchstens zu zweit ins Land, wie bei der Arche. Ein unkompliziertes Geschäft, keine kleinen Kinder, keine Flüchtlinge. Nur Mädchen.

Tommy war sofort einverstanden, denn er hielt Steve aus irgendeinem Grund für etwas Besonderes.

Andy war nicht so sicher gewesen, doch Tommy sagte: »Mach dir nicht so viele Sorgen, Foxy, das ist die Gans, die goldene Eier legt.« Und so war es.

Anderson Price Associates war die offizielle glänzende Fassade der Operation. Andys Firma, Exotic Travel, holte die Mädchen ins Land. Angebot und Nachfrage, das war das Fundament des Kapitalismus, oder? Mädchen gab es im Überfluss. »Exponentielles Wachstum«, sagte Steve.

Sie wurden nicht gezwungen oder auf der Straße entführt, sie kamen freiwillig. Sie glaubten, sie hätten richtige Jobs – in Krankenhäusern, in der Buchhaltung, in Pflegeheimen, als Dolmetscherinnen. Die Leute verkauften Brot und Schuhe und Autos. Anderson Price verkaufte Mädchen. »Es ist nur ein Geschäft«, sagte Tommy achselzuckend. »Nicht anders als andere Geschäfte auch.«

Anderson Price Associates rekrutierte sie in Person von Steve via Skype aus seinem von ihm so genannten »zweiten Büro«. Es war ein Wohnwagen, ein fest stehender Wohnwagen auf einem alten Campingplatz von Carmody, und er war beeindruckend ausgestattet bis hin zu den authentischen Hintergrundgeräuschen eines betriebsamen Büros.

Viele der Mädchen hatten eine Ausbildung und Qualifikationen. Das nützte ihnen nichts, sobald sie in Silver Birches an ein altes Krankenhausbett gekettet waren und ihnen zwangsweise Drogen injiziert wurden. Steve nannte es »anlernen«, als ob es Pferde wären. Danach wurden sie ausgeliefert. Nach Sheffield, Doncaster, Leeds, Nottingham, Manchester, Hull. Die Erstklassigen an Kontakte in London, manche sogar bis auf den Kontinent. Der weiße Sklavenhandel, gesund und munter im neuen Jerusalem.

Und wer würde schon eine Gruppe weißer Männer mittleren Alters in einer Kleinstadt am Meer verdächtigen? Im Fokus der Polizei und der Sicherheitsbehörden standen andere – pädophile Banden vom Subkontinent, rumänische Sklavenhändler. Da waren sie also, versteckten sich vor aller Augen, stillten die grenzenlosen Bedürfnisse nach Sex in Pop-up-Bordellen, Saunas und an Orten, die noch weniger legitim und zuträglich waren. (Man sollte meinen, das wäre nicht möglich, aber das war es.) Das Geschäft lief gut.

Die Buchhaltung war pedantisch, sie wurde unter dem Mantel des Darknets erledigt. Anderson Price Associates war der Schirm, der alles überwachte, aber Anderson Price war im Wesentlichen nur Steve. Die Sache mit Steve war, dass er Gefallen an dem Spiel hatte – an der Macht, der Manipulation und den Lügen, ihm machte es Spaß, die Mädchen hinters Licht zu führen. Der alte Wohnwagen von Carmody war ein Hobby für ihn – und vielleicht auch ein Ort der Zuflucht. Andere Männer hatten eine Hütte oder einen Schrebergarten, Steve hatte den Wohnwagen.

Auf dem Weg in die Stadt hielten sie erneut bei einem Sainsbury's, und er kaufte den Mädchen Käsepastete und mehr Fanta und einen widerlichen Kaffee für sich selbst. Er konnte nicht fassen, wie viel sie aßen. »Ihr esst ja wie die Scheunendrescher, Mädels«, sagte er. Von jetzt an würden sie wahrscheinlich eher darben, dachte er, da konnte er ihnen durchaus was spendieren. Sie zwitscherten etwas Unverständliches, von dem er annahm, dass es sich um eine Danksagung handelte. Er spürte, wie sich sein unerwünschtes Gewissen aus der Dunkelheit ins Licht kämpfen wollte. Er stieß es zurück und sagte: »Wir sind gleich da, Mädels, gleich haben wir unser Ziel erreicht.« Das ausufernde heruntergekommene Gebäude von Silver Birches kam in Sichtweite.

Es war in der Tat eine Art Pflegeheim. Im 19. Jahrhundert als private Irrenanstalt für die Reichen gebaut worden, hatte es in späteren Zeiten als Heim für die »Verwirrten und Alten« fungiert. Es hatte Tony Bassani gehört, als er an der ganzen Küste mehrere Pflegeheime besessen hatte. Vor Jahren war es geschlossen und von einer Briefkastenfirma gekauft worden. Die Briefkastenfirma residierte in einer leer stehenden Sozialwohnung in Dundee, doch dahinter befanden sich noch weitere geisterhafte Firmen. »Wie der Tanz der verdammten sieben Schleier«, sagte Tommy. Tommy und Andy hatten keine Ahnung, was jenseits der Firma in Dundee passierte – die rechtliche Seite der Sache fiel in Steves Zuständigkeit. Tommy, immer unbekümmert, glaubte, dass ihr Nichtwissen sie schützen würde. Andy bezweifelte, dass Unwissenheit jemals irgendjemanden geschützt hatte.

Jasmin und Maria schauten zweifelnd auf das Gebäude. Die meisten Fenster waren mit Brettern zugenagelt oder vergittert. Der abblätternde Anstrich war von einem deprimierenden Anstaltsbeige. Es erinnerte Andy nicht so sehr an ein Gefängnis als vielmehr an ein Lagerhaus unter Zollverschluss – in dem man Waren lagerte, bis sie bereit waren, weitergeschickt zu werden. Und das war es auf gewisse Weise ja auch.

»Das Sillerbörtsches?«, fragte Jasmin und runzelte die Stirn.

»Drin sieht es besser aus«, sagte Andy. »Ihr werdet sehen. Kommt jetzt, raus aus dem Wagen.« Er war ein Hirte mit zwei unwilligen Schafen. Lämmern. Auf dem Weg zur Schlachtbank. Sein Gewissen meldete sich wieder, und er stieß es erneut in die Dunkelheit zurück. Es war, als würde er Hau-den-Maulwurf spielen.

Jemand klopfte an sein Fenster, und er zuckte zusammen. Wassili. Er hielt Tommys Rottweiler an einer kurzen Leine, und die Mädchen gaben leise zwitschernde Laute von sich. Sie mussten sich keine Sorgen machen, der dumme Köter war nur Show.

»Keine Sorge, Brutus ist wie ein Kätzchen«, sagte Andy, obwohl sie kein Wort verstanden. »Kommt, Mädels, auf geht's. Hopp-hopp. Zeit, euer neues Leben anzufangen, was? Das ist euer nächstes Zuhause.«

Sturmhöhe

Morgen im Gefängnis, das von der Boulevardpresse als Monster Mansion bezeichnet wird. Der Geruch nach Anstaltsfrühstück – ein Bouquet aus Eiern und Haferbrei – hing noch in den elenden Hallen des Königlichen Gefängnisses Wakefield, sodass Reggie leicht übel wurde.

Sie hatten damit gerechnet, Häftling JS 5896 im Krankentrakt vorzufinden, da er angeblich an der Schwelle des Todes stand, doch sie wurden in einen gewöhnlichen Verhörraum geführt. Ein Wärter brachte ihnen Kaffee und sagte: »Er wird geholt, er ist ein bisschen langsam.« In diesem deprimierenden Raum mit den kahlen Wänden wurde der Frühstücksgeruch überlagert vom Piniennadelgeruch eines kommerziellen Desinfektionsmittels, als hätte sich gerade jemand übergeben. Der Kaffee war ekelhaft, aber er war zumindest ein sensorisches Gegengift.

Das Objekt ihrer Aufmerksamkeit schlurfte schließlich herein, angekündigt von einem scheppernden metallischen Geräusch, das Reggie einen Moment glauben machte, es wäre in Ketten gelegt. Wakefield war ein Hochsicherheitsgefängnis, doch Michael Carmody war nicht gefesselt, sondern nur an eine große Sauerstoffflasche auf Rädern angeschlossen.

»Emphysem«, keuchte er und ließ sich auf einen der harten Stühle am Tisch sinken. Ein Wärter stand an der Tür Wache, aber es schien unwahrscheinlich, dass Michael Carmody die Flucht ergreifen würde. Diesen Ort würde er nur mit den Füßen voraus verlassen.

»Mr Carmody«, sagte Ronnie. »Wir sind heute hier, weil die Polizei auf gewisse neue Informationen bezüglich Ihres Falls aufmerksam gemacht wurde. Bestimmte Personen wurden namentlich genannt, die nicht Bestandteil der ursprünglichen Ermittlungen zu den Verbrechen gewesen sind, für die Sie jetzt eine Gefängnisstrafe verbüßen.«

»Oh, das war mir gar nicht aufgefallen«, sagte Carmody sarkastisch.

Trotz seiner höhnischen Haltung war er ein Schatten des Mannes, der er einst gewesen sein musste, dachte Reggie. Sie hatte Fotos von ihm im bürgermeisterlichen Pomp gesehen, und selbst auf dem Polizeifoto nach seiner Verhaftung – auf dem die meisten nicht wirklich gut aussahen – wirkte er gesund und munter, wenn auch rotgesichtig und übergewichtig. Jetzt waren seine Wangen eingefallen, und das Weiß in seinen Augen war kränklich gelb. Er musste mittlerweile über achtzig sein. Ein harmloser alter Rentner, hätte man gedacht, wäre man ihm auf der Straße begegnet.

»Wir glauben, dass Sie uns Informationen zu den Personen geben können, gegen die wir ermitteln, und würden Ihnen gern ein paar Fragen stellen, wenn es Ihnen recht ist, Mr Carmody.«

»O Gott«, sagte Reggie.

»Ich weiß. Ich dachte, er will reden«, meinte Ronnie verwundert, als sie nur zwanzig Minuten später wieder in ihren Wagen stiegen. (»Hast du antibakterielle feuchte Tücher? Ich fühle mich schmutzig.«)

»Er sollte singen wie der sprichwörtliche alte Kanarienvogel, aber es war das Letzte, was er wollte.«

»Glaubst du, dass jemand ihn gewarnt hat? Ihn bedroht?«

»Vielleicht«, sagte Reggie. »Das Gefängnis ist schließlich voller Verbrecher. Willst du fahren oder soll ich?«

»Du kannst, wenn du willst«, sagte Ronnie – großzügig von ihr angesichts der Tatsache, dass sie mit dem Fuß oft auf ein imaginäres Gaspedal trat, wenn Reggie am Steuer saß. Es war eine zweistündige Fahrt hierher gewesen und jetzt zwei Stunden zurück. »Für nichts und wieder nichts«, sagte Ronnie.

»Schöne Landschaft«, sagte Reggie. Die Moore. *The wiley windy moors.* Haworth war fünfzig Kilometer in der anderen Richtung. Reggie wusste es, weil sie von der Uni aus einen Ausflug mit Sai dorthin gemacht hatte, bevor er sich für ein fünftägiges indisches Hochzeitsfest statt für Bohnen auf Toast und eine DVD-Box *Mad Men* mit Reggie entschieden hatte. (»Das bist du, nicht ich«, sagte er.) Im Oxford English Dictionary stand das Wort »wiley« nicht (Reggie hatte nachgeschlagen). Leute, die Worte erfanden, musste man bewundern. »Warst du schon mal in Haworth?«

»Nein«, sagte Ronnie. »Was ist das?«

»Das Pfarrhaus von Haworth. Dort haben die Brontës gelebt.«

»Die Brontë-Schwestern?«

»Ja.«

»Danach wurde vermutlich unsere Bronte benannt. Ich habe nie darüber nachgedacht.«

»Vermutlich«, sagte Reggie. »Aber auf Sizilien gibt es eine Stadt namens Bronte, angeblich nach einem der Zyklopen benannt, die angeblich am Fuß des Ätna lebten. Admiral Nelson wurde von König Ferdinand der Titel Herzog von Bronte verliehen, weil er ihm während der napoleonischen Zeit geholfen hat, seinen Thron wiederzuerlangen. Unsere Bronte schreibt sich aber nicht mit einer Diärese.«

»Einer was?«

»Diärese – die zwei kleinen Punkte auf dem ›e‹, es ist kein Umlaut. Ihr Vater hat sie dem Namen einfach als Verzierung hinzugefügt.«

»Du kommst nicht viel raus, oder, Reggie?«

»Ehrlich? Nein. Nicht mehr.«

Sie hatten »ihre« Bronte – Bronte Finch – in deren Haus in Ilkley befragt, in einem schönen zitronengelben Wohnzimmer, wo ihnen Bronte Tee in hübschen Bechern und kleine Erdbeertörtchen von Bettys serviert hatte, denen sie nicht widerstehen konnten trotz ihres unausgesprochenen Pakts, während der Arbeit nichts zu trinken und zu essen. Und sie hatte sie extra für sie gekauft, es wäre also unhöflich gewesen, sie abzulehnen, darin waren sie sich anschließend einig. Sie war ihre Patientin Null, das erste Teilchen im Puzzle.

Es standen weiche Sofas da, an den Wänden hing echte Kunst, auf dem Eichenparkett lag ein schöner alter Teppich (»Isfahan«). Im Kamin stand eine große Vase mit dunkelroten Pfingstrosen. Alles geschmackvoll, alles behaglich. Reggie fühlte sich an Dr. Hunters Haus erinnert. Es war ein Zuhause, wie Reggie es gern selbst eines Tages hätte.

Die Bronte ohne Diärese war eine kleine hübsche Frau in den Vierzigern, Mutter von drei Kindern (»Noah, Tilly und Jacob«), gekleidet in Lululemon. Ihr Haar war auf dem Kopf zu einem unordentlichen Knoten zusammengefasst, und sie sah aus, als käme sie gerade aus dem Fitnessstudio. »Hot Yoga«, sagte sie und lachte, als wäre es eine lächerliche Vorstellung. Eine große dunkelgraue Katze lag schlafend auf einem Sofa. »Iwan«, sagte Bronte. »Wie der Schreckliche. Vorsicht, er beißt«, fügte sie liebevoll hinzu. Sie hob die Katze hoch und trug sie in ein anderes Zimmer. »Nur für den Fall. Er mag keine Fremden.«

»Wer tut das schon?«, sagte Reggie.

Bronte war Tierärztin. »Nur für kleine Tiere. Ich will meine Zeit nicht mit dem Arm im Hintern einer Kuh verbringen«, sagte sie und lachte wieder. Ihr Mann Ben arbeitete als Arzt in der Notaufnahme des Leeds General. Gemeinsam behandelten sie also alle Geschöpfe, große wie kleine. Sie hatte ein wunderbares Lächeln, das war es, woran Reggie sich erinnerte.

Ilkley war knapp hinter der Grenze zu West Yorkshire, deswegen waren sie auf diesen Fall angesetzt worden. Beide mochten sie Bronte sofort. Eine Frau, die »Hintern einer Kuh« mit Oberschichtakzent sagte und Erdbeertörtchen bei Bettys kaufte, musste man einfach mögen.

Die Sonne, die durch das Fenster strömte, ließ den bescheidenen Diamanten in ihrem Ehering an ihrem dünnen Finger aufblitzen. Er warf kleine zersplitterte Regenbögen an die zitronengelben Wände, als sie ihnen Tee einschenkte. Ronnie und Reggie tranken den Tee und aßen die Erdbeertörtchen, dann holten sie ihre Notizblöcke heraus und ließen sich von Bronte Finch die Litanei der Männer diktieren, die sie während ihrer Kindheit missbraucht hatten, angefangen mit ihrem eigenen Vater Mr Lawson Finch, Richter am Strafgericht.

»Es ist ein düsterer Ort.«

»Wakefield?«

»Haworth. Ich glaube, die Brontë-Schwestern fühlten sich in ihrem Leben wie im Gefängnis«, sagte Reggie. »Und auf komische Weise machte es sie auch frei.«

»Ich habe ihre Bücher nie gelesen.«

»Nicht einmal *Sturmhöhe* in der Schule?«

»Nein. Ich kenne nur den Song von Kate Bush.«

»DC Ronnie Dibicki und DC Reggie Chase. Wir würden gern mit Mr Stephen Mellors sprechen.«

»Tut mir leid«, sagte die Rezeptionistin in Stephen Mellors Kanzlei in Leeds. »Mr Mellors ist heute nicht da. Ich glaube, er arbeitet zu Hause.« Es war ein neues Gebäude, Stahl, Chrom und seltsame Kunst. Eine Kirche für Geld.

»Danke. Könnten Sie ihm ausrichten, dass wir hier waren?«

»Kann ich ihm auch ausrichten, weswegen?«

»Nur ein paar Fragen zu Mandanten. Alten Mandanten. Ich lasse meine Karte da.«

Sie holten den Wagen aus dem Parkhochhaus. »In Leeds gibt es viel Geld«, sagte Ronnie.

»So ist es.« Reggie überlegte kurz, ob sie Ronnie »für einen schnellen Kaffee« in ihre Wohnung einladen sollte, aber dann wurde ihr klar, wie unprofessionell das wäre. Sie war besorgt, dass Ronnie es für eine Einladung zur Intimität halten könnte und sie dann das ganze peinliche »Ich bin nicht lesbisch, wenn ich wäre, würde ich«-Spiel aufführen müsste. Doch es war absurd zu glauben, dass Ronnie, nur weil sie lesbisch war, sie anbaggern würde, und warum sollte Ronnie sie attraktiv finden, wenn niemand sonst auf dem Planeten es tat? (Was, wenn sie lesbisch wäre und es auf eine schräge schottisch-presbyterianische Weise unterdrückte?) Wann immer jemand sie für lesbisch hielt (das taten sie oft, sie wusste nicht, warum), leugnete sie es nie, denn Leugnen implizierte, dass etwas nicht stimmte. Und warum verhedderte sie sich in diesem Knoxischen Knoten?

»Bleiben wir den ganzen Tag im Parkhaus und starren auf Beton?«

»Entschuldige. Wohin als Nächstes? Du kannst fahren.«

»Felicity Yardley. Der Polizei bekannt – Prostitution, Drogen.« Es gab ein uraltes Klingelschild, es war schmutzig.

»Sie ist da«, sagte Reggie. »Ich habe gesehen, wie sich der Vorhang bewegt hat.«

Ronnie drückte auf die Klingel. Niemand meldete sich. Sie waren nicht sicher, ob Klingel und Sprechanlage funktionierten, aber Ronnie sprach trotzdem hinein. »Miss Yardley? Ich bin DC Ronnie Dibicki und bin mit DC Reggie Chase hier. Wir ermitteln in einem alten Fall. Es geht nur um ein paar Routinefragen, es liegt überhaupt nichts gegen Sie vor. Es geht um Fragen zu Personen, die mit dem alten Fall in Verbindung stehen, es gibt neue Erkenntnisse.«

Nichts. Ronnie klingelte noch einmal. Immer noch nichts. »Wir können sie nicht *zwingen*, mit uns zu sprechen. Wir kommen später noch einmal. Kann ich noch ein Erfrischungstuch haben? Gott weiß, wer auf die Klingel gedrückt hat. Ich bin übrigens am Verhungern. Wir holen uns Pommes, oder?«

»Darauf kannst du wetten«, sagte Reggie.

»Wer ist der Nächste?«

Reggie schaute in ihre Notizen. »Kathleen Carmody, Carmodys Tochter. Sie wurde nie befragt, aber Bronte hat gesagt, dass sie bei manchen Partys dabei war. Sie sind ungefähr gleich alt, wir können uns also denken, was das heißt. Ich nenne so was nicht gern Partys«, fügte sie hinzu.

»Weil Partys etwas sind, das dir Spaß machen sollte.«

»Also, nicht mir persönlich«, sagte Reggie, »aber ja.«

Kathleen Carmody saß mitten in der Spielhalle wie eine Spinne in ihrem Netz. Gelegentlich kam jemand zu ihrem Schalter und ließ sich einen Schein in Münzen wechseln. Es gab Automaten, die das Gleiche taten, die Rolle von Carmodys Tochter war demnach redundant. Sie hatte die ungesunde Haut von jemandem, der nie das Tageslicht sah.

Die Halle war ein Durcheinander aus Lärm und grellen Farben. Es hätte einer der von der CIA entwickelten geheimen Orte sein können, um Menschen in den Wahnsinn zu treiben.

»Miss Carmody? Kathleen Carmody?«, sagte Reggie sehr laut, um den Krach zu übertönen. »Ich bin DC Reggie Chase, und das ist DC Ronnie Dibicki. Wir ermitteln in einem alten Fall, in den Ihr Vater verwickelt war – Michael Carmody. Wir möchten Ihnen nur ein paar Routinefragen stellen, gegen Sie liegt überhaupt nichts vor. Es geht um Fragen zu Personen, die mit dem alten Fall in Verbindung stehen, es gibt neue Erkenntnisse. Ist Ihnen das recht? Wir versuchen, uns ein Bild zu machen, Hintergrunddetails aufzufüllen. Wie bei einem Puzzle. Gibt es einen ruhigeren Ort, an dem wir sprechen können?«

»Verpisst euch. Und wenn ich eure Gesichter hier noch mal sehe, reiße ich sie euch ab. Verstanden?«

»Hattest du auch den Eindruck, dass sie nicht mit uns sprechen wollte?«, sagte Reggie, als sie wieder im Wagen saßen.

»DC Reggie Chase und DC Ronnie Dibicki, Mrs Bragg. Erinnern Sie sich? Ist Mr Bragg zu Hause?«

»Sie haben ihn gerade verpasst.«

»Wissen Sie, wann er zurückkommt?«

»Nein.«

»Würden Sie ihm ausrichten, dass wir da waren? Noch einmal.«

Ein Paar missmutig dreinblickender Wanderer, Frauen, rückten sich gegenseitig in der Rezeption des Seashell die riesigen Rucksäcke zurecht. Sie erinnerten Reggie an gigantische Schnecken, die sie einmal in einem Zoo gesehen hatte.

»Sie sollten sie verhaften«, sagte eine der Frauen zu Ronnie und machte eine Kopfbewegung Richtung Rhoda Bragg. »Die Preise hier sind kriminell, und dann versuchen sie auch noch, einen zu vergiften.«

»Verschwindet«, sagte Rhoda fröhlich, als die Frauen ihre beladenen Körper durch die Tür schoben. »Verdammte Lesben«, sagte sie zu Reggie und Ronnie. »Aber da kennt ihr beiden euch ja aus.«

»Ja«, sagte Ronnie, um sie zu ärgern. »Die Polizei ist der größte Arbeitgeber für LGBT im Land.«

»Und ich wette, ihr habt auch gegen den Brexit gestimmt. Ihr seid alle gleich.«

»Brexitgegner und Lesben?«

»Ja.«

»Da hat sie vermutlich recht«, sagte Reggie, als sie wieder im Wagen saßen.

»Wahrscheinlich.« Ronnie hielt eine Faust à la Lenin in die Höhe und sagte sarkastisch: »Make Britain great again. Wenn das nicht zum Lachen ist.«

»Das ist eine Devise von Barclay Jacks.«

»›Wenn das nicht zum Lachen ist?‹ Und lachen die Leute?«

»Finden wir es heraus.«

Das Einhorn im Raum

Es gab ein Café in der Stadt, das Jackson als Treffpunkt vorgeschlagen hatte. Er wusste, dass dort Hunde erlaubt waren, obwohl das fast überall der Fall war, niemand in dieser Stadt hätte Gäste, würden sie nicht auch Hunde willkommen heißen, aber dieses Café servierte auch noch anständigen Kaffee. Er war früh angekommen und hatte bereits die Tasse vor sich ausgetrunken, während Dido zu seinen Füßen noch immer eifrig die gekochte Wurst kaute, die er für sie bestellt hatte. (»Sie verliert die Zähne«, sagte Julia betrübt.)

Er hatte bei einem nahen Zeitungskiosk eine Ausgabe der *Yorkshire Post* gekauft und überflog sie darauf hin, ob es der Mord an Vince Ives' Frau in die Nachrichten geschafft hatte. Er fand ihn schließlich, eine kleine Meldung über »Wendy Easton, auch bekannt als Ives«. Ein Polizeisprecher sagte, dass es sich um einen »besonders brutalen Mord handelte. Wir bitten alle, die Informationen haben, sich zu melden.« Nichts über den Golfschläger, dieses Detail hielten sie zurück. Jacksons innerer Polizist interessierte sich noch immer für den Golfschläger. War es Vince Ersatzputter – eine zufällig bereitstehende Waffe –, oder hatte der Mörder ihn mitgebracht zu einer vorsätzlichen Tat? Wenn –

»Mr Brodie?«

»Mrs Holroyd?«

»Sie werden mich erkennen«, hatte Jackson der neuen Klientin am Telefon gesagt. »Ich bin der Mann mit dem gelben Labrador.« Er hätte auch eine rote Nelke im Knopfloch tragen oder eine Ausgabe des *Guardian* lesen können, doch beides wäre hier unwahrscheinlicher gewesen als ein Mann in Gesellschaft eines gelben Labradors.

Sie hieß Mrs Holroyd und hatte kein eigenes Erkennungsmerkmal angegeben. Als sie ihren Namen genannt hatte, war ihm aufgefallen, dass sich heutzutage immer weniger Frauen mit dem Beiwort »Mrs« vorstellten. Es war ein Titel, der ihn an seine Mutter erinnerte. An ein Kopftuch und eine Einkaufstasche und die Hände einer Wäscherin.

Crystal Holroyd sah nicht aus wie seine Mutter. Überhaupt nicht. Kein bisschen.

Groß, blond und offensichtlich auf vielfache Weise verbessert, kam Crystal Holroyd nicht in Begleitung eines Hundes, sondern eines Kindes, eines Mädchens namens Candy, das sich, wenn Jackson sich nicht irrte, als Schneewittchen verkleidet hatte. Oder vielmehr als Disneys Version von Schneewittchen – das wohlbekannte rote und blaue Oberteil und der gelbe Rock, ein rotes Haarband mit einer kleinen Schleife. Jackson war einst der Vater eines kleinen Mädchens gewesen. Er wusste diese Dinge.

Er verspürte einen kleinen schmerzhaften Stich, wenn er sich an seine letzte Begegnung mit Marlee erinnerte, die nicht mehr klein war, kein Mädchen mehr, sondern eine erwachsene Frau. Sie hatten wegen nichts wütend gestritten. (»Du bist so ein *Luddit*, Dad. Warum suchst du dir nicht einen Streik oder eine Demonstration und schreist: ›Maggie Thatcher – Milchdiebin!‹«

Ja, es war eine lange und umständliche Beleidigung gewesen. Er war zu überrascht gewesen von Marlees historisch-politischer Analyse – ihr Ausdruck – seines Charakters, dass er Mühe hatte, sich zu verteidigen.) Er sollte sie anrufen, dachte er. Frieden mit ihr schließen, bevor er sie am Wochenende sah. Sie sollten gemeinsam einen der großen Riten des Lebens vollziehen (oder über sich ergehen lassen). Sie hatten seit dem Streit vor einem Monat nur ein paar kühle SMS ausgetauscht. Jackson wusste, dass es an ihm war, die Situation zu bereinigen. Man konnte wohl kaum seine Tochter zum Traualtar führen, wenn man mit ihr auf Kriegsfuß stand.

Mrs Holroyds Tochter schien im Gegensatz zu seiner ein friedliches Kind mit guten Manieren zu sein. Sie aß Apfelstücke mit einer Hand und hielt ein weiches Plüschtier in der anderen, das Jackson zuerst für ein weißes Pferd hielt, das sich bei genauerem Hinsehen jedoch als Einhorn entpuppte, das Horn in Form einer regenbogenfarbenen Eiswaffel. Ihm fiel das Mädchen auf der Esplanade ein. Unvermeidlich. Er hatte eine Sorgfaltspflicht, die er nicht erfüllte.

»Alles in Ordnung, Mr Brodie?«

»Ja, ja, Mrs Holroyd, danke.«

»Nennen Sie mich Crystal.«

Er bestellte noch einmal Kaffee für sich, und sie bat um einen Pfefferminztee. Jackson war immer leicht misstrauisch Personen gegenüber, die Kräutertee tranken. (Ja, er wusste, dass es vollkommen irrational war.) Er wollte gerade die *Yorkshire Post* zusammenfalten und zur Sache kommen, als sie ihm eine Hand auf den Arm legte und »Einen Augenblick« sagte. Sie nahm ihm die Zeitung ab und las konzentriert. Sie bewegte die Lippen beim

Lesen. Es waren schöne Lippen, nicht augenscheinlich operiert wie so manche andere Teile an ihr – nicht, dass er notwendigerweise ein Experte in diesen Dingen war. Sie hatte rosa Lippenstift aufgetragen. Der Lippenstift passte zu den sehr hohen High Heels, eine klassische Art Pumps, wie sie Frauen trugen, nicht Mädchen. An den Schuhen sah man eine Menge über eine Person. Das kurze, aber nicht unanständig kurze Kleid ließ ihre schönen Beine frei. (»Schlussfolgerung aufgrund von Beobachtung«, verteidigte er sich in Gedanken vor Richterin Julia. Sie führte den Vorsitz am Gericht der Frauen.)

»Wendy Ives. Ermordet«, murmelte Crystal Holroyd und schüttelte den Kopf. »Heiliger Strohsack. Ich kann es nicht fassen.«

»Kannten Sie sie?«, fragte Jackson. Es war eine kleine Stadt.

»Ja, ein bisschen. Nur in Gesellschaft. Sie ist mit Vince verheiratet, er ist ein Freund meines Mannes. Netter Kerl.«

Vince hatte gestern Abend keine Freunde erwähnt, ja, er hatte bemerkenswert freundlos auf Jackson gewirkt.

»Sie wollten sich scheiden lassen«, fuhr Crystal fort. »Wendy hatte ihren Mädchennamen wieder angenommen.« Sie runzelte die Stirn und blickte auf die Zeitung. »Sie war nicht besonders nett, nicht, dass das ein Grund ist, jemanden umzubringen.«

»Manchmal reicht das schon«, sagte Jackson.

»Na ja, sie hat Vince jedenfalls an der Nase herumgeführt.«

»Ich habe ihn zufälligerweise gestern Abend kennengelernt«, gestand Jackson.

»Wirklich? Wie? Wo?«

»Auf den Klippen. Er hat überlegt zu springen.«

»Scheiße«, sagte sie und hielt sofort Schneewittchen die Ohren zu, als wollte sie schneller sein als der Schall, und sagte zu ihr: »Das hast du nicht gehört, mein Schatz.« Schneewittchen aß weiter zufrieden ihren Apfel – eine Scheibe für sich, eine für das Einhorn. Sie wurde nicht vergiftet und brauchte keinen gläsernen Sarg.

Wie es schien, vermutete Crystal Holroyd, dass sie verfolgt wurde, und wollte, dass er herausfand, von wem.

»Halten Sie es für möglich, dass es Ihr Mann ist? Meint er, dass Sie ihn betrügen?« Jackson seufzte lautlos, weil er sich erneut auf vertrautem Terrain wiederfand. Noch ein argwöhnischer Ehepartner. Aber das schien – zu seiner Überraschung – nicht der Fall zu sein.

»Es könnte Tommy sein«, sagte sie. »Aber es erscheint mir unwahrscheinlich.«

»Tun Sie es?«, fragte Jackson. »Betrügen Sie Ihren Mann? Nur um die Sache klarzustellen.«

»Nein«, sagte sie. »Tue ich nicht.«

»Wer sonst könnte einen Grund haben, Sie zu verfolgen?«

Sie zuckte die Achseln. »Das sollen Sie ja herausfinden, oder?«

Er hatte den deutlichen Eindruck, dass sie ihm etwas verschwieg. Jacksons Erfahrung nach lauerte die Wahrheit oft hinter den Linien. Das war bisweilen natürlich besser, als dass sie einen mit einem Bajonett von vorn ansprang.

Jackson konnte sich nicht vorstellen, mit einer Frau verheiratet zu sein, die wie Crystal aussah. *The Only Way is Essex*, eine Serie, auf die er durch Zufall (wirklich) gestoßen war, als er durch die Kanäle zappte, war voller Crystals. Sie war nicht aus Essex – wenn er ihren Akzent richtig einschätzte, stammte sie von irgendwo in East Riding. Es bewies, wie alt er war, dachte Jackson, dass er von Yorkshire noch immer in Dritteln dachte, die schon vor Jahren abgeschafft worden waren, als man die Verwaltungsgrenzen neu gezogen hatte.

Crystal Holroyd war nicht sein Typ, obwohl er nicht sicher war, ob er überhaupt noch einen Typ hatte. (»Jede, solange sie atmet«, hatte Julia neulich gesagt. Unnötig feindselig, dachte er.) Seine ideale Frau war Françoise Hardy gewesen – er war schließlich seit jeher ein bisschen frankophil. Er hatte so eine Frau geheiratet, wenn auch eine Engländerin – die hinterlistige Wölfin Tessa –, doch er nahm an, dass sie ein maßgeschneidertes Artefakt gewesen war, perfekt entworfen, um ihn zu umgarnen. (»*Ich* kann dein Typ sein«, sagte Tatjana. »Ich kann Französin sein, wenn du willst.« Sie sagte es, um ihn zu provozieren, nicht zu verführen. Sie schien sich sehr über seinen Status als Junggeselle zu amüsieren. Es war schlimm genug, dass Julia sein Gehirn vor langer Zeit besetzt hatte, aber dass jetzt auch noch Tatjana darin herumgeisterte, war eine unwillkommene Entwicklung. Es verlieh dem Begriff »innere Stimme« eine ganz neue Bedeutung. Zumindest hatten es die beiden geschafft, seine erste Frau Josie hinauszuwerfen.)

»Und was soll ich tun, wenn ich herausfinde, wer Sie verfolgt?«, fragte er Crystal Holroyd und befürchtete einen weiteren Search-and-Destroy-Auftrag wie von Chloes Mutter Ricky Kemp.

»Nichts«, sagte sie. »Ich will nur wissen, wer es ist. Würden Sie es nicht auch wissen wollen?«

Ja, das würde er.

»Und Sie haben wirklich Erfahrung mit so einer Sache?«, fragte sie, und ein zweifelndes Stirnrunzeln legte kurz ihre glatte Stirn in Falten. Botox?, fragte sich Jackson. Nicht, dass er auch nur irgendetwas darüber wusste, außer dass man jemanden, der nicht medizinisch qualifiziert war, dafür bezahlte, einem Nadeln ins Gesicht zu stecken. Es erschien ihm wie das makabre Zeug in Horrorfilmen. Jackson mochte seine Frau au naturel. (»Warzen eingeschlossen«, sagte er zu Julia, die die Bemerkung nicht als Kompliment auffasste.)

»Kein Sorge, Mrs Holroyd – Crystal –, es ist nicht mein erstes Rodeo.«

»Aber Sie sind hoffentlich kein Cowboy«, sagte sie und sah ihm ins Gesicht. Sie hatte erstaunlich grüne Augen, das Grün von Gletscherwasser in den Rockies. (Er war dort gewesen mit der Daiquiri trinkenden Frau aus Lancashire. Sie war Reiseschriftstellerin gewesen – war es vermutlich immer noch –, weswegen sie ihre überraschend feindselige Beziehung vor allem im Ausland geführt hatten.)

»Nein«, sagte Jackson und lachte. »Ich bin kein Cowboy. Ich bin der Sheriff.«

Sie schien nicht beeindruckt.

Er nahm ihre persönlichen Daten auf. Crystal war nicht berufstätig, sie war »nur« Hausfrau und Mutter, obwohl das ein Vollzeitjob sei, fügte sie defensiv hinzu.

»Absolut«, sagte Jackson. Er war nicht jemand, der die Entscheidungen infrage stellte, die Frauen fällten. Er hatte es ein-, zweimal im Leben getan, und es hatte immer ein schlimmes Ende genommen. (*Luddit* hallte noch immer in seinem Kopf wider.)

Crystal lebte mit ihrem Mann zusammen, dem oben erwähnten Tommy, in einem großen Haus namens High Haven ein paar Kilometer entfernt. Tommy besaß eine Spedition, und abgesehen von dem Mini-Schneewittchen gab es noch einen Stiefsohn, Harry, aus seiner ersten Ehe. Er sei ein guter Junge, sagte Crystal. Sechzehn, »aber ein bisschen jung für sein Alter. Auch ein bisschen alt für sein Alter«, sagte sie.

»Ist Ihr Mann geschieden?«, fragte Jackson und dachte, das übliche Klischee, die erste Frau ausgetauscht durch ein neueres Modell, doch Crystal sagte nein, sie sei bei einem Unfall ums Leben gekommen.

»Was für ein Unfall?«

»Sie ist von einer Klippe gefallen.«

»Von einer Klippe?« Jacksons kleine graue Zellen fassten sich an den Händen und begannen vor Aufregung zu hüpfen. Niemand fiel von einer Klippe – er hatte gerade erst Expertise in dieser Sache erworben –, sie sprangen oder wurden gestoßen oder mitgerissen.

»Ja, von einer Klippe. Es war ein Unfall. Hoffe ich jedenfalls.«

Er hatte das Café bestimmt, sie den Parkplatz. »Der Parkplatz hinter dem Coop. Parken Sie an der Mauer neben dem Bahngleis. Ich versuche, auch dort zu parken«, hatte sie ihn am Telefon angewiesen. Er hatte sich an die Anweisung gehalten, obwohl er sie nicht verstanden und ihre Bedeutung gewiss nicht so interpretiert hatte, dass er zehn Minuten, nachdem er seinen zweiten Kaffee ausgetrunken und die Rechnung bezahlt hatte, langsam hinter ihrem Range Rover vom Parkplatz fahren würde.

Es war ein großer Parkplatz, und wenn er seinen Wagen weiter entfernt von ihr abgestellt hätte, wäre es nahezu unmöglich gewesen, ihr zu folgen, als sie den Parkplatz verließ. Er mochte Frauen, die vorausplanten.

»Sie gehen zuerst«, sagte sie. »Ich folge Ihnen in fünf Minuten.«

»Okay«, sagte Jackson. Er hatte kein Problem, sich einer gut aussehenden Frau zu fügen. Eine Willigkeit, die öfter als einmal die Ursache für einen Absturz gewesen war.

Crystal hatte ihm das Kennzeichen ihres Wagens – eines großen weißen Evoque, der leicht zu sehen war – genannt, und jetzt schlenderte er geheuchelt nonchalant daran vorbei, doch er betrachtete ihn außen und innen. Ein Auto verriet viel über eine Person. Die Fenster waren abgedunkelt, aber durch die Windschutzscheibe sah er, dass das Innere makellos war, obwohl es Schneewittchens Kutsche war. Julias Wagen war ein Lehrbeispiel für Chaos – Hundekekse und Krümel, abgelegte Kleidungsstücke, Sonnenbrillen, einzelne Sneakers von Nathan, Zeitungen, *Collier*-Drehbücher übersät mit Kaffeeflecken, halb gelesene Bücher. Sie nannte es ihre »Schluderei«, was offenbar ein altes Wort war. (»Alte Wörter sind die besten«, sagte sie. Wie »Gattin«, dachte Jackson.)

Es war jedoch nicht das Innere von Crystal Holroyds Wagen, das Jackson interessierte, als vielmehr das Äußere, wo jemand etwas unter einen Scheibenwischer gesteckt hatte. Einen weißen Umschlag, auf dem der Name *Tina* stand.

Jackson entfernte ihn vorsichtig. (»Du weißt, was die Katze umgebracht hat?«, sagte Julia. Ja, dachte Jackson, aber sie hatte noch acht weitere Leben, oder? Hatte er? Er war von einer Klippe gefallen, war von einem verrückten Hund angegriffen worden, bei einem Zugunglück fast gestorben, beinahe ertrunken, in einem Müllwagen fast erdrückt, in die Luft gejagt worden – sein Haus zumindest –, und da waren noch nicht einmal die Beinaheunfälle während seines Dienstes bei der Polizei und beim Militär dabei. Sein Leben war eine Litanei von Katastrophen. Was, wenn er schon sein neuntes Leben lebte? Die letzte Runde. Vielleicht sollte er vorsichtiger sein.)

Der Umschlag war nicht zugeklebt, und er konnte den Inhalt herausnehmen. Keine Notiz, kein Brief, sondern ein Foto von Schneewittchen in einem anderen Prinzessinnenkostüm, einem blauen Kleid. Ein nicht gestellter Schnappschuss von ihr auf einer Schaukel. Aufgenommen mit einem Teleobjektiv, so wie es aussah. Wer machte Aufnahmen von einem Kind in einem Park mit einem Teleobjektiv? Perverse, Stalker, Privatdetektive. Er drehte das Foto um. *Halt den Mund, Christina.* Interessant. Bis er die Rückseite des Fotos gesehen hatte, hätte er es für unschuldig halten können – jemand, den Crystal kannte, der ihr ein Foto von ihrer Tochter zukommen lassen wollte. Aber *Halt den Mund, Christina* hatte nichts Unschuldiges. Wer immer die Nachricht geschrieben hatte, hatte es nicht für notwendig erachtet, ein *oder sonst* hinzuzufügen. Es war überflüssig.

Und Tina und Christina – waren sie beide Crystal? Drei Frauen in einer. Eine heilige Dreifaltigkeit. Oder eine unheilige?

Es gab immer mehr Fragen als Antworten. Immer. Vielleicht wurden alle Fragen beantwortet, wenn man starb, und man erhielt endlich das Geschenk dieses Klischees, eines »Abschlusses«. Vielleicht würde er erfahren, wer seine Schwester umgebracht hatte, aber dann wäre es zu spät, um ihr Gerechtigkeit widerfahren zu lassen, und das wäre nahezu so frustrierend, wie nicht zu wissen, wer sie ermordet hatte.

Er steckte das Foto zurück in den Umschlag, schob den Umschlag wieder unter den Scheibenwischer und hastete zu seinem Auto, bevor Crystal ihn sehen konnte. Er blickte sich um. Wenn ihr jemand folgte – und angesichts des Fotos war es wahrscheinlich –, dann hätten sie ihn dabei beobachtet, wie er das Foto anschaute. Hatte er gerade einen Anfängerfehler gemacht oder demjenigen, der Crystal verfolgte, wer immer es war, eine Pause zum Nachdenken verschafft? Ob es ihm nun gefiel oder nicht, sie stand jetzt unter seinem Schutz. Ob es ihr nun gefiel oder nicht ebenfalls.

Er beobachtete Crystal, als sie zu ihrem Wagen ging, sie hielt Candy an der Hand, die beiden plauderten miteinander. Sie blieb abrupt stehen, als sie den Umschlag sah, holte ihn misstrauisch unter dem Scheibenwischer hervor und öffnete ihn noch misstrauischer. Sie schaute das Foto an, drehte es um und las die Botschaft auf der Rückseite. Aus der Entfernung war es schwierig, den Ausdruck in ihrem Gesicht genau zu sehen, aber ihr Körper sprach laut. Sie versteinerte, eine statueske Statue, starrte auf die Nachricht, als würde sie eine Fremdsprache entschlüsseln. Dann nahm sie Candy auf den Arm, als wäre sie auf dem Boden nicht sicher. Eine Madonna mit Kind, auch wenn Jackson vermutete, dass Unsere Liebe Frau nie wie Crystal Holroyd rosa High Heels getragen hätte. Jacksons Mutter hatte ihn jeden Sonntag in die Messe gezerrt in dem vergeblichen Versuch, ihm Religion einzuimpfen. Eine Madonna, die wie Crystal Holroyd aussah, hätte wahrscheinlich mehr Erfolg gezeigt.

Crystal erwachte wieder zum Leben. Sie verstaute Candy im Kindersitz auf der Rückbank des Evoque und fuhr innerhalb von Sekunden davon mit der Geschwindigkeit einer Frau auf einer Mission.

Jackson folgte ihr aus dem Parkplatz. Genau genommen folgte Jackson nicht Crystal Holroyd, sondern dem silberfarbenen BMW, der sich langsam hinter ihr vom Parkplatz schlich.

Er hatte vermutet, Crystal Holroyd wäre paranoid, da ihre Behauptung über dem Pfefferminztee ein wenig dramatisch geklungen hatte (»Ich werde verfolgt«), aber siehe da, sie hatte recht.

Ihr kleiner Konvoi, bestehend aus drei Wagen, Jackson als Letzter, schlängelte sich aus der Stadt und über die A147. Er war gut in diskreter Überwachung – er sollte es auch sein, er hatte es oft genug getan. Er hatte das Nummernschild des BMW fotografiert, eine weitere Anfrage bei der DVLA.

Jackson sah, dass der Evoque an der Spitze den rechten Blinker setzte. Er hatte High Haven in sein Navi eingegeben und war ziemlich sicher, dass Crystal nach Hause fuhr. Der silberfarbene BMW begleitete sie so lange, wie er wollte oder musste, und fuhr an der Abzweigung vorbei mit Jackson im Schlepptau.

Saß hinter den dunklen Fenstern ein Privatdetektiv wie er selbst? Ein Privatdetektiv, der gerade ein heimliches Treffen seines Opfers mit einem unbekannten Mann, der ihm jetzt folgte, in einem Café beobachtet hatte. Waren sie fotografiert worden? Es würde nicht gut aussehen, wenn sich entgegen ihrer Zweifel herausstellte, dass es ihr argwöhnischer Mann war, der sie verfolgen ließ. Das Foto konnte sehr gut eine Nachricht von ihm sein – die Drohung, das Sorgerecht für sein Kind einzuklagen, zum Beispiel. Oder vielleicht gehörte er zu der Sorte, die eine auf Abwege geratene Frau bestraften, indem sie ihre Kinder umbrachten. Jackson hatte einmal mit so einem Mann zu tun gehabt – er war mit seinem zweitürigen Kombi und seinen zwei kleinen Mädchen auf dem Rücksitz in einen Fluss gefahren. Auch wenn er jetzt, Jahre später, darüber nachdachte, wurde ihm noch übel.

Und gleichgültig, dass ihr Treffen vollkommen unschuldig gewesen war, hatte er sich nicht unfreiwillig zu dem Mann gemacht, mit dem Crystal Holroyd eine Affäre hatte? Oder – und das war ein komplizierter Gedanke für seine kleinen grauen Zellen – hatte Crystal Holroyd dafür gesorgt, dass es aussah, als wäre er der Mann, mit dem sie eine Affäre hatte? Warum sollte sie das tun? Um jemanden auf eine dicke fette falsche Fährte zu führen? Das war zu viel gedacht, oder?

Ein paar Kilometer weiter kamen sie zu einer Baustelle, die von einer provisorischen Ampel reguliert wurde. Der BMW raste bei Gelb durch, Jackson musste bei (unnötig langem) Rot warten. Als die Ampel auf Grün schaltete, gestand er sich ein, dass die Verfolgung zu Ende war, kehrte um und fuhr zurück. Er blickte auf die Uhr – noch zwei Stunden bis zu seinem Rendezvous mit Ewan. Jede Menge Zeit.

Als er sich wieder der Abzweigung nach High Haven näherte, sah er den Evoque, der gerade auf die Hauptstraße abbog. Er fuhr schnell, sehr schnell, als säße ein Fluchtfahrer am Steuer und nicht eine Frau, die sich als Hausfrau und Mutter definierte. Jackson selbst hätte sich nicht für einen Evoque entschieden. Er war als Auto für eine Frau entworfen, wenn auch für eine wohlhabende Frau. Dennoch, das gab er widerwillig zu, verfügte er über ziemlich gute technische Daten und Leistungen. Manche Modelle – auch dieses offenbar – schafften es von null auf hundert in knapp sieben Sekunden. Das musste man dem Wagen lassen, und abgesehen davon war ein Mann, der einen Mittelklasse-Toyota fuhr, nicht wirklich in der Position, ein Urteil zu fällen.

Wohin fuhr Crystal Holroyd so eilig? Hatte sie vorgegeben, nach Hause zu fahren, um den silberfarbenen BMW abzuschütteln? Oder einen Mittelklasse-Toyota? Aber das ergäbe überhaupt keinen Sinn. Die Frau war wirklich ein Rätsel, dachte er. Sie war schon fast nicht mehr zu sehen, als er aufs Gaspedal trat und die Verfolgung aufnahm. Seine kleinen grauen Zellen waren überrascht und mussten sich sputen, um mitzuhalten.

Transsilvanische Familien

Als sie nach Hause kamen, setzte Crystal Candy vor *Peppa Wutz*. In der Küche stand ein Fernseher, und sie konnte sie vom Wintergarten aus, wo sie eine unaufschiebbare Zigarette rauchte, im Auge behalten. Nicht, dass sich Candy von der Stelle rühren würde, Peppa war wie Heroin für sie. Candy war noch immer als Schneewittchen verkleidet, doch Crystal war aus den High Heels gestiegen und hatte Jeans und ein altes T-Shirt angezogen. Sie verspürte das Bedürfnis, etwas zu putzen. Putzen würde ihr dabei helfen, über das Foto und seine Botschaft nachzudenken. *Halt den Mund, Christina.* Wer nannte sie noch Christina? Niemand. Tina war lange tot und begraben, wiederauferstanden als Crystal, so glänzend und rein wie Glas. Und weswegen sollte sie angeblich den Mund halten? Niemand hatte sie etwas gefragt. Es hatte etwas mit dem silberfarbenen BMW zu tun, oder? Behielt er sie im Auge, damit sie den Mund nicht aufmachte (ohne ihr zu verstehen zu geben, was sie nicht sagen sollte)?

Wie sie dem skeptischen Jackson Brodie vorhergesagt hatte, folgte ihr jemand vom Parkplatz. Im Rückspiegel konnte sie gerade noch Jackson Brodies Toyota sehen. Bei dem Gedanken, dass jemand die Person beobachtete, die sie beobachtete, fühlte sie sich marginal sicherer – aber nur marginal. Vielleicht beobachtete jemand auch ihn, eine endlose Reihe von Leuten, die sie im Blick hatten. Es hatte nichts mit Tommy zu tun, dessen war sie sich jetzt sicher. Es fühlte sich größer und hässlicher an. Es fühlte sich an wie die Vergangenheit. Und es stimmte ja auch, oder? Wenn sie den Mund aufmachte und von der Vergangenheit erzählte, würden alle Teufel aus der Hölle fliegen.

Taugte Jackson Brodie etwas?, fragte sie sich. *Nicht mein erstes Rodeo,* hatte er gesagt. Ein typischer Mann, voll vom eigenen Scheibenkleister. Ihr ganzes Leben lang hatte sie nach den Launen schwadronierender Männer getanzt, Wichtigtuer, die sie wie eine Puppe behandelt hatten – und nicht auf nette Weise. (»Braggadocio«, sagte Harry. »Aus dem Italienischen.« Klang wie ein Rennpferd.) Crystal waren ruhige Männer lieber, die keine hohe Meinung von sich selbst hatten – Vince Ives zum Beispiel. Er schien einer der Guten zu sein. War Wendy wirklich ermordet worden? Warum? Hatte sie wegen irgendetwas den Mund nicht gehalten? Hatte auch *sie* eine Vergangenheit? Es schien ihr unwahrscheinlich. Wendy kaufte aus dem Boden-Katalog und war stolz darauf, einen schrecklichen gestutzten Baum zu haben.

Die Haustür wurde krachend geöffnet. Tommy. Er hatte nie gelernt, ein Haus leise zu betreten. Er war gestern Abend spät nach Hause gekommen und vor sechs Uhr heute Morgen gegangen, aus dem Bett geschlichen, ohne sie zu wecken. Es sah Tommy nicht ähnlich, das Haus ohne Frühstück zu verlassen, und normalerweise ließ er sie auch nicht ungestört weiterschlafen. Sie war es gewöhnt, dass er sie mit der Bitte um eine Tasse Tee weckte. Es gehörte offenbar zu ihrer Arbeitsplatzbeschreibung. Am Muttertag hatten Harry und Candy ihr das Frühstück ans Bett gebracht – ein Tablett mit einer Blume aus dem Garten in einer kleinen Vase, einer Kanne Kaffee, Croissants, Marmelade, einem perfekten Pfirsich. (Das war Candy – ein perfekter Pfirsich. Noch nicht angeschlagen vom Leben.) Und einer Karte, die zu zeichnen Harry Candy geholfen hatte. Die Buntstiftzeichnung einer Strichfamilie – Mama, Papa, zwei Kinder. »Für die beste Mummy der Welt«, stand darauf. Harry tätschelte ihr unbeholfen die Schulter und sagte: »Tut mir leid, wir wollten nicht, dass du weinst.« »Tränen des Glücks, Harry«, sagte sie. Wie oft vergoss man sie? Nicht oft. Es tat gut, zu wissen, dass ihre Augen noch nicht vollkommen ausgetrocknet waren.

»Crystal?«, schrie Tommy. »Wo versteckst du dich, verdammt noch mal?«

Crystal seufzte. Du musst dich nur umschauen, dachte sie. Sie drückte die Zigarette aus und warf sich ein Pfefferminzbonbon in den Mund. »Hier!«

Sie setzte ihr bestes glückliches Lächeln auf, als Tommy in die Küche kam, und sagte: »Na so was, Liebling – du kommst mitten am Tag nach Hause. Den Tag werde ich mir im Kalender rot anstreichen.«

»Warst du weg?«

»Weg?«

»Ja, weg. Ich war vorhin schon mal da, und du warst nicht zu Hause.«

»Ich bin nur kurz nach Whitby gefahren, um ein paar Dinge zu erledigen.«

»In dem Aufzug?«

»Ich habe mich umgezogen. Hast du das von Wendy gehört?«

»Wendy?« Tommy blickte verständnislos drein.

»Wendy Ives – Vinces Frau. Sie ist tot. Jemand hat sie umgebracht.«

»Verdammte Scheiße. Wie?«

»Weiß nicht.«

»Glaubst du, dass es Vince war? Ich würde es ihm nicht verübeln, sie war eine knauserige Kuh. Wie wäre es mit was zu essen? Ein Sandwich?«

Und das war's? War Wendys Ermordung weniger wichtig als Tommys Mittagessen? Es war beunruhigend, wie mühelos er den Gedanken an eine ermordete Ehefrau verscheuchen konnte. Vielleicht auch an eine lebende. »Kein Problem«, sagte Crystal. »Schwein und Essiggurke oder Brathuhn?«

»Egal. Huhn. Ich esse es im Büro.«

Er wirkte verstimmt, nicht wie der gewohnte unbeschwerte Tommy.

»Probleme in der Arbeit?«, bedauerte sie ihn. Mitgefühl gehörte auch zu ihrer Arbeitsplatzbeschreibung.

»Das kannst du laut sagen. Ich muss was tun«, sagte er und murmelte etwas von Papierkram. Doch dann hatte er den Anstand, sich zu entschuldigen. »Schlimmer Morgen«, sagte er und küsste sie auf die Wange. »Entschuldige.«

»Ist okay, Liebling.« Er war nicht er selbst. Wer war er dann?

Er schloss die Tür zu seinem Büro.

Sie nahm einen Packen gekochter Hähnchenscheiben aus dem Kühlschrank, zog die Plastikfolie ab und runzelte die Nase wegen des Fleischgeruchs. Totes Tier. Roch Wendy jetzt so? *Der Weg allen Fleisches.* Das war aus etwas, oder? Aus der Bibel oder aus Shakespeare wahrscheinlich. Harry würde es wissen. Harry wusste alles. Manchmal machte Crystal sich Sorgen, dass er zu viel wusste. *Halt den Mund.* Die Worte hallten in ihrem Kopf wider.

Sie legte das Sandwich auf einen Teller und garnierte es mit einem Stiel Petersilie, nicht dass Tommy diese Geste zu schätzen wüsste. In ihrer Jugend war die beste Annäherung an eine Garnitur ein Plastiktütchen mit Tomatenketchup zu Pommes gewesen. Der Gedanke, dass sie in einem Alter war, in dem sie »in meiner Jugend« sagen konnte, war deprimierend. Wenn auch nicht so deprimierend wie die Erinnerung daran, wie es gewesen war, jung zu sein. Sie hoffte, dass Candy, wenn sie älter wäre, auf ihre Kindheit zurückblicken und sich nur an Glück erinnern würde. *Halt den Mund.*

Im Büro sah sie Tommy auf den schwarzen Bildschirm starren. Crystal fragte sich manchmal, ob er wusste, wie man ihn anschaltete – er erledigte alles mit seinem iPhone. Oder iPhones, Plural, denn er hatte zwei – eins, von dem sie offiziell wusste, und eins, von dem sie nichts wissen sollte oder von dem er ihr zumindest nie etwas gesagt hatte. Sie hatte das zweite gefunden, als sie vor ein paar Wochen sein Jackett in die Reinigung gebracht hatte, und sie war bei seinem Anblick erschrocken. Ihr erster Gedanke war natürlich, dass er eine Affäre hatte, was sie ehrlicherweise, wie sie Jackson Brodie gesagt hatte, gewundert hätte, weil er trotz seines Machogehabes nicht wirklich der Typ dafür war. Tommy war gern verheiratet, es erleichterte sein Leben, Untreue verkomplizierte es. »Dad ist uxuriös«, sagte Harry. (Woher hatte er das Wort?) »Uxor, das ist lateinisch für Ehefrau.« In Crystals Ohren klang es, als hätte es etwas mit Schweinen oder Rindern zu tun.

Zu ihrer Erleichterung schien das Handy ausschließlich mit der Arbeit zu tun zu haben und enthielt überwiegend SMS – *Frische Ware soll um 4 Uhr morgens anlegen.* Oder *Lieferung unterwegs nach Huddersfield.* Im Adressbuch befanden sich keine Namen, und die SMS wurden von oder an Personen geschickt, die nur mit Initialen auftauchten – A, W, J, T und mehrere andere, sodass fast das ganze Alphabet abgedeckt war. Sie vermutete, dass es sich überwiegend um Fahrer handelte. *Fracht in Sheffield abgeladen, Boss. Keine Probleme.* Keiner seiner Arbeiter tauchte je bei ihnen Zuhause auf. »Arbeit und Vergnügen«, sagte Tommy. »Die beiden soll man strikt auseinanderhalten.« Vermutlich galt das Gleiche für seine Handys.

Tommys »Büro« war ein kleines Zimmer vorn im Haus, das einst eine Art Empfangszimmer für Besucher gewesen sein musste. (Laut Harry war das Haus edwardianisch. »Ungefähr 1905«, sagte er, weil er wusste, dass sie keine Ahnung von Perioden hatte.) Das Büro war ganz anders als Tommys großes Zimmer im Keller, das voller Männer-Spielsachen war – Billardtisch, riesiger Fernseher, voll bestückte Bar. Das Büro dagegen war ganz dunkles Holz und grünes Leder und Schreibtischlampen aus Messing. Ein schwerer Aktenschrank aus Stahl, ein großer Computer und eine Schachtel mit teuren Zigarren auf dem Tisch. Es entsprach eher der Vorstellung eines Büros als der wahren Sache. Der Vorstellung eines Büros, erträumt von jemandem, dessen Leben im Boxring begonnen hatte. Und es war schwer zu sagen, was Tommy darin tat, denn sie wussten beide, dass sich sein richtiges Büro in dem Container auf dem Holroyd-Speditionsgelände befand. Dort gab es kein dunkles Holz und grünes Leder, stattdessen einen Kühlschrank mit Bier, einen Pirelli-Kalender und ein Durcheinander von Fahrtenschreiberausdrucken und Rechnungen, übersät mit Flecken. Jeden Monat kam Tommys Steuerberater vorbei und verwandelte sie in etwas Seriöses. Oder zumindest so seriös, wie es ihm möglich war.

Sie hatte dort einmal vorbeigeschaut – am Anfang ihrer Beziehung, als sie ihn am Valentinstag überraschen wollte. Sie war mit einem – herzförmigen – Kuchen von Marks and Sparks gekommen (in den alten Tagen, als sie noch schmutzig aß), aber er hatte sie sofort wieder aus dem Container gescheucht. »Kein Ort für eine Dame«, sagte er. »Aber die Jungs werden sich freuen«, sagte er und nahm ihr den Kuchen ab, und sie brachte es nicht übers Herz (ha!), ihn darauf hinzuweisen, dass er als romantische Geste für ihn gedacht war und nicht für die übergewichtigen Kerle, die in dem Container rauchten und Karten spielten.

»Danke«, sagte er, nahm das Sandwich vom Teller und biss hinein, ohne es auch nur anzublicken. Crystal dachte noch einmal an die Hühner. Nur Gott wusste, wie sie gelitten hatten, um Tommy Holroyd satt zu machen. Besser nicht darüber nachdenken. *Halt den Mund.*

»Noch was, Liebling?«

»Nee. Mach die Tür zu, wenn du hinausgehst, ja?«

Als sie ging, klingelte es an der Tür, und Tommy rief durch die Tür: »Mach du auf!«

Als Crystal auf den Monitor neben der Haustür schaute, sah sie ein Mädchen vor der Kamera stehen. Sie war so klein, dass nur die obere Hälfte ihres Kopfes sichtbar war. Crystal drückte auf den Knopf für das Mikrofon und sagte: »Hallo?« Das Mädchen hielt etwas hoch, eine Brieftasche oder Karte, Crystal konnte es nicht genau erkennen. »Ich bin DC Reggie Chase«, sagte sie. »Ich bin mit meiner Kollegin DC Ronnie Dibicki da.« Sie deutete auf jemanden, den die Kamera nicht einfing. »Wir würden gern mit Mr Holroyd sprechen. Mr Thomas Holroyd.«

Detectives? »Es handelt sich um ein paar Routinefragen«, sagte die Polizistin. »Kein Grund zur Beunruhigung.« *Halt den Mund, Christina.* Aber sie waren nicht wegen ihr hier, sie waren wegen Tommy da. Crystal zögerte, mehr aus einer angeborenen Abneigung gegen die Polizei heraus als aus Angst, dass Tommy etwas getan hatte.

»Mrs Holroyd?«

Crystal ließ sie herein, sie hatte nicht wirklich eine Wahl, oder? Sie klopfte an die Bürotür und sagte: »Tommy? Zwei Detectives sind da. Sie wollen mit dir reden.«

»Plaudern«, sagte eine der beiden freundlich. »Nur kurz plaudern.«

Crystal führte sie ins Wohnzimmer, in dem man durch mehrere große Fenster einen phantastischen Ausblick auf das Meer hatte – den Wow-Faktor nannte es Tommy. Keine von beiden schien das Wow zu bemerken.

Tommy kam und sah neben den beiden Mädchen noch massiger aus als gewöhnlich. Er hätte eine von ihnen in jede Hand nehmen können.

»Machst du bitte Kaffee, Liebes?«, sagte er zu Crystal. »Und für die Damen auch?«

Die Damen lächelten und sagten nein, danke.

Crystal ging aus dem Zimmer, ließ jedoch die Tür einen Spaltbreit offen und blieb auf der anderen Seite stehen. Steckte Tommy in Schwierigkeiten? Sie erwartete, dass es etwas mit den Lastwagen oder den Fahrern zu tun hatte. Ein Unfall, ein Verkehrsvergehen. Es war nicht das erste Mal, dass die Polizei mit Fragen zu den Lkws im Haus auftauchte, aber alle Probleme verschwanden normalerweise geräuschlos. Soweit Crystal wusste, hielt sich Tommy ans Gesetz. Das behauptete er jedenfalls. »Als Geschäftsmann ist es nicht in meinem Interesse, auf der falschen Seite des Gesetzes zu stehen«, sagte er. »Ich kann viel Geld auf der richtigen Seite machen.«

Oder vielleicht hatte es mit Wendy zu tun. Sie würden alle befragen, die sie gekannt hatten, oder? Wendy war ein paarmal in High Haven gewesen – bei der Poolparty zu ihrem Geburtstag, zu Drinks an Weihnachten, bei solchen Gelegenheiten. Sie war immer hochnäsig gewesen, als wäre sie etwas Besseres. Besser als Crystal jedenfalls. (»Oh, ich wünschte, *ich* wäre mutig genug, so einen *winzigen* Bikini zu tragen!« »Gut, dass sie es nicht ist«, sagte Tommy. »Sie würde die Pferde scheu machen.«)

Sie konnte eine Art Vorrede von Tommy hören – er ließ ein paar Namen von hochrangigen Polizisten fallen, mit denen er »eine Runde Golf« im Belvedere spielte. Die Detectives waren nicht beeindruckt.

»Hat Ihr Besuch etwas mit Wendy Ives zu tun?«, fragte er.

Hat Ihr Besuch etwas mit Wendy Ives zu tun? Reggie wechselte einen Blick mit Ronnie. Ronnie formte mit den Lippen das Wort »Golf« und zog nicht eine, sondern zwei Augenbrauen in die Höhe. Vince hatte gesagt, dass Tommy ein »Golffreund« war. Konnte er auch ein »besonderer Freund« von Wendy Easton gewesen sein? Vieles hing davon ab, wem der Golfschläger gehörte. War er schon auf Fingerabdrücke untersucht worden? Gab es eine unheimliche, noch nicht ersichtliche Verbindung zwischen dem Mord an Wendy Easton und ihrer eigenen Operation Villette? So viele Fragen. Jemand hatte einmal zu Reggie gesagt, dass es immer mehr Fragen als Antworten gab. Derselbe Jemand, den sie gestern die Klippe hatte hinauflaufen sehen. Derselbe Jemand, dessen Leben sie einst gerettet hatte. Was tat Jackson Brodie hier? Er war ein Mann, der stets Chaos im Schlepptau hatte. Und er schuldete ihr Geld.

»Wendy Ives?«, sagte Ronnie. »Nein, das ermittelt das Dezernat für Schwerverbrechen. Sie müssen sich keine Sorgen machen, Sir. Nur ein alter Fall, den wir uns noch einmal ansehen. Ihr Name ist in Zusammenhang mit mehreren Personen gefallen, die wir überprüfen, deswegen wollen wir Ihnen ein paar Routinefragen stellen, wenn Sie nichts dagegen haben. Wir wollen uns nur ein Bild machen, ein paar Hintergrunddetails auffüllen.«

»Selbstverständlich, wenn ich helfen kann«, sagte Tommy freundlich. »Wer sind diese ›Personen‹, wenn ich fragen darf?«

»Tut mir leid, Mr Holroyd, das kann ich Ihnen nicht sagen. Mr Holroyd – haben Sie jemals von einem sogenannten magischen Kreis gehört?«

Alle drei hörten das Geräusch eines Wagens, der schnell und aufgebracht davonfuhr.

»Hast du das gehört?« Ronnie runzelte die Stirn.

»Was?«, sagte Reggie und tat es ihr nach. »Das unverwechselbare Geräusch eines Autos, das schnell davonfährt?«

»War das Mrs Holroyd?«, fragte Ronnie Tommy Holroyd und lächelte freundlich. »Sieht aus, als bekämen Sie Ihren Kaffee nicht.«

Jetzt runzelte er die Stirn, als versuchte er zu übersetzen, was sie gerade gesagt hatte.

Reggie stand auf und ging zu einem der großen Panoramafenster. Es befand sich auf der Rückseite des Hauses. Keine Einfahrt, keine Autos, nur die See und der Himmel, so weit das Auge reichte.

»Wow«, sagte sie.

Christina und Felicity. Sie rannten. Sie rannten davon.

Christina, Tina für ihre Freundinnen, allerdings hatte sie nur eine, Felicity – Fee. Tina und Fee liefen die Straße entlang, Hals über Kopf, kreischten vor Lachen wie Geiseln, die sich befreit hatten, obwohl die Türen des Fürsorgeheims nicht verschlossen waren und es auch niemanden kümmerte, ob sie da waren oder nicht. The Elms hieß es, und sie erhielten dort herzlich wenig Fürsorge.

The Elms war ein Ort für »schwierige Mädchen«, und Tina hatte nie verstanden, warum sie hier gelandet war, weil sie sich für überhaupt nicht schwierig hielt. Sie war aufgenommen worden, nachdem ihre Mutter sie verlassen hatte und ihrem Vater das Sorgerecht entzogen worden war, weil er versucht hatte, sie seinen Saufkumpanen im Pub anzudienen. The Elms schien eine Bestrafung für etwas, das ihre Eltern getan hatten, nicht sie.

Fee war seit ihrem sechsten Lebensjahr in Kinder- und Jugendheimen, und sie war wirklich schwierig. Sie war eine Rebellin, frech und großmäulig – »ein böses Mädchen«, sagte Giddy. Mrs Gidding – natürlich wurde sie Giddy genannt. Sie war klein und dick – nahezu rund wie ein Ei. Tina stellte sich gern vor, wie sie die große Treppe im Heim herunterrollte und unten in Stücke zerbrach. Giddy hatte fluffiges Haar und schrie die Mädchen ständig mit ihrer hohen piepsigen Stimme an, aber niemand beachtete sie. Sie hatte einen Stellvertreter, der ein ganz anderes Paar Schuhe war. Davy – ein großer stämmiger Kerl, der aussah, als wollte er die Mädchen mit seinem Gürtel zu Tode prügeln, doch er kaufte ihnen Zigaretten und manchmal sogar Dosenbier. Fee schwatzte ihm immer etwas ab. Flea, Floh, nannte er sie. Tina war Teeny – man wollte es nicht glauben, aber sie war ein kleines Kind gewesen. Manchmal wankte Fee blass und krank aussehend aus Davys luftlosem nikotinfleckigen Büro, aber wenn Tina sie fragte, ob es ihr gut gehe, zuckte sie nur die Achseln und sagte: »Blockbuster«. Es war einer ihrer Sprüche (ebenso wie »Ah, Bisto« und »Ein P bitte, Bob?«.)

Sie waren natürlich früher schon »geflüchtet«, viele Male. Sie waren ein paarmal mit dem Bus ins Zentrum gefahren und hatten bei Woolworth Dinge geklaut – eine CD von New Kids on the Block (im Aufenthaltsraum stand eine Anlage), ein Fläschchen Nagellack, ein Lipgloss mit Erdbeergeschmack und jede Menge Süßigkeiten. Sie waren auch ins Kino gegangen, hatten sich durch den Notausgang hineingeschlichen und *Candyman's Fluch* gesehen und dann wochenlang Albträume gehabt. Sie waren nach Grimsby (schrecklich) und nach Beverley (langweilig) getrampt, aber jetzt befanden sie sich auf einem größeren Abenteuer. Nicht nur liefen sie fort, sie liefen für immer fort. Sie würden nicht zurückkehren. Nie. Sie rannten weg.

Es war Fee gewesen, die vorgeschlagen hatte, nach Bridlington zu gehen, denn dort lebten die zwei perversen Kerle. »Gutmenschen«, höhnte Giddy, als wären Leute, die Gutes taten, in Wirklichkeit schlecht (was sie in diesem Fall natürlich waren). Davy war ein Freund der beiden Gutmenschen – Tony und Mick –, und Davy war es gewesen, der sie nach The Elms eingeladen hatte. Tony war der Besitzer von Bassani-Eis, und wenn er zu Besuch kam, brachte er große nicht beschriftete Becher Eis mit. Normalerweise war es halb geschmolzen, wenn er ankam, aber das war okay. Er verteilte es selbst, die Mädchen standen an, und zu jeder sagte er etwas – »Da, Liebes, steck's dir in den Mund« oder »Leck mal dran, Liebes«, und alle kicherten, sogar Giddy.

Laut Davy waren Tony und Mick örtliche Geschäftsleute. Und auch örtliche Berühmtheiten, immer wegen irgendetwas in der

Zeitung. Nicht, dass Fee oder Tina die Zeitung lasen, aber Davy zeigte es ihnen. Tony hatte ein großes Auto, einen Bentley, in dem er die Mädchen ausfuhr. Tina war nie in den Wagen gestiegen, aber Fee sagte, dass sie alles Mögliche dafür bekam, wenn sie mitfuhr – Süßigkeiten, Zigaretten, sogar Geld. Sie sagte nicht, was sie tun musste, um sich diese Belohnungen zu verdienen, aber man konnte es sich denken. Mick gehörten Spielhallen und andere Attraktionen an der See, und Fee sagte, wenn sie nach Brid gingen, würden ihnen Tony und Mick Jobs verschaffen, und dann könnten sie irgendwo hinziehen und tun, was immer sie wollten, wann immer sie wollten.

Der Floh und Teeny. Liefen weg. Sie waren zwölf Jahre alt.

Als Erstes nahm sie vor einer Autowerkstatt am Stadtrand ein stiller Lkw-Fahrer mit, der ihnen Chips und Pepsi kaufte. Sie erzählten ihm, dass sie sechzehn wären, und er lachte, weil er ihnen nicht glaubte, und als er sie an einem Kreisverkehr aussteigen ließ, sagte er: »Habt eine gute Zeit am Meer, Mädels.« Und er schenkte ihnen ein paar Pfund. »Kauft euch Zuckerstangen. Und lasst die Jungs nicht an euch ran.«

Als Nächstes nahm sie ein Mann in einem großen beigefarbenen Kombi mit, der nach ein paar Kilometern sagte: »Ich bin kein Taxi, Mädels, ich nehme niemand für umsonst mit.« Und Fee erwiderte: »Das tun Taxis auch nicht.« Und er sagte: »Du bist eine vorlaute Zicke, was?« Er blieb auf einem Parkstreifen stehen, und Fee sagte zu Tina, dass sie für fünf Minuten aussteigen sollte, und als sie wieder einstieg, sagte der Fahrer nichts mehr von wegen Taxi und fuhr sie bis nach Bridlington, wo er sie am South Marine Drive aussteigen ließ. »Dreckiges Arschloch«, sagte Fee, als er davongefahren war. In Brid kauften sie

Pommes und Zigaretten mit dem Geld, das ihnen der Lkw-Fahrer gegeben hatte.

»Das ist das Leben«, sagte Fee, als sie sich an das Geländer an der Prom lehnten, rauchten und zusahen, wie die Wellen anbrandeten.

Wie sich herausstellte, war es kein großes Leben. Mick stellte ihnen einen Wohnwagen am Rand eines Campingplatzes zur Verfügung, der ihm gehörte, direkt neben einem Schrottplatz. Und er gab ihnen so was wie einen Job. Manchmal arbeiteten sie im Vergnügungspark oder am Empfang des Campingplatzes, doch am häufigsten wurden sie bei Tonys und Micks »Partys« gebraucht. Bevor sie zu der ersten Party ging, hatte sich Tina Luftballons und Eis und Spiele vorgestellt, die Art Party, die sie nie erlebt hatte, aber sie hatte sich so was von getäuscht. Es gab nicht einmal Eis, womit man bei Bassani hätte rechnen können. Allerdings gab es Spiele. Definitiv nicht die Spiele, die bei Kinderpartys gespielt wurden, obwohl ein paar Mädchen in ihrem Alter da waren. Nicht nur Mädchen, auch Jungen. »Denk einfach an was anderes«, riet ihr eins der Mädchen. »An was Schönes. Einhörner oder Regenbögen«, sagte sie zynisch.

Es waren nicht nur die Partys, Micks und Tonys Freunde kamen auch manchmal in den Wohnwagen. Den Wagen der Leidenschaft nannte ihn Mick und lachte. (Schrecklich, sich daran zu erinnern. Die Art Erinnerung, die man dreißig Jahre zu blockieren versucht.) »Beschwert euch nicht«, sagte er. »Ihr könnt nirgendwo anders hin. Und außerdem gefällt es euch. Ihr seid wirklich zwei kleine Schlampen.«

Crystal spürte, wie ihr Gehirn Volten schlug angesichts der Erinnerung. Sie waren Kinder gewesen, nicht so viel älter als

Candy. Niemand hatte nach ihnen gesucht. Nicht Giddy, nicht Davy. Nicht die Polizei oder das Jugendamt. Sie waren Abfall, Ausschuss, der keine Mühe lohnte.

Sie wusste noch, dass Fee immer gesagt hatte, sie könnten sich glücklich schätzen, weil Mick und Tony die Fürsorge für sie übernommen hätten. Da war es wieder, das Wort »Fürsorge«. Fürsorge sollte nicht einen versifften Wohnwagen und Süßigkeiten und Zigaretten bedeuten dafür, dass man alten Männern »einen Gefallen« tat. Sie wirkten zumindest alt. Im Rückblick waren sie wahrscheinlich überhaupt nicht alt gewesen. Damals jedenfalls nicht. Der Richter hatte einmal zu ihr gesagt, er wisse, dass er alt werde, da Bischöfe in seinen Augen neuerdings jung aussähen. Läufer, Springer, Bauern. Sie waren alle Figuren auf dem großen Schachbrett der Welt, nicht wahr?

Das Spielen war ihr von einem Freund des Richters beigebracht worden. Sir Irgendwas, ein Doppelname. Cough-Plunkett. Oder so ähnlich. Ein »Ritter des Königreichs«, sagte Tony Bassani. Er war stolz auf seine Verbindungen. Cough-Plunkett oder so ähnlich hatte ein Schachspiel mit in den Wohnwagen gebracht. Er sagte, sie sei »ein schlaues Mädchen«. Er war die erste Person, die sie schlau nannte. Wenn sie jetzt darüber nachdachte, war es seltsam, dass er Schach spielen wollte, aber andererseits hatten andere Männer viel schlimmere Macken. Natürlich wollte er letzten Endes mehr als nur Schach spielen. Es war lange her, dass sie sich gezwungen hatte, an den Richter und seine Freunde zu denken. Der magische Kreis.

So nannten sie sich. Der magische Kreis. »Auf zu Kunststücken«, sagte einer und lachte.

*

An diesem Morgen steckte Harry dank des willkommenen Mangels an Besuchern in der Transylvania World den Kopf in *Cranford*. Er mochte Cranford, es war ein sicherer Ort, an dem kleine Ereignisse große dramatische Bedeutung hatten. Harry dachte, dass das besser wäre, als große Dinge so zu behandeln, als wären sie nicht wichtig.

Eine bessere Attraktion als die transsylvanische Welt wäre Harrys Ansicht nach Cranford-Welt, wo man für sein Eintrittsgeld bei Miss Matty vorbeischauen und Tee trinken oder am Abend Karten spielen oder mit den Nachbarn um das Klavier stehend singen konnte. (»Ein Ort der Sicherheit«, hatte Miss Dangerfield Cranford genannt.) Ihm würde es gefallen, wenn der Kapitän laut aus *Die Pickwickier* vorlesen würde. Er könnte –

»Harry?«

»Crystal?« Er schreckte abrupt aus seiner Cranford-Träumerei auf. »Was machst du hier?« Sie hatte Candace auf dem Arm und setzte sie mit einem Seufzer der Erleichterung auf dem Kartenschalter ab.

Harry runzelte die Stirn. »Du willst doch nicht mit Candace da reingehen, oder?«, fragte er verwundert und deutete auf den dunklen Schlund des Tunnels, der nach Transsilvanien führte.

»Verkochte Karotte, nein.«

Crystal gab sich ungeheure Mühe, nicht zu fluchen. Die Mühe war so ungeheuer, dass sie viel geflucht haben musste, bevor sie seinen Dad heiratete, dachte Harry. Es war wirklich komisch, weil es ihr gelang, die albernen harmlosen Wörter, die sie stellvertretend benutzte, oft genauso schlimm klingen zu lassen.

»Du musst ein bisschen auf sie aufpassen, Harry.«

»Hier?«

»Ja, hier.«

»Ich muss gleich los für eine Nachmittagsvorstellung.«
»Ich bin bald wieder da.«

»Was ist das, verdammte Scheiße?«, fragte Barclay Jack, als er Harry hinter der Bühne sah, der ein schmuddeliges Schneewittchen in den Armen hielt.

»*Sie* ist meine Schwester«, sagte Harry. »Nicht ein das.«

»Schwester?« Barclay Jack runzelte die Stirn, als wäre es eine abwegige Vorstellung, Verwandte zu haben. Vielleicht hatte Barclay keine. Harry hatte nie gehört, dass er eine Frau oder ein Kind erwähnte, und es war nahezu unmöglich, sich ihn als Vater vorzustellen, er ging kaum als menschliches Wesen durch.

Obwohl sie es versprochen hatte, war Crystal noch nicht zurück, als Harry an Amy übergab, und Amy weigerte sich fast so unverblümt wie Emily zu babysitten, und so musste Harry Candace auf die Serpentinenfahrt durch die Moore im Bus mitnehmen. Sie war nie zuvor mit dem Bus gefahren, und die neue Erfahrung faszinierte sie eine Weile ebenso wie Harrys Tüte mit Monster Munch – strikt verboten von Crystal natürlich, aber sie hätte sich keine Sorgen machen müssen, hätte sie davon gewusst, weil Candace Minuten später alles wieder erbrach und dann prompt auf Harrys Knien einschlief. Er tat sein Bestes, die orangefarbene Schweinerei zu beseitigen, doch das war schwierig ohne die abgrundtiefe Tasche voller Accessoires, mit der Crystal normalerweise unterwegs war – eine Entourage von feuchten Tüchern, Schnabeltassen, Kleidung zum Wechseln, Getränken, Snacks, Waschlappen. Wenigstens an Candaces Buggy hätte Crystal denken können. (»Ja, das wäre super hilfreich gewesen«, sagte Amy, als sie zusah, wie er seine Schwester aus der World und laufend zum Bus schleppte.) Und etwas, um Candy zu unterhalten – ein Spielzeug oder ein Buch oder noch besser ihren kleinen DVD-Spieler und eine Auswahl des Peppa-Wutz-«Œuvre«, wie Miss Dangerfield es genannt hätte, obwohl er bezweifelte, dass Miss Dangerfield Peppa jemals begegnet war. Wohin war Crystal so eilig unterwegs gewesen? Im Rückblick wirkte sie nicht wie ihr normales Selbst. Und sie hatte keine High Heels getragen. Das war ein Zeichen für etwas.

Als sie aus dem Bus stiegen, waren beide, Harry und Candace, mehr als nur ein bisschen mitgenommen.

»Halt sie mir vom Leib«, sagte Barclay barsch.

Barclay war »auferstanden von den Toten«, wie Bunny sich ausdrückte. Am Vorabend hatte Bunny Barclay widerwillig im Krankenwagen in die Notaufnahme begleitet, aus der er ein paar Stunden später wieder entlassen wurde. »Panikattacke«, sagte Bunny zu Harry. »Schade, ich dachte, der Vorhang wäre für ihn endgültig gefallen. Es war etwas auf seinem Handy, das sie ausgelöst hat, oder?«

»Weiß nicht.« Harry zuckte unschuldig die Achseln. Barclay hatte sein Handy fallen lassen, als er zusammenbrach, und erst später, nachdem der Krankenwagen losgefahren war, sah Harry, dass es unter den roten Vorhang geschlittert war. Als er sich hinunterbeugte, um es aufzuheben, leuchtete eine SMS auf. *Damit wir uns verstehen, ignoriere meine letzte Botschaft NICHT.* Fasziniert hatte Harry Barclays Messenger geöffnet. Barclay hatte sein Handy nicht mit einem Passwort gesichert – Harry wusste es, weil er ihm geholfen hatte, es zu deaktivieren, als er es in der Woche zuvor zum x-ten Mal vergessen hatte. Man könnte es Verletzung der Privatsphäre nennen, dachte Harry, aber soweit er wusste, klopfte Barclay gerade an die Tür des Todes, und seine SMS könnten in irgendeiner Weise wichtig sein. »Oder du bist nur neugierig«, sagte Bunny. Stimmt, pflichtete Harry ihm bei. Die Botschaft, die nicht ignoriert werden durfte, war am Abend zuvor um zehn Uhr fünf geschickt worden, ungefähr zur selben Zeit, als Barclay das Blut in die Stiefel gerauscht und er zu Boden gegangen war. Sie kam von einer Nummer, nicht einem Namen, und ihr Inhalt war mehr als direkt. *Mach bloß deinen großen Mund nicht auf, Barclay, oder dir wird was SEHR Schlimmes zustoßen.*

Harry hatte das Handy in die Tasche gesteckt, in die es jetzt ein schuldbewusstes Loch brannte. Er hatte es Barclay noch nicht zurückgegeben, einerseits weil sein Anblick eine weitere Panikattacke oder einen richtigen Herzinfarkt auslösen könnte, andererseits – nun, Harry war sich nicht sicher, warum. Weil es etwas Unwiderstehliches hatte. Spannendes sogar. Wie in einem Detektivroman. Was wusste Barclay, das jemanden veranlasste, ihn so zu bedrohen? »Also, Barclay war schon immer ein Mann mit schlechten Gewohnheiten«, sagte Bunny, der auf die Nachricht durch eine Lesebrille schaute, die so altmodisch aussah, dass sie wahrscheinlich modisch war. »Schlechte Gewohnheiten ziehen schlechte Menschen nach sich.« So wie Bunny es sagte, klang es fast nach Shakespeare.

»Jedenfalls ist das Kind zu jung, um hier zu sein«, sagte Barclay und sah Candace finster an. »Und übrigens, hast du irgendwo mein Handy gesehen?«

»Ähm.« Er wollte es gestehen, wirklich, aber dann sagte Barclay: »Schau bloß, dass mir das bescheuerte Kind nicht in die Quere kommt, ja?« Und Harry beschloss, ihn zu bestrafen, indem er das Handy noch ein bisschen länger behielt.

»Ja, Mr Jack«, sagte er. »Ich werde mein Bestes tun.«

Nur nicht murren

»Verhaften Sie mich?«

»Das fragen Sie immer wieder, und ich antworte immer wieder: Nein, das tun wir nicht, Mr Ives«, sagte Inspector Marriot. »Sie sind freiwillig gekommen und können gehen, wann immer Sie wollen, wie Ihr Anwalt Ihnen sicher bestätigen wird.« Sie nickte Steve Mellors kurz zu, der Vince den Arm tätschelte und sagte: »Mach dir keine Sorgen. So ist das Prozedere.« (*Glauben Sie, dass Sie bei einer Routinebefragung einen Anwalt brauchen, Mr Ives?* Ja, das glaubte er!)

»Sie werden nicht als Verdächtiger vernommen, Mr Ives. Niemand beschuldigt Sie.«

Noch nicht, dachte Vince.

»Ich bin eigentlich als Freund dabei«, sagte Steve zu DI Marriot, »nicht als Anwalt. Obwohl«, wandte er sich an Vince, »es vielleicht eine gute Idee wäre, auf alle Fragen mit ›Kein Kommentar‹ zu antworten für den Fall, dass sie dich später verhaften.«

Die Polizei hatte ihn am Morgen angerufen und gebeten, noch einmal zu kommen. Vince hatte hektisch Steve angerufen, ihm die ganze traurige Geschichte von Wendys Ermordung und der Polizei erzählt, die wollte, dass er ein zweites Mal ins Revier käme, und dass er daran gedacht hatte, wegzurennen oder von der Klippe zu springen, dann aber an Ashley gedacht hatte, und er konnte ihr nicht gleichzeitig beide Elternteile nehmen, obwohl ihr anscheinend nur etwas an ihrer Mutter lag, nicht dass er sich ärgerte, er liebte sie, und er hatte Wendy *nicht* umgebracht – er schwor bei Gott –, aber gestern Abend hätte er beinahe den anderen Mann auf der Klippe mitgerissen –

»Vince, Vince, Vince«, sagte Steve, «beruhige dich. Ich bin schon unterwegs. Alles wird gut.« Doch kaum war er bei Vince angekommen, sagte er: »Ich bin kein Strafverteidiger, Vince.« Und Vince sagte: »Das ist gut, weil ich kein Straftäter bin, Steve.« Was genau war ein Anwalt für Firmenrecht?, fragte er sich. Es schien vor allem definiert von dem, was es nicht war.

»Selbstverständlich wollen sie mit dir sprechen«, sagte Steve. (»Himmel, Vince, wohnst du wirklich hier?«) »Du musst es vom Standpunkt der Polizei aus sehen –«

»Ich will es nicht von ihrem Standpunkt aus sehen! Ich will es von meinem Standpunkt aus sehen.«

»Nur die Ruhe, Vince. Du willst nicht, dass sie dich so aufgeregt sehen. Du musst den Schein wahren. Du warst – wie lange verheiratet? Zwanzig Jahre?«

»Einundzwanzig.«

»Einundzwanzig. Eure Scheidung war am Laufen. Die Polizei wird vermuten, dass du verbittert, sogar wütend bist. Du stehst zwangsläufig ganz oben auf der Liste der Leute, mit denen sie reden wollen.«

»Und Sie haben Ms Easton – Mrs Ives –, Ihre Frau« (als wüsste er nicht, wer Wendy gewesen war), »definitiv nicht gesehen, als Sie am Abend beim Haus waren?«

»Ich habe das Haus nicht betreten. Das habe ich Ihnen schon gesagt. Ich habe Ihnen alles schon eine Million Mal gesagt.«

Nein, er würde nicht »Kein Kommentar« zu allem sagen, er hatte jede Menge Kommentare!

Als er diesen Morgen aufgewacht war, zur dümmsten Uhrzeit – er vermutete, dass er nie wieder würde richtig schlafen können –, war er zum Haus gegangen. Nicht länger das »eheliche Heim«, sondern ein Tatort, der mit schwarzgelbem Flatterband abgesperrt war. *Tatort nicht betreten.* Sie hatten Ashley immer noch nicht erreicht, und er stellte sich vor, wie sie unerwartet nach Hause kam und das Heim ihrer Kindheit eingewickelt wie ein makabres Geschenk vorfand. Aus dem Nirgendwo tauchte ein Polizist auf und sagte: »Sir? Kann ich Ihnen helfen?«

»Das bezweifle ich«, sagte Vince. Er bezweifelte, dass ihm irgendjemand helfen konnte. Dennoch schien es eine gute Idee, Steve Mellors anzurufen. Vince hatte ihm vor vielen Jahren das Leben gerettet, und jetzt war es an der Zeit, dass er diesen Gefallen erwiderte und Steve seins rettete.

Er rief ihn zu Hause an, und seine Frau Sophie nahm ab. »Oh, Vince«, sagte sie. »Wie geht es dir? Wir haben euch schon lange nicht mehr gesehen. Wie geht es Wendy?«

»Wendy?« Vince zögerte. Es war erst acht Uhr morgens, und im Hintergrund hörte er, wie der Junge, Jamie, nach seinem sauberen Rugby-Trikot fragte und das Mädchen wegen etwas jammerte. Es schien nicht höflich, diese unbefleckte Familienatmosphäre mit den grausigen Tatsachen des Lebens zu beschmutzen. »Gut. Ihr geht's gut, danke. Sie kämpft gegen eine kleine Erkältung«, fügte er hinzu. Er wollte nicht, dass es klang, als wäre sie kerngesund.

»Grüße sie von mir. Ich hole Steve, er ist noch nicht aus dem

Haus. Du und Wendy müsst bald mal wieder zum Essen kommen. Ich glaube, wir sind dran.«

Vince dachte, dass es Sophie wahrscheinlich nicht gefiele, wenn Wendy in ihrem derzeitigen Zustand am Esstisch säße.

»Super«, sagte er.

Es war noch ein junger Detective Sergeant dabei, der sich mit Inspector Marriot abwechselte. Er schob Vince über den Tisch immer wieder Fotos vom Tatort hin, die Vince zurückschob. Und sie stellten ihm immer wieder dieselben Fragen, wieder und wieder, als würde er irgendwann vor unerträglicher Langeweile zusammenbrechen und gestehen.

»Ich habe Wendy nicht umgebracht«, sagte er. »Wie oft noch?« Steve legte ihm eine beruhigende Hand auf den Arm, aber er schüttelte sie ab.

»Wir behaupten nicht, dass Sie es waren, Mr Ives. Wir versuchen nur herauszufinden, was passiert ist.«

»Ich weiß, was passiert ist!«, sagte Vince. »Jemand hat Wendy umgebracht! Jemand, der nicht ich ist. Ich war im Belvedere.«

»Außer als Sie beim Haus waren.«

»Ich war für *fünf* Minuten dort. Keine Sekunde länger.«

»In fünf Minuten kann viel passieren, Mr Ives.« Inspector Marriot seufzte tief, als wäre sie enttäuscht von ihm. Er war beunruhigt, als er feststellte, dass er von Natur aus dazu neigte, ihre Enttäuschung verringern zu wollen, indem er ihr etwas gab, was sie wollte. Und sie wollte von ihm, dass er sagte, er hätte Wendy umgebracht. Aber das hatte er nicht! Er verstand allmählich, wie Leute Verbrechen zugaben, die sie nicht begangen hatten. Es war einfacher, als ständig die eigene Unschuld zu beteuern.

»Ich war den ganzen Abend im Belvedere. Tommy und Andy

werden es bestätigen. Tommy Holroyd und Andy Bragg – ich habe Ihnen gestern die Namen gegeben –, haben Sie Kontakt zu ihnen aufgenommen? Sie können Ihnen sagen, wann ich gegangen bin.«

»Leider haben wir bis jetzt weder Mr Holroyd noch Mr Bragg erreicht, aber wir werden es natürlich weiterhin versuchen.« Sie hielt inne und blickte ernst drein, als wollte sie etwas von großer Bedeutung fragen. »Sie waren beim Militär, nicht wahr, Mr Ives?«

»Ja, Signals, das ist lange her.«

»Sie wissen demnach, wie Sie etwas handhaben.«

»Wie ich etwas handhabe?«

»Ja. Wie Sie etwas handhaben. Waffen zum Beispiel.«

»Waffen? Ich dachte, Sie hätten gesagt, dass Wendy mit einem Golfschläger erschlagen wurde.«

»Nun, er wurde als *Waffe* benutzt. Alles kann als Waffe benutzt werden. Lesen Sie Agatha Christie.« (Aber das war Literatur, protestierte Vince wortlos.) »Wir haben noch nichts ausgeschlossen. Wir befinden uns in einem frühen Stadium der Ermittlung«, fuhr Inspector Marriot fort. »Wir warten noch darauf, dass der Pathologe den genauen Todeszeitpunkt bekanntgibt. Dann werden wir eine bessere Vorstellung davon haben, ob das mit Ihren Angaben und Ihrer Geschichte übereinstimmt.«

»Es ist keine *Geschichte*«, beharrte Vince. »Und wenn ich gehen kann, wann ich will, dann gehe ich jetzt.« Er stand abrupt auf und schob dabei geräuschvoll seinen Stuhl zurück. Es war nicht seine Absicht gewesen, so dramatisch aufzutreten, und jetzt kam er sich ein bisschen wie ein zappelnder Idiot vor.

Inspector Marriot öffnete die Arme in einer Geste der Hilflosigkeit. »Das liegt ganz bei Ihnen, Mr Ives. Wir werden uns bald wieder melden. Bitte verlassen Sie die Stadt nicht.«

»Du hast dir da drin wahrscheinlich keinen Gefallen getan, als du die Fassung verloren hast«, sagte Steve und deutete mit dem Schlüssel auf sein Auto, das vor dem Revier stand. Der Discovery zwitscherte kleinlautes Einverständnis.

»Ich weiß, ich weiß, aber die Sache ist ein Albtraum. Wie etwas von Kafka.« Vince hatte Kafka nie gelesen, aber er hatte eine ziemlich gute Vorstellung, was die Leute meinten, wenn sie sich auf Kafka beriefen. »Haben sie wirklich versucht, mit Tommy und Andy zu sprechen? Warum erwischen sie sie nicht?«

»Ja, Tommy und Andy«, sagte Steve nachdenklich. »Ich bin sicher, dass sie das Richtige sagen werden.«

»Die *Wahrheit*, Steve.«

»Du musst zugeben, dass es ziemlich schlecht für dich aussieht, Vince«, sagte Steve.

»Du solltest eigentlich auf meiner Seite sein.«

»Das bin ich, Vince, das bin ich. Glaub mir.«

Vince wollte zu seiner Wohnung zurückgehen, aber Steve sagte: »Komm, wir fahren zum Belvedere und essen dort zu Mittag. Wir müssen die Strategie besprechen.«

»Strategie?«

»Du befindest dich in einem Kriegsgebiet, Vince. Wir müssen den Feind neutralisieren. Wir müssen deine Geschichte auf die Reihe kriegen.«

Schon wieder das Wort »Geschichte«, dachte Vince. Sein Leben wurde zur Fiktion. Kafka wäre stolz auf ihn.

Kaum waren sie losgefahren, als Steves Handy klingelte. Er antwortete über die Freisprechanlage. Es war ein überwiegend einseitiges Gespräch aus *Hm-hms* und *Okays*. Als es zu Ende war, blickte er düster drein.

»Ärger im Büro, Steve?«

»Könnte man sagen, Bub.«

Comedy-Yorkshiremen, dachte Vince. Keiner von ihnen hatte je mit einem auffällig starken Akzent gesprochen. Vinces Eltern stammten aus dem Süden, hatten sich im Krieg kennengelernt und waren dann nach Norden gezogen. Sie hatten einen charakterlosen Leicestershire-Akzent, der die deutlichen Kadenzen von West Yorkshire abgeschwächt hatte, die Vince in seiner Kindheit umgeben hatten. Steves Akzent dagegen war ihm durch Sprechübungen aberzogen worden – was er vor den anderen Jungen in der Schule geheim gehalten hatte, um nicht als Muttersöhnchen zu gelten. Vince aber wusste es. Er war einst der Bewahrer von Steves Geheimnissen gewesen. Steves Mutter war wild entschlossen gewesen, dass ihr Sohn »sich verbesserte«. Und das hatte er. Und wie.

(»Warst du mal wieder in der alten Heimat?«, hatte Steve gefragt, als er und Wendy bei ihnen zum Abendessen waren. »Schon lange nicht mehr«, sagte Vince. Sein Vater war kurz nach der Hochzeit mit Wendy gestorben, und er hatte keinen Grund mehr zurückzukehren. »Manchmal muss ich wegen der Arbeit hin«, sagte Steve. »Es hat sich verändert. Lauter Pakis, Imame und Moscheen.« Sophie war bei dem Wort »Pakis« zusammengezuckt. Wendy nicht. Sophie hatte ihrem Mann vorwurfsvoll die Hand auf den Arm gelegt. »Steve«, sagte sie und lachte leise, »das ist schrecklich.« »Wir sind doch unter Freunden«, sagte Steve und tat seine Vorurteile achselzuckend ab. »Ich spreche nur aus, was alle denken. Noch ein Glas Wein, Wendy?« »Aber immer«, sagte Wendy.)

»Ich muss einen kleinen Umweg fahren, wenn das okay ist, Vince«, sagte Steve. Es war nicht wirklich eine Frage. »Eine Sache, um die ich mich kümmern muss. Wird nicht lange dauern.« Vince hoffte es. Die Vorstellung, Mittag zu essen, hatte ihn aufgemuntert. Er fühlte sich leer, als wäre er mit einem scharfkantigen Löffel ausgehöhlt worden, aber er nahm an, dass sich tatsächlich Angst breitgemacht hatte.

Er war überrascht, wie heißhungrig er war, obwohl er unter Mordverdacht stand. Seit dem Toast im Haus des Mannes gestern Abend hatte er nichts mehr gegessen. Vince stand unter so großem Stress, dass er den Namen des Mannes vergessen hätte, wenn er ihm nicht seine Karte gegeben hätte. *Jackson Brodie – Brodie Investigations.* »Rufen Sie mich an«, hatte er gesagt, »wenn Sie reden wollen.«

Sie fuhren eine ganze Weile durch ein zunehmend heruntergekommenes Hinterland voll schäbiger Cafés, Tätowierstudios, Garagen und Autowerkstätten, die bizarrerweise zu Beerdigungsinstituten umgewandelt worden waren, als wäre es ein natürlicher evolutionärer Schritt. Plötzlich und unerwartet erinnerte er sich an seine Mutter, die in einem dämmrigen Beerdigungsinstitut aufgebahrt worden war, das nach Bienenwachs und etwas weniger Angenehmem roch – Formaldehyd vielleicht, obwohl das vielleicht eine Erinnerung an die konservierten Exemplare im Biologieunterricht in der Schule war.

Seine Mutter war an einem nicht benannten Krebs gestorben, etwas Beschämendes, so wie flüsternd von ihren Freundinnen und Verwandten darüber gesprochen wurde. Vince war erst fünfzehn, und seine Mutter wirkte alt, doch als sie starb, war sie jünger gewesen als er jetzt. Sie war eine gute Köchin gewesen, er konnte noch immer den Geschmack ihres Fleischfondues und ihres gedämpften Biskuitkuchens heraufbeschwören. Nach ihrem Tod lebten Vince und sein Vater von Rindfleischpasteten vom Metzger und im Plastikbeutel gekochtem Kabeljau, eine Diät, die ihr Gefühl des Verlustes verstärkte. »Ich vermisse das Essen deiner Mutter«, sagte sein Vater, doch Vince nahm an, dass er die Frau vermisste und nicht so sehr den Auflauf aus Lammhackfleisch und Kartoffelbrei, obwohl die beiden irgendwie untrennbar miteinander verschmolzen waren, so wie Wendy zum Teil aus Bonsai und Prosecco bestand. Woraus war Crystal Holroyd gemacht?, fragte er sich. Zucker und Spezereien wahrscheinlich. Er stellte sich vor, in sie hineinzubeißen – in ein Bein oder einen Arm – und das knusprige Knacken von Zucker zu hören. Himmel, Vince, reiß dich zusammen, dachte er. Wurde er verrückt?

Schließlich erreichten sie den Stadtrand, und sie waren schon fast auf dem offenen Land, als Steve nach links abbog und einen kurvenreichen Weg entlangfuhr, der von großen Büschen und Bäumen gesäumt war. Wendy hätte es in den Fingern gejuckt, eine Motorsäge anzulegen, dachte Vince. Doch dann fiel ihm ein, dass sie nichts mehr wollte, nichts mehr fühlte in diesem Leben. War sie im nächsten, fragte er sich, stutzte und beschnitt das Gesträuch? Er hoffte, dass sie nicht in der Hölle schmorte, doch im Himmel konnte er sie sich auch nicht vorstellen. Nicht, dass Vince an das eine oder andere glaubte, aber es war undenkbar, dass Wendy nirgendwo war. Um ihretwillen hoffte er, dass sie im Himmel war, wo ein niederer Rang von Engeln nach einem harten Tag im Bonsai-Feld ihre Hände und Füße pflegen würde. *(Ich bin erledigt, Vince, bring mir doch ein Glas Prosecco, ja?)* Seine Mutter war zumindest behaglich in einem Beerdigungsinstitut der Baptisten gelandet, wohingegen Wendy noch immer irgendwo auf einem kalten Stahltisch lag und langsam vor sich hingammelte wie ein Schellfisch.

»Vince – alles in Ordnung?«

»Ja, entschuldige – war ganz woanders. Ich habe an Wendy gedacht.«

»Sie war eine gute Frau.«

»Meinst du?«

Steve zuckte die Achseln. »Sie hat so gewirkt. Ich habe sie natürlich nur ein paarmal gesehen. Manchmal dauert es ein ganzes Leben, bis man eine Person kennt. Sophie überrascht mich immer noch.« Vince dachte an seine Katze. Seine Sophie, im Gegensatz zu Steves Sophie, brachte Vince in ihren jungen Tagen als Jägerin Mäuse als Geschenk. Es waren kleine samtige Dinger, mit denen Sophie endlos spielte, bevor sie ihnen den Kopf abbiss. War Vince eine hilflose Maus, mit der Inspector Marriot spielte? Wann würde sie ihm den Kopf abbeißen?

Ein großes heruntergekommenes Gebäude kam in Sichtweite, als sie um eine Kurve fuhren. Ein verwittertes Schild kündigte *Silver Birches – ein neues Zuhause* an. Es schien einmal irgendeine Anstalt gewesen zu sein, eine psychiatrische Klinik oder ein Pflegeheim, und schon lange aufgegeben – es war offensichtlich seit Jahren geschlossen. Vince konnte sich nicht vorstellen, was Steve hier zu erledigen hatte.

»Bleib im Wagen, Vince«, sagte Steve und sprang athletisch aus dem Discovery. »Ich bin in fünf Minuten wieder da.«

Es wurden lange fünf Minuten, dachte Vince, während er auf Steve wartete. Plötzlich brach eine andere Erinnerung über ihn herein. Es schien, als würde die Vergangenheit heute vor seinen

Augen geschält wie eine Frucht. Als er ein Junge war, hatte ein Freund seines Vaters einen Schrebergarten, und im Sommer schenkte er ihnen Gemüse, das ihm von seiner überreichen Ernte übrig geblieben war – rote Bete, Stangenbohnen, Salat. Bob, so hieß er. Onkel Bob. Vinces Vater fuhr im Sommer oft abends zu Bobs Schrebergarten. Sie hatten keinen Pkw, sondern einen Lieferwagen – *Robert Ives – Klempner*, von einem Schildermaler auf die Seite gemalt. Es waren unkomplizierte Zeiten, die Leute hielten es nicht für nötig, sich schlaue Namen oder Slogans oder Sprüche einfallen zu lassen. (*Unser Geschäft ist Schrott* hatte er neulich auf der Seite eines weißen Lieferwagens gesehen.)

Eines Abends, als Vince vielleicht sechs oder sieben war, hatte ihn sein Vater zu Bobs Schrebergarten mitgenommen.

»Schau, ob er Kartoffeln hat!«, rief ihnen seine Mutter nach, als sie losfuhren.

»Du wartest im Wagen«, sagte sein Vater zu Vince, als er vor dem Schrebergarten ausstieg. »Ich bin in fünf Minuten wieder da.« Und Vince blieb allein, als sein Vater pfeifend losging, um Bob in der Hütte am anderen Ende des Gartens zu suchen.

Die spätsommerliche Dämmerung wurde zu Dunkelheit. Die Schrebergärten schienen verlassen, und Vince begann sich zu fürchten. In diesem Alter jagten ihm die Dunkelheit und Gedanken an Geister und Mörder Angst ein. Er saß für eine gefühlte Ewigkeit da, stellte sich all die grauenhaften Dinge vor, die seinem Vater womöglich passiert waren – und, schlimmer noch, all die grauenhaften Dinge, die ihm vielleicht passieren würden. Als sein Vater pfeifend zurückkam, war Vince ein zitterndes weinendes Wrack.

»Warum weinst du, du Blödmann?«, sagte sein Vater, die Arme voll großer Salatköpfe, einem Strauß Bartnelken und den geforderten Kartoffeln. »Du brauchst doch keine Angst zu haben. Du hättest zu mir kommen können.« Das hatte Vince nicht gewusst. Er wusste nicht, dass er einen freien Willen und Entscheidungsfreiheit hatte. Er war wie ein Hund – wenn er bleiben sollte, blieb er.

Bob war ein älterer Mann und hatte keine Familie. Als Gegenleistung für das Gemüse wurde er oft sonntags zum Mittagessen eingeladen. Sein Vater warnte ihn. »Setz dich nicht auf Onkel Bobs Knie, wenn er dich auffordert.« Es stimmte, dass Bob immer versuchte, ihn dazu zu bringen, sich auf sein Knie zu setzen (»Komm schon, Junge, knuddle deinen alten Onkel Bob«), aber der gehorsame Vince tat es nie. Seine Mutter mochte Onkel Bob – er bringe sie zum Lachen, sagte sie. »Er und seine Hütte, da fragt man sich, was er da drin tut.«

Vince hatte seit Jahren nicht mehr an Onkel Bob gedacht. Den Lieferwagen hatte er völlig vergessen. *Robert Ives – Klempner.* Er vermisste seinen Vater. Aber man sollte ein kleines Kind nicht einfach so allein lassen.

Die Uhr am Armaturenbrett des Discovery sagte ihm, dass Steve schon fast eine halbe Stunde weg war. Das war lächerlich, Vince hätte in der Zeit zu Fuß zum Belvedere gehen können, statt hier zu sitzen wie schlechte Ware und Däumchen zu drehen.

Dieser Tage nutzte er seine Entscheidungsfreiheit. Er hatte einen freien Willen. Er blieb nicht immer, wo er bleiben sollte. Er stieg aus. Er sperrte den Wagen nicht ab und stieg die Treppe zu Silver Birches hinauf. Er ging hinein.

Gegenverkehr

Danzig. Gelandet.

Wurde aber auch Zeit, dachte Andy. Das Flugzeug war mit zwei Stunden Verspätung gestartet und hatte so gut wie nichts davon aufgeholt. Er hatte zugesehen, wie der Status seiner Landung von *planmäßig* zu *verspätet* zu *vorgesehen* zu *erwartet* verändert wurde, als steckte es in einer endlosen Zeitschleife fest, in einer Art kosmischer Warteschleife. Um acht Uhr abends befand sich auch Andy in einem schwarzen Loch, nachdem er vier Espresso getrunken und die *Mail* in allen Einzelheiten von vorn bis hinten gelesen hatte. Er war sogar so weit gesunken, sich an dem Sudoku zu versuchen – an dem er elendiglich scheiterte. Es kam ihm vor, als wären Tage, nicht Stunden vergangen, seit er die Thai-Mädchen in Silver Birches abgeliefert hatte. Eine hatte sich gewehrt, aber Wassili hatte sie hochgehoben und um die Hüfte gepackt, während sie protestierend in die Luft trat und schlug. Sie hätte auch eine Stoffpuppe sein können. Andy konnte noch ihr verzerrtes Gesicht vor sich sehen, als sie ihn anschrie, während sie davongetragen wurde. »Mr Andy! Mr Andy, Hilfe!« Jesus weinte. Aber nicht Andy. Herz aus Stein. Was, wenn es zerbrach? Hatte es schon angefangen? Überall kleine Bruchlinien. *Mr Andy! Mr Andy, Hilfe!*

Er fühlte sich, als hätte er nichts anderes getan, als den ganzen Tag auf einer Welle von Koffein die A1 hin- und herzufahren. Sein Wagen musste mittlerweile Rinnen in der Straße hinterlassen haben. Handlungsreisende verbrachten weniger Zeit in ihren Autos als Andy. Er nahm an, dass er in vieler Hinsicht einer war. Ein Vertreter, der seine Ware überall im Land verhökerte. Käufer waren nicht knapp, so viel war sicher.

Er dachte wieder an die Waschmaschinen, die von dem Holroyd-Lkw gefallen waren. Opfer der Straße. Man konnte nur eine begrenzte Anzahl Waschmaschinen verkaufen, doch der Handel mit Mädchen kannte keine Grenzen.

Andy fragte sich, ob Steves Frau – die selbstgerechte Sophie – von dem Wohnwagen wusste, dem »anderen Büro« ihres Mannes. »Stephen arbeitet jede Stunde, die Gott ihm gibt«, sagte sie zu Andy beim Neujahrsumtrunk. »Ja, er ist ein richtiger Workaholic«, erwiderte Andy. Wendy und Vince waren auch da gewesen. Wendy hatte zu viel getrunken, und Andy sah, wie Sophie die Augen verdrehte, als Steve sie anblickte. Wenn sie wüsste, woher ihr ganzes Geld kam, wäre sie nicht so von sich eingenommen. »Er ist so selbstlos«, sagte sie. Ja, genau, dachte Andy.

Es ging nicht um Sex, keiner von ihnen – na ja, vielleicht Tommy hin und wieder – berührte die Ware, es ging ums Geld. Nur Profit, keine Verluste. Für Andy war es immer nur ein Job gewesen – um genügend Geld zum Leben und zum Schluss einen behaglichen Ruhestand in Florida oder Portugal zu haben, irgendwo, wo es einen richtig guten Golfplatz gab. Ein Haus mit Swimmingpool, an dem Rhoda faulenzen konnte, in einem ihrer großen Stützbadeanzüge und mit einer Piña Colada in der Hand. Mit einem Papierschirmchen. Ein Papierschirmchen hatte etwas, das das gute Leben symbolisierte. Er nahm nicht an, dass Lottie derselben Ansicht war.

Er hatte genügend Geld für dieses gute Leben, warum also machte er weiter? Wo war die Grenze? Wo hörte es auf? Er hatte so viele riskante Grenzen überschritten, dass es vermutlich kein Zurück mehr gab. Er hatte zu viel des Guten getan, und jetzt saß er im Niemandsland fest. (»Herrgott, Andy«, sagte Steve. »Wann hast du angefangen zu *denken*? Es passt nicht zu dir.«) Es war wie ein Karussell von Carmody geworden, aus dem man nicht einfach aussteigen konnte. »Du weißt doch, wie es in dem Lied heißt«, sagte Tommy. »Du kannst auschecken, aber nicht abreisen.«

Steve hatte versucht, einen vierten Musketier aufzunehmen. Vince Ives. Eher Dogtanian als d'Artagnan. Vince und Steve kannten sich seit der Schule, und Steve dachte, dass Vince »nützlich« sein könnte, er war offenbar beim Militär gewesen und kannte sich mit IT aus, doch beides nützte ihnen nichts, sowohl Steve als auch Andy waren ziemlich geschickt mit dem Internet.

Steve schien zu glauben, dass er Vince etwas schuldete, weil Vince ihn Jahrzehnte zuvor aus einem Kanal gezogen hatte. (Wenn er Steve nur hätte ertrinken lassen wie eine ungewollte Katze, wären sie jetzt nicht in diesem Geschäft. Wenn also jemand für ihre Taten verantwortlich war, dann war es Vince.) Es war sofort klar, dass Vince nicht zu der Sorte Mann gehörte, der die Nerven für ein Geschäft wie ihres hatte. Der vierte Musketier stellte sich als fünftes Rad heraus, und sie beschlossen, ihn im Dunkeln zu lassen, spielten allerdings weiterhin mit ihm Golf und luden ihn zu Partys ein. Letztlich hatte sich Vince als Belastung und nicht als Gewinn erwiesen, vor allem jetzt, da Wendys Ermordung die Polizei anzog wie Pferdescheiße die Fliegen. Und er konnte noch nicht einmal anständig Golf spielen.

Andy seufzte und trank seinen Kaffee aus. Ließ ein großzügiges Trinkgeld liegen, obwohl der Kellner kaum Arbeit mit ihm gehabt hatte. Er ging in die Ankunftshalle. Ihre Namen waren bereits im iPad, er aktivierte es und setzte ein freundliches Gesicht auf. Mr Charming. Die Tür öffnete sich, und er hob das iPad hoch, damit sie es nicht übersehen würden.

Sie waren zwei hübsche Blondinen, Polinnen, echte Schwestern, umgarnt von Steve. Nadja und Katja. Sie sahen ihn sofort. Riesige Koffer – keine Überraschung. Sie marschierten selbstbewusst auf ihn zu. Sie wirkten nahezu beunruhigend stark und gesund, und einen Augenblick lang glaubte er, sie würden ihn angreifen, aber dann sagte die Größere: »Hallo, Mr Price?«

»Nein, ich vertrete Mr Price.« So wie der Papst Gottes Stellvertreter auf Erden war, dachte er. »Nenn mich Andy, Liebes. Willkommen in Großbritannien.«

Ein Häschen geht …

»Und ich habe zu ihr gesagt, ich bin nur auf der Suche nach deiner inneren Frau, Schatz!« Barclay Jack war richtig in Fahrt auf der Bühne.

»Himmel, er ist widerlich«, sagte Ronnie. Reggie und Ronnie standen hinter den Sperrsitzen und warteten auf das Ende der Nachmittagsvorstellung.

»Ja«, sagte Reggie, »der Typ ist ein Neandertaler. Bedauerlicherweise scheinen sie ihn zu mögen. Vor allem die Frauen. Das ist das Deprimierende.« Reggie fragte sich manchmal, ob es irgendwann einen Tag geben würde, an dem sie nicht von den Menschen enttäuscht wäre. Sie nahm an, dass das eine utopische Vorstellung war, und Utopien funktionierten ebenso wenig wie Revolutionen. (»Noch nicht«, sagte Dr. Hunter.) Vielleicht gab es weit weg einen Ort, wo es anders war. Neuseeland vielleicht. (*Warum kommst du nicht, Reggie? Komm uns besuchen. Vielleicht willst du dir hier sogar einen Job suchen.* Es wäre schön, in der Nähe von Dr. Hunter zu leben, ihren Sohn Gabriel aufwachsen zu sehen.) Gerechtigkeit zu verteidigen war eine gute Tat, aber man könnte genauso gut Knut der Große sein und versuchen, die Flut aufzuhalten. (War das eine historische Tatsache? Es schien unwahrscheinlich.)

»Was haben eine Frau und eine Straße gemeinsam?«, grölte

Barclay. »Sie da in der ersten Reihe«, sagte er und deutete auf eine Frau in einem roten Oberteil. »Ja, ich rede mit Ihnen, Süße. Sie pressen besser die Beine zusammen, oder Sie kriegen einen Durchzug.«

»Es sind *Kinder* im Publikum«, sagte Reggie und seufzte. »Wie lange dauert das noch?«

»Nicht mehr lange«, sagte Ronnie. »Zehn Minuten.«

Obwohl er in die ursprünglichen Ermittlungen aufgenommen worden war, wurde Barclay Jack damals wieder ausgeschlossen. Dank ihrer Stellung in der Gemeinde hatten Bassani und Carmody im Lauf der Jahre viele Entertainer kennengelernt – Ken Dodd, Max Bygraves, die Chuckle Brothers –, doch auf keinen von ihnen war ein Verdacht gefallen. Carmody gab immer ein großes Sommerfest und lud alle Promis ein, die gerade in der Stadt waren. Es war eine aufwändige Angelegenheit, es gab einen Film von einer Party, den Ronnie und Reggie gesehen hatten. Bassanis Amateurfilm offenbar – die beiden waren die Juroren bei einem Wettbewerb um das hübscheste Baby und einer Art Schönheitswettbewerb mit Frauen in einteiligen Badeanzügen. Alle lachten. Barclay Jack kam in dem Film kurz vor, Drink in einer Hand, Zigarette in der anderen, grinste er anzüglich in die Kamera. Er war nur eine Person mehr (»Mann«, verbesserte Ronnie, »ein Mann mehr«), die in dem sich endlos verzweigenden Fraktal von Operation Villette erwähnt wurde. Ein weiteres Teilchen im Puzzle, ein weiterer Stein in der Mauer.

»Genderfluid, so nenne ich das!«, schrie Barclay Jack den Göttern eine weitere Pointe zu. Reggie hatte vor einiger Zeit abgeschaltet.

»Es ist zum Lachen«, sagte Ronnie todernst.

Natürlich hatte es im Lauf der Jahre Gerüchte über ihn gegeben, einmal sogar eine Razzia in seinem Haus – obwohl er alles Nördliche lautstark für sich beanspruchte, lebte Barclay Jack an der Südküste. Er hatte seit langem keinen Erfolg mehr, doch da war er, überlebensgroß, hüpfte herausgeputzt, mit Rouge im Gesicht auf der Bühne herum und erzählte Witze, bei denen jede Frau mit einem Funken Selbstachtung – oder jede Person beiderlei Geschlechts und alle dazwischen – zusammenzucken sollte, weil sie so inkorrekt waren. Das war es natürlich, was ihn attraktiv machte, er sprach Dinge laut aus, die die Leute normalerweise bloß dachten. Allerdings hätte man annehmen können, dass Komiker wie Barclay Jack ihre Zugkraft verloren hätten, da es jetzt das Internet gab, ein Netz aus Hass und Häme.

»Wir könnten ihn wahrscheinlich sofort wegen mehrerer Vergehen festnehmen«, schlug Reggie vor.

»Es lohnt die Kalorien nicht«, erwiderte Ronnie.

»Weil sie beide Einstiegslöcher haben!«, brüllte Barclay Jack. »Ist jemand aus Scunthorpe / Mösendorf im Publikum?«, fuhr er unerbittlich fort. Ein Mann irgendwo im Rang meldete sich aggressiv, und Barclay Jack sagte: »Sie sind also derjenige, der für das Cunt / die Möse in Scunthorpe / Mösendorf verantwortlich ist!« Es dauerte einen Augenblick, bis das Publikum den Witz verarbeitet hatte, und dann brach es vor Vergnügen in kreischendes Gelächter aus.

»›Ich bin nicht außerhalb, dies hier *ist* Hölle‹«, murmelte Reggie leise.

»Hä?«, sagte Ronnie.

»Kein Grund zur Aufregung, Mr Jack«, sagte Reggie. Die drei standen zusammengedrängt in Barclay Jacks kleiner Garderobe. Der Raum war eine Müllhalde. In der Luft hing der Geruch nach etwas Verrottendem. Reggie vermutete, dass es sich um die angebissenen Reste eines Burgers handelte, die zwischen anderem Unrat auf dem Schminktisch lagen, oder vielleicht war es auch Barclay Jack selbst, der von innen heraus verfaulte. Er war gewiss nicht das Abbild von Gesundheit.

Reggie sah sich selbst im Spiegel, der im Hollywoodstil mit Glühbirnen gerahmt war. Sie sah klein und blass aus, so wie immer. »Kränklich« hätte ihre Mutter gesagt. Kein Wunder, dass die Familie ihres gut aussehenden Exfreundes bestürzt gewesen war, als er sie mit nach Hause gebracht hatte, um sie vorzustellen.

Sie riss sich zusammen und fuhr fort: »Wir ermitteln in einem alten Fall, Mr Jack, und wollen Ihnen nur ein paar Routinefragen zu mehreren Personen stellen, wenn Sie nichts dagegen haben. Wir wollen uns nur ein Bild machen, ein paar Hintergrunddetails auffüllen. Wie bei einem Puzzle. Als Erstes möchte ich Sie fragen, ob Sie jemanden namens – alles in Ordnung, Mr Jack? Wollen Sie sich setzen? Möchten Sie ein Glas Wasser? Mr Jack?«

*

»Wie behandelt man einen gefährlichen Käse?«

»Himmel, Junge«, sagte der Zauberer, »kennst du nur Käsewitze?«

»Nein«, sagte Harry. »Ich bin in ein Geschäft gegangen und wollte Kuchen kaufen und habe gesagt: ›Ich hätte gern den da, bitte …‹«

»Ist das ein Witz«, fragte der Zauberer, »oder ein unglaublich langweiliges Ereignis in deinem Leben?«

»Ein Witz.«

»Ich wollt's nur wissen.«

»… und die Frau hinter der Theke sagt: ›Das sind dann zwei Pfund.‹ ›Und der da?‹, sage ich und deute auf einen anderen Kuchen. ›Der kostet vier Pfund‹, sagt die Frau. ›Aber‹, sage ich, ›der sieht doch aus wie der erste Kuchen. Warum kostet er doppelt so viel?‹ Und sie sagt: ›Ah, der eine ist ein Marmorkuchen, der andere ein Carraramarmorkuchen.‹«

»Naaa ja«, sagte Bunny und dehnte die Silbe, »der ist *irgendwie* witzig, wenn du zehn Jahre alt bist. Viel liegt aber an der Vortragsweise, Harry. Du klingst, als wolltest du der Versicherung einen Schadensfall melden.«

Harry hatte nichts dagegen, von Bunny kritisch abgehandelt zu werden (© Bella Dangerfield). Na ja, er hatte was dagegen, aber er wusste, dass Bunny nicht aus Boshaftigkeit etwas Negatives sagte, sondern weil er helfen wollte. Er nahm an, dass er lernen müsste, Kritik, sogar Feindseligkeit zu ertragen, wenn er Karriere beim Theater machen wollte, ob vor oder hinter dem Vorhang.

»Oje, ja«, sagte Bunny. »Da draußen gibt's nur schieren Hass. Es ist ein Scheißleben, wirklich, aber was soll man machen?«

Sie waren in Bunnys Garderobe, die er sich mit dem Zauberer teilte. Harry konnte nicht sagen, wer von den beiden sich mehr über dieses Arrangement beklagte. (»Ihr solltet dankbar sein, dass es nicht der Bauchredner ist – dann wärt ihr hier zu dritt«, sagte Harry. »Das ist ein Witz«, fügte er hinzu. »Wirklich?«, sagte der Zauberer.)

Bunny hatte die Schuhe ausgezogen und die Perücke abgenommen, sodass sein schmaler Haarkranz zu sehen war, der ihn vor völliger Kahlheit rettete. Ansonsten trug er sein Kostüm und war geschminkt, weil er das Theater zwischen der Nachmittags-

und der Abendvorstellung nicht verließ. Bunny und der Zauberer spielten ein kompliziertes Kartenspiel, das gleiche Spiel, das sie seit Beginn der Saison spielten. Es schien nie einen Abschluss zu finden, obwohl häufig Geld den Besitzer wechselte. Anscheinend hatte es der Zauberer »im großen Haus« gelernt.

»Er meint das Gefängnis«, sagte Bunny zu Harry. Der Zauberer legte den Kopf schief, um es zu bestätigen.

Sie hielten im Spiel inne, damit der Zauberer Whisky in die verschmierten Gläser schenken konnte. Wenn Crystal die Gläser sehen würde, bekäme sie einen Anfall.

»Willst du auch einen zur Brust nehmen, Harry?«, fragte der Zauberer.

»Nein. Aber danke.« Es war die billige, verschnittene Sorte Whisky. Harry wusste es nur, weil sein Vater einen teuren Malzwhisky kaufte. Von seinem Vater aufgefordert, hatte Harry ihn probiert, aber ihm wurde allein vom Geruch schon übel. »Ja, man muss dabeibleiben, bis man auf den Geschmack kommt«, sagte sein Vater. Harry dachte, dass es vielleicht besser wäre, in diesem Fall nicht auf den Geschmack zu kommen.

»Was hast du mit dem Gör gemacht?«, fragte Bunny.

»Candace? Die Tänzerinnen verwöhnen sie in ihrer Garderobe.« Als Harry zum letzten Mal nach ihr geschaut hatte, hatten die Mädchen Candace geschminkt – Lidschatten und Lippenstift – und ihr Pailletten ins Gesicht geklebt. Ihre Fingernägel waren grün lackiert, und um ihren Hals und ihren Oberkörper wand sich eine Federboa. Er wollte gar nicht daran denken, was Emily zu diesem Aufzug gesagt hätte.

»Entschuldigung«, sagte er zu dem Raum im Allgemeinen, da mehrere Mädchen nur halb bekleidet waren.

»Schon in Ordnung, Harry«, trillerte eins der Mädchen.

»Nichts, was du nicht schon gesehen hast.« Das stimmte nicht ganz, dachte er.

»Diese Mädchen werden das Kind auffressen«, sagte der Zauberer düster.

Bunny holte eine Zigarettenschachtel hervor, bot dem Zauberer eine an und sagte: »Zünd sie uns an, Harry, ja?«

Harry nahm zuvorkommend sein Feuerzeug. »Können Sie mir einen Trick zeigen?«, fragte er den Zauberer.

Der Zauberer nahm die Karten, mischte sie wichtigtuerisch, legte sie fächerförmig aus und sagte: »Nimm eine Karte, irgendeine.«

Als sich Harry Barclays Garderobe näherte, kam eilig ein Mädchen heraus. Sie überraschte ihn, weil sie sagte: »Du bist nicht zufälligerweise Harry?«

»Doch.«

»Oh, gut.« Sie war Schottin – sie hatte »gud« gesagt. »Mr Jack hat nach dir gefragt. Er braucht seine Tabletten und findet sie nicht. Ich kann sie holen, wenn du mir sagst, wo sie sind.«

»Ist er in Ordnung?«, fragte Harry. »Ihm ist doch nicht schon wieder komisch, oder?«

»Er scheint ein bisschen leidend«, sagte sie.

Harry wusste nicht, warum Barclay seine Tabletten nicht bei sich hatte, und er hatte keine Ahnung, wo sie sein könnten. Er steckte den Kopf zur Garderobe der Tänzerinnen rein, und Candace quietschte vor Freude, als sie ihn sah. Eine Tiara war ihrem Ensemble hinzugefügt worden, eins der billigen Strassdinger, die sie beim Beinewerfen zu »Diamonds Are A Girl's Best Friend« trugen. (»Und es stimmt, Harry«, hatte ein Mädchen zu ihm gesagt. »Vergiss das nie.« »Ich werde es versuchen«, versprach er.)

Die Tiara war viel zu groß für Candace, und sie musste sie festhalten, damit sie nicht herunterrutschte. Harry rettete sie, bevor sie aufgefressen wurde. Er müsste Bunnys Make-up-Entferner benutzen, bevor Crystal sie sah. (Wo *war* seine Stiefmutter?)

Nein, die Mädchen hatten Barclays Tabletten nicht gesehen, ebenso wenig der Bauchredner. Clucky auch nicht (nach Auskunft des Bauchredners). Harry kehrte geschlagen in Barclays Garderobe zurück. Es war jetzt eine zweite junge Frau darin und zudem Bunny, es herrschte ein schreckliches Gedränge.

»Jessica Rarebit da hat sie gehabt«, sagte Barclay und hielt das Fläschchen mit Tabletten hoch, damit Harry es sehen konnte.

»Das Krankenhaus hat sie mir gestern Abend gegeben«, sagte Bunny, »damit ich sie aufbewahre.«

»Trottel«, sagte Barclay kurz und bündig.

»Sind Sie okay, Mr Jack?«, fragte Harry.

»Ich komme um vor Kälte. Mach die Tür zu.« Es war atemberaubend heiß in der Garderobe. Harry fragte sich, ob Barclay nicht krank war, er sah definitiv nicht gut aus, aber das tat er nie. Wie verlangt schloss Harry die Tür und erschrak über den Ausdruck absoluten Entsetzens auf Barclays Gesicht. Er schien gerade eine grässliche Erscheinung gesehen zu haben. Sein Mund stand offen, seine schlechten, nikotinfleckigen Zähne waren zu sehen. Er hob eine zitternde Hand und deutete auf Harry.

»Was?«, sagte Harry beunruhigt und dachte an den verwesenden Sohn, der in *Die Affenpfote* in der Tür auftaucht, einer Erzählung, die ihn vor kurzem nachts nicht hatte schlafen lassen.

»Hinter dir«, sagte Bunny in seinem besten Pantomimentonfall.

Harry wirbelte herum und rechnete mindestens mit einem Vampir, doch dann sah er, was Barclay so entsetzt hatte. Auf die

Innenseite der Garderobentür hatte jemand mit roter Farbe schlampig ein Wort geschrieben, in Großbuchstaben: PEEDO.

*

Ach du meine Güte, dachte Reggie. Wer immer es geschrieben hatte, hätte wenigstens Rechtschreibung lernen können.

Jemand klopfte leise an die Tür, alle blieben stumm, deswegen sagte Reggie schließlich: »Herein.«

Sie mussten noch näher zusammenrücken, um eine weitere Person einzulassen. Eine Bauchrednerpuppe, ein widerlich hässliches Federvieh, steckte den Kopf herein.

»Verpiss dich, Clucky!«, schrie die Dragqueen. Draußen auf dem Flur schien ein Handgemenge stattzufinden, als würde sich Clucky mit jemandem streiten, und dann quetschte sich Thomas Holroyds Frau in die Garderobe und stellte sich zu den merkwürdigen Gestalten. So musste es im Schwarzen Loch von Kalkutta zugegangen sein, dachte Reggie. Nur noch schlimmer.

»Mami!«, rief ein mit Federn und Pailletten besetztes Kind, das bislang unsichtbar gewesen war, und streckte Crystal die Arme entgegen, um hochgehoben zu werden. Das Mädchen klang erleichtert, und wer hätte es ihm übel genommen?

»Mrs Holroyd«, sagte Reggie. »Sie hier zu sehen! Es ist eine kleine Welt, nicht wahr?«

Zwielichtige Geschäfte

Ihr Name ist in Zusammenhang mit mehreren Personen gefallen, die wir überprüfen, deswegen wollen wir Ihnen ein paar Routinefragen stellen, wenn Sie nichts dagegen haben. Warum? Warum ausgerechnet Tommy?, fragte sich Crystal. Wie konnte er von der Zeit damals wissen? Er war nur ein paar Jahre älter als sie und Fee. War er eins der Kinder bei den Partys gewesen? Ihr Herz pochte heftig. Fee sagte: »Alles in Ordnung, Teen? Nimm eine Kippe. Soll ich Tee machen?« Sie sah nicht aus, als wäre sie in der Lage, mit einem Wasserkessel zu hantieren, aber Crystal sagte: »Ja, bitte. Danke.« Sie sagte nichts von Kräutertee und keine Milch, sie wusste, wie dumm das in Fees Ohren geklungen hätte.

Sie hatte Crystal nicht einmal erkannt, als sie die Tür öffnete. »Ich bin's, Tina«, sagte Crystal. »Christina.«

»Verdammte Scheiße«, sagte Fee. »Schau dich an. Miss Universum.«

»Lass mich rein«, sagte Crystal. »Wir müssen reden. Die Polizei hat nach dem magischen Zirkel gefragt.«

»Ich weiß.«

Offenbar hatte der Richter eine Tochter. Crystal hatte es nicht gewusst. Sie hieß anscheinend Bronty, und mit ihr war das Gleiche geschehen wie mit ihnen. Fee erinnerte sich an sie, doch Fee war häufiger bei Partys gewesen als Crystal. Jetzt, so viele Jahre später, war Bronty Finch zur Polizei gegangen, und deswegen geriet jetzt alles aus den Fugen, die Vergangenheit und die Gegenwart krachten mit hundert Stundenkilometer aufeinander. »Und Mick redet auch«, sagte Fee. »Er will wohl Namen nennen. Haben sie dich schon gefunden? Sie waren hier, ich habe ihnen gesagt, sie sollen sich zum Teufel scheren. Wir könnten ihnen viel erzählen, oder? Jede Menge Namen.«

»Ich werde nichts sagen, niemandem. Ich habe das an meiner Windschutzscheibe gefunden.« Crystal zeigte ihr das Foto von Candy und die Nachricht auf der Rückseite. »Es ist eine Botschaft. Sie bedrohen mein Kind.« Fee hielt das Foto lange in der Hand und starrte darauf, bis Crystal es ihr wegnahm. »Hübsch«, sagte Fee. »Hübsches Kind. Ich habe auch was gekriegt.« Sie kramte in ihrer Tasche und angelte einen Zettel heraus. Die Nachricht darauf war weniger prägnant, aber dennoch ziemlich direkt. *Sprich über nichts mit der Polizei. Du wirst es bereuen, wenn du es tust.*

Der Richter war jetzt natürlich tot, viele aus dem magischen Zirkel waren tot. Der Ritter des Königreichs – Cough-Plunkett – lebte noch, er war vor kurzem klapprig im Fernsehen aufgetreten. Und der Parlamentsabgeordnete, jetzt ein Peer, der – nein, bloß nicht daran denken, was er mochte –, war jetzt ganz oben und bramarbasierte über den Brexit. »Nennen Sie mich Nick«, hatte er gesagt. »Der alte Nick, ha, ha.« Jedes Mal, wenn sie ihn im Fernsehen sah, geriet Crystal in Panik. (»Lass uns was anderes schauen, Harry, die Nachrichten sind so deprimierend.«) Er hatte noch immer viele Verbindungen zu allen möglichen Leuten. Leute, von deren Existenz man nichts wusste, bis sie einen bedrohten.

Crystal konnte mit fünfzehn aussteigen. Carmody gab ihr eine Handvoll Bargeld – schmutzige Scheine »von den Ponys« –, er war stiller Teilhaber bei einem Rennbahnbuchmacher. Crystals Beziehung zu gewaschenem Geld reichte lange zurück. Aus schmutzig mach sauber, die Geschichte ihres Lebens. »Verschwinde«, sagte Mick, als sie das Geld in ihre Tasche stopfte. Sie sei jetzt zu alt, erklärte er. Sie ging zum Bahnhof, stieg in einen Zug und fuhr fort. So einfach war es, wurde ihr klar. Man kehrte allem den Rücken zu und ging. Christina, die davonrannte.

Sie bat Fee, mit ihr zu kommen, aber sie entschied sich zu bleiben, bereits drogenabhängig und antriebslos. Crystal hätte sie mit Tritten und Geschrei aus dem Wohnwagen, aus diesem Leben zerren sollen. Jetzt war es zu spät.

Sie hatte ein Zimmer in einer Wohnung gemietet, und es war nicht so, dass sich ihr Leben über Nacht verändert hätte wie im Märchen oder in *Pretty Woman*, und sie musste ein paar lausige Sachen machen, um zu überleben, aber sie überlebte. Und jetzt war sie hier. Neuer Name, neues Leben. Das sie für niemanden aufgeben würde.

Sie tranken (schwachen) Tee und rauchten Kette.

»Bist du verheiratet?«, fragte Fee und zog heftig an ihrer Zigarette. Sie war lebhafter, und Crystal fragte sich, ob sie etwas genommen hatte, als sie Tee gekocht hatte. »Eine alte verheiratete Dame.« Sie lachte amüsiert über die Vorstellung.

»Ja, ich bin jetzt verheiratet. ›Mrs Holroyd‹«, sagte Crystal, machte Hasenohren und lachte, weil es ihr plötzlich absurd erschien, diese Person, Crystal Holroyd, zu sein, während das Leben, das ihr eigentlich bestimmt gewesen war, ihr gegenübersaß und es kaum erwarten konnte, auf die Straße hinauszugehen und sich den nächsten Schuss zu verdienen.

»Ja?«, sagte Fee. »Ein Verwandter von Tommy?«

»Tommy?«, wiederholte Crystal, kleine Sturmflaggen zogen in ihrem Gehirn auf.

»Tommy Holroyd. Hat damals für Tony und Mick gearbeitet. Warte, ich glaube, das war, nachdem du weg bist. Er hat es weit gebracht, nachdem er – er ist der Holroyd von der Spedition Holroyd.«

»Spedition?«

»Ja.« Fee schnaubte höhnisch. »Das ist die nette Bezeichnung. Sag bloß nicht, dass du ihn geheiratet hast? Doch, das hast du, oder? Tatsache. Verdammte Scheiße, Teen.«

Crystal war einmal von einem Typen in den Magen geboxt worden, der auf der Suche nach einem Punchingball war und Crystal fand oder vielmehr Tina. Der Schlag hatte unvorstellbar wehgetan. Er raubte ihr buchstäblich den Atem, und sie lag zusammengerollt wie eine Bohne auf dem Boden und fragte sich, ob ihre Lunge jemals wieder einsetzen würde oder ob es das Ende war. Aber das war nichts im Vergleich zu jetzt. Wohin sie auch blickte, ihre Welt brach zusammen.

Wie sich herausstellte, kannte Fee Tommy wesentlich länger als Crystal. Sie wusste auch wesentlich mehr über Tommy als Crystal. Über Tommy und seine Partner. »Hast du wirklich keine Ahnung, was er macht? Früher warst du die Schlaue, Tina.«

»Offenbar bin ich es nicht mehr«, sagte Crystal. »Ich setze noch mal Wasser auf, ja? Und dann erzählst du mir alles, was ich nicht weiß.«

Die Sache mit der Vergangenheit war, dass sie, gleichgültig, wie weit man rannte und wie schnell, immer direkt hinter dir war und nach deinen Fersen schnappte.

»Scheiße, Scheiße, Scheiße«, sagte Crystal, als der Kessel kreischend pfiff.

Sie gab Fee fünfzig Pfund – alles, was sie in ihrer Börse hatte –, und Fee sagte: »Was ist mit deiner Uhr?«, und Crystal gab ihr auch die Cartier mit der Gravur *Von Tommy in Liebe.*

Crystal war noch nie zuvor im Palace Theatre gewesen. Es war die billige Version von etwas Opulenterem. Es gab eine breite Treppe und Spiegel, aber der Anstrich war alt und der karierte Teppich abgenutzt. Aus dem Café hatte sich der Geruch nach aufgewärmtem Kaffee bis ins Foyer ausgebreitet. Plakate kündigten bereits das Kinderprogramm für Weihnachten an. *Aschenputtel.* Von der Tellerwäscherin zur Millionärin. Niemand wollte es umgekehrt, oder? Tony Bassani war mit ihr und Fee zu einer Aufführung gegangen, als wären sie Kinder. Was sie waren. *Peter Pan.* Jemand aus dem Fernsehen spielte Captain Hook. Alan Irgendwas. Niemand erinnerte sich mehr an ihn. Tony kaufte ihnen eine Schachtel Black-Magic-Pralinen, und sie hatten alle Lieder mitgesungen, deren Texte auf einer Tafel standen. Es war ein schöner Abend gewesen, sie hatten ihn wirklich genossen, und danach nahm Tony sie mit hinter die Bühne und stellte sie Captain Hook in seiner Garderobe vor. »Weihnachtsgeschenk für dich, Al«, sagte Tony, als er ging. »Eine Geste des Dankes – es war eine gute Saison.«

Im Theater war es still, die Nachmittagsvorstellung war vorbei, und sie musste am Kartenschalter fragen, wo sie Harry finden konnte. Sie wussten nicht, wer Harry war, deswegen fragte sie nach Barclay Jack, behauptete, sie wäre seine Nichte, als sie zweifelnd dreinblickten und sagten: »Sind Sie sicher? Er mag keine Besucher.«

»Ich auch nicht«, sagte Crystal. Sie dirigierten sie hinter die Bühne, und sie klopfte an die Tür.

Mehr Leute hätten nicht in den Raum gepasst. Es war wie eine Version des Versteckspiels, bei der sich bis auf einen alle gemeinsam versteckten. Der magische Kreis hatte gern eine ähnliche Version gespielt. Spaß und Spiele hatte Bassani es genannt. Die Detectives von früher am Tag waren da, aber Crystal stellte diese Tatsache zurück, sie hatte bereits genug zum Nachdenken. Ebenso die Tatsache, dass Barclay Jack aussah, als würde er gleich den Löffel abgeben, und dass auch eine Dragqueen ohne Perücke anwesend war (das war vermutlich Harrys neuer Freund Bunny). Keine Spur von Candy, und Crystal empfand kurz Panik, bis sich Harry mit ihr auf dem Arm durch das Gedränge zwängte. Sie sah aus, als wäre sie mit Pailletten beschossen worden. Crystal stellte auch diesen Gedanken zurück.

*

Crystal fuhr schnell und überholte rasant, und es stellte für Jackson eine Herausforderung dar, ihr bis nach Whitby auf den Fersen zu bleiben. Sie konnte auch gut einparken, manövrierte den Evoque wie durch Zauberei in eine Lücke auf der West Cliff, die für ein wesentlich kleineres Fahrzeug bestimmt war. Jackson stellte den weniger geschmeidigen Toyota in eine Parkbucht so weit von Crystal entfernt, wie er sich traute, und verfolgte sie dann zu Fuß. Sie fuhr nicht nur schnell, sie ging auch schnell. Sie trug nicht mehr die High Heels und das kurze Kleid, sondern Jeans und Turnschuhe, und hatte Schneewittchen auf dem Arm, stürmte durch den Whalebone Arch und die Treppe hinunter zum Hafen und Pier. Sie gab einen Schritt vor, mit dem Jackson nur unter Mühen mithalten konnte, ganz zu schweigen von Dido, die jedoch einen lahmen Versuch machte.

Crystal schritt aus, im Slalom um die Urlauber, die die Gehwege verstopften und sich langsam wie eine Schlammflut dahinschoben. Jackson hielt sich zurück, mischte sich unter die Leute, gab sich als Ausflügler aus für den Fall, dass Crystal sich umdrehen und ihn sehen sollte.

Musik – obwohl sie kaum den Namen verdiente – dröhnte aus einer Spielhalle, an der er vorbeikam. Trotz des guten Wetters wimmelte es darin von Menschen. Nathan liebte diese Orte, Jackson hatte mehrere gehirnerschütternde Stunden mit ihm erduldet, während er Münzen in das bodenlose Maul von Münzschiebern oder Greifautomaten steckte. So wurden Süchtige herangezogen. Die mumifizierte ›Hand des Ruhmes‹ im Museum konnte es mit dem Greifarm nicht aufnehmen. Keiner der derzeitigen Stammgäste innerhalb der grellen Wände der Halle sah gesund aus. Die Hälfte von ihnen war fettleibig und träge, die andere Hälfte schien gerade erst aus dem Gefängnis entlassen worden zu sein.

Jackson war überrascht, als Crystal plötzlich in etwas ging, das Transylvania World hieß. Ein Vampir-Ding vermutlich – in der Stadt wimmelte es nur so von Blutsaugern. Es schien kein geeigneter Ort für eine Dreijährige zu sein – aber was wusste er schon? *(Luddit!)*

Jackson blieb in der Lücke zwischen einem Stand, der Meeresfrüchte feilbot, und der Kabine einer Wahrsagerin stehen, an der ein Schild verkündete: *Madame Astarti, Hellseherin und Spiritualistin der Sterne. Tarotkarten, Glaskugel, Handlesen. Die Zukunft ist in Ihrer Hand.* Ein Glasperlenvorhang verbarg Madame Astarti vor den neugierigen Augen der Welt, doch er hörte leises Gemurmel, und dann vermutlich die Stimme von Madame Astarti, die sagte: »Nehmen Sie eine Karte, irgendeine Karte.« Es war schierer Blödsinn. Julia wäre hineingeschossen.

Jackson versuchte, die Gerüche des Piers nicht zu tief einzuatmen – frittiertes Essen und Zucker (»Massenvernichtungswaffen« laut Julia), die ihm trotz ihrer Widerwärtigkeit das Wasser im Mund zusammenlaufen ließen. Es war Mittagessenszeit, doch heute hatte er bislang nichts außer Koffein zu sich genommen. Er hatte eine Tüte mit Hundeleckerbissen dabei, und er war noch einige Mahlzeiten von dem anarchischen Zustand entfernt, in dem er sie in Betracht ziehen würde. Er gab einen der tapferen Dido als Belohnung für ihren Stoizismus.

Auf der anderen Straßenseite sah er eine Speisekarte vor einem Pub hängen, auf der stand, dass sie »Yapas« servierten, und Jackson brauchte eine Weile, bis er kapierte, dass es Yorkshire Tapas bedeutete. Er hatte gelesen, dass es eine Bewegung für den »Yexit« gab – mit anderen Worten für die Unabhängigkeit von Yorkshire. In der Region, so lautete das Argument, lebten fast so viele Menschen wie in Dänemark, die Wirtschaft war größer als die von elf EU-Staaten, und Sportler aus Yorkshire hatten bei den Olympischen Spielen von Rio mehr Goldmedaillen gewonnen als Kanada. Es war merkwürdig, dachte Jackson, dass er den Brexit als das Ende der Zivilisation betrachtete, wie er sie kannte, und doch wirkte der Yexit auf seine innersten Gefühle wie eine Sirenenmelodie. (»Solcherart werden Bürgerkriege und Völkermorde geschürt«, sagte Julia. Julia war die einzige Person in seinem Bekanntenkreis, die Sätze mit »solcherart« begann, und sie schien mit diesem Verdikt ein grausames Ende für etwas vorherzusagen, das mit Yapas »Krabbenceviche«

und »süßsauere Wellhornschnecken« anfing. Das Fleisch von Wellhornschnecken war ein (sogenanntes) Nahrungsmittel, das er nur zu sich nehmen würde, wenn es sein oder das Leben eines seiner Kinder retten würde. Und selbst dann …)

Er wurde abgelenkt von Madame Astartis Kundin, einer dünnen jungen Frau, die ganz und gar nicht glücklich wirkte über die Zeiten ihres Lebens, ob nun Vergangenheit, Gegenwart oder Zukunft.

Und dann kam Crystal endlich wieder aus der Transylvania World, offenbar hatte sie Schneewittchen abgegeben, und bevor Jackson noch Luft holen konnte, saßen sie wieder in ihren Autos und waren unterwegs.

»Entschuldige«, sagte Jackson zu Dido, als er ihr auf den Rücksitz half. Sie schlief sofort ein.

Crystal schien nach Scarborough zu fahren, was gut war, denn Jackson musste auch dorthin. Sollte Crystal ihn bemerken, hätte er ein perfektes Alibi, und das obwohl er ihr folgte wie ein Jäger der Beute und sich damit genauso verhielt wie der silberfarbene BMW, über den er nachforschen sollte. Er kontrollierte noch einmal die Zeit – noch eine Stunde, bis sich Ewan und Jacksons pubertierendes Alter Ego Chloe treffen wollten.

Als sie ihr Ziel erreichten, wurde erneut geschickt eingeparkt. Erneut ausgeschritten – Crystal lief im Trott, demnächst würde sie galoppieren. Warum hatte sie es so eilig? Damit sie zurückfahren und Schneewittchen aus den Fängen der Vampire retten konnte?

Sie waren mittlerweile im schäbigen Viertel von Scarborough. Crystal blieb vor einem Tattoo-Studio stehen, überprüfte den Namen auf dem Schild an der Tür direkt daneben und klingelte. Vermutlich befand sich im ersten Stock eine Wohnung. Kurz darauf wurde die Tür geöffnet, und eine Frau spähte vorsichtig heraus. Es war schwer, ihr Alter zu schätzen, da sie dürr und krank aussah wie eine Meth-Süchtige. Nicht unbedingt der Typ, dessen Gesellschaft eine selbsterklärte »Ehefrau und Mutter« suchte. Sie hatte sich in eine Männerstrickjacke gewickelt, als würde sie frieren. Ihre Füße steckten in altmodischen Hausschuhen mit Pelzbesatz, wie sie vermutlich seine Großmutter getragen hätte, hätte er jemals eine Großmutter gehabt – seine Vorfahren hatten in Sachen Langlebigkeit wenig geboten. Die beiden Frauen redeten intensiv aufeinander ein, bevor die strickjackenumwickelte Frau beiseite trat und Crystal einließ.

Er seinerseits ging in einen Coffee Shop auf der anderen Straßenseite. Kein Coffee Shop, eher eine Entschuldigung für ein schmutziges heruntergekommenes Lokal, in dem Jackson der einzige Gast war. Er setzte sich ans Fenster, von wo aus er einen Blick auf das erneute Erscheinen seiner Klientin hatte. Er bestellte einen Kaffee (miserabel) und tat geschäftig mit seinem iPhone, als Crystal plötzlich aus der Tür schoss. Sie war bereits auf halber Höhe der Straße, bis er einen Fünf-Pfund-Schein (eine lächerlich hohe Summe) auf den Tisch geworfen und Dido zum Aufstehen gebracht hatte.

Jackson überlegte es sich anders und gab die Verfolgung auf. Womöglich hätte sie den Hund umgebracht, und das war das Letzte, was er auf seiner Liste der Verfehlungen sowohl bei Julia als auch bei Nathan stehen haben wollte. Stattdessen überquerte er die Straße, um den Namen von Crystals ausgezehrter Freundin herauszufinden. Über der Klingel war mit Tesafilm ein mit Filzstift handbeschrifteter Zettel angebracht, auf dem stand: *F. Yardley*. Wofür stand das F? Fiona? Fifi? Flora? Sie hatte nicht wie eine Flora ausgesehen. Jacksons Mutter war eine Fidelma gewesen, ein Name, den sie für jede aus England stammende Person hatte buchstabieren müssen. Sie war aus Mayo, was nicht half. Der Akzent war heftig. »Kartoffelsprache«, hatte es Jacksons Bruder Francis – noch ein F – genannt, voller Verachtung für sein keltisches Erbe. Francis war älter als Jackson und hatte die Freiheit der Sechzigerjahre in vollem Umfang angenommen. Er war Schweißer in der Kohlenzeche, besaß einen superschicken Anzug, ein Motorrad und hatte einen Beatles-Pilzkopf. Außerdem schien er jede Woche ein anderes Mädchen zu haben. Er war ein Vorbild, dem es nachzueifern galt. Und dann brachte er sich um.

Schuldgefühle trieben ihn in den Selbstmord. Francis hatte sich für den Tod ihrer Schwester verantwortlich gefühlt. Wenn Jackson jetzt mit ihm sprechen könnte, würde er ihm mit dem üblichen Polizeigeschwafel kommen, dass einzig und allein der Mann für Niamhs Tod verantwortlich war, der sie getötet hatte, aber in Wahrheit hätte ein Fremder sie nicht vergewaltigt, umgebracht und in den Kanal geworfen, wenn sein Bruder Niamh wie vorgesehen an der Bushaltestelle abgeholt hätte, und das hatte Jackson seinem Bruder nie verziehen. Groll war okay für ihn. Er diente einem Zweck. Er hielt einen geistig gesund.

Jackson klingelte bei F. Yardley, und nach einer nicht unbeträchtlichen Wartezeit und einer Menge Schlurfen und Schlüssel- und Kettenklirren wurde die Tür schließlich geöffnet.

»Was?«, fragte die Strickjackenfrau. Keine Einleitung also, dachte Jackson. Aus der Nähe sah er die tief eingegrabene Verzweiflung in den skeletthaften Zügen. Sie konnte alles zwischen dreißig und siebzig sein. Sie hatte die Großmutterhausschuhe gegen billige, kniehohe schwarze Lacklederstiefel getauscht, und unter der übergroßen Strickjacke trug sie einen kurzen Rock und ein spärliches Top mit Pailletten. So ungern er zu schnellen Schlussfolgerungen griff, konnte er nicht umhin »Prostituierte« zu denken, noch dazu aus der Schnäppchenabteilung. Als Polizist war er immer gut mit dem ältesten Gewerbe der Welt ausgekommen, und er holte seinen Ausweis heraus und setzte zu seinem gewohnten Türschwellengeplauder an – »Miss Yardley, nehme ich an? Ich heiße Jackson Brodie. Ich bin Privatdetektiv und arbeite für meine Klientin, eine Mrs Crystal Holroyd.« (Es entsprach schließlich der Wahrheit.) »Sie hat mich gebeten, Erkundigungen einzuziehen über –« Bevor er etwas erfinden konnte, sagte sie: »Verpiss dich«, und knallte ihm die Tür vor der Nase zu.

»Wenn Sie es sich anders überlegen, rufen Sie mich an!«, rief er durch den Briefschlitz, bevor er seine Karte einwarf.

»Komm«, sagte er zu Dido und scheuchte sie wieder ins Auto. »Wir müssen uns beeilen, oder wir kommen zu spät zu unserer Verabredung.«

Erst als er sich dem Palace Theatre näherte, bemerkte er den silberfarbenen BMW, der ihm ruhig wie ein Hai hinterherfuhr.

Der Wagen bog nach rechts ab, und Jackson zögerte einen Moment, bevor er auf riskante Weise wendete und ihm in die Seitenstraße folgte. Vergebens, der BMW war nirgendwo zu sehen, und er fuhr zurück zum Palace, parkte und bezog in der Nähe des Pavillons Position. Keine Kapelle heute, keine Musik. In der Zeche, in der sein Vater und sein Bruder gearbeitet hatten, gab es eine Blaskapelle – welche Zeche hatte damals keine? –, und sein Bruder hatte das Flügelhorn gespielt. Der junge Jackson hatte es für einen albernen Namen für ein Instrument gehalten, aber Francis war gut. Er wünschte, er könnte seinen Bruder noch einmal ein Solo spielen hören. Oder seiner Schwester helfen, den Saum eines Kleides hochzustecken, das sie genäht hatte. Oder von seiner Mutter einen Gute-Nacht-Kuss auf die Wange bekommen – die größte Intimität, die ihr möglich war. Sie waren keine Familie, die sich berührte. Jetzt war es zu spät. Jackson seufzte. Er wurde seiner selbst überdrüssig. Er spürte, dass es Zeit war, loszulassen. Schließlich lag seine Zukunft in seinen eigenen Händen.

Er wartete eine halbe Stunde neben dem Pavillon, aber Ewan tauchte nicht auf. Ein Jugendlicher war irgendwann aufgeschlagen, mit hängenden Schultern und Kapuzenshirt, und Jackson fragte sich, ob seine Beute jung war, aber innerhalb von wenigen Minuten kamen seine Kumpel, alle im gleichen Outfit, Kapuzenshirt, Trainingshose und Turnschuhe, das ihnen ein kriminelles Aussehen verlieh – so wie Nathan und seinen Freunden. Jackson sah das Gesicht von einem von ihnen – der ertrunkene Junge von neulich. Er blickte ausdruckslos durch Jackson hindurch, als wäre er nicht da, und dann zogen sie ab wie ein zielstrebiger Fischschwarm. Als er ihnen nachsah, bemerkte Jackson, dass er auf Crystal Holroyds Evoque schaute, der gegenüber parkte.

»Ein ziemlicher Zufall, oder was meinst du?«, sagte er zu Dido.

»Du weißt doch, wie es heißt«, sagte Dido. »Ein Zufall ist lediglich eine Erklärung, die noch auf sich warten lässt.« Nein, sie sagte es nicht. Natürlich nicht. Sie glaubte nicht an Zufälle, nur ans Schicksal.

Vielleicht, ging es Jackson durch den Kopf, verfolgte er nicht Crystal, sondern sie verfolgte ihn. Er mochte geheimnisvolle Frauen wie jeder andere Mann auch, aber die Anziehungskraft eines Rätsels hatte Grenzen, und er hatte sie erreicht. Bevor dieser Gedankengang sich weiterentwickeln konnte, wurde er vom

Wiederauftauchen von Crystal zum Einsturz gebracht, der ein Junge im Teenageralter folgte – das musste Harry sein *(ein guter Junge)* –, der Schneewittchen auf dem Arm trug. Es war nicht mehr das makellose Kind, das er früher gesehen hatte. Das letzte Mal hatte Jackson Schneewittchen in Whitby gesehen. Wie war es hierhergekommen? Teleportation?

Jackson diskutierte mit sich, ob er sich Crystal gegenüber bemerkbar machen sollte oder nicht, als plötzlich die Hölle losbrach.

*

Harry trug Candy hinaus, und Crystal entriegelte den Evoque. Harry stieg hinten ein, damit er seine Schwester in ihrem Kindersitz festschnallen konnte. Crystal wollte, dass er mit ihnen kam, aber er sagte: »Ich kann die Abendvorstellung nicht sausen lassen.«

»Die Vorstellung ist keine Sache von Leben oder Tod, Harry«, sagte sie. Sie wünschte, er würde mitkommen. Das Wichtigste war jetzt, Candy in Sicherheit zu bringen, aber auch Harry musste in Sicherheit gebracht werden, oder? Er war noch ein Kind. Crystal hatte keine Ahnung, was sie tun würde, aber sie wusste, was sie nicht tun würde – sie würde nicht vor Gericht auftreten und über die Vergangenheit sprechen. Was für ein Schandfleck auf dem Leben ihrer Kinder wäre das? *Halt den Mund, Christina.*

Andererseits war sie keine Schachfigur mehr. Das war natürlich etwas, das ihr der schachspielende Freund des Richters, Sir Cough-Plunkett, beigebracht hatte. In der Endphase kann aus einem Bauern eine Königin werden. Crystal hatte das Gefühl, dass eine Endphase erreicht war, sie war nur nicht sicher, wer ihr Gegenspieler war.

Crystal hatte gerade die Fahrertür geöffnet, als es passierte. Zwei Männer – große bullenstarke Kerle – rannten auf sie zu und überrumpelten sie, einer schlug ihr ins Gesicht.

Das Wing Chun setzte ein, sie kam wieder auf die Beine und landete ein, zwei Treffer, aber der Kerl war ein Rambo. Es war sofort vorüber, und sie lag auf dem Boden. Der Typ, der sie geschlagen hatte, saß bereits auf dem Fahrersitz, der andere knallte Harrys Tür zu – Harry noch immer im Wagen, ganz zu schweigen von Candy –, dann warf er sich auf den Beifahrersitz. Sie fuhren mit einem angeberischen Quietschen der Reifen los, und der gesamte Inhalt von Crystals Leben verschwand einfach so.

Sie rappelte sich auf und rannte dem Wagen nach, doch es war sinnlos. Den Evoque würde sie nie schlagen. Sie sah Harry aus dem Heckfenster schauen, mit offenem Mund, geschockt. *Sein kleines Gesicht,* dachte sie, und etwas Verheerendes zerrte an ihrem Herzen.

Aus dem Nirgendwo tauchte Jackson Brodie auf. Er war ihr den ganzen Tag gefolgt. Glaubte er wirklich, sie hätte es nicht bemerkt?

»Sind Sie okay?«, fragte er.

»Mein Wagen mit meinen Kindern darin wurde gestohlen, also nein, ich bin nicht okay. Sie sind ein beschissener Sheriff. Wo ist Ihr Wagen?«

»Mein Wagen?«

»Ja, Ihr Scheißwagen. Wir müssen ihnen folgen.«

En Famille

»Mrs Mellors? Ich bin DC Ronnie Dibicki, und das ist DC Reggie Chase. Dürfen wir bitte reinkommen und kurz mit Mr Mellors sprechen? Ist er zu Hause?«

»Nein, er ist leider nicht da. Nennen Sie mich Sophie.« Sie hielt ihnen die Hand hin. »Gibt es ein Problem? Das mit dem Fall zu tun hat, an dem er arbeitet?«, fragte sie, ganz die unterstützende Ehefrau.

»In gewisser Weise«, sagte Reggie.

Sophie Mellors war eine sehr gut komponierte Frau in den Vierzigern. Sie war groß, trug ein hübsches Kleid und ein Paar schlichter Pumps, und alles an ihr war fünfzig Schattierungen von weich, vom Braun ihrer Augen bis zur Honigfarbe ihres Kleids und dem Karamell ihrer Schuhe. Teurer Schuhe. Reggie schaute immer zuerst auf die Schuhe. Schuhe sagten viel über eine Person. Das hatte Jackson Brodie ihr beigebracht. Sie würde ihn gern wiedersehen trotz ihrer anfänglich etwas feindseligen Gefühle, als sie ihn neulich auf der Klippe gesehen hatte. Ja, sie wollte sich unbedingt mit ihm auf den neuesten Stand bringen. Für eine kurze Weile hatte sie sich als seine Tochter ausgegeben, und es hatte sich gut angefühlt.

»Kommen Sie doch rein«, sagte Sophie. »Anmutig« war das passende Adjektiv für sie. Ihr Kleid war ein sogenanntes »Teekleid«, glaubte Reggie, und sie war bereit für eine Gartenparty. Reggie dachte an Bronte Finch, als sie sie zerzaust in ihrer Sportkleidung aufgefordert hatte, Erdbeertörtchen zu essen. *Nur kleine Tiere.*

Sophie Mellors führte sie in eine riesige Küche, die einst das schlagende Herz eines Bauernhofs gewesen sein musste. Reggie stellte sich Landarbeiter vor, die abends nach der Ernte um einen großen runden Tisch saßen und aßen oder in der Ablammsaison ein heißes Frühstück einnahmen. Ein großer Tisch, der sich unter Schinken und Käse bog. Eier mit sattgelbem Dotter, frisch gelegt von Hühnern, die im Hof pickten. Reggie wusste überhaupt nichts über Landwirtschaft, außer dass die Selbstmordrate unter Bauern besonders hoch war, es waren also nicht nur Schinken und Lämmer, sondern jede Menge Mist und Matsch und Sorgen. Was an Landwirtschaft auch immer hier vor langer Zeit stattgefunden hatte, jetzt war die Küche in Malton eine Hymne an teure Geräte und maßgeschreinerte Schränke. Auf der Theke stand mit Klarsichtfolie abgedeckte Lasagne, die darauf wartete, in den Aga geschoben zu werden. Selbstverständlich war es ein Aga, von einer Frau wie dieser war nichts anderes zu erwarten.

»Es ist nichts Dringendes oder Besorgniserregendes«, sagte Ronnie. »Wir ermitteln noch einmal in einem alten Fall, frühere Mandanten von Mr Mellors. Wir dachten, dass er uns vielleicht mit ein paar Informationen helfen könnte. Wissen Sie, wo Ihr Mann ist?«

»Im Augenblick? Nein, ich habe keine Ahnung, aber er hat gesagt, dass er zum Abendessen hier sein wird.« Sie blickte zur Lasagne, als hätte das Gericht eine Meinung zur Pünktlichkeit ihres Mannes. »Ida hat sich den ganzen Nachmittag mit Buttons gehackt, und er hat versprochen, mit uns zu essen, wenn sie wieder zurück ist. En famille.«

Ida hat sich den ganzen Nachmittag mit Buttons gehackt. Reggie hatte keine Ahnung, was dieser Satz bedeuten sollte. Sie nahm an, dass »hacken« nichts mit Computern zu tun hatte. Sai hatte den global agierenden Limonadenkonzern gehackt, dessen Namen das zweitbekannteste Wort der Welt war. So sah es aus.

»Wollen Sie warten?«, fragte Sophie Mellors. »Möchten Sie Kaffee oder Tee?« Sie lehnten beide ab. »Oder ein Glas Wein?« Sie deutete auf die Flasche Rotwein, die auf der Theke stand.

»Nicht im Dienst, danke«, sagte Ronnie zimperlich. Die Flasche war bereits geöffnet. Der Wein atmete, dachte Reggie. Alles auf der Welt atmete auf die eine oder andere Weise. Sogar die unbelebten Felsen, wir hatten nur nicht die Ohren, um sie zu hören.

Ronnie stieß sie leicht an und murmelte: »Planet Erde ruft dich.«

»Ja.« Reggie seufzte. »Ich höre es.«

Ein Junge, ein Teenager, stürmte mit pubertärer Energie und brodelndem Testosteron in die Küche. Er trug das schmutzige Rugby-Trikot seiner Schule und war angeschlagen und voller blauer Flecke vom Spiel.

»Mein Sohn, Jamie«, stellte Sophie ihn vor und lachte kurz, »frisch aus dem Kampf.«

Reggie war ziemlich sicher, dass es eine Zeile aus »Holding Out For A Hero« war. Sie war als Studentin Karaoke nicht abgeneigt gewesen, wenn sie betrunken war. Diese Tage schienen schmerzhaft lange her.

»Gutes Spiel?«, fragte Sophie.

»Ja, gut«, sagte er.

»Das sind Detectives, die kurz mit deinem Vater sprechen müssen.«

Der Junge wischte sich die Hände an seiner Shorts ab und schüttelte beiden die Hand, und Sophie sagte: »Weißt du, wo er ist? Er hat gesagt, dass er zum Abendessen wieder da ist.«

Der Junge zuckte die Achseln. »Keine Ahnung, aber …« Er nahm sein Handy heraus und sagte: »Er ist bei Find My Friends. Da kann man sehen, ob er auf dem Weg ist.«

»Stimmt, schlauer Junge«, sagte Sophie. »Darauf wäre ich nicht gekommen. Wir sind alle dabei, aber ich benutze es nur manchmal, um zu schauen, wo Ida ist. Nach dem eigenen Mann zu suchen, scheint mir …« Sie starrte auf die Lasagne, als würde der das richtige Wort einfallen. »Übergriffig«, entschied sie schließlich. (Ronnie seufzte hörbar. Sophie Mellors war eine wortreiche Frau.) Sie war auch noch nicht fertig. »Es ist, als würde man die SMS oder Mails einer anderen Person lesen. Als würde man nicht darauf vertrauen, dass sie ehrlich zu einem ist. Jeder hat das Recht auf Privatsphäre, sogar verheiratete Männer und Frauen.«

»Ja, ich weiß, was Sie meinen«, sagte Reggie. Nachdem Sai ihre Beziehung beendet hatte, hatte sie ihn obsessiv auf ihrer gemeinsamen GPS-Tracking-Seite verfolgt, ganz zu schweigen von Facebook und Instagram und allem anderen, wo er in seiner Reggie-losen Zukunft auftauchen könnte. Sie nickte. »Vertrauen ist alles.«

»Schauen Sie, da ist Ida«, sagte Sophie voller Zuneigung und deutete auf einen grünen Punkt auf Jamies Handy, der sich auf das Haus zubewegte. »Sie ist schon fast da. Die Mutter ihrer Freundin bringt sie vorbei. Wir wechseln uns ab.«

»Und da ist Dad«, sagte Jamie und deutete auf einen roten Punkt. Alle vier starrten darauf.

»Sieht aus, als wäre Mr Mellors mitten im Nirgendwo«, sagte Ronnie. »Und er bewegt sich nicht.«

»Das ist nur eine Wiese«, sagte Jamie. »Er ist oft dort.«

»Wirklich?«, sagte Sophie, und wie eine Wolke am Sommerhimmel zog ein ganz leichtes Runzeln über ihre Stirn.

»Ja«, sagte Jamie.

»Und du hast dich nie gefragt, was er dort tut?«, fragte Ronnie und brachte eine Augenbraue zum Einsatz.

Der Junge zuckte wieder die Achseln und sagte mit einem bewundernswerten Mangel an jugendlicher Neugier: »Nein.«

»Vielleicht meditiert er«, sagte Sophie lächelnd.

»Meditiert?«, sagte Ronnie, die Augenbraue flog in den Weltraum.

»Ja, das tut er. Sie wissen schon – Achtsamkeit.«

Ein Wagen blieb vor dem Haus stehen und fuhr wieder weg, und Sekunden später sagte Sophie: »Oh, da ist Ida.« Sie strahlte, als ein kleines müdes Mädchen schlecht gelaunt in die Küche schlurfte. Sie trug eine Reithose und hielt einen Helm in der Hand. Sie schaute alle, auch die Lasagne, finster an. Reggie glaubte, dass ihr die langweiligen Gene der anderen Mellors fehlten.

»Na, war es schön beim Ausreiten?«, fragte ihre Mutter.

»Nein«, sagte Ida mürrisch. »Es war ein schrecklicher Tag.«

Ich höre dich, Schwester, dachte Reggie. Ich höre dich.

»Du weißt, was diese Wiese ist, oder?«, sagte Reggie zu Ronnie, als sie wieder im Auto saßen.

»Einer von Carmodys alten Campingplätzen?«

»Bingo.«

»Fahren wir hin und sehen nach, ob er dort ist«, sagte Ronnie. »Was ist hacken?«

»Keine Ahnung. Ich weiß auch nicht *alles*.«

»Doch, das tust du.«

Engel des Nordens

Sie fuhren nach Süden, folgten dem Fanal der Hoffnung, das Harrys Standort auf Crystals Handy war. Niemand war dem Stern von Bethlehem mit solcher Hingabe gefolgt.

»Harry hat die App auf meinem Handy installiert«, sagte sie. »So ein Familiending, ich kann sehen, wo er ist, er kann sehen, wo ich bin. Ich benutze es nicht oft, aber Harry ist immer besorgt – nach dem, was mit seiner Mutter passiert ist, vermutlich. Sie haben sie ein paar Tage lang nicht gefunden. Er will wissen, wo jeder ist. Er ist wie ein Schäferhund.«

»Ich auch«, sagte Jackson.

Während der gesamten Fahrt war das Signal immer wieder innerhalb und außerhalb ihrer Reichweite, und Crystal starrte auf das Handy in ihrer Hand, als könnte schiere Willenskraft es daran hindern, völlig zu verschwinden.

Jackson sah, dass sich auf ihrer Wange bereits ein hässlicher blauer Fleck gebildet hatte. Ein Veilchen erblühte, in ein, zwei Stunden hätte sie ein bewundernswertes blaues Auge. Sie hatte ein paar brutale Schläge eingesteckt, aber sie hatte sich gewehrt – angetrieben von Adrenalin, nahm Jackson an. Sie hatte ausgeteilt, so gut sie konnte, mehrere Ninja-Aktionen, direkte Schläge und gute Ellbogenarbeit, sie musste es irgendwo gelernt haben. Sie war eine Amazone, doch leider war ihr Gegner eine Kampfmaschine. Exsoldat, so wie er aussah, hatte Jackson gedacht, als er ins Gefecht sprintete. Bedauerlicherweise zu spät. Es war in Sekunden vorbei, und als Jackson am Tatort eintraf, hatte der Typ Crystal auf den Boden geprügelt und ihr den Schlüssel für den Evoque entrissen und fuhr die Straße entlang. *Sie sind ein beschissener Sheriff.*

Crystal klappte die Sonnenblende herunter und betrachtete sich im Spiegel. Sie entfernte die falschen Wimpern, eine nach der anderen, zuckte zusammen, als die auf dem blauen Auge sich zuerst nicht lösen wollten. Jackson fand, dass sie auch ohne die falschen vollkommen gute Wimpern hatte, aber was wusste schon ein Luddit?

»Was für eine verfluchte Scheiße«, murmelte sie in den Spiegel, bevor sie eine Brille aus ihrer Tasche holte. »Ohne die sehe ich verdammt noch mal nichts«, sagte sie. Wo war die Frau, die sich zuvor so bemüht hatte, nicht zu fluchen? »Und dieser Scheißtyp hat meine Sonnenbrille zerbrochen, als er mich geschlagen hat.« Gekidnappte Kinder übertrumpften offenbar die Eitelkeit. Jetzt saß eine andere Frau neben ihm als die, die er vor ein paar Stunden kennengelernt hatte. Es war, als dekonstruierte sie sich langsam, sie schien sogar weniger Haare zu haben, doch er war sich nicht sicher, wie das möglich war. Jackson wäre nicht erstaunt gewesen, wenn sie als Nächstes ein künstliches Bein entfernen würde.

»Im Kofferraum ist ein Erste-Hilfe-Kasten, wenn Sie wollen«, sagte er. »Ich kann anhalten.«

»Nein. Fahren Sie weiter. Alles okay. Fährt diese Karre nicht schneller?« Sie war außer sich vor Sorge. »Soll ich fahren?«

Jackson behandelte die Frage mit der ihr gebührenden wortlosen Verachtung und gab stattdessen zu: »Ich habe in den Umschlag auf Ihrer Windschutzscheibe geschaut. Ich habe das Foto und die Nachricht auf der Rückseite gesehen. *Halt den Mund*. Was genau sollen Sie nicht sagen?«

»Leute stellen Fragen«, sagte sie vage.

»Wer? Was für Leute?«

Sie zuckte die Achseln, blickte auf ihr Handy. »Die Polizei«, sagte sie nach einer Weile widerwillig. »Die Polizei stellt Fragen.«

»Was für Fragen?«

»Zu Sachen.«

Jackson hatte genug einsilbige Gespräche mit Nathan erlebt, um zu wissen, dass starrsinnige Beharrlichkeit der einzige Weg zum Erfolg war. »Und wurden Sie befragt?«

»Nein«, sagte Crystal. »Wurde ich nicht.«

»Und würden Sie ihre Fragen beantworten? Sollten sie Ihnen Fragen stellen?« Rätselhaft beschrieb noch nicht einmal die Hälfte von ihr. Er blickte sie von der Seite an, und sie sagte: »Schauen Sie auf die Straße.«

»Wissen Sie, zu welcher Sache sie Fragen stellen?«

Sie zuckte wieder die Achseln. Er nahm an, dass man das unter Mundhalten verstand. »Sie sind gerade an der Abzweigung nach Reighton Gap vorbeigefahren«, sagte sie und schaute auf ihr Handy.

»Also, der Mann in dem silbernen BMW«, beharrte Jackson, »und die Männer, die mit Ihren Kindern weggefahren sind – wissen Sie, ob es zwischen ihnen eine Verbindung gibt?« Wie sollte es keine geben?, dachte er. Es wäre jedenfalls ein zu großer Zufall, wenn eine Person dich verfolgen und eine andere Person deine Kinder entführen würde, oder? Plötzlich sah er

Ricky Kemp vor seinem geistigen Auge. *Ich kenne ein paar wirklich üble Typen.*

Und soweit Jackson wusste, gab es noch eine dritte Person, die Drohungen an der Windschutzscheibe hinterließ. Ein paar seiner grauen Zellen waren vor Anstrengung, es zu verstehen, in Ohnmacht gefallen, und andere graue Zellen fächelten ihnen Luft zu.

»Also …«, sagte sie.

»Also was?«

»Sie stehen irgendwie in Verbindung und irgendwie auch nicht.«

»Oh, gut, dann ist ja alles klar. Crystal-klar. Arbeiten sie zusammen? Die Leute, wer immer sie sind? Wissen sie überhaupt voneinander? Was um Gottes willen haben Sie *getan*, um all das über sich zu bringen?«

»Fragen über Fragen«, sagte Crystal.

»Wie wäre es mit Antworten über Antworten?«, sagte Jackson. »Oder wir können auch zur Polizei fahren, was jeder vernünftige gesetzestreue Mensch getan hätte, wenn seine Kinder entführt würden.«

»Ich gehe nicht zur Polizei. Ich setze meine Kinder keiner Gefahr aus.«

»Ich würde sagen, sie sind bereits in Gefahr.«

»Noch einer Gefahr. Und soweit ich weiß, steckt die Polizei mit drin.«

Jackson seufzte. Er wollte gerade widersprechen – er hatte keine Zeit für Verschwörungstheorien –, doch dann pingte das Handy in Crystals Hand, um eine SMS anzukündigen. »O Gott«, sagte sie. »Sie ist von Harry. Nein, nicht von Harry«, verbesserte sie sich und stöhnte leise und verzweifelt. Sie hielt das Handy hoch, damit Jackson das Foto eines wütend dreinblickenden Harry, der Candy in den Armen hielt, sehen konnte. »Die gleiche Nachricht«, sagte sie tonlos.

»Halt den Mund?«

»Und noch was.«

»Was?«

»Halt den Mund oder du wirst deine Kinder nicht lebend wiedersehen.«

Jackson schien es eine übertrieben melodramatische Nachricht zu sein. Kidnapper, die Personen als Geiseln hielten, waren selten, außer es handelte sich um Terroristen oder Piraten, beides schien in diesem Fall unwahrscheinlich. Und Kidnapper, die ihre Geiseln töteten, waren noch seltener. Und bei Feld-Wald-und-Wiesen-Entführungen ging es um Geld oder Sorgerecht, nicht darum, jemanden zum Schweigen zu veranlassen (und wer um alles auf der Welt wollte es mit einer Dreijährigen zu tun haben?), aber es gab keine Lösegeldforderung und keine anderen Anweisungen. Es war ein bisschen Cosa Nostra. War es möglich, fragte er sich, dass Crystal in einem Zeugenschutzprogramm war?

»Was ist mit Ihrer Freundin?«

»Freundin?«

»Die Frau, die Sie heute besucht haben. Die über dem Tattoo-Studio wohnt. Gehört sie zu dem geheimnisvollen F-aber-keine-A-Ding, das Sie spielen? Und Antwort gab sie keine«, murmelte Jackson, als Crystal weiterhin schweigend auf ihr Handy starrte. Und dann sagte er, was alle guten Fernsehpolizisten an diesem Punkt sagen – Collier liebte diesen Satz besonders: »Wenn ich Ihnen helfen soll, müssen Sie mir alles erzählen.«

»Es ist keine schöne Geschichte.«

»Das ist es nie.«

Und so war es. Es war eine lange, komplizierte Geschichte, und sie dauerte die ganze Fahrt bis nach Flamborough Head.

Sie schwiegen beide, als sie sich der Halbinsel näherten. Jackson dachte an die Klippen dort – sehr hohe Klippen –, und er nahm an, dass auch Crystal daran dachte. Kein Ort für gekidnappte Kinder. Flamborough Head war beliebt bei Selbstmördern und ein Ort, wo Leute von den Klippen sprangen, war auch ein guter Ort, um Leute hinunterzustoßen. Plötzlich sah er Vince Ives vor sich, der in den Abgrund stürzte.

Es gab einen Leuchtturm und ein Café und sonst nicht viel, aber hier hatte Harrys Signal vor einer Viertelstunde aufgehört, sich zu bewegen. Auf dem Parkplatz standen ein paar Autos. Spaziergänger kamen hierher, um sich gegen den Wind zu stemmen und die Aussicht zu genießen. »Sieht aus, als wären sie im Café«, sagte Crystal und schaute auf ihr Handy.

Natürlich waren sie nicht im Café. Die Wahrscheinlichkeit, dass die Kidnapper einfach so getoastete Rosinenbrötchen aßen und die Kinder zurückgaben, war extrem gering, aber Crystal lief bereits auf einen jungen Mann zu, der mit dem Rücken zu ihnen an einem Tisch saß und eine Schale mit irgendetwas vor sich stehen hatte.

Bevor der Mann etwas dagegen unternehmen konnte, schlang Crystal zu seiner Überraschung, um es milde auszudrücken, den Arm um seinen Hals und nahm ihn in den Schwitzkasten. Der Inhalt seiner Schale – Tomatensuppe bedauerlicherweise – ergoss sich überallhin, vor allem auf seinen Schoß.

Nachdem es Jackson gelungen war, Crystal von dem Mann

loszueisen – sie hatte die Kraft einer Boa constrictor –, deutete sie auf ein auf dem Tisch liegendes Handy. Es hatte eine personalisierte Hülle mit einem Foto von Crystal und Candy, die die Gesichter aneinander drückten und den Fotografen angrinsten, der vermutlich Harry gewesen war.

»Harrys Handy«, sagte Crystal überflüssigerweise zu Jackson.

Der von Tomatensuppe befleckte Mann erwies sich als ein stinknormaler Idiot, als Besitzer des aufgemotzten Kleinwagens, der Jackson auf dem Weg ins Café aufgefallen war. Ein Mann habe ihn an einer Tankstelle angesprochen, erzählte er – sobald er wieder in der Lage war zu sprechen –, und ihm hundert Pfund geboten, wenn er nach Flamborough Head fahren und das Handy von der Klippe werfen würde. »Ein Streich – für einen Junggesellenabschied.« Crystal knallte seinen Kopf auf die Tischplatte. Jackson schaute sich um, wie die anderen Gäste des Cafés darauf reagierten, doch sie schienen alle still und leise verschwunden zu sein. Jackson nahm es ihnen nicht übel. Ehefrauen und Mütter, dachte er, man sollte sie nie auf dem falschen Fuß erwischen. Madonnen auf Steroiden.

»Um es klarzustellen«, sagte Jackson zu dem Mann. »Ein völlig Fremder kommt auf Sie zu, gibt ihnen hundert Pfund, damit Sie ein Handy ins Meer werfen, und dieser Fremde verschwindet dann, und Sie werden ihn wahrscheinlich nie wiedersehen, aber Sie tun trotzdem, worum er Sie bittet.«

»Das habe ich nicht. Das wollte ich nicht«, sagte er und rieb sich die Stirn. »Ich wollte das Handy behalten und die SIM austauschen.«

Sein Kopf erneuerte die Bekanntschaft mit der Tischplatte. »Das ist Körperverletzung«, murmelte er, als Crystal seinen Kopf an den Haaren wieder hochriss. Er konnte von Glück sagen, dass sein Kopf noch an seinem Rumpf befestigt war. Boadicea würde vor Neid erblassen, dachte Jackson.

»Ich könnte Sie anzeigen«, sagte der Mann zu Crystal.

»Versuch's nur, du Arsch«, knurrte sie.

»Danke für die Hilfe da drin«, sagte sie sarkastisch, als sie zum Wagen zurückgingen.

»Ich dachte, Sie schaffen das gut allein«, sagte Jackson.

Mädchen im Wald

»Ich dachte, wir würden die Nacht über in Newcastle bleiben? Wir sind aus Newcastle rausgefahren, oder?«

»Planänderung, Liebes. Ich bringe euch für die Nacht in ein B&B – das ist ein Bed and Breakfast.«

»Ja, ich weiß, was ein B&B ist, aber warum?«

Andy war überrascht, wie gut ihr Englisch war. Besser als sein eigenes. Sie war die größere der beiden. Nadja und Katja. Sie waren schlau – schlau und hübsch. Allerdings nicht schlau genug. Sie glaubten, sie würden in einem Hotel in London arbeiten. Was mit ihnen passieren würde, sollte nicht mal einem Hund passieren. Plötzlich sah er Lotties Pokerface vor sich. Hatten Hunde einen Moralkodex? Ehre unter Hunden und so weiter.

»Es gab offenbar einen kleinen Zwischenfall«, sagte Andy. »Ein Problem mit dem Airbnb, in dem ihr übernachten solltet. Eine undichte Gasleitung«, führte er aus. »Im gesamten Gebäude. Es musste evakuiert werden. Niemand darf wieder rein. Das B&B, zu dem wir jetzt fahren, ist schon ein Stück weiter im Süden. Näher an London. Und morgen früh fahre ich euch als Erstes zum Bahnhof, und ihr könnt einen Zug nehmen nach Durham oder York. Oder sogar Doncaster«, fügte er hinzu und arbeitete sich geistig die Bahnstrecke an der Ostküste hinunter. Newark? Oder lag das auf einer anderen Strecke? Warum dachte er überhaupt darüber nach? Sie würden nicht in die Nähe eines Bahnhofs oder Zugs kommen. »Morgen Mittag seid ihr in London. Tee im Ritz, was, Mädels?«

Er wusste, ohne sich umzudrehen, dass sie auf seinen Hinterkopf starrten, als wäre er ein Idiot. Er sollte der aalglatte Begleiter sein, aber dieses Paar brachte ihn aus irgendeinem Grund aus der Fassung. Es kostete ihn große Mühe, die ganze Show aufrechtzuerhalten. Niemand verstand, was für eine Belastung das war.

Ja, es hatte einen »Zwischenfall« gegeben, aber er hatte nichts mit einer undichten Gasleitung oder einem Airbnb zu tun, doch Andy wusste immer noch nicht, worin genau er bestand. Tommy hatte sein Handy endlich wieder in Betrieb genommen, kaum hatte Andy die Mädchen am Flughafen abgeholt. Er hatte allerdings nicht wie sein übliches unbekümmertes Selbst geklungen, und er musste außer Reichweite eines Signals gewesen sein, denn was immer er sagte, ging in einem zischenden Rauschen unter.

Sofort nach Tommys Anruf hatte sein Handy erneut geklingelt. Diesmal war es Steve Mellors, der sagte, dass es einen Zwischenfall in Silver Birches gegeben habe.

»Was für einen?«, fragte Andy und versuchte vor den polnischen Mädchen weiterhin nonchalant zu klingen. Er sah, dass Nadja aufmerksam zuhörte.

»Nicht am Telefon«, sagte Steve. (Warum nicht? Hörte jemand ihre Handys ab? In Andy stieg ein krankes Gefühl der Panik auf.) »Komm nach Silver Birches, pronto«, sagte Steve. »Wir brauchen hier jeden Mann.«

»Also, ich habe auch zu tun, hier, mit den hübschen polnischen Damen, die ich gerade fahre«, sagte Andy höflich und lächelte im Rückspiegel den Mädchen zu. Er sah sich selbst. Sein Lächeln war eigentlich kein Lächeln, sondern das eingefrorene Grinsen des Todes.

»Bring sie einfach mit, Herrgott noch mal«, sagte Steve. »Sie wären sowieso hier gelandet.«

Andy streckte sein Todesgrinsen noch weiter für den Fall, dass die Mädchen Verdacht geschöpft hatten. Er hätte Bühnenschauspieler werden und im Palace auftreten sollen, dachte er. Mr Charme. Er hatte die Sommer-Show gesehen, dieses Achtzigerjahre-Revival – Barclay Jack *et al.* Sie lotete neue Abgründe der Mittelmäßigkeit aus. Andy hatte sich widerstrebend von Rhoda dorthin zerren lassen, weil sie offenbar einst mit dem Zauberer zusammen gewesen war. »Vor Ewigkeiten«, sagte sie. »Nichts, weswegen du dir Sorgen machen müsstest, Andrew.« Er hatte sich keine Sorgen gemacht. Nicht, bis sie das gesagt hatte jedenfalls. Rhoda und der Zauberer hatten sich Luftküsse zugeworfen und sich mit einem theatralischen »Hallo, Schatz« begrüßt – und das war nicht die Rhoda, die Andy kannte. Einen Augenblick lang war er eifersüchtig gewesen, doch er nahm an, dass es die Eifersucht des Besitzes war und nicht die der Leidenschaft.

»Hübsche Handtasche«, sagte der Zauberer zu Rhoda über ihre Chanel-Tasche.

»Eine Fälschung«, sagte Rhoda zum Zauberer. »Siehst du das nicht?«

»Weiß nicht«, sagte der Zauberer. »Für mich sieht alles wie eine Fälschung aus.«

»Engel des Nordens«, sagte Andy automatisch, als sie an den großen verrosteten Flügeln vorbeifuhren, die in der Dunkelheit über ihnen aufragten. Auf dem Rücksitz des Wagens herrschte

Schweigen, und als er nach hinten blickte, sah er, dass beide Mädchen eingeschlafen waren. Der Kopf der Kleineren lag auf der Schulter der Größeren. Es war ein rührender Anblick. Sie waren im richtigen Alter, um seine Töchter zu sein, hätte er Töchter. Jeder, der sie sah, hätte ihn für ihren Vater halten können, der sie nach Hause fuhr. Von einem Konzert. Oder von den Ferien. Er fühlte sich einen Moment lang überrumpelt von einem Verlust von etwas, das er nie besessen hatte.

Die Mädchen rührten sich nicht, bis sie auf die Einfahrt von Silver Birches fuhren.

»Sind wir da?«, fragte Nadja verschlafen.

»Ja«, sagte er. »Wir sind da.« Das Gebäude war dunkel, abgesehen von einem Licht über der Tür, das einen düsteren Schein auf die Treppe warf. Andy hielt an. Kein Zeichen von Leben, außer man ließ die blassen Falter gelten, die selbstmörderisch gegen die Lampe flogen. Keine Spur von einem Zwischenfall, außer irgendetwas hätte alle in Silver Birches umgebracht, ohne eine Schweinerei zu verursachen. Eine Schallwelle oder eine lautlose außerirdische Macht.

»*Das* ist das B&B?«, fragte Nadja und stieß ihre Schwester an, um sie zu wecken.

»Ja, Liebes«, sagte Andy. »Von außen sieht es nicht besonders aus, ich weiß. Aber drinnen ist es hübsch und gemütlich.«

Sie schüttelte ihre Schwester und sagte: »Wach auf, Katja, wir sind da.« Der Ton des Mädchens war jetzt schärfer, eindringlicher, was Andy beunruhigte. Sie wollte die Tür öffnen, aber sie waren mit der Kindersicherung verschlossen. »Können Sie uns bitte rauslassen?«, sagte sie verärgert.

»Einen Moment, Liebes«, sagte Andy und tippte auf Tommys Nummer auf seinem Handy. »Ich will nur herausfinden, wo das Empfangskomitee ist.«

Tommy meldete sich nicht, aber die Haustür flog auf, und Wassili und Jason liefen heraus. Sie sprinteten zum Wagen, öffneten die rückwärtigen Türen und zerrten die Mädchen heraus.

Die Polinnen waren Kämpferinnen, Andy hätte es vorhersagen können. Sie traten zu und wehrten sich und schrien. Besonders die Jüngere – Katja – war ein wildes Tier, ein Hitzkopf, dachte er. Während Andy im Auto zusah, überraschte er sich selbst, weil ein Teil von ihm wollte, dass die Mädchen gewannen. Keine Chance – der Kampf war vorbei, als Jason Katja auf den Kopf schlug und sie das Bewusstsein verlor. Er warf sie sich über die Schulter wie einen Sack Kohlen und trug sie ins Gebäude, gefolgt von Wassili, der eine jaulende Nadja an den Haaren hinter sich herzog.

Andy war so absorbiert gewesen von der Szene, dass er zu Tode erschrak, als jemand laut an sein Wagenfenster klopfte.

»Wir haben ein Problem, Foxy«, sagte Tommy.

Hänsel und Gretel

Das Letzte, das Harry gesehen hatte, war Crystal, die schreiend auf der Straße stand, als der Evoque sich rasch von ihr entfernte. Dann drehte sich der Mann auf dem Beifahrersitz zu ihm um und sagte, dass er ihm sein Handy geben, sich auf den Boden legen und die Augen schließen solle, und Harry nahm an, dass er nicht sehen sollte, wohin sie fuhren, oder vielleicht hatten sie Angst, dass er durch das Fenster um Hilfe bitten würde. Zumindest zogen sie ihm keinen Sack über den Kopf und verbanden ihm die Augen nicht – hätten sie vorgehabt, ihn zu entführen, wären sie wahrscheinlich vorbereitet gekommen, oder? Bedeutete das, dass es sich um einen schiefgelaufenen Autoklau handelte? Schließlich war der Evoque ein kostspieliges Auto, es wäre nicht überraschend, wenn jemand ihn stehlen wollte. Und, überlegte Harry weiter (er dachte eine Menge nach, um nicht völlig verrückt zu werden), nach ein paar Kilometern würden sie ihn und Candace rauslassen, und jeder würde seiner Wege gehen. Ein glückliches Ende für alle Beteiligten.

Candace war still, und als er entgegen der Anweisung blinzelte, sah er, dass sie Gott sei Dank eingeschlafen war. Sie schien überhitzt, Haare klebten ihr feucht auf der Stirn. Ein paar vereinzelte Pailletten glitzerten noch auf ihren Wangen. Beruhigt bemühte er sich zu gehorchen und die Augen zu schließen, was erstaunlich schwierig war, weil er instinktiv das Gegenteil tun wollte. Er schob blind eine Hand nach oben und tastete nach der warmen klebrigen Hand seiner Schwester.

Er mochte nichts sehen, aber er hörte die Männer in barschen unzufriedenen Tönen sprechen. Offenbar irrte er sich. Kein Autodiebstahl, sondern eine echte Entführung, allerdings nur von Candace. Sein Vater hatte Geld, und es gefiel ihm, wenn die Leute es merkten, deswegen ergab es vielleicht mehr Sinn, Lösegeld für seine Tochter zu fordern, als sein Auto zu stehlen. (»*Mein* Auto«, hörte er in Gedanken Crystals Stimme, die ihn korrigierte.) Harry andererseits, ebenfalls Tommys Kind, schien nicht zu zählen. (»Der Junge«, nannten ihn die Männer – sie schienen nicht einmal seinen Namen zu wissen.) Er war nur ein »Kollateralschaden«. Hieß das, dass er überflüssig war? Würden sie demnächst anhalten, ihn aus dem Wagen werfen und neben einem Graben erschießen? (Er hatte vor kurzem eine Dokumentation über die SS gesehen. »Lass die Geschichte, wo sie hingehört«, hatte Crystal gesagt, als sie sah, was er schaute.)

Nach ungefähr einer halben Stunde hielten sie an, und einer der Männer sagte: »Du kannst jetzt die Augen wieder aufmachen. Hol das Kind für uns raus.« Harry hatte etwas weiche Knie, als er ausstieg, aber niemand machte Anstalten, ihn zu erschießen. Er löste Candaces Sicherheitsgurt, die im Schlaf protestierte, jedoch nicht aufwachte. Er konnte sich nicht vorstellen, wie sie diese neue Situation interpretieren würde, allerdings war sie im Allgemeinen ziemlich phlegmatisch. (»Das klingt wie eine Krankheit, Harry«, sagte Crystal.)

Erst jetzt hatte Harry eine Chance, die beiden Männer richtig zu sehen. Er hatte ein brutales Paar dämlicher Verbrecher erwartet, und ihm wurde klar, dass er vielleicht zu oft mit Candace *101 Dalmatiner* geschaut hatte, denn diese Männer wirkten knallhart und professionell, fast auf die Weise eines Sondereinsatzkommandos, wie die Exsoldaten in *SAS: Who Dares Wins* – obwohl sich Harry auch nicht annähernd vorstellen konnte, warum die SAS Candace entführen sollte.

Sie waren auf einer Wiese. Umgeben von Wiesen. Er konnte das Meer nicht sehen, doch der irgendwie leere Horizont ließ darauf schließen, dass es nicht weit entfernt war. Die Wiese war irgendwann einmal als Campingplatz genutzt worden – ein paar baufällige Wohnwagen standen herum, rotbraunes Unkraut und Disteln wucherten um die Räder, und einer hatte überhaupt keine Räder mehr. Ein neuer, moderner fest stehender Wohnwagen stand in der Nähe des Tors.

»Denk nicht einmal dran, wegzulaufen«, fuhr ihn einer der Männer an, und der andere, der Harrys Handy hatte, holte es aus der Tasche und machte ein Foto von ihm und Candace, allerdings interessierte er sich wieder in erster Linie für Candace. »Halt sie ein bisschen höher. Zwick sie, damit sie aufwacht.« Harry hielt sie höher und tat so, als würde er sie zwicken. »Das nützt nichts. Sie schläft fest«, sagte er. »Nicht einmal ein Erdbeben könnte sie wecken, wenn sie so tief schläft.«

Sie besprachen den Begleittext und verschickten das Foto. Crystal könnte seinen Standort sehen, dachte er, er hatte eine GPS-App auf ihrem Handy installiert. Dieser Gedanke hob seine Stimmung, doch dann hörte er einen der Männer murmeln: »Wir müssen das Scheißhandy loswerden, bevor sie uns finden.«

Harry beschloss, den beiden Männern Spitznamen zu geben, damit er sich an sie erinnern konnte. Er stellte sich vor, wie er später auf dem Rücksitz eines Polizeiautos saß mit einer freundlichen Polizistin neben ihm, die ihn nach seinem Martyrium befragte, und sagte: »Also, der eine, den ich Pinky genannt habe, hatte eine Narbe auf dem Kinn, und Perky hatte eine Tätowierung auf dem Unterarm – ich glaube, es war ein Löwe.« Und die freundliche Polizistin sagte: »Gut gemacht, Harry. Ich bin sicher, dass uns diese Information helfen wird, die gemeinen Bösewichte schnell zu fassen.« Selbstverständlich wusste Harry, dass die freundliche Polizistin die Wörter »gemeine Bösewichte« nicht benutzen würde – und er auch nicht –, aber ihm gefiel ihr Klang, und die Polizistin war schließlich nur eingebildet. (»Die Sache mit der Phantasie ist«, hatte ihm Miss Dangerfield erklärt, »dass sie keine Grenzen kennt.«)

Pinky und Perky waren Puppen von vor langer Zeit. Harry hatte sie auf YouTube gesehen – sie waren unglaublich schrecklich. Es hätte ihn nicht gewundert, wenn sie im Palace aufgetreten wären. Er hatte nur von ihnen gehört, weil Barclay zwei Bühnenarbeiter (auf verächtliche Weise, er kannte keine andere) als »Pinky und Perky« bezeichnet hatte.

Harry dachte, wenn er den Kidnappern die Anonymität nahm, würden sie irgendwie weniger bedrohlich, doch tatsächlich wurden sie noch furchterregender. Er versuchte sich auf die Vorstellung der freundlichen Polizistin zu konzentrieren, doch er sah sie immer wieder vor dem Graben stehen, in den sein lebloser Körper geworfen worden war.

Er fragte sich, was für eine Nachricht Pinky geschrieben und wem er sie geschickt hatte. (Oder hieß es »an wen«? Miss Dangerfield war sehr streng, was Grammatik betraf.) Seinem Vater vermutlich, eine bedrohliche Lösegeldforderung. *Zahl oder wir bringen das Kind um.* Harry schauderte. Jetzt lagen zwei Kinder in seinem imaginären Graben.

Pinky schien Mühe zu haben, die Nachricht zu versenden – er

ging über die Wiese und hielt das Handy in die Höhe, als würde er versuchen, einen Schmetterling zu fangen.

»Es gibt kein Scheißnetz«, sagte er schließlich.

»Schick es später«, sagte Perky.

Pinkie hieß auch eine Figur (»Protagonist«, hörte er Miss Dangerfield sagen) in *Am Abgrund des Lebens.* Harry sollte das Buch für das nächste Schuljahr lesen. Vielleicht würde er es jetzt nie mehr tun. Ganze Flotten von Weltliteratur segelten ungelesen über seinen Kopf, während er ausblutend in einem Graben lag und in den Himmel starrte.

»Du!«, befahl Perky.

»Ja?« (Beinahe hätte er »Sir« gesagt.)

»Bring das Kind hier rüber.«

»Ich heiße Harry«, sagte Harry. Irgendwo hatte er gelesen, dass man sich Entführern gegenüber als Mensch darstellen sollte.

»Ich weiß deinen Scheißnamen. Bring das Kind hier rüber. Und versuch bloß keinen Blödsinn, oder es wird dir leid tun.«

Es wurde Abend, dämmriges Zwielicht fiel durch die Fenster des Wohnwagens. Sie wurden in einem der Wracks gefangen gehalten. Candace war aufgewacht, kurz nachdem sie eingesperrt worden waren, und war über die Hälfte ihres Sieben-Zwerge-Repertoires durchgegangen – brummbärig, happy, seppelig und schlafmützig. Auch hungrig, doch dankenswerterweise hatten die Kidnapper eine Plastiktüte mit Weißbrotsandwiches und einer Flasche Irn-Bru dagelassen. Harry nahm an, dass Crystal angesichts der Umstände einverstanden gewesen wäre.

Harry schlug die Zeit mit mehreren albernen Spielen mit Candace tot (und sie war nur sehr schwer totzuschlagen), erzählte ihr zahllose Witze, die sie nicht verstand, aber sie versuchte, darüber zu lachen. (»Was ist der Lieblingskäse der Piraten? Ched*daargh.*«) Ganz zu schweigen davon, dass er jedes Märchen aus dem Märchenkanon erzählte und ununterbrochen »Let It Go« sang. Jetzt war sie Gott sei Dank wieder schläfrig. Er nutzte die Gelegenheit und entfernte ein paar der Pailletten von ihrem Gesicht. Kaum war sie eingeschlafen, hatte Harry nichts mehr zu tun, als über die Situation nachzudenken, in der er sich befand.

Es gab Dinge, für die er dankbar sein sollte, sagte er sich. Sie waren nicht gefesselt, sie waren nicht geknebelt, und wenn sie umgebracht werden sollten, hätte man ihnen kein Essen dagelassen, oder? Dennoch waren sie definitiv eingesperrt. Harry hatte mit aller Kraft versucht, aus dem Wohnwagen auszubrechen. Er hatte versucht, die dicken Fenster mit einem alten Schemel aus Eisen einzuschlagen, der herumlag. Mit einem stumpfen Messer, das er in einer Schublade fand, hatte er versucht, die Fenster aus den Rahmen zu hebeln. Er hatte versucht, die Tür einzutreten. Sie mit der Schulter aufzustemmen. Nichts hatte funktioniert. Er mochte uralt aussehen, aber der Wohnwagen war aus robustem Material.

»Das ist ein Spiel«, versuchte er Candace zu beruhigen, die nicht im Mindesten beruhigt dreinblickte. Ja, sie schien zu Tode erschrocken über den neuen gewalttätigen Aspekt seines Verhaltens.

Harry schwor sich, dass er, sollten sie hier rauskommen – *sobald* sie hier rausgekommen wären –, nicht mehr so schwächlich und ineffektiv sein würde. Er würde Gewichte heben und seinen Vater bitten, ihm Boxunterricht zu geben, und er würde nie wieder zulassen, dass er sich so ängstlich und hilflos fühlte.

Ungetrübte Freude erfüllte ihn einen Moment lang, als ihm

einfiel, dass er noch Barclay Jacks Handy in der Tasche hatte, doch es gab kein Netz. Er versuchte es auch mit simsen, vergeblich. Vor Enttäuschung und Frustration hätte er am liebsten geweint.

Harry hatte noch Hunger, doch er hob das letzte Sandwich für Candace auf, und er dachte, dass es das Beste wäre, wenn er versuchen würde zu schlafen. Er schmiegte sich auf einer der dünnen schmutzigen Matratzen an seine Schwester. Sie verströmte Hitze wie ein Heizkörper. Er versuchte, ihre gegenwärtige Lage zu vergessen, indem er an Tröstliches dachte – in Miss Mattys Cranford eine Packung Tee kaufen *(Lieber Harry, komm doch rein)* oder sein Abiturzeugnis lesen *(Lauter Einser, Harry! Glückwunsch)*. Er phantasierte gerade, wie es wäre, das Bühnenbild für eine Produktion von *Drei Schwestern* (bislang eins seiner Lieblingsstücke) des National Theatre zu entwerfen, als er das unverwechselbare Geräusch eines Automotors hörte. Er sprang auf und schaute aus dem schmutzigen Heckfenster. Ein Wagen hielt am Tor, und eine Gestalt stieg aus. Er erkannte die schottische Polizistin von früher im Palace. Eine freundliche Polizistin! Die zweite Detective stieg aus, und die beiden gingen zu dem fest stehenden Wohnwagen neben dem Tor und klopften.

Harry hämmerte gegen das Fenster. Er hüpfte auf und ab und schrie und brüllte und hämmerte wieder. Die Wiese war groß, und der Wohnwagen, in dem sie sich befanden, war weit weg von den Polizistinnen, aber sie mussten ihn doch hören können? Candace erwachte und begann zu weinen, und das war gut so, dachte Harry – mehr Lärm, um die Aufmerksamkeit der Detectives zu erregen. Aber es war, als wäre der Wohnwagen schalldicht.

Die Detectives klopften noch einmal und spähten durch die Fenster, als würden sie jemanden oder etwas suchen. Er sah, wie eine von ihnen die Schultern zuckte. Nein, bitte, nein, dachte er, nicht weggehen! Er schrie wie verrückt, schlug mit den Fäusten gegen das Fenster, aber sie waren blind und taub für ihn. Für einen glorreichen Moment glaubte er, sie hätten ihn gehört, denn die Schottin schaute sich um und horchte, aber dann schienen beide etwas zu bemerken, das außerhalb seiner Sichtweite war, und sie gingen weg.

Kurz darauf kehrten sie mit einem Mädchen zurück. Sie stützten sie auf beiden Seiten, als könnte sie nicht allein gehen. Sie halfen ihr ins Auto, und eine der Polizistinnen, die Schottin, stieg zu ihr auf den Rücksitz, und die andere setzte sich auf den Fahrersitz, und sie fuhren weg. Harry ließ sich auf den Boden fallen und brach in Tränen aus. Er hatte nicht gewusst, dass man sich so elend fühlen konnte. Hoffnung zu haben, die zerschlagen wurde, war das nicht die grausamste Sache überhaupt?

Candace legte ihm die Arme um den Hals und sagte: »Alles gut, Harry. Nicht weinen.« Doch auch ihre Augen waren groß und schwammen in Tränen. So saßen sie eine Weile da, die Arme umeinandergelegt, und dann schniefte Harry, wischte sich die Nase am Ärmel ab und sagte: »Iss das Sandwich, Candace, du wirst deine ganze Kraft brauchen. Wir brechen hier aus.« Und nachdem sie es gehorsam gegessen hatte, sagte er: »Halt dir die Ohren zu.« Er nahm den kleinen Schemel und schleuderte ihn gegen das Fenster, wieder und wieder. Das viele Hämmern, um die Aufmerksamkeit der Polizistinnen zu erregen, musste die Scheibe gelockert haben, denn das dicke Plexiglasfenster fiel in einem Stück heraus, und Candace rief: »Jaa, Harry!« Und beide führten einen kleinen Freudentanz auf.

»Wir müssen uns beeilen«, sagte Harry und hob Candace aus dem Fenster, hielt sie an den Händen, bis sie mit den Füßen fast den Boden berührte, und ließ sie los. Sie landete weich in einem Bett aus Brennnesseln und hatte noch nicht einmal angefangen zu weinen, als Harry schon herausgeklettert war und sie hochhob.

Er lief. Das war nicht leicht mit einer Dreijährigen auf dem Arm, vor allem wenn sie von Nesseln verbrannt war, aber manchmal war es wirklich eine Sache von Leben oder Tod.

Es war mittlerweile fast ganz dunkel. Sie saßen am Rand einer schmalen Straße, auf der niemand zu fahren schien, doch Harry glaubte nicht, noch weiter gehen zu können. Er hatte jetzt ein Netz, und er versuchte immer wieder Crystal anzurufen, aber sie nahm nicht ab. Er hatte ewig gebraucht, um sich an ihre Nummer zu erinnern, und er dachte, dass er sich schließlich doch getäuscht haben musste. Von jetzt an wollte er sich alle wichtigen Nummern in seinen Kontakten einprägen und sich nicht mehr auf sein Handy verlassen. Die Nummer seines Vaters fiel ihm überhaupt nicht ein. Es gab nur eine andere Nummer, die Harry auswendig wusste, und er rief die nächstbeste Person neben seinen Eltern an – Bunny.

Kaum hatte er gewählt, tauchte ein Wagen auf, Harry beendete den Anruf und sprang am Straßenrand auf und ab und wedelte mit den Armen. Er war nahezu bereit, sich vor dem fahrenden Auto auf die Straße zu werfen, wenn es nötig wäre, um nach Hause zu kommen, aber das musste er nicht, da der Wagen ein paar Meter vor ihm stehen blieb. Die rückwärtige Tür wurde von einer unsichtbaren Hand geöffnet, und Harry hob Candace hoch und lief darauf zu.

»Danke, dass Sie angehalten haben«, sagte Harry, nachdem sie eingestiegen waren. »Vielen Dank.«

»Gern geschehen«, sagte der Fahrer, und der silberfarbene BMW fuhr los in die dunkle Landschaft.

Der letzte Vorhang

Fee nahm eine Abkürzung. Es war eine dunkle Seitenstraße, und die einzige Straßenlampe brannte nicht, doch die Gegend war ihr vertraut, manchmal ging sie mit einem Freier für einen Quickie an der Mauer hierher. Es stank – es standen ein paar große Mülltonnen von einem Fish-and-Chips-Restaurant herum. Sie war nicht auf dem Weg zur Arbeit, sondern zu ihrem Dealer, wollte Tinas goldene Uhr verhökern, die locker an ihrem dünnen Handgelenk hing, der sicherste Ort dafür. Sie würde einen Bruchteil ihres Werts bekommen, aber es wäre immer noch mehr, als sie in einer Woche auf der Straße verdiente.

Sie hörte, wie jemand hinter ihr in die Straße einbog, und beschleunigte den Schritt. Sie hatte ein schlechtes Gefühl, Härchen im Nacken und so weiter. Sie hatte auf die harte Art gelernt, ihren Instinkten zu trauen. Am Ende der Straße brannte ein Licht, und darauf konzentrierte sie sich, es war nur noch zwanzig oder dreißig Schritte entfernt. Sie hatte ein enges Gefühl in der Brust. Die spitzen Absätze ihrer Stiefel rutschten auf den schmierigen Pflastersteinen. Sie blickte sich nicht um, aber sie hörte, dass wer immer es war näher kam, und sie wollte laufen, doch ein Absatz verfing sich zwischen den Steinen, und sie stürzte. Sie würde an diesem schmutzigen Ort sterben, dachte sie, ein weiteres Stück Abfall, das am Morgen aufgelesen würde.

»Hallo, Felicity«, sagte eine Stimme. »Wir haben dich überall gesucht.«

Sie machte sich vor Angst in die Hose.

*

Das Tor von HMP Wakefield öffnete sich langsam, und ein Krankenwagen kroch heraus. Auf der Hauptstraße beschleunigte er, und die Sirene und das Blaulicht wurden eingeschaltet, obwohl der Patient trotz heftiger Wiederbelebungsversuche, die noch im Gange waren, bereits tot war.

Der Sanitäter hielt inne, bereit aufzugeben, doch der Krankenpfleger, der den Patienten begleitete, übernahm und drückte fest auf die magere Brust von Häftling JS 5896. Der Direktor wünschte, dass alles nach Vorschrift gehandhabt wurde, wollte nicht, dass ihnen jemand vorwarf, sie hätten den Mann vorzeitig sterben lassen. Eine Menge Leute wären froh, wenn er tot war.

Der Pfleger, von der kräftigen Sorte, hatte den Gefangenen auf einer seiner nächtlichen Runden gefunden. Michael Carmody lag neben seinem Bett auf dem Boden, der Tropf herausgezogen, die Sauerstoffmaske abgenommen. Es sah aus, als wollte er vor etwas fliehen. Vor dem Tod wahrscheinlich, glaubte der Pfleger. Er hatte im Pausenraum heimlich eine Kippe geraucht, aber er war sicher, dass niemand die Krankenstation betreten hatte, während er weg war. Er fühlte ihm den Puls, doch es war klar, dass Carmody aus Monster Mansion auscheckte. Es würde natürlich eine Autopsie geben, doch Michael Carmodys Tod war keine Überraschung.

Der Pfleger gab auf, und der Sanitäter sagte: »Er ist tot. Wir hören auf, okay? Todeszeitpunkt elf Uhr dreiundzwanzig. Einverstanden?«

»Einverstanden. Er war ein Scheißkerl«, sagte der Pfleger. »Dieses Stück Müll wären wir los.«

»Ja, da würden dir viele beipflichten.«

*

Barclay Jack kramte auf seinem Schminktisch nach dem Glas mit Gin, das gerade noch da gewesen war, davon war er überzeugt, aber er fand es nicht. Seine Garderobe wirkte sehr dunkel. Er rief nach Harry, doch es folgte keine Antwort. Wo war der blöde Junge?

Er wankte aus der Garderobe – er fühlte sich wirklich nicht wohl. Ihm war schwindlig. Hinter der Bühne war es noch dunkler, nur von irgendwo oben schien ein schwaches Licht. Wo waren alle? Waren sie nach Hause gegangen und hatten ihn hier allein gelassen?

Plötzlich stand er zwischen den Kulissen. Wie war er hierhergekommen? Hatte er einen kleinen Blackout gehabt? »Sie hatten wahrscheinlich eine TIA, eine vorübergehende Gehirndurchblutungsstörung«, war ihm letztes Jahr beschieden worden, als er nach einem Zusammenbruch an der Kasse im Asda ins Bournemouth Royal aufgenommen worden war. TIA klang wie eine Fluglinie, aber offenbar bedeutete es, dass er einen kleinen Schlaganfall gehabt hatte. Pech. Sie führten eine Menge Tests durch, doch er erzählte niemandem davon. Wem sollte er es auch erzählen? Seine Tochter sprach seit Jahren nicht mehr mit ihm, er wusste nicht einmal, wo sie jetzt lebte.

Sie mussten ihn versehentlich im Theater eingeschlossen haben. Wieder der verdammte Bühnenmanager, er sollte kontrollieren, ob niemand mehr im Haus war. Er tastete in seiner Tasche nach seinem Handy, dann fiel ihm ein, dass er es verloren hatte.

Plötzlich stand er auf der Bühne – offenbar erneut ein kleiner Zeitsprung. Der Vorhang war zugezogen. Er spürte, dass er doch nicht allein war – er hörte das erwartungsvolle Gezischel und Gemurmel des Publikums. Die Zuschauer warteten. Der Vorhang öffnete sich langsam, und nach einer Sekunde der Schwärze schaltete jemand den Scheinwerfer für ihn an. Er spähte in den Zuschauerraum, schirmte die Augen ab wie ein Mann in einem Mastkorb, der nach Land Ausschau hält. Wo waren alle?

Wenn er mit seinem Auftritt anfing, würden sie vielleicht zum Leben erwachen. »Ein Mann geht zum Zahnarzt«, sagte er, doch seine Stimme klang heiser. War es ein Zahnarzt? Oder war es ein Arzt? Er musste weitermachen. Er war ein erfahrener Komiker. Es war eine Prüfung. »Und er sagt, ich glaube, ich habe ein Problem.« Stille. »Und er sagt –« Er wurde von brüllendem Gelächter unterbrochen, es legte sich über ihn wie Balsam. Auf das Lachen folgte lauter Applaus. Fuck me, dachte Barclay, ich bin noch gar nicht bei der Pointe. Das unsichtbare Publikum klatschte weiter, manche waren aufgesprungen und riefen seinen Namen: »Barclay! Barclay! Barclay!«

Eine neue Welle Dunkelheit schwappte über ihn, als wäre der Vorhang zugezogen worden. Dieses Mal ging er nicht wieder auf. Barclay Jack konnte den Applaus nicht mehr hören.

*

Bunny war im Zimmer für die Angehörigen und wartete darauf, dass jemand kam und mit ihm klärte, wie mit Barclay Jacks Leiche zu verfahren war. Ein Komiker, der (endgültig) aus der Rolle fiel, deutete auf einen schlechten Witz – wie ihn Harry machen könnte –, doch Bunny war nicht in der Stimmung für Leichtfertigkeit. Er hatte den ganzen Abend damit verbracht, Barclay auf seiner letzten Reise zu begleiten. Krankenwagen, Notaufnahme, das Zimmer für die Angehörigen, Bunny hatte alles über sich ergehen lassen. Er schien routinemäßig zu Barclay Jacks nächstem Verwandten geworden zu sein. Es war keine Rolle, die er freiwillig angenommen hätte.

War er jetzt auch noch verpflichtet, die Beerdigung zu organisieren? Würde überhaupt jemand kommen? Vielleicht ein paar drittklassige Entertainer aus der Urzeit und die Leute, die im Sommer im Palace auftraten, was dasselbe war. Die Tänzerinnen würden alle kommen, sie waren gut für so etwas. Sie brachten immer Kuchen mit, wenn jemand Geburtstag hatte. Keine Geburtstage mehr für Barclay Jack.

Bunny seufzte vor Langeweile. Niemand sonst war in dem Raum, nur Bunny saß mit einem Wasserkessel, einem Glas mit Instantkaffee und ein paar zerfledderten Zeitschriften auf einem abgewetzten furnierten Tisch fest – zwei Ausgaben von *Hello!*, die über ein Jahr alt waren, und eine alte Sonntagsbeilage in Farbe. Bislang hatte er mehrere Tassen billigen Kaffee getrunken und jede Menge überflüssiger Informationen über die schwedische Königsfamilie gesammelt (er hatte nicht einmal gewusst, dass sie eine hatten), ganz zu schweigen davon, wie man »eine elegante Sommergrillparty« warf. Konnte Grillen elegant sein? Bunny erinnerte sich nicht, wann ihn jemand zum letzten Mal zu einer Grillparty eingeladen hatte, ob elegant oder nicht.

Der Krankenwagen und die Notaufnahme waren Bunny sinnlos erschienen, denn er war ziemlich sicher, dass Barclay den Planeten bereits verlassen hatte, als der Sanitäter im engen Flur vor seiner Garderobe die Defibrillatorpads auf seine weiß behaarte Brust klebte. Er wurde ein wenig unterstützt vom Bauchredner, der sich unerwartet als die offizielle Erste-Hilfe-Kraft des

Palace erwies. »Barclay!«, sagte er immer wieder. »Barclay! Barclay!« Als würde er einen Hund zurückrufen.

Bunny schaute sich müßig die Fotos auf seinem Handy an. Sein einziger Sohn war vor kurzem Vater geworden. Das neue Baby, Theo, hatte einen eigenen Instagram-Account, zu dem ihm seine Schwiegertochter widerwillig Zugang gewährt hatte. Kurz vor Beginn der Sommersaison hatte die Taufe stattgefunden. Für dieses Kind wurde alles nach traditioneller Vorschrift getan – Kirche von England, die richtige Anzahl Taufpaten, Frauen mit albernen Hüten, das oberste Stockwerk der Hochzeitstorte wurde bei der Tauffeier serviert. Seine Schwiegertochter war die ganze Zeit in höchster Alarmbereitschaft gewesen. Bunny vermutete, dass sie Angst hatte, er würde in Drag auftauchen, die böse Fee neben der Wiege, dank seiner fragwürdigen Berufsentscheidungen ein Fluch für ihr Kind. Natürlich hatte er es nicht getan. Er hatte seinen besten Anzug von Hugo Boss getragen und ein Paar Halbschuhe, die glänzten wie sein nahezu kahler Kopf, und keinen Hauch von Illamasqua-Grundierung im Gesicht.

»Es macht nichts, dass er eine Dragqueen ist«, hatte Bunny seine Schwiegertochter über den »Quiche-Fingers« jemandem zuflüstern hören. »Aber er ist eine so miese Dragqueen.«

»Mr Shepherd?«

»Ja?« Bunny sprang auf, als eine Schwester in den Raum kam.

»Möchten Sie sich für eine Weile zu Mr Jack setzen?«

Bunny seufzte schwer. Es musste eine Art Etikette für die Toten sein. Mehr Sinnlosigkeit. »Ja, natürlich«, sagte er.

Er betrachtete still Barclays gelb werdende, eingesunkene Gesichtszüge und fragte sich, wie lange er bleiben musste, bevor er höflich die Flucht antreten konnte, als sein Handy klingelte. Bunny blickte auf den Anrufernamen. »Barclay Jack.« Bunny runzelte die Stirn. Betrachtete erneut die Leiche. Barclay schwieg, ein Tuch bis zum Kinn hochgezogen. Einen Augenblick lang fragte sich Bunny, ob es sich um einen Streich handelte, aber Barclay war kein Scherzbold gewesen. Und das Krankenhaus würde nicht in seiner Gesamtheit konspirieren, um einen komplizierten Versteckte-Kamera-Gag mit einer Leiche zu inszenieren. Oder?

Bunny starrte Barclay konzentriert an. Nein, entschied er, er war definitiv tot. Er hob das Handy vorsichtig ans Ohr und sagte: »Hallo?«, aber niemand antwortete. »Der Rest ist Schweigen«, sagte Bunny zu Barclay, denn Shakespeare war ihm nicht fremd. Es war vermutlich zum Lachen.

Der Fang des Tages

Die *Amethyst* hatte beim ersten Licht abgelegt. Es war ein Fischerboot mit vier Geordies an Bord. Die Männer hatten die *Amethyst* gechartert, und der Skipper behandelte sie wie alte Freunde. Sie kamen zwei-, dreimal im Jahr und nahmen das Fischen ernst, wenn auch nicht so ernst, als dass sie den Abend zuvor nicht im Golden Ball verbracht und sich betrunken hätten, aufgekratzt und frei von häuslichen Pflichten. Ihre Frauen kamen nie mit, dankbar, dass sie die lähmend langweiligen Themen Fisch, richtiges Bier und miteinander konkurrierende Vorteile der A1 und des Tyne Tunnel vermeiden konnten.

Es sollte ein schöner Morgen werden. Über den Himmel zogen Marshmellow-Wolken, die versprachen, sich bald aufzulösen. »Es wird ein schöner Tag«, sagte jemand, und die anderen murmelten gut gelaunte Zustimmung. Eine Thermosflasche Kaffee machte die Runde, und alle waren zufrieden.

An ihren Angelschnüren hing Tintenfisch. Sie waren auf große Fische aus – Kabeljau, Offiziersbarsch, Schellfisch, vielleicht sogar Heilbutt, wenn sie Glück hatten.

Der kühlen Morgenluft war es nahezu gelungen, die Wirkung des Biers Marke Sam Smith vom Vorabend auszutreiben, als der erste von ihnen ein Ziehen an seiner Schnur spürte. Etwas Großes und Schweres, das seltsamerweise nicht versuchte, sich zu befreien. Als der Angler ins Wasser schaute, sah er silberne Schuppen aufblitzen. Wenn es ein Fisch war, war er riesig, allerdings trieb er im Wasser, als wäre er bereits tot. Nein, keine Schuppen. Pailletten. Kein Heilbutt oder Schellfisch – eine Frau. Oder ein Mädchen. Er schrie nach seinen Freunden, und die vier schafften es, die tote Meerjungfrau heranzuziehen und an Deck zu hieven.

Hand des Ruhmes

Jackson sah, dass draußen auf dem Meer in der breiten Öffnung der South Bay ein Fischerboot Richtung Hafen steuerte. Das Meer war wie Glas und reflektierte die Morgensonne. Es schien ein schöner Tag, um mit dem Boot hinauszufahren, dachte er. Er machte mit Dido den täglichen Spaziergang, bevor er an der Küste zurück zu seinem Häuschen fuhr. Gestern Abend war er nicht nach Hause gefahren, sondern hatte in einem von mehreren Gästezimmern in High Haven geschlafen, nachdem er mit Crystal mehrere Whiskys getrunken hatte, kaum dass Candy und Harry im Bett lagen. Für beide war es mehr wie Medizin gewesen als Alkohol, und auch wenn er nichts getrunken hätte, schwamm er doch auf einer Welle der Erschöpfung, die es ihm nicht gestattet hätte, in sein Auto zu steigen. Er schlief ein, während Dido zusammengerollt auf dem Teppich neben seinem Fußende lag, und als er erwachte, lag sie ausgestreckt neben ihm, schnarchte friedlich auf der großen weißen Fläche des riesigen Betts, ihr Kopf auf dem Kissen neben seinem. *(Wann du das letzte Mal mit Frau geschlafen? Einer richtigen Frau?)*

Während er Kaffee trank, trank Crystal etwas, dessen Name wie ein Karateschrei klang. *(Kombucha!)* Sie mache Kampfsport, erzählte sie ihm. (»Wing Chun. Ich weiß, es klingt wie etwas, das man in einem chinesischen Restaurant bestellt.«)

Stand das Headbanging im Café in Flamborough Head auf dem Lehrplan von Wing Chun? »Nein, ich wollte den blöden Arsch einfach nur umbringen.«

Sie kochte Würste für Dido, doch Jackson bot sie nur Buchweizenbrei und Mandelmilch an und die Ermahnung, in seinem Alter auf sich aufzupassen. »Danke«, sagte er.

Crystal sah aus, als könnte sie die Keule einer Kuh frühstücken, aber nein, eine »Energy-Kugel aus rohem Kakao« war offenbar das höchste der Gefühle für sie. In Jackson Augen sah das Ding aus wie Scheiße, doch diese Meinung behielt er für sich, damit sie ihm nicht auch den Kopf auf die Tischplatte knallte, und aß stattdessen wie ein braver Junge den Buchweizenbrei.

Der schwer fassbare Tommy Holroyd war nicht aufgetaucht. Jackson glaubte allmählich, dass Crystals Mann nur in ihrer Einbildung existierte. Er fragte sich, was Tommy von dem fremden Mann gehalten hätte, der in seinem Bett schlief und seinen Buchweizenbrei aß wie ein unerwünschtes Goldlöckchen.

Als Tribut an die morgendliche Wärme trug Crystal Shorts, ein Tanktop und Flipflops. Jackson sah die BH-Träger unter dem Oberteil, und ihre phantastischen Beine waren zur Gänze zur Schau gestellt. Wie ihr phantastisches blaues Auge. »Da«, sagte sie und stellte einen Becher mit Kaffee vor ihn. Jackson dachte, dass ihm noch nie eine Frau begegnet war, die sich weniger für ihn interessierte.

Die Amazonenkönigin setzte sich ihm gegenüber und sagte: »Ich zahle Sie nicht, ist das klar? Sie haben nur Scheiße gebaut.«

»Wenn Sie meinen«, sagte Jackson.

Als er nach dem Arbeitshausfrühstück High Haven verließ, schliefen Candy und Harry noch, erschöpft von den Ereignissen vom Vortag. Harry hatte ihre Heldentaten rudimentär skizziert, bevor ihn die Müdigkeit übermannte. Sie waren zu einer Wiese gefahren, erzählte er, und in einen Wohnwagen gesperrt worden, aus dem sie später ausbrechen konnten, aber er hatte keine Ahnung, wo der Wohnwagen war, außer dass er in der Nähe des Meers zu stehen schien. Nach ihrer Flucht hatte ein Mann sie nach High Haven gefahren. Er hatte seinen Namen nicht genannt, aber er fuhr einen silberfarbenen Wagen – zumindest glaubte Harry, dass er silberfarben war, in der Dunkelheit war es schwer zu erkennen gewesen, und nein, er wusste nicht, was für ein Fabrikat es war, weil er zu diesem Zeitpunkt dem Zusammenbruch nahe war, sagte er, könnten sie ihn jetzt also bitte in Ruhe und schlafen lassen? Warum war das wichtig, der Mann hatte ihnen geholfen, möglicherweise sogar das Leben gerettet. »Er wusste meinen Namen«, fügte Harry hinzu.

»Wie meinst du das?«, fragte Crystal und runzelte die Stirn.

»Er hat gesagt: ›Steig ein, Harry.‹ Ich *weiß*, das ist seltsam, und ich bin sicher, dass du endlos darüber reden willst, aber ich muss jetzt wirklich ins Bett. Tut mir leid.«

»Es braucht dir nicht leid tun, Harry«, sagte Crystal und küsste ihn auf die Stirn. »Du bist ein Held. Gute Nacht.«

»Nacht. Wer sind *Sie* überhaupt?«, sagte er zu Jackson.

»Nur ein besorgter Beobachter«, sagte Jackson. »Ich habe deiner Stiefmutter dabei geholfen, euch zu suchen.«

»Sie haben ihn aber nicht gefunden, stimmt's?«, sagte Crystal. »Er hat sich selbst gefunden. Er behauptet, er wäre Detektiv«, sagte sie zu Harry, »aber er ist scheiße im Ausfindigmachen.«

»Was halten Sie davon?«, hatte Jackson Crystal gefragt, nachdem Harry sich die Treppe hinaufgeschleppt hatte. »Dass der Kerl wusste, wer er ist?« (War es gut oder schlecht? Ebbe oder Flut?)

»Ich halte gar nichts von irgendwas«, sagte Crystal. »Ich habe nicht vor, irgendwas von irgendwas zu halten, und nein, Sie können die Aufnahmen von der Sicherheitskamera nicht sehen, weil Ihre Arbeit hier beendet ist. Sie haben gezeigt, wozu sie in der Lage sind. Mein Mund ist verschlossen.« Sie machte eine übertriebene Geste, als würde sie über ihren perfekten Lippen einen Reißverschluss zuziehen, und sagte: »Ich mache das allein, danke, also ziehen Sie Leine, Jackson Brodie.«

Nachdem sie Harry und Candy in Flamborough Head nicht gefunden hatten, hatte Jackson eine niedergeschlagene Crystal nach High Haven gefahren. »Sie könnten auf dem Festnetz anrufen«, sagte sie hoffnungsvoll. »Oder sie könnten sie zurückbringen. Wenn sie versucht haben, mir eine Lektion zu erteilen, waren sie erfolgreich, glauben Sie mir, ich will nicht, dass meinen Kindern was zustößt.«

Es wurde dunkel, als sie in High Haven ankamen. Fledermäuse flitzten über sie hinweg wie eine Lufteskorte, als sie auf die Einfahrt bogen. Eine Reihe Lichter entlang der Einfahrt schaltete sich automatisch an, als der Toyota sich dem Haus näherte. Es war imposant. Holroyd Haulage musste ziemlich viel Geld abwerfen, dachte Jackson.

Er erklärte Crystal gerade zum x-ten Mal, dass sie jetzt nur noch zur Polizei gehen könne, und sie wiederholte zum x-ten Mal, dass er die Klappe halten solle, als über der Haustür das Licht anging.

Crystal keuchte, und Jackson sagte: »Oh, Scheiße«, denn etwas war vor der Tür abgelegt worden. Es sah aus wie ein Kleiderbündel, doch als sie näher kamen, nahm es eine menschliche Form an. Jacksons Herz sackte mehrere Stockwerke ab, und er dachte: O Gott, bitte keine Leiche. Doch dann rührte sich die Form und löste sich in zwei Gestalten auf, eine größer als die andere. Die größere Person stand auf und blinzelte im hellen Licht. Harry.

Crystal war aus dem Wagen, bevor Jackson bremsen konnte, lief zu Harry und schlang die Arme um ihn, bevor sie Candy hochhob.

Jackson stieg steif aus. Es war ein langer Tag gewesen.

Er fuhr mit der Seilbahn hinauf zu Esplanade, um Didos Beine zu schonen, doch auch seine Knie waren dankbar. Als sie oben aus der Kabine stiegen, schwärmte die *Collier*-Filmcrew überall herum. Julia allerdings war nirgendwo zu sehen, und Jackson machte sich auf den Weg ins Basislager. Er wollte unbedingt wissen, wann er seinen Sohn zurückhaben würde. Jackson hatte Nathan mehrere SMS geschickt, seitdem er ihn zum letzten Mal gesehen hatte, und sich nach seinem Befinden erkundigt. *(Wie geht's?)* Harry hatte ihn an Nathan denken lassen, und er fragte sich, wie er sich fühlen würde, wenn ein böswilliger Fremder mit ihm davonfahren würde. Auf seine Nachfragen hatte er eine einzige kurze Antwort erhalten: *Gut.* Wie war es möglich, dass sein Sohn stundenlang mit seinen Freunden über nichts chatten, aber kein Gespräch mit seinem Vater führen konnte? Wo war Nathan überhaupt? Vermutlich noch bei seinem Freund, doch er hatte ärgerlicherweise auf seinem Handy die Standortbestimmung deaktiviert, sodass Jackson ihn nicht nachverfolgen konnte. Er würde ihm einen Vortrag darüber halten müssen, wie wichtig es war.

Auch im Basislager keine Spur von Julia. Er fand schließlich die zweite Regieassistentin, eine Frau, die Jackson noch nie zuvor gesehen hatte. Sie sagte, dass Julia heute nicht am Set sei. Wirklich?, dachte Jackson. Sie hatte erklärt, dass sie überhaupt keine Freizeit habe. »Ich nehme an, sie ist mit Nathan unterwegs«, sagte er, und die Regieassistentin erwiderte: »Mit wem? Nein, ich glaube, sie macht einen Ausflug. Rievaulx Abbey, hat sie gesagt. Mit Callum.«

Callum?

Jackson aß ein willkommenes Schinkenbrötchen im Verpflegungsbus. Hier gab es keinen Buchweizenbrei. Frühstück sei immer die beliebteste Mahlzeit am Set, hatte Julia ihm erzählt. Dido bekam ein weiteres Würstchen vom Koch. »In deinem Alter solltest du auf dich aufpassen«, sagte Jackson zu ihr.

Der Schauspieler, der Collier spielte, stellte sich zu ihm – Matt / Sam / Max. Er aß ein Brötchen mit Ei und sagte: »Was ist Ihrer fachkundigen Meinung nach die beste Möglichkeit, einen Hund umzubringen? Ich soll demnächst in einer Szene einen erschießen, aber ich dachte, ein kleiner Kampf Faust gegen Faust wäre spannender. Oder Faust gegen Pfote.«

Jackson hatte einmal einen Hund umbringen müssen – er erinnerte sich nicht gern daran –, zog es jedoch vor, es nicht zu erzählen – nicht vor Dido. »Schießen Sie«, sagte er. »Schießen ist spannend genug. Ach, wer ist eigentlicher dieser Callum?«

»Julias Freund? Er ist der neue Kameramann. Ich glaube, sie mag ihn, weil er sie so gut ins Bild setzt.«

Jackson verdaute diese Neuigkeit zusammen mit dem Schinkenbrötchen.

Irritierender als das plötzliche Auftauchen dieser Callum-Person in Julias Leben war die Tatsache, dass sie mit ihm nach Rievaulx gefahren war. Die Rievaulx Terrace war einer von Jacksons Lieblingsorten auf der Welt, dort würde er nach dem Tod leben, so es das gab. (Unwahrscheinlich, aber er hatte nichts dagegen, auf Nummer sicher zu gehen. »Ah, Pascal'sche Wette«, sagte Julia geheimnisvoll. Ebbe / Flut, dachte Jackson.) Er war es gewesen, der Julia Rievaulx gezeigt hatte. Und jetzt zeigte sie es jemand anderem. Jackson hatte keine Ahnung von Pascal, aber er hätte darauf gewettet, dass sie Callum nicht erzählte, dass sie am Lieblingsort ihres früheren Liebhabers knutschten.

Er war unterwegs nach Hause auf der Peasholm Road, fuhr gerade am Eingang zum Park vorbei, als aus der entgegengesetzten Richtung ein Eiswagen auftauchte. Ein Wagen von Bassani, rosa wie der letzte, den er gesehen hatte, und aus dem Lautsprecher tönte krächzend auch die gleiche Musik. *Wenn du heute in den Wald gehst, wartet eine Überraschung auf dich.*

Jackson schauderte und dachte an all die im Lauf der Jahre verlorenen Mädchen. Verloren im Wald, auf Eisenbahngleisen, in Seitenstraßen, in Kellern, in Parks, in Straßengräben, in den eigenen vier Wänden. Es gab so viele Orte, an denen man ein Mädchen verlieren konnte. All die, die er nicht gerettet hatte. Es gab einen Song von Patty Griffin, den er manchmal hörte, »Be Careful« lautete der Titel. *All the girls who've gone astray.* Er machte ihn unweigerlich zutiefst melancholisch.

Er hatte seit mindestens vierundzwanzig Stunden nicht mehr an sein letztes verlorenes Mädchen gedacht. Das Mädchen mit dem Einhorn auf dem Rucksack. Wo war sie jetzt? Sicher zu Hause? Und wurde von den besorgten Eltern ausgeschimpft, weil sie spät gekommen war und ihren Rucksack verloren hatte? Er hoffte es, aber sein Bauch sagte ihm etwas anderes. Seiner (langen) Erfahrung nach konnte der Verstand in die Irre führen, aber der Bauch sagte immer die Wahrheit.

Er mochte nachlässig gewesen sein, was das Mädchen anlangte, aber es gab noch immer Menschen dort draußen, die er schützen und denen er helfen musste, ob es ihnen nun passte oder nicht. Die Männer, die Harry und Candy gekidnappt hatten, hatten sie nicht freiwillig wieder freigelassen, was also sollte sie davon abhalten, es noch einmal zu versuchen? Crystal mochte behaupten, dass ihre perfekten Lippen verschlossen waren, aber die Kidnapper wussten es nicht. Schlafende Hunde soll man nicht wecken. Schliefen sie oder tigerten sie herum und warteten auf die Chance für den nächsten Angriff? Sein eigener Hund schlummerte auf dem Rücksitz und hatte keine Meinung dazu.

Er seufzte und nahm die Abzweigung nach High Haven. Er war der Hirte, er war der Sheriff. Der Lone Ranger. Oder vielleicht Tonto. (»Du weißt doch, dass *tonto* Spanisch für ›dumm‹ ist?«, sagte Julia.) Er mochte ein beschissener Hirte sein, aber manchmal war niemand anders da. »Heigh-ho, Silver«, murmelte er dem Toyota zu.

Frauensache

Ronnie und Reggie blieben die Nacht über im Krankenhaus, in dem kleinen Seitentrakt, in dem das Mädchen lag, das sie gefunden hatten. Jemand sollte auf sie aufpassen, und niemand anders schien verfügbar. Sie hatten Mühe, die Polizei für sie zu interessieren, obwohl sie zusammengeschlagen worden war und laut Arzt Heroin im Blut hatte.

Der diensthabende Beamte hatte fast gelacht, als sie am Abend anriefen. Sie seien zu »arm an Ressourcen«, sagte er, um jemanden zu schicken und das Mädchen zu befragen, und sie würden wie alle anderen bis zum Morgen warten müssen.

»Noch eine Kaffeetransfusion?«, fragte Ronnie, und Reggie seufzte zustimmend. Der Kaffeeautomat des Krankenhauses war ein Anwärter auf den Preis für den schlechtesten Kaffee der Welt (die Konkurrenz war groß), doch sie hatten mittlerweile ihr Blut damit ausgetauscht, sodass ein weiterer Pappbecher kaum mehr Wirkung hatte.

Das Mädchen war halbnackt, als sie sie am Abend in einer Ecke der Wiese kauern sahen. Sie war übersät mit blauen Flecken und hatte eine dick angeschwollene Lippe, aber vor allem hatte sie Angst. Verschmutzt und verkratzt von Dornen und Gestrüpp, ließ ihr Aussehen, ganz zu schweigen von ihrem Verhalten, darauf schließen, dass sie gejagt worden war, über Wiesen und durch Gräben und Hecken gelaufen war, um zu entkommen. Wie Beute. Es war wie ein makabrer Plot von *Criminal Minds* oder *Collier*, nicht wie das richtige Leben. Doch da war sie, diejenige, der die Flucht gelungen war.

Ihr Vorhaben, nach Stephen Mellors zu suchen, war vergessen, kaum hatten sie sie gefunden, auf dieser Wiese war sowieso nichts von ihm zu sehen. Ein paar alte Wohnwagen standen herum – komplette Rostkübel – und ein neuer, der fest verankert war, aber niemand rührte sich, als sie klopften. Alle Jalousien waren heruntergelassen, und es war unmöglich festzustellen, was sich darin befand. Dass Stephen Mellors dort drin Achtsamkeit übte, schien unwahrscheinlich.

Sie nahmen an, dass es sich um eine Macke im GPS von Jamie Mellors' Handy handelte und Stephen Mellors bereits en famille war und Lasagne futterte und den gelüfteten Rotwein schluckte. Reggie hatte Sai einmal mitten auf dem Ärmelkanal lokalisiert, obwohl er in einem Pub in Brighton gewesen war, als sie ihn anrief, um es zu überprüfen. »Spionierst du mir nach?«, fragte er und lachte, aber damals waren sie noch zusammen gewesen, und er hatte die Vorstellung, dass sie ihm nachspionierte, süß gefunden, nicht unheimlich, wozu es offenbar später wurde.

Sie hatten einen Namen aus dem Mädchen herausbekommen – Maria – und woher sie stammte – von den Philippinen. Es dauerte wesentlich länger, bis ihnen dämmerte, dass die »Maria«, deren Namen sie aufgeregt ständig wiederholte, nicht sie selbst war. Ronnie, die es mit Pidgin-Englisch versuchte, deutete auf sich selbst und sagte: »Ronnie, ich Ronnie.« Dann deutete sie auf Reggie und sagte: »Reggie.« Und schließlich deutete sie auf das Mädchen und zog die Augenbrauen fragend in die Höhe.

»Jasmin.«

»Jasmin?«, wiederholte Ronnie, und das Mädchen nickte heftig.

Es gab noch einen Namen, den sie ebenfalls immerzu wiederholte. Sie verstanden ihn nur schwer, aber es konnte »Mr Price« sein.

»Hat dir Mr Price das angetan?«, fragte Reggie und deutete auf das Gesicht des Mädchens.

»Mann«, sagte sie und hob die Hand über den Kopf.

»Großer Mann?«, sagte Ronnie. Weiteres heftiges Kopfnicken, aber dann fing sie an zu weinen und sprach wieder über Maria. Sie machte eine merkwürdige Pantomime und zog an etwas Unsichtbarem um ihren Hals. Hätten sie Scharade gespielt, hätte Reggie auf »Die hängenden Gärten von Babylon« getippt, doch sie war ziemlich sicher, dass Jasmin etwas anderes darstellen wollte. Sie und Sai hatten oft Scharade gespielt, nur sie beide. In ihrer Beziehung hatte es viel gesunden unschuldigen, manchmal sogar kindischen Spaß gegeben. Reggie vermisste es mehr als all die anderen Sachen. Oder Sex, wie es auch genannt wurde.

Sie hatten im Revier um einen Dolmetscher gebeten, hatten jedoch nicht viel Hoffnung und schon gar nicht vor dem offiziellen Arbeitsbeginn. Ronnie durchkämmte das Krankenhaus und kehrte mit einer philippinischen Putzfrau zurück – mit einem Namensschild, auf dem »Angel« stand – und bat sie, mit Jasmin zu sprechen. Kaum hatten sie angefangen, miteinander zu reden, als ein reißender Strom an Worten aus Jasmin herausfloss, begleitet von einem Strom an Tränen. Man musste nicht Tagalog sprechen, um zu wissen, dass sie eine schreckliche Geschichte erzählte.

Bevor sie noch echte Informationen sammeln konnten, verdunkelte leider eine düstere Präsenz die Tür des Zimmers.

»Hallo, da sind ja Cagney und Lacey.«

»DI Marriot«, sagte Reggie fröhlich.

»Haben Sie schon das von Ihrem Freund gehört?«

»Freund?«, sagte Reggie. Marriot konnte unmöglich Sai meinen.

»Michael Carmody?«, tippte Ronnie.

»Und der Preis geht an das Mädchen in Blau.«

»Was ist mit ihm?«, fragte Reggie.

»Er ist tot«, sagte Marriot lapidar. »Gestern Abend.«

»Ermordet?«, fragten Reggie und Ronnie unisono, doch die DI zuckte die Achseln und sagte: »Herzinfarkt, soweit ich weiß. Niemand wird ihn vermissen. Ist das euer Mädchen?«, fragte sie und schaute zu Jasmin. Sie klang mitfühlend, und Reggie gab ihr dafür Pfadfinderinnenpunkte. Nicht, dass sie je Pfadfinderin gewesen wäre, was sie jetzt bedauerte, sie wäre gut darin gewesen. (»Du bist Pfadfinderin, Reggie«, sagte Ronnie. »Bis in deine Fingerspitzen.«)

»Woher ist sie?«, fragte Marriot.

»Von den Philippinen«, sagte Reggie. »Sie spricht kaum Englisch.«

»Frisch vom Boot in einen Massagesalon?«

»Ich weiß es nicht. Die Dame, Angel, übersetzt für uns.«

»Wie es der Zufall will, haben wir noch ein totes asiatisches Mädel«, sagte Marriot und ignorierte Angel. »Gestern Morgen gefunden. Ins Meer geworfen. Kein Ausweis. Sieht aus, als wäre sie erwürgt worden, wir warten noch auf die Autopsie. Es ist wie mit den Bussen, man wartet eine Ewigkeit auf eine tote Sexarbeiterin aus dem Ausland und dann …«

Reggie nahm die Pfadfinderinnenpunkte zurück. »Unsere

ist nicht tot«, sagte sie, »und Sie wissen nicht, ob sie eine Sexarbeiterin ist.«

»Sie ist eine Frau«, ergänzte Ronnie. »Und sie braucht Hilfe.«

»Ja, Hashtag MeToo«, sagte Marriot. »Wie auch immer, ob tot oder lebendig, sie gehört nicht mehr euch, wir übernehmen. Ihr könnt wieder eure Detektivarbeit machen.«

Sie verabschiedeten sich von Jasmin. Sie klammerte sich an Reggies Hand und sagte etwas, was Reggie für auf Wiedersehen in Tagalog hielt, aber Angel sagte: »Nein, sie hat danke gesagt.«

»Ach, übrigens«, sagte Ronnie zu Marriot, als sie gingen, »Sie werden vermutlich feststellen, dass Ihr ›totes asiatisches Mädel‹ Maria heißt.«

»Wow. Sexuelle und ethnische Stereotypisierung in einem Zug«, murmelte Ronnie, als sie die Station verließen.

»Ja, Glücksfall.«

Kurz bevor Marriot auftauchte und sie hinauswarf, hatte Jasmin ein Glas Wasser getrunken. Sie musste einen Strohhalm benutzen, und in der kurzen Pause fragten sie Angel, ob Jasmin erzählt habe, was mit ihr geschehen sei.

»Sie sagt immer wieder gleiche Sache.«

»Ich weiß«, sagte Reggie. »Maria und Mr Price.«

»Ja, und noch etwas. Ich weiß nicht was. Klingt wie ›Sillerbörtsches‹.«

»Angel«, sagte Ronnie.

»Ein beliebter Name auf den Philippinen«, sagte Reggie. »Es wäre lustig, wenn es nicht ihr Name wäre – sondern ihr Beruf. Wenn man sein erstes Engelabzeichen verdient hat, kann man sich nach oben arbeiten, durch die neun Ränge der Engel aufsteigen und ganz oben als Seraphim in den Ruhestand gehen. Mir gefällt die Vorstellung, ein Abzeichen zu haben, auf dem ›Engel‹ steht. Oder einen Ausweis. ›DC Ronnie Dibicki und Engel Reggie Chase. Wir würden Ihnen gern ein paar Fragen stellen. Kein Grund zur Sorge.‹ Du könntest natürlich auch ein Engel sein. Engel Ronnie Dibicki.«

»Du hast zu viel Kaffee getrunken, Süße. Du musst dich in einem dunklen Raum ausruhen. Warte.« Ronnie legte die Hand auf Reggies Arm und hielt sie zurück. »Schau. Ist das nicht die Dragqueen aus dem Palace?«

Ein Mann stand am Empfang und füllte Formulare aus. Gekleidet in Jeans, einem grauen Sweatshirt und Mokassins, die auch schon bessere Tage gesehen hatten, war er nahezu nicht wiederzuerkennen als die groteske Parodie einer Frau vom Vortag. Er sah aus, als sollte er seinen Rasen mähen und mit dem Nachbarn über den Gartenzaun den besten Weg nach Leeds diskutieren.

»Was er hier wohl tut?«

»Sillerbörtsches? Du meinst, es könnte Silver Birches heißen?«, sagte Reggie, als sie zu ihrem Wagen gingen.

»Wie die Bäume?«

Ronnie durchkämmte die abstrusen äußeren Kreise des Internets auf ihrem iPhone. »Ich kann nur was in einer Jahre alten *Scarborough News* finden. Silver Birches war ein Pflegeheim, nach einem Skandal geschlossen – gefolgt von einem Gerichtsverfahren. Misshandlung von Bewohnern, unzulängliche Ausstattung, bla bla bla. Es hatte eine lange Geschichte, gegründet offenbar als psychiatrische Anstalt, ein Vorzeigeprojekt für viktorianische Reformen. Es heißt, es wäre das Vorbild für das Irrenhaus gewesen, in dem Renfield eingesperrt war. Renfield?«

»Eine Figur aus Bram Stokers *Dracula*«, sagte Reggie.

»Ah, ja, das steht hier als Nächstes. ›Bram Stokers Besuch in Whitby war die Inspiration …‹, bla bla blady-bla. Es ist nicht weit von hier – sollen wir vorbeischauen? Obwohl es uns überhaupt nichts angeht und Marriot uns einen Anschiss geben wird, wenn sie glaubt, dass wir uns einmischen.«

»Einen kurzen Blick drauf zu werfen, kann nicht schaden«, sagte Reggie.

»Nein, kann überhaupt nicht schaden. Dauert nur fünf Minuten.«

Sei der Wolf

Vince hatte trockene Augen vor Schlaflosigkeit, als das erste Licht durch seine dünnen Vorhänge sickerte. Der Dämmerungschor hatte eingesetzt, noch bevor es dämmerte. Jemand sollte mit den Vögeln ein Wort über ihr Timing reden. Es überraschte Vince, dass es überhaupt Vögel gab, wo er wohnte. Er fragte sich, ob sie lauter zwitschern mussten, um sich über dem Lärm der Spielhalle zu hören. Er fragte sich auch, ob er jemals wieder würde richtig schlafen können. Wann immer er die Augen schloss, sah er sie vor sich. Das Mädchen.

Er hatte gestern nur fünf Minuten drin gebraucht. Es gab eine Eingangshalle, in der sich noch Beweise für Silver Birches' frühere Existenz als Pflegeheim fanden – Brandschutztüren, Ausgangsschilder und ein paar alte Hinweise des Gesundheitsamts, dass die Türen stets geschlossen sein und sich Besucher eintragen mussten. An einer Wand hing noch ein Zettel mit der getippten Bitte um mehr freiwillige Helfer für einen Ausflug in den Peasholm Park neben einer kleinen vergilbten Ankündigung einer *Sommerfête*, illustriert mit (schlecht) handgezeichneten Bildern von Luftballons, einer Tombola und einer Torte. Der Gedanke an verwirrte, senile alte Menschen, die wie Kinder mit Ballons und Torte aufgemuntert wurden, deprimierte Vince noch mehr, als er es sowieso schon war. Falls das überhaupt noch möglich war. Besser, sich von einer Klippe zu stürzen, als das ausgefranste Ende seines Lebens an einem Ort wie diesem zu verbringen.

Er öffnete eine Brandschutztür mit Drahtglasfenster und stand in einem Korridor. Er war von Türen gesäumt, die alle geschlossen waren bis auf eine, die einladend weit offen stand. In dem kleinen Raum befanden sich zwei alte Krankenhausbettgestelle, auf denen schmutzige Matratzen lagen.

Nur eine Person befand sich in dem Zimmer – ein Mädchen. Ein Mädchen lag verrenkt und leblos auf dem Boden unter einem der vergitterten Fenster. Um seinen Hals war ein dünner Schal geschlungen, fest zugeknotet. Die Enden des Schals waren knapp über dem Knoten abgeschnitten und hingen noch am Gitter vor dem Fenster. Sein Gesicht war geschwollen und lila verfärbt. Die Szene erklärte sich selbst.

Sie war ein winziges Ding, Thailänderin oder Chinesin, und trug ein billiges Kleid mit silbernen Pailletten, ihre Beine waren mit blauen Flecken übersät, und sie war offensichtlich tot, trotzdem ging Vince neben ihr in die Hocke und fühlte ihr den Puls. Als er sich wieder aufrichtete, wurde ihm so schwindlig, dass er glaubte, in Ohnmacht zu fallen, und er musste sich für ein paar Sekunden am Türrahmen festhalten.

Er verließ den Raum und schloss leise die Tür hinter sich. Es war die beste Annäherung an eine Geste des Respekts für die Tote. Benommen versuchte er, die anderen Türen im Korridor zu öffnen, aber sie waren alle verschlossen. Er war nicht sicher – sein Gehirn schien plötzlich nicht mehr vertrauenswürdig –, doch er meinte, Geräusche hinter den Türen zu hören: ein leises Stöhnen, einen kleinen Schluchzer, kratzende, schniefende Geräusche, als wären Mäuse in den Zimmern. Es war ein Ort, von dem Vince geglaubt hatte, dass er nur in anderen Ländern existierte, nicht in diesem Land. Ein Ort, über den man in den Zeitungen las, und nicht ein Ort, an dem jemand, den man fast sein ganzes Leben lang kannte, sich um »eine Sache« kümmern musste.

Er hörte eine Männerstimme irgendwo ganz hinten im Gebäude, und wie ein Schlafwandler folgte er dem Geräuschfaden. Er führte ihn zu einer großen Tür. Es war eine Doppeltür, ausgestattet mit allen möglichen Riegeln und Schlössern, doch beide Flügel standen offen und gaben den Blick frei auf einen betonierten Hof hinter dem Gebäude. In dem Viereck aus Licht stand Tommy. Er sprach mit seinem Hund, dem großen Rottweiler Brutus, der Vince eine Gänsehaut einjagte. Tommy drängte ihn in seinen Nissan Navara. Auf dem Beifahrersitz saß der Russe, der in Tommys Spedition arbeitete. Wadim? Wassili? Mehr Vieh als Brutus. Der Hund wirkte aufgeregt, als wollte er jagen.

Vince trat hinaus auf den Hof. Das helle Licht blendete ihn nach der kühlen Dunkelheit im Gebäude. Er hatte vergessen, was Sommer war. Er hatte vergessen, was Tageslicht war. Er hatte alles vergessen außer das verfärbte geschwollene Gesicht. Tommy bemerkte ihn und sagte: »Vince?« Er starrte ihn an, als sähe er ihn zum ersten Mal, und versuchte, ihn als Freund oder Feind einzuordnen.

Vinces Mund war so trocken, dass er nicht glaubte, sprechen zu können, aber er schaffte ein Blöken. »Da drin ist ein Mädchen.« Seine Stimme klang seltsam in seinen Ohren, als käme sie von einem weit entfernten Ort und nicht aus seinem Inneren. »Sie ist tot. Ich glaube, sie hat sich aufgehangen. Oder aufgehängt«, korrigierte er sich, obwohl er nicht verstand, warum er sich jetzt um Grammatik scherte. Er wartete darauf, dass ihm Tommy eine vernünftige Erklärung für die Umstände gab, in denen sie sich befanden, aber Tommy erklärte nichts, er starrte Vince nur weiter an. Er war früher Boxer gewesen. Vince nahm an, dass er wusste, wie man einen Gegner vor dem Kampf aus dem Gleichgewicht brachte.

Schließlich knurrte Tommy: »Was machst du hier, Vince?«

»Ich bin mit Steve gekommen«, brachte er heraus. Es stimmte. Die Sonne blendete wie ein auf ihn gerichteter Scheinwerfer. Er war auf die Bühne gegangen und fand sich im falschen Stück wieder, in einem Stück, für das er den Text nicht kannte.

»Steve!«, brüllte Tommy, ohne sich umzublicken.

Steve tauchte hinter einem alten Nebengebäude oder einer Garage auf. Der Hof war umgeben von einem Sortiment halb verfallener Gebäude. Steve hatte es eilig und bemerkte Vince zuerst nicht. »Was ist los?«, fragte er. »Du musst dich beeilen, Tommy, sie ist wahrscheinlich schon meilenweit weg. Hast du Andy angerufen?« Als Antwort machte Tommy wortlos eine Kopfbewegung Richtung Vince.

»Vince!«, sagte Steve, als hätte er ihn vergessen. »Vince, Vince, Vince«, wiederholte er leise und lächelte bedauernd. Er hätte mit einem Kind sprechen können, das ihn enttäuscht hatte. »Ich habe dir doch gesagt, du sollst im Auto warten. Du solltest nicht hier sein.« Wo sollte ich sein, wenn nicht hier?, fragte sich Vince.

»Was geht hier vor?«, fuhr Tommy Steve an.

»Ich weiß es nicht«, sagte Steve. »Warum fragen wir nicht Vince?« Er trat zu Vince und legte ihm den Arm um die Schultern. Vince musste den Instinkt unterdrücken, zusammenzuzucken. »Vince?«, sagte Steve zu ihm.

Er hatte das Gefühl, die Zeit würde stillstehen. Die grelle

Sonne am Himmel würde sich nie wieder bewegen. Steve, Tommy und Andy. Die drei Musketiere. Plötzlich ergab alles einen Sinn. Für das Amüsement des Universums reichte es nicht, dass er seine Arbeit und sein Haus verloren hatte oder dass er unter Verdacht stand, seine Frau ermordet zu haben. Nein, jetzt musste er auch noch herausfinden, dass seine Freunde (*Golf*freunde, wohl wahr) involviert waren in etwas, das – *worin* genau waren sie involviert? Sexsklavinnen zu halten? Mit Frauen zu handeln? Waren die drei psychopathische Serienmörder, die zufällig festgestellt hatten, dass ihnen der Geschmack am Ermorden von Frauen gemein war? In diesem Augenblick war für Vince alles möglich, wie haarsträubend auch immer es klang.

Er hatte nicht bemerkt, dass er diese Gedanken laut geäußert hatte, bis Steve sagte: »Handel ist nur ein anderes Wort für das Kaufen und Verkaufen von Waren, Vince. Das steht im *Oxford English Dictionary.*« Vince war ziemlich sicher, dass im Wörterbuch auch noch andere Definitionen standen. »Profit ohne Verlust«, fügte Steve hinzu. »Viel Geld auf der Bank, und es kommt immer noch mehr rein. Weißt du, wie sich das anfühlt, Vince?«

Die Sonne blendete sein Gehirn. Er schloss die Augen und atmete die heiße Luft ein. Er war jetzt in einer neuen Welt.

Plötzlich war es Vince vollkommen klar. Nichts war von Bedeutung. Weder Moral noch die Wahrheit. Es war sinnlos zu widersprechen, wenn es keinen Konsens mehr gab, was richtig und was falsch war. Das musste jeder selbst entscheiden. Welche Seite auch immer man wählte, keine göttliche Autorität würde Konsequenzen androhen. Man war allein.

»Vince?«, sagte Steve noch einmal.

»Nein, Steve«, antwortete Vince schließlich. »Ich weiß nicht, wie sich das anfühlt. Vermutlich ziemlich gut.«

Er musste plötzlich lachen, und Steve erschrak und nahm den Arm von seiner Schulter. »Ich *wusste*, dass ihr drei was laufen habt!«, sagte Vince triumphierend. »Jetzt ergibt es einen Sinn. Ihr geheimnistuerischen Scheißkerle hättet es mir sagen sollen.« Vince grinste zuerst Tommy an, dann Steve. »Habt ihr Platz für einen vierten Musketier?«

Steve schlug ihm auf den Rücken und sagte: »Guter Mann. Super, dass du an Bord bist, Vince. Ich wusste, dass du irgendwann die Kurve kriegen würdest.«

*

Die digitale Uhr auf seinem Nachttisch zeigte fünf Uhr. Er konnte genauso gut aufstehen. Er hatte heute eine Menge zu erledigen. Es fühlte sich gut an, zur Abwechslung einmal etwas vorzuhaben.

Blutvergiftung

»Kipper.«

»Was?«

»Kannst du heute Morgen bei Fortunes vorbeischauen und Kipper mitbringen?«

»Kipper?«

»Herrgott, Andrew. Ja, Kipper. Ich spreche keine Fremdsprache.« (Es klang aber so.) »Für das Frühstück morgen. Das Paar in Biscay hat ausdrücklich darum gebeten.«

Andy war erst kurz nach fünf heute Morgen nach Hause gekommen, nachdem er die ganze Nacht mit Tommy nach Jasmin, dem entlaufenen Mädchen, gesucht hatte. Vergeblich. Wo war sie? War sie von der Polizei aufgegriffen worden und erzählte jetzt alles über sie? Er hoffte, geräuschlos eintreten zu können, aber die Lerche Rhoda war bereits auf.

»Wo warst du?«, fragte sie.

»Ich habe einen Spaziergang gemacht«, bluffte er.

»Spaziergang?«, sagte sie ungläubig.

»Ja, Spaziergang. Ich habe beschlossen, fit zu werden.«

»Du?«

»Ja, ich«, sagte er geduldig. »Wendys Tod hat mich daran erinnert, wie wertvoll das Leben ist.« Er sah, dass sie es ihm nicht abkaufte. Er konnte es ihr nicht verübeln. Und überhaupt, was war am Leben schon wertvoll? Es war etwas zum Wegwerfen, ein bisschen Papier und Lumpen. Er dachte an Maria, leblos wie ein Spielzeug, irreparabel zerbrochen. Winzig wie ein Vogel, der vor seiner Zeit aus dem Nest gefallen war. Sein erster Gedanke war, dass sie eine Überdosis genommen hatte. Oder zu heftig geschlagen worden war. »Hat sich aufgehängt, die blöde Schlampe«, sagte Tommy.

»Bist du sicher, dass du nicht auf dem Boot warst?«, fragte Rhoda. »Du riechst … komisch.«

Ich rieche nach Tod, dachte Andy. Und Verzweiflung. Er tat sich selbst leid.

Sie hatten nicht nur versucht, ein Mädchen zu finden, sie mussten zudem ein anderes loswerden. »Die andere ist davongelaufen«, hatte Tommy gesagt, als er am Abend mit den polnischen Mädchen in Silver Birches angekommen war und erfuhr, dass Maria sich umgebracht hatte.

»Jasmin?«

»Was immer. Wir haben sie schon stundenlang gesucht und nicht gefunden. Du musst uns helfen. Und wir müssen die Tote loswerden.«

»Maria.«

Andy hatte ein kleines Boot im Yachthafen liegen, nichts Großes, aber mit Außenbordmotor (die *Lottie*), mit dem er gelegentlich zum Angeln hinausfuhr. Tommy kam manchmal mit und trug immer eine Schwimmweste, weil er nicht schwimmen konnte. Das machte ihn ein bisschen weniger männlich in Andys Augen.

Im Schutz der Nacht hatten sie Maria in Tommys Navara und dann auf die *Lottie* getragen und waren auf die Nordsee hinausgetuckert. Als sich zwischen Boot und Küste eine akzeptable

Distanz befand, hoben sie Maria hoch – Tommy an den Schultern, Andy an den Füßen – ein Spatzengewicht, und warfen sie über Bord. Ein Schimmern von Silber im Mondlicht, geschmeidig wie ein Fisch, und sie war verschwunden.

Hätten sie sie nicht mit irgendetwas beschweren sollen? »Sie wird zurück an die Oberfläche treiben, oder?«, sagte Andy.

»Wahrscheinlich«, sagte Tommy, »aber das kann uns scheißegal sein. Sie wird nur eine weitere drogensüchtige Thai-Nutte sein. Wen kümmert's?«

»Sie war von den Philippinen, nicht aus Thailand.« Und sie hieß Maria. Und war noch dazu eine Katholikin. Andy hatte ihr das kleine Kruzifix abgenommen, nachdem er ihren dünnen Hals von dem Rest des Schals befreit hatte, mit dem sie sich erhängt hatte. Der Schal war ein fadenscheiniges Ding, aber er hatte den Job erledigt. Tommy hatte ihn mit einem Teppichmesser abgeschnitten, aber es war schon zu spät gewesen. Andy erkannte den Schal, sie hatte ihn am Vortag bei Primark in Newcastle gekauft. Es schien ein Leben lang her zu sein – auf jeden Fall war es das für Maria. Er löste die Reste, die noch am Fenstergitter hingen, behandelte sie mit der Zärtlichkeit, die einer Reliquie angemessen war, und steckte sie zu dem anderen Stück in seine Tasche.

Nachdem sie sie ins Meer geworfen hatten, warf Andy das Kruzifix hinterher und sprach lautlos ein Gebet. Einen winzigen Augenblick lang dachte er daran, Tommy über Bord zu stoßen, doch die Schwimmweste würde ihn retten. Bei seinem Glück würde er auf dem Wasser treiben, bis ihn ein Rettungs- oder ein Fischerboot fand. Lottie würde es selbstverständlich tun, dafür waren Neufundländer wie geschaffen, sie ruderten mit ihren kräftigen Beinen durch die Wellen, um Dinge – Menschen, Boote – an den Strand zu ziehen. Aber Lottie war nicht da, nur Brutus, Tommys Hund, der im Navara schlief.

»Foxy?«

»Ja.«

»Kannst du jetzt umkehren, statt vor dich hin zu träumen?«

Tommy war es ein Rätsel, wie sich die Mädchen von den Plastikfesseln hatten befreien können, mit denen ihre Handgelenke am Bett festgezurrt waren. Und warum blieb eine, während die andere davonlief?, fragte sich Andy. War Jasmin aufgewacht, hatte gesehen, dass Maria sich erhängt hatte, und war dann weggerannt, oder hatte Maria sich umgebracht, weil Jasmin sie allein gelassen hatte? Er würde es vermutlich nie erfahren.

Jasmin war robuster, als sie aussah, dachte Andy. Wohin würde sie gehen? Was würde sie tun? Er erinnerte sich an den glücklichen Ausdruck der Mädchen, als sie *Pointless* sahen, ihre kreischende Freude im Supermarkt. Plötzlich war ihm sterbensübel, und er musste sich am Boot festhalten, als er sich in die Nordsee übergab.

»Wusste nicht, dass du seekrank wirst, Andy«, sagte Tommy.

»Ich muss irgendwas Schlechtes gegessen haben.«

Und Vince! »Was für eine Scheiße, Tommy«, hatte Andy gesagt, als Tommy ihm erzählte, was in Silver Birches während seiner Abwesenheit passiert war. Ein Mädchen tot, ein Mädchen verschwunden und Vince Ives, den Steve plötzlich mitgebracht hatte. Die Polizei verdächtigte ihn, seine Frau umgebracht zu haben. Er würde alle nur erdenkliche unerwünschte Aufmerksamkeit auf sie lenken.

»Ach, komm schon, Foxy, Vince hat Wendy nicht umgebracht. Dazu ist er nicht fähig.«

»Aber *dazu* soll er fähig sein?«, fragte Andy, als sie Maria über Bord warfen.

»Also, ich bin auch nicht besonders erfreut, dass aus drei vier werden, aber wenn er dann den Mund hält … Und Steve bürgt für ihn.«

»Ja, dann ist ja alles in Ordnung«, sagte Andy sarkastisch, »wenn *Steve* für ihn bürgt.«

Kaum waren sie vom Boot, rief Steve an.

»Steve. Was ist los?«

»Andy, wie geht's?« (Er wartete nie auf eine Antwort.) »Ich glaube, es ist unter diesen Umständen am besten, dass wir als Erstes alle Mädchen nach Middlesbrough verlegen. Die Operation in Silver Birches schließen.« Man hätte meinen können, er wäre in der Armee gewesen, so wie er sprach. Und er war der Hauptmann, und sie waren die niederen Fußsoldaten.

Andy stellte sich vor, die Mädchen zu befreien, die Tür zu öffnen, die Ketten der Sklaverei zu lösen und dabei zuzusehen, wie sie über eine Blumenwiese liefen wie wilde Pferde.

»Andy, hörst du mir zu?«

»Ja, entschuldige, Steve. Gleich morgen früh holen wir sie raus.«

Cranford-Welt

»Alles in Ordnung?«, fragte Bunny. »Du hast gestern die Abendvorstellung versäumt.«

»War Barclay sauer auf mich?«, fragte Harry.

»Nein, er war nicht sauer. Er kann nicht sauer sein, er kann gar nichts mehr sein, er ist tot.«

»Tot?«

»Wie ein Dodo.«

»Okay«, sagte Harry und versuchte, die unerwartete Neuigkeit zu verdauen.

»Tut mir leid, dass ich so unverblümt war. Es war ein massiver Herzinfarkt. Er war tot, bevor wir im Krankenhaus waren.«

Harry war geschockt von Barclays Tod, aber er war nicht völlig überrascht. Schließlich war Barclay nicht der Inbegriff von Gesundheit gewesen, dennoch … »Soll ich seine Garderobe ein bisschen aufräumen?«, sagte er, weil er nicht wusste, wie es weitergehen würde. Das taten die Leute doch nach einem Todesfall, oder? Sie räumten ein bisschen auf. Nachdem seine Mutter gestorben war, kam ihre Schwester, jemand, den sie nur selten sahen, und ging ihre Sachen durch. Harry hatte versucht, seiner Tante zu helfen, aber es war zu überwältigend gewesen, die Kleider seiner Mutter auf einem Haufen auf dem Bett zu sehen und ihre Schmuckschatulle, die auf ziemlich gefühllose Weise auseinandersortiert wurde. (»Schau dir diese Armbänder an. Sie hatte nie einen guten Geschmack, nicht wahr?«)

Es wurde davon ausgegangen, dass Harry nichts von den Dingen seiner Mutter wollte. Vielleicht hatte er deswegen so wenige Erinnerungen an sie. Es waren Gegenstände, nicht wahr, die einen mit jemandes Geschichte verbanden? Eine Haarspange oder ein Schuh. So eine Art Talisman. (Ein Post-Dangerfield Wort, das er neulich gelernt hatte.) Jetzt, da er darüber nachdachte, wurde ihm klar, dass er die Schwester seiner Mutter seitdem nicht mehr gesehen hatte. »Sie standen sich nicht nahe«, sagte sein Vater. Vielleicht würden sie das über ihn und Candace sagen, wenn sie erwachsen wären. Hoffentlich nicht. Harrys Welt war von so wenigen Menschen bevölkert, dass er beabsichtigte, sie so nah wie möglich bei sich zu behalten. Harrys Welt, dachte er. Was für eine Attraktion wäre das? Bestimmt keine Vampire oder Piraten, nur viele Bücher, Pizza und Fernsehen. Was noch? Crystal und Candace. Und was war mit seiner Mutter? Er fühlte sich verpflichtet, sie in seiner Welt wieder zum Leben zu erwecken. War sie dann womöglich ein Zombie? Und würde sie sich mit Crystal verstehen? Ihm fiel auf, dass er vergessen hatte, seinen Vater mit aufzunehmen. Käme er mit zwei Frauen zurecht? Und dann war da natürlich noch Tipsy, er würde sich wahrscheinlich zwischen ihr und Brutus entscheiden müssen. *Et tu, Brute,* dachte er. Harry hatte Portia, Brutus' Frau in Miss Dangerfields »geschlechtsblinder« Produktion von *Julius Cäsar* gespielt. Emily hatte es genossen, Cäsar zu sein. Sie hatte die Seele eines Diktators. Auch sie würde sich in seine Welt drängeln, wenn er nicht aufpasste. Harry war sich durchaus bewusst, dass sein Geist still und leise aus den Fugen geriet.

»Tu dir keinen Zwang an«, sagte Bunny und unterbrach Harrys Gedankengang.

Sich keinen Zwang antun bei was?, fragte sich Harry.

»Seine Garderobe ist eine Müllhalde.«

Harry merkte beschämt, dass er Barclays Tod bereits vergessen hatte.

»Ja, das ist sie. Wer immer sie von Mr Jack übernehmen wird, wird sich nicht gerade freuen, sie so vorzufinden. Haben sie schon jemand?«

»Es heißt, sie versuchen, Jim Davidson zu kriegen. Aber nicht mehr rechtzeitig für die Nachmittagsvorstellung. Meine Wenigkeit wird einspringen. Als Hauptattraktion, was meinst du dazu, Junge?«

War Bunny nie zuvor die Hauptattraktion gewesen?

»Oh, doch, aber du weißt schon, beschissenes Kabarett, beschissene Schwulenclubs, beschissene Junggesellinnenabschiede. Und jetzt – ta-ta! – das beschissene Palace.«

»Besser als tot zu sein«, sagte Harry.

»Nicht unbedingt, Junge. Nicht unbedingt.«

In der Garderobe roch es nach Zigarettenrauch, obwohl das Rauchen im Theater strikt verboten war, und Harry fand tatsächlich einen übervollen Aschenbecher in einer Schublade, was ihm als die schlimmste Art, ein Feuer zu riskieren, erschien. Eine halbleere Ginflasche der Lidl-Hausmarke bemühte sich erst gar nicht, sich zu verstecken. Harry trank einen Schluck aus der Flasche in der Hoffnung, dass er ihn entweder ein bisschen aufmuntern oder beruhigen würde – das eine oder das andere, er wusste nicht wirklich, wie es ihm ging. Er hatte nie Drogen genommen, nur gelegentlich bei einer Party an einem Joint gezogen (ihm wurde schlecht davon), aber allmählich verstand er, warum so viele Jugendliche in der Schule das Zeug nahmen – nicht die Hermiones, sie waren in ihrer Einstellung zu »Drogenmissbrauch« so puritanisch wie in allen anderen Dingen. Jetzt sehnte er sich nach etwas, das die Erinnerung an die letzten vierundzwanzig Stunden verschwimmen ließ.

Seine Abenteuer mit Pinky und Perky gestern hatten Harry desorientiert zurückgelassen. Und Barclays plötzlicher Tod, sofort nach seiner eigenen Entführung, ließ alles unsicher und rutschig erscheinen, als hätte sich die Welt zur Seite geneigt. Immer wieder hatte er einen Flashback zum Horror vom Vortag. *Ich weiß deinen Scheißnamen.* Er war überzeugt, dass er noch immer das widerliche Irn-Bru im Mund schmecken konnte. Das nächste Mal, wenn er »Let It Go« hörte, würde vermutlich sein Kopf explodieren. Er hatte wahrscheinlich PTBS oder so. Und niemand hatte auch nur versucht, ihm zufriedenstellend zu erklären, was passiert war, warum zwei höchst unangenehme Männer ihn und seine Schwester aus ihrem Leben gerissen und sie in einem alten Wohnwagen gefangen gehalten hatten. Was war der Grund dafür? Geld? Hatten sie von Crystal oder seinem Vater Lösegeld gefordert? Und wenn ja, wie viel waren sie wert?, fragte er sich. Oder, um präziser zu sein, wie viel war Candace wert? (»Unbezahlbar, ihr beide«, sagte Crystal.) Warum hatte niemand die Polizei gerufen? Und wer war der Mann, der mit Crystal herumhing?

Nur ein besorgter Beobachter, hatte er gesagt. *Ich habe deiner Stiefmutter dabei geholfen, euch zu suchen.*

Du hast dich selbst gefunden, hatte Crystal gesagt. Technisch gesprochen, hatte der Mann im silberfarbenen BMW ihn gefunden *(Steig ein, Harry)*, aber Harry wusste, was sie meinte. Würden sie noch einmal versuchen, sie zu schnappen? Und was würde Candace tun, wenn sie sie allein mitnahmen ohne jemanden, der es wie ein harmloses Spiel aussehen ließ? Niemand, der ihr die Geschichte von Aschenputtel und Rotkäppchen und all die anderen Märchen erzählte, mit denen Harry seine Schwester gestern unterhalten hatte. Niemand, der für ein glückliches Ende sorgte.

Er saß auf dem Stuhl vor Barclays Schminktisch und starrte in den Spiegel. Der Gedanke war unheimlich, dass Barclay gestern hier gewesen war, an genau diesem Schminktisch gesessen, in genau diesen Spiegel geschaut, sich mit Grundierung betupft hatte, und dieser Spiegel war jetzt leer, es klang wie der Titel eines Romans von Agatha Christie. Harry hatte sie alle letztes Jahr auf seinem Posten in der Transylvania World gelesen.

Harry fand nicht, dass er wie er selbst aussah. Zumindest, tröstete er sich, hatte er ein Spiegelbild. Er war kein Untoter wie Barclay.

Jackson Brodie hatte einen Hund, einen alten Labrador mit weichen Ohren. Harry wusste nicht, warum er plötzlich an diesen Hund dachte – vermutlich weil er an Brutus und Tipsy gedacht hatte –, und noch rätselhafter war, warum ihn der Gedanke an den alten Labrador ohne Vorwarnung in Tränen ausbrechen ließ.

Der Zauberer wählte diesen Augenblick, um den Kopf zur Tür hereinzustecken. »Himmel, Harry«, sagte er. »Ich wusste gar nicht, dass du diesen Mistkerl Barclay so mochtest. Alles in Ordnung?«, fragte er mürrisch. »Soll ich eine Tänzerin holen?«

»Nein, danke.« Harry schniefte. »Mir geht's gut. Ich hatte gestern nur einen schlechten Tag.«

»Willkommen in *meiner* Welt.«

Der Zauberer musste Bunny geholt haben, um ihn zu trösten, weil er kurz darauf besorgt auftauchte und ihm eine Tasse Tee und ein Blue-Riband-Biskuit brachte. »Du kannst zu mir kommen, wenn du möchtest, Mäuschen. Ich brauche Hilfe mit meinem Kostüm. Jede Menge Pailletten müssen angenäht werden. Sie fallen ständig ab. An manchen Tagen sieht es aus, als würde ich Glitter schwitzen. Da hast du das Showbusiness.«

Tonto

In High Haven war nichts von Schneewittchen und ihrer Ninja-Mutter zu sehen. Der Ort war ohne Leben, jedenfalls wirkte er so. Keine Spur von dem Evoque natürlich. Da sie die Polizei unbedingt hatte vermeiden wollen, hatte Crystal ihn vermutlich auch nicht als gestohlen gemeldet. Wahrscheinlich stand er ausgebrannt irgendwo auf einer Wiese. Die Holroyds hatten sicherlich nicht nur ein Auto. Es gab zwei große Garagen – umgebaute Ställe, so wie es aussah –, und beide waren verschlossen und nicht zugänglich.

Da war noch ein heruntergekommenes Gebäude, das dem Umbau widerstanden hatte, eine Art Außengebäude oder Waschhaus vielleicht, da noch ein alter Kupferboiler in einer Ecke stand, seit Jahrzehnten unbenutzt. Überall hingen Spinnweben, und an eine Mauer hatte jemand mit Kreide *Die Fledermaushöhle* geschrieben und eine Vampirfledermaus mit einem Dracula-Umhang gezeichnet, die ein Schild mit der Aufschrift *Lasst die verdammten Fledermäuse in Ruhe* hielt. Es war mit HH signiert, und Jackson nahm an, dass Harry es gezeichnet hatte. Es war ziemlich gut, der Junge hatte Talent.

Er war ein wunderliches Kind, dachte Jackson, älter als Nathan, und doch wirkte er auf gewisse Weise kindlicher. (*Ein bisschen jung für sein Alter,* hatte Crystal gesagt. *Und auch ein biss-*

chen alt für sein Alter.) Nathan fand sich cool, Harry fiel definitiv nicht in diese Kategorie.

Jackson brauchte eine Weile, bis er merkte, dass sich die Zeichnung auf lebende Fledermäuse bezog. Als er ins Gebälk hinaufschaute, sah er eine Traube schlafender winziger grauer Körper, wie staubige Wäsche an der Leine. Sie schienen ihm nicht das Blut aussaugen zu wollen, und er ließ sie in Ruhe.

War Harry bei Crystal?, fragte er sich. Der Anblick der Fledermäuse aktivierte eine Erinnerung – die Dracula-Bude. Gestern hatte er sich gefragt, warum sie Candy dort gelassen hatte, sie war mit ihr hineingegangen und ohne sie wieder herausgekommen, aber später hatte sie ihm erzählt, dass Harry dort jobbte.

Transylvania World, hieß es. NUR NICHT ZAUDERN, LASS DICH SCHAUDERN! Was Werbeslogans betraf, war es Schrott. Dorthin war er Crystal gestern gefolgt.

War Harry sicher? (War es irgendjemand?) Passte jemand auf ihn auf? Ließ ihn in Ruhe?

Ein Mädchen bemannte den Schalter – wenn das nicht ein Widerspruch in sich war. Sie gehörte zur hochnäsigen Sorte und sah aus, als würde sie es ablehnen, einem Verb ein Geschlecht zuzuordnen. Ihre Nase steckte in einer Ausgabe von *Ulysses*. (*Das Mädchen mit der Nase in einem Buch* – noch ein skandinavischer Krimi, den er nicht lesen würde.) Jackson hatte *Ulysses* einmal aufgeschlagen und hineingeschaut, was etwas anderes ist als lesen. Harry steckte immer den Kopf in ein Buch, hatte ihm Crystal gestern erzählt, als er sie in dem Versuch, Harrys Überlebensinstinkte einzuschätzen, gefragt hatte: »Wie ist Harry denn so?« Keine Chance, dass Nathan sich von Büchern verschlingen ließ wie Harry und seine Freundinnen. Er würde sich einem Buch nicht einmal nähern, ohne zu schaudern. Sein gekürztes englisches Exemplar der *Odyssee*, das er lesen sollte, hatte er kaum in die Hand genommen. Odysseus und Ulysses waren ein und dieselbe Person, oder? Nur ein Mann, der versuchte nach Hause zu kommen.

Wusste das Mädchen, das *Ulysses* las, wo Harry Holroyd war?

»Harry?«, sagte sie, zog die (auch ziemlich hochnäsige) Nase aus dem Buch und schaute ihn argwöhnisch an.

»Ja. Harry«, sagte Jackson und ließ nicht locker.

»Und wer fragt nach ihm?«

So viel zu Manieren, dachte Jackson. »Ein Freund seiner Stiefmutter Crystal.«

Das Mädchen zog eine kleine Schnute, die zu besagen schien, dass sie von dieser Information nicht sonderlich beeindruckt war, doch sie gab widerwillig Harrys Aufenthaltsort preis. »Er hat eine Nachmittagsvorstellung im Palace.«

Harry trat auf?, fragte sich Jackson erstaunt. Aber natürlich, gestern war er mit seiner Schwester und seiner Mutter aus dem Palace Theatre gekommen, bevor die Hölle losgebrochen war.

»Danke.«

»Kann ich Ihnen bestimmt kein Ticket für Transylvania verkaufen?«, sagte das Mädchen. *»Nur nicht zaudern, lass dich schaudern«*, sagte sie tonlos.

»Diese Welt ist schon schaurig genug, danke«, sagte Jackson.

»Ja, ich weiß, dort draußen geht es zu wie im Wilden Westen«, murmelte sie, die Nase bereits wieder im Buch.

Der Baum der Erkenntnis

Es war so spät gewesen, nachdem sie die Ereignisse des Tages besprochen hatten, dass Crystal Jackson Brodie vorschlug, in High Haven zu übernachten. Tommys teurer Malz-Whisky hatte natürlich auch eine Rolle gespielt. Keiner von beiden war ein ernsthafter Trinker, und der Whisky betäubte vorübergehend schnell das Trauma der Entführung, und die beiden – sowie Brodies Hund – schlurften die Treppe hinauf in ihr jeweiliges Bett.

Tommy war in den frühen Morgenstunden nach Hause gekommen. Das unverwechselbare Geräusch des Navara, der auf die Einfahrt fuhr, hatte Crystal geweckt, und sie hatte gehört, wie sich die Garagentür öffnete und schloss, gefolgt von Tommy, der unten weiß Gott was tat und herumknallte. Eine Weile war es still, und dann stand er plötzlich neben ihrem Bett – er versuchte vergeblich, keinen Lärm zu machen – und küsste sie auf die Stirn. Er roch, wie er roch, wenn er mit Andy Braggs Boot hinausfuhr – nach Dieselöl und etwas Brackigem wie Tang. Sie hatte eine Begrüßung gemurmelt, Schläfrigkeit vorgetäuscht, und er hatte geflüstert: »Ich muss heute ein paar Dinge erledigen. Bis später, Liebes.«

Sie fragte sich, was er gedacht hätte, hätte er gewusst, dass ein fremder Mann und ein Hund in einem der Gästezimmer schliefen. Obwohl sie zu dem Schluss gekommen war, dass Jackson Brodie vollkommen inkompetent war, fühlte sich Crystal dank seiner Anwesenheit sicherer im Haus, auch wenn sie es ihm gegenüber nie zugegeben hätte.

Einst war Tommy die Lösung für Crystal gewesen. Jetzt war er das Problem. *Du warst vor Tommys Zeit dabei,* hatte Fee gesagt. Tommy hatte keine Ahnung, dass ihnen ein Stück jugendlicher Geschichte gemein war. Es wäre komisch – komisch im Sinn von merkwürdig, nicht im Sinn von haha, hätte Harry gesagt –, wenn sich ihre Wege in diesen miesen alten Tagen für einen Moment gekreuzt hätten, wenn sie wie Schiebetüren aneinander vorbeigeglitten wären. Einer in dieses Leben, die andere hinaus. Tommy konnte mit dem Zug in Bridlington eingetroffen sein, mit dem sie weggefahren war. Vielleicht waren sie auf dem Bahnsteig aneinander vorbeigegangen, er ganz übermütig, weil er diesen neuen Job bei Bassani hatte, und sie mit ihrer billigen Miss-Selfridge-Tasche und Carmodys schmutzigem Geld darin. Crystal, die vor ihrer Vergangenheit mit Bassani und Carmody davonlief, Tommy, der in seine Zukunft mit ihnen lief. Aber dann fiel ihr ein, dass er erzählt hatte, sein erstes Motorrad mit siebzehn bekommen zu haben. »Mein erstes Paar Räder.« Und man schaue ihn sich jetzt an. Er war ganz Räder. Überall drehten sich Räder.

Sie dachte an das zweite Handy. *Frische Ware soll um 4 Uhr morgens anlegen … Lieferung unterwegs nach Huddersfield … Fracht in Sheffield abgeladen, Boss. Keine Probleme.*

Fracht, hatte Fee gesagt. *Das ist das nette Wort dafür.*

Es hatte überhaupt nichts mit der Spedition oder den Dingen zu tun, die die Lkws beförderten. Tommy handelte mit einer ganz anderen Art Ware.

Was war schlimmer – Bassanis und Carmodys altes Regime des Missbrauchs und der Manipulation oder die kaltblütigen Lügen von Anderson Price Associates? Äpfel und Orangen. Zwei Seiten derselben Münze. Vergnügen und Geschäft. Tommy, Andy, Stephen Mellors, sie alle hatten für Bassani und Carmody gearbeitet, nachdem sie in den Zug gestiegen war, der sie von ihnen fortbrachte. Tommy war jung gewesen, fast noch ein Jugendlicher, als er sich Bassani und Carmody anschloss. War er deswegen in gewisser Hinsicht weniger schuldig? Er war ihr Muskelmann gewesen, jemand, der andere unter Druck setzte und sie bei der Stange hielt, die Dinge für die großen Männer an der Spitze rundlaufen ließ. Jetzt war *er* einer der großen Männer an der Spitze, und Schuldlosigkeit hatte nichts damit zu tun.

Crystal hörte, wie Tommy wieder wegfuhr, diesmal in der S-Klasse dem Geräusch nach zu urteilen. Ein Mann, der sich ein frisches Pferd für den Ausritt geholt hatte. Im Haus wurde es wieder still, doch Crystal blieb hellwach. High Haven. Ein sicherer Hafen. Jetzt nicht mehr.

Was für ein Trottel. War ihm nicht klar, dass sie ihn über die Überwachungskamera sehen konnte? Jackson Brodie schnüffelte draußen herum. Er verschwand sogar für mehrere Minuten im alten Waschhaus. Was immer er dort tat, die Fledermäuse sollte er nicht stören, Harry wäre sehr aufgebracht. Harry war spät aufgewacht und hatte darauf bestanden, am Nachmittag im Theater zu arbeiten. Die Vorstellung, dass er draußen unterwegs war, machte sie nervös. »Wenn du drin bist, geh nicht mehr raus«, sagte sie. »Der große Transtyp soll auf dich aufpassen.«

»Ich glaube nicht, dass er trans ist«, sagte Harry.

»Was immer. Ich komme und hole dich später ab.«

Sie fuhr ihn zur Bushaltestelle und wartete, bis er eingestiegen war und verfolgte ihn dann auf ihrem Handy. Er war überrascht gewesen, mit seinem eigenen Handy wiedervereinigt zu werden, noch überraschter, dass es ohne ihn nach Flamborough Head gelangt war. »Wer waren diese Männer?«, fragte er stirnrunzelnd, als sie auf den Bus warteten.

»Ich weiß es nicht, Harry«, sagte sie. »Es handelte sich vielleicht um eine Verwechslung.«

»Aber warum hast du nicht die Polizei gerufen?«

»Musste ich doch nicht, oder? Schau, da kommt dein Bus.«

Als der Bus mit Harry im oberen Deck davonfuhr, hielt sie Candy hoch, damit sie ihm nachwinken konnte. Er war nicht dumm, er würde nicht aufhören, Fragen zu stellen. Vielleicht sollte sie ihm die Wahrheit über alles erzählen. Die Wahrheit war eine so neue Vorstellung für Crystal, dass sie dem Bus noch nachstarrte, als er schon nicht mehr zu sehen war.

Und da war Jackson Brodie und klingelte noch einmal. Crystal sah ihn aus der Nähe auf dem kleinen Bildschirm der Sprechanlage. Er hatte etwas Zwielichtiges. Er glaubte, helfen zu können, aber seine Anwesenheit verkomplizierte die Dinge. Vor allem weil er wie Harry nicht aufhörte, Fragen zu stellen.

Crystal hatte ihn am Morgen so rasch wie möglich hinausbefördert, aber er war wie ein Hund mit einem Knochen, nicht willens loszulassen, und siehe da, sie hatte recht, er schnüffelte herum, als würde er sie irgendwo versteckt auf dem Grundstück finden.

Schließlich gab er auf, und sie hörte, wie er davonfuhr. Sie war frei, Pläne zu machen. Sie hatte viel vor an diesem Tag.

Showtime!

Das gelb-schwarze Band, mit dem Thisldo abgesperrt war, war noch da, aber an mehreren Stellen gerissen, und flatterte, als hätte es ein Eigenleben. Das Haus wirkte verlassen, als stünde es schon seit Jahren leer, nicht erst seit ein paar Tagen.

Vince sollte heute Morgen für eine weitere Befragung zur Polizei kommen. Vielleicht wollten sie ihn endlich verhaften. Inspector Marriot wäre enttäuscht, ihn nicht zu sehen, aber er hatte etwas Besseres vor mit seiner Zeit.

Das Haus war nicht bewacht, und Vince öffnete die Haustür mit seinem Schlüssel. Er fühlte sich wie ein Einbrecher, obwohl das Haus noch immer ihm gehörte oder zumindest eine Hälfte, und da die Besitzerin der anderen Hälfte umgebracht worden war, während sie technisch noch verheiratet waren, gehörte es ihm jetzt vermutlich ganz. Er hätte Wendy bei der Scheidung seinen Teil überlassen. »Hm«, hatte Steve gestern auf dem Weg zum Revier gesagt (wie lange *das* her schien!), »du musst zugeben, es sieht verdächtig aus, dass Wendy stirbt, kurz bevor du das Haus, die Hälfte deiner Rente und deiner Ersparnisse verlierst.«

In der Scheidungsvereinbarung, die *du* ausgehandelt hast, dachte Vince. Man musste sich fragen, wie Steve es zu solchem Wohlstand gebracht hatte, wo er doch ein so beschissener Anwalt war. Aber nein, das musste er sich natürlich nicht mehr fragen, oder? Weil Vince jetzt wusste, wie Steve sein Geld verdiente. *(Viel Geld auf der Bank, und es kommt immer noch mehr rein. Weißt du, wie sich das anfühlt, Vince?)*

Der Schlüssel von Wendys Honda hing noch im Flur neben dem hässlichen Barometer, ein Hochzeitsgeschenk von Wendys Verwandten, die Vorhersage steckte fest bei »Regen«. Wenn es ein noch schlimmeres Geschenk als ein Barometer gab, dann ein defektes Barometer. »Vielleicht funktioniert es doch«, hatte Wendy vor ein paar Wochen gesagt. »Vielleicht ist es das Barometer unserer Ehe.« Sie hatte eine besonders gehässige Phase durchgemacht, als die Scheidungsvereinbarung ausgehandelt wurde, ein Trommelfeuer von Botschaften über die Aufteilung der ehelichen Güter, »Aufteilung« wie in Wendy bekam alles und Vince bekam nichts. Kein Pieps der Beschwerde war mehr zu hören, seit sie mit seinem Golfschläger erschlagen worden war.

»Du musst zugeben, Vince«, sagte Steve, »dass sie dich provoziert hat. Es ist verständlich, dass du sie umbringen wolltest.« Was war Steve – Zeuge der Anklage? Wendy hatte um das Sorgerecht für den Hund gestritten, aber das Barometer hatte sie nicht gewollt. »Du kannst es haben«, sagte sie, als wäre sie großzügig. *Ich sag dir was, Vince, ich behalte den Hund, und du kannst das Barometer haben.* Nein, das hatte sie nicht wirklich gesagt, aber sie hätte es sagen können. Er musste Sparky zurückholen. Er hätte keine Ahnung, was los war. Ashley natürlich auch nicht. Noch immer kein Wort von ihr. Wo war sie? Ging es ihr gut? War sie noch bei den Orang-Utans?

Ashley würde in dieses Haus zurückkehren, in das Haus ihrer Kindheit, und müsste feststellen, dass es der Schauplatz eines

Mordes gewesen war. Er sollte ihr eine Nachricht hinterlassen für den Fall, dass er nicht da wäre. Er riss ein Blatt aus dem Block neben dem Telefon und kritzelte eine Botschaft für seine Tochter darauf. Er stellte es vor Wendys Bonsai. Der kleine Baum sah schon größer aus, als wäre er befreit von der Zwangsjacke seiner Gefängniswärterin.

Wendys Wagen stand in der Garage. Der Weg in die Garage führte über den Rasen, und Vince starrte unwillkürlich hin. Hier war sie gestorben. Sie musste gelaufen sein, versucht haben, vor ihrem Angreifer zu fliehen. Zum ersten Mal, seit es sich zugetragen hatte, fühlte sich Wendys Tod real an. Seit ihrer Ermordung waren nur ein paar Tage vergangen (er hatte den Überblick verloren), aber das Gras war bereits höher gewachsen, als sie toleriert hätte.

In der Garage nahm er die kleine Stehleiter, die an einem Haken an der Wand hing, und stellte sie unter einen der Balken. Für jeden Zuschauer hätte er ausgesehen wie ein Mann, der sich aufhängen wollte. Das Gesicht des Mädchens in Silver Birches blitzte vor ihm auf, und einen Moment lang schwankte er gefährlich, doch dann fand er das Gleichgewicht wieder und fuhr mit der Hand über die Oberseite des schmutzigen Balkens. Er zog sich einen Splitter ein, aber er tastete weiter, bis er gefunden hatte, was er suchte.

Er stieg in den Wagen, ließ den Motor an und fuhr rückwärts aus der Einfahrt. Jetzt sitze ich hinter dem Lenkrad, dachte er. Er lachte. Er wusste, dass er wie ein Irrer klang, aber es war niemand da, der ihn hörte. Er war überrascht, dass er sich an die Strecke nach Silver Birches erinnerte.

Als er ankam, marschierte er furchtlos herein. Er war ein Mann mit einer Mission. Die erste Person, der begegnete, war Andy. Andy starrte ihn entsetzt an. »Vince?«, sagte er. »Was verdammt noch mal tust du da? Vince? Vince?«

Manchmal ist man die Windschutzscheibe

Andy hatte auf dem Weg nach Silver Birches die geforderten Kipper geholt. Er war am Verhungern, er wusste nicht mehr, wann er zuletzt etwas gegessen hatte, aber noch nicht so sehr am Verhungern, als dass er einen kalten Kipper gegessen hätte. Konnte man sie kalt essen – als eine Art extravagantes Sushi?

Er wollte Tommy hier treffen – er sah seinen Mercedes schräg auf der Einfahrt stehen. Tommy war ein arroganter Parker. In Silver Birches schien die Ruhe nach dem Sturm eingekehrt zu sein. Es existierte immer noch das Problem der vermissten Jasmin, aber abgesehen davon schienen die Schotten sicher dicht gemacht für die Außerbetriebnahme. Wenn sie die Mädchen verlegen und den Ort stilllegen wollten, bräuchten sie Wassili und Jason, aber ihre Autos waren nicht zu sehen.

Im Gebäude war es so still wie draußen. Es war erstickend warm, als wäre das gute Wetter der letzten Tage hereingesickert und hier gefangen und hätte sich in etwas Regloses verwandelt, eine nahezu greifbare Dichte der Luft. Es herrschte zudem eine Totenstille – von der Atmosphäre wurde Andy allmählich mulmig. Niemand war in den Räumen im Erdgeschoss. Wo war Tommy? Wo waren Wassili und Jason? Wo waren die Mädchen?

Und da war er – nicht Tommy, sondern Vince. Vince, der

zielgerichtet durch den Korridor auf Andy zuschritt und eine Pistole auf ihn gerichtet hielt. Eine Pistole! Vince!

»Vince?«, sagte Andy, als Vince näher kam. »Was verdammt noch mal tust du da? Vince? Vince?«

Ohne ein Wort drückte Vince ab. Die Wucht des Schusses warf Andy nach hinten, bis er mit fuchtelnden Armen und Beinen in einem komischen Radschlag zu Boden stürzte. Er war erschossen worden. Er war verdammt noch mal erschossen worden! Er quietschte wie ein Karnickel im Todeskampf. »Du hast mich erschossen!«, schrie er Vince an.

Vince blieb kurz stehen, sah ihn teilnahmslos an, und dann ging er weiter, immer noch auf Andy zu, immer noch diesen irren Ausdruck im Gesicht. Andy rappelte sich auf die Beine und schwankte davon trotz des brennenden Schmerzes in – wo? Seiner Lunge? Seinem Magen? In seinem *Herzen*? Ihm wurde klar, dass er nichts über die Anatomie seines Körpers wusste. Etwas spät, jetzt mit dem Lernen anzufangen. Angefeuert von nichts als Angst schlurfte er den Korridor entlang, prallte mehrmals von den Mauern ab, gelangte in einen anderen Flur und zog sich die Treppe hinauf, die ganze Zeit in Erwartung eines Kugelschauers, der ihm den Garaus machte. Er erfolgte nicht, Gott sei Dank, und jetzt suchte er Zuflucht in einem Zimmer. Einem Zimmer, in dem sich zu seiner Überraschung (allerdings konnte nichts die Überraschung des Schusses toppen) auch die Mädchen befanden. Tommy musste sie hier hineingetrieben haben wie Vieh, um sie besser abtransportieren zu können.

Die Hände der Mädchen, die sich in unterschiedlichen Stadien der Lethargie befanden, waren mit Plastikfesseln gebunden. Andy war erleichtert deswegen, denn er war jetzt die Beute, oder? Foxy war angeschlagen. Wären sie in besserer Verfassung gewesen, hätten sich die Mädchen wie Bluthunde auf ihn stürzen und ihn in Stücke reißen können.

Die zwei polnischen Mädchen von gestern Abend saßen aneinander geschmiegt neben dem Fenster. Sie kamen ihm wie alte Bekannte vor, aber er nahm nicht an, dass sie ihm helfen würden, wenn er sie darum bat. Eine von ihnen, Nadja, öffnete halb die Augen mit den schweren Lidern und blickte ihn ausdruckslos an. Ihre Pupillen waren große schwarze Trichter. Er hatte Angst, dass sie ihn in sich hineinziehen und ganz verschlucken würden. »Meine Schwester?«, murmelte sie. »Katja?« Und er sagte: »Ja, Liebes, sie sitzt gleich neben dir.« Nadja murmelte etwas auf Polnisch und schlief wieder ein.

Er nahm sein Handy heraus, ganz langsam, versuchte, den unerträglichen Schmerz nicht zu spüren, und wählte Tommys Nummer. Das Netz war immer schlecht in Silver Birches. Er fragte sich, ob es daran lag, dass die Mauern so dick waren. Es war etwas, das Vince wissen würde. Tommy nahm nicht ab. Er versuchte es bei Steve, und die Mailbox meldete sich. (Ging denn niemand mehr ans Telefon?) »Steve, Steve«, flüsterte Andy eindringlich. »Wo bist du? Du musst nach Silver Birches kommen. Sofort. Vince ist durchgedreht. Er hat eine *Pistole*. Er hat auf mich geschossen. Komm her. Und bring Wassili und Jason mit.« Er stellte die Klingel des Handys aus, er hatte genug Horrorfilme gesehen, um zu wissen, dass das Handy immer dann laut klingelte und verriet, wo man war, wenn der wahnsinnige Mörder die Jagd gerade aufgeben wollte. Vince, der Amok lief. Herrgott, wer hätte das gedacht? Wendy vielleicht. Rhoda hatte recht, er musste sie auch umgebracht haben. Sie hatten die ganze Zeit mit einem Psycho-Mörder Golf gespielt. Einem mit einem beschissenen Handicap.

Er hörte, wie ein Motor angelassen wurde, schleppte sich zum Fenster und sah, wie Tommys Mercedes Kies aufwirbelte und aus der Einfahrt verschwand. Der Mistkerl musste den Schuss gehört haben. Und jetzt ließ er ihn hier allein sterben. So viel zu Freundschaft.

Er konnte sehen, wie das Blut aus seiner Seite floss wie aus einer nicht gesicherten Ölquelle. Er hatte nichts, um die Blutung einzudämmen, aber dann fielen ihm die Stücke von Marias Schal in seiner Tasche ein. Er schaffte es, sie herauszuholen, jede kleine Bewegung eine Agonie, und drückte sie auf die Wunde. Er bereute, nicht auch ihr Kruzifix behalten zu haben. Im Lauf seines Lebens hatte er Gott vergessen. Er fragte sich, ob Gott auch ihn vergessen hatte. Er kannte jeden Spatz. Aber kannte Er auch die Ratten?

Sein Handy vibrierte wütend, und auf dem Bildschirm erschien Lotties Foto. Er wünschte, am anderen Ende wäre Lottie, sie wäre wahrscheinlich hilfreicher als Rhoda, auf jeden Fall hätte sie mehr Mitgefühl mit seiner derzeitigen Notlage, wenn er sie ihr erklärte. (»Du wurdest angeschossen? Von Vince Ives? Weil du ein Mädchenhändler bist? Weil ein Mädchen tot ist? Na dann viel Glück, Andrew.«)

Das Gespräch riss Katja aus ihrer Apathie. Sie murmelte etwas auf Polnisch, und Andy flüsterte: »Schlaf weiter, Liebes.« Er war überrascht, als sie gehorsam die Augen wieder schloss.

»Mit wem sprichst du?«, fragte Rhoda scharf. Er bewegte den Arm, der das Telefon hielt, und Schmerz durchfuhr ihn wie ein Blitz. Als Kind hatte ihn seine Mutter nie getröstet, wenn er sich wehgetan hatte, sondern stets ihn selbst verantwortlich gemacht. (»Du hättest dir den Arm nicht gebrochen, wenn du nicht von der Mauer gesprungen wärst, Andrew.«) Wenn sie ihn geküsst und in die Arme genommen hätte, wäre sein Leben vielleicht anders verlaufen. Er wimmerte leise. »Bist du das, Andrew?«, fragte Rhoda. »Was machst du? Hast du an die Kipper gedacht? Bist du noch da? Andrew?«

»Ja, ich bin da.« Andy seufzte. »Mach dir keine Sorgen, ich habe die Kipper. Ich bin gleich zu Hause.« In einem Leichensack aller Wahrscheinlichkeit nach, dachte er. »Tschüss, Liebes.«

Das waren wahrscheinlich die letzten Worte, die er zu ihr sagen würde. Er hätte ihr beschreiben sollen, wo das Geld versteckt war. Sie würde jetzt nie mit einer Piña Colada neben einem Pool sitzen. Sie wäre überrascht, wenn sie erführe, wo sein Leben geendet hatte. Oder vielleicht auch nicht. Bei Rhoda wusste man nie, in dieser Hinsicht war sie wie Lottie.

Er würde entweder hier sterben, oder er würde versuchen müssen, Hilfe zu holen, und dabei riskieren, dass Vince ihn endgültig erschoss – in diesem Fall würde er sowieso sterben. Dazubleiben und darauf zu warten, erschossen zu werden, war keine gute Option, deswegen begann er Zentimeter für schmerzhaften Zentimeter über den Boden zur Tür zu kriechen. Er dachte an Maria und Jasmin. Eine war geblieben, die andere war davongerannt. Er wünschte, sie wären beide davongerannt. Er wünschte, er könnte die Zeit zurückdrehen, zum Engel des Nordens, zu der Wohnung in Quayside, zum Flughafen, zum Flugzeug, zu dem Augenblick, als sie »Arbeitsagenturen in UK« gegoogelt hatten oder wie immer sie Anderson Price Associates gefunden hatten. Er wünschte, sie würden noch immer in Manila vor ihren Nähmaschinen schwitzen und Jeans für Gap nähen und von einem besseren Leben in Großbritannien träumen.

Sein qualvoll langsamer Fortschritt Richtung Tür wurde von den polnischen Mädchen behindert. Er musste über sie steigen und entschuldigte sich dafür. »Entschuldige, Liebes«, sagte er, als Nadja aufwachte. Sie richtete sich auf, und er sah, dass ihre Augen nicht länger schwarze Löcher waren. Ihre Pupillen hatten sich auf Stecknadelkopfgröße zusammengezogen und bohrten sich in seine Seele. Sie runzelte die Stirn und sagte: »Wurden Sie angeschossen?«

»Ja. Sieht so aus.«

»Mit einer Pistole?«

»Ja.«

»Wo ist sie? Die Pistole?«

ThisIdo

Eine Browning 9 mm, die Standardfaustfeuerwaffe der Armee, bis sie ein paar Jahre zuvor von der Glock ersetzt worden war. *Royal Signals. In einem anderen Leben.* Das hatte Vince Ives gesagt, als sie zusammen von der Klippe stürzten. Er musste die Waffe nach Hause geschmuggelt haben, auf einem Militärtransport nach seinem letzten Einsatz wahrscheinlich. Jackson kannte Männer, die das getan hatten – mehr als Souvenir denn als Waffe. Als Erinnerung daran, dass man einst Soldat gewesen war. Man hatte immer das Gefühl – das sich später leider bestätigte –, dass man die beste Zeit seines Lebens hinter sich ließ, wenn man aus der Armee ausschied.

Vince hatte etwas vom Kosovo gesagt. Oder war es Bosnien? Jackson erinnerte sich nicht mehr. Er wünschte, er wüsste es noch, denn es hätte dem aktuellen Gespräch vielleicht geholfen. Es war eine Sache, einem Mann auszureden, von einer Klippe zu springen, aber etwas ganz anderes, ihn davon zu überzeugen, die Waffe wegzulegen, mit der er auf einen zielte, insbesondere, da er diesen wilden Blick in den Augen hatte wie ein verschrecktes Pferd.

»Vince«, sagte Jackson und hob die Arme, »ich bin's, Jackson. Sie haben mich angerufen, wissen Sie noch?« *(Rufen Sie mich an, wenn Sie reden wollen.)* Vielleicht sollte er damit aufhören, seine Karte so freizügig zu verteilen, wenn es ihn in so eine Situation brachte.

Vor ungefähr einer halben Stunde hatte ihn Vince panisch angerufen und ihm verwirrt Anweisungen gegeben, wie er hierherkommen sollte, er stecke in Schwierigkeiten – oder es *gebe* Schwierigkeiten. Jackson wusste es nicht mehr. Vielleicht beides, dachte er. Hatte Vince einen Zusammenbruch – stand wieder am Rand einer Klippe und wollte springen? Oder er war verhaftet worden für den Mord an seiner Frau. Das Letzte, womit Jackson gerechnet hatte, war, dass der Typ eine Waffe hatte oder sie ausgestreckt direkt auf das unsichtbare Ziel gerichtet hielt, das Jacksons Herz war. *Schießen ist spannend genug,* hatte er gestern zu Sam / Max / Matt gesagt, der Collier spielte. Es stimmte.

Jackson sah das unangenehme Bild vor sich, wie er in der Pathologie auf einem Tisch lag und Julia sein Herz in der Hand wog. *Männlich, gesund. Keine Anzeichen für Herzprobleme.* Laut der Hellseherin hielt er die Zukunft selbst in Händen. Aber das stimmte nicht, Vince Ives hielt sie in Händen.

»Entschuldigung«, sagte Vince, ließ den Arm mit der Waffe sinken und hatte den Anstand, beschämt dreinzublicken. »Ich wollte Sie nicht erschrecken.«

»Ist schon gut, Vince«, sagte Jackson. Den Mann nur nicht aufregen, dafür sorgen, dass er fokussiert bleibt. Ihm die Waffe abnehmen.

»Es ist eine Schweinerei«, sagte Vince.

»Ich weiß, aber das wird schon wieder«, beschwichtigte Jackson. »Da kommen Sie wieder raus« (ein Klischee aus *Collier*), »Sie müssen nur die Waffe weglegen.« Er kramte in seinem Gedächtnis nach einer passenden Zeile aus einem Countrysong oder einer anderen hilfreichen Phrase aus *Collier*, aber Vince sagte ungeduldig: »Nein, nicht ich, ich bin nicht die Schweinerei, ich meine *diesen* Ort. Was hier passiert.«

»Was passiert hier?«

»Sehen Sie selbst.«

Vince führte Jackson auf einer Tour durchs Erdgeschoss – die zellengleichen Räume, die schmutzigen Matratzen, die stinkende Atmosphäre der Verzweiflung. Vince schien distanziert wie ein unparteiischer Immobilienmakler. Jackson vermutete, dass er unter Schock stand.

Die normalerweise friedliche Dido, die Jackson nach Silver Birches begleitet hatte – Hunde sterben in heißen Toyotas und so weiter –, schnüffelte wie ein aufgeregter Spürhund. Er beschloss, sie am Empfang anzubinden. Sie hatte genug gesehen, und was immer hier passierte, ging sie nichts an.

Als er zu Vince zurückkehrte, stand er gedankenverloren in einem Raum. Hier sei gestern ein totes Mädchen gewesen, sagte er. Kein Mädchen jetzt, weder tot noch lebendig. Überhaupt keine Mädchen. Jackson begann sich zu fragen, ob Vinces überdrehte Phantasie diese Geschichte erfunden hatte.

»Vielleicht haben sie sie woanders hingebracht«, sagte Vince. »Eins der Mädchen ist entkommen, sie machen sich Sorgen, dass sie diesen Ort identifizieren kann. Die Mädchen bleiben sowieso nicht lange hier.«

Sie? Anderson Price Associates, erklärte Vince. Es gab weder einen Anderson noch einen Price, es waren Leute, die er kannte. »Freunde«, fügte er grimmig hinzu. »Tommy und Andy und Steve.«

Klang wie Moderatoren einer Kindersendung, dachte Jackson,

doch dann zuckten die Antennen an seinen kleinen grauen Zellen. »Sie meinen doch nicht Tommy Holroyd, oder? Crystals Mann?«

»Ja«, sagte Vince. »Crystal verdient was Besseres. Kennen Sie sie? Sind Sie ihr begegnet?«

»In gewisser Weise.«

»Tommy Holroyd, Andy Bragg, Steve Mellors«, sagte Vince. »Die drei Musketiere«, fügte er sarkastisch hinzu.

»Steve Mellors? Stephen Mellors? Der Anwalt aus Leeds?«

»Den kennen Sie auch?«, sagte Vince misstrauisch. »Sie stecken doch nicht mit ihnen unter einer Decke, oder?« Jackson sah, dass er die Waffe fester in die Hand nahm. War es nur Show? Der Mann war bei den Signals gewesen, hatte er je im Kampf eine Waffe abgefeuert? Präziser, hatte er die Nerven, jemanden kaltblütig zu erschießen?

»Himmel, nein, Vince«, sagte er. »Entspannen Sie sich. Das ist Zufall. Ich arbeite gelegentlich für ihn. Fact-Checking.« Er war nicht wirklich überrascht. Die Grenze zwischen der richtigen und falschen Seite des Gesetzes war eine schmale Linie, und Stephen Mellors war der Typ, der sie mühelos überspannte.

»Ziemlich großer Zufall«, murmelte Vince.

Das war es, dachte Jackson. Auch für ein Leben voller Zufälle war dieser absonderlich. Er fragte sich, ob er irgendwie nichtsahnend in diese höllische Verschwörung hineingezogen worden war. Aber er musste Schwierigkeiten nicht suchen, wie ihm Julia oft in Gedächtnis rief, Schwierigkeiten fanden ihn unweigerlich.

»Und wo sind sie jetzt?«, fragte er Vince. »Tommy, Andy und Steve?«

»Ich weiß nicht, wo Steve ist. Tommy ist gerade weggefahren.

Andy ist irgendwo im Gebäude. Er kann nicht weit sein. Ich habe auf ihn geschossen.«

»Sie haben auf ihn *geschossen*?«

»Ja.«

Keine Show also. »Ich würde mich viel besser fühlen, wenn Sie die Waffe weglegen, Vince.«

»Um ehrlich zu sein, ich fühle mich viel besser, wenn ich es nicht tue.«

Als sie den Korridor entlanggingen, fielen Jackson mehrere verschmierte Blutflecken an den Wänden auf, und als sie die Treppe hinaufstiegen, sah er einen blutigen Handabdruck, wohl kaum ein gutes Vorzeichen. In Marlees Kindergarten hatten die Kinder einen Baum gemacht, der an die Wand gehängt wurde. Die Blätter waren die Abdrücke ihrer Hände, getaucht in verschiedene Töne grüner Farbe, und ihre Lehrerin, Miss Carter, hatte ihre Namen darauf geschrieben. »Der Baum des Lebens« hatte sie ihn genannt. Er fragte sich, ob Marlee sich daran erinnerte. Sie gehörte zu seinem Baum des Lebens. Und jetzt erschuf sie ihren eigenen Baum, schlug Wurzeln, ließ Äste wachsen. Er spürte, wie er sich in einem Wald wirrer Metaphern verirrte.

Alle Gedanken an Bäume und Metaphern lösten sich auf, als Vince die Tür zu einem der Räume öffnete. Und da waren sie. Frauen. Jackson zählte sieben in unterschiedlichen Stadien der Verwahrlosung, bis zu den Haarwurzeln unter Drogen und mit Plastikbändern gefesselt. Er roch den eisenhaltigen Geruch nach Blut. Der Raum wirkte wie das Vorzimmer zu einem Schlachthaus.

»Ich werde den Notdienst anrufen, ist das okay, Vince?«, sagte er. Am besten war es, den Mann mit der Waffe in dem Glauben zu lassen, er habe das Sagen. Denn, seien wir ehrlich, er hatte es.

»Aber nicht die Polizei«, sagte Vince.

»Aber wir brauchen die Polizei, Vince. Ich zähle hier mindestens drei Schwerverbrechen, und zwar ohne den Mann, den Sie angeschossen haben.« Jackson hatte das Gefühl, die letzten vierundzwanzig Stunden – vergeblich – versucht zu haben, die Leute davon zu überzeugen, nach der Hand am Ende des langen Arms des Gesetzes zu greifen.

»Keine Polizei«, sagte Vince ruhig. »Ich erledige das.«

Erledigen? Was sollte das heißen?, fragte sich Jackson, als er dreimal die Neun wählte. »Kein Netz«, sagte er zu Vince und hielt zum Beweis sein Handy in die Höhe. »Ich gehe nur raus in den Korridor, okay?« Jackson würde den Notdienst nicht in einen Hinterhalt laufen lassen. Vince hatte bereits auf eine Person geschossen, wer wusste schon, ob er nicht bereit war, alle zu erschießen? Das klassische Mord / Selbstmord-Wutausbruch-Ende anzustreben und alle mit sich zu nehmen wie ein Kamikaze-Pilot.

Jackson schirmte das Handy mit der Hand ab, um die Lautstärke des Gesprächs zu dämpfen, als er der Notrufzentrale seine alte Ausweisnummer nannte in der Hoffnung, dass niemand sie überprüfte. Es war ein Delikt, vorzugeben, ein Polizist zu sein, doch in der Hierarchie der Verbrechen stand das weit unten im Vergleich zu denen, die um ihn herum begangen wurden. Leider brach die Stimme am anderen Ende ab und wanderte davon in den Äther, und das Spiel war vorbei, als Vince zu ihm kam. »Sie haben nicht die Polizei gerufen, oder?«, fragte er und bedeutete Jackson mit der Pistole, in das Zimmer zurückzugehen, als würde er den Verkehr regeln.

»Nein«, sagte Jackson der Wahrheit entsprechend, »habe ich nicht.«

Jackson machte die Runde mit seinem treuen Leatherman und schnitt die Plastikbänder durch. Die Mädchen waren nervös seinetwegen oder des Messer wegen, und er sagte mehrmals: »Es ist okay, ich bin Polizist.« Es schien positiver als die Vergangenheitsform, obwohl es ihnen sicher gleichgültig war, da sie vermutlich kein Englisch sprachen. Sein Tonfall schien sie schließlich zu beruhigen. Er schaute nach Verletzungen. Überwiegend blaue Flecken, die von Schlägen stammten. Jackson dachte an Crystal Holroyd und die Schläge, die sie gestern eingesteckt hatte. Er zuckte noch immer zusammen, wenn er daran dachte. Er konnte sich nicht vorstellen, dass sie wusste, wie Tommy das Geld machte, das ihr einen Lebensstil erlaubte, den sie nicht gewohnt gewesen war, bevor sie ihn kennenlernte. Er wollte lieber glauben, dass sie zu den Guten gehörte.

Vince steckte beiläufig die Pistole hinten in seinen Gürtel, dann gab er den Mädchen Wasser und murmelte: »Ihr seid jetzt in Sicherheit, habt keine Angst.« Jackson beäugte die Waffe. Wie schnell würde Vince ziehen?, fragte er sich. Würde er ihn wirklich erschießen? So sanft, wie er die Mädchen behandelte, schien es unwahrscheinlich, aber war er bereit, das Risiko einzugehen?

Sie arbeiteten wie Schlachtfeldsanitäter – schnell, aber stetig. Der Raum hatte etwas von einem Kriegsgebiet. Eine weitere Schlacht im Krieg gegen Frauen.

Eine Geschichte so alt wie die Zeit. Disney, dachte Jackson. Er hatte mit Marlee, als sie klein war, *Die Schöne und das Biest* als Leihvideo gesehen. (Video! Du lieber Gott, wie etwas von der Arche.) Und jetzt hatte sie ihren Prince Charming kennengelernt und wollte in das Glücklich-bis-ans-Ende-des-Lebens beißen.

Den vergifteten Apfel. *(Warum kannst du dich nicht für mich freuen, Dad? Was stimmt mit dir nicht?)* Marlee war dreiundzwanzig, sie hätte leicht eins der Mädchen sein können, die in Silver Birches gefangen gehalten wurden. Diese Mädchen hatten alle eine Geschichte – ein Leben, nicht eine Geschichte –, und doch waren sie auf anonyme Waren reduziert worden. Bei dem Gedanken tat ihm das Herz weh. Für sie. Für alle Mädchen. Alle Töchter.

Jackson horchte mit einem Ohr auf das Geräusch sich nähernder Sirenen, aber er hörte nur Stille. Er kniete in Blut, frischem klebrigem Blut, das nicht von den Mädchen stammte. Vermutlich von dem Mann, auf den Vince geschossen hatte. Andy. Tommy und Andy und Steve. Die Dreierbande.

»Okay«, sagte Vince und richtete sich plötzlich auf. »Ich mache mich besser auf die Suche nach diesem Dreckskerl und erledige ihn ein für alle Mal.«

Wie sich herausstellte, musste Vince nicht nach Andy suchen, da Andy sie Sekunden später fand, als er in den Raum taumelte und an einer Wand zu Boden ging. Er war definitiv die Quelle all des Blutes.

»Helft mir«, sagte er. »Ich sterbe.« Jackson sagte zu ihm, dass ein Krankenwagen unterwegs sei, doch als er zu ihm gehen wollte, zielte Vince mit der Pistole auf ihn und sagte: »Nein. Tun Sie's nicht. Lassen Sie den Dreckskerl verbluten.«

»Andy? Vince? Was ist hier los?«

Stephen Mellors. Zuletzt von Jackson in einer Bar in Leeds gesehen, als er Tatjanas Aktivposten musterte. Tommy, Andy und Steve. Wer käme als Nächster ins Zimmer? Vielleicht Tatjana in Begleitung ihres Vaters, des Clowns? Denn das hier war eindeutig ein Zirkus. Stephen Mellors war wie Vince bewaffnet zur Party gekommen, er hielt einen Baseballschläger in der Hand wie ein gewöhnlicher Gangster. Plötzlich bemerkte er Jackson und runzelte die Stirn. »*Brodie?* Was –«

»Das ist kein beschissenes Teekränzchen, Steve«, unterbrach ihn Vince. »Wir sind nicht hier, um uns gegenseitig vorzustellen. Und Spielchen zu spielen und Eis und Wackelpeter zu essen. Da rüber«, sagte er und gestikulierte mit der Waffe. »Setz dich in der Ecke auf den Boden, alter *Kumpel*«, höhnte er.

»Beruhige dich, Vince«, sagte Stephen Mellors, was, wie jeder weiß, das Schlimmste ist, das man zu jemandem mit einer Pistole in der Hand sagen kann. »Okay, okay«, sagte er, als Vince direkt auf ihn zielte. Er setzte sich widerwillig auf den Boden.

»Und leg den blöden Schläger weg«, sagte Vince. »Gut. Und jetzt roll ihn zu mir rüber.«

»Ich sterbe hier«, murmelte Andy, »falls ihr es noch nicht bemerkt habt.«

»Du bist nur am Arm getroffen«, sagte Vince. »Mach kein solches Theater.«

»Ich brauche die letzte Ölung.«

»Nein, brauchst du nicht. Was immer das ist.«

Jackson, ehemaliger Katholik, dachte daran, es ihm zu erklären, überlegte es sich jedoch wieder anders, da Vince mit der Browning jetzt genau auf Stephen Mellors Kopf zielte, sodass er es war, der die letzte Ölung brauchen würde. »Erschießen Sie ihn nicht«, sagte er. »Das wollen Sie nicht, Vince.« (Ein weiterer häufig verwendeter *Collier*-Aphorismus.)

»Doch, das will ich.«

»Die Polizei ist unterwegs.«

»Sie lügen. Aber es ist sowieso egal. Wissen Sie«, sagte er im Plauderton – sie hätten zwei Männer in einem Pub sein können –, »als ich in der Armee war, gab es Soldaten, die gesagt haben, dass sie lieber im Kampf sterben würden, als achtzig oder neunzig zu werden. Sich durchs Leben zu schleppen«, fügte er hinzu und lachte kurz. »Und ich habe nie verstanden, wie sie so denken konnten.«

»Und jetzt verstehen Sie es?«

»Ja. Ich wette, Sie denken auch so.«

»Nein«, sagte Jackson. »Früher vielleicht, aber jetzt nicht mehr. Ich persönlich schleppe mich gern bis zum Ende. Ich möchte meine Enkelkinder kennenlernen. Legen Sie die Waffe weg, Vince.« Ihn am Reden halten, dachte Jackson. Leute, die sprachen, schossen nicht. »Denken Sie an Ihre Tochter, Vince – Ashley, richtig? Die Polizei wird mit einer SEK-Einheit kommen. Sie könnten auf Sie schießen, und wenn sie schießen, dann treffen sie.«

»Die Polizei kommt nicht«, sagte Vince.

Er schien sich zu täuschen. Sie war bereits da. Zwei junge Frauen betraten den Raum, wohl kaum eine SEK-Einheit, aber dennoch war es jetzt ein Affenzirkus.

»DC Ronnie Dibicki«, sagte eine und hielt ihre Marke hoch. »Ich befehle Ihnen, die Waffe auf den Boden zu legen, Sir, bevor jemand verletzt wird.«

»*Ich* bin verletzt«, sagte Andy Bragg.

Jackson war beeindruckt von ihrer Standhaftigkeit im Angesicht der geladenen Waffe. Sie hatten Mut, dachte er. Männer fielen um. Frauen blieben stehen.

»Dieser Mann muss dringend medizinisch versorgt werden«, sagte eine der DCs und kniete sich neben Andy Bragg.

Sie wollte in ihr Funkgerät sprechen, doch Vince sagte: »Lassen Sie das. Stehen Sie auf und gehen Sie weg von ihm.«

»Es ist okay, ein Krankenwagen ist unterwegs«, sagte Jackson. Mehrere Krankenwagen, hoffte er.

»Mund halten«, sagte Vince, »alle.« Es war keine Überraschung, dass er zunehmend nervös wurde. Er musste eine Menge Leute mit der Waffe in Schach halten, darunter zwei Polizistinnen, die ihn beide schon zu kennen schienen. *(Mr Ives, erinnern Sie sich an mich? Ronnie Dibicki.)*

»Kann jemand erklären, was hier los ist? Mr Brodie?«, sagte eine von ihnen zu Jackson.

»Abgesehen vom Offensichtlichen? Nein.« Er hielt inne und registrierte das »Mr Brodie«. »Woher wissen Sie meinen Namen?«

»Mr Brodie, *ich* bin's. Reggie. Reggie Chase.«

»Reggie?« Welten kollidierten überall. Jackson dachte, dass er vielleicht verrückt geworden war. Oder halluzinierte. Oder sich in einer alternativen Version der Realität befand. Oder alles drei. (Reggie! Die kleine Reggie Chase!)

»Verhaften Sie ihn«, sagte Vince zu ihr und zielte mit der Pistole auf Stephen Mellors. »Er heißt Stephen Mellors, und er ist der Drahtzieher hinter dieser ganzen Sache.« Andy Bragg grummelte etwas, das offenbar Widerspruch zum Wort »Drahtzieher« sein sollte.

»Denn wenn Sie ihn nicht verhaften, erschieße ich ihn«, sagte Vince. Er ging näher zu Mellors und sagte noch einmal »Verhaften Sie ihn«, die Waffe nur noch Zentimeter von Mellors' Kopf entfernt. »Ich verspreche, ich erschieße ihn, wenn Sie ihn nicht verhaften. Entweder oder, Sie entscheiden. Ich würde ihn lieber erschießen, aber ich gebe mich mit einer Festnahme zufrieden.«

»Herrgott noch mal«, sagte Mellors. Jackson schien der Einzige zu sein, der sah, dass Ronnie Dibicki aus dem Raum schlich, während sich alle auf die Waffe und Stephen Mellors' Kopf konzentrierten.

»Stephen Mellors, ich verhafte Sie wegen des Verdachts auf …«, sagte Reggie. Sie blickte zu Jackson, und er sagte: »Versuch es erst mal mit schwerer Körperverletzung. Später kannst du noch das Gesetz gegen moderne Sklaverei dazutun. Und noch ein paar andere ausgewählte Delikte.«

»Stephen Mellors«, sagte Reggie und warf Jackson einen finsteren Blick zu, »ich verhafte Sie wegen des Verdachts auf schwere Körperverletzung. Sie müssen nichts sagen, doch es kann Ihrer Verteidigung schaden, wenn Sie bei einer Befragung etwas nicht erwähnen, auf dass Sie sich später vor Gericht berufen. Alles, was Sie sagen, kann als Beweis verwendet werden.«

Und dann rappelte sich plötzlich eins der Mädchen auf und deutete auf Stephen Mellors wie eine Figur, die jemanden in einem Melodrama anklagt. »Mark Price«, sagte sie. »Sie sind Mark Price.«

Fracht

Sie träumte von Pflaumen. Erst vor ein paar Tagen hatten sie Knie an Knie dagesessen – Nadja und Katja und ihre Mutter – auf dem kleinen Balkon der Wohnung ihrer Mutter und aus einer alten Plastikschüssel Pflaumen gegessen. Die Pflaumen hatten die Farbe von blauen Flecken. Großen blauen Flecken.

Sie hatten die Pflaumen bei einem Besuch auf dem Bauernhof ihres Großvaters gepflückt. Nicht wirklich ein Bauernhof, eher ein landwirtschaftlicher Nebenerwerb, aber er pflanzte viel an. Pflaumen, Äpfel, Kirschen. Gurken, Tomaten, Kohl. Als sie klein waren, hatten sie ihm geholfen Sauerkraut zu machen, das Salz hineingepresst, bis die Blätter schlaff wurden. Auf seiner Terrasse stand ein großer Bottich damit. Eine dicke Schicht Schimmel oben darauf verhinderte, dass es im Winter gefror. Katja hatte sich davor geekelt. Sie hatte noch nie einen robusten Magen gehabt – ihre Mutter sagte, dass sie schwierig sei, aber sie war vor allem besessen von ihrem Gewicht.

Katja ging auch nicht gern mit ihrem Großvater auf die Jagd. Es war nicht so sehr das Töten, das ihr missfiel, sondern das Häuten und Ausnehmen danach. Ihr Großvater konnte ein Kaninchen in Sekunden häuten, dann schlitzte er es auf und ließ die dampfenden Innereien herausfallen. Seine Hunde verschlangen die Eingeweide, noch bevor sie auf dem Boden aufkamen. Nadja war seine willige Schülerin, folgte ihm durch die Wälder und Felder auf der Spur der Kaninchen.

Auch Füchse, obwohl Katja sagte, wenn er die Füchse nicht schießen würde, fräßen die Füchse die Kaninchen, und dann müsste niemand herumlaufen wie ein Cowboy und alles in Sichtweite erschießen.

Nadja war eine gute Schützin. Erst letztes Wochenende hatte sie einen Fuchs erlegt, ein großes braunes Männchen mit einem dicken Schwanz. Ihr Großvater nagelte die besten Felle an die Tür seines Holzschuppens. »Trophäen«, sagte er.

Nadja war sein Liebling. »Mein starkes Mädchen«, nannte er sie. Katja machte es nichts aus. Ihr war so gut wie alles gleichgültig außer dem Schlittschuhlaufen. Nadja gab das Ballett auf, damit ihre Mutter sich die Ausgaben leisten konnte. Nadja war nicht missgünstig – vielleicht war es sogar eine Erleichterung, weil sie sich nicht länger beweisen musste. Sie liebte ihre Schwester. Sie standen sich nahe – beste Freundinnen. Sie ging zu allen Wettbewerben von Katja. Hasste es, wenn sie stürzte oder verlor, weil sie auf dem Eis wunderschön aussah. Als sie es aufgeben musste, schmerzte es Nadja fast so sehr wie Katja.

Sie pflückten alle Pflaumen, sogar die letzten kleinen nicht vollkommenen. Ihr Großvater brannte seinen eigenen Sliwowitz. Er konnte einen umhauen. Sie sollten eine Flasche nach London mitnehmen, sagte er. Den Engländern zeigen, was richtiger Alkohol war. Er hatte Churchill nach dem Krieg nie den Verrat an den Polen verziehen. Katja war Geschichte vollkommen egal. »Wir haben jetzt moderne Zeiten, Opa«, sagte sie.

Nadja war von irgendetwas erwacht und dann wieder eingeschlafen. Andy war da gewesen. Einen Augenblick lang glaubte sie, dass er ihnen helfen würde, und dann erinnerte sie sich, was mit ihr passiert war. Mit ihrer Schwester.

Sie erwachte erneut und hörte Katja sagen: »Sie sind Mr Price.« Ihre Schwester schüttelte sie und sagte: »Nadja. Es ist Mr Price.«

Die Pflaumen waren lila. Wie blaue Flecken. Sie konnte sie nahezu schmecken. Sie war jetzt wach.

Haus der Freude

»Herr im Himmel«, murmelte Ronnie. »Was ist das für ein Ort?«

»Pass auf, hier ist Blut«, sagte Reggie. An der Wand war ein blutiger Handabdruck wie eine Höhlenmalerei und mehr Flecken und Tropfen auf dem alten Linoleum der Treppe. »Frisch. Rutsch nicht aus«, sagte sie und folgte der Spur. Bluthunde, dachte Reggie. Sie hatten sich unten umgesehen, und auch ohne das Blut gab es genügend Hinweise, die ihnen sagten, dass hier etwas sehr Hässliches vor sich ging.

Am Empfang war ein Hund angebunden, und sie hatten ihn zuerst misstrauisch beäugt, bevor sie merkten, dass es ein geduldiger alter Labrador war, der mit dem Schwanz wedelte, als er sie das Gebäude betreten sah.

»Hallo, altes Mädchen«, sagte Reggie und streichelte den samtigen Kopf.

Oben stand die erste Tür, auf die sie stießen, weit offen, und darin sahen sie ein höllisches Tableau gebrochener verängstigter Frauen. Auf dem Boden saß ein blutender Mann, der stöhnte, wahrscheinlich um zu betonen, dass er starb, wie er wütend behauptete.

»DC Ronnie Dibicki«, sagte Ronnie und hielt ihren Ausweis hoch wie ein Schild. Reggie folgte ihr in den Raum, und erst da sahen sie die Waffe. »Vincent Ives«, murmelte Ronnie. Reggie dachte an einen Taekwondo-Angriff, um ihm die Waffe aus der Hand zu treten *(Hie-jah!)*, doch das schien zu gefährlich angesichts der Anzahl von Personen im Raum und der Wahrscheinlichkeit, dass eine dabei erschossen wurde.

Ronnie entschied sich für die vorsichtige Herangehensweise. »Mr Ives«, sagte sie leise, als wäre sie eine Lehrerin, die mit einem kleinen Jungen sprach, »erinnern Sie sich an mich? Ronnie Dibicki. Wir haben uns neulich bei Ihnen in der Wohnung unterhalten. Ich bitte Sie, die Waffe auf den Boden zu legen, bevor jemand verletzt wird. Können Sie das tun?«

»Nein, nicht wirklich. Tut mir leid. Können Sie bitte hereinkommen?« Vince deutete höflich wie ein Platzanweiser im Kino mit der Waffe in den Raum. Reggie dachte daran, wie er die Krumen von dem Sofa gewischt hatte, bevor sie sich setzten. Sie blickte zu Ronnie. Würden sie sich wirklich freiwillig in eine Geiselnahme begeben?

Offenbar ja.

Der Raum war voll. Er erinnerte Reggie an Barclay Jacks Garderobe am Tag zuvor – eine albtraumhafte Version davon, soweit Reggie es überblickte, eine völlig neue Besetzung. Dankenswerterweise war heute keine Bauchrednerpuppe anwesend. Dass Jackson Brodie mitten in diesem Gedränge stand, war irgendwie zu erwarten gewesen. Er war ein Freund der Anarchie.

Vincent Ives zielte mit der Waffe auf einen Mann, der in einer Ecke kauerte. »Verhaften Sie ihn«, sagte er zu Reggie. Er ging näher zu dem Mann und hielt die Pistole über seinen Kopf wie bei einer Exekution. »Er heißt Stephen Mellors und ist der Drahtzieher hinter dieser ganzen Sache. Denn wenn Sie ihn nicht verhaften, erschieße ich ihn … Entweder oder, Sie entscheiden.«

Reggie nahm an, dass es nicht schadete, den Mann zu verhaften, sie konnte ihn später wieder freilassen, wenn sich herausstellte, dass er kein Verbrechen begangen hatte, aber wie hoch war die Chance dafür angesichts der Umstände, in denen sie sich alle befanden? Es schien wahrscheinlicher, dass noch mehr Verbrechen hinzugefügt statt abgezogen werden müssten. Nach einem Augenblick des Überlegens kam sie der Bitte nach. »Stephen Mellors, ich verhafte Sie wegen des Verdachts auf …« Reggie zögerte, unsicher, wessen sie ihn eigentlich anklagen sollte. Sie ärgerte sich über sich selbst, weil sie zu Jackson Brodie schaute und auf Anweisungen wartete. Irgendwie war er noch immer der älteste Polizist im Raum. Die älteste Person.

Sie seufzte frustriert über sich, über ihn, hielt sich jedoch an seinen Rat. »Stephen Mellors, ich verhafte Sie wegen des Verdachts auf schwere Körperverletzung. Sie müssen nichts sagen, doch es kann Ihrer Verteidigung schaden, wenn Sie bei einer Befragung etwas nicht erwähnen, auf dass Sie sich später vor Gericht berufen. Alles, was Sie sagen, kann als Beweis verwendet werden.«

Es heißt, in Augenblicken der Krise verlangsame sich die Zeit, doch für Reggie beschleunigte sie sich plötzlich. Alles geschah so schnell, dass es später schwierig war, es wieder zusammenzusetzen.

Es fing damit an, dass eins der Mädchen laut keuchte und schwankend aufstand. Sie sah aus wie jemand, der aus einem langen, langen Schlaf erwachte. Sie war winzig – kleiner noch als Reggie – und hatte zwei blaue Augen und eine blutige Nase. *Nur kleine Tiere.* Als sie stand, fixierte sie Stephen Mellors, bevor sie auf ihn deutete und sagte: »Mark Price. Sie sind Mark Price.«

Sie neigte sich vor und schüttelte das Mädchen, das neben ihr auf dem Boden lag. Sie sahen sich so ähnlich, sie mussten Schwestern sein. »Nadja«, sagte sie und versuchte, sie zu wecken. Reggie verstand die Worte »Es ist Mark Price«, aber der Rest des Gesprächs fand auf Polnisch statt, dessen war sie sich ziemlich sicher. Reggie drehte sich um, aber Ronnie war verschwunden und konnte nicht übersetzen. Sie musste gegangen sein, um Hilfe zu holen.

Das andere Mädchen – Nadja – stand vom Boden auf, und in einer überraschend kraftvollen Bewegung für jemanden, der Augenblicke vorher noch halb komatös gewirkt hatte, riss sie Vince die Waffe aus der Hand. Stephen Mellors, der das Mädchen wiederzuerkennen schien, wand sich und versuchte, von ihr fortzukriechen, aber er konnte nirgendwo hin. Er stand schon in mehr als einer Hinsicht mit dem Rücken zur Wand, und es gab kein Mäuseloch, in dem eine Ratte Zuflucht suchen konnte. Nadja hob die Browning, ihr Arm ruhig, zielte sicher und schoss Stephen Mellors in den Rücken. Dann hob sie den Arm erneut und sagte, »Für meine Schwester« und schoss ein zweites Mal.

Das Geräusch war ohrenbetäubend, hallte in dem Raum eine scheinbare Ewigkeit wider. Darauf folgte ein Augenblick tiefer Stille. Die Zeit, die so schnell gerast war, blieb stehen, und an diesem Ort umarmten sich die beiden Mädchen wortlos und starrten auf Stephen Mellors' reglosen Körper. Dann drehte sich Nadja, das Mädchen, das gerade einen Mann kaltblütig in den Rücken geschossen hatte, um, sah Reggie direkt an und nickte ihr zu, als wären sie Mitglieder der gleichen geheimen Schwesternschaft. Reggie konnte nicht anders und nickte ebenfalls.

»Reggie Chase«, sagte Jackson Brodie nachdenklich.

»Ja. Detective Constable Chase.«

»Du bist ein *Detective*? In *Yorkshire*?«

»Ja. Die Grafschaft gehört nicht Ihnen. Können Sie damit aufhören, über alles zu staunen, Mr Brodie?«

Sie saßen in einem Polizeitransporter und warteten darauf, dass jemand ihre Aussagen aufnahm. Ein Polizist hatte ihnen Tee und Kekse gebracht. Die Situation aufzuklären würde Stunden dauern. Als sich der Staub gelegt hatte, war Stephen Mellors tot, und Vincent Ives war verschwunden. Andrew Bragg war in einem Krankenwagen fortgeschafft worden. (»Das war *unser* Mr Bragg?«, sagte Ronnie. »Wir haben ihn überall gesucht.«)

Die gehandelten Frauen wurden einer MSMHE übergeben und an einen sicheren Ort gebracht. »Moderne-Sklaverei-und-Menschenhandel-Einheit«, sagte Reggie und erklärte Jackson die Abkürzung für den Fall, dass er sie nicht kannte. Aber nichts daran war modern, dachte Reggie. Von den Pyramiden über die Zuckerrohrplantagen bis zu den Bordellen der Welt hieß das Spiel Ausbeutung. *Plus ça change.*

»Du bist Detective geworden? In Yorkshire?«

»Noch einmal, die Antwort lautet ja und ja. Und glauben Sie bloß nicht, dass Sie irgendetwas mit einem der beiden Dinge zu tun haben.«

»Und wer genau ist er?«, fragte Ronnie und starrte Jackson angriffslustig an.

»Nur jemand, den ich mal gekannt habe«, sagte Reggie verärgert und antwortete für Jackson, bevor er die Chance hatte, etwas zu erklären. »Er war mal Polizist. Er war mal aus Yorkshire«, fügte sie hinzu. Er war mal mein Freund, dachte sie. »Ich habe ihm mal das Leben gerettet.«

»Das stimmt«, bestätigte Jackson Ronnie. »Und ich stehe immer noch in deiner Schuld«, sagte er zu Reggie.

Ronnie war rausgelaufen und hatte die Behörden informiert und deswegen die Einzelheiten der Geschehnisse versäumt.

»Es war die Hölle«, sagte Reggie zu Ronnie und tauchte einen Keks in ihren Tee. »Und in Sekunden vorbei. Vincent Ives hat die Pistole fallen lassen, und Andrew Bragg konnte sie aufheben und hat Stephen Mellors damit erschossen.«

»Er hat nicht ausgesehen, als könnte er so was tun«, sagte Ronnie verwirrt. »Er hat eher ausgesehen, als wollte er den Löffel abgeben. Und warum sollte er seinen Freund erschießen?«

»Wer weiß?«, sagte Jackson. »Verbrecher haben eigene Gesetze. Sie wenden sich ständig gegeneinander. Meiner Erfahrung nach.«

»Und er hat viel gesehen«, sagte Reggie hilfsbereit. »Er ist sehr alt.«

»Danke. Danke, Reggie.«

»Gern geschehen, Mr B.«

Fake News

»Ein Detective?« Er hatte Mühe, diese erwachsene Version von Reggie zu begreifen. Eine sehr feindselige Version, das musste gesagt werden. Wie sich herausstellte, schuldete er ihr Geld, und er hatte eine vage Erinnerung, hervorgeangelt vom Meeresboden seines Gedächtnisses, sich Geld von ihr geliehen zu haben, kurz nachdem Tessa, seine bösartige betrügerische Frau, sein Bankkonto geplündert hatte. Reggie hatte erst – ein bisschen – nachgegeben, nachdem er in ihrem Notizbuch einen Schuldschein unterschrieben hatte. »Schön, Sie wiederzusehen, Mr B.«

»Schön, dich wiederzusehen, Reggie.«

Die meisten Zeugen im Raum waren nicht in einem Zustand, um tatsächlich irgendetwas gesehen zu haben, und nur Jackson und Reggie waren in der Lage, eine einigermaßen kohärente Version der Ereignisse zu liefern, und auch in ihren Berichten klafften verwirrende Lücken.

Jackson hatte als Zeuge gute Referenzen – ehemals Militärpolizei, ehemals Polizei von Cambridgeshire, derzeit Privatdetektiv. Er war anwesend gewesen, als Stephen Mellors in Silver Birches ankam, bewaffnet mit einem Baseballschläger. Vincent Ives hatte die Pistole zum Tatort mitgenommen mit der offensichtlichen Absicht, die versklavten Mädchen zu beschützen. »Bewaffnete Belagerung« war etwas übertrieben. Vincent Ives' Motive, beharrte Jackson, dienten dem übergeordneten Wohl – war das nicht der Standard, nach dem alle beurteilt werden sollten? Leider hatte Ives die Waffe fallen gelassen, und Andrew Bragg hatte sie aufgehoben und Stephen Mellors damit erschossen, wenn auch in Notwehr, da dieser versuchte, Bragg mit dem Baseballschläger anzugreifen. Diese Abfolge der Ereignisse stellte die Polizei nicht ganz zufrieden (Wo war die Waffe? Wo war der Baseballschläger? Große Fragezeichen), Jackson jedoch schon. Schlechte Menschen wurden bestraft, Menschen mit guten Absichten wurden nicht gekreuzigt. Und Mädchen, die das Gesetz selbst in die Hand nahmen, wurden nicht strafrechtlich verfolgt, wenn sie schon mehr gelitten hatten, als irgendein Mensch leiden sollte. Töten in Notwehr war eine Sache, aber jemandem in den Rücken zu schießen, nicht nur einmal, sondern zweimal, würde von der königlichen Staatsanwaltschaft wahrscheinlich nicht ignoriert.

Er sei vor ihrer Ankunft bereits verletzt gewesen, sagte Andrew Bragg aus, aber erinnere sich an nichts. Er wurde in einem Krankenwagen vom Tatort ins Krankenhaus gebracht, wo ihm die Milz entfernt wurde und er mehrere Liter neues Blut bekam. »Nicht so schlimm, wie es aussah«, sagte der Arzt, als er aus dem Operationssaal kam. Der Patient erinnere sich an nichts, nicht einmal daran, wer auf ihn geschossen habe.

»Sie sollten Krimis schreiben«, sagte Reggie zu Jackson. »Sie haben wirklich ein Talent, Dinge zu erfinden.«

Als das SEK eintraf, war Stephen Mellors bereits unterwegs in die große Nekropole am Himmel, und sowohl Vincent Ives als auch die Waffe waren verschwunden.

Sie lag jetzt am Grund des Meeres, vom Ende des Piers in Whitby während des Höchststandes der Flut ins Wasser geworfen, alle Fingerabdrücke weggewaschen. Jacksons, Vince Ives' und die des Mädchens, das Stephen Mellors erschossen hatte. Nachdem sie ihn getötet hatte, nahm ihr Jackson vorsichtig die Waffe aus der Hand und steckte sie ein. Nadja. Nadja Wilk und ihre Schwester Katja. Sie kamen aus Danzig, wo sie in einem Hotel gearbeitet hatten. Echte Menschen mit einem echten Leben, nicht nur Namen für die Boulevardpresse. *Ausländische Sexarbeiterinnen bei Polizeirazzia aus Horrorhaus befreit.* Und *In die Prostitution verkaufte Mädchen an Schießerei beteiligt.* Und so weiter. Die Nachricht schwelte lange nach. Das Triumvirat – Tommy, Andy und Steve waren die Bosse eines Mädchenhändlernetzwerks gewesen, ein Netz, dessen Fäden weit reichten. Es zu entwirren dauerte eine Weile. Es war zu spät für die meisten Mädchen, die sie ins Land gebracht hatten und die längst an Orte verschwunden waren, wo sie zu finden keine Fackel hell genug brannte. Aber die sieben im Raum in Silver Birches waren gerettet, und alle kehrten schließlich nach Hause zurück. Ihre erschütternden Aussagen aufzunehmen dauerte lange. Jasmin flog mit demselben Flugzeug nach Hause wie der Sarg mit ihrer Freundin Maria.

Vielleicht würden sie sich erholen, vielleicht auch nicht, aber zumindest hatten sie die Chance, und die Person, die ihnen diese Chance verschafft hatte, war Vince Ives, deswegen meinte Jackson, dass ihm die Galgen der Medien und des Gerichts erspart bleiben sollten.

»Tu das Richtige, Andy«, hatte er zu Bragg gesagt, als er neben ihm kniete und auf die näher kommenden Sirenen horchte, die immer lauter wurden. Und um seinem Argument Nachdruck zu verleihen, drückte er den Daumen in Andy Braggs Schusswunde. Jackson ignorierte sein Kreischen und sagte: »Du erinnerst dich an nichts, was passiert ist. Vollständiger Gedächtnisverlust. Okay?«

»Oder?«, stöhnte Bragg. Er war ein Feilscher, dachte Jackson. Wollte er mit Gott feilschen? War es das, worum es bei Pascals Wette ging?

»*Oder* ich mach dir sofort den Garaus und du fährst direkt in die Hölle. Tu das Richtige«, wiederholte Jackson. »Übernimm einen kleinen Teil der Verantwortung für all den Schmerz und das Leid, das du verursacht hast. Beichte deine Sünden«, appellierte er an den inneren Katholiken des Mannes. »Suche Erlösung. Absolution. Und Andy«, fügte er hinzu und brachte den Mund näher an sein Ohr, »wenn du den Mund nicht hältst und sagst, wer Stephen Mellors erschossen hat, bringe ich dich zur Strecke, reiß dir das Herz raus und verfüttere es an meinen Hund.«

Als er Dido später holte, schaute sie ihn fragend an. Sie sah nicht aus, als wäre sie besonders wild darauf, an dem versprochenen blutigen Fest teilzunehmen. Er gab ihr einen Hundeleckerbissen. Sie schien wirklich die wie Knochen geformten zu bevorzugen.

Zwölf Uhr mittags

Liebe war schwer zu bekommen, aber an Geld kam man leicht. Wenn man wusste, wo es zu finden war. In einem Safe natürlich, wo sonst? Als sie High Haven renovierten, hatte Tommy einen einbauen lassen, einen robusten altmodischen Tresor. Er stand in einer Ecke des Büros, war im Boden verankert, dazu gehörten ein großer Schlüssel und ein noch größerer Hebel an der Tür, der nur darum bat, umgelegt zu werden. Er hätte der Hauptdarsteller in einem Film über einen Raubüberfall sein können. Es war ein Safe, der sagte: »Schau mich an, nach was anderem brauchst du gar nicht zu suchen.« Er enthielt jedoch nur ungefähr tausend Pfund in bar, was für Tommy Wechselgeld war.

Außerdem lagen ein paar Schmuckstücke darin, alles Modeschmuck, und ein paar Dokumente, die wichtig aussahen, es aber nicht waren. »Also«, hatte Tommy Crystal erklärt, »wenn jemand mitten in der Nacht ins Haus einbricht und dir ein Messer an den Hals hält« (Warum hielten sie ihr das Messer an den Hals und nicht ihm?, fragte sich Crystal) »und dir befielt den Safe zu öffnen, dann macht das nichts.« (Ein Messer an ihrem Hals machte nichts?) »Du machst ihn auf, und sie werden glauben, dass sie mit unserer Beute davonziehen.« (Beute? Es war Tommy, der glaubte, in einem Film über einen Raubüberfall zu leben, nicht der Tresor.) Die »wichtigen Dinge« – ihre

Pässe und Geburtsurkunden, seine Uhr von Richard Mille (eine kriminell teure »Investition«), Crystals Diamantarmband und ihren Diamantanhänger und zwanzigtausend Pfund in Zwanzig-Pfund-Scheinen – bewahrte er in einem anderen, etwas kleineren Safe auf, der in die Mauer von Tommys Zimmer eingelassen und hinter einem nichtssagenden Druck mit Jachten auf dem Meer mit dem Titel *Segel in der Morgendämmerung* versteckt war. »Einen Safe, der sicherer ist«, nannte ihn Tommy und freute sich über seine List.

»Ihr Mann muss wirklich paranoid sein«, sagte der Mann, der den Safe einbaute, und lachte. Er kam von den umstandslos benannten Northern Safe Installers (»Alle unsere Ingenieure unterliegen der Geheimhaltungspflicht und sind nach dem BS-7858-Standard überprüft«) und verbrachte den ganzen Tag mit Bohren und Hämmern. »Das hier ist wie Fort Knox«, sagte er.

»Ich weiß«, sagte Crystal und reichte ihm eine Tasse Kaffee mit viel Zucker und ein Päckchen KitKat mit vier Riegeln. Sie hatte einen speziellen Vorrat an Süßigkeiten für Handwerker. Sie respektierten sie dafür und erledigten alle möglichen kleinen Extraarbeiten für sie. (»Wenn Sie schon da sind, glauben Sie, dass Sie das richten können … ?« Und so weiter.) Tommy sagte, dass sie ihr nicht wegen des KitKats gefallen wollten, sondern wegen ihrer Titten und ihres Hinterteils. Crystal fragte sich manchmal: Wenn sie über Nacht mit einer Kopie ausgewechselt würde, einem wirklich guten Roboter (einem »hochfunktionellen Androiden«, schlug Harry vor), ob Tommy es merken würde? »Zwei Safes«, sagte sie. »Ich weiß. Man könnte meinen, wir würden die Kronjuwelen verstecken.«

»Drei«, korrigierte der Mann, der den Safe einbaute, und beschriftete konzentriert die jeweiligen Schlüssel.

»Drei?«, fragte Crystal beiläufig. »Er übertreibt. Er ist schon einer, Tommy. Wohin kommt der dritte? Es gibt ja kaum mehr Platz.«

Das zweite Handy. Der dritte Safe. Der vierte Musketier. Fünf goldene Ringe. Es war nur einer, und er war aus Messing, nicht aus Gold – ein in den Boden eingelassener Zugring, eben mit der Diele.

»Lieber einmal zu viel als einmal zu wenig«, sagte Crystal.

»Komisch«, sagte der Handwerker.

Als sie am Abend in das Zimmer kam, hängte Tommy gerade *Segel in der Morgendämmerung* vor den zweiten Safe. Sie sah, dass er einen schweren Aktenschrank auf das Versteck des dritten Safes gestellt hatte. Er war zu massiv, um ihn ständig hin- und herzuschieben, deswegen war der dritte Safe vermutlich zur langfristigen Lagerung, nicht zum täglichen Gebrauch. Sie fragte sich, ob er ihn schon bestückt hatte, und wenn ja, womit?

»Gut, was?«, sagte Tommy und trat zurück, um *Segel in der Morgendämmerung* zu bewundern oder vielmehr das, was es verbarg. Er hatte keinerlei Interesse an Kunst. »Man käme nie drauf, dass da was drunter ist, oder?« Nein, stimmte sie zu, da käme niemand drauf. Sie waren gerade erst in das Haus gezogen, und sie war mit Candy schwanger. Crystal Holroyd, die frisch gekrönte Königin von High Haven.

Er gab ihr zwei Schlüssel und sagte: »Das sind die Ersatzschlüssel, wenn du deinen Schmuck rausholen willst. Und nimm dir so viel Geld, wie du brauchst.« Als sie ihn geheiratet hatte, konnte sie kaum glauben, wie großzügig er war. Ich bin wirklich auf die Butterseite gefallen, dachte sie.

Der dritte Safe unter dem Aktenschrank wurde nicht erwähnt. Auch dafür gab es einen Ersatzschlüssel – der Handwerker, voller Kaffee und KitKat, hatte ihn ihr gegeben, als sie darum bat. Er schien nicht zu wissen, dass Männer Geheimnisse vor ihren Frauen hatten. Oder Frauen vor ihren Männern.

»Warst du dabei, als er die Safes eingebaut hat?«, fragte Tommy nebenbei, endgültig zufrieden mit der Position von *Segel in der Morgendämmerung*.

»Nein, er hat Stunden gebraucht. Ich habe das Kinderzimmer fertig gemacht.« Sie liebte das Wort »Kinderzimmer«. Es bedeutete so viel – Liebe, Fürsorge, Geld. »Ich gehe noch mal rauf, okay, Schatz?« Sie wussten bereits, dass Candy ein Mädchen war. »Zucker und Spezereien«, murmelte Crystal, als sie die Wiege in die Mitte des Zimmers rückte. Sie hatte ein Vermögen gekostet, es war eine richtige altmodische Wiege wie in einem Märchen, mit Vorhängen aus Spitze und Seide. Sie hatte den Fehler begangen und neulich im Fernsehen *Rosemarys Baby* angeschaut, spätabends in einem Horrorfilmkanal, und jetzt hatte sie einen verstörenden Flashback zu der Szene, als Mia Farrow in die Wiege schaut – eine finstere Version ihres zukünftigen Babys – und sieht, dass sie Satans Kind auf die Welt gebracht hat. Candy wäre ein Engel, kein Teufel, rief sich Crystal ins Gedächtnis. Und Tommy war nicht der Satan, dachte sie. (Jetzt hatte sie es sich anders überlegt.)

Sie legte den Ersatzschlüssel für den dritten Safe unter die Matratze in der Wiege. Es war nicht wahrscheinlich, dass Tommy die kleinen Laken wechseln würde, wenn sie voller Kotze- oder Scheißeflecken wären. Babys waren nicht wirklich aus Zucker und Spezereien, das wusste Crystal, sie waren aus Fleisch und Blut und sollten dementsprechend gehegt und gepflegt werden. Seitdem war der dritte Schlüssel (der Titel eines Krimis *Der dritte Schlüssel*) durch das Haus gewandert an den Ort, den

Crystal gerade für den vor Tommy sichersten hielt, doch seit einiger Zeit lag er in einer Tüte mit gefrorenen Edamame in der Meneghini, denn an dem Tag, an dem Tommy da hineinschaute, würde die Hölle selbst gefrieren.

»Alles gut?«, fragte Tommy und kam ins Kinderzimmer, als sie das Laken auf der Matratze wieder glatt strich. Er stieß ein Mobile mit Schafen über der Wiege an, und es wirbelte wild herum.

Crystal war schwanger geworden, als sie bei Bassani und Carmody war, und sie hatten ihr Geld für eine Abtreibung in Leeds gegeben. Fee war mit ihr gekommen. Keine schöne Erinnerung. Sie war so erleichtert gewesen, als das Kind weg war. »Teufelsbrut«, sagte Fee und reichte ihr eine Kippe, als sie auf den Zug zurück warteten. Sie hatten genug von dem Geld übrig, das Mick ihnen gegeben hatte, um ein Curry und einen halben Liter Wodka zu kaufen. Sie waren vierzehn Jahre alt. Später fragte sie sich, warum sich niemand in der Klinik nach ihrem Alter oder danach erkundigt hatte, was ihr zugestoßen war. Warum sich niemand sorgte. Sie würde sich so sehr um ihre Tochter sorgen, dass ihr nie etwas Schlimmes zustoßen würde.

Die Schafe waren endlich wieder zur Ruhe gekommen, und sie sagte: »Ja, alles gut, Tommy. Aber wir brauchen viel mehr Rosa hier drin. Jede Menge Rosa.«

Der Aktenschrank war nur schwer zu bewegen, und Crystal musste ihn schieben und kippen, schieben und kippen, als wäre er ein besonders ungeschickter Tanzpartner oder ein aufgerichteter Sarg, den sie über den Boden manövrieren musste. Sie wusste, was im Safe war oder zumindest darin gewesen war, als sie das letzte Mal nachgeschaut hatte, denn sie tanzte nicht zum ersten Mal mit diesem ungehobelten Tanzpartner aus Metall. Tommy mochte es, wenn Geld wie Geld aussah und nicht wie Plastik. »Halt es flüssig«, sagte er. Das Problem mit flüssigem Geld war, dass es eventuell in den Abfluss lief, wenn jemand es aufwischte. Und es war viel davon im Safe. Jede Menge Wischarbeit. Mrs Mopp, dachte Crystal.

Sie schwitzte, als sie den Aktenschrank so weit weggehievt hatte, dass der Messingring freilag. Sie zog daran, bis sich ein Stück zusammengeklebter Dielen hob. »Sesam, öffne dich«, murmelte sie. Selbstverständlich wählte Tommy – Tommy, der seit Tagen kaum mehr zu Hause gewesen war – diesen Augenblick, um zurückzukehren, und sie musste den Tanz mit dem Aktenschrank erneut hastig aufnehmen und ihn auf seinen Platz zurückschieben, und als er das Haus betrat (»Crystal, wo bist du, verdammt noch mal?«) stand er wieder mehr oder weniger an seinem Platz und sie im Wintergarten.

Er küsste sie auf die Wange und sagte: »Hast du wieder geraucht?«, schien sich jedoch nicht sonderlich für ihre Antwort zu interessieren. Er sah erschöpft aus, und sie sagte: »Warum legst du nicht die Beine hoch, und ich bringe dir einen Drink?«

»Nein«, erwiderte er. »Danke, Liebes, aber ich muss was erledigen.«

Er ging in sein Zimmer und schloss die Tür. Sie horchte an der Tür und hörte das unverwechselbare Geräusch des Aktenschrankwalzers.

»Scheiße«, sagte Crystal, denn er würde feststellen, dass seine Vorratskammer leer war. Sie sah Candy, die als Belle gekleidet war und ihr Einhorn an sich drückte, in der Tür stehen. Sie schien besorgt – sie war besorgt, seit ihrer Entführung war sie verstört. Wie es jeder wäre.

»Böses Wort, Mummy«, schalt sie.

»Ja, da hast du recht«, sagte Crystal. »Entschuldige.«

»Mummy? Alles gut?«

»Alles super, mein Schatz. Alles super.«

Das war's, Leute

»Crystal? Alles in Ordnung?« Vince hatte die Haustür von High Haven weit geöffnet vorgefunden und keine Spur von den Bewohnern abgesehen von Candy, die in der Küche *Die Eiskönigin* sah. Er wusste, dass es *Die Eiskönigin* war, weil er sie mit Ashley angeschaut hatte. Sie hatte gesagt, es sei ein feministischer Film, aber für Vince war es nur Disney gewesen.

»Hallo, Liebes«, sagte er zu Candy. Sie hatte die Kopfhörer auf und nahm sie ab, als er zu ihr sprach. »Sind Mummy und Daddy zu Hause?«, fragte er.

»Am Pool«, sagte sie und setzte die Kopfhörer wieder auf.

Vince hatte natürlich seine Pistole nicht mehr. Er hatte vorgehabt, Tommy damit zu erschießen, doch jetzt müsste er improvisieren. Er hatte allerdings Steves Baseballschläger dabei und beabsichtigte, Tommy den Schädel damit zu zerschmettern wie ein Ei. Er dachte an Wendy. Ihr war es mit einem Golfschläger passiert.

Steve war tot, dessen war Vince sicher, jetzt war alles möglich. Er war enttäuscht, dass er ihn nicht selbst umgebracht hatte, aber er nahm an, dass die Art und Weise, wie es geschehen war, von einer gewissen Gerechtigkeit zeugte, erschossen von einem der Mädchen. Und mit ein bisschen Glück würde Andy verbluten, bevor der Krankenwagen eintraf. Es musste demnach nur noch Tommy erledigt werden. Die Hölle war losgebrochen, nachdem das Mädchen Steve erschossen hatte, und Vince war aus Silver Birches geschlichen und saß im Honda und fuhr los, bevor noch jemand »Mir nichts, dir nichts« sagen konnte. Auf der anderen Straßenseite raste der erste Polizeiwagen mit gellender Sirene nach Silver Birches.

Crystal stand am Rand des Pools, sie trug Shorts und ein Trägertop. Sie war patschnass und musste so geschwommen sein statt in einem Badeanzug. Tommys Hund Brutus saß friedlich neben ihr. Sie rauchte eine Zigarette und blickte nachdenklich drein. »Oh, hallo, Vince«, sagte sie, als sie ihn sah. »Wie geht es dir?«

Er zögerte, wusste keine Antwort, die diesen Tag zusammenfasste, und sagte: »Wusstest du, dass eure Haustür offen steht?«

»Das war Tommy. Ich sage ihm immer, er soll prüfen, dass er sie zugemacht hat, wenn er reinkommt. Er tut es nie. Er ist ein leichtsinniger Kerl, Vince.«

Abgelenkt von Crystals Brüsten in dem nassen Top, brauchte Vince einen Augenblick, bis er merkte, dass jemand im Pool war. Nicht irgendjemand, sondern Tommy – und er schwamm nicht, sondern trieb mit dem Gesicht nach unten im Wasser.

»O Gott, Crystal«, sagte er, ließ den Baseballschläger fallen und zog seine Schuhe aus, um hineinzuspringen und Tommy zu retten. Damit er ihn später umbringen konnte.

Crystal legte ihm die Hand auf den Arm und sagte ruhig: »Spar dir die Mühe, Vince. Er ist tot.« Sie zog ein letztes Mal lang an ihrer Zigarette und warf die Kippe in den Pool.

Tot? Was war hier passiert? »Was ist passiert, Crystal?«

»Ich räume nur ein bisschen auf, Vince. Und du?«

Flieg nicht nur

Das Wasser sah so einladend aus, aber sie war nicht hier, um zu schwimmen, so verlockend die Vorstellung auch war.

Sie hatte an die Tür von Tommys Zimmers geklopft, als sie hörte, wie er den Aktenschrank verschob, und nachdrücklich gesagt: »Tommy, du musst kommen und dir das anschauen, Schatz. Am Pool. Da stimmt was nicht. Kannst du dich bitte beeilen?« Und dann hatte sie Candy mit ihren kleinen rosa Kopfhörern vor den Fernseher gesetzt und war hinuntergelaufen in den hallenden Raum, in der sich der Pool befand. Das blaue Wasser und das goldene Mosaik reflektierten das künstliche Tageslicht. Sie atmete den Geruch nach Chlor ein. Sie liebte es, hier zu sein.

Als Tommy kam, stand Crystal am Rand des Pools. »Hier, hier drüben«, sagte sie und winkte ihn zu sich. »Stell dich neben mich, dann kannst du es sehen.«

»Was sehen? Wo? Ich sehe nichts –«

Sie trat rasch hinter ihn und stieß ihn mit aller Macht, sodass er wild fuchtelnd und panisch im Wasser landete. Er wollte sich am Rand festhalten, er hätte sich mühelos heraushieven können, aber daran hatte Crystal schon gedacht, und so sprang sie neben Tommy in den Pool, schwamm hinter ihn und packte ihn auf Rettungsschwimmerart. Er sagte etwas zu ihr, aber er erstickte am Wasser, und es war schwer zu verstehen. Es hätte

»Danke« oder »Hilfe« oder »What the fuck, Crystal?« sein können. Statt mit ihm zum Rand zu schwimmen, zog sie ihn ins tiefe Ende des Pools, und dann schwamm sie schnell davon, durchpflügte in ihrem effizienten Bruststil das Wasser. Als sie aus dem Pool gestiegen war, rührte er sich nicht mehr.

»Ich räume nur ein bisschen auf, Vince«, sagte sie, als sie ihn sah. »Und du?«

»Ja«, sagte Vince, als sie zusahen, wie Tommys Leiche auf sie zutrieb wie eine Luftmatratze in einer Strömung. »Ich auch.«

»Soll ich dich irgendwohin mitnehmen, Vince?«

Nur die Fakten, Ma'am

Worte, die Joe Friday in *Polizeibericht* nie sagte, wie jedes Mädchen, das alles weiß, weiß. »Du weißt zu viel«, sagte Ronnie.

»Nein, ich weiß nicht genug«, sagte Reggie.

Der dritte Mann, wie er genannt wurde – obwohl es tatsächlich mehrere »dritte Männer« gab –, wurde schließlich demaskiert dank der Operation Villette.

Nicholas Sawyers Weihnachtskarte, die er Kollegen und Freunden schickte, war ein Porträt seiner Familie mit seiner Frau Susan, seinen Söhnen Tom und Robert und seinen Enkelkindern George, Lily, Nelly, Isabella und Alfie. Seine Schwiegertöchter waren nicht auf dem Foto, als wäre nur seine eigene Blutsverwandtschaft von Bedeutung. Oder vielleicht hatten sie an diesem Tag auch etwas anderes zu tun. Oder sie waren kamerascheu. Das Foto passte nicht zur Jahreszeit, es war im Sommer aufgenommen, auf einer nicht benannten Wiese, von der Nicholas behauptete, sie befände sich in seinem alten ländlichen Wahlkreis, auch wenn sie überall hätte sein können.

Das Foto zeugte von der heiteren beiläufigen Atmosphäre eines Schnappschusses, es war jedoch von einem professionellen Fotografen gemacht worden, denn Nicholas Sawyer war ein

Mann, der die Kontrolle über sein Image haben wollte. Er hatte gern die Kontrolle über alles. Er war fünfundsiebzig und vierzig Jahre lang Parlamentsabgeordneter desselben Wahlkreises in Kent, Minister und zwanzig Jahre lang Mitglied der Regierung gewesen, zum Schluss im Verteidigungsministerium, und vor zehn Jahren war er ins Oberhaus befördert worden, wo er sich für Parteilosigkeit entschieden hatte. Er stellte sich und seine Frau immer noch als »Nick und Susie« vor, auch wenn Susie eher zu »Lady Sawyer« neigte. Er beriet sich mit mehreren Unternehmen der *Financial-Times*-UK-500, seine Spezialität war die Rüstungsindustrie, und Susie saß im Vorstand vieler Wohltätigkeitsorganisationen, wovon die Mehrheit Kunst förderte, nicht soziale Gerechtigkeit.

Das Paar besaß eine Wohnung in Chelsea, ein *Maison de maître* im Languedoc sowie das Haus in seinem Landkreis, Roselea in Kent, das sie behalten hatten, nachdem Nicholas das Unterhaus verlassen hatte, und wo sie heute meistens das Wochenende verbrachten. Roselea war ein strohgedecktes Haus wie aus dem Bilderbuch in einem liebenswerten Dorf und im Lauf der Jahre mehrmals von seriösen Zeitungen in Lifestyle-Artikeln abgebildet worden. Dort waren sie, als die Polizei kam und Nicholas aufforderte, sie zum nächsten Revier zu begleiten, wo er wegen dringenden Tatverdachts befragt wurde. Drei Wochen später wurde er verhaftet und mehrerer Sexualstraftaten nach dem Sexual Offence Act von 2003 angeklagt, die bis in die Achtzigerjahre zurückreichten. Eine Anklage wegen Verschwörung kam noch dazu. Der Skandal sei eine komplette Lügengeschichte, erzählte er allen – er werde den Hunden zum Fraß vorgeworfen, ein Opfer auf dem Altar der politischen Korrektheit, es sei eine Verschwörung der Schmutzpresse, um ihn zu diskreditieren, sie hassten ihn, weil er dafür eintrete, ihre Freiheiten zu beschränken. Und so weiter.

Am selben Tag, an dem Nicholas Sawyer verhaftet wurde, wurden mehrere andere Personen von der Polizei abgeholt. Sir Quentin Cough-Plunkett war einer von ihnen, ein Veteran und lautstarker Brexit-Vertreter. Sir Quentin war zudem ein bekannter Schachspieler – er hatte sich für eine Vorrunde der Schachweltmeisterschaft 1962 qualifiziert und war viele Jahre lang Schirmherr einer Wohltätigkeitsorganisation, die unterprivilegierte Kinder förderte, indem sie ihnen Schach beibrachte.

Ebenfalls befragt und angeklagt wurden ein pensionierter hochrangiger Polizeibeamter aus Cheshire, ein ehemaliger Amtsrichter und der alte Chef einer familiengeführten Baufirma. Sie alle waren Mitglieder einer undurchsichtigen Gruppe gewesen, die sie untereinander den »magischen Zirkel« nannten. In Großbritannien gibt es keine Verjährungsfrist für Sexualstraftaten.

Die königliche Staatsanwaltschaft lobte Bronte Finch, die Tochter eines Richters am Obersten Gericht, für ihre Zeugenaussage. Ihr »mutiges« Auftreten während der öffentlichen Gerichtsverhandlung hatte geholfen, ein »brutales Raubtier« zu verurteilen.

Eine andere Zeugin, Ms Felicity Yardley, sagte bei allen Verfahren gegen die Angeklagten aus. Sie wollte nicht anonym bleiben und verkaufte ihre Geschichte später für eine nicht genannte Summe an die Boulevardpresse. Ms Yardley, eine ehemalige drogensüchtige Prostituierte, behauptete, vom MI5 zur Aussage überredet worden zu sein. Sie behauptete, dass »ein Mann in einem silberfarbenen BMW« sie an einen sicheren Ort gebracht habe, wo sie ausgesagt habe, dass sie in Gesellschaft von Nicholas Sawyer »Ausländer« getroffen habe. Ihr wurde mitgeteilt, dass er jahrelang Militärgeheimnisse an Russen und Chinesen und jeden verkauft hatte, der bereit war, dafür zu zahlen. Die Leute vom MI5 wollten unbedingt einen Weg finden, ihn »zu neutralisieren« – ihr Ausdruck, sagte sie. Ihr wurde ein Zeugenschutzprogramm angeboten, aber die »Mistkerle« zogen das Angebot zurück.

Die zwielichtigen Gestalten des Geheimdienstes erklärten ihr, dass der magische Zirkel so etwas wie »die Illuminati« seien (sie brauchte mehrere Versuche, bis sie das Wort aussprechen konnte) und Tentakel hätten, die überall hinreichten. Sie wären bereit, alle zu töten, die ihre Geheimnisse enthüllten. Sie selbst, behauptete sie, sei mit schwerwiegenden Folgen bedroht worden, wenn sie mit jemandem spreche, der gegen den magischen Zirkel ermittle, ebenso eine Freundin, die Opfer derselben Männer gewesen und ebenfalls bedroht worden sei und deren Kinder sogar entführt worden seien, sagte Miss Yardley. Die Staatsanwaltschaft konnte diese Zeugin nicht auftreiben. »Na ja, das behaupten sie«, sagte Fee, ein unbewusstes Echo eines anderen Sündenbocks der Großen und Guten.

Die Verteidiger sagten, Miss Yardley sei eine unzuverlässige Zeugin und ihre Aussage zeuge von einer publicitysüchtigen Phantastin, die ihre Geschichte an alle verhökerte, die sie haben wollten. Nicholas Sawyer sei ein Patriot, der sein Land nie verraten und erst recht keine minderjährigen Kinder missbraucht habe.

Nach dreitägiger Beratung kamen die Geschworenen zu einem Schuldspruch.

»Das ist eine juristische Farce«, sagte Nicholas' Frau, Lady Sawyer und fügte hinzu, dass bereits Berufung eingelegt worden sei.

Cough-Plunkett starb unter mysteriösen Umständen, bevor das Verfahren gegen ihn eröffnet wurde. Der ranghohe Polizeibeamte beging Selbstmord, er sprang von einem mehrstöckigen Parkhaus. Der Besitzer der Baufirma erlitt einen massiven Herzinfarkt an seinem Schreibtisch und war tot, bevor seine Assistentin mit dem Defibrillator bei ihm war, der neben der Damentoilette hing.

Andy Bragg wurde verhaftet, während er noch im Krankenhaus lag, wegen Verstößen gegen das Gesetz gegen moderne Sklaverei – Menschenhandel zum Zweck der sexuellen Ausbeutung und Anstiftung zur Prostitution – sowie wegen des Verdachts der Bildung einer kriminellen Vereinigung und der Geldwäsche. Würde er verurteilt, käme er nie wieder raus.

»Scheint mir fair«, sagte er zu Rhoda.

»Blöder Trottel«, lautete ihr eigener Schuldspruch. Sie besuchte ihn nur ein einziges Mal im Krankenhaus.

Andy Bragg konnte Rhoda jedoch erklären, wo das Geld versteckt war, und sie war in der Lage, nach Anguilla umzuziehen, wo sie sich die Staatsbürgerschaft und eine Villa mit Pool kaufte. Sie trank viele Piña Coladas. Lottie bekam einen Pass und ein neues Leben, das ihr überhaupt nicht gefiel, was ihrer Miene jedoch nicht anzusehen war.

Bronte Finch erhielt anonym Andy Braggs »kleines schwarzes Buch« voller belastendem Material gegen den magischen Zirkel (allerdings war der Umschlag, der den USB-Stick enthielt, mit einer gestempelten Anguilla-Briefmarke frankiert), das als Beweismittel im Berufungsverfahren von Nicholas Sawyer eingesetzt wurde. Es bedeutete jedoch nicht mildernde Umstände für Andy Bragg, da er an multiplem Organversagen aufgrund einer Sepsis innerhalb einer Woche nach seiner Einlieferung ins Krankenhaus starb. »Blutvergiftung«, sagte die Krankenschwester zu Rhoda. Die Ursache konnte sehr gut der Schmutz an Marias Schal gewesen sein, den er auf seine Wunde gedrückt hatte. Reggie jedenfalls gefiel die Vorstellung. Der Gerechtigkeit war Genüge getan.

Thomas Holroyd ertrank im Schwimmbad in seinem Haus. Der Gerichtsmediziner ließ die Ursache des Ertrinkens offen. Mr Holroyd war des Schwimmens nicht mächtig, und es wurde vermutet, dass er in den Pool gefallen und nicht mehr herausgekommen war, aber die Möglichkeit, dass er Hand an sich gelegt hatte, konnte nicht ausgeschlossen werden.

Darren Bright, einundvierzig, wurde von einer Gruppe selbsternannter »Pädophilenjäger« namens Northern Justice zur Strecke gebracht. Der Sprecher der Gruppe, Jason Kemp, erklärte, dass sich die Gruppe gebildet habe, nachdem versucht worden war, seine Tochter online zu groomen. Die Männer gaben sich als minderjähriges Mädchen Chloe aus und vereinbarten ein Treffen mit Bright, der sich online als ein Teenager namens Ewan ausgab. Er benutzte Fotos aus dem Internet und war »ein sehr überzeugender Avatar«, wurde dem Gericht mitgeteilt. Das Treffen wurde von einem anderen Mitglied der Gruppe gefilmt, und das Video tauchte später auf YouTube auf.

Nach dem Hochladen des Videos wurde Mr Brights Haus von einem grölenden Mob umstellt, der »Tötet den Pädo!« rief, und Mr Bright musste von der Polizei gerettet werden.

Ein Polizeisprecher sagte: »Wir heißen Bürgerwehren nicht gut, da sie leicht Beweise kompromittieren oder fälschlich als

Täter identifizierte Personen attackieren, aber wir freuen uns, dass Mr Bright der Gerechtigkeit zugeführt wurde.«

Vincent Ives wird nicht länger von der Polizei für den Mord an seiner Frau gesucht, obwohl man ihn gern für seine Beteiligung an der Belagerung des »Horrorhauses« (kein Polizeiausdruck) befragen wollte. Man nimmt an, dass er ins Ausland gegangen ist.

Als Ashley nach Hause zurückkehrte und feststellte, dass sie keine Eltern mehr hatte, fand sie einen Zettel von ihrem Vater, auf dem stand: »Bitte entschuldige. Kannst du Sparky bei der Polizei abholen? Er muss zweimal am Tag ausgeführt werden und schläft gern auf seiner blauen Decke. Alles Liebe, Dad xxx.«

Sophie Mellors landete auf der Fahndungsliste der National Crime Agency, und obendrein wurde ein europäischer Haftbefehl gegen sie ausgestellt für ihre Beteiligung an einer Organisation namens Anderson Price Associates. Anderson Price Associates war der Deckname einer kriminellen Vereinigung, zu der auch Mrs Mellors' Mann gehörte, der in Leeds ansässige Anwalt Stephen Mellors, mittlerweile verstorben. Sie brachten illegal zahllose Mädchen unter falschen Vorwänden nach Großbritannien und verkauften sie an die Sexindustrie. Die drei »Partner« – Thomas Holroyd, Andrew Bragg und Stephen Mellors – standen zudem in Verbindung mit einem Fall namens Operation Villette, doch keiner der drei wurde angeklagt, da sie alle verstorben sind.

Nachbarn sagten aus, dass sie Sophie Mellors oder die Kinder des Paars seit ein paar Wochen nicht mehr gesehen hätten.

Sophie Mellors *(»Witwe des ermordeten Horrorhaus-Ban-*

denbosses«) war natürlich längst auf und davon, auf einer Fähre nach Bilbao mit ihren zwei verwirrten Kindern im Schlepptau. Ida übergab sich während der gesamten Überfahrt. Wenn sie sich gerade nicht übergab, weinte sie, weil sie gezwungen worden war, ihr Pony Buttons zurückzulassen, und das Versprechen eines Ersatzes in welchem Land auch immer sie sich niederlassen würden, war keinerlei Trost. Es gäbe nie ein zweites Pferd wie Buttons, jammerte sie. (Wie sich herausstellte, stimmte es.) Jamie hüllte sich seit längerem schon in Schweigen. Er hatte im Internet alles über Bassani und Carmody und den Mädchenhandel gelesen, den seine Eltern leitend organisiert hatten. Er hasste sie für das, was sie getan hatten, und verachtete sie dafür, dass sie sich hatten erwischen lassen.

Sophie hatte für Tommys und Andys Vorliebe für Bargeld immer nur Sarkasmus übriggehabt. Stephens Anteil an Anderson Price lag auf mehreren unantastbaren Konten in der Schweiz. Sie hatte nicht jahrelang als Steuerberaterin gearbeitet, ohne ein, zwei Tricks zu lernen. Sie versteckte sich in Genf, während sie über den sichersten Zufluchtsort nachdachte. Die meisten Länder, die kein Auslieferungsabkommen mit Großbritannien geschlossen hatten, waren ausgesprochen unattraktiv – Saudi Arabien, Tadschikistan, die Mongolei, Afghanistan. Sie zog kurz Bahrain in Betracht, entschied sich letztlich jedoch dafür, für sie alle neue Identitäten zu kaufen, deren Kosten einen kleinen Krieg hätten finanzieren können. Dann meldete sie ihre Kinder in sehr teuren Schweizer Internaten an und kaufte einen Bauernhof in der Lombardei, den sie im Lauf der Zeit renovierte, mehr oder weniger glücklich. Ida vergab ihr nie den Verlust von Buttons und auch nichts anderes.

Und wer hatte Wendy Easton umgebracht?

Craig, der Seenotretter. Craig Cumming tötete Wendy laut der Staatsanwaltschaft »in eifersüchtiger Raserei«. Er war zum Haus des Opfers, Thisldo, gegangen in der Hoffnung, seine Beziehung zu ihr zu erneuern. In ihrer Aussage erklärte Detective Inspector Marriot, dass Craig Cumming Mrs Ives (auch unter dem Namen Mrs Easton bekannt) mit einem Golfschläger erschlug, der in der Garage stand. Der Golfschläger konnte auf eine Affekthandlung aus Wut deuten, argumentierte der Staatsanwalt, aber die Golfhandschuhe, die Cumming trug – es war ein warmer Abend im Hochsommer –, ließen auf Vorsatz und nicht auf Spontaneität schließen. Gemäß Cummings Telefondaten hatte er das Opfer in den zwei Stunden vor der Tat vierzehn Mal angerufen.

Wendy Ives, die von ihrem Mann Vincent getrennt lebte, hatte kurz zuvor einer Freundin anvertraut, dass sie Angst vor ihrem ehemaligen Freund hatte, weil er ihr zur Arbeit folgte. Mrs Ives' Tochter Ashley, neunzehn, las nach dem Prozess vor dem Gerichtsgebäude eine schriftliche Aussage vor: »Ich bin froh, dass der Gerechtigkeit Genüge getan wurde, aber niemand kann meine Mutter ersetzen, die mir auf so grausame Weise von diesem Mann genommen wurde. Sie war die freundlichste, loyalste, großzügigste Person auf der Welt.«

Craig Cumming erhielt lebenslänglich, mindestens jedoch fünfzehn Jahre.

Ärger im Karton

Unterwegs machten sie einen Umweg zur Rosedale Chimney Bank, um die Beine zu strecken und sich den Sonnenuntergang anzusehen, der den weiten Himmel mit einer prachtvollen Palette aus Rot-, Gelb-, Orange- und sogar Violetttönen flutete. Er verlangte nach Poesie, ein Gedanke, den er laut aussprach, und sie sagte: »Nein, ich glaube nicht. Es ist genug, so wie es ist.« Lebensweisheit sammeln, dachte er.

Es stand noch ein anderes Auto da, ein älteres Paar bewunderte die Aussicht. »Großartig, nicht wahr?«, sagte der Mann. Die Frau lächelte sie an und gratulierte dem »glücklichen Paar« zur Hochzeit, und Jackson sagte: »Es ist nicht so, wie es aussieht. Sie ist meine Tochter.«

Als sie wieder einstiegen, kicherte Marlee und sagte: »Wahrscheinlich rufen sie jetzt die Polizei und zeigen uns wegen Inzest an.« Sie hatte die Frau beunruhigt, als sie ihr ihren Brautstrauß geschenkt hatte. Die Frau hatte unsicher dreingeblickt, als würde er Pech bringen.

»Ich weiß, ich bin exorbitant gut gelaunt«, sagte Marlee zu Jackson (er legte das Wort »exorbitant« ab, um es später nachzuschlagen), »aber das ist vermutlich nur Hysterie.« Auf Jackson wirkte sie nicht überhysterisch. Er hatte im Lauf des Lebens viel Hysterie erlebt. »Du weißt, wie es ist«, fuhr sie fort. »Glücklich, weil endlich der Militärdienst vorbei oder die Schule aus ist.«

»Ja, ich weiß«, sagte Jackson, obwohl es nicht stimmte, weil er nie jemandem vor dem Altar den Laufpass gegeben hatte. Hätte er es getan, wäre sein Leben vielleicht besser gewesen.

Josie war bereits schwanger gewesen, als sie heirateten, Marlee würde es also trotzdem geben (die Nicht-Zeugung von geliebten Kindern war immer ein Stolperstein in der Wenn-ich-mein-Leben-noch-einmal-leben-könnte-Phantasie). Er und Julia hatten nie geheiratet, hatten nie auch nur daran gedacht, aber Nathan war dennoch passiert. Und wenn er die bösartige Diebin Tessa nicht geheiratet hätte, wäre er wahrscheinlich noch ein reicher Mann und hätte sich die Hochzeit leisten können, die seine Tochter sich gewünscht hatte, statt der »Schwiegerfamilie«, wie Marlee sie etwas ironisch genannt hatte, zu gestatten, die Rechnung zu übernehmen. »Warum nicht?«, sagte sie. Sie waren »obszön reich« und hatten nur Söhne und keine Töchter, sie wollten eine große Sache aus dieser »Vereinigung«, wie sie sie nannten, machen. »Und außerdem«, hatte Marlee hinzugefügt, »lieben sie mich wie eine Tochter.«

»Nein, das tun sie nicht«, entgegnete Jackson griesgrämig. »*Ich* liebe dich wie eine Tochter. Sie ›lieben‹ dich als zukünftige Mutter ihrer Enkel. Die bist nur eine Zuchtstute für ihre Vollblutpferde, damit sie die Welt weiterhin ad infinitum erben können.« Ja, es war besonders böse, was er da gesagt hatte, aber er hatte sie kennengelernt und mochte nicht, wofür sie standen, obwohl sie vollkommen freundlich (extrem freundlich) waren, und Jago – ja, so hieß der Bräutigam – ein harmloser Typ war (seine Brüder waren Lollo und Waldo – man stelle sich vor), auch wenn er ein bisschen zu charmant und poliert für Jacksons Geschmack war und er ihm deswegen nicht traute. Er war »etwas in der City«, ein Ausdruck, der Jackson stets gleichermaßen verblüffte und irritierte.

»Wir können Sie unmöglich bezahlen lassen«, sagten die Schwiegereltern, als sie Jackson vorgestellt wurden. »Die Kids wollen ein riesiges Fest, und es wäre uns ein Vergnügen, die Kosten zu übernehmen.« Jackson hatte vergeblich protestiert. Er hatte sie nur einmal getroffen und konnte kaum glauben, dass sein Blut für den Rest der Ewigkeit oder wie lange auch immer der Planet noch mitmachte, mit ihrem fließen sollte – in der »Vereinigung«. Sie stammten aus einer alten aristokratischen Familie, besaßen einen riesigen Gebäudekomplex außerhalb von Helmsley und ein Stadthaus in Belgravia. Sie hatten das diskrete alte Geld, von dem man nie etwas hörte.

Zur Verlobung hatte eine »kleine Party« – Champagner und Erdbeeren – im Garten des Londoner Hauses stattgefunden. Jackson hatte Julia gebeten, als moralische Verstärkung mitzukommen, und obwohl es ihr einziges freies Wochenende war, hatte sie erfreut zugestimmt. Sie wollte sehen, »wie die Reichen leben«. Jagos Eltern schienen fälschlicherweise zu glauben, dass Jackson und Julia noch immer ein Paar waren. Jagos Mutter war ein Fan von *Collier* und ganz aufgeregt bei dem Gedanken, eine »Prominente« in der Familie willkommen zu heißen.

Jackson betrachtete einen Teller mit winzigen Kanapees, als Jago zu ihm kam, ihm den Arm um die Schulter legte und sagte: »Ich kann Sie nicht länger Mr Brodie nennen. Soll ich Jackson zu dir sagen? Oder« – er lachte – »soll ich Dad sagen?«

»Du kannst es versuchen«, sagte Jackson. »Aber ich rate dir ab.«

»Ich weiß, mein Timing ist schrecklich«, sagte Marlee. »Ich hatte nicht vor, ihm den Laufpass zu geben, Dad. Und bestimmt nicht vor dem Altar.«

»Und doch hast du es getan.«

»Ich weiß, armer Jago. Es ist so etwas Schreckliches, jemandem das anzutun. Ich bin eine blöde Kuh. Ist das jetzt die Nachbesprechung? Wirst du mich dafür zur Schnecke machen, dass ich eine Schneise der Zerstörung geschlagen habe, oder mir gratulieren, dass ich meine Freiheit wiedergewonnen habe?«

»Eigentlich wollte ich dir mein Bedauern ausdrücken, dass du jemanden heiratest, der Jago heißt.«

»Piekfeiner Junge?«

»Ja, piekfeiner Junge«, sagte Jackson. Nach ein paar Kilometern blickte er zu ihr und sagte: »Solltest du nicht mitgenommener sein?«

»Dafür ist noch Zeit genug«, sagte Marlee. Sie lachte wieder und sagte: »Und das, nachdem Julia sich die Mühe gemacht und einen Fornikator gekauft hat.«

»Ein Fornikator?«

»So nenne ich einen Faszinator. Sie sind blöd, ich hasse sie«, sagte Julia.

»Und doch trägst du einen.«

»Ach ja, du weißt schon, die Halbschwester deines Sohnes heiratet nicht jeden Tag.«

Sie sah ziemlich bezaubernd aus. Der Faszinator war nicht albern, keiner für eine königliche Hochzeit, sondern eine diskrete kleine schwarze Kappe mit einem verlockenden schwarzen Schleier, und Julia sah altmodisch und französisch damit aus, noch dazu, da sie ein Kostüm trug, »das betont, dass ich noch eine Taille habe«. Ihre Zeit bei *Collier* war vorbei – die »beliebte Pathologin«, hatte in ihrem eigenen Leichenschauhaus ein grausiges Ende gefunden, nachdem sie zuvor durch eine Menge East-Coast-Landschaft gezerrt worden war, die die Zuschauer immer gern sahen. Julia hatte Jackson beiläufig erzählt, dass sie regelmäßig in ein Fitnessstudio ging. Es war so überaus untypisch für Julia, und Jackson konnte nur vermuten, dass sie dem Ruf von *Let's Dance* gefolgt war. Er hoffte, es wäre nicht wegen Callum. »Es ist nichts, nur Sex«, sagte sie leichthin, als er sie fragte. Jackson fragte sich, ob ihn das trösten sollte.

Sie sah definitiv schicker aus als Josie, die sich für ein geblümtes Kleid mit Jacke entschieden hatte, das »Mutter der Braut« schrie. (»Jacques Vert«, murmelte Julia. »Macht sie älter.«) Kein Faszinator für Josie, stattdessen ein großer überladener Hut. Ihr schien unbehaglich zu sein. Vielleicht wusste sie, dass ihre Tochter den Fehler ihres Lebens beging. Nicht, dass Jackson von der Tür aus mehr als einen kurzen Blick auf die Hochzeitsgesellschaft hatte werfen können. Die Kirche befand sich in der Nähe des Hauses des Bräutigams, war normannisch und hübsch, geschmückt mit den gleichen rosa Rosen, aus denen auch Marlees Strauß bestand.

Marlee hatte gemeinsam mit der Schwiegerfamilie und Josie die Nacht in dem Hotel verbracht, in dem auch der Empfang stattfinden sollte, doch Jackson, Julia und Nathan hatten sich für den Black Swan am Hauptplatz von Helmsley entschieden. Zwei Zimmer. Julia und Nathan in einem, Jackson in dem anderen. Nathan hatte mit ihnen gegessen, über sein Handy geneigt. Er blickte kaum auf von seinem Spiel, was auch immer es war. Es schien einfacher, es ihm durchgehen zu lassen, statt ihn aufzufordern, sich gerade zu setzen, anständig zu essen, am

Gespräch teilzunehmen und auf all den anderen kleinen Bausteinen zu beharren, die die Zivilisation ausmachen. »Die Barbaren stehen nicht vor der Tür«, sagte Julia, »sie schaukeln die Wiege.« Es schien sie nicht so zu bekümmern, wie es das Jacksons Ansicht nach sollte.

»Hattest du eine gute Zeit mit deinem Freund?«, fragte Jackson, als er Nathan abholte, nachdem die Nachwehen von Silver Birches endlich erledigt waren.

Nathan zuckte die Achseln. »Jaa.«

Jackson hatte ihn am Set von *Collier* abgeholt, wo seine Mutter gerade die letzten Todesqualen litt. Er hatte ihn gegen Dido eingetauscht. »Fairer Tausch«, sagte Julia. Er vermisste den Hund sofort – vielleicht sollte er sich einen eigenen zulegen. Er war kurz verantwortlich gewesen für einen unbefriedigenden Hund mit einem blöden Namen. Vielleicht wäre ein männlicherer Hund besser für ihn – ein Collie vielleicht oder ein Schäferhund namens Spike oder Rebel.

Nathan warf sich achtlos auf den Beifahrersitz des Toyota und holte sofort sein Handy heraus. Nach einer Weile blickte er auf, wandte sich Jackson zu und sagte: »Gut, wieder zurück zu sein.«

»Zurück?«

»Bei dir, Dad. Ich habe gedacht … vielleicht kann ich immer bei dir leben.«

»Das würde deine Mutter nicht zulassen«, sagte Jackson. Glück war in ihm aufgestiegen wie eine große Blase, und er klammerte sich daran, bevor sie – unvermeidlich – platzte. »Aber es freut mich sehr, dass du das möchtest.«

»Okay.« Noch ein Achselzucken. Nathans Gleichgültigkeit

ließ die Blase ein bisschen schrumpfen, aber nicht platzen, und Jackson streckte eine Hand aus und legte sie seinem Sohn auf den Hinterkopf. Nathan schlug die Hand weg und sagte: »Daaaad, schau auf die Straße.« Jackson lachte. Alles war gut, überall. Für eine kleine Weile jedenfalls.

Jackson und Marlee fuhren in einem Oldtimer-Bentley die kurze Strecke vom Hotel zur Kirche, rosa Bänder schmückten die Motorhaube. Sie wollte, dass alles an der Hochzeit gestylt und »geschmackvoll« wäre. Stil, nicht Inhalt, dachte Jackson. Sogar der Junggesellinnenabschied war laut Julia, die eingeladen war, nicht vulgär gewesen. Kein betrunkener Schwof in York oder auf Ibiza, stattdessen ein nachmittäglicher Empfang mit rosa Champagner in einem Saal im Savoy. »Sehr sediert«, berichtete Julia. »Kein penisförmiger Luftballon weit und breit. Eigentlich ein bisschen enttäuschend, ich hatte mich schon auf die aufgeblasenen Penisse gefreut. Außerdem, glaube ich, war es ungeheuer teuer.« Jackson nahm an, dass die Schwiegereltern bezahlten.

»Es ist nur eine *Hochzeit*«, hatte sich Jackson bei Julia beklagt. »Der Tag wird mit zu viel Bedeutung befrachtet.«

»Das erhöht die Erwartungen an die Ehe, die danach kommt«, hatte Julia gesagt.

»Sie ist sowieso zu jung, um zu heiraten.«

»Das ist sie«, pflichtete Julia ihm bei, »aber wir müssen alle aus unseren Fehlern lernen.«

Hatte sie aus ihren gelernt?

»Jeder Tag ist eine Lernerfahrung.« Sie lachte. Das hätte auch Penny Trotter sagen können. An der Trotter-Front war es ruhig. Das ewige Penny/Gary/Kirsty-Dreieck stand im Moment ganz unten auf Jacksons Prioritätenliste. Die Tatsache, dass er sich einen neuen Anzug kaufen musste, hatte ihn wesentlich mehr beschäftigt.

»Warum?«, stöhnte er. Und ja, er klang wie Nathan.

»Darum«, sagte Julia.

Der Bentley setzte sie vor der Kirchentür ab. »Ein überdachtes Kirchhofstor«, sagte Marlee. Der Wagen war nur für die Hinfahrt gemietet, nach der Trauung sollte die Hochzeitsgesellschaft die paar Hundert Meter zum Hotel, wo der Empfang stattfinden sollte, zu Fuß gehen. Der Weg führte über eine Wiese. »Ich dachte, das wäre nett«, sagte Marlee, »wie eine altmodische Hochzeit auf dem Land.«

»Was, wenn es regnet?«, fragte Jackson. Und, praktisch gedacht, was, wenn gehbehinderte Personen unter den Gästen waren?

»Sind keine, und wird es nicht«, sagte Marlee. Er bewunderte ihre optimistische Sicherheit (die selbstverständlich nicht von seinen Genen stammte). Dennoch stellte er seinen treuen Toyota hinter der Kirche ab für den unwahrscheinlichen Fall von Regen oder einer plötzlichen Gehbehinderung oder beidem. »Oder für den Fall, dass du in der letzten Minute davonlaufen willst«, sagte er scherzhaft zu Marlee. Wie sie darüber gelacht hatten.

Sie gingen langsam den Weg zur Kirche entlang, wo eine Gruppe Brautjungfern in unterschiedlichen Kleidergrößen, aber alle im gleichen (geschmackvollen) Rosa, auf sie warteten. Nathan hatte sich rundheraus geweigert, ein Pagenjunge zu sein. Jackson hatte volles Verständnis.

»Sie ist deine Schwester«, sagte Julia.

»Halbschwester«, korrigierte er. »Und ich kenne sie kaum.« Was stimmte und Jackson bedauerte. »Vermutlich liegt es am

Altersunterschied«, sagte Julia, aber auch zwischen Jackson und seiner Schwester hatte ein nicht unerheblicher Altersunterschied bestanden, und trotzdem waren sie sich nahe gewesen. Sie hätte da sein sollen, dachte er, mit einem unauffälligen Hut und einem Outfit, das sie älter machte. Sie hätte in der ersten Bankreihe sitzen und sich umschauen sollen nach ihrer Nichte, die den Gang entlang in ihre Zukunft schritt.

Außer dass es offenbar kein Schreiten geben und die Zukunft geändert werden sollte.

»Ich glaube nicht, dass ich es kann, Dad«, murmelte Marlee, als sie vor der Kirche standen.

»Ich weiß, du glaubst, dass ich zu jung bin«, hatte Marlee gesagt. »Aber manchmal weiß man einfach, dass etwas richtig für einen ist.«

Und ein bisschen später weißt du, dass es falsch war, hatte Jackson gedacht, jedoch die Zähne zusammengebissen, damit der Gedanke nicht in die kultivierte Luft der »Schuhabteilung« des Londoner Kaufhauses entfleuchen konnte, in die er seine Tochter einen Monat vor dem »großen Tag« begleitet hatte. (*Jeder Tag ist ein großer Tag,* stand auf einer Grußpostkarte in Penny Trotters Laden.) Es ging um etwas ganz anderes als den Kauf von Clarks wie in Marlees Kindheit, als Jackson bisweilen von Josie dazu gezwungen worden war, mitzugehen.

Die Schuhabteilung war so groß, dachte Jackson, dass sie wahrscheinlich eine eigene Postleitzahl hatte. Man konnte sich hier tagelang verlaufen, ohne gefunden zu werden. Das Geräusch eines fallenden Schuhs. Wenn in einem Geschäft ein Schuh fällt und niemand da ist, um ihn aufzuheben … aber hier wäre jemand, denn der Ort war überrannt von Verkäufern, die sie bedienen wollten. Um die Schuhe kümmerte sich eine Flotte von Prince Charmings beiderlei Geschlechts (und eines dritten, ad infinitum heutzutage, so schien es Jackson. Er erinnerte sich noch daran, als es nur Männer und Frauen waren. Der Schrei *Luddit!* war in der Ferne zu hören und kam immer näher.)

Schuhe kaufen (*Hochzeits*schuhe kaufen, um der Sache eine weitere neurotische Dimension hinzuzufügen) war seine Strafe dafür, dass er ein unzureichender Vater gewesen war und sich nicht genug für Marlees vorhochzeitliche Pläne interessiert hatte. Und wahrscheinlich, weil er nicht für die Hochzeit zahlte.

»Wie kann ich dir helfen?«, hatte er gefragt, als sie sich in London trafen. (»Nur wir beide – Mittagessen«, hatte sie gesagt. »Es wird nett.«)

»Ich habe immer noch keine Schuhe«, sagte sie. »Ich habe sie mir bis zur letzten Minute aufgehoben.« Für Jackson wäre die letzte Minute buchstäblich die letzte Minute gewesen, unterwegs zur Kirche noch schnell ein Besuch in einem Schuhgeschäft, nicht ein Monat vor der Hochzeit. »Du könntest mitkommen und mir bei der Auswahl helfen«, sagte sie.

»Ich glaube nicht, dass ich dir bei der Auswahl viel helfen kann«, sagte er, »aber ich zahle gern dafür.« Ein mutiges Angebot, wie er feststellte. Sie kosteten fast tausend Pfund. Schuhe! Sie wirkten unbequem. »Bist du sicher, dass du darin den Gang entlanggehen kannst?«

»Es ist, als wäre ich die kleine Meerjungfrau«, sagte sie leichthin, »ich leide für die Liebe meines Lebens. Ich weiß, dass du Jago nicht wirklich magst, aber ich mag ihn. Und er ist ein guter Mensch, wirklich. Gib ihm eine Chance, Dad«, sagte sie, als sie die Einkaufsschlacht endlich hinter sich hatten und bei Tee und Kuchen im Ladurée in Covent Garden saßen.

»Du bist noch so jung«, sagte er ratlos.

»Und eines Tages werde ich es nicht mehr sein, und dann wirst du dir deswegen Sorgen machen.«

»Dann bin ich vermutlich tot«, sagte Jackson. »Das glaubt jedenfalls Nathan.« Er sah zu, wie sie eine delikate *Religieuse au chocolat* in zwei Hälften schnitt. Es war kein maskuliner Kuchen.

Sie war ein kluges Mädchen – Privatschule, Abitur, Jura in Cambridge, und jetzt wollte sie Anwältin werden. Sie war erst dreiundzwanzig, zu jung, um zu heiraten. Zu jung, um den traditionellen Weg einzuschlagen. Studium, Heirat, Kinder. (»Was um Himmels willen ist schlecht daran?«, hatte Josie gefragt. Der Streit war ausgeufert. »Willst du, dass sie an einem Strand auf Bali rumhängt oder in einer Drogenhöhle in Thailand?« Natürlich nicht, aber er wollte, dass seine Tochter die Flügel ausbreitete und ein bisschen lebte. Viel lebte. Nicht eingeschränkt von den Erwartungen anderer Leute. Von Jagos Erwartungen. Von den Erwartungen ihrer Schwiegereltern. »Schön, dass du so spät im Leben zum Feministen geworden bist«, hatte Josie sarkastisch gesagt. Er war schon immer Feminist gewesen! Er kochte angesichts dieser ungerechten Bemerkung.)

Marlee bot ihm eine Gabelvoll der *Religieuse* an. Obwohl sie nicht männlich war, hatte Jackson in Paris eine *Religieuse* gegessen, mit Julia in einem Café in Belleville, und die Erinnerung erfüllte ihn plötzlich mit Sehnsucht nach den sommerlich staubigen Straßen und dem guten Kaffee. Und auch nach Julia.

»Proust und seine Madeleine«, sagte Marlee. »Das ist ein Gebäck, keine Freundin«, fügte sie hinzu. Sie ging immer von seiner Ignoranz aus, bevor er sie unter Beweis stellen konnte. »Ich bin verrückt nach Jago.«

»Verrückt sein hält nicht an«, sagte Jackson. »Glaub mir, ich kenne das Gefühl. Und wer will schon verrückt sein? Verrückt sein heißt geisteskrank sein.« Und jetzt, einen Monat später, war sie nicht nur verrückt nach ihrem Verlobten, sondern schleppte sich auch noch zum Traualtar. Was nur bewies, dass er recht hatte. Verrückt war verrückt.

Und von da an war es irgendwie bergab gegangen, die ganze Vater/Tochter-Verbundenheitserfahrung endete in einer Analyse seiner politischen Einstellungen, seines Charakters, seiner Überzeugungen, die offenbar aus einer weniger aufgeklärten Epoche stammten. »Du bist nicht aufgeklärt«, widersprach Jackson (dummerweise). »Das glaubst du nur.«

»Du bist so ein Luddit, Dad.«

Aber was, wenn die Ludditen von Anfang an recht gehabt hatten?

»Das sind nur die Nerven in der letzten Minute«, versuchte er sie zu beruhigen, als sie noch langsamer wurden, je näher sie der Kirchentür kamen. »Das geht bestimmt jeder Braut so.«

Er hatte vergessen, wie sehr er Marlee liebte. Nicht vergessen, so etwas vergaß man nie. Sie war schwanger, sie hatte ihn bei der *Religieuse* davon in Kenntnis gesetzt. Er war entsetzt. Noch ein Tor, das hinter ihr auf dem Weg des Lebens ins Schloss fiel. Kein Zurück.

»Du solltest mir Glück wünschen.«

»Du bist zu jung.«

»Du bist manchmal wirklich scheiße, Dad. Das weißt du doch, oder?«

Ja, dachte er. Etwas, das seine Tochter nicht zum Bräutigam sagen würde.

Sie sah so schön aus. Die cremefarbene Seide des Kleids, das zarte Rosa der Rosen in ihrem hübschen Strauß. Er konnte die empörend teuren Schuhe unter dem Kleid nicht sehen, sie hätte genauso gut Gummistiefel tragen können. Ihr Spitzenschleier war mit einer Tiara aus Diamanten und Perlen festgesteckt, ein Familienerbstück – von Jagos Familie natürlich.

»Atme tief durch«, sagte er. »Bereit?« Ready to Run, dachte er, der Song der Dixie Chicks. Er hörte wie die Orgel in der Kirche den Hochzeitsmarsch keuchte, etwas unmelodisch, wenn Luft in die Röhren strömte.

Seine Tochter zögerte und blieb stehen, setzte keinen teuer beschuhten Fuß mehr vor den anderen. Auf ihren Lippen war ein leises Mona-Lisa-Lächeln, doch es schien nicht auf Glück zu deuten, es wirkte vielmehr wie der starre Ausdruck von jemandem, der paralysiert war. Sleeping Beauty. Die in Stein oder eine Salzsäule verwandelte Frau.

Jackson sah Julia am Rand der ersten Reihe sitzen, sie neigte sich vor und reckte den Hals, um einen Blick auf die Braut zu werfen. Sie runzelte fragend die Stirn, und er hielt beruhigend den Daumen in die Höhe. Marlee hatte ein bisschen Lampenfieber, dachte er. Julia würde es verstehen. Er sah Nathan, der zu Chinos und einem Leinenhemd überredet worden war, unbehaglich eingezwängt zwischen Josie und Julia, und so wie er den Kopf hielt, glaubte Jackson, dass er auf sein Handy schaute. Jacksons Herz strömte plötzlich über vor Liebe zu seinem Sohn, zu seiner Tochter, zu seinem anonymen *Enkelkind*. Eine an seinem Arm, ein anderer in Sichtweite, eins unsichtbar. Meine Familie, dachte er. In Gesundheit und Krankheit. In guten wie in schlechten Zeiten.

Die Orgel schmetterte jetzt den Mendelssohn hinaus, und er

blickte zu Marlee, um zu sehen, ob sie so weit war. Das Lächeln war verschwunden. Sie wandte sich ihm zu und sagte so wenig dramatisch, dass er glaubte, sich verhört zu haben: »Ich meine es ernst, Dad. Ich mache das nicht. Ich kann nicht. Es ist falsch.«

»Dann gehen wir«, sagte er. In diesem Szenario gab es nur eine Seite, und auf der Seite stand er. Er war da, um seine Tochter zu unterstützen, nicht jemand anderen. Nicht eine Kirche voll herausgeputzter, erwartungsvoller Leute. Nicht einen Bräutigam, der ein »guter Mensch« war und am Boden zerstört und noch dazu öffentlich gedemütigt wäre. Ruhe bewahren und nicht weitermachen. »Wir drehen uns jetzt einfach um«, sagte er, »und gehen den Weg zurück, als wäre es das Natürlichste auf der Welt.«

»Und dann laufen wir?«

»Und dann laufen wir.«

Know When to Hold Them

»Bist du sicher?«

»Ja, wirklich, danke.«

Crystal hatte angeboten, Vince zum Flughafen oder zur Fähre zu fahren. Er wolle ins Ausland gehen, sagte er. Sich einen Bart stehen lassen. Verschwinden. »Schaff dir Kontaktlinsen an«, riet sie ihm.

»Vielleicht Borneo«, sagte er.

»Borneo? Was gibt es da, Vince?«

»Orang-Utans.«

»Wirklich?«

»Nein, nicht wirklich. Meine Tochter ist dort, aber wahrscheinlich ist sie jetzt auf dem Rückweg. Du weißt schon … ihre Mutter. Wendy, sie ist tot. Ich habe sie nicht umgebracht, wirklich nicht.«

»Das habe ich auch nie geglaubt, Vince.«

»Danke. Ich dachte, ich könnte versuchen zu helfen. Leuten. Frauen, Mädchen. Vielleicht eine Schule bauen oder so. Umgang mit Computern unterrichten. Indien, Afrika, Kambodscha, da irgendwo. Weit weg von hier.«

»Gut für dich, Vince.«

Vince saß neben ihr auf dem Beifahrersitz. Candy saß hinten und sah eine DVD. Brutus, der Rottweiler, saß neben ihr.

Er war überraschend umgänglich. Jeder, der sie gesehen hätte, hätte sie für eine Familie gehalten.

Sie fuhr zum Palace, um Harry abzuholen. Selbstverständlich würde sie ihm sagen müssen, dass sein Vater tot war, aber jetzt noch nicht. Die richtigen Worte, der richtige Zeitpunkt. Es eilte nicht. Tommy wäre noch für lange Zeit tot. Sie wollte Harry nicht erzählen, was für ein übler Dreckskerl er gewesen war. Eines Tages würde er es herausfinden, aber dieser Tag konnte warten. Candy müsste es nie erfahren. Namenswechsel, Ortswechsel. Eine neue Wahrheit oder eine neue Lüge. Crystals Ansicht nach war es dasselbe.

Crystal hatte keine Ahnung, wohin sie gehen oder was sie tun würden, wenn sie dort wären. Die Straße war offen bis zum Horizont. Christina lief.

Sie hätte Vince auch woanders hingefahren, aber er wollte unbedingt »weiterkommen«, und als sie vor dem Bahnhof hielt, sagte sie: »Bestimmt?«, und er sagte: »Ja, ja, das reicht, Crystal«, und sie ließ ihn aussteigen und sah ihm nach, als er in das Gebäude lief, ohne zurückzublicken.

»Wir müssen weg«, sagte sie zu Harry.

»Weg?«

»Ja, weg. Fort. Die Stadt verlassen.«

»Du gehst aus der Stadt weg?« Er schien bestürzt.

»Nein, *wir* gehen weg, Harry. Wir drei.«

»Was ist mit Dad?«

»Er kommt später nach, Harry.«

»Nur noch eine Sache, bevor wir aufbrechen«, sagte Harry.

»Was denn, Harry?«

Nichts wie weg aus Dodge

Sie fuhren einen Umweg über die kleinen Straßen durch die trügerischen windgepeitschen Moore. Ronnie hatte ihren eigenen Wagen zurückerobert, kein Polizeiwagen mehr für ein, zwei Tage. Operation Villette war beendet. Es blieb nur noch der Papierkram. Schrecklich viel Papierkram. »Der dritte Mann« war verhaftet worden. Nicholas Sawyer. Wenn man den Gerüchten glaubte, waren die Geheimdienste involviert, hatte er jahrelang Geheimnisse an jeden verkauft, der sie kaufen wollte, und da ihnen andere Möglichkeiten versagt waren, hatten sie ihn auf diese Weise dingfest gemacht. Die Mauer um die Gerüchte war undurchdringlich. Es war ein »Meta-Puzzleteil«, sagte Reggie.

»Hä?«

Operation Villette und das Horrorhaus waren miteinander verknüpfte Fälle und immer noch nicht ganz auseinanderdividiert, aber es war jetzt nicht mehr ihr Puzzle.

»Lasst es gut sein«, sagte Gilmerton bei seiner Abschiedsparty ein paar Tage später. (Ein hässliches Besäufnis, bei dem sie sich bald entschuldigten und gingen.) »Ihr kommt da nach Rosen duftend raus, nicht nach Scheiße stinkend. Das ist das Wichtige.«

»Was kommt als Nächstes?«, fragte Ronnie Reggie.

»Ich überlege, ob ich nicht für ein Jahr ins Ausland gehe, ein Austausch.«

»Ins Ausland?«

»Neuseeland.«

»Wow.«

Reggie hatte gesehen, wie Jackson dem polnischen Mädchen, Nadja, die Waffe aus der Hand nahm, nachdem sie Stephen Mellors erschossen hatte. Und dann war er in die Knie gegangen und hatte etwas, das sie nicht hören konnte, zu Andrew Bragg gesagt, während die Sirenen immer lauter wurden. Ronnie war es gelungen, Hilfe zu rufen. Es war mutig gewesen, sich davonzuschleichen, sie hatte nicht wissen können, ob ihr nicht jemand in den Rücken schießen würde. Jemandem in den Rücken zu schießen, sah bei der Polizei und den Gerichten nie gut aus. Es belastet dich im Verfahren, bei der Polizei, den Medien, der Einwanderungsbehörde. Es nimmt dir alle Wahlmöglichkeiten. Es brandmarkt dich. Reggie wusste, dass er es deswegen getan hatte. Die Mädchen hatten genug durchgemacht.

Doch wenn Ronnie mit ihrem Funkgerät nicht draußen, sondern dabei gewesen wäre, hätte Reggie seiner Lüge nie zugestimmt. Es stand jetzt zwischen ihnen, eine Barriere.

Kurz bevor das SEK die Treppe ohne jegliches Feingefühl, das man bei einer Geiselnahme erwarten durfte, heraufgetrampelt war, hatte Jackson Reggie zugeflüstert: »Bragg hat Mellors erschossen.«

Nach einem Moment sagte sie: »Ja, das hat er.«

Und ohne die Waffe war nichts mit Sicherheit festzustellen. Es gab natürlich Schmauchspuren, doch der Mangel an forensischen Beweisen an Andrew Bragg wurde durch seinen hohen Blutverlust kompromittiert. Und außerdem stellte niemand die Aussagen einer Detective Constable und eines ehemaligen Detective Inspector infrage. Denn aus welchem Grund sollten sie lügen?

»Ein gerechter Kompromiss«, sagte Jackson. »Die Wahrheit ist absolut, aber ihre Konsequenzen sind es nicht.«

»Klingt wie ein fadenscheiniges Argument, Mr B.«

»Und doch ist das der Punkt, an dem wir sind, Reggie. Man tut, was man für richtig hält.«

Sie hasste ihn dafür, dass er ihr das antat. Und sie liebte ihn auch dafür. Irgendwo in ihrem Inneren sehnte sie sich noch immer danach, dass er die Vaterfigur in ihrem Leben wäre. Der Dad, den sie nie gekannt hatte. Auch dafür hasste sie ihn.

Und natürlich waren sie alte Hasen, wenn es darum ging, etwas zu vertuschen. Als Dr. Hunter die beiden Männer getötet hatte, die sie und ihr Baby entführt hatten, hatte Jackson die Beweise vernichtet, und Reggie hatte gelogen und nicht die Wahrheit gesagt. Damit es Dr. Hunter nicht für den Rest ihres Lebens verfolgte, hatte Jackson gesagt. Deshalb wusste Reggie bereits, wie einfach es war, die Grenze zwischen gesetzestreu und gesetzlos zu überschreiten.

Plötzlich sah sie Dr. Hunter vor sich, die die Straße entlangging, fort von dem Haus, in dem die beiden von ihr getöteten Männer lagen. Dr. H war blutüberströmt, trug das Baby in den Armen, und Reggie hatte gedacht, wie großartig sie aussah, wie eine Heldin, eine Kriegerkönigin. Die beiden polnischen Mädchen hatten sich umarmt und den Leichnam von Stephen Mellors trotzig angeschaut. Sie hatten die geraden kräftigen Rücken von Tänzerinnen. Heldinnen, keine Mägde. Sie waren schön. *Für meine Schwester.*

Als sie vor vielen Jahren Jackson Brodie neben dem Gleis das Leben gerettet hatte, glaubte Reggie, dass er ihr Sklave sein würde, bis er ihr einen Gefallen erwies, ihr das Leben rettete, aber so war es nicht. Reggie war seine Sklavin gewesen. Und jetzt waren sie für immer durch diesen Kompromiss verbunden. »Ein gerechter Kompromiss«, erinnerte er sie.

Und wie Dr. Hunter einst gesagt hatte: »Was hat Gerechtigkeit mit Gesetzen zu tun?«

Es war so falsch, dass es richtig war. Das klang wie der Titel eines der entsetzlichen Countrysongs, die Jackson Brodie immer hörte. Reggie wusste, dass sie nachdenken musste, bevor sie wieder in einer geraden Linie gehen könnte.

Sie stöberte in der Musik auf Ronnies iPhone und entschied sich für Florence and the Machine. Als »Hunger« lief, sang Ronnie leise mit, und als der Refrain zum zweiten Mal kam, brüllten beide so laut sie konnten *We all have a hunger*. Und sie fassten sich bei den Händen und ballten sie zu Fäusten und hoben sie triumphierend wie Siegerinnen. Sie waren wie Thelma und Louise, die gleich über die Klippe fahren würden, nur dass sie es nicht taten, sondern nach Hause fuhren.

Sie waren Cagney und Lacey. Sie waren die Brontë-Schwestern. Sie waren die Kray-Zwillinge. Sie waren Polizistinnen. Sie waren Frauen.

»Also dann, bis bald«, sagte Ronnie, als sie Reggie in Leeds absetzte.

»Darauf kannst du wetten«, sagte Reggie.

Was würde Tatjana tun?

»Mr Brodie?«

Sam Tilling meldete sich am Telefon zum Dienst.

»Was macht die Kunst, Sam?«

»Unser Gary, Mr Brodie. Er ist tot.«

»Tot? Wie?«

»Offenbar seine Diabetes. Er ist in einem Hotelzimmer in Leeds ins Koma gefallen und war tot, als ihn das Zimmermädchen am nächsten Morgen gefunden hat.«

»Und wo war Kirsty?«, fragte Jackson.

»Nicht bei Gary. Er war allein. Und Mrs Trotter war bei der Great Yorkshire Show mit ihrer Schwester und dreißigtausend anderen.«

»In welchem Hotel war er?«

»Dem Malmaison in Leeds. Vorher hat er an der Bar getrunken. Er hatte ziemlich viel Alkohol im Blut laut Autopsie.«

»Er wurde schon obduziert?« Jackson war überrascht, mit welcher Geschwindigkeit Gary sich ein für alle Mal erledigt hatte.

»Ja, schon erledigt laut Mrs Trotter. Er starb an Unterzuckerung. Natürliche Todesursache.«

*

»Und ich sage, du spendierst Dame Drink? Wenn du Dame bist, er sagt und freut sich. Ah, lustiger Mann, sage ich. Ich mag lustige Männer. Mein Vater war großer Zirkusclown, aber stimmt, nicht lustig. Nicht in Russland. Wodka für mich. *Pozhalujsta.*

Du bist nicht von hier, oder?, er sagt. Ha, ha. Ja, du richtig Komiker. Ich sehe, ich sage. Ich frage, hast du Frau, er sagt *njet.* Ich frage, hast du Freundin, er sagt *njet.*

Noch paar Drinks, und ich ziehe ihn an Krawatte in Zimmer – teure Suite, schön, danke – wie Hund an Leine. Noch paar Drinks aus Minibar. Wir sehen fern, ich sage, muss *Collier* sehen. Er liegt auf Bett, wird weiß und sagt: Liebes, ich fühle nicht gut. Blutzucker runter. Ich bin Diabetik. Hätte nicht so viel trinken sollen. Machen wir kurze Pause.

Oh, und Spaß unterbrechen?, ich sage und setze mich auf ihn auf Bett wie Reiter auf Pferd. (Kein Sex, keine Angst!) Nein, bitte, Liebes, er sagt. Seine Stimme schwach. Er wirklich nicht gut. Und dann ich tu Medizin in Spritze und stech ihn – stich! stich! – mit Nadel, und er sagt: Nein, nein, was ist das? Das ist nicht Insulin, oder? Das ist das Letzte, was ich brauche, Liebes. Dann wird bewusstlos, und ich stehe auf von Bett und wische alles sauber. Dann sitze bei ihm. Wache. Bis sicher, dass er tot.

Da, Mrs Trotter, kein Zweifel. Tot. Letzter Vorhang. Show vorbei. Auf Wiedersehen! Mein Beileid, bla, bla, bla. War Vergnügen, Geschäft mit Ihnen zu machen, Mrs Trotter. Empfehlen mich an Freundinnen.«

Töte den Buddha

»Du wirst die Tiara zurückgeben müssen«, sagte Jackson.

»Vermutlich. Und es ist eine Schande wegen der Flitterwochen. Die Malediven. Das wäre schön gewesen«, sagte sie wehmütig.

»Vielleicht kann Jago mit Waldo hin.«

»Oder mit Lollo?«

»Die Zukunft liegt in deinen Händen«, sagte Jackson. »Das sagt Madame Astarti.«

»Wer?«

Sie hatten sich ein paar Tage in einem Hotel in Harrogate versteckt. »Damit ich wieder klar denken kann«, sagte sie. »Ich komme mir vor wie eine Verbrecherin.«

»Ich auch«, sagte Jackson, doch technisch gesehen war er tatsächlich ein Verbrecher, weil er eine ungesetzliche Tötung vertuscht hatte. Zweimal. Das erste Mal, als Dr. Hunter ihre Entführer umgebracht hatte, und das zweite Mal, als das polnische Mädchen Stephen Mellors erschossen hatte. Er bedauerte es nicht. Überhaupt nicht. Er war kein Befürworter der Selbstjustiz. Wirklich nicht.

Er verabschiedete sich auf einem Bahnsteig in York von Marlee. Sie fuhr zurück nach London, um die Suppe auszulöffeln. Er wollte sie dazu drängen, Jago von dem Baby zu erzählen, doch er arbeitete hart daran, seiner Tochter keine Ratschläge mehr zu geben. Er dachte daran, wie Julia Nathan vor ihm geheim gehalten hatte. Die Geschichte wiederholte sich. Aber mehr tat die Geschichte doch sowieso nicht, oder?

Sie wollte das Baby behalten, sagte sie. Er hatte nicht gewusst, dass sich diese Frage überhaupt stellte. Sie wollte das Baby allein großziehen und zugleich eine unglaublich anstrengende Laufbahn verfolgen?

»Hör dir nur selbst zu, Opa«, sagte sie und lachte. »Du bist so ein Luddit.« Aber dieses Mal sagte sie es wenigstens voller Zuneigung. »Außerdem werde ich eine großartige Kinderbetreuung haben. Die Beinahe-Schwiegerfamilie wird große Geldsummen ausspucken, um ihre Zuchtstute in der Nähe zu halten.« Sie boxte ihn (ziemlich schmerzhaft) in die Rippen und sagte: »Da kommt mein Zug.« Und dann war sie weg. Sie war tapfer, dachte er. Auch er musste sie von jetzt an in der Nähe halten.

Er übernachtete in einem günstigen Hotel. Er brauchte nichts Schickes, nur saubere Laken und keine Haare in der Dusche. Er musste frisch sein für den Kampf morgen.

Jackson brach früh am nächsten Morgen auf. Er hörte Miranda Lambert. »Runnin' Just In Case«. *There's trouble where I'm going but I'm gonna go there anyway.* Klang wie die Geschichte seines Lebens. Unterwegs machte er einen Anruf. Er hatte ihre Nummer nicht mehr. Sie hatte die Stelle gewechselt, und er hatte ihren Arbeitsplatz gegoogelt und bat in der Zentrale, zu ihr durchgestellt zu werden, was auch geschah, nachdem er seine Überredungskünste zum Einsatz gebracht hatte – sie war befördert worden und nahm nicht einfach Anrufe von Fremden an, denn er war jetzt ein Fremder. Ein Fremder für sie. Zwischen ihnen hatte es einst etwas gegeben – einen Funken, eine Möglichkeit. Zusammen hätten sie großartig sein können, aber sie waren nie zusammen gewesen. Er fragte sich, ob sie den Hund noch hatte. Statt seiner hatte er ihr den Hund gegeben. (»Fairer Tausch«, sagte Julia.) Es schien jetzt lange her.

Er nannte nicht seinen eigenen Namen. Er sagte, er sei DC Reggie Chase, weil er vermutete, dass sie sich an Reggie erinnerte und den Anruf annehmen würde.

Sie meldete sich nach mehrmaligem Läuten. Cool und effizient. »Superintendent Louise Monroe. Kann ich Ihnen helfen?« Sie hatte also Reggies Namen doch nicht wiedererkannt.

Ihm wurde klar, dass er keine Ahnung hatte, was er zu ihr sagen wollte oder ob er überhaupt etwas sagen wollte. Er nahm an, dass alles, was er jetzt sagte, endgültig wäre. Er stand an einer Kreuzung, und er musste sich entscheiden. Ebbe oder Flut?

»Hallo?«, sagte sie. Sie horchten beide auf das leere Schweigen, ein Augenblick merkwürdigen Zusammenseins, und dann erschreckte sie ihn mit ihrer Gabe des Hellsehens. »Jackson?«, sagte sie nahezu flüsternd. »Jackson, bist du das?«

Letztlich war es einfacher, sich nicht zu entscheiden. Er sagte nichts und legte auf.

Der Text eines anderen Songs ging ihm durch den Kopf. *Freedom is just another word for nothing left to lose.* Aber das galt auch für Verbindlichkeit. Er wollte etwas Einfaches. Keine Bedingungen, keine Komplikationen.

Ein, zwei Kilometer weiter machte er einen anderen Anruf.

»Mr Privatdetektiv«, schnurrte die Stimme am anderen Ende. »Du nicht auf schöner Hochzeit mit schöner Tochter?«

»Willst du mich auf einen Drink treffen?«

»Dich?«

»Ja, mich.«

»Nur Drink?«

»Weiß nicht«, sagte Jackson. (Glaubte er im Ernst, dass das unkompliziert würde? Wen wollte er veräppeln? Offenbar sich selbst. Weder Ebbe noch Flut, mehr Tsunami.)

»Okey-dokey. *Da*. Jetzt?«

»Morgen. Ich muss erst etwas erledigen.«

»Wo?«

»Weiß nicht. Nicht im Malmaison.«

»Okey-dokey. *Poka.*«

Eine Reihenhaussiedlung in Mirfield. Nicht unähnlich der, in der er aufgewachsen war. Aus dunklem Sandstein erbaut, wirkte sie nicht besonders einladend. Im Brodie-Haus hatte sich auf der Rückseite eine kleine Spülküche befunden, wo seine Mutter ihre Zeit verbrachte, auf der Vorderseite war ein »schickes« Wohnzimmer mit einem unbequemen Sofa, auf dem fast nie jemand saß.

Und eine Tür im Flur, von der eine steile Treppe in den Kohlenkeller führte.

Der graue Peugeot stand davor auf der Straße. Er gehörte jemandem namens Graham Vesey. Dreiundvierzig Jahre alt. Das von Nathan fotografierte Nummernschild. Von Sam Tilling vergrößert. Von einer hilfreichen Frau namens Miriam bei der DVLA in Swansea seinem Besitzer zugeordnet.

Jackson drückte auf die Klingel. Das Haus eines Mannes war seine Burg. Immer höflich anfangen und sich zu einem Rammbock und einer riesigen Steinschleuder vorarbeiten. Oder zu einem guten Schlag in die Magengrube.

Er war groß und verschwitzt und hatte einen tätowierten

Stiernacken, und er konnte ein Mädchen zerquetschen wie eine Fliege, wenn er wollte.

»Mr Vesey? Mr Graham Vesey? Ich heiße Jackson Brodie. Darf ich reinkommen?«

Darcy Slee

Sie hörte das Klingeln und fing an zu schreien, so laut wie sie konnte, um Aufmerksamkeit zu erregen. Als sie innehielt, um Luft zu holen, hörte sie Lärm von oben – einen Kampf, so wie es klang. Sie wollte wieder schreien, als die Tür zum Keller geöffnet wurde. In dem Keil aus Licht, das durch die offene Tür fiel, sah sie jemanden die Treppe herunterkommen. Darcys Herz verkrampfte sich vor Todesangst. Sie war jetzt sieben Tage und Nächte hier, und sie wusste, was Todesangst war.

Es war ein Mann, aber nicht der Mann mit dem tätowierten Nacken. Das hieß nicht, dass er ihr nicht wehtun wollte. Es konnte ein noch schlimmerer Mann sein.

Als er am Fuß der Treppe angekommen war, ging er in die Hocke und sprach mit ihr, als wäre sie ein verängstigtes Kätzchen, und sagte: »Alles in Ordnung, es ist vorbei. Ich heiße Jackson Brodie. Ich bin Polizist.«

Die dicke Frau singt

Die Seitenbühne war gut gefüllt. Alle schienen sehen zu wollen, wie Bunny zur Hauptattraktion wurde. Andererseits gab es Lücken aufgrund von leeren Sitzen im Zuschauerraum. Eine Menge Leute war nur gekommen, um Barclay Jack zu sehen, manche verlangten sogar die Erstattung des Eintrittspreises vom Palace, weil er nicht auftrat. »Er tritt nicht auf?«, sagte der Mann am Kartenschalter. »Der Mann ist tot. Lasst ihn in Ruhe.«

Bunny allerdings war sehr lebendig. Prächtig in einem leuchtend blauen Paillettenkleid und einem Kopfschmuck aus Federn, der noch größer war als der der Tänzerinnen. Eine pfiff ihm hinterher, als er auf die Bühne ging. Er knickste kurz für sie.

Sein Auftritt folgte dem gewohnten Muster. Er gab mehrere beliebte Opernarien zum Besten – »L'amour est un oiseau rebelle« aus *Carmen* und »Un bel dì vedremo« aus *Madame Butterfly.* (»Die Zuschauer sind Banausen«, sagte Bunny, »aber die Arien kennen sie vielleicht.«) Es waren natürlich Arien für Frauenstimmen, Sopran, und Bunny attackierte sie mit kreischenden hohen Tönen, torkelte auf seinen High Heels herum, als wäre er betrunken, als wäre er liebeskrank, als wäre er eine miserable Sängerin.

Dazwischen machte er Musicaleinlagen – seine Show war im Prinzip Stand-up, vor allem über die Mühsal, eine Frau zu sein.

Das ausgedünnte Publikum reagierte wie üblich – Feindseligkeit ging über in Toleranz und dann in Bewunderung (»Der Idiot hat Mumm«, hörte Harry jemanden sagen), bis schließlich alle Anfeindungen verstummten.

An dieser Stelle machte Bunny immer eine Pause. Eine lange Pause, und im Publikum wurde es vollkommen still, die Zuschauer waren unsicher, sogar ein bisschen nervös, was als Nächstes kommen würde. Bunny ließ den Blick über sie schweifen, doch er schien nach innen zu schauen. War er auf der Bühne gestorben oder würde er gleich etwas Denkwürdiges tun, einen Höhepunkt liefern?

»Warte«, flüsterte Harry Crystal zu. Noch bevor die Musik einsetzte, spürte er, wie sich ihm die Haare im Nacken aufstellten. Es war eine gute Aufnahme – die eine Sache, deren sich das Palace aus ihnen unbekannten Gründen rühmen konnte, war ein wirklich hervorragendes Soundsystem.

Harry sah, dass Bunny tief Luft holte, und dann begann er zu singen, leise, wie es die ersten Worte über den Schlaf verlangten, dennoch erkannte das Publikum die Melodie nahezu augenblicklich. Der nachhallende Ton am Anfang schien sie zu beruhigen. Es war ein Heimspiel – es war Fußball. Und zudem waren sie in guten Händen – der Mann hatte eine erstaunliche Stimme. Er flog. Die Zuschauer regten sich kurz wie Vögel und wurden ruhig, sie wussten, dass ihnen etwas Besonderes bevorstand.

Es war eine Arie, die zu einem Klischee geworden war, das Kabinettstück von Kandidaten bei *X Factor* und *Britain's Got Talent*, eine allgegenwärtige Melodie, die jedoch leicht aus ihrer Weltmeisterschaft-Bekanntheit geholt werden konnte. Es brauchte nur einen großen Mann mit einer großen Stimme.

Harry war unweigerlich gerührt von Bunnys Auftritt. Tränen

brannten ihm in den Augen. »Tränen des Glücks«, versicherte er Crystal, als sich die Musik steigerte.

Der Frauenchor vom Band, der wie ein engelhafter Kontrapunkt einsetzte, zögerte alles einen Augenblick hinaus. Aber nur für einen Augenblick, und dann steigerte es sich wieder. Steigerte und steigerte sich. Die Sterne bebten. Das erste *Vincerò* war wunderbar kontrolliert und schwoll an zum nächsten

Vincerò

und ging über in das letzte großartige lang anhaltende himmelhohe Crescendo

Vincerò!

Bunny hob den Göttern triumphierend die Arme entgegen. Die Götter schauten auf ihn herab und lachten. Die Sterne funkelten wie Pailletten. Alle sprangen auf die Füße und jubelten ihm zu. Sie konnten nicht anders.

»*Vincerò*«, sagte Harry glücklich zu Crystal, »heißt ›Ich werde siegen‹.«

»Und das wirst du, Harry«, sagte Crystal. »Das wirst du.«

Dank

Folgenden Personen möchte ich danken:

Lt Col M. Keech, Royal Signals (pensioniert).

Malcolm R. Dickson, QPM, ehemals Assistant Inspector der schottischen Polizei.

DI Andy Grant, Polizei London.

Reuben Equi.

Russel Equi, der den Titel »Gott aller fahrenden Dinge« beibehält.

Dank gebührt auch Marianne Velmans, Larry Finlay, Alison Barrow, Vicky Palmer, Martin Myers und Kate Samano, allen bei Transworld. Camilla Ferrier und Jemma McDonagh bei der Marsh Agency, Jodi Shields bei Casarotto Ramsay, Reagan Arthur bei Little Brown (USA), Kristin Cochrane bei Doubleday Canada und Kim Witherspoon bei Witherspoon Associates. Und last, aber keinesfalls least, meinem Agenten Peter Straus.

Ich habe möglicherweise die Geografie der East Coast verstümmelt, damit sich die Personen, vor allem Harry, schneller und müheloser bewegen konnten, als es sonst der Fall wäre. Alle Fehler, beabsichtigt oder nicht, gehen auf mein Konto. Ich entschuldige mich bei den Menschen von Bridlington. Ich habe nur glückliche Erinnerungen an den Ort und würde gern glauben, dass dort nie etwas Schlimmes passiert ist.

Von Kate Atkinson sind bei DuMont außerdem erschienen:

Die vierte Schwester
Liebesdienste
Lebenslügen

MIX
Papier aus verantwortungsvollen Quellen
FSC® C083411

Dieses Buch wurde klimaneutral produziert.

Klimaneutral
Druckprodukt
ClimatePartner.com/17531-2110-1001

Die englische Originalausgabe erschien 2019 unter dem Titel
›Big Sky‹ bei Doubleday, London.

Erste Auflage 2022

Übersetzung: Anette Grube
Umschlaggestaltung: Nach einer Vorlage von Richard Ogle/TW und Penguin Random House UK
Umschlagabbildungen: Möwe: © Shutterstock; Hintergrund: © R. Tsubin/Getty Images und Shutterstock
Satz: Angelika Kudella, Köln
Gesetzt aus der Minion und der Trade Gothic
Druck und Verarbeitung: CPI books GmbH, Leck
Gedruckt auf säurefreiem und chlorfrei gebleichtem Papier
Printed in Germany
ISBN 978-3-8321-6622-9

www.dumont-buchverlag.de